मरंग गोड़ा नीलकंठ हुआ

[विकिरण, प्रदूषण व विस्थापन से जूझते आदिवासियों की गाथा]

महुआ माजी की अन्य औपन्यासिक कृति
'मैं बोरिशाइल्ला'

मरंग गोड़ा नीलकंठ हुआ

[विकिरण, प्रदूषण व विस्थापन से जूझते आदिवासियों की गाथा]

महुआ माजी

राजकमल प्रकाशन

ISBN : 978-81-267-2235-8

मूल्य : ₹995

पहला संस्करण : फरवरी, 2012
चौथा संस्करण : 2023

प्रकाशक : राजकमल प्रकाशन प्रा. लि.
1-बी, नेताजी सुभाष मार्ग, दरियागंज
नई दिल्ली-110 002
शाखाएँ : अशोक राजपथ, साइंस कॉलेज के सामने, पटना-800 006
पहली मंजिल, दरबारी बिल्डिंग, महात्मा गांधी मार्ग, प्रयागराज-211 001
वेबसाइट : www.rajkamalprakashan.com
ई-मेल : info@rajkamalprakashan.com

मुद्रक : विकास कंप्यूटर एंड प्रिंटर्स
ट्रॉनिका सिटी-201 102

MARANG GODA NEELKANTH HUA
(Vikiran, Pradushan Va Visthapan Se Jujhate Aadivasiyon ki Gatha)
Novel by Mahua Maji

तथाकथित विकास की बलिवेदी पर चढ़ाए गये
धरती पुत्रों/पुत्रियों के नाम...

इस उपन्यास में मरंग गोड़ा और वहां से जुड़े तमाम पात्र, स्थान, कंपनी, खदान, मिल, टेलिंग डैम, नदी, सभी प्रकार की घटनाएं, विचार, आंदोलन आदि काल्पनिक हैं। सगेन, चारिबा, आदित्यश्री, प्रज्ञा, मोमोका, मासायुकि, अरिना, जाम्बीरा, मेन्जारी, सुकुरमुनी, रेकोण्डा, लुड़धु, परगना, सचिव, सगेन की ताई, अभिषेक जैसे ढेर सारे पात्र बिल्कुल काल्पनिक हैं। उनका किसी भी जीवित अथवा मृत व्यक्ति से कोई संबंध नहीं।

आभार

जब कोई यात्री लंबी यात्रा पर निकलता है तो रास्ते में न जाने उसे कितने ही लोगों से कितने प्रकार की मदद लेनी पड़ती है। यात्रा के दौरान वह व्यक्ति भी कम महत्वपूर्ण नहीं होता जो चिलचिलाती धूप में प्यास लगने पर अंजुरी भर जल ही पिला देता है या अंधेरे में जंगल पार करवाने के लिए लालटेन लेकर थोड़ी दूर तक साथ चल लेता है। मेरी इस कथायात्रा के ऐसे तमाम सहयात्रियों, सहयोगियों, सहमर्मियों के प्रति हार्दिक आभार!

कुछ विशेष नाम, जिनसे मेरे इस शोधपरक उपन्यास के लिए तथ्य संग्रह के दौरान किसी न किसी रूप में मदद मिली–

घनश्याम बिरूली {अध्यक्ष-जोआर (झारखंडी ऑर्गनाइज़ेशन अगेन्स्ट रेडिएशन)}, स्वर्गीय चरण मुर्मू (पूर्व परगना, वरिष्ठ सदस्य, जोआर), पुन्ता मुर्मू (वर्तमान परगना तथा वरिष्ठ सदस्या, जोआर), डुमका मुर्मू (सचिव-जोआर), टीकाराम सोरेन, दसमथ मुर्मू, धनीराम टुडु, शिशिर सोरेन, श्याम मुर्मू, कुंवर हांसदा, सुशील कुमार सोरेन, कांडे पूर्ति, जगत मार्डी तथा दुर्गा प्रसाद मुर्मू-वरिष्ठ सदस्य, जोआर, श्रीप्रकाश (फिल्म ऐक्टिविस्ट तथा निर्देशक), दमयन्ती सिंकु ('हो' विदुषी), बलराम पाट पिंगुआ ('हो' विद्वान), आदित्य प्रसाद ('हो' विशेषज्ञ), नितीश प्रियदर्शी (जियोलॉजिस्ट), V.T. Padmanabhan (वैज्ञानिक, परमाणु तथा पर्यावरण संबंधी मामलों के विशेषज्ञ, ऐक्टिविस्ट), Australian Dr. Tilman Ruff (1985 में शांति का नोबेल पुरस्कार प्राप्त अंतर्राष्ट्रीय संस्था–IPPNW–'International Physicians for the Prevention of Nuclear War' के Vice President), प्रबीर कुमार पात्र (बागवानी विशेषज्ञ तथा आयुर्वेद रत्न), जनमजय लागुरी, नाजिर लागुरी ('हो' दिउरी-पुजारी), हरिचरण सिरका ('हो' दिउरी), राउतु पूर्ति (शिक्षा सचिव-आदिवासी हो समाज महासभा, चाइबासा), 'हो' बैद्य डॉ. दास राम बरदा (धर्म सचिव, आदिवासी हो समाज महासभा,

चाम्पिया (पूर्व विधानसभा अध्यक्ष, बिहार), गौतम दत्ता (सारंडा के शिकारी स्वर्गीय बिष्टु दत्ता के पुत्र), चंद्रभूषण देवगम (वरिष्ठ अधिवक्ता, प. सिंहभूम), अभिजीत घोष (माइनिंग के विशेषज्ञ), अशोक कुमार सेन (आदिवासी इतिहास के गवेषक, पूर्व प्रोफेसर एवं विभागाध्यक्ष, इतिहास विभाग, टाटा कॉलेज, चाइबासा, प. सिंहभूम), बिसेश्वर प्रसाद केशरी (झारखंड के बुद्धिजीवी, पूर्व विभागाध्यक्ष, जनजातीय तथा क्षेत्रीय भाषा विभाग, रांची वि. वि.), संजय बसु मल्लिक (जंगल पर आदिवासी अधिकार आंदोलन से जुड़े अग्रणी ऐक्टिविस्ट तथा बुद्धिजीवी), सीताराम शास्त्री (झारखंड के बुद्धिजीवी), शैलेन्द्र महतो (झारखंड आंदोलन के सिपाही, पूर्व सांसद तथा झारखंड मुक्ति मोर्चा के पूर्व महासचिव), गिरिधारी राम गौंझू (झारखंडी भाषा, साहित्य, कला, संस्कृति एवं इतिहास के विशेषज्ञ तथा पूर्व विभागाध्यक्ष, जनजातीय तथा क्षेत्रीय भाषा विभाग, रांची वि.वि.), राजकुमार पाहन (महासचिव, अखिल भारतीय आदिवासी महासभा, झारखंड), बासवी किड़ो (झारखंड महिला आयोग की सदस्य तथा आदिवासी मामलों की जानकार), फैसल अनुराग (पत्रकार तथा आदिवासी मामलों के जानकार), आदिवासी हो समाज महासभा, करिया सोरेन, मंगल मार्डी, आइनो मार्डी, मेघराय सोरेन, पुरसी मांझी तथा कुछ अन्य ग्रामीण।

हरिवंश जी के प्रति भी विशेष आभार, जिनके लेखों में आए विचारों ने मुझे अत्यंत प्रभावित किया।

मेरे मित्र, शुभाकांक्षी, परिवार के सदस्य और प्रकाशक के प्रति भी हार्दिक आभार, जिनकी मदद के बिना यह कार्य संभव ही न हो पाता।

अब इस उपन्यास के शीर्षक 'मरंग गोड़ा नीलकंठ हुआ' से संबंधित कुछ बातें–

पुराणों में वर्णित समुद्र मंथन की कथा को याद करें। समुद्र मंथन के उपरांत अमृत के साथ विष भी निकला था। सुर और असुर दोनों अमृत चाहते थे। विषपान करने को कोई तैयार नहीं था।

यूरेनियम से प्राप्त होने वाली सस्ती बिजली, देश को सशक्त करने वाले परमाणु हथियार, कैंसर के इलाज के लिए यूरेनियम से प्राप्त किरणें इस कलिकाल के लिए अमृत तुल्य हैं और देव दानव सभी उन्हें पाना चाहते हैं।

यूरेनियम खनन के उपरांत जो विकिरण रूपी विष फैलता है, उसे अपने कंठ में शिव की तरह धारण कर मरंग गोड़ा जैसे इलाके, वहाँ की वनस्पतियां, वहाँ के लोग, पशु-पक्षी, मछली-मेंढक नीलकंठ होते हैं। क्या उनके बारे में कोई सोचता है?

–महुआ माजी

अनुक्रम

पत्थरों का डॉक्टर

ततंग (दादाजी) उसे पत्थरों का डॉक्टर बनाना चाहते थे। ये उन दिनों की बात है जब मरंग गोड़ा में सभी के हाथ पांव बिल्कुल सही सलामत थे। किसी का सिर असामान्य रूप से बड़ा या छोटा नहीं दिखता था। किसी की देह घिनौने घावों से बजबजाती नहीं थी। केंदु फल के बीज न तो टेढ़े हुआ करते थे और न ही गायब। गाय बकरियों के जबड़े, दांत या मसूड़े सड़ गल कर गिरते नहीं थे। आसन्न तूफ़ान या बारिश की जानकारी देने के लिए लिपि जैसे लाल मटमैले पंछी गांव, जंगल, टोला में हर वक्त मोतायेन रहते। लोग भक्ति श्रद्धा से बिर बोंगा (जंगल देवता)...बुरू बोंगा (पहाड़ देवता) की पूजा किया करते।

सगेन के ततंग ने ही सगेन नाम रखा था अपने पोते का। सगेन यानी फुनगी। टहनी के ऊपर निकल आई नयी कोमल पत्तियों वाली फुनगी। उनकी वंश बेल को बढ़ाने वाला सगेन!

सगेन को अपनी मातृभाषा के शब्द सामर्थ्य पर बड़ा गर्व रहा है। अक्सर मित्र मंडली में कहता है– "अगर कोई पेड़ या उसका कोई हिस्सा गिरा हो तो तुम लोग कहोगे– एक पेड़ गिर गया या टहनी टूट गयी। यानी एक बात को समझाने के लिए कई कई शब्द! फिर भी सुनने वाला बिना देखे, बिना जाने पेड़ की सही स्थिति का पता लगाने में असमर्थ! लेकिन हम सिर्फ एक शब्द खर्च करके समझा सकते हैं कि पेड़ का कौन सा हिस्सा टूटा है, कैसे टूटा है और वह किस स्थिति में गिरा पड़ा है। 'रूब्' यानी जड़ समेत पेड़ का उखड़कर गिरना। पेड़ पर चढ़े किसी व्यक्ति के भार से, उसके हाथ या पैर से लगकर कोई शाख टूटे तो उसे 'होचः' कहेंगे। 'चोएः' कहूं तो समझना पेड़ का तना तो जड़ समेत खड़ा है लेकिन उसके ऊपर का हिस्सा टूट कर गिर गया है। 'रापुड़्' शब्द खड़े पेड़ की किसी डाली का, तने के बाहरी आवरण को छीलते हुए गिर पड़ना इंगित करता है तो 'टोयः' किसी फुनगी के तोड़े जाने का संकेत देता है।"

सगेन के ततंग यानी जाम्बीरा को पता था कि फुनगियां अपने आप आसानी से नहीं टूटतीं। हरियाली लातीं हैं जंगल में, जंगलवासियों के जीवन में...तभी तो उन्होंने अपने प्यारे पोते का नाम रखा था सगेन! यानी कि फुनगी!

सगेन के ततंग को...जाम्बीरा को जंगल से प्यार था। बहुत प्यार। शायद सगेन के हिस्से में आए प्यार से भी ज्यादा। इस प्यार को उस प्यार में और उस प्यार को इस प्यार में उड़ेलते हुए जंगल के ढेरों किस्से कहानियां सुनाया करते वे। सगेन को अब भी बचपन में सुनी वे कहानियां रोमांचित करती हैं। सगेन जानता है वे कहानियां नहीं हकीकत थीं। उसके पूर्वजों की हकीकत! उनका सच! जब एशिया के सबसे बड़े और घने साल वृक्षों के जंगल सारंडा में वे रहते थे। सरजोम (साल) के ऊंचे ऊंचे वृक्षों से अटे ऐसे जंगल में जहां सूरज की रोशनी को भी धरती छूने में खून पसीना एक कर देना पड़ता। जब पेड़ के ऊपर बैठे बैठे उसके पुरखे तीर चलाया करते...जब एक पेड़ से कूदकर दूसरे में, दूसरे से तीसरे में, तीसरे से चौथे में और इसी तरह जंगल की खाक छानते थे शिकार की खोज में...।

ततंग के बड़े भाई की झोपड़ी से थोड़ी दूर अत्यंत घने जंगल में स्थित वह भयानक दलदली इलाका भी उसकी स्मृतियों में था जिसमें हाथी तक समा जाते थे और एक बार जिसमें गिरते गिरते बची थी स्वयं उसकी जियंग (दादी)। बचपन में सुनी कहानियों की डोर थामे युवा सगेन सारंडा का चक्कर लगा आता था बीच बीच में। मरंग गोड़ा से कुछेक कोस की दूरी पर ही तो है सारंडा का वह घना जंगल!

सारंडा– अर्थात् सात सौ पहाड़! या कि सात सौ पहाड़ियों का जंगल! मैदानी इलाकों से करीब एक हजार आठ सौ फीट ऊंची पहाड़ी पर स्थित अपने ततंग के बड़े भाई के गांव थोलकोबाद से कुछेक किलोमीटर आगे ही तो हुआ करता था वह दलदल– जो अब ऊपर से सख्त हो चुका था। अवशेषस्वरूप अंदर कहीं रह गयी थी नमी। तभी तो स्प्रिंग लगे गद्दे की तरह उछलता रहता था वह हौले हौले दलदल की सतह पर खड़े होकर! वर्तमान और अतीत के झूले में झूलता हुआ...आसपास के साल नाचते रहते थे उसकी निगाहों में...ऊंचे ऊंचे, मोटे मोटे साल! तमाम जंगलों के साल वृक्षों की लंबाई को मात देते साल! करीब एक सौ चालीस, एक सौ पचास फुट ऊंचे साल! उसके पुरखों की वास भूमि के साल! उनका पवित्र सरजोम!

“आखिर इस जंगल के साल इतने घने, मोटे और ऊंचे कैसे होते हैं?” पढ़े लिखे, जवान होते सगेन के मन में सवाल कुलबुलाते। “ततंग तो कहा करते थे– ‘वन देवता की कृपा है इस जंगल पर। आसपास के सभी जंगलों से पहले बारिश हो जाती है यहां। बरसात से पहले ही। साल के बीज गिरने के चार पहर के अंदर अंदर। मध्य बैशाख में ही...।’ ”

फॉरेस्ट गार्ड को पकड़ा था एक दिन सगेन ने– “राज क्या है भैया? पता करो न अपने रेंजर साहब से, वन अधिकारियों से...”

काफी आरजू मिन्नत के बाद फॉरेस्ट गार्ड के अधकचरे ज्ञान और सूचना पर ही सही, यकीन करते हुए उसने जानी थी अंदर की बात– “आपके पुरखों के इस जंगल को कुदरत ने इतना ज्यादा घना बना दिया था कि सूरज की रोशनी का पान करने के लिए साल के नन्हे पौधे, बड़े होते पेड़ गरदन उचकाते उचकाते सामान्य से ज्यादा, बहुत ज्यादा ऊंचे होते चले गए! ठीक जिराफ की तरह! फर्क सिर्फ इतना कि जिराफ की गर्दन पत्तों तक पहुंचने के लिए पीढ़ी दर पीढ़ी क्रमशः लंबी होती गई और साल के तनें पत्तों को धूप मुहैया कराने की होड़ में ऊंचे होते गए साल दर साल...!”

सगेन को पूरे यकीन के साथ अपनी बातें सुनते देख फॉरेस्ट गार्ड ने बताया था– “साल के पेड़ों में अपनी लंबाई से छः गुना अधिक ऊंचाई तक के इलाके को ठंडा रखने की क्षमता होती है। यानी एक सौ चालीस फीट, एक सौ पचास फीट से छः गुना ऊपर तक के आसमान को ठंड से ठिठुरने पर विवश कर देते हैं सारंडा के साल! इधर पैरों तले बिछे सूखे पत्तों के मरमरी बिछावन में साल अपने बीज गिराते हैं, उधर आसमान में उड़ते बादल मानसून से पहले ही ठंडक पाने पर बरसने लगते हैं...ठीक सारंडा के इलाके में ही! सूखे पत्तों पर गिरे बीज, उन बीजों पर गिरे पत्ते, पत्तों से छन छन कर आती नमी एक ऐसा माकूल परिवेश निर्मित करते हैं कि देखते ही देखते बीज अंकुरित हो उठते हैं। वरना यदि इनके गिरने के एक दो दिनों तक नमी न मिले तो ये बीज वीरगति को प्राप्त हो जाएं!”

क्या हिसाब किताब है कुदरत का! सगेन हैरान हुआ था। ठीक ही कहते थे ततंग कि वन देवता की अपार कृपा है उनके सारंडा में, तभी तो वर्षों से यह जंगल घना और घना होता चला आया था। इतना घना कि कहीं कहीं तो दिन के दस बारह बजे तक जंगल में घुप्प अंधेरा छाया रहता...

अपने पुरखों के ऐसे सुंदर और घने जंगल को छोड़ सगेन के दादाजी यानी जाम्बीरा एक दिन चले आए थे मरंग गोड़ा! क्यों आए थे, इसकी भी लंबी कहानी...दुःखद कहानी...लेकिन बाद में! फिलहाल मरंग गोड़ा!!!

मरंग गोड़ा के संतालों में खलबली मच गयी थी जब यह सूचना फैली कि सारंडा से...सिंहभूम के 'हो दिशुम' से कुछ 'लरका कोल' लोग आए हैं यहां रहने। 'लरका कोल'? यानी ऐतिहासिक कोल विद्रोह के वे भयंकर लड़ाकू? जिन्होंने अंग्रेजी सेना को अपने क्षेत्र से भगाने के लिए...उन्हें लगान न देने के लिए...उनकी अधीनता न स्वीकारने के लिए भयंकर लड़ाइयां लड़ीं थीं? अंग्रेजों के बंदूकधारी, शक्तिशाली सैनिकों को तीर धनुष से मार मार कर घोड़ों सहित घने जंगल के बीच सेरेंगसिया घाटी में गायब कर दिया था...?

– गायब नहीं किया था रे! मंत्र पढ़कर उन्हें तितली बना दिया था, चिड़िया बना डाला था। वो गीत सुना नहीं तुमने जिसे लोदो बूढ़ा गाया करते थे?

– हां, हां सुना तो है पर ये बताओ कि क्या राक्षसों जैसे दिखते हैं वे?

– क्या उनके दांत बहुत बड़े बड़े हैं?...

साप्ताहिक हाट में बात फैलने की देर थी कि उन्हें देखने के लिए आने लगे थे ग्रामीण! घाटशिला से...दलमा पहाड़ की तलहटी से...दूर दराज के पहाड़ी गांवों से...

– जोहार! (नमस्ते!)

– जोअर!! जोअर!!!

– अरे, ये तो लगभग हमारी तरह ही बोलते हैं...हमारी तरह ही दिखते हैं...कोई खास फर्क ही नहीं हममें और इनमें! वैसा ही रंग! वैसा ही गठीला बदन...!

इस सार्वजनिक राय से मरंग गोड़ा के ग्रामप्रधान मांझी भी आश्वस्त हुए थे जिन्होंने बिना कुछ सोचे समझे ही उदारता से उन्हें अपने गांव में शरण दे दी थी। कहा था– "जंगल साफ करके बस जाओ तुम लोग। हमें कोई आपत्ति नहीं...।"

फिर तो धूमधाम से रस्म हुई। एक जैसे कपड़े पहनकर 'संताल' और 'लरका कोल' यानी 'हो' जनजाति के लोगों में फूल बैठाने की रस्म। दोस्त मान लिया गया एक दूसरे को। फूल बनकर प्रेम से रहने लगे वे मरंग गोड़ा में साथ साथ। शुरू शुरू में इशारे ज्यादा, बातें कम। मगर बहुत जल्द ही एक दूसरे की

भाषा भी अच्छी तरह समझने बूझने लगे। 'हो' और 'संताली' भाषा बिल्कुल एक समान नहीं तो बहुत अलग भी नहीं। अलग हो भी क्यों? आखिर होड़ो समुदाय की ही तो शाखाएं हैं– मुंडा, हो और संताल!

'हो' लोगों के समूह की गर्भवती औरतों को 'संताली' महिलाओं ने खबरदार किया था– "भूल कर भी उधर उस पश्चिम वाले तीसरे पहाड़ को पार मत करना रे!"

– "क्यों?"

– "क्योंकि उस पहाड़ का बोंगा (देवता) बड़ा गुस्सैल है। बच्चा खराब कर देता है। पेट में ही मर जाएगा बच्चा...।"

– हायनाऽऽऽ !!! अब बेचारी औरतें करें तो क्या करें? अकेले मरद की मजदूरी से पेट भरे तब तो? उस पहाड़ के पीछे वाली ढलान पर ही तो मिल रही है मजदूरी। तांबे की खदान है वहां। खदान का काम...खदान के आसपास सड़क बनाने का काम...पत्थर आदि हटाने-ढोने-तोड़ने के लिए भी तो ढेरों मजदूर चाहिए। वरना इतनी दूर चलकर क्यों आते वे? वैसे ये गांव भी तो खदान से थोड़ा दूर ही पड़ता है। यहां बसने से पहले खदान के और नजदीक वाले गांव में शरण लेने गए थे वे। गांव के मांझी ने एक खास जमीन पर रहने की अनुमति भी दे दी थी कि जाओ, उधर का जंगल साफ करके तुम लोग झोपड़ी बना लो। लेकिन जैसे ही वे भूमि पूजन के लिए जाने लगे, ठीक दी गयी जमीन के पास दो दो डूर पंछी चलते हुए दिख गये। अब ऐसे अशुभ सगुन को देखकर भी वहां रहना सुरक्षित होता क्या? इसीलिए तो उन्हें आना पड़ा मरंग गोड़ा।

उन दिनों जाम्बीरा की कोई येरा (घरवाली) नहीं थी न, इसलिए वह निश्चिंत होकर काम पर जाता। अपनी मेहनत और ईमानदारी से एक अंग्रेज अफसर का दुलारा बन बैठा था वह। उस गोरे चिट्टे, लंबे चौड़े साहब को कभी नहीं भूल पाया जाम्बीरा। बस उसे छेड़ने भर की देर होती और वह शुरू हो जाता–

– "टेबुल घड़ी सामने रखकर काम करवाते थे हमारे कोलड्रेट सयोब (साहब)! आठ घंटे से एक मिनट ज्यादा काम नहीं कराया कभी। मजदूरी भी ठीकए ठाक दे दिया करते। हायनाऽऽऽ क्या फुरती से जीप गाड़ी चलाया करते थे सयोब! शाम को तो जब तब फुर्रर्रर-फुर्रर्रर्रर टाटा क्लब के लिए निकल पड़ते।"

– "क्यों जाम्बीरा! तुझे तेरे साहब ने कभी बैठाया की नहीं जीप गाड़ी में?" कोई अनजाने में पूछता तो कोई जान बूझकर। और, जाम्बीरा भोलेपन से जवाब

देता, "एतना बड़ा सयोब...राजा माफिक। उ हमको अपने साथ कैसे बैठाएगा रे? वैसे सामान चढ़ाने उतारने के बहाने माल ढोने वाली गाड़ी की पीठ पर खड़े होकर एक आध बार उनकी जीप के पीछे पीछे हो आया हूं टाटा नगर! या बड़े बड़े पहाड़ से मकान! चकमक चकमक गाड़ियां...मजे की जिंदगी है तो इन बड़े लोगों की ही...लिखा पढ़ी करके ठाठ से सयोबगिरी करने वालों की ही...। हम अनपढ़ गंवारों की भी कोई जिंदगी है? कितनी बार कहा उस भले अंग्रेज सयोब ने– 'टुम मैट्रिक टख खी पड़ाई खर लो जाम्बीरा! हाम टुमको पाट्ठारो का डॉक्टर बाना डूंगा...'।"

देखते देखते अंग्रेज चले गए। खदानों में काम करते करते बाल पक गये मगर जाम्बीरा कभी नहीं बन पाया पत्थरों का डॉक्टर! इसीलिए तो उसने अपने पोते के लिए सपना देखा था– "तुम्हें बड़ा होकर पत्थरों का डॉक्टर ही बनना है सगेन!"

सगेन नहीं बना पत्थरों का डॉक्टर। चाहता तो बन भी सकता था...अपने ततंग की इच्छापूर्ति के लिए ही सही। मगर अब समझदारी का चश्मा लग गया था सगेन को। कैसे खुश होता आकाश में चक्कर काटते हेलिकॉप्टरों को देखकर? जैसे कि उसके ततंग– जाम्बीरा हुआ करते थे उसके जन्म से काफी पहले। जब बा साहब आए थे मरंग गोड़ा। बा साहब! बहुत बड़े वैज्ञानिक! हेलिकॉप्टर से घूमते थे। मरंग गोड़ा के जंगल से ढके पहाड़ों के ऊपर चक्कर पर चक्कर लगाते रहते। सूईं कांटा लगा रहता था हेलिकॉप्टर में। नीचे रहते थे जियोलॉजिस्ट। पत्थरों के डॉक्टर! न जाने क्या क्या पता लगाते ये लोग! जगह जगह पर निशान बनाते। फिर ब्लॉक का नाम पता करके लिख लिया जाता...। जाम्बीरा को ये सारी गतिविधियां रोमांचित करतीं।

...कितने महत्वपूर्ण स्थान में आ बसे हैं वे लोग! बरसों पहले अंग्रेज भले ही चले गए पर आज भी कितने बड़े बड़े लोगों का आना जाना! जाम्बीरा फूला नहीं समाता। बाहर से आए अफसरों के लिए, अधिकारियों, कर्मचारियों और पत्थर के डॉक्टरों के लिए नये नये जंगल साफ करके तंबू लगाता। पहाड़ी झरनों, नदियों से टीना भर भर कर तंबुओं में पानी पहुंचाता। दूध, सब्जी, चावल, आटा, मांस, मछली, शराब...तमाम खाने पीने की चीजों की जुगाड़ी में भिड़ा

रहता। पहाड़ी की खड़ी चढ़ाई को अनदेखा कर सुबह से शाम तक भारी भारी सामान ढोता। बदले में जो भी मजदूरी मिल जाती, खुशी खुशी स्वीकार कर लेता। नमक भात खाने लायक पैसे तो मिल ही रहे थे। बिलकुल संतुष्ट था वह।

सैकड़ों तंबू और लगभग हर तंबू में जाम्बीरा की आवाजाही, जाम्बीरा की पूछ! लेबोरेटरी की सफाई करते वक्त सवाल कर बैठा था एक दिन जाम्बीरा– "ये आप लोग रोज इस मशीन में आंख गड़ाकर क्या देखते हैं सयोब?"

साहब मुस्कुराए– "बड़ी ही भयंकर चीज देखते हैं रे जाम्बीरा! तू देखेगा न तो एकदम से पगला जाएगा।"

– "ऐसी कौन सी चीज है इस छोटी सी मशीन में सयोब?" जाम्बीरा की उत्सुकता चरम पर!

– "यही तो वह चीज है जो अब तक इस देश में कहीं नहीं मिली थी...जो यहां इन पहाड़ों के नीचे दबी पड़ी है।"

– "तांबे जैसी कोई दूसरी चीज सयोब?" यह जाम्बीरा के वर्षों तांबे की खदान में काम करने का अनुभव बोल रहा था।

– "नहीं रे पागल! तांबे से बहुत अलग! बहुत ज्यादा कीमती! बहुत ही भयानक! और उसी भयानक चीज के छोटे छोटे कणों को निकालकर देखते हैं हम इस मशीन में।"

– "तो जरा मुझे भी दिखाइए न सयोब! ऐसी कौन सी चीज छिपी है यहां?"

– "पहले बता, तू डरेगा तो नहीं?"

– "नहीं सयोब! बच्चा हूं क्या?" जाम्बीरा शरमाया।

– "तू अपने साथियों को बताएगा तो नहीं ?"

– "नहीं सयोब, इधर के साथी लोग को तो बताइबे नहीं करेंगे।" जीभ निकाल कर हथेलियों से अपने कानों को मरोड़कर सिर हिलाते हुए कहा था जाम्बीरा ने।

– "ठीक है तो आ। इधर आंख रखकर देख..."

आंख रखने की देर थी कि पल में जाम्बीरा की चीख ने तमाम तंबुओं की सीमा के पार तक का सफर तय कर लिया था। उसकी दोनों आंखें भय से फैलते हुए मानो कपार पर जाकर अटक गयी थीं। कंपकंपी छूटने लगी थी उसकी...

– "क्या देखा था आपने उस मशीन में ततंग?" बचपन में सगेन भी सुनने को बेताब रहता पूरी बात।

— "यह मैं ठीक ठीक नहीं बता सकता सगेन! वह एक विचित्र सा अनुभव था। मानो एक दहकता अंगारा, एक अलौकिक तेज से भरा हुआ उजियारा था मेरी आंखों के सामने। बहुत पिलिह पिलिह! बहुत ही चमकीला..."

— "आग की तरह?"

— "नहीं रे! बिल्कुल आग की तरह भी नहीं, पर कुछ कुछ वैसा ही...मगर उससे बहुत ज्यादा भयानक! आग तो पीला होता है न! उसका रंग शायद सफेद सा था। चमकता दमकता एक गोला...ठीक गोला भी नहीं...बहुत ही भयंकर...।"

जाम्बीरा कभी भी सही सही उसके रूप, आकार, प्रकार का वर्णन नहीं कर पाता था। फिर भी सबको बताता चलता। खास तौर पर तब जब आंगन में मेहमानों या अपने दोस्तों के साथ बैठकर चावल की शराब, 'डियंग' या महुए की दारू, 'आरकि' पीता।

सगेन की जियंग (दादी) के कानों में बात पड़ते ही वह टः-टः कर हंसती। "जब ठीक ठीक समझा ही नहीं पाते तो लोगोर-लोगोर सबको बताने की जरूरत ही क्या है? इतने बरस बीत गए मगर अभी तक नहीं भूले तुम उस चीज को...न जाने ऐसा क्या देख लिया था तुमने उस मशीन में।"

— "ये घटना तो केवल दस बारह बरस पहले की है हिलि (भाभी)! यही कोई सगेन की उमर के बराबर के समय की होगी। इ जाम्बीरा तो तीस पैंतीस बरस पहले के तांबा खदान वाले अपने कॉलड्रेट साहब को भी नहीं भूल पाया अब तक!" ततंग के दोस्त लुड़धु सोरेन ने उंगलियों के पोरों से बरस का हिसाब लगा लगा कर कहा था एक दिन।

"हर बात में कॉलड्रेट साहब! कॉलड्रेट साहब! है कि नहीं?"

ततंग ने मूड़ी हिला हिला कर हामी भरी थी।

तांबे की खदानों में काम करने के लिए ही तो वे आए थे मरंग गोड़ा। दोस्तों के बीच जाम्बीरा की पुरानी यादें ताजा हो जातीं। तीन चार दशक पहले के दिनों में जीने लगते वे। डियंग उनसे बुलवाता रहता और बालक सगेन किसी कोने में बैठ चुपचाप अपने ततंग के अतीत में डुबकी लगाता रहता। छोटी छोटी, बड़ी बड़ी बातों की, घटनाओं की पूंछ पकड़ पकड़ कर पूरी मछली को तालाब से बाहर खींच लाने की कोशिश करता। कभी वह फिसलती, कभी पकड़ में आती...

पोनाई की रात, महुए की गंध और बहकती हवा

दूर वाली तांबे की खदान में काम चल रहा था उन दिनों। दिन भर की कड़ी मेहनत के बाद कई कई पहाड़ियों को पार करके अपनी झोपड़ी में लौटते लौटते अंधेरा काफी गहरा जाता। भूख से अंतड़ियां ऐंठाने लगतीं जाम्बीरा की। सगेन के युवा ततंग की। इसलिए बंद झोपड़ी का दरवाजा खोल सबसे पहले लकड़ी का चूल्हा जलाने बैठ जाता। फिर एक बड़ी सी मिट्टी की हांडी में चावल और आलू सिझाकर झटपट भोजन पका लेता। थाली में भात परोसने से पहले सुड़क सुड़क कर लोटा भर गर्म मांड़ पीना अच्छा लगता उसे। चुटकी भर नमक मिली हुई मांड़ उसमें एक अद्‌भुत ताजगी ला देती। खाना खाकर हांडी में जो बचता, उसमें पानी डालकर सुबह और दोपहर के लिए रख देता वह। यही खाना तीनों बेरा के लिए। क्योंकि भोरे भोर किसी तरह मुंह में तुपु मंडि (बासी भात) के बड़े बड़े कौर डालकर होरबोर होरबोर (जल्दी जल्दी) जंगल के रास्ते से खदान जाने के लिए निकलना जो पड़ता उसे। निकलने से पहले मिट्टी के एक बरतन में दोपहर का भात रख कपड़े का बुजड़ा बनाकर उसे बाआरी सोटा में टांगना नहीं भूलता वह। इसे भूलेगा तो दोपहर बाद काम करने की ताकत आएगी कैसे? हां, तो कंधे पर टिकी बाआरी सोटा को एक हाथ से तथा कुदारी को दूसरे हाथ से संभालते हुए दौड़ते हांफते, गिरते पड़ते कई कई पहाड़, नदी, जंगल को नापते हुए खदान तक पहुंच ही जाता। इसी तरह महीनों बीत गए मरंग गोड़ा में। अब यह जगह उसे रास आने लगी थी। अपने गांव की...अतीत की यादें धुंधला रही थीं।

उस दिन काम से लौटने के बाद जाम्बीरा ने लकड़ी सुलगाकर चूल्हे पर भात का पानी चढ़ाया ही था कि उसके एक दोस्त ने एक घायल विशालकाय मुर्गा लाकर आंगन में पटक दिया और उसे आवाज दी, "जाम्बीराऽऽऽ...ओऽऽ जाम्बीराऽऽऽऽऽ..." हाथ में जलती ढिबरी लेकर झोपड़ी से बाहर आते आते जाम्बीरा ने सोचा– रात के नाच के लिए बुलाने आया होगा लुड़धु सोरेन। मगर इतनी जल्दी?

चांदनी रात में आंगन में फड़फड़ाते मुर्गे पर उसकी नजर पड़ी। दोस्त बोला, "चलो जाम्बीरा, मुर्गा रांधते हैं। घर पर सरसों तेल और हल्दी मिर्च है न?"

– "हां है। लेकिन कहां से लाया मुर्गा?"

– "मुर्गा लड़ाई में जीतकर लाया हूं।" जीत की खुशी लुड़धु के चेहरे से चू रही थी।

– "हाट गया था?"

– "हां, तू जाता तो बड़ा मजा आता। आज लड़ाई बड़ी जमी थी। मैंने सबसे नामी उस्ताद के हाथों अपने मुर्गे के पांव में छुरी बंधवाया था। पूरा एक आना देकर। क्या बहादुरी से लड़ा आज मेरा मुर्गा। तू देखता न तो तेरे भी होश उड़ जाते।"

– "भीड़ हुई थी?"

– "भीड़ माने भीड़? अरे सैंकड़ों लोगों ने मेरे मुर्गे पर दांव लगाया था। इधर लगातार छः सात बार अलग अलग हाटों में अलग अलग मुर्गों को हराकर बड़ा नाम जो कमाया है मेरे जांबाज मुर्गे ने। लड़ाई शुरू होते ही घेरे के चारों ओर गोलाई में खड़े सैंकड़ों लोग चिल्ला चिल्लाकर उसका हौसला बढ़ाने लगे और वह भी बड़ी फुर्ती से चोंच मार मारकर, मार मारकर अपने प्रतिद्वंद्वी को घायल करने लगा। या ऊंचा ऊंचा उड़ उड़कर पैर पर बंधी छुरी से उसे लहूलुहान करता रहा। किसकी मजाल थी कि उसके सामने टिकता। हालांकि उसका प्रतिद्वंद्वी मुर्गा भी कमजोर नहीं था। कई हाटों में कइयों को हरा चुका था वह। इसलिए उसके वार भी झेलने पड़ रहे थे उसे।"

"लड़ाई के बीच एक बार भी थका नहीं तेरा मुर्गा?" जाम्बीरा ने ढिबरी उचकाकर आंगन में पड़े मुर्गे का अच्छी तरह से मुआयना करते हुए कहा।

"अरे हां। एक बार थककर शांत खड़ा हो गया था अपने प्रतिद्वंद्वी के गले से गला मिलाकर। ठीक ऐसे जैसे जनम जनम के दोस्त हों दोनों। मैं तो डर ही गया था। दौड़ कर उसके पास पहुंचा और उसके कान में मंत्र पढ़ा। उस पर दांव लगाने वाले लोगों ने भी आकर मंत्र पढ़ना शुरू कर दिया। फिर सलाई जलाकर उसके घावों को सेंका लोगों ने मिलकर। उसके प्रतिद्वंद्वी मुर्गे की भी सेवा टहल हुई। फिर दोनों ही चंगे होकर लड़ने लगे। मेरे मुर्गे ने तो जीत कर ही दम लिया। अपने पैर पर बंधी छुरी से सीधे सामने वाले मुर्गे के गले पर हमला किया और वह बेचारा छटपटाकर ऐसे गिरा...ऐसे गिरा कि फिर उठ ही न पाया। पहले

कभी मेरे किसी मुर्गे ने ऐसी बहादुरी से लड़ाई नहीं लड़ी थी। सच कहता हूं, पूरा मैदान खून के छींटों से लाल हो उठा था।''

भोले भाले लुड़धु के चेहरे पर एकाएक आदिम हिंसक प्रवृत्तियां प्रतिबिंबित होने लगी थीं। मुर्गा लड़ाई– क्रमशः आदिम से सभ्य होते मानव के अंदर दमित आक्रोश का व्यक्त रूप। सेफ्टी वॉल्व मेकैनिज्म!

मुर्गा लड़ाई– जिसका उन्माद यहां के शासक वर्ग की नींद हराम करता रहा... उन्हें भयभीत करता रहा...कि न जाने कब मुर्गों को लड़ाते लड़ाते वे आपस में ही लड़ पड़ें...कि उनकी ये सामूहिक ऊर्जा कहीं अपने शासकों या शोषकों के खिलाफ बगावत की चिंगारी ही न बन जाए...राजाओं के खिलाफ, मुगलों के खिलाफ, जमींदारों, सरदारों, या सूदखोरों के खिलाफ! कई एक बार ऐसा हुआ है...तभी तो इनके वर्तमान शासक– अंग्रेजों द्वारा इस हिंसक खेल पर बार बार प्रतिबंध लगाया जाता रहा...उन्हें रोका जाता रहा...पर ऐसी चीजें कभी रुकती हैं भला? ये तो सिर्फ दो पक्षियों को लड़ाकर संतुष्ट हो रहे हैं मगर उन शासकों की प्रजाति के लोग, गोरे लोग तो रोम में आयोजित और भी खूंखार खेल 'रोमन कोलेसियम' के साक्षी रहे हैं। अफ्रीका जैसे गुलाम देशों से जीतकर लाए गए गुलामों को भूखे हिंस्र पशुओं से लड़ाना और ऊंचे ऊंचे स्टेडियमों की दर्शक दीर्घा में बैठ उन क्रूरतम दृश्यों का लुत्फ उठाना इस तथाकथित सभ्य प्रजाति का भी तो प्रिय शगल रहा है। विश्वस्त आंकड़े बताते हैं कि लगभग चार सौ सालों तक चले इस खूंखार खेल ने कम से कम पांच लाख गुलामों की जान तो ले ही ली होगी।...

जाम्बीरा या लुड़धु जैसे आदिवासियों को यह सब पता नहीं। पता होता तो शायद वे पलटकर सवाल करते।...

''कई महीनों से तूने काफी मेहनत की थी उस पर, है न?'' जाम्बीरा ने उस दिन पूछा था लुड़धु से।

''हां। खूब खिला पिलाकर, सिखा पढ़ाकर तैयार किया था अपने उस लड़ाकू मुर्गे को।''

''कहां है तेरा वह बहादुर लड़ाकू?''

''घर पर छोड़ आया हूं। सिर्फ जीतकर लाए हुए मुर्गे को तेरे यहां ले आया हूं रांधने के लिए। मां कल बहन के घर गयी है न! इसीलिए।''

ठीक उसी समय बगल की झोपड़ी से अपनी सहेली को नाच के लिए बुलाने जा रही सजी धजी सुकुरमुनी की नजर मुर्गे पर पड़ी और उसने ठिठक कर चुहल की– "अकेले, अकेले? हमें नहीं खिलाएगा मुर्गा?"

"तुम लड़कियां मुर्गा लड़ाने तो कभी जातीं नहीं। मगर खाते समय हिस्सा बैठाने जरूर आ जाती हो। वैसे खाना ही है तो चल मसाला पीस दे।" लुड़धु ने मजाक मजाक में ताना भी मारा और मौके का फायदा भी उठाया।

"अखड़ा जाना है लागड़ें नाच के लिए।" सुकुरमुनी ने पीछा छुड़ाना चाहा।

"और हमें नहीं जाना क्या? अभी देर है। चल जल्दी जल्दी हाथ लगा दे। फिर हम भी निपट लें।"

सुकुरमुनी मान गयी। झोपड़ी से प्याज, लहसुन, हल्दी, मिर्च वगैरह लाकर आंगन में रखे सिलबट्टे पर पीसने लगी। जाम्बीरा खौलते पानी में सुकुरमुनी और लुड़धु के लिए भी चावल डाल आया। फिर दोनों दोस्त आंगन के कोने में बैठ छटपटाते मुर्गे का सर काटकर उसके पंखों को नोच नोचकर साफ करने में लग गए। सुकुरमुनी बीच बीच में उठकर अंदर चूल्हे में सीझते भात को कलछुल से चला आती। बुझती लकड़ी में फूंक मार मारकर लौ को तेज करती और चूल्हे में ढेर सारा जलावन ठूंस देती। उस दिन जाम्बीरा और सुकुरमुनी ने मिलकर जाम्बीरा की अदिंग (रसोई) में मुर्गा पकाया था। रांधते समय बीच में ही ढिबरी का तेल खत्म हो गया। अंधेरे में कई बार दोनों के हाथ टकराए। जलती लकड़ियों की लौ में दोनों ने एक दूसरे के दमकते चेहरे को चमकती आंखों से देखा। जाम्बीरा के गठियाए पुट्ठे फड़क उठे। सुकुरमुनी के गले में पड़ी चांदी की मोटी हंसुली पीली आंच में सोने सी झिलिक मारती रही। चांदनी में नहाये आंगन के पत्थर पर मुर्गा भात के इंतजार में बैठा लुड़धु बांसुरी बजाता रहा...

खाते वक्त सुकुरमुनी की सहेली समेत दो चार लोग और जुट गये थे। आंगन में बैठकर मिल बांटकर खाना खाया था सबने। सुकुरमुनी के लाल पाड़ वाली सफेद साड़ी पर जगह जगह मसाले का रंगीन छींटा पड़ चुका था और उसके सीधे सादे मन में चढ़ चुका था जाम्बीरा के पुट्ठों का रंग! उस रात के नाच में सुकुरमुनी और जाम्बीरा के हाथ एक दूसरे की कमर को बड़ी ही नजाकत से सहलाते रहे थे। आंखों में एक अलग तरह का सुरूर उतर आया था। अखड़े में रहने के बावजूद ढोल, मांदर और नगाड़े की थाप, गीतों के बोल बहुत दूर

से आते हुए प्रतीत हो रहे थे। दोनों ने छककर महुए की शराब जो पी रखी थी। पोनाई (पूर्णिमा) की रात का नशा भी सर चढ़कर बोल रहा था। तभी तो नाचते नाचते सुकुरमुनी को पता ही नहीं चला कि जाम्बीरा कब उसे लेकर अखड़ा से बाहर चला आया है। सब नाच में इतने मत्त थे कि किसी का ध्यान इस ओर गया ही नहीं। नशे में पांव लेकेर लेकेर (लड़खड़ाना) कर रहे थे दोनों के। फिर भी एक दूसरे को संभालते हुए पहाड़ी ढलान की लाल मिट्टी वाली पथरीली पगडंडी से थोड़ा नीचे उतरकर पुटुस की झाड़ियों के बीच से रास्ता बनाते हुए एक टीले पर चढ़ गये वे दोनों। छतरी की तरह फैले महुआ के पेड़ के नीचे देर तक बैठे रहे...मांदर और नगाड़े की थाप, गीतों के बोल भी अखड़े से उतरकर उनके इर्द गिर्द की हवा में तैरने लगे थे। उनकी सांसों से रह रहकर रिसती महुए की गंध ने हवा को भी उनकी तरह बहका दिया था। उस पहाड़ी टीले से आज का चांद बड़ा सुंदर दिख रहा था। मानो दूध से भरा चांदी का कटोरा उल्टा तैर रहा हो! पेड़ों की फुनगियों पर बैठी अलस चांदनी से भरी वह रात बहुत हसीन लगने लगी थी...।

अगले दिन भोरे भोर सुकुरमुनी जाम्बीरा की झोपड़ी में पहुंच गयी। उसे जगाया। इतनी सुबह उसे देख जाम्बीरा अचकचा उठा। थोड़ी देर पहले ही तो नाच से लौटा था। आंखें खोले नहीं खुल रही थीं। नींद भरी लड़खड़ाती आवाज में पूछा– "क्या बात है सुकुरमुनी? हमारे बगैर नींद नहीं आ रही है क्या?"

– "धत्!" सुकुरमुनी लजाई।

– "तो क्या बात है?"

– "कल रात हम सबने तेरा सारा भात खाकर खत्म कर दिया था न, जाम्बीरा! अभी क्या खाकर काम पर जाएगा और दोपहर के लिए क्या ले जाएगा?"

– "हायनाऽऽऽऽ!" उसका जवाब सुन जाम्बीरा के मुंह से निकला– "एक दिन भूक्खे नहीं रह सकता? तेरी खातिर !"

– "भूक्खेऽऽऽऽ नहीं रह सकताऽऽऽ ? बड़े आये हैं त्यागी, महात्माऽऽ..." सुकुरमुनी ने अपनी आवाज को जरा विकृत करके जाम्बीरा की नकल उतारी। फिर बड़े अधिकार के साथ कहा– "चल हट दरवाजे से, मैं रांध देती हूं तेरे लिए साग भात।" और उसे लगभग ढकेलते हुए झोपड़ी में घुस गयी। वह अपने साथ ताजा ताजा बेंग साग ले आयी थी।

उस दिन महीनों बाद जाम्बीरा ने बड़े स्वाद से खाना खाया। किसी बहुत अपने की याद ताजा हो गयी...

वह 'बहुत अपनी' भी जब लाल चींटों को लहसुन, अदरक़, नमक और मिर्च के साथ पीसकर परोसती थी तो पलक झपकते ही जाम्बीरा एक थाली भात साफ कर देता। चींटों के पिछले हिस्से में भरा खट्टा पानी उस चटनी को चटपटा बना देता था और, चटपटी चीजें जाम्बीरा को बहुत पसंद। मगर रोज रोज चींटों का जुगाड़ करे कौन? वे लाल लाल बड़े बड़े जंगली चींटें तो रहते हैं जंगल के पेड़ों पर! कई कई पत्तियों को अपनी देह से निकले द्रव से जोड़कर बनाये गये 'हउ पोड़ोम' में! अपने अंडों बच्चों के साथ! जाम्बीरा के पास कहां है वक्त? सुबह सुबह निकल जाता है जंगल के ठेकेदार के यहां काम करने। साल के बड़े बड़े पेड़ों की कटाई और ढुलाई के लिए। उन दिनों घर के पास ही काम हो रहा था, तभी घर से आना जाना कर रहा था जाम्बीरा। वरना हफ्तों, महीनों घर नहीं जा पाता।

वह 'बहुत अपनी' भी उन दिनों घर पर ही रह रही थी। खेत में लगी सब्जियों की देखभाल के लिए। पेट से भी थी वह। तो वही अक्सर लाल चींटों को ढूंढ़ने के लिए जंगल में निकल पड़ती। वैसे जिसका घर ही बीच जंगल में हो उसका जंगल में निकलना क्या और खेतों में घूमना क्या? सब बराबर। हां, तो घने जंगलों से ढके ऊंचे पठारी इलाके में दूर दूर तक फैली पहाड़ियों की शृंखला...एक पहाड़ी के ऊपर झलक भर खुला आसमान और एक दूसरे से अच्छी खासी दूरी पर अवस्थित दो चार घरों के समूह वाला एक छोटा सा सइ (टोला)। घाटी के आर पार फैली तीन चार पहाड़ियों पर स्थित टोलों की तरह उनकी तलहटी पर बसे एक हतु (गांव) का हिस्सा! जाम्बीरा के पूर्वजों के गांव का हिस्सा! सिंहभूम के अत्यंत घने जंगल, सारंडा, के बीच बसे एक गांव का टोला! घाटी के पास, एक पहाड़ी के ऊपर थाल सी टुकड़ा भर समतल भूमि पर! ढलान पर सीढ़ीनुमा खेत। पास ही कुलकुलाकर गिरता या कि उस एकांत में उन्हें ढाढ़स बंधाता मीठे पानी का झरना। 'कुलाबालु कोलोते बुरूरे तपड़र केनते ओते हसा कोले सपा कडाले? तासो तनाले। अले नेन ताः रेन मलिक तनाले।' ('जंगल के बाघ भालुओं से लड़कर इस जमीन को तैयार किया है हमने। रहने और खेती करने लायक बनाया है। यहां के खूंटकट्टीदार हैं हम।') कहा करते थे जाम्बीरा के पूर्वज! एक खास किलि के लोग! लागुरी गोत्र के कुछ

'हो' आदिवासी! जाम्बीरा की वह 'बहुत अपनी' लागुरी गोत्र की नहीं थी। होती भी कैसे? समान गोत्र यानी भाई बहन! उसे तो कुछ और बनना था। तभी तो हाट में पहली बार मिलते ही पूछा था जाम्बीरा ने उससे उसका गोत्र! दूर से आयी थी वह। सारंडा की सात सौ पहाड़ियों में से एक पहाड़ी की बीच के किसी दुर्गम घाटी वाले हतु या सइ से। टोकरी भर पके हुए तिरिल (केन्दु) फल बेचने। जाम्बीरा उस दिन जंगल से बेर की टहनियां तोड़ लाया था। उन टहनियों में लाह जो लिपटी हुई थी। उम्दा किस्म की लाह थी। दोपहर तक थोक व्यापारियों ने अधिकतर माल उठवा लिया था। तिरिल खरीदने इक्के दुक्के ग्राहक ही आ रहे थे। जंगल में पीले पीले तिरिल फलों से लदे बीड़ी पत्तों के पेड़ों की कमी नहीं। कौन इन्हें खरीदकर पैसे बर्बाद करे? हाट में अपना अपना सामान बेचकर जो पैसे मिलते हैं उनसे नमक और चावल ही खरीदा जा सके तो बहुत है। तेल, साबुन, मिठाई और कपड़ों की खरीदारी तो विलासिता है। कभी कभार ही नसीब होते हैं ये सब।

"कुचुरा (छुट्टा) मिलेगा?" ठीक बगल में लाह लगी टहनियों को बोरे पर फैलाकर बैठे जाम्बीरा से उस लड़की ने पूछा था उस दिन। उसकी हथेली में तांबे का एक सिक्का चमक रहा था। एक लंबे इंतजार के बाद आए ग्राहक को छुट्टे की वजह से लौटाना नहीं चाहती थी वह। जाम्बीरा के पास आज अच्छे पैसे आए थे तो उसने कहा– "मिलेगा।" और उसने गिन गिनकर उस तांबे के सिक्के के बदले कुछ छुट्टा पैसे दे दिये थे उसे।

बड़े से सुपिड (जूड़ा) में जंगली फूल खोंसकर आयी वह मइ (कुवांरी लड़की) अच्छी लगी थी उसे। उत्सुकता हुई। कई एक कोस की दूरी तय करके आते हैं लोग इस हाट में। कितने ही हतु तथा सइ के लोगों की मिलन स्थली है ये। किस बुरू (पहाड़) की गोद या तलहटी में स्थित गांव से उतर आई होगी यह सुंदरी? उसने सोचा– डोंडा बुरू?...बोरोइ बुरू?...मेघाहातु बुरू?...या फिर लुटु, पिंगु, झांडी, बाना, पाइनसिरा, बाइम किंवा बिम बुरू?...दूर दूर तक फैले हुए कितने कितने तो बुरू हैं। सबके नाम भी वह नहीं जानता। बस यही कुछेक नाम सुनता आया है बचपन से।

इस बीच ग्राहक से निपटकर उस सुंदरी ने दो तिरिल फल जाम्बीरा की तरफ बढ़ा दिये थे– "ले, खा ले।"

जाम्बीरा के पास उसे खिलाने लायक सामान नहीं था। तो उसने तिरिल खाते खाते भद्रतावश पूछा था–

– “क्या नाम है तेरा?”

– “मेन्जारी।”

– “जोअर मेन्जारी।”

– “जोअर!”

– “किस बुरू से आई है तू? किस हतु (गांव) या सइ (टोला) की है तू?”

– “गंडि हतु की।”

– “तेरे हतु में मागेः पोरोब के नाच में तो गया हूं मैं एक बार।”

– “सच्ची?”

– “सच्ची। ओबीन हो को जानती है न तू?”

– “हां, हां। हमारे घर के पास ही रहता है।”

– “उसी ने न्योता दिया था मुझे। इसी हाट में तो दोस्ती हुई थी उससे।”

– “मैंने तो देखा नहीं तुझे अपने गांव के नाच में?”

– “उस दिन नहीं आयी होगी तू नाच पर। अबकी बताकर जाऊंगा तुझे। और जानती है मेन्जारी क्या गाऊंगा मै?”

– “क्या?”

– “गाऊंगा,

‘काका साकाम तिंजार बोंजर, चिकान किलि तानाजाम दिंडा नापानुम।
किलि काम जागार रेदो, नायां किलि किलि तें किलि मिसा मेह।।’”

(ऐ सुंदरी, तुम कावा वृक्ष के पत्ते की तरह चिकनी और कोमल लग रही हो। ऐ कन्या! बताओ तुम किस गोत्र की हो? अगर तुम अपना गोत्र नहीं बताओगी तो मैं तुम्हें अपने गोत्र में मिला लूंगा। अर्थात् तुमसे शादी कर लूंगा।)

– “धत्, बड़े पाजी हो तुम!” युवती का चेहरा लाल हो उठा था, मगर उसके हाव भाव से लग रहा था कि घुंघराले बालों वाला, घुटनों तक छोटी धोती पहने पसीने से चमकते नंगे बदन वाला यह हट्टा कट्टा मर्द उसे पसंद आया है। इसीलिए हिम्मत करके जाम्बीरा ने आगे जोड़ा– “तो ठीक है, चल सबके सामने गाकर नहीं पूछूंगा। तू अभी बता दे कि किलि (गोत्र) क्या है तुम लोगों का? लागुरी तो नहीं?”

– “ना।”

– “तो फिर?”

– "करवा।"

– "चलो अच्छा हुआ। जाम्बीरा ने आश्वस्ति भरी सांस छोड़ी।"

– "अच्छा क्यों हुआ?"

– "इसलिए कि अब पता चल गया है कि हम समान गोत्री भाई बहन नहीं हैं। अब संबंध बनाने में कोई दिक्कत नहीं।"

– "कौन कहता है संबंध बनाने की?"

– "अच्छा चलो अभी संबंध की बात नहीं करते मगर दोस्ती तो कर ही सकते हैं न? 'आंय लो:ते जुड़िनम?' ('मेरे साथ दोस्ती करोगी?')"

– "क्या होगा दोस्ती करके?"

– "दोस्ती नहीं करेंगे तो तेरे साथ नाचेंगे कैसे?"

– "कौन कहता है नाचने?"

– "मैं कहता हूं। मेरा मतलब है, कहूंगा कि चल मइ नाचते हैं।"

...और इस तरह उससे जाम्बीरा की दोस्ती हो गयी। हाट से वापस घर जाने से पहले दोनों के कदम ठहर गये थे मिट्टी की हांडी लेकर कतार में बैठे डियंग बेचने वालों के सामने। साल पत्ते के दोने (कटोरे) में भर भर कर डियंग पी थी दोनों ने।

अगले सप्ताह भी हाट में जाम्बीरा उसी के बगल में सामान फैलाकर बैठा था। इस बार वह कुरती की दाल लायी थी बेचने के लिए। मेन्जारी के ठीक दायीं ओर बैठी एक बुढ़िया बांस की दोमुंही महीन कंघी बेच रही थी। मेन्जारी ने एक कंघी उठाई और जाम्बीरा के तेल चिपचिपे रिपिरिपि (घुंघराले) बालों में फंसा दी। जाम्बीरा ने कंघी निकालते हुए कहा– "ये कंघी तेरे ही काम आएगी ज्यादा। तू ही रख।"

– "मेरे पास ढेर सारी हैं। देखता नहीं?"

– "मगर मैं इसका क्या करूंगा?"

– "अपने बड़े बड़े घुंघराले बालों को चीर चीरकर जूंएं निकालना।"

– "मेरे बालों में लड़कियों की तरह ढेर सारी जूंएं नहीं हैं। तू ही निकालना इससे जूंएं और लीखें।"

जाम्बीरा की बातें सुन मेन्जारी तुनक उठी– "देख, मेरे बालों को चीरकर देख! कोई एकाध ही मिलेगी। रोज लगाती हूं नीम का तेल।"

– "तभी इतने काले हैं तेरे बाल, मेन्जारी?"

– "क्यों तेरी घरवाली के बाल काले नहीं हैं क्या?"

– "घरवाली हो तब तो?"

– "क्यों रे, तू अब तक सयाना नहीं हुआ क्या? खटिया बनाना, हल चलाना, शिकार करना नहीं सीखा क्या? बरसात में ओढ़ने के लिए पत्ते का चुकुह बनाना तो सीखा ही होगा?..." एक साथ ढेर सारे सवाल पूछ गई मेन्जारी।

– "सीखा तो है मगर गोनोंग (वधू मूल्य) के पूरे पैसे जमा नहीं हुए अब तक। कौन देगा मुझे लड़की?"

– "मेरे बाप ने भी बड़ा भारी गोनोंग रखा है मेरे लिए।" मेन्जारी ने भी अपनी परेशानी बताई– "कितने रिश्ते टूट गए गोनोंग की राशि के बारे में जानकर।"

– "ढेर सारे रिश्ते टूटे हैं तेरे? क्या तू बहुत पहले ही सयानी हो गयी थी?"

– "हां। बहुत जल्द ही मैंने खाना बनाना, झाड़ू बनाना, सरजोम के पत्तों का दोना बनाना, किता पत्ते से चटाई बुनना सीख लिया था। तभी तो लड़के वालों का आना शुरू हो गया था इतनी जल्दी।"

– "कितने का गोनोंग रखा है तेरे बाप ने?"

– "एक जोड़ा बैल, पांच गाय, गेल मोयः (पन्द्रह) बकरी, गेल (दस) मुर्गी और नकद हिसि टका (बीस रुपए)।"

– "हायनाऽऽऽऽऽ फिर तो हुआ तेरा ब्याह!" जाम्बीरा को हमेशा की तरह इस लड़की के बाप पर भी जमकर गुस्सा आया था। यह कोई बात हुई? गोनोंग के चक्कर में बेटी की जवानी ढले तो ढले! देह पर उम्र की काई जमे तो जमे! वह आजीवन अविवाहित रहे तो रहे, इन्हें इसकी कोई परवाह नहीं। मांग बैठते हैं मुंह फाड़कर। ठीक ही करती हैं वे लड़कियां जो परब में नाच के दौरान या मेले से खींच कर ले जाए जाने पर अपने पसंदीदा साथी के साथ यूं ही चली जाती हैं और घर बसा लेती हैं। जाम्बीरा भी ऐसा ही 'ओपोरतिपिः' या 'सुकुसनम' कर ले तो?...तो कुछ कम गोनोंग में काम चल सकता है। सामर्थ्यानुसार गोनोंग और थोड़ा बहुत जुर्माना देने पर समाज उन्हें देर सबेर स्वीकार कर ही लेगा और कभी न कभी विवाह करने की इजाजत भी दे देगा। इस बीच यदि बाल बच्चे भी हो गये तो हो जाएं। जाम्बीरा का क्या? कितने लोगों के तो होते ही हैं...

– "किस सोच में पड़ गया रे?"

लड़की के टोकने पर जाम्बीरा वापस वर्तमान में लौट तो आया था, मगर गोनोंग जुटाने की चिंता बरकरार थी...।

नहीं। जाम्बीरा ऐसा नहीं करेगा। समाज में बड़ी बदनामी होगी। उम्र भर सुनने पड़ेंगे लोगों के ताने। कहेंगे– हट्टा कट्टा मर्द और गोनोंग तक जुटा नहीं पाया। भाग गया लड़की को लेकर। ढेरो नुकसान करा दिया बेचारे लड़की के बाप का...

कई हफ्तों तक लगातार हाट में साथ साथ विभिन्न प्रकार के सामान बेचते बेचते जाम्बीरा और मेन्जारी की दोस्ती तो बढ़ती चली गयी मगर पैसों की मन मुताबिक बचत न हो पायी। हारकर जाम्बीरा ने एक दिन मेन्जारी से कहा–

– "अगली बार से मैं हाट में दुकान नहीं लगाऊंगा। साल भर भी यहां बैठे बैठे लाह, बेर, लकड़ी, तसर गुटी, बुरदुड़् (फतिंगा), हउ पोड़ोम वगैरह वगैरह दुनिया भर की किली-मिली चीजें क्यों न बेच लूं, दो पैसों की बचत नहीं कर पाऊंगा।"

– "फिर क्या करेगा?"

– "जंगल ठेकेदार के यहां काम करूंगा।"

– "खूब मेहनत करनी पड़ती है वहां। जानता है न तू?"

– "जानता हूं।"

– "मान्डो बागे सरदार है क्या तू, जो मुट्ठी में सरसों दबाकर उससे तेल निकालेगा? इमली के बड़े बड़े पेड़ों को घंटों हाथ से झुकाए रखकर बकरियों को पत्ती खिलाएगा या भैंसों के बदले खुद ही लकड़ियों से लदी बैलगाड़ी खींचेगा?"

– "नहीं, मैं किंवदन्ती पुरुष मान्डो बागे सरदार जैसा ताकतवर तो नहीं, पर अपने इस हो दिशुम का...कोल दिशुम का...सिंग दिशुम का...सिंहभूम का एक 'हो' मर्द तो हूं न? हमारे पुरखे जो गीत गाया करते थे, उसे सुना है कभी कि नहीं तूने?"

– "कौन सा गीत?..." मेन्जारी ने उत्सुकता दिखाई तो जाम्बीरा ने गाकर सुनाया–

'सिंहभूमि हसा रेबु जोनोम लेना,
सिगकन पाइटिबु रिकायगेया,
जनम नेनगा दिशुमनेलगा,
किलिमिलिबु सेबा सिंगारेया...'

('हम लोगों ने सिंहों के इस देश में जन्म लिया है। हम लोगों को ताकतवर सिंहों की तरह कर्म करना चाहिए। आओ, आओ हम इस सिंहभूम की सेवा करें और अच्छाइयों से इसे संवारें...')

– "ऐसा गीत गानेवाले मर्दों की संतान होकर इतना कमजोर भी हो सकता हूं क्या कि किसी जंगल ठेकेदार का काम न कर पाऊं?"

– "हमारे वीर पुरखे किसी जंगल ठेकेदार की गुलामी नहीं करते होंगे।..." मेन्जारी ने बुरा सा मुंह बनाकर कहा– "राजा, जमींदार, अंग्रेज जैसे दिकुओं ने हमारे पुरखों से उनकी जमीन का मालिकाना हक छीनने के लिए जब जब कोशिशें कीं, तब तब उन्होंने मुंहतोड़ जवाब दिया। अपने इलाके में घुसने नहीं दिया उन्हें। चिढ़कर उन्होंने हमारे कितने ही गांव जला दिये। सिर्फ मर्द ही नहीं, औरतों और बच्चों का भी कत्ल किया गया। लेकिन हमारे पुरखे बंदूक और तोपों की परवाह किए बगैर तीर धनुष से लड़ते रहे...लड़ते रहे...। और ये सब कुछ मात्र सौ साल पहले तक तो चलता ही रहा था। एक वे थे हमारे वीर स्वाभिमानी पुरखे और एक तुम हो कि..."

– "मैं क्या?"

– "तुम्हीं जैसे लोगों की बदौलत आज दिकू (बाहरी) लोग राजा बन गए हैं, और हम लोग...हम लोग..."

सही शब्द जबान पर न आने से वह क्षण भर रुकी। फिर बोली,

"तभी तो कहते हैं 'टुन्डु बिञ नागु जना, सिहु कुला बिलाय जना।'" (दोन्डा सांप नाग सांप बन गया, जंगल का राजा सिंह बिल्ली बन गया।)

– "तू मुझे दोष दे रही है, मगर मैं कोई उनकी गुलामी करने तो नहीं जा रहा न? मेरी मेहनत के बदले पैसे देंगे वे अंग्रेजों के पिट्ठू ठेकेदार!"

– "जितना देंगे उससे कहीं ज्यादा मेहनत करवा लेंगे। इतने मोटे मोटे, बड़े बड़े पेड़ों को काटकर उन्हें पहाड़ी पर से लुढ़का लुढ़का कर उतारना पड़ता है वहां। पता है न तुझे?" अपनी दोनों बाहों को पीछे की ओर पूरा का पूरा फैलाकर इशारे से पेड़ों की मोटाई को दिखाने की कोशिश करते हुए कहा मेन्जारी ने।"

– "पता है, पता है। मुझे डरा मत!"

– "फिर गाड़ियों में लादना भी पड़ता है।"

– "तो क्या हुआ? कमाई तो यहां से ज्यादा होगी न? गोनोंग के पैसे तो जल्दी जमा होंगे न?"

– "किसके लिए करेगा इतनी हाड़ तोड़ मेहनत? तेरे मन में कोई खास है क्या?" मेन्जारी ने उसके मन की थाह लेने की कोशिश की।

– "है तो नहीं पर तू कहे तो तेरे लिए ही सही!"

– "सरितेगे (सच्ची)?" मेन्जारी कुहुक उठी।

– "या सरितेगे (हां सच्ची)। तेरे साथ अंदि सकि (शुभ विवाह) करने को तैयार हूं मैं।"

– "मेरे साथ मजाक तो नहीं कर रहा है तू?"

– "बिल्कुल नहीं। जबसे तुझे देखा है, तेरे लिए मेरा जिया लिटिब लिटिब (धक धक) करने लगा है।" आंखों में प्रेम का झालर लटकाकर कहा जाम्बीरा ने।

– "तो मैं भी तेरा साथ दूंगी गोनोंग जुटाने में।" मेन्जारी ने खुश होकर कहा।

– "कैसे?"

– "मैं भी जंगल ठेकेदार का काम करूंगी। जंगल ठेकेदार इन दिनों जिधर का पेड़ कटवा रहा है न, उधर ही तो सड़क का काम भी चल रहा है। हमारे गांव की तो कई कई लड़कियां, कई औरत मर्द गये हैं वहां काम करने। वहीं छावनी में रहते हैं रात को। अगर तू जाएगा तो मैं भी रह लूंगी वहां।"

– "तू बेशक वहां रह ले। इससे मेरा मन भी वहां लगा रहेगा पर तेरे पैसे को हाथ नहीं लगाऊंगा मैं। गोनोंग के पैसे मुझे खुद से जमा करने हैं।"

डिंग-डिसिंग, डिंग-डिसिंग, चांग-चांग

...और जाम्बीरा ने एक लंबे इंतजार के बाद अपना वादा निभाया था। सब कुछ कायदे से किया उसने। दूतम् पंचों को भेजा लड़की वाले के घर। प्रारंभिक आलाप परिचय, आदर सत्कार के बाद सीधे सीधे लड़की की बात न कहकर प्रचलित परंपरा के अनुसार उन्होंने कहा, "आप लोगों के इलाके के पेड़ पौधों में नयी नयी सुन्दर सुन्दर पत्तियां नजर आयी हैं। हमारे इलाके में नहीं हैं। हमें इनकी काफी आवश्यकता है। हम लोग इसी चाहत में आये हैं।"

चूंकि मेन्जारी लोगों के परिवार में कई लड़कियां थीं तो उसके घरवालों ने पूछा– "पत्तियां तो बहुत हैं ऊपर की डाल पर भी और नीचे की डाल पर भी। आप लोग किस डाल की बात कर रहे हैं?"

दूतम पंचों को जाम्बीरा ने पहले ही बता दिया था कि उन्हें उस परिवार की बड़ी लड़की के लिए बात करनी है तो उन्होंने कहा– "नीचे की डाल की पत्ती चाहिए हमें।"

...और कुशलता से लड़के वालों का पक्ष रखकर दूतम् पंचों ने जल्द ही 'बपला' की तारीख तय करवा दी। बपला– दो परिवारों के बीच होने वाले नये संबंधों को मजबूत बनाने की रस्म। दूतम् पंचों ने दोनों पक्षों की सहमति से ये भी तय करवाया कि बपला में लड़के की तरफ के कितने लोग जाएंगे लड़की के घर!

जाम्बीरा को नहीं जाना है बपला के दिन। इसलिए घर गांव के, रिश्तेदारी के ढेर सारे लोगों के हाथों नेग वगैरह देकर भेजा मेन्जारी के यहां। एक तरफ पुरुष बैठ गये गोनोंग की राशि में जोड़ घटाव करने, दूसरी तरफ महिलाएं बांस के डाले में नेग की साड़ी, जेवर आदि सजाकर तैयार रहीं। जाम्बीरा ने सिखा पढ़ाकर भेजा था– गोनोंग को लेकर ज्यादा खिचखिच नहीं करना है। नकद टका को थोड़ा कम करने की कोशिश करना है, बस। बाकी का इंतजाम हो जाएगा। इसलिए जल्द

ही गोनोंग का मामला तय हो गया और महिलाओं ने लड़की की सूत बंधनी कर दी। फिर डाले में सजाया हुआ नेग चढ़ा दिया लड़की को। चढ़ाए हुए चांदी के जेवर और हल्दी पानी में डुबोकर लाई गयी लाल पाड़ की सफेद साड़ी में ही सजकर मेन्जारी ने तमाम बुजुर्गों के पांव छूकर आशीर्वाद लिया। फिर साल के दोने में डाल डाल कर अपने हाथों से सबको डियंग पिलायी। उस दिन पीका (साल के सूखे पत्ते में तंबाकू डालकर बनायी गयी सिगरेट जैसी चीज) पिलाकर, भरपेट मांस भात खिलाकर लड़के वालों को विदा किया गया था, इसलिए सभी बड़े खुश थे।

बपला के पंद्रह दिन बाद ही गोनोंहर। गोनोंग लेने लड़की वाले लड़के के घर आए। घर की महिलाओं ने लोटे के जल से पैर धुलाकर उन्हें ससम्मान चटाई पर बैठाया। फिर डियंग, पीका, मीट भात से स्वागत करने के बाद दोनों पक्षों के मर्दों की उपस्थिति में तय गोनोंग का लेन देन हुआ। नकद गेल टका (दस रुपए), एक जोड़ा बैल, पांच गाय, गेल मोयः (पन्द्रह) बकरी, गेल (दस) मुर्गी दिया गया लड़की वालों को।

हालांकि लड़की वालों ने एक दुधारू गाय को स्वीकार करने के बाद भी वहीं छोड़ दिया था। कैसे ले जा सकते हैं वे दुधारू गाय? मां के दूध पर तो सिर्फ उसके बच्चे का हक होता है। बछड़ों से अलग करके गाय को कैसे ले जा सकते हैं वे? वैसे भी उनके समाज में डियंग ही मुख्य पेय है। गाय का दूध पीना उतना पसंद नहीं किया जाता तो गाय लेकर खास करेंगे भी क्या?

उस दिन लड़के के घर आने जाने के दौरान रास्ते में जो भी घटनाएं घटीं, उनका बड़ा बारीक निरीक्षण किया गया और एरे बोंगा के दिन, जिस दिन कि ब्याह की तारीख तय होनी थी, दोनों गांव के सीमाने पर दोनों पक्षों के कुछ पुरुष मिले और गंभीरता से उन पर विचार विमर्श किया। जंगल से जाते समय रास्ते में मजदूरों की एक परित्यक्त छावनी के बाहर उलट कर रखी हुई काली जली हुई हांडियां नजर आयीं थीं। फिर एक पेड़ की डाली को टूटकर गिरते हुए देखा था उन्होंने। लौटते समय भी एक कुत्ते को पैर से जमीन खोदते हुए देखा गया था। ये सभी अशुभ लक्षण थे। बाद की दोनों घटनाएं तो क्रमशः व्यक्ति के कटकर गिरने यानी मरने और गड्ढा खोदकर उन्हें गाड़े जाने का संकेत दे रही थीं। किसी अनहोनी की आशंका से दोनों पक्षों के कुछ बुजुर्ग तो इस विवाह के बिल्कुल खिलाफ ही हो गए मगर दो शुभ सगुनों ने इस विवाह को बचा लिया। जाते समय पीली साड़ी पहनकर पानी से भरा हुआ घड़ा लेकर जाती हुई एक औरत दिखी थी तथा आते वक्त हाथियों का एक समूह दिख गया था।

हुड़िं होनमे नेरा नेमालेमे,
मालची रेहोले मालची मीसाईहा,
बुलुं रेहोले बुलुं मिसाई,
पाकड़ मान्डीले चाहकातीहा।।'

(बड़ी बहन के नाम से जो डियंग बना है, उसे तो हम लोगों को दे दें। साथ ही आपके उपजाऊ खेत के चावल से जो डियंग बना है, उसे भी हम लोगों को दे दें। अगर आप लोग उन दोनों प्रकार के डियंग को नहीं दे सकते हैं तो वधू की छोटी बहन को ही दे दीजिए, जिसे ले जाकर हम लोग नमक मिर्चा लगाकर चखेंगे।)

'ओर एरा' के सदस्यों के साथ मायके से विदा होकर ससुराल जाते समय गांव की सीमा लांघने से पहले आम के एक पेड़ पर साकी सुतम को सात बार लपेटकर बांधा मेन्जारी ने और अपनी जन्मभूमि, अपनी देसाउलि, अपनी मां बुरू को हमेशा याद रखने का वादा किया।

रास्ते में नदी पड़ी तो गोद में उठाकर मेन्जारी को नदी पार कराया गया। ब्याह के दिन वधू की खास इज्जत...खास खातिरदारी तो होगी ही!

डिंग-डिसिंग, डिंग-डिसिंग, चांग-चांग। डिंग-डिसिंग, डिंग-डिसिंग, चांग-चांग।।

ससुराल में मेन्जारी के कदम पड़ते ही मांदर और नगाड़े की धुन बजने लगी थी और थिरकने लगे थे औरत, मर्द, बच्चों के पांव।

पासु बुटा जूर जूर, किता बुटा टापिर सा।
बले किमिन मेनतेगेदा, सिम चाको गोजाम।।
पासु बुटा जूर जूर, किता बुटा टापिर सा।
बले किमिन मेनतेगेदा, सिम चाको गोजाम।।

मांदर और नगाड़े नई नई धुन बजाते जा रहे थे। इसलिए मेहमानों का नाच थमने का नाम ही नहीं ले रहा था। इधर कुछ महिलाएं दुल्हन को हल्दी तेल लगाकर, नहला धुलाकर लड़के के घर का जेवर कपड़ा पहना देती हैं। आल्ता, काजल, बिंदी से शृंगार करके मंडप में ले जाती हैं। लड़का भी लड़की के घर से भेजी गयी धोती पगड़ी पहनकर, सज धजकर मंडप में जा बैठता है। शादी की विभिन्न रस्मों के साथ साथ दूल्हा दुल्हन के सिर पर तेल चुपड़ने की और उन्हें काजल लगाने की होड़ मची हुई है महिलाओं में। लड़की को चिढ़ाने के लिए लड़के की तरफ वाली औरतें गाती हैं–

कजोड़ा अइ मे मइ कजोड़ा अइ मे।
केड़ा मेड लुन्डुकुड रे कजोड़ा अइ मे।।

(काजल लगाओ मइ, काजल लगाओ। भैंस की तरह जो उभरी हुई आंखें हैं, उनमें काजल लगाओ।)

ये सब सुनकर लड़की के घर से आए सरातियों को भी तैश आ गया और जैसे ही जाम्बीरा ने मेन्जारी की मांग में सिंदूर भरा और जवाब में मेन्जारी ने उसी सिंदूर से जाम्बीरा के चौड़े माथे पर टीका लगाया, वे गा उठीं-

सिंदूरी मे मइ सिंदूरी मे हाथी समंग डंग डंग रे सिंदूरी मे।

(सिंदूर लगाओ मइ, सिंदूर लगाओ। हाथी जैसे चौड़े कपार पर सिंदूर लगाओ।)

हंसी खुशी, नाच गान के बीच ब्याह की रस्म पूरी हुई। जाम्बीरा की हो गयी मेन्जारी। अंदि सकि के दूसरे तीसरे दिन नया कपड़ा पहनकर ससुराल में खाना पकाया मेन्जारी ने। इसी दिन पूजा करके पहली बार ससुराल की पवित्र अदिंग (रसोई) में मेन्जारी को घुसाया था दिउरी (पुजारी) ने।

जाम्बीरा का घर बस गया था। कानों में सोने की मुरकी, नाक में पुली, हाथों में चांदी का सकोम पहने जाम्बीरा की मेन्जारी ससम्मान जाम्बीरा की गृहस्थी संभालने लगी थी। मुर्गा की पहली बांग पर ही बिस्तर छोड़कर उठ जाती थी धान कूटने और धान उबालने के लिए। फिर घर आंगन की साफ सफाई, गोबर मिट्टी से लिपाई पुताई। रात के बासी हांडी बरतन को खूब रगड़ रगड़ कर चमकाने, धोने और पानी लाने झरने पर जाना भी। उसके बाद जेठानी के साथ मिलकर पूरे परिवार का भोजन पकाना। पकाने से पहले जंगल, खेत या नदी की तरफ निकल जाती साग, सब्जी, घोंघा, मछली, हउ पोड़ोम, रूगड़ा जैसे किसी खाद्य पदार्थ की खोज में और मौसम के अनुसार जो भी मिलता, जितना भी मिलता, जुगाड़ करके ले आती। सास, ससुर, पति, देवर के कपड़े धोने का काम भी अपने जिम्मे ले लिया था मेन्जारी ने। खेती का काम देखने में भी कोताही नहीं बरतती थी वह। शाम को सबको खिला पिलाकर, घर भर के लोगों के सोने की व्यवस्था करने के बाद ही खुद सोने जाती थी मेन्जारी। मनपसंद बहू मिली थी जाम्बीरा के घरवालों को। "भारी गोनोंग देकर जाम्बीरा घाटे में नहीं रहा"— आंगन में पांव पसारकर बैठी बैठी अपने बड़े बेटे के बच्चों को खिलाती, या धूप में सूखते चावल की रखवाली करती मेन्जारी की सास को आसपास की महिलाएं आ आकर कह जातीं रोज।

– "फिर मेरा बाप जाकर वापस ले आया मुझे। बोला– 'इसकी शादी में जो गोनोंग मिलेगा न, उससे मैं जुर्माना दे दूंगा समाज को।' तभी न मेरे लिए इतना ज्यादा गोनोंग रखा था मेरा बाप!"

– "और इतना ज्यादा गोनोंग देकर ब्याह लाने के बाद भी तू अगर मर गयी तो मेरा तो बहुत घाटा हो जाएगा न?" जाम्बीरा ने चुटकी ली थी।

– "अगर मैं मर भी गयी तो नुकसान से ज्यादा तेरे मजे हो जाएंगे जाम्बीरा! तू किसी दूसरी को ले आना मेरी जगह!"

– "फिर तेरे अन्दु का क्या होगा जिसके लिए मैं पैसे जमा कर रहा हूं पेट काट काटकर? क्या उसे उस दूसरी को पहनाऊंगा?" जाम्बीरा ने उसे चिढ़ाने के लिए कहा था मगर शायद वह उसे सच मान बैठी। इसलिए छूटते ही कहा– "ना बबा! फिर तो बाघ भूत बनकर हमला करूंगी मैं तुम दोनों पर! सुन, तू इसी हफ्ते हाट से अन्दु ला देना मेरे लिए। बिना अन्दु पहने मैं मरना नहीं चाहती। बच्चे के एकसिया का धान, कपड़ा और सकोम लाने तो तुझे हाट जाना ही है। तभी लेते लाना मेरा सका सोको अन्दु भी। भारी अन्दु के पैसे न पुरे तो हल्का ही ले आना..."

– "तू मरकर बाघ भूत बनने की बात कर रही है पर यदि मैं जीते जी बाघ बनकर दिखा दूं तो?"

– "मतलब?"

– "मतलब, बाघ की तरह स्वार्थी बन जाऊं तो?"

– "वो कैसे?"

– "वो ऐसे कि बाघ अपनी बाघिन को तभी अपने से सटने देता है जब मिलन का समय आता है। है कि नहीं?"

– "हां है, तो?"

– "तो बच्चा पैदा होने तक तो वह साथ रहता है मगर उसके बाद एक महीने के अंदर अंदर उन्हें छोड़ कर चला जाता है।"

– "चला नहीं जाता है, बाघिन द्वारा भगा दिया जाता है। समझे? अब कौन मां यह बर्दाश्त करेगी कि उसके बच्चे को कोई क्षति पहुंचाए? चाहे वह उसका पति ही क्यों न हो?"

– "सभी बच्चों को नहीं, वह सिर्फ उसके नर बच्चों को ही मारने की कोशिश करता है ताकि वे बड़े होकर स्वयं उसे न मार डालें। अपने मादा बच्चों पर तो वह हाथ नहीं उठाता?"

– "कुछ भी हो, एक मां होकर वह कैसे अपने बच्चे के हमलावर को बख्श देगी, बोलो? तभी तो वह इतनी खूंखार होकर उस पर हमला करती है कि वह डरकर भाग खड़ा होता है।"

– "तू तो कभी मुझ पर बाघिन की तरह हमला नहीं करेगी न?"

– "मेरे बच्चे को क्षति पहुंचाएगा तो जरूर करूंगी।"

– "तेरे बच्चे को कैसे क्षति पहुंचाऊंगा मैं? उसी की एकसिया की तैयारी में तो लगा हूं...।" जाम्बीरा अपनी मोटी मोटी भौंहों को नचा नचाकर कहता।

इन दिनों मेन्जारी और जाम्बीरा घर पर ही रह रहे थे। बच्चा महीने भर का भी नहीं हुआ था और खेतों में मकई लगे होने के कारण रखवाली की जिम्मेदारी भी जाम्बीरा पर थी। वैसे भी बरसात के इस मौसम में जंगल ठेकेदार का काम बंद ही रहता। ऐसे बेगारी के दिनों में एकसिया का बोझ! जाम्बीरा को गुस्सा आता है। मेहमानों की खातिरदारी में कोई कमी तो चलेगी नहीं। भात और मीट का बंदोबस्त करना होगा उसे। गर्मियों में शिकार करके धुएं में सुखाकर रखे गए हिरन का मांस, और जिंदा बकरी, गुर्गी आदि तो घर पर हैं लेकिन पुआल से बने पूड़े में सवइ घास की रस्सी से बांधकर रखे गए धान और मिट्टी के मुंहबंद बरतन में बरसात के दिनों के लिए सुरक्षित रखे हुए गोंदली, कोदो आदि काफी नहीं हैं। भात के लिए चावल कम पड़ जाएगा। इसके लिए थोड़ा और धान तो हाट से ही खरीदना पड़ेगा न? मेहमान भले ही अपने साथ सामर्थ्य अनुसार खाने पीने की चीजें लेकर आएं, लेकिन उसे भी तो इस बात का खयाल रखना होगा कि उन्हें किसी चीज की कमी न हो। उनके लिए ज्यादा डियंग बनाना होगा। दो चार हंडी डियंग बनाने का चावल और रानु (डियंग बनाने की जड़ी बूटी) तो घर पर है पर बाकी के सामान भी कम नहीं! चलो, जोड़ घटा कर हो ही जाएगा। पहला बच्चा है! अच्छी तरह से एकसिया का संस्कार तो करना ही होगा न! जन्म से लेकर अब तक बच्चे ने कोई कपड़ा नहीं पहना। एकसिया के दिन मां और बच्चे को नया कपड़ा पहनाना पड़ेगा उसे। हाथों में तांबे का सकोम, काले धागे में गूंथकर कमर में बांधने के लिए कौड़ी, घुंघरू, चुड़ि सांप की हड्डी...फिर घर भर में सबके सिर पर चुपड़ने के लिए शीशी भर तेल...ढेरों किली-मिली चीजें! कितनी कितनी तैयारी! उसी दिन तो बाल और नाखून कटवाकर बच्चे को उस परिवार और हो समाज के सदस्य के रूप में मान्यता दी जाएगी। इसके लिए

टमाटर से बना सूखे साग का चखना और डियंग...सामने जलता अलाव... आसपास के कुछ संगी साथी...गिनी चुनी झोपड़ियां, खेत और खेतों के उस पार का घना काला जंगल...हर दिशा में ऊंची ऊंची पहाड़ियों पर पसरा जंगल...इस बारिश के मौसम में भी जंगल की हाड़ कंपाती सर्दी...

दो तीन दिनों से बारिश हुई नहीं है। पर टर्राते चोके (मेंढक) और सामने पेड़ों के झुरमुट में यहां वहां झुंड में टिमटिमाते इपिपियुंग (जुगनू) बारिश का संकेत तो दे रहे हैं। जाम्बीरा को साल के पेड़ पर बने लकड़ी के मचान पर सोना है। जंगली जानवरों से खेत में पक रहे मकई की रखवाली करने के लिए। तीर चलाने में माहिर है जाम्बीरा। पर कभी कभी घुप्प अंधेरे में आंखें धोखा खा जाती हैं। आहट से पता ही नहीं चल पाता कि कोई छोटा जानवर है या बड़ा। तीर से छोटे जानवरों पर तो काबू पाया जा सकता है पर हाथी पर तीर चलाना खतरे से खाली नहीं। उन्हें आग दिखाकर या कनस्तर पीटकर ही भगाया जा सकता है।

"ये आज इतने सारे सियार एक साथ फें-फें-फें की विचित्र सी आवाज करते हुए इसी टोले के आसपास क्यों उछल कूद करते फिर रहे हैं? कहीं कोई अपसगुन तो नहीं होने वाला?" जाम्बीरा मन ही मन कांप उठता है। "रोज तो अंधेरा होते ही वे जंगल से निकलकर चुपचाप खेतों की तरफ चले जाते हैं। मचान पर बैठे लोगों की नजरें बचाते हुए मकई खाने की कोशिश करते हैं और पेट भर जाने पर हुआं हुआं करने लगते हैं।..."

आज की रात बड़ी काली है। तारे नजर नहीं आ रहे। काले काले हाथियों की तरह विशाल बादलों के झुंड मस्त होकर घूम रहे हैं आसमान में। हालांकि मचान सवइ घास से अच्छी तरह से छाया हुआ है फिर भी जाम्बीरा को झोपड़ी में सोने का मन करता है। मेन्जारी के साथ। वह जानता है आज रात मेन्जारी बहुत गर्मजोशी से उसका स्वागत करेगी लेकिन अभी तक अन्दु के बारे में पूछा नहीं है उसने। कभी कभी अकड़ हावी हो जाती है उस पर। उस वक्त बड़ी अबूझ सी लगती है वह! आज वह भी छकाएगा उसे देर तक। फिर उठकर जाएगा अंदर झोपड़ी में उसे अन्दु पहनाने। कहीं डियंग के नशे में वहीं बाहर सबके सामने गमछे से निकालकर न दे दे उसे। फिर तो सारा मजा खतम! जब से बच्चे का जनम हुआ है, जाम्बीरा को अपने पास फटकने ही नहीं देती। आज बचकर जाएगी कहां उसकी कोयली? देखेगा कितनी देर तक नखरे दिखा पाती है वह...

...पर उस रात गजब हो गया। दोनों एक दूसरे की पहल की बाट जोहते रह गए। जाम्बीरा ने मेन्जारी के बुलावे का इंतजार करते करते डियंग पी, खाना खाया और अंततः न चाहते हुए भी रोज की तरह अपु (पिता) के हांक लगाने पर मचान पर जा चढ़ा...और मेन्जारी? वह बेचारी अलाव के सामने से उठकर बच्चे के साथ सूनी झोंपड़ी में जा घुसी। बिना अन्दु पहने ही...बिना उसे देखे ही...बिना उसे छुए ही...। मन हुआ दीवार पर सिर पटक पटककर खूब रोए। मगर रोते बच्चे को दूध पिलाकर सुलाने के चक्कर में उसे भी नींद आ गयी।

सुबह की यात्रा पर निकले रात पंछी के पंख झरते रहे...जाम्बीरा जागता रहा। ऊंचे पेड़ पर बने मचान पर जंगल के निशाचर पशु पक्षियों, कीट पतंगों का कोलाहल सुनते हुए...पत्तियों और टहनियों की धींगामुश्ती का साक्षी बनते हुए...बादलों की फांक से परिचित तारों को ढूंढ़ते हुए...

– "ये भी कोई जिंदगी है? झोपड़ी में बीवी रहते पेड़ पर रात गुजारना? इतनी हसरतों से अन्दु लाया। वह भी गमछे में ही दबा रह गया। अंदर झोपड़ी में सोता तो किसी न किसी बहाने उसे अन्दु पहना ही देता। रात कितनी हसीन गुजरती...यहां तो जंगली जानवरों की आहट पर कान लगाए गुजारनी है रात!" मेन्जारी के लिए जाम्बीरा का मन बहुत अकुल बकुल (व्याकुल) होने लगा। मचान पर लेटे लेटे ही डालियों के बीच से खेत के पूर्वी छोर पर स्थित अपनी झोपड़ी को देखने की कोशिश करता है जाम्बीरा। मगर सरजोम, कुसुम, जामुन, महुआ, आम, पलाश, गुलैंची आदि आदि की डालियां...बंसवाड़ी...मचलती हवा में इधर उधर से हाथ पांव निकाल निकालकर झोपड़ी को ओट किए दे रहे हैं। "बुरू बोंगा ने कितनी सोच समझ के साथ, कितनी उदारता से चीजों को उपलब्ध करा रखा है हम प्राणियों के लिए।" जाम्बीरा सोचता है, "छत छाने के लिए घास दिया, फूस दिया। वे आंधी तूफान में उड़ें नहीं, इसके लिए इस घने जंगल में भी जगह जगह पर दिये लंबे लंबे बांस! ताकि उन्हें चीरकर हम फूस की छतों को ऊपर से दबा कर रख सकें। चिरे हुए बांस के सिरों को जंगल की घासों से ही बनाई हुई रस्सी से बांधकर! क्या बुरू बोंगा को पहले से ही पता था कि हम...हमारे पुरखे यहां आएंगे, इस घने जंगल में रहने? मुंडा मूल से अलग होकर...छोटानागपुर घाटी से स्थानांतरित होकर...इधर उधर भटकते हुए...। फिर विभिन्न हो किलियों एवं उप किलियों का जन्म...आदिपुरुष 'हाम' द्वारा हतु

जंगल का शोकगीत

कुछ चरमराने...गिरने...धंसने...दबने...उजड़ने...की विकट आवाज से धड़फड़ाकर मचान पर उठ बैठा था जाम्बीरा! कई समवेत चीखें सुन बदहवासी में ओचा (हटो)ऽऽऽ ओचा (हटो)ऽऽऽऽ निरपे (भागो)ऽऽऽऽऽ निरपे (भागो)ऽऽऽऽऽ कह कहकर चिल्लाना शुरू कर दिया था। ऐसी आवाज वह और उसके साथी अक्सर लकड़ी ठेकेदार के लिए बड़े बड़े पेड़ काटते समय पेड़ के गिरने से ठीक पहले निकाला करते थे, दूसरे मजदूरों को सावधान करने के लिए ताकि वे वहां से हट जाएं। पर यहां अनजाने में किसे सावधान कर रहा है वह? झट से हाथों में तीर धनुष उठाकर अंधेरे में किसे निशाना बनाने की कोशिश कर रहा है? वह अदृश्य शत्रु तो उससे बहुत ज्यादा ताकतवर, बहुत ज्यादा चालाक है। उसने तो पहले ही पेड़ों के झुरमुट में छिपकर उसे हाट से धान लेकर घर आते देख लिया था। फिर उसका पीछा करते करते जब इस तरफ आया तो डियंग की मादक खुशबू और खेत में पक रही मकई ने उसे उन्मादी बना दिया। तभी तो मौका पाते ही झोपड़ी और खेत पर एक साथ हमला कर दिया उसने। धान, डियंग और मकई के लालच में सब कुछ तहस नहस कर डाला। कितना सोच समझकर, दिमाग खपाकर जंगल की वह झोंपड़ी बनाई गयी थी ताकि सुरक्षित रहे। दीवार बनाने के लिए पंक्तिबद्ध ढंग से गाड़ी हुई बल्लियों के बीच के खालीपन को मिट्टी से इस तरह भरा गया था कि भयानक दांतुल हाथी के नुकीले दांत भी उसके आर पार हो जाएं और पूरी दीवार हिले नहीं। सवइ घास से छायी वह झोंपड़ी गिरे नहीं, धंसे नहीं और तबाह होने से बच जाए। पर यहां तो...

आसपास के लोगों द्वारा कनस्तर पीटकर और मशाल जलाकर उन भयानक जंगली हाथियों के दल को डराने भगाने की कोशिश करते करते ही सबकुछ तबाह हो चुका था। मेन्जारी का अन्दु जाम्बीरा के गमछे में ही लिपटा रह गया था और मेन्जारी के अन्दु पहनने वाले चिकने चिकने पांव कुचले जा चुके थे। पांव ही क्या, उसके प्राण पखेरू भी उड़ने के बदले हाथी के भारी भरकम पैरों

तले ही दबकर...फंसकर रह गए थे। सीने से नंगे बच्चे को चिपकाए मेन्जारी की क्षत विक्षत देह जमीन पर औंधी पड़ी मिली थी। वह काली रात घनी काली...और...और काली होती चली गयी थी...

पिसिर-पिसिर (टिप-टिप), जिपिर-जिपिर (हल्की-हल्की) बारिश में भीगता हुआ जाम्बीरा अपनी उजड़ी झोपड़ी के बाहर उजड़े खेत पर बैठा रहा था रात भर! सबके कहने पर भी चुकुह से सिर नहीं ढका अपना। अपने लंबे लंबे नाखूनों से आकाश को नोच डालना चाहता था वह! लोहे की मोटी मोटी सिकड़ियों से बंदी बना लेना चाहता था जंगल के तमाम हाथियों को! हवा का प्राण हर लेने की भी परिकल्पना कर डाली उसने।...

इस बीच उसके परिजन, उसके पड़ोसी मृतकों के लिए रोकर, छाती पीट पीटकर, शोकगीत गा गाकर मातमपुर्सी करते रहे थे...उसकी मां ने सस्वर रोते रोते कहा था– "जा पायतेंग हुजुः रे मंडि बुराःइं, लिजः को ओकोय तपाः, ओकोय नेन पइटिरिकायःऽऽऽऽऽ..." (मैं कहीं से भी आती थी, मुझे देख झटपट भात निकाल देती थीऽऽऽऽ कपड़ा धो देती थीऽऽऽऽऽऽ अब कौन देगा रेऽऽऽऽऽऽऽऽ...)। उसकी भाभी के शोक गीत के बोल थे– "थोड़े थोड़े दिनों के लिए भी यदि वह मायके या जंगल विभाग के काम पर जाती तो मुझे ये बताकर जाती थी कि कुरती दाल वाली हंडी किस खटिया के नीचे पड़ी है, गोबर फेंकने वाली टोकरी गोहाल के किस तरफ रखी है या आंगन बुहारने वाली टूटी झाड़ू को आंगन के किस कोने में रख छोड़ा है उसनेऽऽऽऽऽऽ। मगर इस बार बिना कुछ बोले बताए इतनी लंबी यात्रा पर कैसे चली गयी रेऽऽऽऽऽऽऽऽऽऽ...।"

पड़ोस में रहने वाली एक औरत ने रो रोकर उसकी सुंदरता की तारीफ की– "मकई के दानों जैसे सुंदर दांतों वाली मुस्कुराहट बिखेरती हुई जब भी यह कुई (शादीशुदा औरत) झरने पर कपड़ा फींचती थी तो उसका कोमल छरहरा शरीर केले के पत्ते की तरह लचकता रहता थाऽऽऽऽ। उसकी साड़ी अरबी की पत्तियों की तरह लहराती रहती थीऽऽऽऽऽऽ। अब वो साड़ी में लिपटी हुई सुंदर कोमल देह कैसी वीभत्स दिख रही है रेऽऽऽऽऽऽऽऽऽऽ।"

सभी जाम्बीरा को ढांड़स बंधाते रहे थे...मेन्जारी के बाप को दिए गए गोनोंग के पूरे पैसे बर्बाद चले जाने का अफसोस भी जताते रहे थे...किससे मेन्जारी जाम्बीरा का सुख देखा नहीं गया, किस डाइन ने जादू टोना करके उसके परिवार को तबाह कर डाला, इसकी भी अटकलें लगाई जा रही थीं...मगर जाम्बीरा अंत तक कुछ न बोल पाया था।

हाथी, आकाश, हवा, वगैरह वगैरह पर अपनी भड़ास निकाल लेने के बाद भी! धरातल पर उतर आने के बाद भी!

विचित्र मनःस्थिति में था वह। कभी मेन्जारी और बच्चे को हमेशा के लिए खो देने का दर्द...एक खां खां करते सूनेपन का अहसास उसके सोचने विचारने की क्षमता को निचोड़कर भोथरा बनाए दे रहा था, कभी मेन्जारी का साथ पाने की बीती रात वाली तीव्र लालसा रह रहकर उसके अंदर कहीं उफान मार रही थी तो कभी मेन्जारी के साथ उस रात झोपड़ी में होने की स्थिति में खुद का भी यही हश्र होने के खयाल से कंपकंपी छूट रही थी...

दुःख के इस आईने में न सिर्फ पिछली रात को बल्कि मेन्जारी और बच्चे के साथ गुजारे हुए पिछले जीवन को भी रखकर देखने की कोशिश कर रहा था वह!

और इस कोशिश में स्वयं ही जीवन से बाहर निकलता चला जा रहा था!

मेन्जारी और उसके बच्चे की अस्वाभाविक मौत हुई थी। अतः घर की महिलाओं द्वारा आंगन में लाशों को नहलाने और उन पर चावल उड़द आदि झोंकने के बाद उन्हें दफनाने के लिए पितरों के ससन में नहीं बल्कि सबसे अलग थलग एक खेत में 'हसा हुवांग' (मृतकों को दफनाने के लिए खोदा गया विशेष प्रकार का गड्ढा) खोदना पड़ा परिवार और पास पड़ोस के पुरुषों को। एक लोटे में हल्दी पानी घोलकर उससे 'हसा हुवांग' को छींटा गया। फिर सात बार उस गड्ढे की परिक्रमा करवाकर एक साथ मां बेटे का नेल तोपा कर दिया गया। हाथी के कुचलने पर मौत हुई है उनकी। दंडि (चुड़ैल) बनेगी ही बनेगी मेन्जारी। इसलिए सभी डरे हुए हैं। नेल तोपा करवाने आई औरतें हाथ में कुदाल लेकर वहीं से नदी में चली गयी थीं। नहाकर वहीं एक गाछ में सात धागा बांध आई हैं। अब सात दिन तक रोज सुबह वहां जाकर नहाने के बाद एक एक धागा खोलना है उन्हें। फिर घर आकर आंगन में, जहां लाशों को नहलाया गया था, गाड़ी गयी एक छतरी के नीचे साल के पत्ते से बने दोने (कटोरे) में हल्दी चावल से पूजा करके उस चावल को ग्रहण करना है। मेन्जारी और उसके बच्चे को दफनाने के दिन से आंगन में गाड़ी गयी इस छतरी के नीचे दोने में सात दिनों तक रोज समय समय पर दतुअन, पानी, डियंग तथा तीनों बार का खाना देना है। ठीक जैसे जिंदा आदमी को दिया जाता है।

इन सात दिनों तक जाम्बीरा ऊटपटांग हरकतें करता रहा। कभी रात के अंधेरे में 'हसा हुवांग' को खोदने लगता ताकि मेन्जारी की लाश को अन्दु पहना सके तो कभी उनकी हड्डी के टुकड़े निकालने की कोशिश करता। आसपास के लोगों द्वारा रोकने टोकने पर कहता– "इनकी हड्डी को नए घड़े में लेकर पूरे गांव में नचाऊंगा मैं। फिर उनका जंग तोपा कर दूंगा।"

– "दुर पागल! तेरी बीवी बच्चों को तो दफनाया गया है न! फिर क्यों करेगा जंग तोपा? क्या उसे जलाया है हमने? बता? जो जलाते हैं सिर्फ वही तो करते हैं जंग तोपा!"

– "हमने उन्हें जलाया नहीं तो क्या हुआ? जंग तोपा कर देने से हो सकता है कि कभी वे दोनों जीवित ही हो उठें। है कि नहीं? वो कहानी नहीं सुनी तुम लोगों ने जिसे देवां (ओझा, गुनी) सुनाया करते थे?"...और फिर एक नगाड़ा लेकर जाम्बीरा अकेले ही नाच नाच कर बजाने लगता–

तोपा तोपा जंग तोपा। तोपा तोपा जंग तोपा।।
तोपा तोपा जंग तोपा। तोपा तोपा जंग तोपा।।

दफनाने के ठीक सात दिन बाद सबसि! मृतकों का अंतिम संस्कार! अपनी प्रिय मेन्जारी से जुड़े तमाम बंधनों का अंत! कहां तो बेटे के एकसिया की तैयारी थी, कहां ये सबसि! सब सिंगबोंगा की मर्जी! उनका न्याय विचार! अपने संयुक्त परिवार, अपने लागुरी किली के मर्दों के साथ जाम्बीरा भी मुंडन करके नाखून कटवाकर नदी में डुबकी लगा आया था। औरतों ने पूरे घर द्वार, आंगन की गोबर मिट्टी से लिपाई पुताई की थी। कपड़े लत्ते फींचे थे। तमाम पुराने घड़ों को, मिट्टी के बरतनों को फेंक फांक कर नए बर्तनों में पूजा करके मेहमानों को अन्न खिलाया था। मगर जाम्बीरा ने उस दिन कुछ नहीं खाया। उसे इस बात का बड़ा दुःख था कि 'रोआ केया आदेर' वाली पूजा करके मेन्जारी और उसके बच्चे की आत्मा को बुलाकर ससम्मान अदिंग में ठहराया नहीं गया। उसकी प्यारी मेन्जारी को, उसके बच्चे को बाहर से ही विदा कर दिया गया? खुले में घूमती भटकती रहेंगी उनकी आत्माएं? धूप, बारिश, आंधी, तूफान में खेत, जंगल, नदी, पहाड़ों में कहां ठौर मिलेगा उन्हें?

– "कैसे स्थापित करें उनकी आत्माओं को हम अदिंग में अपने पितरों के साथ? कैसे?" जाम्बीरा के अपु ने समझाया था उसे– "जानता नहीं तू कि दंडि (चुड़ैल) बन गयी है तेरी घरवाली अब? हाथी भूत बनकर हम सबको मार डालेगी यदि अदिंग में स्थापित किया गया तो!"

– "कुछ नहीं करेगी वह! मेरी मेन्जारी ऐसा कर ही नहीं सकती! कभी नहीं कर सकती!"

किसकी मजाल थी जो जाम्बीरा को समझाता! रोज कोई न कोई पागलपन कर बैठता वह हट्टा कट्टा मर्द! दिन रात बड़बड़ाता रहता, "अःए ओकोय गोःए किः या...?" ("उसकी हत्या किसने की...?")

...तो हारकर उसके अपु ने एक दिन अपने बड़े बेटे रिमिल से कहा– "तू जाम्बीरा को लेकर कहीं दूर चला जा।"

– "इस बरसात में?"

– "हां। और कोई चारा नहीं।"

– "लेकिन जाएंगे कहां?"

– "कहीं भी। कहीं न कहीं तो काम मिल ही जाएगा। वहीं कमाते खाते रहना। फिर जब ये ठीक हो जाए तो ले आना इसे वापस! यहां रहेगा तो ऊटपटांग हरकतें करता ही रहेगा। चुड़ैल की कब्र में हाथ डालकर हम सबको जीते जी मरवा डालेगा ये सनकी। फिर तेरा भी परिवार बचेगा कि नहीं कौन जाने? तेरी घरवाली से तो खूब पटती थी मेन्जारी की। तू जा बेटा। हम तेरे परिवार की देखभाल कर लेंगे। जाम्बीरा को लेकर चला जा तू! उस सनकी का बंदर नाच अब और सहा नहीं जाता...।"

और जाम्बीरा अपने बाप भाई के जबरदस्ती करने पर अपना ओअः दुआर, सरना, ससन, अखड़ा, अदिंग छोड़कर...हसा हुवांग में दबी प्रिय मेन्जारी और बच्चे को छोड़कर...कंधे पर टिके लकड़ी के सिकुअर के दोनों सिरों पर बाप का दिया थोड़ा सा चावल, उसे उबालने के लिए मिट्टी की हांडी तथा टांगी, लाठी, चक्कू, रस्सी, तीर धनुष और मेन्जारी का अन्दु आदि लेकर लंबी यात्रा पर निकल पड़ा। जिस व्यक्ति ने अपने जीवन में पांच दस गांवों से ज्यादा की दुनिया नहीं देखी हो, उसके लिए लंबी यात्रा का अर्थ कुछेक कोस की दूरी ही तो होता है!

जाम्बीरा चला जा रहा था और बारिश का लाल पानी पहाड़ों को धोते हुए उसके पीछे पीछे चला आ रहा था। ये क्या बह रहा है? मेन्जारी और उसके बच्चे का खून? नहीं, नहीं। लोहा मिले पत्थरों से धुल धुल कर आता लाल जल!

इतना गाढ़ा खून? इतनी गाढ़ी यादें? कब तक पीछा करेंगी जाम्बीरा का?

– गाढ़ा कहां? पहली बारिश वाले रंग से तो हल्का ही है। और हल्का हो जाएगा बारिश का मौसम खत्म होते होते। फिर एक दिन कहीं नहीं नजर आएगा वह रंग! वह जल! धुल पोंछकर साफ हो जाएगा पूरी तरह से इस पूरे परिदृश्य से...यही विधि का विधान है। सिंगबोंगा का विधान...

पहली रात जंगल में ही कटी। एक बड़े से ऊंचे साल के पेड़ पर। बारिश में भीगने के कारण फिसलन भरे तने से ऊपर चढ़ने में बड़ी मुश्किलें आयीं। चक्कू से तने में एक के ऊपर एक छोटे छोटे गड्ढे करके उनमें लकड़ी की कीलें ठोंक ठोंक कर उनके सहारे चढ़ना पड़ा। मगर आखिरकार ऊपर डालियों के बीच की एक सुरक्षित जगह पर आश्रय ले ही लिया था उन्होंने। सावधानीवश सिर पर पगड़ी की तरह बंधे हुए गमछे को खोलकर उससे कस कर बांध रखा था अपने आप को पेड़ की डालियों के साथ जिससे कि नींद में गिर न पड़ें। हाथ के बिल्कुल पास की डाली में उनकी टांगी खुपी हुई थी। धनुष को भी नजदीक ही लटकाकर रखा गया था ताकि दुश्मन का आभास मिलते ही उस पर वार किया जा सके।

सुबह अंधेरा छंटने से पहले ही फिर यात्रा शुरू कर दी थी उन दोनों ने। वैसे भी सारंडा के इस अत्यंत घने जंगल में दोपहर से कुछ पहले ही थोड़ा बहुत उजियारा होता है।

जोरों की भूख लग रही थी मगर दिन भर में तो एक ही बार खाना है। यथासंभव चावल बचाकर रखना है। हालांकि यह कोई नयी बात नहीं थी उनके लिए। अक्सर एक बेरा खाकर अगले दिन के लिए अन्न सहेजकर रखना होता है उन्हें। कभी कभी तो भात तथा डियंग के लिए हफ्तों इंतजार करना पड़ता है। उन दिनों कांदा, गोंदली, पेताडु, कच्चे बांस से लेकर जंगली साग पात, फल मूल जो भी मिलता है, उसी से पेट भरना पड़ता है। कभी कुछ समय के लिए प्रचंड भूख को दबाने के लिए साल के कसैले पत्तों को ही चबा लेते हैं या फिर किसी नदी या चुआ के पास भोरे भोर या संध्या समय, जब जंगल के छोटे बड़े जानवर पानी पीने आते हैं, छिपकर बैठ जाते हैं किसी पेड़ पर तीर धनुष लेकर शिकार के इंतजार में...लेकिन बरसात के मौसम में तो जंगल में चारों ओर पानी ही पानी रहता है। इसलिए नहीं जाते हैं वे जानवर किसी खास नदी या चुआ में पानी पीने के लिए।

– "मगर हर जगह उन्हें साफ पानी मिलता कैसे है?" जाम्बीरा सोचता है। जंगल में रहते रहते जंगली जानवरों की हर आदत से परिचित हो चुका है वह। वह देखता आया है कि किस प्रकार वे जंगली जानवर, चाहे वह बाघ ही क्यों न हो, बहती नदी का पानी न पीकर वहीं नदी किनारे पत्थरों के बीच आकर थिराए हुए जल को, या सीधे चुआ से निकल रहे शुद्ध जल को आहिस्ता आहिस्ता पीना पसंद करते हैं ताकि नीचे का कादो, मिट्टी या बालू उनके मुंह में न चला जाए। कभी कभी सोचता है, ये जानवर भी कितने बुद्धिमान होते हैं। हाथी और बाघ की बुद्धि का तो वह लोहा मान ही चुका है, दूसरे जानवरों से भी प्रभावित होता रहता है। इस जंगल के जंगली भैंसे, जंगली सुअर या भालू भी अत्यंत ताकतवर और खूंखार होते हैं। उनसे भिड़ जाए कोई तो लहूलुहान कर देंगे। मार ही डालेंगे। इसके बावजूद उनसे ज्यादा डर नहीं लगता जाम्बीरा को। उन्हे कोई क्षति न पहुंचाए तो वे आहट पाते ही सामने से हट जाते हैं। मगर हाथी अचानक सामने चले आते हैं। चुपचाप। बिना आवाज किए, और हमला कर देते हैं। तीर से उनका कुछ नहीं बिगड़ता। जाम्बीरा के सिकहर से पोटली में बंधा हुआ चावल लटक रहा है इसलिए उसे सबसे ज्यादा खतरा हाथियों से ही है। अचानक सामने जंगली हाथियों का झुंड आ जाने पर उन्हें हाथ जोड़कर प्रार्थना करके उनसे प्राण भिक्षा मांगने का अचूक मंत्र उसके ततंग ने उसे सिखा रखा है बचपन से। मगर जरूरत के समय उसे प्रयोग में लाने का मौका ही नहीं मिला जाम्बीरा को। वैसे भी मेन्जारी और उसके बच्चे को हाथियों द्वारा कुचले जाने का आतंक जाम्बीरा के दिमाग में घर कर चुका है।

बाघों की तरफ से जरा निश्चिंत है जाम्बीरा। दिन के समय में बाघ का खतरा कम है। बाघ बहुत ही कम आदमखोर होते हैं। मगर अचानक उनके सामने पड़ जाएं और उन्हें खतरा महसूस हो तो आत्मरक्षार्थ वे हमला कर सकते हैं। और एक बार आदमी के खून का स्वाद चख लिया तो फिर वे बन जाते हैं आदमखोर! बाघ की तुलना में किसी बाघिनी का आदमखोर बन जाना ज्यादा खतरनाक समझता है जाम्बीरा, क्योंकि वह जानता है कि फिर उस बाघिनी के बच्चे भी अपनी मां से सीख लेंगे आदमी का शिकार करना। इतना ही नहीं, आदमखोर न होते हुए भी बूढ़े या घायल बाघों को कई बार भूख से बेहाल होकर आदमी पर झपट पड़ते देखा है जाम्बीरा ने। और ऐसा उन्होंने इसलिए किया है क्योंकि अब वे हिरन या सांभर की तरह फुर्ती नहीं दिखा सकते थे। तेजी से दौड़कर उनका शिकार नहीं कर सकते थे।

जंगल और जंगली जानवरों की हर आदत से वाकिफ जाम्बीरा और रिमिल चारों तरफ नजर रखते हुए यथासंभव तेज तेज कदमों से आगे बढ़ रहे थे। बरसात का मौसम न होता तो जमीन की तरफ आंखें गड़ाकर चलते वे। इधर उधर देखने से तरह तरह की आवाजें उन्हें भ्रमित कर देती हैं। जमीन की तरफ आंखों को स्थिर करके चलने पर उनके कान बहुत ज्यादा चौकन्ने हो जाते हैं और किसी भी दिशा से हल्की सी आहट मिलते ही तीर धनुष के साथ वे सक्रिय हो उठते हैं। बारिश के दिनों का हिसाब किताब ही दूसरा है। पत्तों से टपकते पानी की बूंदें उन्हें छकाती रहती हैं।

इधर दिन भर तेज तेज कदमों से चलना पड़ रहा था, इसलिए भूख कुछ ज्यादा ही लग रही थी। रास्ते में कुछ जंगली फल मूल मिले थे मगर उन खाद्य पदार्थों ने पेट से ज्यादा उनकी जीभ को संतुष्टि दी थी। बरसात का मौसम होने के कारण कीट पतंगों का उत्पात कुछ ज्यादा ही था जंगल में। हरियाली इतनी कि आंखें चुंधिया जाएं। बिलों में पानी भर जाने के कारण सांपों से खतरा बढ़ गया था। उनसे बचते बचाते चलना पड़ रहा था। जाम्बीरा को मेन्जारी द्वारा कुछ दिनों पहले की गयी प्रार्थना की पंक्ति याद आती है और वह मन ही मन दुहराता है– 'मेरा बिंञोयाः मेराम् लेः कुलावः।' (बाघ या सांप हम पर हमला न करे।)

– ''जंगल में खाली हाथ चलो तो ढेरों जानवर दिखेंगे मगर हाथ में हथियार हो तो न जाने कैसे उन्हें पता चल जाता है और वे सामने आने से कतराते हैं।'' चलते चलते अचानक रिमिल कह उठा। किसी जानवर का शिकार करने की इच्छा हो रही थी शायद! ऐसा नहीं था कि उन्हें जंगली जानवर मिले ही नहीं। मगर जो भी मिले इतने भयंकर रूप में मिले कि उनका शिकार करने की जहमत नहीं उठाई उन दोनों ने। खूंखार जंगली भैंसों के कई समूहों से सामना हुआ। दो विशालकाय भालुओं को प्रचंड आक्रामकता के साथ एक दूसरे से लड़ते पाया। उन्हें पता था कि इलाका दखल के लिए की जा रही यह लड़ाई तब तक जारी रहेगी जब तक कि इनमें से किसी एक की मौत न हो जाए। हिंस्र जंगली जानवरों में बहुत कम मामलों में ऐसा देखा जाता है कि कोई एक पराजित होकर भाग जाए। यदि ऐसा होता है तो वह भविष्य में शक्ति संचय करके अपने प्रतिद्वन्द्वी से बदला लेता है।

जाम्बीरा का ध्यान दूसरी तरफ था। मेन्जारी और बच्चे का गम बड़े बड़े कांटों से भी ज्यादा लहूलुहान कर रहा था। चलने के क्रम में छोटे पेड़ पौधों के भीगे पत्ते मृतात्मा की ठंडी त्वचा की तरह सरसराते हुए बदन को सिहरा दे रहे

थे। पगड़ी की तरह बंधे हुए गमछों को सिर से खोलकर नंगे बदन पर अच्छी तरह से लपेट लिया था दोनों ने। पर गमछे ही भीग गए थे पत्तों से चूते पानी से। ऊंचे ऊंचे घास और झाड़ियों से सटते सटाते घुटने के ऊपर तक पहनी गई छोटी सी पतली धोती भी पूरी तरह से गीली हो चुकी थी। घर से लाए सामान सिकुअर के दोनों तरफ लटक रहे थे। सिकुअर कभी जाम्बीरा के कंधे पर होता तो कभी रिमिल के। सिकुअर लेकर जंगल में चलना आसान नहीं। पगडंडियों पर तो ठीक है मगर जहां पगडंडियां नहीं, जहां लताओं को काट काट कर आगे बढ़ना पड़ता है, वहां बार बार झाड़ियों में फंसता है। लेकिन बिना सिकुअर के इतना सामान पोटली में बांध सिर्फ बाआरी सोटा (कंधे पर रखने वाले खास तरह के डंडे) के दोनों तरफ लटकाकर लाना संभव नहीं था।

बरसात का मौसम होने के कारण कहीं भी मजदूरों की छावनी नहीं दिख रही थी उन्हें। दिशाहीन यात्रा पर निकले थे वे। जहां काम मिल जाए वहीं ठिकाना बनाना था। पर काम कहां? जब तक बरसात खत्म नहीं होगी, जंगल विभाग की सड़कें बनेंगी नहीं। लकड़ियों की कटाई ढुलाई का काम भी नहीं होगा। फिर?

जंगल में पंख फैलाकर बिंदास नाचते मोर और हुप हुप की आवाज के साथ मनचलों सी उछल कूद करते बंदर भी उनकी चिंता को कम करने में असमर्थ हो रहे थे।

चलते चलते जब भूख बर्दाश्त से बाहर हो गयी तब भात पकाना अनिवार्य हो उठा। सामने नदी थी। जाड़े या गर्मी का दिन होता तो नदी के किनारे ही लकड़ी का चूल्हा जलाकर भात पका लेते। किसी जानवर को मारकर आग में भून लेते मगर इस बारिश के मौसम में जंगल में आग जलाने के लिए सूखी लकड़ियां मिलेंगी कहां?

– "चल, कोई गुफा खोजते हैं। हो सकता है वहां किसी ने सूखी लकड़ियां रख छोड़ी हों।" बहुत सोचने के बाद रिमिल ने कहा और दोनों किसी गुफा की खोज में लग गए। उन्हें भरोसा था कि जल्द ही उन्हें कोई गुफा मिल जाएगी। सारंडा के इस घने जंगल में गुफाओं की क्या कमी? कितनी ही बार शिकार करते समय जानवरों का पीछा करते हुए या जानवरों द्वारा खदेड़े जाने पर गुफाओं में आकर छुपना पड़ा है उन्हें। जंगल में अंधेरा हो जाने पर रात बितानी पड़ी है गुफाओं में। गुफा के मुहाने पर आग जलाकर बचाना पड़ा है खुद को जंगली जानवरों से। छोटे से छोटे और बड़े से बड़े सभी आकार की गुफाएं हैं यहां।

जाम्बीरा ने सुना है, किसी किसी गुफा में तो हजार से भी ज्यादा लोग रह सकते हैं। एक गुफा ऐसी भी है, जिसके अंदर से होते हुए तीन तीन पहाड़ों को पार करके बाहर निकला जा सकता है। बाहर से देखकर यह पता लगाना मुश्किल है कि कौन सी गुफा कितनी बड़ी होगी। रिमिल और जाम्बीरा दोनों ही जानते हैं कि गुफा चाहे छोटी हो या बड़ी, उसमें प्रवेश करने में खतरा बहुत है। हो सकता है कि वे गलती से किसी बाघ की गुफा में प्रवेश कर जाएं या फिर आदिम मानवों के किसी समूह से ही भेंट हो जाए। हालांकि किसी आदिम मानव को उन्होंने कभी देखा नहीं था। बस, उनके बारे में तरह तरह की कहानियां सुनता आया था कि वे घुमन्तू लोग अब भी बहुत ही जंगली हैं...बिल्कुल नंगे रहते हैं...पत्थर से बने नुकीले हथियारों का प्रयोग करते हैं...पत्तों में छिपकर जहर बुझा हुआ तीर चलाते हैं...वगैरह वगैरह।

इनके अलावा 'जोम सराह' (बंदर खाने वाली जाति) के बारे में भी तरह तरह की बातें सुनता रहा है कि अचानक कहीं दूर से भटकते हुए आकर कुछ समय के लिए फटाफट बनाए गए पत्तों के अत्यंत छोटे छोटे कुंबों (झोपड़ों) में, जिनमें खड़े होकर प्रवेश तक नहीं किया जा सकता, रह लेते हैं ये...पक्की झोपड़ी बनाना या खेती करना नहीं जानते...बंदर उनका प्रिय भोजन है...उनके मंत्रों में गजब की शक्ति होती है। जब किसी पेड़ के नीचे खड़े होकर वे मंत्र पढ़ते हैं तो पेड़ पर बैठे बंदर धपा धप्प नीचे गिरने लगते हैं और वे आसानी से उनकी पकड़ में आ जाते हैं...कि एक जोम सराह जिस पेड़ को यह कहकर छू देता है कि ये पेड़ मेरा है तो उस पेड़ पर बंदर नहीं रहता। वह दूसरे पेड़ पर जाने के लिए छलांग लगाता है मगर जब आसपास के तमाम पेड़ जोम सराहों द्वारा पहले से ही छुए हुए रहते हैं तो वे बीच की खाली जगह में कूद पड़ते हैं। वहां जाल बिछा रहता है। कहते हैं मंत्र शक्ति से बंदरों को इस प्रकार सम्मोहित कर दिया जाता है कि वे प्रणाम करके जाल में कूदते हैं। ऐसा कहा जाता है कि जोम सराह लोग सिर्फ बंदरों को ही नहीं, गांव जंगल में अकेली मिल गयी लड़कियों को भी सम्मोहित करके अपने साथ ले जाते हैं और जोम सराह बना देते हैं। कहीं जाम्बीरा और रिमिल को भी बना दें तो?...जाम्बीरा और रिमिल के मन में शंकाएं उठती हैं। उन्होंने सुन रखा है कि वे अपने साथ तीर धनुष नहीं रखते। मंत्र बल से ही अपनी रक्षा करते हैं। एक जोम सराह द्वारा बनाए गये पत्ते के कुंबे के अंदर अगर छत से एक बूंद भी बरसात का पानी चू जाए तो उसे जाति से बाहर कर दिया जाता है। क्योंकि ऐसा माना जाता है कि उसकी

मंत्र शक्ति अब काम नहीं कर रही है। अब वह उनके लिए पूरी तरह से बेकार हो गया है।

रिमिल और जाम्बीरा ने तो यह भी सुन रखा है कि जोम सराह लोग अपने बूढ़े अशक्य बुजुर्गों को भी परिवार के लोगों के साथ मिलकर उन्हीं की सहमति से मारकर पकाकर खा लेते हैं ताकि मरने के बाद भी वे उनके अंदर, उनके करीब रह सकें। जन्म देने वाली मां ने नौ महीनों तक पेट में लेकर जंगल जंगल, पहाड़ पहाड़ उन्हें ढोया। पिता ने उसका साथ दिया। और अब जब उनके बेटे, नाती पोते बड़े हो गये हैं तो क्या यह उनका फर्ज नहीं बनता कि वे भी उन्हें पेट में लेकर इधर उधर घुमाएं? तभी तो वे अपने परिवार के अशक्त बूढ़ा बूढ़ी को उठाकर झोंपड़ी के ऊपर बैठा देते हैं। यदि गिर गये तो हिरण मानकर काट डालते हैं। उनका मांस जब पेट में जाता है तो जंगल पहाड़ में घुमा घुमाकर उतार देते हैं अपना कर्ज।

रिमिल समझाता है जाम्बीरा को– "जोम सराह लोगों से उतना डरने की जरूरत नहीं। सुना है वे लोग हो लोगों से अपना संबंध मानते हैं। कहते हैं, कहीं कहीं सिकुअर बनाकर हो लोगों को देते हैं वे। तेल निकालने के लिए भी पेड़ की छाल से एक खास तरह का बरतन बनाकर देते हैं। बदले में चावल आदि लेकर चले जाते हैं।"

जोम सराह लोगों के बारे में अच्छी बुरी दोनों तरह की बातें सुनने के बावजूद रिमिल और जाम्बीरा दोनों को इनमें से कई बातें कपोल कल्पित लगती हैं। फिर भी सावधान तो रहना ही है। जंगल में चलते समय अत्यंत खूंखार बनकर चलना पड़ता है। यह जंगल का अघोषित नियम है। जंगल में जीत हमेशा चालाक और ताकतवर की होती है। कमजोरों के लिए बिर बोंगा की गोद में कोई जगह नहीं।

थोड़ी देर की तलाशी के बाद उन्हें पेड़ पौधों और झाड़ियों से घिरा एक गुफा का मुंह दिख गया। उनकी आंखें चमक उठीं। मगर रिमिल ने शंका व्यक्त की– "कहीं यह वो गुफा तो नहीं, जिसके अंदर से गर्मियों में लाल रंग की हवा निकलती है? जो भी चरवाहा या गाय बकरी उसके अंदर जाता है, गायब हो जाता है। सुना है उसके अंदर कोई राक्षस रहता है।"

– "फिर तो हमें अंदर नहीं जाना चाहिए।"...जाम्बीरा के मना करने पर भी रिमिल तीर धनुष उचकाकर सावधानी से कदम बढ़ाते हुए उसके अंदर प्रवेश कर गया। नीम अंधेरे में उसे सूखे पत्तों की खरखराहट के साथ दो लाल लाल

चमकती आंखें नजर आयीं। फिर किसी के उछलने और अत्यंत तेजी से अंदर की तरफ भागने की आहट मिली। उसकी तमाम इंद्रियां सतर्क हो उठीं। "कौन है...?" उसने पूछा और तुरंत कोई प्रत्युत्तर न मिलने पर उस ओर अंदाज से तीर चला दिया। तीर एक खरगोश को लगा। कुछ देर तक तड़पकर वह शांत हो गया। गुफा में अब किसी प्रकार की आवाज नहीं थी।

– "चलो अच्छा हुआ। आज इसी से पेट भर जाएगा। चावल खर्च करने की जरूरत नहीं पड़ेगी।" खुश होकर रिमिल ने कहा और चाकू निकालकर खरगोश की खाल उतारने लगा।

– "लेकिन बउ, यहां कहीं सूखी लकड़ियां तो नहीं दिख रहीं। इसे पकाएंगे कैसे?" जाम्बीरा का सवाल जायज था। अब एक दूसरी गुफा की खोज में निकलना था।

खरगोश को हाथ में लटकाकर दूसरी गुफा तक पहुंचने से पहले रिमिल ने ढेर सारे साल के पत्ते तोड़ लिये थे। लकड़ी से कुछ पतली कांटियां भी बना ली थीं।

दूसरी गुफा में उन्हें कुछ सूखी लकड़ियां मिल गयीं। शायद कोई कभी यहां रात बिताने के लिए इन्हें लाया हो...इधर उधर बिखरे पत्थरों को इकट्ठा करके एक अच्छा सा चूल्हा बना लिया उन लोगों ने। चूल्हा तीन तरफ से घिरा हुआ तो था ही, ऊपर से भी एक बड़े से पत्थर द्वारा ढंक दिया गया था। सिर्फ सामने की तरफ से उसे खुला छोड़ दिया गया था ताकि जलावन की लकड़ियां तथा पकाने के लिए मांस डाला जा सके।

जाम्बीरा लकड़ियों को जलाने में जुटा हुआ था और रिमिल मांस को छोटे छोटे टुकड़ों में काटने में। बिना सूखे पत्तों के मोटी मोटी लकड़ियों को जलाना मुश्किल था। इसलिए गुफा में इधर उधर बिखरी, संभवतः गर्मियों में बाहर से उड़ आयीं पत्तियों को समेटने में लग गया जाम्बीरा। इसी बीच पत्तों के बीच छिपे बैठे एक सांप ने ऐसा फन उठाया कि जाम्बीरा के तो होश ही उड़ गए। बाल बाल बचा वह। बड़ी मुश्किल से उस जहरीले सांप को गुफा से भगाया दोनों भाइयों ने।

चूल्हे में लकड़ियां और कुछ सूखे पत्ते डालकर जाम्बीरा आग जलाने की कोशिश करने लगा। इसके लिए पहले एक पतली टहनी को मुंह के पास पेंसिल की तरह छीलकर नुकीला बना लिया उसने। फिर एक सूखी डाल में चक्कू से छोटा सा गड्ढा बनाकर उस पर टहनी के नुकीले मुंह को रख दोनों हाथों के

तलवे से टहनी को तेजी से घुमा घुमाकर रगड़ना आरंभ किया। थोड़ी देर की रगड़ से ही डाल के गड्ढेनुमा हिस्से से धुंआं उठने लगा। फिर चिंगारियां निकलने लगीं! डाल के गड्ढेनुमा हिस्से के चारों तरफ रखी सूखी घास ने आग पकड़ी और उसी आग से झटपट पत्तियों को जलाकर चूल्हे की लकड़ियां सुलगा लीं उसने। इस बीच रिमिल ने साल के पत्तों पर रखे खून से लथपथ मांस के टुकड़ों को इकट्ठा करके गेंद जैसी कई बड़ी बड़ी लोईयां बना ली थीं। उन लोइयों को सूंई की तरह पतली कांटियों से जोड़े हुए साल के पत्तों में लपेटकर चूल्हे की जलती आग में पकने के लिए डाल दिया उसने। लकड़ियां जलती रहीं, धुंआं उठता रहा और तीन परतों में चढ़ाई हुई साल की कच्ची पत्तियों को भेदती हुई आंच खरगोश के मांस को पकाती रही। जब पत्तियों की बाहर वाली दो परतें बिल्कुल जल गयीं और सिर्फ अंदर की परत बची, तब रिमिल और जाम्बीरा समझ गए कि अब मांस पक गया है। पके हुए मांस को पत्तों के आवरण सहित चूल्हे से बाहर निकालने में देर नहीं की उन्होंने।

इतनी मेहनत के बाद भरपेट गर्म और स्वादिष्ट मांस खाकर जान में जान आयी। एक बड़ी सी डकार लेकर जाम्बीरा उठ खड़ा हुआ। इतनी देर तक उकडूं बैठे बैठे पैर अकड़ गए थे उसके। चूल्हे की लकड़ियां अब बिल्कुल लाल होकर जल रही थीं। लकड़ी और पत्तियों का धुंआ गुफा से बाहर चला गया था। रिमिल और जाम्बीरा की आंखों की जलन अब जाकर कुछ कम हुई थी। गमछे से आंख पोंछकर जाम्बीरा ने गुफा में चारों ओर एक भरपूर नजर डाली। चूल्हे की आंच के प्रकाश में गुफा की दीवारों पर खुदे हुए विभिन्न प्रकार के शैलचित्र चमक उठे। तीर धनुष से हिरन, सांभर या बनैले सुअर, खूंखार जंगली भैंसे का शिकार करते जटानुमा लंबे लंबे बालों वाले आदिवासी...वल्कल पहने हुए या पूरी तरह से नंगे...बाघ भालू से हाथापाई करते हुए...

– ''क्या ये हमारे पूर्वज हैं बउ?'' जाम्बीरा ने जानना चाहा।

– ''पता नहीं रे। हो भी सकते हैं। सैकड़ों वर्षों से तो रह रहे हैं हम यहां। सारंडा के इस घने जंगल में...वैसे ये भुंइयां या सराक भी हो सकते हैं। सुना है हमारे पूर्वजों के आने से पहले तो वे ही रहा करते थे इधर। उन्हें मार भगाया था हमारे पूर्वजों ने।'' रिमिल ठीक ठीक बता नहीं पाता। उसका ध्यान कहीं और है। वह गुफा के बाहर देख रहा है जहां जोरों की बारिश हो रही है। जंगल की बारिश भी अलग तरह की होती है। अचानक जोर से बरसेगी। झमाझम बरसकर मानो सबकुछ बहा ले जाएगी। फिर बिल्कुल थम जाएगी। कुछ देर बाद फिर

बरसने लगेगी। साथ में जोरों की हवा। उलट पुलटकर बहने वाली पगली हवा। डालियों, पत्तियों को बिल्कुल मतवाली कर देने वाली हवा। आंधी बारिश के समय जंगली जानवर बड़े पेड़ के नीचे खड़े नहीं होते। बिजली गिरने के डर से खुले में या किसी छोटे पेड़ के नीचे जाकर खड़े होने की कोशिश करते हैं। कुछ जानवर गुफाओं में शरण लेते हैं। जंगल में रहने वाले लोग जानते हैं यह सब। रिमिल भी जानता है। तभी तो पेड़ पौधों के बीच से नाले की तरफ खुले में देखने की कोशिश करता है वह। सांभर और छोटे हिरनों के झुंड चुपचाप खड़े नजर आते हैं। पानी में भीगते हुए। बहुत निरीह लगते हैं वे ऐसे वक्त पर रिमिल को। उन्हें मारने का मन नहीं करता। मगर बाघ तो ऐसे ही मौकों की तलाश में रहते हैं। बारिश में, उलट पुलटकर बहती हवा में हिरन, सांभर या जंगली भैंसे जैसे जानवरों को सावधान होने के लिए बाघ की देह की गंध नहीं मिल पाती और वे आसानी से उसका शिकार बन जाते हैं। इन जानवरों की सूंघने की क्षमता बहुत तेज होती है। बहुत दूर से सूंघ लेते हैं वे। इसके विपरीत बाघ देखने और सुनने, दोनों में बहुत तेज होता है। उसकी आंखें बहुत दूर तक देख लेती हैं और कान हल्की सी आहट पर चौकन्ने हो जाते हैं। पर उसकी नाक उसके शिकार बनने वाले जानवरों की तरह सूंघने की तीव्र क्षमता नहीं रखती। प्रकृति का हिसाब किताब बड़ा ही रहस्यमय लगता है रिमिल को। इन सबको नियंत्रित करने वाले, गढ़ने वाले मरंग बोंगा, सिंगबोंगा को देखने की इच्छा होती है उसे। पर वे हैं कहां? किस गुफा में, किस पहाड़ या किस पेड़ पर छिपे बैठे हैं? दिखाई क्यों नहीं देते कभी?

रिमिल का गला सूखने लगता है। प्यास लगी है जोरों की। एक साल के पत्ते का कोण बनाकर गुफा के बाहर हाथ बढ़ाकर पकड़े रहता है वह। थोड़ी थोड़ी देर में पत्ते में जमा बारिश के पानी को मुंह में डालता जाता है। प्यास मिटाने के बाद भी गुफा के मुहाने पर खड़ा रहता है। बारिश थमने के इंतजार में…ताकि आगे की यात्रा आरंभ की जा सके। तीर धनुष लेकर चौकन्ना है बिल्कुल। क्या पता, कहीं से अचानक बाघ ही आ जाए। इस गुफा के ऊपर की ओर पहाड़ पर एक छोटी सी गुफा नजर आयी थी यहां आते समय। कहीं उसी में कोई बाघ न छिपा बैठा हो। जंगल में जीवनयापन करते हुए कई बार बाघों को देखा है उसने। अपने सारंडा के सैकड़ों बाघों में से कुछेक बाघ, दो दो मानुष जितने लंबे। अत्यंत मोटे तगड़े, बलशाली बाघ। शांत अंधेरी रातों में बाघ द्वारा उसके शिकार

को खाने की आवाजें भी सुनी हैं। चड़ात् चड़ात् की भयंकर आवाजें! शायद शिकार की हड्डी तोड़ने की आवाजें!...

उसने सुना है, बाघ चबाकर नहीं खाते। निगलकर खाते हैं। बड़ी चतुराई से शिकार करते हैं वे। जिस दिन उनका संचित शिकार खत्म हो जाता है और उन्हें जोरों की भूख लगती है, उस दिन शाम को वे पूरे जंगल को कंपाकर गरजते हैं और समूचे जंगलवासियों को आगाह कर देते हैं कि आज जंगल के राजा को भूख लगी है। वह शिकार करने निकल रहा है। सभी सावधान हो जाएं। उनकी आवाज से जब पूरे जंगल में, पशु पक्षियों में, मनुष्यों में खलबली मच जाती है, तब वे मस्त चाल से निकलते हैं शिकार खोजने। आः आः आः आः की गंभीर आवाज के साथ वे अपना शिकार पसंद करते हैं। कमजोर और मोटे तगड़े के बीच से वे हमेशा मोटे तगड़े को ही चुनने की कोशिश करते हैं ताकि ज्यादा दिनों तक उससे अपना पेट भर सकें। जब तक उनके पास शिकार का मांस बचा रहता है, वे दूसरा शिकार नहीं करते। अपने शिकार के मांस को दूसरों से बचाने के लिए क्या कुछ नहीं करते वे। एक बार खा लेने के बाद उसे खींचकर दूसरी जगह ले जाकर छुपाते हैं और ऐसा तब तक करते रहते हैं जब तक की उसका पूरा मांस खत्म नहीं हो जाता। पेट भरा होने पर उनका रुआब ही कुछ और होता है। दिन भर किसी गुफा में पड़े पड़े सुस्ताते रहते हैं या फिर आंख, नाक, कान बाहर निकालकर नदी के पानी में अपनी भारी भरकम देह को डुबोकर शान से बैठे रहते हैं।

बाघ की एक एक आदत से वाकिफ है रिमिल। उसे पता है, वे कितनी बुद्धिमत्ता, कितनी बारीकी और दक्षता के साथ शिकार करते हैं। अपनी तीक्ष्ण नजरों से दूर से ही शिकार पसंद कर लेने के बाद बाघ हवा की दिशा की मदद लेते हैं। वे जानते हैं कि दूर झुंड में खड़ा उनका शिकार, चाहे वह सांभर हो, हिरन हो या जंगली भैंसा– उसकी गंध से निश्चिंत है कि वह उनसे एक सुरक्षित दूरी पर है...कि उतनी दूरी से वह उसका कुछ नहीं बिगाड़ पाएगा। अब बाघ उनके इस भरोसे को पुख्ता करने के लिए उसी जगह पर उलट पुलट कर खेलना शुरू करते हैं। करवटें लेते रहते हैं। आ–ओ–आ–ओ करके जंगल को कंपाते रहते हैं। उनका पसंदीदा शिकार उन्हें दूर से देखता रहता है। उसके नथुने में बाघ की गंध आती रहती है। बाघ उसे छकाने के लिए उसी जगह पर अपना खेल दिखाते रहते हैं। अपने शिकार को आश्वस्त करते रहते हैं कि देखो हम अब भी तुम्हारी परिधि के बाहर हैं। फिर थोड़ी देर का विराम देकर, शांत होकर

शातिर बाघ दुबारा जमीन पर लोट पोट कर खेलना शुरू करते हैं। उसी जगह का चक्कर लगाते हैं। शिकार को यह अहसास दिलाते हैं, उसे यकीन करवाते हैं कि मैं यहीं हूं। थोड़ी देर के लिए शांत भले ही हो जाऊं पर रहूंगा यहीं। तुम्हारी परिधि के बाहर।...खेलते कूदते। तुम्हें कहीं भागने की जरूरत नहीं...। फिर अचानक हवा के रुख की मदद लेते हुए बिजली के वेग से छलांग लगाकर पीछे की ओर से जाकर शिकार पर हमला बोल देते हैं। सूंघने की शक्ति तेज होने के बावजूद जब सूखे मौसम में ही वे निरीह जानवर शातिर बाघ से बच नहीं पाते तो इस बारिश के, आंधी तूफान के मौसम में कहना ही क्या?...रिमिल मन ही मन हंसता है।

— "चलिए बउ, अब यहां से निकल चलते हैं। अब रात होने में ज्यादा देर नहीं।" जाम्बीरा सामान समेटकर गुफा के मुख पर आ खड़ा होता है।

— "बहुत जोरों की बारिश हो रही है रे। मेरा मन तो अब यहां से हिलने का नहीं हो रहा। आज की रात यहां इस गुफा में नहीं रुक सकते?"

— "कैसे रुकेंगे बउ? रात भर जलाने लायक सूखी लकड़ियां यहां हैं कहां? और बिना आग जलाए इस गुफा में रात भर रहने से जंगली जानवर हमें सुबह तक जिंदा छोड़ेंगे क्या?" रिमिल के नासमझों जैसे प्रस्ताव पर जाम्बीरा हैरान होता है। क्या बउ ने यहां आते समय देखा नहीं कि नाले के इस पार वाले जंगल में हडुवा है...हलमड है...जंगल के बीच जगह जगह पाए जाने वाले इन चार पांच हाथ लंबी चौड़ी प्राकृतिक नमक वाली धरती के सफेद-मटमैले टुकड़े पर, जहां पेड़ पौधे, घास फूस कुछ नहीं उगते, जानवर आते हैं नमक चाटने...और ऐसी जगहों के आसपास ही खूंखार जानवर मंडराते रहते हैं उनकी ताक में।

— "तो ऐसा करते हैं, जब तक उजियारा है, यहीं रुकते हैं। फिर आश्रय लेंगे यहीं आसपास के किसी साल के पेड़ पर! आज और आगे चलने की इच्छा नहीं हो रही है रे!" रिमिल ने जम्हाई लेते हुए कहा। जाम्बीरा मान गया। कुछ देर बाद भरपेट पानी पीकर वे चढ़ गए पेड़ की एक बहुत ऊंची डाल पर। पत्तों की छावनी भी बना ली।

रात भर बारिश होती रही। सावन की धुआंधार बारिश! पहाड़ जंगल को बहाकर ले जाने वाली बारिश! फिर भी आग नहीं बुझती! जाम्बीरा के दिल में सुलगती आग...!

सुबह बिना आलस्य के चलना शुरू कर दिया था उन लोगों ने। बहुत दूर...इस जंगल के बाहर तो अब तक सूरज की रोशनी फैल चुकी थी मगर यहां इस घने जंगल के अंदर झाड़ियों और पेड़ों के झुरमुटों में घुप्प अंधेरा था अभी भी। हालांकि पंछी उनकी तरह ही जागकर किचिर मिचिर करने लगे थे काफी देर से। छोटे बड़े, मोटे पतले हर तरह के पेड़ों के बीच से रास्ता बनाते हुए आगे बढ़ रहे थे वे। आड़े तिरछे, सीधे खड़े पेड़ों के बीच से। साल, पलाश के अलावा भी तरह तरह के पेड़! कोई पेड़ मिट्टी के कटाव के कारण अधलेटा होकर अलसा रहा था तो कोई अगली आंधी में पूरी तरह से उखड़कर गिरने की बाट जोहता दिख रहा था। डाल पर इत्मीनान से बैठे बंदर, मोर वगैरह वगैरह उन्हें देख उछलकर...उड़कर दूसरी, तीसरी डालियों पर जा बैठते। बारिश में भीगे होने के कारण पत्तों के मरमरी बिछावन में पैर अंदर तक धंसे जा रहे थे। हर कदम के साथ पचू-पचू, फचू-फचू की आवाजें आ रही थीं। जंगल का स्वर पूरी तरह से बदल गया था। जेटे सिंगि (ग्रीष्मकाल) में अलग स्वर, जरगि (बरसात) में अलग। हर स्वर का अभ्यस्त जाम्बीरा! पर आज के स्वर में मेन्जारी का शोकगीत भी घुला हुआ है। बहुत याद आ रही है उसकी। तभी तो पत्तों की पचूपचाहट के साथ जाम्बीरा के कलेजे में बार बार मरोड़ें उठ रहीं हैं। बार बार रोना आ रहा है उसे यह सब सुनकर। बीच बीच में जब रिमिल कोई बात पूछता तो उसकी तंद्रा टूटती। आंसुओं को छुपाकर, अपनी भर्राई आवाज को भरसक सामान्य करके वह अपने बड़े भाई के सवाल का जवाब देने की कोशिश करता।

चलते चलते रिमिल ने बेखयाली में एक अनजान पेड़ की टहनी तोड़ी और दांत साफ करने लगा। जाम्बीरा के कंधे पर सिकुअर था। उसने अपने बउ को दातून करते देखा तो उसका बसियाया मुंह भी मिसमिसाने लगा। मुंह के अंदर ही अंदर जीभ फेरी उसने। फिर चलते चलते ही हाथ बढ़ाकर अपने लिए भी एक दातून मांगा। रिमिल के हाथ वाली अतिरिक्त टहनी छोटी और बहुत ज्यादा पतली थी इसलिए उसने उसे फेंककर एक दूसरे पेड़ की टहनी तोड़कर जाम्बीरा को दे दी।

जाम्बीरा दातून चबा ही रहा था कि रिमिल की चीख सुनाई पड़ी उसे– "हाऽऽऽय जाम्बिलाऽऽऽऽऽऽ ! मेले डांऽऽऽऽऽऽऽऽट !" रिमिल की आवाज बदली बदली लगी उसे। ठीक जैसे पोपले दांतों वाला कोई बूढ़ा बोल रहा हो। ये क्या? बउ का चेहरा ऐसा क्यों दिख रहा है? पिचके हुए, धंसे हुए गाल! कहां गए उनके सारे दांत?

– "डेख जाम्विला मेले डांट!" रिमिल के सारे दांत उसकी हथेली पर थे। जाम्बीरा को सहसा यकीन नहीं हुआ कि ये दांत ही हैं। इधर रिमिल दहाड़ें मारकर रोते रोते पागलों की तरह हरकतें करने लगा था। जाम्बीरा को कुछ समझ में नहीं आ रहा था। ऐसा भी कभी होता है क्या? न आज तक देखा, न सुना। अभी अभी तो बउ दातून कर रहे थे। तो क्या दातून करने से ही सारे दांत झर गए उनके? जाम्बीरा को कंपकंपी छूट गयी। तुरंत अपने हाथ का दातून फेंककर सिकुअर को वहीं पटका और अपने दांतों पर हाथ फिराया। दुबारा फिराया अच्छी तरह से। नहीं। चिंता की बात नहीं। सब के सब अपनी जगह पर लगे हैं। हिल भी नहीं रहे हैं। लेकिन बउ के साथ ये क्या हो गया? हे सिंगबोंगा...हे बुरूबोंगा...हे देसाउलि...हमारी रक्षा कर!!

अब क्या करे जाम्बीरा? "ओकोए मेनःपेयाऽऽऽऽऽ...? ओकोए मेनःपेया नेपाह रेऽऽऽऽऽ...?" ("कोई हैऽऽऽऽऽ...? अरे कोई है इधऽऽऽऽऽऽर...?") आसपास कोई इनसान नहीं। गांव भी नहीं दिख रहा है कोई कि जाकर किसी से मदद मांगे। बारिश का मौसम न होता तो जमीन पर कान लगाकर कुछ देर तक शांत होकर सुनने के बाद ही पता लगा लेता कि दूर दूर तक कोई है या नहीं। लेकिन अब क्या करे वह? कैसे चुप कराए अपने बउ को? कैसे उनका दुःख कम करे? वे तो पागल हुए जा रहे हैं। कहां तो जाम्बीरा को संभालने आए थे वो। अब उन्हें ही संभाले कौन?

थोड़ा सामान्य होने के बाद जब उन्होंने चलना शुरू किया तो कुछ दूर जाते ही एक पहाड़ी का लंबाई में उतरा नंगा हिस्सा दिखाई पड़ा। बिल्कुल चिकनी देह! उस देह से बहती पानी की धार! उसके अगल बगल जले घास और डाल टहनियों वाले जंगल! अभी तक पूरी तरह से हरियाली नहीं आ पायी है वहां। जरूर गर्मियों में किसी की असावधानी से आग लग गयी होगी यहां। कहीं ऐसा तो नहीं कि झूम चास (खेती) के लिए...गोंदली या गोड़ा धान लगाने के लिए ही किसी ने निर्धारित इलाके के जंगल को जलाया हो और आग इधर उधर भी फैल गयी हो। यदि पूरे जंगल में आग लग जाती तो?

जंगल को, बुरूबोंगा को इस तरह से क्षति पहुंचाने वाले लोग बिल्कुल पसंद नहीं जाम्बीरा को। फिर भी ऐसे ही लोगों के पास जाना होगा उसे। आसपास ऐसे लोगों की ही बस्ती होने की संभावना है। कहीं ऊपर की ओर, जले हुए

हिस्से के पीछे के जंगल में, इस पहाड़ की गोद में ही न छुपी हो उनकी बस्ती! कुमडीह, कोदलीबाद, टोंटोगाड़ा, थोलकोबाद, लिगिरदा, तिरिलपोशी, छोटानागरा जैसे सारंडा के कई इलाकों के गांवों तथा टोलों का नाम सुनता आया है वह। इनमें से कई जगहों पर उनके अपने लोग रहते हैं मगर किस तरफ जाने से जल्दी कोई बस्ती मिलेगी, ये तय नहीं कर पा रहा था जाम्बीरा! बउ की हालत ठीक नहीं। इधर आसमान में काले काले बादल उमड़ने घुमड़ने लगे हैं। आंधी तूफान आने का भी अंदेशा है। जल्द से जल्द कोई मानव बस्ती ढूंढ़नी ही है उन्हें। कोई और उपाय नहीं। पर इधर से इस खड़े पहाड़ पर चढ़ना भी मुश्किल है। पानी के तेज बहाव से पहाड़ी ढलान पर दरारें पड़ गयी हैं। पैर रखते ही मिट्टी धसक रही है और उन्हें फिसलाकर दूर तक वापस नीचे की ओर ले जा रही है। लाल कंकरीली, पथरीली, रुगुडनुमा मिट्टी! फिर भी इसी पहाड़ पर चढ़ना है उन्हें।

रिमिल के दांत टूटे थे, पांव नहीं। मगर उसका दुःखी मन इस प्रकार उस पर हावी हो गया था कि किसी पंगु रोगी की तरह सुस्ता सुस्ताकर चलने लगा था वह। काफी मशक्कत के बाद ऊपर एक समतल सी जगह पर पहुंचे वे दोनों। लेकिन अचानक बादलों के एक बड़े से झुंड ने आकर घेर लिया उन्हें। जरा सा धुंधलका छंटने पर कुछ बकरियां चरती हुई दिख गयीं। सफेद, काली, भूरी बकरियां। मानव बस्ती की मौजूदगी का एक और सबूत पाकर जाम्बीरा और रिमिल की रक्त कोशिकाओं में मानो बिजली दौड़ने लगी। उनकी चाल में एकाएक तेजी आ गयी। देह में नयी शक्ति का संचार हुआ। थोड़ा आगे बढ़ते ही रोजमर्रा के इनसानी क्रियाकलापों की सुकूनदायी ध्वनियां कानों से टकराने लगीं। फिर जल्द ही उन्हें झोपड़ियां और खेत भी नजर आने लगे। टेढ़े मेढ़े, चौकोर, आयताकार खेत। हर खेत का आकार दूसरे से अलग। इस जंगल में पहाड़ी ढलान पर थोड़े थोड़े समतल में जहां जितनी जगह मिली, जोत कोड़ कर खेती लायक बना लिया। कुछ खेतों की मिट्टी खुदी हुई थी तो कुछ में अभी भी घास पर जगह जगह छोटे छोटे गोबर के ढेर रखे थे। यानी जोतने की तैयारी कर ली गयी थी। पानी में भीगने से ये गोबर काले काले छोटे छोटे टीले से नजर आ रहे थे। किसी किसी खेत में मकई लहलहा रही थी तो किसी में धान के पौधे लग चुके थे। जाहिर है इन सबके बीच मानव की उपस्थिति होनी ही थी। सो हुई। जाम्बीरा और उसके बउ को बड़ा सुकून मिला। जंगल के बीच ठीक उनके गांव की तरह ही एक छोटा सा गांव था यहां! हो आदिवासियों का ही गांव! इस

गांव में पहले कभी नहीं आए थे वे दोनों, न ही इस गांव के लोगों से कोई परिचय था, फिर भी वहां के लोगों ने उनकी बड़ी मदद की। सबसे पहले उन्हें अपने मुखिया यानी मुंडा से मिलवाया। मुंडा ने मिलते ही जोअर विनिमय के बाद सवाल किया– "ओकोनाते हुजुतनाबेन, चिना पइटि दो मेना?" ("कहां से आ रहे हो, क्या काम है?") फिर पूरा वाकया सुन अत्यंत आश्चर्य व्यक्त करते हुए खेद प्रकट किया और ढांढ़स बंधाते हुए कहा–

– "वो जो दूर वाली पहाड़ी देख रहे हो न, वही जो बिल्कुल चतोम (छतरी) की तरह दिख रहा है..."

– "हां, हां देख रहा हूं। तो?" जाम्बीरा उत्साहित होता हुआ बोला।

– "तो वह औषधीय पेड़ों से भरी पड़ी है। मान लो, यदि किसी सुअर को तीर लग जाए और वह भागकर उस बुरू (पहाड़/पहाड़ी) की तरफ चला जाए तो तीर अपने आप झड़ जाता है। उसका घाव भी ठीक हो जाता है। वह बच जाता है..."

– "सच्ची?" जाम्बीरा ने हैरान होकर पूछा।

– "सच्ची। एक बार शिकार का पीछा करते करते हम उस पहाड़ी पर जा चढ़े थे। रास्ते में किसी पौधे के नुकीले कांटे से मेरे बाएं हाथ में थोड़ा गहरा और लंबा सा चीरा लग गया। काफी खून बहने लगा था। मैंने कोई खास परवाह नहीं की और शिकार के पीछे दौड़ता रहा। शिकार तो मिला नहीं पर जब उस पहाड़ से उतरा और अपने घाव पर नजर पड़ी तो यह देख हैरान रह गया कि हाथ में घाव का नामोनिशान नहीं था। मुझे हैरान होते देख मेरे दोस्त ने कहा– 'किसी औषधीय पत्ते का स्पर्श मिला होगा दौड़ते समय।' मुझे तो लगता है वहां की हवा में...महक में दवा है। और यह बात इस जंगल के सभी जानवरों को पता है।"

– "जानवरों को?" जाम्बीरा फिर हैरान हुआ।

– "हां भई हां। तभी तो उस बुरू पर जंगली जानवरों का इतना ज्यादा आना जाना लगा रहता है कि डर से कोई परिवार वहां झोपड़ी बनाकर नहीं रहता। हां, जान हथेली पर लेकर ओझा, वैद्य लोग जरूर जाते हैं वहां से जड़ी बूटी लाने। उस बुरू की तलहटी पर ही तो नाले के किनारे झोपड़ी बनाकर एक बूढ़ा कुबिराज (वैद्य) रहता है।"

– "कुबिराज रहते हैं वहां?" जाम्बीरा उत्साहित हो उठा। रिमिल के चेहरे पर उम्मीद की किरणें फूट उठीं। मुंडा ने बात आगे बढ़ाई–

— "जड़ी बूटियों से दवा बनाने में माहिर है वह। एक से एक बीमारियों को ठीक करना जानता है। गांव बस्ती के लोगों की बात तो छोड़िये, जंगल विभाग के अंग्रेज अफसर भी आते हैं उससे दवा लेने। एक अंग्रेज को तो उसके इस जंगली इलाज पर इतना भरोसा है कि वह दिन रात पड़ा रहता है उसके पास उसकी यह विद्या सीखने।...हो सकता है वह कुबिराज आपकी कुछ मदद कर सके।"

— "तो हमें उसके पास ले चलिए न!" जाम्बीरा मचल उठा।

— "ले चलेंगे। लेकिन अभी नहीं।"

— "अभी नहीं? तो फिर कब?"

— "कल सुबह।"

— "अभी नहीं चला जा सकता क्या?" जाम्बीरा बेसब्र हुआ जा रहा था।

— "इस बारिश, आंधी, तूफान में?"

— "तो क्या होगा?"

— "शाम हो गयी है। रास्ते में अंधेरा भी हो जाएगा।"

— "तो क्या हुआ? आप हमें सिर्फ ठीक से रास्ता बता दीजिए। हम पहुंच ही जाएंगे वहां।"

— "नहीं बेटा। इस वक्त वहां जाने के लिए निकलना ठीक नहीं। जंगली जानवरों से भरा पड़ा है ये जंगल। अंधेरे में तुम लोगों को कुछ सूझेगा नहीं। अभी कुछ खा पीकर यहीं आराम करो। सुबह मैं खुद तुम दोनों को वहां ले चलूंगा।"...

लाख आरजू मिन्नत करने पर भी मुंडा ने उस वक्त उन्हें कुबिराज के पास जाने नहीं दिया। अपने ही घर पर खाना खिलाया, डियंग पिलायी। सोने की जगह दी। उस रात भोजन करना भी एक समस्या थी। बिना दांतों के मोटे मोटे चावल के भात चबाए कैसे बउ? भात काफी कड़े थे। थाली के सामने बैठ बउ को बेबसी में सुबकते देख जाम्बीरा ने अपनी थाली के भात को उंगलियों से अच्छी तरह मसल मसल कर उन्हें अपने हाथों से खिलाना शुरू किया। छोटे बच्चे की तरह सुबकते सुबकते ही निगल निगलकर खाना खाया रिमिल ने। अपने बउ की इस हालत के लिए वह खुद को ही दोषी मान रहा था। न वह मेन्जारी के गम में पागलों जैसी हरकतें करता, न उसके अपु उसे बाहर भेजते! अब किस मुंह से

बउ को लेकर घर लौटेगा जाम्बीरा? हिलि (भाभी) क्या कहेंगी। अपु क्या बोलेंगे। और गांववाले? हे सिंगबोंगा!...

उस रात चिंता से सो नहीं पाया जाम्बीरा।

भोर होते ही बारिश न रुकने के बावजूद उन्हें लेकर कुबिराज के यहां चल दिया मुंडा। साथ में दो तीन और लोगों को ले लिया था। एक लंबी दूरी तय करते करते बारिश तो रुकी ही, मीठी मीठी धूप भी निकल आई। घने जंगल के बीच नाले के किनारे जिस झोंपड़ी में पहुंचे वे, वह तरह तरह की जड़ी बूटियों, सूखे बीजों, पत्तों, पेड़ पौधों की छालों तथा तेल भरी शीशीयों से भरी हुई थी। फर्श...दीवार...छत...हर जगह अगड़म बगड़म चीजों का अंबार! एक कोने में जमीन पर गड्ढा खोदकर बनाए गए मिट्टी के चूल्हे में लकड़ी के मोटे मोटे कुंदे जल रहे थे। कमरे में हल्का हल्का धुआं था। छप्पर के किसी छेद से धूप का एक बारीक सा टुकड़ा आकर मिट्टी के फर्श पर गिर रहा था। एक अंग्रेज अधेड़ एक बूढ़े के साथ ढेर सारी किली-मिली चीजों के बीच फर्श पर बैठकर बड़ी सी लोहे की कड़ाही में कोई द्रव उबाल रहा था। एक दम घोंटू तेजाबी गंध कमरे में टिकने नहीं दे रही थी। साथ आए लोगों को बाहर ठहराकर सिर्फ रिमिल और मुंडा के साथ झोपड़ी में घुसा था जाम्बीरा मगर दोनों अपने काम में इतने मग्न थे कि उनके आने की आहट तक नहीं मिली उन्हें। मुंडा के टोकने पर ही एकाएक पीछे मुड़कर देखा उन्होंने। बूढ़े कुबिराज के गले में अजीब अजीब तरह की मालाएं लटक रही थीं। जड़ी बूटियों, सूखे फूल तथा बीजों की मालाएं। सिर पर जटाएं इतनी लंबी लंबी कि ठीक से चेहरा ही न दिखे। अधेड़ अंग्रेज के बाल तो जरा छोटे ही थे मगर चेहरे पर कच्ची पक्की दाढ़ियों की भरमार थी। हाट बाजार या जंगल में कई एक बार अंग्रेजों को देख चुका है वह। हमेशा तनी हुई देह। ज्यादातर घोड़े पर सवार...एक नामालूम किस्म की अकड़ के साथ। इस तरह चूल्हे के पास नंगे पांव घुटनों को कुचुमुचु करके बिल्कुल आदिवासियों की तरह...उनकी तरह उकडूं बैठा एक अंग्रेज! कुछ कुछ दीन हीन सा! बड़ा अजीब लगा वह दृश्य जाम्बीरा को। फिर भी उस कमरे में उस दिकू, उस अकड़रहित अंग्रेज की उपस्थिति से जाम्बीरा बड़ा असहज महसूस करने लगा। चाह कर भी कुछ बोल न पाया अपनी जबान से। मुंडा ने ही सारी बातें बतायीं। सब कुछ देख सुन कर अपनी जटाओं को खुजलाते हुए गंभीर मुद्रा में कुबिराज बोला– "गिरे

दांतों को वापस अपनी जगह पर लगाने की विद्या तो हमें नहीं आती बेटा। मगर हां, दांतों के टूटने से मसूड़ों में दर्द-वर्द हो, खून-वून आए तो उसे ठीक करने की दवा दे सकता हूं मैं।"

– "मगर इनके मसूड़ों में तो कोई दर्द है ही नहीं। और न ही कोई खून या पीव आया है।" इस बार जाम्बीरा का मुंह अनायास ही खुल गया था। दरवाजे के पास हाथ जोड़कर उकडूं बैठे बैठे ही बोला था वह !

– "फिर मुझे माफ करना बेटा।" एक बार अच्छी तरह से रिमिल के मुंह और दांतों का निरीक्षण करने के बाद कुबिराज ने हाथ जोड़ लिये थे।

मायूस होकर थके हारे कदमों से झोपड़ी से बाहर निकल आए थे वे सब। अंग्रेज और कुबिराज आपस में गिटिर पिटिर करने लगे थे। थोड़ी दूर जाते ही उन्हें पीछे से कुबिराज की पुकार सुनाई पड़ी– "ए बउऽऽऽऽऽऽ...ए होऽऽऽऽऽनकोवाऽऽऽऽऽ...मिसा रुआ उरऽऽऽऽऽम..." (ओ भाऽऽऽऽऽई...ओ बेटाऽऽऽऽऽऽ...जरा वापस आना तोऽऽऽऽऽ...)

उनकी आवाज सुन जाम्बीरा और उसके बउ के चेहरे पर उम्मीद झिलमिला उठी। लगभग दौड़ कर पहुंचे वे वापस उस झोपड़ी में।

– "तुम लोग हमें वह पेड़ दिखा सकते हो?" कुबिराज ने व्यग्रता से पूछा।

– "कौन सा पेड़?"

– "अरे वही, जिसके डंठल के रस से इसके सारे दांत झर गए?"

– "वो तो दूर जंगल में था।"

– "तो क्या हुआ? हम चलेंगे वहां। ये साहब भी देखना चाहते हैं उस पेड़ को।"

– "क्या उस पेड़ के रस से मेरे बउ के दांत वापस लग सकते हैं?" जाम्बीरा ने बड़ी उम्मीद से पूछा।

– "नहीं बेटा, ये तो अब संभव नहीं। लेकिन उस पेड़ के रस से हम ऐसा तेल बना सकते हैं जिससे बिना दर्द के, बिना खून गिराए लोगों के कीड़े लगे हुए सड़े गले दांतों को आसानी से हम निकाल सकेंगे। हमें वहां ले चल बेटा।"

– "उस घने जंगल में कैसे ढूंढ़ेंगे हम उस पेड़ को? हमने तो कोई निशानी भी नहीं छोड़ी। और फिर भोरे भोर जंगल में अंधेरा भी था। ना, असंभव!" जाम्बीरा ने सर हिलाकर कहा।

– "इस असंभव को संभव करना ही होगा तुम्हें। सोचो जरा, कितने लोगों का भला होगा उससे।"

...और इस तरह कुबिराज के जिद करने पर न चाहते हुए भी जाम्बीरा और उसके बउ को उस पेड़ की खोज में कई दिनों तक जंगल की खाक छाननी पड़ी। मगर नतीजा शून्य ही निकला। अंतिम प्रयास के बाद निराश होकर लौटते वक्त काफी देर हो जाने पर रात बिताने के लिए कुबिराज के साथ आया अंग्रेज उन्हें रास्ते में पड़ने वाले एक लकड़ी टाल में ले गया।

वह एक विशाल लकड़ी टाल था। कटे तनों का, बल्लियों का अंबार लगा था टाल के अंदर बाहर। टाल का मैनेजर उस अंग्रेज का दोस्त था। अंग्रेज को वह अपने साथ बगल के डाकबंगले में ले गया और बाकी लोगों के लिए उसने टाल में ही रात गुजारने की व्यवस्था कर दी। आरी से गोलाई में काटे हुए विशाल विशाल साल के पेड़ों के तने पर सोने की व्यवस्था। मानो वृत्ताकार पलंग हो। भोजन के लिए चावल, बर्तन आदि डाकबंगले से भिजवा दिये थे उसने। टाल के बाहर ही खाना पका लिया गया। खाते खाते काफी रात हो गयी थी। अंधेरे में डूबा टाल भयावह लग रहा था। बाहर खाना पकाने के लिए जलाए गए लकड़ी के चूल्हे के कारण जरा उजियारा था। सबको सुलाने के बाद जब जाम्बीरा ने अंधेरे में टटोलते हुए आकर एक तने पर सोने के लिए अपनी पीठ रखी तो उस तने में मानो हल्का सा कंपन हुआ। लकड़ी की कठोरता की उम्मीद में रखी गयी देह एक अनजान लिजलिजेपन के अहसास से बिल्कुल चौकन्नी हो उठी। दिमाग में खतरे की घंटी बजी...टनटनाटन टन! और हाइनाऽऽऽ हाइनाऽऽऽऽऽ की चीख उसके मुंह के बाहर आयी। फिर पलक झपकते ही वहां से कूदा जाम्बीरा और पूरी ताकत लगाकर बिङ-बिङ (सांप-सांप) चिल्लाते हुए बल्लियों और तनों के ऊपर से उछलते कूदते, लांघते फांदते हुए भागने लगा। अंधेरे में कुंडली मारकर बैठे हुए एक विशाल सांप पर लेट गया था जाम्बीरा। जंगल के अनुभव ने उससे सही स्थिति की चुगली कर दी थी। तभी समय न गवांकर भाग पाया था वह। मगर दौड़ते हुए सुरक्षित जगह पर पहुंचने से पहले ही एक और दुर्घटना! मानो दुर्घटनाओं का एक अंतहीन सिलसिला चल निकला था उसके और उसके प्रियजनों के जीवन में। एक पतली सी बल्ली के पिछले सिरे पर पांव पड़ते ही उसका अगला हिस्सा ऊपर की ओर उठ गया और वह अपनी देह का भारसाम्य खो बैठा। फिर तो ऐसा गिरा कि उठ ही न पाया। उसके बाएं पैर की हड्डी टूट चुकी थी। उसकी चीख सुन टाल में सोए बाकी लोग भी उठकर उसी दिशा में भागने लगे थे जिस दिशा में जाम्बीरा भाग रहा था। उसके गिरते ही पीछे से आ रहे लोगों ने उसे उठाया और उसे लेकर भागते दौड़ते डाकबंगले में पहुंचे।

डाकबंगले से टॉर्च तथा बंदूक डंडा लेकर टाल का मैनेजर कई पहरेदारों और अंग्रेज दोस्त के साथ टाल में आया और जैसे तैसे उस विशाल अजगर को बंदूक से मार गिराया। अपने टूटे पांव लेकर जाम्बीरा नहीं जा सका उस मरे हुए सांप को देखने। मगर उसके विशाल हुलिये के बारे में अपने साथ के लोगों से सुनकर उसके रोंगटे खड़े हो गए। तो क्या मेन्जारी ही आई थी सांप भूत बनकर, उसे निगलकर अपने साथ ले जाने के लिए? उसी की भटकती आत्मा उस विशाल अजगर में प्रवेश कर गयी थी? फिर क्यों भागा वह? आज उसे उसके पास जाने के नाम से इतनी कंपकंपी क्यों छूट रही है? वह तो उसके वियोग में मरा जा रहा था न?...

दो दिन पहले कुबिराज के साथ दतुवन वाले पेड़ की खोज में जंगल में भटकते वक्त अचानक जब वे साडुगाड़ा नाले के किनारे जा पहुंचे थे तब दीवार की तरह खड़े कदम्ब और साल वृक्षों की अत्यंत घनी कतार के बीच से गुजरते हुए उसे मजदूरों की वह टूटी छावनी दिख गयी थी जहां कभी उसने अपनी मेन्जारी के साथ हसीन रातें गुजारी थीं। टूटे हुए चूल्हे, काले जले हुए मिट्टी के बरतन इधर उधर बिखरे पड़े थे। उसके टूटे दिल में बिखरी मेन्जारी की यादों की तरह। मन कर रहा था वहीं जिंदगी गुजार दे, मरी मेन्जारी की जिंदा यादों के सहारे...

अगले दिन पौ फटते ही एक मोटी सी चादर के दोनों सिरों पर लाठियां बांधकर उसमें जाम्बीरा को लिटाया गया। फिर साथ आए लोगों की मदद से कुबिराज उसे उठाकर अपनी झोपड़ी में ले गया। हड्डी जोड़ने की विद्या में माहिर था वह। यात्रा आरंभ करने से पहले ही टूटे पांव की हड्डी को उसके सही स्थान पर बैठाकर चीरे हुए बांस के टुकड़ों से सहारा देकर अच्छी तरह से बांध दिया था ताकि रास्ते में हड्डी अपने स्थान से ज्यादा हिल डुल न पाए। फिर झोपड़ी में पहुंचते ही उपचार शुरू हो गया। चटपटिया घास और पलाश की छाल का रस निकालकर जल्दी जल्दी लेप बनाया और टूटी हड्डी को जोड़ने के लिए पैर पर लगाकर कपड़े से बांध दिया। हड्डी के ऊपर के जख्मी मांस को जोड़ने के लिए तोगोज का उपयोग किया गया था। दर्द से बिलबिलाते जाम्बीरा ने मन ही मन बुदबुदाया, "बूढ़े का हाथ है या लोहा! जंगली भैंसे का पैर भी इससे ज्यादा नरम होता होगा! इस बूढ़े की बात सुनकर जंगल में उस पेड़ की खोज में न भटका होता तो आज यह दिन न देखना पड़ता!"

इधर उसके मनोभावों से अनजान कुबिराज ने अपना काम संपन्न करके पूरे आत्मविश्वास के साथ अभयदान दिया–

"जाओ बच्चा! अब चार पहर के अंदर अंदर तुम्हारी टूटी हड्डी जुड़ न जाए तो अपना नाम बदल दूंगा मैं।"

...जाने को तो कह दिया कुबिराज ने उसे, लेकिन इस हालत में वे जाएं कहां? अंततः उनकी लाचारी पर तरस खाकर कुबिराज ने उन्हें अपने यहां पनाह दे दी। कहा– "जब तक पूरी तरह से ठीक न हो जाओ...पैर में ताकत न आ जाए, यहीं रहो। मेरे पास! दवा वगैरह बनाने में मेरी मदद कर दिया करना। मेरे साथ ही खा पी लेना तुम लोग! चाहो तो तुम्हारे बउ को डाकबंगले में ही साफ सफाई के काम पर लगवा दूं सयोब से कहकर ताकि अपने हिस्से के चावल वगैरह की जुगाड़ी खुद ही कर ले वो। मैं अकेला बूढ़ा कहां से लाऊंगा रोज रोज तुम दोनों जवान मर्दों की खुराकी...?"

जाम्बीरा को फिलहाल ठौर तो मिल गया था, इसलिए थोड़ा निश्चिंत हुआ वह। रिमिल ने भी आश्वस्ति भरी सांस छोड़ी।

अपने कहे अनुसार रिमिल को डाकबंगले में काम दिलवा दिया उस कुबिराज ने। इधर झोपड़ी में बैठे बैठे जाम्बीरा दवाइयां बनाने में बूढ़े की मदद कर दिया करता। खाना बनाने में भी। बूढ़े का वह अंग्रेज छात्र अक्सर आया करता था। जब बूढ़ा कुबिराज उसे जड़ी बूटियों, बीज पत्तों से दवाइयां बनाना सिखाता तो जाम्बीरा भी आंख, नाक, कान खुले रखता। देखते देखते वह भी कितनी ही देसी दवाइयों के बारे में जान गया। सिंदवार के तेल से दर्द की दवा बनाना...सेमल की छाल से औरतों के चेहरों के दाग धब्बों को मिटाकर खूबसूरत और चिकना बनाने का मलहम बनाना...रोजाना पिटु साग का सेवन करके लंबी उम्र तक जवान रह पाना...पलाश की छाल से बवासीर का उपचार करना...सिर्फ बेटी पैदा करनेवाली पुत्रहीन महिलाओं को पुत्रवती बनाने के लिए गर्भवती होने के बाद ही तीन महीनों तक रोज सुबह खाली पेट पलाश की तीन पत्तियों वाली फुनगी को गुड़ में लपेटकर खिलाना...और...और भी कितना कुछ!!

शुरू शुरू में रिमिल अक्सर आ जाता था जाम्बीरा से मिलने। पर इधर पता नहीं क्यों उसका आना जाना काफी कम हो गया था। टोकने पर कहता– "फुर्सत नहीं मिलती।"

जब तक जाम्बीरा अच्छी तरह से चलने में असमर्थ रहा, कुबिराज की उस वीरान झोपड़ी में जबरन मन लगाता रहा। पर जब चाल में थोड़ी तेजी आ गयी तो मन भी छटपटाने लगा उस एकांत से दूर जाने के लिए। एक बूढ़े के साथ कितनी बातें की जा सकती हैं? इन दिनों वह बहुत खिटखिटिया भी हो गया है। छोटी छोटी बात पर डांटने लगता है। और उस टूटी फूटी 'हो' बोलने वाले अंग्रेज सयोब का तो उच्चारण ही नहीं समझ पाया वह अब तक! अब उसे अपनी तरह के लोग चाहिए, जी भरकर बोलने बतियाने के लिए। यौवन का साहचर्य चाहिए! नृत्य और संगीत चाहिए! यहां अब दम घुटता है उसका। जो भी यहां आता है, बीमारी का ही रोना रोता है। कुबिराज की उस झोपड़ी में सूखे फूल पत्तों तथा जड़ी बूटियों के अंबार के बीच वंश वृद्धि में रत तिलचट्टों, मकड़ों और छिपकलियों से भी अब खीझ होती है जाम्बीरा को। और फिर काम ही क्या है यहां? दिन भर बैठे बैठे उकताना...। बूढ़े की दवा की कमाई में ठीक से पेट भी नहीं भरता। गमछा धोती भी फट चुके हैं। इतनी कोशिश की पर डाकबंगले में काम न मिला उसे। अब बरसात का मौसम तो रहा नहीं कि कहीं और काम न मिले। यहां से कहीं दूर चला जाएगा जाम्बीरा। वहीं, जहां काम मिले। वहीं, जहां मन रमे। अपने गांव नहीं जाएगा वह। जब बउ ही नहीं जाना चाहते तो वह क्या करेगा जाकर? कौन जाकर पचासों सवालों का जवाब देगा? बउ के दांत गिरने की दुःखद कहानी सुनाएगा?

...और मरंग गोड़ा की तरफ जाते मजदूरों के एक दल में शामिल हो गया था जाम्बीरा! भावी सगेन का भावी ततंग– जाम्बीरा!!!

सवइ घास की नयी छावनी

तांबे की खदान से लौटते वक्त एक दिन भर रास्ता अपने अतीत के बारे में...मेन्जारी के बारे में सुकुरमुनी को बताते बताते लौटा था जाम्बीरा।

– "तो तू डिन्डा-सेपेड (कुंवारा) नहीं है?" सुकुरमुनी के चेहरे पर दुःख मिश्रित आश्चर्य के भाव थे।

– "नहीं। तू क्या मुझे कुंवारा समझ रही थी?"

– "हां। किसी ने बताया ही नहीं।"

– "कैसे बताता? हमारे गांव के लोग थोड़े ही आए हैं इस दल में? वो तो मैं कुबिराज की झोपड़ी के सामने से गुजरते मजदूरों के एक अनजान दल के साथ हो लिया था। उन्हें कुछ पता ही नहीं मेरे बारे में।"

– "वो अन्दु अब भी हैं तेरे पास?"

– "हां हैं। तू पहनेगी?" जाम्बीरा के स्वर में हुलस थी।

– "नहीं।" सुकुरमुनी ने दृढ़ता के साथ कहा।

– "क्यों?"

– "क्यों पहनूं मैं? एक तो तू उसी के लिए लाया था इसे बड़े शौक से। ऊपर से उसने खुद ही कहा था मरने से पहले कि किसी और को देने से भूत बनकर सताएगी वह। कहा था न उसने? बोल? अभी थोड़ी देर पहले ही तो बताया तूने। कहा था कि नहीं?"

– "कहा तो था मगर मैं जानता हूं कि कुछ नहीं करेगी वह। गेरी मेन्जारी बहुत भली औरत थी। ठीक तेरे जैसी।"

– "मेरे जैसी?"

– "हां, मगर कुछ मामले में तुझसे अलग भी।"

– "जैसे?"

– "जैसे...जैसे...जैसे घर की दीवार पर किसिम किसिम के रंगों से चित्रकारी करने में तेरी बराबरी नहीं कर सकती थी वह।"

– "ऐसा क्या?"

– "हां। सच सुकुरमुनी, जब मैं मरंग गोड़ा में नया नया आया था और मेरी झोपड़ी बनाने में तेरे घर के लोग, आसपास के लोग मेरी मदद करने आए थे, तूने सामनेवाली दीवार पर लाल सफेद रंग से मोर उकेरा था न, तो मैं तो उसी पर मोहित हो गया।"

– "मोर पर?"

– "नहीं, तुझ पर। तेरी कारीगरी पर। उसी दिन बरामदे के छप्पर से आती सुबह की मीठी धूप में पहली बार अच्छी लगी थी तू! सच सुकुरमुनी! हमारे तरफ की कोई भी लड़की चित्रकारी में तेरी बराबरी नहीं कर सकती। मेन्जारी जिंदा होती तो वो भी नहीं कर पाती।"

– "अच्छा?"

– "हां। आधा दीवार लाल, आधा सफेद! सफेद में लाल रंग का बड़ा सा मोर और लाल में सफेद रंग का। वाह! कितना सुंदर! लाल मिट्टी और सफेद चूने के घोल से बनाई थी न तू?"

– "हां, हां।"

– 'और आंख नाक रंगने के लिए काला रंग कहां से लायी थी ?"

– "वो मेरे पास पहले से थोड़ा सा रखा था।"

– "पहले ही कहां से आया?"

– "सरकारी डाकबंगले के बाहर एक साइकिल का फटा पुराना टायर पड़ा मिला था। उसी को लुढ़काते ढेकलाते, खेलते पटकते ले आया था मेरा छोटा भाई। मैं उसे जलाकर उसकी काली राख में तेल मिलाकर रख ली। जब भी चित्रकारी करती हूं न, उसी से आंख, नाक, पैर वगैरह उकेरती हूं मोर, बाघ, भालू, हाथी, कबूतर आदि का। अगली बार मागेः पोरोब के ठीक पहले रंग रोगन करते समय मैं तेरी झोपड़ी की दीवार पर एक बड़ा सा बाघ उकेर दूंगी। ठीक है?"

...और रंग तथा चित्रकारी के विवरण में दोनों इतने डूब गए कि मेन्जारी का प्रसंग वहीं दब गया उस दिन।

इन दिनों सुकुरमुनी भी तांबे की खदान में काम करने जाती थी जाम्बीरा के साथ। हालांकि दोनों बिल्कुल अकेले नहीं होते। मरंग गोड़ा से मजदूरों का पूरा एक जत्था जाता था वहां जिसमें संताली भी होते थे और हो भी। जंगल के लंबे

पहाड़ी रास्ते से चलने के क्रम में कभी वे दोनों बातें करते करते आगे निकल जाते तो कभी सुस्त चाल के कारण पीछे पड़ जाते। अक्सर वे ऐसा जान बूझकर किया करते और उसी समय उन दोनों के बीच कुछ प्रेम भरी हरकतें हो जाया करतीं जिन्हें याद कर करके वे दोनों पूरा पूरा दिन गुजार देते। उस दिन ऐसे ही राह चलते चलते जब दोनों भीड़ से अलग हो गए और एक दूसरे का हाथ पकड़कर गपियाते हुए धीरे धीरे आगे बढ़ने लगे तो अचानक सुकुरमुनी ने उसका हाथ छुड़ाया और दौड़कर थोड़े से पत्ते तोड़ लाई। दो बड़े बड़े पत्थरों के बीच में, थोड़ी सी मिट्टी पाकर ढेर सारे ऐसे अत्यंत सुंदर आकृति वाले हरे हरे पत्ते उग आए थे जिनके पीछे की ओर सफेद रंग का पावडर जैसा कुछ लगा हुआ था। एक छोटे से पत्थर पर बैठ अपनी गोद में उन पत्तों को डाल लिया सुकुरमुनी ने। फिर जाम्बीरा की बांह पर एक पत्ते को रख हल्के से मारकर पत्ते का छाप ले लिया। सफेद अल्पना की तरह उभर आई सुंदर कलाकृति को देख जाम्बीरा मुग्ध हो उठा। बोला– "तू सिर्फ रंगों से ही नहीं, पत्तों से भी चित्रकारी करने में माहिर है सुकुरमुनी। मुझे भी तो कितनी बार नजर आए ये पत्ते, पर कभी मैंने सोचा ही नहीं कि इनसे इतनी सुंदर छाप पड़ सकती है देह पर! ला, मैं तेरी देह पर भी छाप देता हूं सुदर सुंदर पत्तों वाली आकृति।" सुकुरमुनी ने उसे रोका नहीं। वह उसकी गोद में रखे पत्तों को ले लेकर उसके हाथ, पीठ, पेट और उन्नत उरोजों पर छाप मारने लगा। अत्यंत सुखद अनुभूति से सुकुरमुनी की पलकें भारी होने लगीं। कुछ देर तक दोनों के बीच मौन छाया रहा और देह पर छाप मारने के क्रम में हथेली के तलवे से हो रही आवाज गूंजती रही उस निस्तब्ध वन प्रांतर में। आसपास विराजमान पेड़ों के पत्तों सहित डालियों ने सिर हिला हिला कर इस प्यार भरे मधुर रिश्ते को सहमति दी। अति सुंदर सफेद आकृतियों से सजी सुकुरमुनी की सांवली सांवली देह प्रेम ज्वार में थरथराती रही। जाम्बीरा ने फुसफुसाकर कहा– "एक दिन शहर जाकर मैं तेरे लिए एक जाकिट (ब्लाउज) ला दूंगा। फिर तू भी शहर की औरतों की तरह जाकिट के साथ साड़ी पहनना।"

– "नहीं, मुझे शरम आती है।"

– "काहे की शरम? शहर की औरतों को तो जाकिट नहीं पहनने पर शरम आती है।"

– "ऐसा क्या?"

– "हां। मैंने तो ऐसा ही सुना है।"

— "लेकिन शहर की औरतों की तरह मैं जाकिट पहनूंगी तो गांव के लोग मुझे अजीब अजीब नजरों से न घूरेंगे?"

— "घूरने दे। तू तो सुंदर दिखेगी न? तेरे बदन के ऊपर का हिस्सा ढका रहेगा तो ठंड भी तो कम लगेगी तुझे। फिर तेरी सहेलियां जलेंगी तुझसे, देखना।"

— "ना बबा। मुझे नहीं पहनना जाकिट वाकिट। उस दिन हाट में बगल वाले गांव की दो तीन लड़कियां जाकिट पहनकर घूम रहीं थीं तो सब उन्हें देख देख कर कैसे मुंह बिचकाकर हंस रहे थे।..."

जाम्बीरा और सुकुरमुनी को एक दूसरे से इतना लगाव हो गया था कि एक दूसरे से बिछड़ने का मन ही नहीं करता। इधर दोनों को इस बात का भी डर था कि न जाने कल को क्या हो? सुकुरमुनी संताली है और जाम्बीरा हो। दोनों का समाज ही एक दूसरे को स्वीकार करने की अनुमति नहीं देगा। सुकुरमुनी के लिए तो कई अच्छे खासे संताली परिवारों से रिश्ता आना भी शुरू हो गया है।

इन दिनों सुकुरमुनी जाम्बीरा से अक्सर इन्हीं रिश्तों के बारे में बात किया करती थी। साथ ही जाम्बीरा के प्रति अपने प्रेम का इजहार करते हुए उसके बगैर न रह पाने का रोना भी रोती रहती। तभी तो हिम्मत करके जाम्बीरा ने उसे मेन्जारी के बारे में सब कुछ बता दिया था ताकि वह जो भी निर्णय ले, सोच समझ कर ले...कि बाद में उसे कोई पछतावा न हो...कि भविष्य में वह कभी जाम्बीरा को दोष न दे सके।

— "गलती तो तू कर ही चुका है जाम्बीरा जो इतनी देर से मुझे ये सब बताया। अब चाहूं भी तो मैं तुझ से नफरत नहीं कर सकती।" सुकुरमुनी ने सुस्त आवाज में कहा था उसे।

— "पहले बताता तो नफरत करती मुझसे?"

— "नहीं। मगर यदि ये पता होता कि तू उसे इतना चाहता था कि उसके मरने के बाद पगला ही गया था तो क्यों आती तेरी जिंदगी में?"

— "चाहता था उसे बहुत, ये सच है। मगर ये भी सच है कि अब तू ही मेरी जिंदगी है सुकुरमुनी। मैं नहीं जानता कि ये कैसे हुआ, पर ये सच है। सोलह आने सच!" जाम्बीरा ने बेहिचक अपने मन की बात कह डाली थी।

जाम्बीरा का अतीत जानकर दुःख होने के बावजूद सुकुरमुनी को जाम्बीरा की साफगोई पसंद आई और उसने जाम्बीरा के साथ भाग जाने का निर्णय

लिया। जाम्बीरा ने उसे ऊंच नीच समझाया। कहा– "हमारा हो समाज भी कभी इस विवाह को स्वीकार नहीं करेगा सुकुरमुनी। हमारे परिवार के अदिंग (रसोई) में तुझे कभी प्रवेश नहीं करने दिया जाएगा। हमारे पूजा पाठ में तू कभी किसी चीज को हाथ नहीं लगा पाएगी। फिर?"

– "फिर हम कहीं और रह लेंगे।"

– "कहां रह लेंगे? कोई परिचित जगह भी तो हो? तुझे लेकर अकेले किसी अनजान जगह में कैसे जा सकता हूं मैं? और फिर परब त्योहार में, शादी ब्याह में कोई नहीं बुलाएगा हमें। न तेरे घर के लोग और न ही मेरे रिश्तेदार! बिना नाच गान, परब त्योहार, नेग न्योता के फिर हम जिंदा कैसे रहेंगे? कल को हमारे बाल बच्चे होंगे। समाज के बिना उनका क्या होगा? कौन शादी ब्याह करेगा उनसे? वे हमें कोसेंगे नहीं? बोल? पूरे समाज से कटकर रहा जा सकता है क्या?" जाम्बीरा ने उसे फिर समझाया।

– "तो फिर ऐसा करेंगे कि हम पहले तेरे बड़े भाई के पास चले जाएंगे। तूने बताया था न, कि सारंडा जंगल के बीच स्थित किसी डाकबंगले में नौकरी करते हैं वे। वहीं कहीं झोपड़ी बनाकर रह लेंगे हम। जंगल विभाग का काम किया करेंगे वहां। जैसे तू पहले किया करता था।"

– "फिर?"

– "फिर दोनों मिलकर काम कर करके कुछ पैसे जोड़ लेंगे।"

– "फिर?"

– "फिर जब मामला थोड़ा शांत होगा तब लौट आएंगे इधर...अपने मरंग गोड़ा। समाज के लोगों के सामने हाथ पांव जोड़कर आरजू मिन्नत करेंगे...माफी मांगेंगे...फिर हर्जाना स्वरूप उन्हें अच्छी तरह से हड़िया दारू, मुर्गा भात खिला पिला कर मना लेंगे। मेरे बाप भाई लोग भी मुझे बहुत मानते हैं। माफ कर देंगे वे मुझे। देखना तू..." सुकुरमुनी के स्वर में दृढ़ विश्वास था।

– "मुझे लगता है, मुझे भी माफ कर देंगे।" सुकुरमुनी की बातों से जाम्बीरा भी आश्वस्त होने लगा था। इसलिए बोला– "तुझसे ज्यादा तो वे मुझे चाहते हैं। आखिर फूल जो बैठाया है उन्होंने मेरे साथ।"

– "नहीं, नहीं। तुझसे ज्यादा तो वे तेरी विद्या से प्यार करने लगे हैं आजकल। जिस तरह से तू मरंग गोड़ा के बीमारों को ठीक करने लगा है, तेरे बिना ज्यादा दिनों तक रह नहीं पाएंगे वे।"

– "हां, हां। ठीक कहा तूने। अच्छा किया था मैंने जो कुबिराज से बहुत कम ही समय में ढेर सारी विद्या सीख ली थी। उस बूढ़े ने मेरा बड़ा उपकार किया है रे। अबकी अपने बउ के पास सारंडा जाऊंगा न, तो उससे मिलकर ही आऊंगा।"

– "कहीं वह तुझे वहीं रख ले तो?"

– "मुझे रखेंगे तो तुझे भी तो रख लेंगे? फिर तू भी सीख लेना जड़ी बूटियों से मरीज ठीक करने की विद्या।"

– "इसका मतलब तू मुझे लेकर वहां जाने को तैयार हो गया?" सुकुरमुनी ने जाम्बीरा को अपनी बातों में ऐसे घेर लिया कि जाम्बीरा ना नहीं कर पाया।

...और एक दिन सचमुच मेले से भाग गए वे दोनों। फिर सीधे पहुंच गए रिमिल के पास।

अपनी हिलि (भाभी) और उनके बच्चों को वहां देख बहुत खुशी हुई जाम्बीरा को। सिर से एक गुनाह का बोझ उतरता महसूस हुआ। रिमिल के दांत उसी के कारण झरे थे। उसी की वजह से अपने परिवार से बिछड़ना पड़ा था रिमिल को। इस बात को वह एक पल के लिए भी भूल नहीं पाता था। खैर, इतने दिनों बाद जाम्बीरा को पाकर उन लोगों को भी अच्छा लगा। सुकुरमुनी का भी स्वागत किया उन्होंने। हल्दी तेल लगाकर, नेग आदि करके मांदर नगाड़े की थाप पर नाच गाने के साथ सुकुरमुनी को घर में ले लिया उन लोगों ने। आसपास के लोग भी इस खुशी में नाचे गाए!

– "कम से कम मेन्जारी के लिए जाम्बीरा का पागलपन तो दूर हुआ इस लड़की के कारण..." रिमिल ने कहा था अपनी पत्नी से।

उस रात जब सुकुरमुनी सो गयी, जाम्बीरा ने चुपचाप अपने झोले से अन्दु निकालकर उसे पहना दिया। नींद खुलने पर सुकुरमुनी घबराई– "ये क्या किया तूने? मेन्जारी का अन्दु मुझे पहना दिया? अब वह मुझे नहीं छोड़ेगी। मार डालेगी मुझे। तू देखना।"

– "कुछ नहीं करेगी वह। देखना तू।"

– "न बबा, मैं इसे अभी उतारती हूं।"

– "बिल्कुल नहीं उतारेगी तू। पहनी रह इसे।" जाम्बीरा ने इतनी दृढ़ता के साथ कहा कि सुकुरमुनी से अन्दु खोलते न बना।

अगले ही दिन दोनों अपनी झोपड़ी बनाने में जुट गए थे रिमिल की झोपड़ी के पास ही। रिमिल तो डाकबंगला गया था काम पर मगर उसकी पत्नी और बच्चे सुकुरमुनी तथा जाम्बीरा का साथ दे रहे थे। जाम्बीरा लकड़ी काटने गया था और सुकुरमुनी उसकी हिलि के साथ दूर घने जंगल की तरफ निकल पड़ी थी छप्पर के लिए सवइ घास लाने। बच्चे मिट्टी कोड़कर गूंधने में लगे हुए थे।

घास काटने में मशगूल थी सुकुरमुनी। थोड़ी थोड़ी दूर पर जहां भी सवइ घास नजर आती, वह हंसुए से घसर घसर काटती और वहीं जमीन पर ढेर लगाती जाती। इकट्ठा बांधकर ले जाना है काटने के बाद। सुकुरमुनी की फुरती के सामने भाभी टिक ही नहीं पा रही थी। बार बार वह पीछे ही रह जाती। आखिर क्यों न हो? नया नया घर बसाने का उत्साह जो है। सुकुरमुनी के हाथों में तेजी नहीं आएगी तो और किसके हाथों में आएगी? भाभी मन ही मन सोचकर मुस्कुराती है।

सुकुरमुनी को कुछ भी सोचने की फुरसत नहीं। काम में डूबी सुकुरमुनी को थोड़ी ही दूर पर सवइ घासों का एक बड़ा सा झुंड नजर आता है। आंखें चमक उठती हैं उसकी। उस झुंड को काट लिया तो बस काम पूरा हो जाएगा, यही सोचती हुई होरबोर होरबोर (जल्दी जल्दी) उधर ही बढ़ती है कि अचानक एक पांव जमीन पर धंसता हुआ सा महसूस होता है उसे। चीखकर वहीं पास की एक पेड़ की डाली को कसकर पकड़ लेती है दोनों हाथों से! हंसुआ हाथ से छूट कर दलदली जमीन में समा जाता है मगर किसी तरह अपना पांव बाहर निकालने में सफल हो जाती है। फिर वापस भाग आती है जाम्बीरा की हिलि के पास जोर जोर से हांफती हुई, पांव से कीचड़ झाड़ती हुई। हिलि फटकार लगाती है उसे– "तू उस तरफ जा रही थी घास काटने? उस तरफ? दिखा नहीं तुझे उसके सामने का वह बड़ा सा दलदल? वो तो अच्छा हुआ जो किनारे ही पांव पड़े थे तेरे। थोड़ा और आगे कदम बढ़ाती तो समा ही जाती सीधे अंदर। बिर बोंगा ने आज तुझे बचा लिया सुकुरमुनी। वरना मेन्जारी की तरह तू भी...।" अपने अधूरे वाक्य पर ही चुप्पी लगा गयी वह। अहसास हुआ कि कुछ ज्यादा ही बोल गयी। दूर से उस दलदल का अच्छी तरह से निरीक्षण किया सुकुरमुनी ने और बिर बोंगा का शुक्रिया अदा किया। फिर जल्दी जल्दी गट्ठर बांधने में लग गयी। यह सब तो होता ही रहता है जंगल में। हमेशा खतरों से खेलना। खूंखार जानवरों से भरे अत्यंत घने जंगल वाले इस भयानक इलाके में, जहां दूर दूर से जंगली

जानवर नहाने आते हैं, और जो सारंडा के हाथियों का सबसे प्रिय स्थान है, आज जंगली जानवर नहीं भेंटाए तो दलदल ही सही।

लेकिन उसी दिन जब रात को भयंकर ढंग से चिंघाड़ते हाथियों ने उन लोगों को सोने नहीं दिया तथा सुबह सुबह वहां जाकर देखा कि एक हथिनी अपनी बच्ची समेत दलदल में गिरकर छटपटा रही है और वहां से निकलने का कोई आसार भी नजर नहीं आ रहा है तो डर से सुकुरमुनी के पसीने छूट गए। उसका भी तो यही हश्र होता? हाथियों की तरह रात भर चिल्लाने की भी जरूरत नहीं पड़ती। वह तो गिरने के साथ ही साथ डूब कर मर गयी होती।

— ''मेन्जारी की आत्मा ने ही खींचा था तुझे दलदल की तरफ सुकुरमुनी। बिर बोंगा ने बचा लिया।'' भाभी ने फिर डराया उसे। जाम्बीरा ने कहा– ''नहीं, नहीं। मेन्जारी खींची होती तो ये वापस आ पाती क्या...?''

तीन चार दिनों में ही झोंपड़ी तैयार हो गयी। कच्ची लकड़ी की दीवारें! उन पर थोपी हुई मिट्टी! छत पर सवइ घास की छावनी! छत की ढलान और दीवारों के ठीक बीच की खाली जगह से हवा और रोशनी घुसने की व्यवस्था। आदिवासियों के इस सबसे पुराने तरीके से बनायी गई झोपड़ी में जब खिड़की नहीं बनानी है तो कहीं न कहीं से हवा बतास घुसाने की व्यवस्था तो करनी ही होगी न? जाम्बीरा के हृदय में भी कोई खिड़की नहीं थी मगर सुकुरमुनी फुरफुराती हुई प्रवेश कर गयी सीधे अंदर! न जाने किस अदृश्य झरोखे से? शायद उसे लगा होगा कि अंदर की दीवारें कच्ची नहीं हैं।

सबसे अंत में दरवाजा बुना गया। चटाई की तरह। पतली लकड़ियों को एक दूसरे के ऊपर नीचे से फंसा फंसा कर निकाला गया। फिर गोबर मिट्टी से अच्छी तरह छोप दिया गया दरवाजे को ताकि बाहर से कुछ दिखे नहीं। जमीन पर एक बल्ली के सहारे गड़ा दरवाजा आसानी से बंद होने और खुलने लगा...जाम्बीरा के जीवन की तरह...

सुकुरमुनी ने एक सीध में तीन बड़ी बड़ी कोयल उकेरीं इस बार ठीक सामने वाली दीवार पर। वसंत उतारना चाहती थी वह अपने जीवन में! कोयलों की कूक सुननी थी उसे!

सारंडा में काफी दिनों तक रहे वे। वहां रहते हुए पास के जंगल में ठेकेदार का काम करके कुछ पैसे जमा कर लिये उन्होंने और एक दिन चल पड़े वे मरंग गोड़ा की तरफ। जाम्बीरा नहीं चाहता था दुबारा वहां जाना। रिमिल भी नहीं चाहते थे कि ऐसे वक्त वे जाएं जबकि सुकुरमुनी मां बनने वाली है मगर सुकुरमुनी मानी नहीं। यहां उसे हमेशा मेन्जारी का डर सताया करता। कहती, "सारंडा में रहूंगी तो एक न एक दिन वह मुझे भी मार डालेगी और मेरे होनेवाले बच्चे को भी। इसी जंगल में तो भटकती रहती है उसकी आत्मा।"

जबसे दलदल वाला हादसा हुआ था, मेन्जारी का डर उसके मन से निकल ही नहीं रहा था। उसका मन यहां लगा रहे इसके लिए जाम्बीरा उसे कुबिराज के पास भी ले गया जड़ी बूटी से दवा बनाने की विद्या सिखाने के लिए। उनसे झाड़ फूंक भी करवा लाया ताकि उसके मन से डर भाग जाए मगर बात बनी नहीं। और, उन्हें वापस जाना पड़ा मरंग गोड़ा।

कादो मिट्टी और पसीने की सोंधी सोंधी महक

शुरू में काफी हील हुज्जत हुई। फिर माफी वाफी मांगकर सबको अच्छे से खिला पिला कर सुकुरमुनी और जाम्बीरा ने मरंग गोड़ा के लोगों को मना ही लिया। फिर तो सुकुरमुनी के मायके वालों ने न सिर्फ अपने घर की गर्भवती बेटी को स्वीकारा बल्कि खेती बारी करने के लिए अपने खेतों से बिल्कुल सटी हुई अपने कब्जे वाली ढेर सारी पथरीली जमीन को दिखाकर जाम्बीरा से कहा– "चाहो तो जोत कोड़ कर, पसीना बहाकर खेती लायक बना लो। हमारी बेटी और होने वाले नाती पोता को अनाज की कमी न होने पाए कभी।"

खेतों में पसीना बहाना ऐसा रास आया जाम्बीरा को कि कुछ दिनों तक तो तांबे के खदान में जाना ही भूल गया वह। सिर्फ सुकुरमुनी के माता पिता के नाती पोता को ही नहीं, अपने नाती पोतों को भी कभी अनाज की कमी न हो, इसके लिए वर्षों बिना नागा उसी खेत में खटता रहा जाम्बीरा। ऊबड़ खाबड़ पथरीली जमीन को कोड़ते जोतते मैदे की तरह मसृण बनाकर छोड़ा। कभी कभार जब जब कच्चे पैसे की कमी महसूस होती, चला जाता खदान में दैनिक मजदूरी करने। लेकिन जब साठ के दशक के प्रारंभिक वर्षों में बा साहब आये मरंग गोड़ा, हेलिकॉप्टर से पहाड़ों का चक्कर लगा लगाकर न जाने क्या क्या चिह्नित करवाने लगे तो जाम्बीरा से रहा नहीं गया और वह अपने जवान बेटों के हाथों पूरी तरह से खेती बाड़ी का जिम्मा सौंपकर साहब लोगों के लिए बन रहे तंबुओं में काम करने लगा।

सगेन उन दिनों छोटा सा था। जाम्बीरा के बेटा बेटियों के बच्चों में पहली पुत्र संतान। घर भर का दुलारा। लेकिन सबसे ज्यादा जाम्बीरा का पिछलग्गू। उन दिनों जब जाम्बीरा तंबुओं में काम पर जाने के लिए निकलता, तो सगेन भी उसके पीछे पीछे हो लेता। वह खदेड़ता तो थोड़ी दूर तक वापस जाकर दूसरे रास्ते से फिर दौड़कर उसको पकड़ लेता। जाम्बीरा उससे पीछा छुड़ाने में परेशान हो उठता। काफी डांट डपट के बाद मानता तो घर जाने के बदले सीधे खेतों में

चला जाता था अपने पिता को सूंघने। हां, हां, सूंघने ही...। क्योंकि उसे अपने पिता की देह से आती कादो मिट्टी से सनी हुई पसीने की सोंधी सोंधी महक बहुत अच्छी लगती थी। ये 'अच्छा लगना' हमेशा व्यक्ति सापेक्ष होता है। गर्म धरती पर बारिश की बूंदें...! सोंधी महक...! बिल्कुल वही महक पिता की देह में...!

जाम्बीरा को छोड़ बड़ी मुश्किल से पास आए सगेन को उसके पिता भी जाम्बीरा की तरह अपने बचपन की देखी सुनी बातें बताते रहते काम के बीच बीच में कि कैसे इन्हीं खेतों की मेड़ पर खड़े होकर वे अक्सर घोड़े पर सवार अंग्रेजों को सामने वाले पहाड़ के सामने से गुजरकर उधर उस पहाड़ की दूसरी ओर, जिधर पहले तांबे की खदान में हुआ करती थीं, जाते हुए देखा करते थे...घोड़े की टाप सुना करते थे...टगबऽऽऽऽग...टगबऽऽऽऽग...टगबऽऽऽऽग... टगबऽऽऽऽग...

बालक सगेन को ये सब सुनना बड़ा अच्छा लगता था, वह खोद खोद कर पूछता रहता। पिता उसे तर्जनी दिखाकर दूर किसी पहाड़ पर अंग्रेजों के जमाने में बने हुए घरों के अवशेष, कोई टूटी चिमनी दिखाते और किसी भूतबंगले में किसी गोरी मेम की भटकती आत्मा की कहानी सुनाने लग जाते। सगेन बहुत ध्यान से सुनता इस भूमगढ़ की एक से बढ़कर एक रहस्य रोमांच की कहानियां...।

सगेन को खेतों में खड़े खड़े दुनिया की सबसे पुरानी गाड़ी की कहानी सुनना और उनसे खेलना भी अच्छा लगता था। खेतों में पाए जाने वाले मरे हुए घोंघे के कवचनुमा खोखले खोल को सगेन के पिता चूहों वाली गाड़ी कहा करते। कहते, "इन्हीं गाड़ियों में भर भरकर चूहे खांची खांची (टोकरी टोकरी) धान खेतों में बनाए गए अपने बिलों में जमा करते हैं...कि दुनिया की सबसे पुरानी और पहली गाड़ी यही है बेटा।...कि घोंघे के खोल का ऊपरी हिस्सा तो बिल्कुल चिकना होता है न? तो उसी चिकने हिस्से को उलट कर इधर उधर खेत वेत से ढूंढ़ ढूंढ़ कर खींच लाते हैं चूहे। वे ही खोल इनकी गाड़ी बन जाते हैं। अब इन उल्टे घोंघों के ऊपर का जो गड्ढेनुमा हिस्सा होता है न, अरे वही, जिसके अंदर से मरे हुए घोंघे का मांस पहले ही निकाला जा चुका होता है, तो उसी गड्ढेनुमा हिस्से में धान की पकी बालियों वाले लंबे लंबे बुटाओं (डंठलों) के निचले सिरे को दांतों से कुतरकर बड़े ही करीने से ठूंस ठूंस कर बिलों तक ले जाते हैं वे।...कि एक छोटे से घोंघे के खोल में एक

एक बार में ढेर सारी बालियों वाले करीब चालीस पचास डंठल तक भी ठूंस लेते हैं खेतों में रहनेवाले बुद्धिमान चूहे। उन घोंघों को खींचकर ले जाते हुए देखने पर ऐसा प्रतीत होता है जैसे मोर की तरह लंबे लंबे पंख लगाकर कोई छोटा सा जीव चला जा रहा हो। तभी तो हमारे बुजुर्ग कहा करते थे– 'चूहा खाने से दिमाग तेज होता है।' खाएगा चूहा? बोल सगेन? खाएगा? पिछली बार अच्छा लगा था न तुझे?''

– ''हां, हां! बहुत स्वादिष्ट लगा था। बहुत मजेदार! हल्दी, मिर्च, नमक डालकर पत्ते में लपेटकर आग में कितना बढ़िया से पकाया था मां ने।''

– ''लेकिन उससे पहले चूहे को हल्का हल्का जलाकर उसकी खाल को अलग करके उसे टुकड़ों में काट काट कर मैंने ही तो तैयार करके दिया था उसे, ये तूने नहीं देखा था शैतान! सिर्फ अपनी मां का काम दिखता है तुझे? क्यों रेऽऽऽ?'' बनावटी गुस्सा दिखाते हुए सगेन का कान उमेठा था पिता ने।

– ''नहीं, नहीं। आपका भी काम दिखता है।'' सगेन की मुस्कुराहट में शरारत भरी हुई थी। पिता ने उसके कान उमेठना छोड़कर कहा था–

– ''दिखता है तो चल इस बार तू भी हाथ लगा मेरे साथ।''...और वे दोनों ही बिल में पुआर घुसाकर धुंआं करने लगे थे। जल्दी ही अंदर दम घुटने से चूहे बाहर निकल आए थे और बिल के बाहर डंडा लेकर तैयार सगेन के पिता ने डंडे से पीट पीट कर चूहों को मार ही डाला था। सगेन अपने नन्हें हाथों से सिर्फ अधमरा ही कर पाया था एक चूहे को, इसका उसे बड़ा अफसोस हुआ था उस दिन।

इस तरह खेलते कूदते जब काफी दिन बीत गये, तब सात आठ कक्षा तक स्कूली शिक्षा प्राप्त सगेन के पिता रेकोण्डा ने सगेन को भी एक सरकारी स्कूल में डाल दिया ताकि इधर उधर कम भटका करे वह। लेकिन स्कूल जाकर पढ़ाई में मन नहीं लगा पा रहा था सगेन। कभी कलम से, पेंसिल से, कम्पास से दोस्तों को हूड़ना शुरू कर देता तो कभी छोटी छोटी बात पर किसी को मारकर नाक मुंह फोड़ देता। जो छात्र कक्षा में शांत बैठे रहते उनको नोच नोच कर रुलाने में बड़ा मजा आता उसे। इन सबके लिए उसे खुद भी शिक्षकों से रोज मार खानी पड़ती। फिर भी न तो वह सुधरता और न ही कक्षा में छात्रों के बीच उसकी लोकप्रियता

में कोई कमी आती। नतीजतन उसके दोस्तों की संख्या में वृद्धि होती ही चली गयी।

– "चलो जंगल में केंदु पका खाने चलते हैं," सगेन ने कहा और पाठशाला के भोजनावकाश में सारे दोस्त उसके पीछे पीछे चले जंगल की तरफ केंदु पका तोड़ने।

– "उस डाल पर बैठी चिड़िया को गुलेल मारकर मैंने घायल किया है अभी अभी। दौड़कर पकड़ो उसे," सगेन के मुंह से निकला और तमाम बच्चे भागे उस पेड़ की तरफ, जिसकी ओर सगेन ने इशारा किया था।

चिड़िया, जो घायल हुई ही नहीं थी, एक पेड़ से दूसरे में, दूसरे से तीसरे में, तीसरे से चौथे में उड़ उड़कर बैठती रही और बेचारे बच्चे भाग भागकर उसका पीछा करते रहे, करते रहे, करते रहे कि वह अब गिरेगी...अब गिरेगी...अब गिरेगी...कभी न कभी तो गिरेगी ही क्योंकि सगेन ने जो कहा है।

सगेन के चक्कर में एक बार उसका संताली दोस्त कांडे मुर्मू फंसा था बुरी तरह से। एक बार शिकार खेलने गए थे गांव वाले पास के घने जंगल में। सगेन और कांडे भी गये थे। ततंग साथ थे मगर सबसे नजरें बचाकर कांडे को लेकर चुपके से जंगल में एक तरफ खिसक गया था सगेन। आज उसे किसी न किसी जहरीले सांप को पूंछ से पकड़कर दूसरे हाथ से उसका सिर काटकर दिखलाना था कांडे को। जंगल आने से पहले उससे ये शर्त लगा आया था सगेन, जिसे किसी भी कीमत पर पूरा करना ही था। दिन ढला जा रहा था मगर आज कोई जहरीला सांप मिल ही नहीं रहा था। सगेन परेशान था– वैसे तो राह चलते कितने कितने सांप बिच्छू मिलते रहते हैं!

जमीन की ओर सिर गड़ाकर कंधे पर धनुष टांगकर अपने हाथ के छोटे से तीर के पीछे वाले हिस्से से ही झाड़ियों को हटा हटाकर सांप खोजने में वे इतने मशगूल थे कि उन्हें यह पता ही नहीं चला कि कब एक भालू आकर चुपचाप उनके सामने दो पैरों पर खड़ा हो गया है। ठीक आदमियों की तरह। इस तरह से भालू को एकाएक खड़ा देख दोनों की सिट्टी पिट्टी गुम हो गयी। सगेन तो सांस रोके खड़ा रहा मगर कांडे ने आव देखा न ताव, धनुष की डोरी खींचकर भालू पर अपना छोटा सा तीर ही चला दिया। इससे पहले कि सगेन उसे रोकता,

भालू ने दौड़कर उस पर हमला बोल दिया। सगेन जानता था कि वह उस विशालकाय भालू का कुछ नहीं बिगाड़ पाएगा इसलिए चिल्ला चिल्लाकर साथ के लोगों से मदद की गुहार लगाना आरंभ किया। जब तक लोग आते, कांडे लहूलुहान हो चुका था। फिर भी जान बच गयी, यही बहुत था। सगेन को कुछ भी नहीं हुआ था मगर कांडे की इस दशा के जिम्मेदार के रूप में उस दिन उसकी जमकर पिटाई हुई थी।

बेशकीमती पीली धूल और बदलती दुनिया

कांडे से सगेन की दोस्ती ज्यादा दिनों तक निभ नहीं पायी। हुआ यूं कि एक दिन जब वह स्कूल जाने के लिए निकला तो देखा कि कांडे लोगों की झोपड़ी के पास एक अजीब सी गाड़ी खड़ी है। नई खदान कंपनी के लोग कई पुलिसकर्मियों के साथ खड़े होकर उसकी झोपड़ी को उस गाड़ी से तुड़वा रहे हैं। कांडे के घर के लोग...उनके पड़ोसी हाय तौबा मचा रहे हैं मगर वे किसी की बात नहीं सुन रहे। देखते देखते करीब बाईस झोपड़ियां उजाड़ दी गयीं। सगेन की आंखों के सामने चित्रकारी की हुई रंगीन दीवारें भड़भड़ाकर गिर पड़ीं। मिट्टी के घड़े टूट फूट कर बिखर गए। बल्लियों समेत खपड़े की छत धसक धसक कर जमीन पर आ टिकीं।...और...और उन झोपड़ियों तथा झोपड़ियों के आसपास के तमाम खेतों को समेटकर वहां एक बड़ा सा डैम बना दिया गया। कहा गया कि खदान कंपनी की मिल से निकले कचरे को गिराने के लिए बनाया गया है वह! मुआवजे के थोड़े बहुत पैसे देकर पल्ला झाड़ लिया कंपनी वालों ने और कांडे सहित सगेन के ढेर सारे दोस्त अपने परिवार वालों के साथ वहां से दूर न जाने कहां चले गए...

समय के साथ मरंग गोड़ा में तेजी से बदलाव आने लगा था। नई खदानों में, मिल में जोर शोर से काम शुरू हो चुका था। जाग्बीरा को अब तंबुओं में पानी या सामान ढोने का काम नहीं करना पड़ता। उसे चाहने वाले अफसरों ने उसकी ड्यूटी खदान के स्टोर में लगवा दी थी। इससे उसकी आमदनी में थोड़ा इजाफा ही हुआ था मगर ड्यूटी के बाद जब वह घर लौटता तो ऊपर से नीचे तक पीली धूल से ढका हुआ नजर आता।

– "ये सब क्या है ततंग?" शुरू शुरू में सगेन पूछता।

– "पत्थर।"

– "धत् ततंग आप भी न! हर वक्त मजाक करते रहते हैं मुझसे। पत्थर ऐसे होते हैं क्या?"

– "हां, रे। सच कह रहा हूं मैं। जमीन के नीचे से निकाले गये पत्थरों को बड़ी बड़ी मशीनों के द्वारा चूर करके फिर विभिन्न प्रकार के रसायनों की मदद से धोकर फालतू कचरों से अलग करने के बाद मशीन की मदद से सुखाकर पीली धूल में बदल दिया जाता है। इन्हीं धूलों को तो कई कई मजदूरों के साथ मिलकर बड़े बड़े ड्रमों में भरना पड़ता है मुझे। भरते वक्त ड्रमों को हिलाते रहने को कहा जाता है न, ताकि उनमें ज्यादा से ज्यादा धूल अट सके। तो यही सब करते समय पीली धूल उड़ उड़कर आंख, नाक, कान, मुंह में घुस जाती है। हमारी पूरी देह को ही ढक लेती है समझो।"

– "इससे तकलीफ नहीं होती आपको?" सगेन को जाम्बीरा की सेहत की चिंता होती है।

– "कैसी तकलीफ सगेन? जब अपने खेतों में काम करता था तब भी तो धूल मिट्टी उड़ उड़कर देह को भर देती थी। कादो से पूरी धोती सन जाती थी। अब मिट्टी के बदले पत्थरों की धूल ही सही।" सगेन के बहाने जाम्बीरा खुद को सफाई देते, "वो भी ऐसे वैसे पत्थर की धूल नहीं। अत्यंत कीमती पत्थर यूरेनियम की धूल! इतना कीमती कि एक ड्रम धूल की कीमत हजारों लाखों रुपए!"

– "हजाऽऽऽरोंऽऽऽऽ लाखोंऽऽऽऽ रुपयेऽऽऽऽऽ?" आश्चर्य से सगेन का मुंह खुला रह जाता।

– "हां रे हां। तभी तो सिपाही गार्ड मिलकर बंदूक की नोक पर ले जाते हैं उन ड्रमों को पास के स्टेशन में मालगाड़ी में चढ़ाने। चढ़ाकर मालगाड़ी के डिब्बे को अच्छी तरह से सील करके ही लौटते हैं वे वहां से।"

– "ऐसा क्या?"

– "हां बेटा। इस पूरे देश में...सिर्फ यहीं, हमारे मरंग गोड़ा में ही तो जमीन के नीचे से निकाले जाते हैं ये कीमती पत्थर– यूरेनियम!"

– "और कहीं से नहीं निकाले जाते?"

– "अब तक तो नहीं।"

– "तब तो हम बहुत कीमती जगह पर रहते हैं ततंग!"

– "हां। इसमें कोई शक नहीं। यहां चारों तरफ बिखरे पत्थरों में तो यूरेनियम ही यूरेनियम हैं। हमारे पैरों के नीचे करोड़ों, अरबों, खरबों रुपये दबे पड़े हैं समझो।" जाम्बीरा समझाते अपने पोते को। पोता चहक उठता–

– "तो फिर हम अपने घर या खेत को खोदकर भी तो यूरेनियम निकाल सकते हैं ततंग! फिर उन्हें बेचकर ढेरों पैसे कमा लेंगे।"

– "अरे नहीं। इतना आसान नहीं है पैसा कमाना। साबूत पत्थरों को हमसे कौन खरीदेगा रे? उन्हें बेचने के लिए हमें शुद्ध यूरेनियम पावडर बनाकर देना होगा।"

– "पावडर?"

– "हां, हां पावडर। यानी कि धूल! और उसे बनाना कोई गुड्डे गुड़ियों का खेल नहीं, समझे? इसके लिए एक बड़ा सा मिल बनाना पड़ेगा। तरह तरह की मशीनें लगवानी पड़ेंगी। खदानों से पत्थर ढोने वाले ट्रक और गाड़ियां खरीदनी पड़ेंगी। ढेर सारे अफसर, इंजीनियर और मजदूरों की बहाली करनी पड़ेगी। फिर करोड़ों रुपए खर्च करके शुद्ध यूरेनियम का पीला पावडर बनाकर देना होगा। ठीक ऐसा पावडर जो मेरे कपड़ों में लगा हुआ है।" कहकर जाम्बीरा चुटकी मारकर अपनी ड्यूटी ड्रेस से थोड़ा सा पावडर हवा में उड़ाता और ड्रेस को उतारकर झाड़ पटककर टांग देता कमरे की अलगनी पर अगले दिन ड्यूटी पर पहनकर जाने के लिए...

ड्रेस को धोने का काम सगेन की जियंग सुकुरमुनी करती। कई कई दिनों बाद समय निकालकर वह पीले पावडरों से सना जाम्बीरा का ड्यूटी ड्रेस धोने बैठ जाती।

खदान के मिल से लगातार निकलने वाले गीले कचरे, जिन्हें बड़े बड़े पाइपों द्वारा लाकर बनाए गए डैम में डाला जाता, सूखकर सफेद मैदान का शक्ल लेते जा रहे थे। सगेन और उसके साथियों को खेलने की नयी जगह मिल गयी थी। कचरे की बलुआही मिट्टी में बिना चोट चपेट के उछलते कूदते, गिरते पड़ते रहते सारे बच्चे। फुटबॉल, कबड्डी आदि खेलने की तो धूम रहती। मां बाप भी निश्चिंत। दूर दूर से आते लोग इस बर्फ समान सफेद मैदान को देखने...वहां खेलने...। मरंग गोड़ा के लोगों के लिए एक गर्व करने लायक वस्तु बन गया था यह मैदान!

सगेन जब जमशेदपुर से थोड़ा आगे एक गांव में अपने नानी के घर जाता तो वहां के बच्चों को भी इस मैदान से संबंधित ढेरों कहानियां सुना सुनाकर भाव खाता–

– "तुम लोगों के गांव में कोई सफेद मैदान है? हमारे गांव में है। बिल्कुल बर्फ सा सफेद...इत्ता बड़ा मैदान...रोज खेलते हैं हम वहां! चाहे जितना भी

पटका पटकी करें, जितना भी गिरें, चोट नहीं लगती हमें...जाओगे तुम लोग हमारे गांव के मैदान में खेलने?..."

एक तरफ कचरा गिर गिर कर जब काफी ऊंचा हो जाता तो कंपनी के कर्मचारी पाइपों को ले जाकर डैम में दूसरी तरफ फिट कर देते। नीचे भले ही दलदल रहता मगर ऊपर का हिस्सा देखते ही देखते सूखकर कड़ा हो जाता। बच्चों के खेलने के लिए मानो एक आदर्श स्थल!

कहीं कहीं घास उग आती तो बच्चों के साथ आए गाय बकरी भी मस्त होकर चरते। हरे रंग के अलावा भी सुबह शाम, जब तब सफेद सतह पर इनसानी कपड़ों की रंग बिरंगी लकीरें उभर उभर आतीं। डैम बनते समय जिन लोगों को काफी घूमकर अपने खेतों में जाना पड़ रहा था, वे अब इस नए टेलिंग डैम के ऊपर से आने जाने लगे थे। समय की पुनः बचत होने लगी। डैम के कचरे में भी चुनने के लिए कई तरह की सामग्री मिल जाया करती। कोई वहां से नाइलॉन की रस्सी चुन लाता और अपने घर की चहारदीवारी को बांधने के काम में लाता तो कोई खदान या मिल के पास कहीं सड़क किनारे पड़े हुए बड़े बड़े पत्थरों को लाकर घर की पक्की दीवार खड़ी कर लेता। छोटे पत्थरों को छत ढलाई के काम लाता। कुछ ठेकेदार किस्म के लोग तो कंपनी द्वारा सड़क किनारे फेंके गए उन पत्थरों को ले जाकर दूर दराज के लोगों को भी बेचने लगे, जिनमें यूरेनियम की कम मात्रा होने के कारण इस्तेमाल में नहीं लाया गया था। डैम के कारण भले ही कई घर, कई झोपड़ियां, कई खेत उजड़ गए थे मगर उससे कई प्रत्यक्ष लाभ भी नजर आ रहे थे गांव वालों को। इसलिए समय के साथ अपने पड़ोसियों को खोने का गम भूलकर अपने अपने जीवन में डूब गए थे गांव वाले।

जाम्बीरा के हाथ में पहले से ज्यादा पैसे आ रहे थे तो मजे में दिन कट रहे थे उसके। जी भरकर पीता, खाता और परब त्योहार मनाता। हर साल किसी न किसी परब में अपने बउ के पास सारंडा जरूर जाता सगेन को लेकर। उसका बउ रिमिल भी मागेः पोरोब में अपने पूरे परिवार के साथ मरंग गोड़ा आता क्योंकि पूरे मरंग गोड़ा में खूब मस्ती होती थी मागेः पोरोब के अवसर पर। जाम्बीरा की दो बड़ी बेटियां, जिनकी शादी हो चुकी थी, भी मायके आतीं उस पर्व में और सब के सब नाच गान में डूब जाते। माघ के महीने में घर नए अनाज से भरा होता तो खाने पीने की या खेत खलिहान में हाड़तोड़ मेहनत करने की भी कोई खास चिंता नहीं होती थी उन्हें। बस, रात दिन मस्ती ही मस्ती

करते रहते थे सब के सब। सिर्फ अखड़ा ही नहीं, गांव का हर आंगन नृत्य संगीत से गूंजता रहता महीने भर। आसपास के गांव में भी पर्व की धूम रहती। इस हफ्ते इस गांव के लोग अपने यहां पर्व मनाते तो उस हफ्ते उस गांव के लोग! घूम घूम कर मेहमाननवाजी चलती रहती आपस में। शादीशुदा बहनों के प्यार दुलार का भी यही समय होता। शायद ही कोई ऐसी बहन होती जिसको मागेः पोरोब में अपने मायके से न्योता नहीं मिला होता और वह सपरिवार नवान्न तथा नृत्य संगीत का आनंद उठाने मायके नहीं जाती। बहनों के बहाने अन्य रिश्तेदार भी त्योहार का पूरा आनंद उठाते।

ऐसे ही जब किसी पर्व में जाम्बीरा अपने बउ के पास सारंडा गया तो उसकी हिलि एक बच्ची को गोद में उठाकर ले आई उसे दिखलाने–

– "देख जाम्बीरा! इस लड़की के मुंह को देख!"

– "क्या है इसके मुंह में हिलि?" जाम्बीरा कुछ समझा नहीं।

– "देख न, इसके मसूड़े के ऊपर से बाहर की ओर एक दांत निकल आया है।"

– "अरे हां! इसके मां बाप 'हो' हैं क्या?" जाम्बीरा ने पूछा।

– "हां, हां। मेरी सगी बहन की नतनी है ये।"

– "तब तो ये लड़की अशुभ हो गयी है।"

– "हां। ठीक कहा तूने। बड़ी अभागी है यह लड़की। जब यह बड़ी होगी, तब इससे कोई लड़का शादी करने को तैयार नहीं होगा रे!"

– "वही तो! उम्र भर कुंवारी रहना पड़ेगा बेचारी को।"

– "एक उपाय है।"

– "क्या?" जाम्बीरा पूछ बैठा जबकि उसे यह अंदाजा हो गया था कि उसकी हिलि क्या कहने वाली है। उम्मीद के अनुरूप ही हिलि बोली–

– "अगर किसी कुत्ते से इसकी शादी कराकर कुत्ते को छोड़ दिया जाए तो वह इसका अशुभपन लेकर चला जाएगा। फिर कोई दोष नहीं रहेगा इसमें।"

– "ठीक कहा आपने हिलि। ऐसा करके तो इस दोष को कटवाते हैं कितने ही 'हो' मां बाप।" जाम्बीरा ने समर्थन किया तो उसकी हिलि ने हिम्मत करके बात आगे बढ़ाई–

– "तेरे घर में एक कुत्ता है न! गोमोर कि क्या तो नाम है! वही जो दिन रात सगेन के पीछे पीछे घूमता रहता है..."

– ''हां है। तो?'' इतनी देर तक चुपचाप उनकी बातें सुन रहा सगेन अधीर होकर पूछ बैठा।

– ''तो उसी के साथ ब्याह करा देते हैं इस लड़की का।''

– ''लड़की का ब्याह कुत्ते से?'' सगेन को उनकी बातों पर सहसा यकीन नहीं हुआ।

– ''हां रे। ऐसा होता है हमारे हो दिशुम में।'' जाम्बीरा ने समझाया सगेन को– ''ब्याह के बाद कुत्ते को छोड़ दिया जाता है और ऐसा मान लिया जाता है कि लड़की का सारा अशुभपन लेकर कुत्ता चला गया। फिर वह लड़की शुभ मानी जाने लगती है।''

– ''फिर उससे कोई भी लड़का ब्याह करने को तैयार हो जाता है?'' सगेन की उत्सुकता बढ़ रही थी।

– ''हां, हां। फिर ब्याह करने में हर्ज ही क्या है?'' हिलि बोली और जाम्बीरा से कहा कि वह कुत्ते का पिता बनकर उस लड़की की शादी की जिम्मेदारी उठाए।

हिलि की बात टालना जाम्बीरा के वश का नहीं था। वर्षों पहले जब वह सुकुरमुनी को लेकर भागा था तो हिलि ने ही अपने घर पर पनाह दी थी उन लोगों को। और फिर सबको पता था कि जाम्बीरा आजकल खदान में ठीक ठाक कमा रहा है, इसलिए उसे मानना पड़ा।

सगेन के कुत्ते गोमोर की किस्मत बड़ी अच्छी थी कि उसे बैठे बिठाए इतनी अच्छी दुल्हन मिली। ब्याह में शामिल हुए कई कुंवारे लड़कों को, जिनकी शादी भारी गोनोंग के कारण हो नहीं पा रही थी, उस कुत्ते से ईर्ष्या हुई। शादी में इनसानों जैसी तमाम रस्मों को निभाया गया। बड़े ही धूम धाम से विवाह संपन्न हुआ। बहुत से लोगों ने खाना खाया, डियंग पी। ढेरों पैसे खर्च हो गए जाम्बीरा के। मगर सगेन को बड़ा मजा आया इस शादी में। मांदर, नगाड़ा आदि की थाप पर मेहमानों के साथ मिलकर खूब थिरके उसके पांव!

शादी के बाद कुत्ते को छोड़ दिया गया ताकि वह लड़की का अशुभपन लेकर चला जाए। फिर लड़की को भेज दिया गया उसके पिता के घर। कायदे से कुत्ते को नहीं आना था वापस सगेन के यहां मगर उस जानवर को समझाए कौन? वह बेचारा घूम फिर कर वापस पहुंच जाता सगेन से मिलने। सगेन भी उसके बगैर रह नहीं पाता था तो जाम्बीरा ने भी ज्यादा आपत्ति नहीं की।

इस शादी में काफी खर्चा हो गया था। घर में पैसे की तंगी हो गयी तो सगेन के पिता ने भी कंपनी वालों के यहां नौकरी कर ली। ब्लास्टर की नौकरी। शुरू शुरू में सगेन कंपनी के गेट तक पिता को छोड़ने जाता। अंदर जाने की अनुमति नहीं मिलती तो वापस लौट आता।

– "कैसे, कहां विस्फोट किया आपने अपु?" शाम को ड्यूटी से लौटते ही सवालों की झड़ी लगा देता।

– "जमीन के नीचे।"

– "नीचे?"

– "हां रे। पंद्रह बीस फीट चौड़े मुंह वाले एक बहुत गहरे कुएं में उतरना पड़ा मुझे।"

– "गहरे कुएं में? कैसे उतरे अपु?" बालसुलभ भोलेपन से सवाल पर सवाल किए जाता है सगेन।

– "एक गाड़ी ले गयी मुझे अंदर।"

– "गाड़ी? कुएं के अंदर?"

– "हां बेटा। लिफ्ट या केज बोलते हैं उसको। उसी में दो दो कमरे बने हैं। पता है, लोहे की रस्सियों के सहारे वह ऊपर जमीन की सतह पर, जहां हम खड़े थे, आयी। दरवाजा खुला। लिफ्टमैन ने कई मजदूरों के साथ मुझे भी उसके अंदर खड़ा कर दिया। वह फुर्रर्रर्रऽऽऽऽ से नीचे चली गयी हमें लेकर।"

– "कितना नीचे अपु?" सगेन हैरानी से पूछता।

– "बहुत नीचे! सौ...दो सौ...चार सौ मीटर या उससे भी ज्यादा हो सकता है।"

– "उससे भी ज्यादा?"

– "लगता तो है। वैसे मैंने ठीक से पूछा नहीं। पर देखा, अलग अलग दूरी पर...अलग अलग पड़ाव पर अलग अलग सुरंग! अंदर ही अंदर जाल की तरह फैली हुईं। ऊपर नीचे, दाएं बाएं विभिन्न दिशाओं में पतली पतली सड़कें बनी हुईं...तू बिना देखे नहीं समझ पाएगा रे!" अपने अपु की बातों का सूत्र पकड़कर मन ही मन सगेन उन गुफाओं में प्रवेश करने की कोशिश करते हुए सवाल करता–

– "अंधेरा नहीं है वहां?"

– "है न! मगर बिजली की व्यवस्था है। हवा की भी व्यवस्था है। हमारे सिर की टोपी पर भी सामने की ओर तेज बत्ती जलती ही रहती है।"

– "बत्ती वाली टोपी दी जाती है आपको?"

– "हां रे।"

– "मुझे भी जाना है अंदर अपु! बत्तीवाली टोपी पहनकर! कब ले चलिएगा मुझे?" रोमांचित सगेन अंदर जाने की जिद कर बैठता।

– "वहां बच्चों को ले जाने की अनुमति नहीं दी जाती।"

– "क्यों?"

– "क्योंकि बड़ा खतरा है वहां।"

– "कैसा खतरा?"

– "जब बारूद घुसाकर पत्थरों में विस्फोट किया जाता है न, तब यदि आसपास कोई आ जाए तो उसे चोट लग सकती है, वह दब सकता है पत्थरों के नीचे।"

– "आप नहीं दबेंगे?"

– "हम बड़े लोग तो दीवार के पत्थरों पर बारूद घुसा कर सुरक्षित स्थान पर भाग जाते हैं न!"

– "मान लीजिए कि न भाग पाए तो?"

– "तो कुछ भी हो सकता है। होने को तो ब्लास्टिंग के वक्त के अलावा भी बहुत कुछ हो सकता है।"

– "जैसे?"

– "जैसे कभी कभी यूं ही अचानक छत से पत्थर गिरने लगते हैं अपने आप।"

– "फिर?"

– "फिर छत को बड़ी बड़ी बल्लियों का सहारा देकर गिरने से रोका जाता है।"

– "फिर भी अगर न संभले तो?"

– "तो पूरी छत धसककर गिर सकती है। कभी कभी गिरती भी है। कई लोग दबकर मरते भी हैं। हालांकि ऐसा बहुत ही कम होता है। पूरी सावधानी जो बरती जाती है।"

इस तरह रोज कुछ न कुछ पूछ पूछकर खदान के बारे में ढेर सारी जानकारी इकट्ठी कर चुका था सगेन। और जितना अधिक जानता जाता, पिता के लिए उसकी चिंता उतनी ही बढ़ती जाती। सिर्फ पिता ही नहीं, खदान में काम करनेवाले तमाम मजदूरों की सुरक्षा को लेकर उसे चिंता होती। जब उसके अपु

कभी रात की पाली में काम पर जाते तो वह बिस्तर पर लेटे लेटे सोचता– हो सकता है इस वक्त उसके पिता यहीं उसके घर के नीचे ही कहीं ब्लास्टिंग कर रहे हों...फिर कल्पना करता कि एक भयानक विस्फोट होता है और पूरी की पूरी जमीन धंस जाती है...खटिया समेत वह समा जाता है खदान के अंदर...ठीक वहीं जहां उसके पिता रेकोण्डा अन्य मजदूरों के साथ दबकर मरे पड़े हैं...

इस मामले में वह ततंग के काम को लेकर निश्चिंत रहता। भले ही उनकी देह पर पीली धूल उड़ उड़कर भर जाती है मगर जीवन का खतरा तो नहीं है? खोखली खदान के अंदर तो नहीं घुसना पड़ता है उन्हें?

'शिकार' गये शिकार खेलने

जाम्बीरा के ढेर सारे नाती पोते हो गए हैं मगर सगेन से उसका लगाव पहले से जरा भी कम नहीं हुआ। परब त्योहार हो, हाट मेला हो या फिर शिकार पर जाना हो, सगेन जरूर साथ चलता। हर साल की तरह इस बार भी बा पोरोब के बाद सेंदरा (शिकार) पर जाने का गिरा (निमंत्रण) मिला बदरा गांव से। पिछले मेले में ही खजूर के तीस पत्तों वाली एक टहनी पर तीस गांठें बांधकर दे दीं थीं उनको बदरा गांव के लोगों ने। सिर्फ उन्हें ही नहीं, करीब चालीस पचास गांवों के लोगों को दिये गये थे ऐसी ही टहनी समेत गांठ बंधे पत्ते ताकि रोज एक एक गांठ को खोलते जाएं वे सब और ठीक तीस दिन बाद सभी एक साथ आकर इकट्ठे हों तलमा पहाड़ के नीचे जहां जंगल में शिकार के लिए साथ साथ सबको ऊपर चढ़ना है। जंगल और पहाड़ के बोंगाओं को साल भर खुश रखने के लिए बहुत जरूरी है ये शिकार। तभी तो वे ज्यादा से ज्यादा बारिश देंगे, ढेरों फल मूल, साग कंद देंगे और देंगे खुशहाली!

दरअसल बदरा गांव के आदिवासियों को ही बहुत पहले यहां के दो दो राजाओं से मिला हुआ था तलमा पहाड़ का पट्टा। शायद हिरन की खाल और ताम्रपत्र पर लिखा हुआ पट्टा। जाम्बीरा ने कभी देखा नहीं। बस सुना भर है और वही सुनी सुनाई बातें सुनाता रहता है सगेन को। इस बार भी शिकार के निर्धारित दिन पर तलमा की तलहटी में पहुंचने के क्रम में हमेशा की तरह शिकार से जुड़ी तमाम महत्वपूर्ण बातें बताते हुए जा रहे थे ततंग। यह कि तलमा राजा आज ही जंगल के सभी देवी देवताओं को निमंत्रण देंगे। जंगल में रहने वाले किसानों की रक्षा के लिए, उनकी समृद्धि के लिए, तलमा में जानवरों की संख्या बढ़ाने के लिए एक बकरी और चार मुर्गों की बलि देकर पूजा अर्चना करेंगे।...

यह भी कि तलमा की तलहटी में कितनी तरह की जड़ी बूटियां पायी जाती हैं बीमारियां ठीक करने के लिए...कि यहां पाए जाने वाले कुम्हाड़

छाल और सुसनी लता से मात्र बीस बाईस दिनों में ही टूटी हड्डियां जोड़ी जा सकती हैं...

तलमा मरंग गोड़ा से दूर पड़ता था इसलिए एक दिन पहले ही घर से चावल आदि लेकर निकलना पड़ा। मरंग गोड़ा से बीस पच्चीस लोग चले थे। सभी को रात के वक्त एक गांव में शरण लेनी पड़ी। फिर वहां से सुबह सुबह पहुंचे तलमा के नीचे। जाकर देखा, करीब चालीस पचास गांव के प्रतिनिधि डेरा डाले हुए हैं तलमा पहाड़ के इर्द गिर्द।

बदरा गांव के मुखिया उन सबकी अगुवाई कर रहे थे। उन्होंने चार चार, पांच पांच गांव के लोगों का अलग अलग जत्था बना दिया था ताकि वे अलग अलग समूह में गांवता होकर यानी अर्द्ध चंद्र के आकार में फैलकर विभिन्न दिशाओं से आगे बढ़ सकें पहाड़ पर शिकार के लिए।

सब के सब पारंपरिक हथियारों से लैस थे। तीर, धनुष, फरसा, बरछी... क्या नहीं था उनके पास! सेंदरा (शिकार) के लिए गांव से उनके निकलते ही शादीशुदा औरतों ने रस्म के मुताबिक अपना सिन्दूर तथा कंगन उतार कर रख दिया था। उनके घर पहुंचने के बाद ही वे दुबारा पहन पाएंगी सिंदूर तथा कंगन।

सभी समूहों के साथ कुत्ते भी थे। सगेन भी अपने कुत्ते को साथ लेता आया था। सारी तैयारी हो जाने के बाद अगुवाई करने वाले ने आगे बढ़कर जोर से जंगली भैंसे के सींग से बना साकोवा बजाकर शिकार के लिए रवाना होने का संकेत दे दिया और सभी समूहों के लोग अस्त्र शस्त्रों के साथ जंगल में फैल गए अर्द्ध चंद्र का आकार बनाकर। एक बार फिर साकोवा बजा। डुगडुगी भी बजी– जंगली जानवरों को सावधान करने के लिए ताकि कोई ये आरोप न लगा पाए कि बिना सम्हलने का, भागने का मौका दिए ही बेचारे जानवरों पर हमला बोल दिया गया। आखिर शिकार का भी कोई नियम कानून है कि नहीं? खैर, सभी शिकार में व्यस्त हो गये। नस तोड़ उत्तेजना! शिकार को अपनी फांद में फंसाने की पूरी कोशिश! कुत्ते भी अपने काम में मुस्तैदी से लग गए थे। आखिर उन्हें भी तो शिकार में बराबरी का हिस्सा मिलने वाला है!

इस शिकार में इतनी बड़ी संख्या में गांववाले पूरे जंगल में फैल गए थे कि जानवर भी बौखला गए। इधर से भागकर वे उधर जाते तो उधर वालों के घेरे में आ जाते और उधर से भागकर इधर आते तो इधर वालों के घेरे में। और इसी तरह बौखलाहट में शिकारियों के चंगुल में फंसते ही चले गए। सगेन के कुत्ते गोमोर ने भी अकेले एक हिरण का शिकार किया इसलिए नियमतः शिकार

का हिस्सा बांटते समय अलग से उसे हिरण का एक पूरा पैर मिलने वाला था। शायद इसी खुशी में उसने जल्द ही एक खरगोश को भी जा दबोचा। उस समूह के लोग बड़े खुश हुए।

जबकि खरसूडीह गांव के लोगों की खुशी उस वक्त गम में बदल गयी जब जंगली सुअर ने दो लोगों को गंभीर रूप से घायल कर दिया। कई समूहों के लोग जंगली हाथियों से काफी परेशान हुए। अन्य जानवरों ने भी अपने बचाव में कई लोगों को लहूलुहान किया। पर निरीह हिरण चूंकि किसी को घायल नहीं कर पाए, इसलिए शिकारियों की सबसे ज्यादा मार उन्हीं पर पड़ी। आदिवासियों के तीरों के अचूक निशानों से तो वे धराशायी हुए ही, शिकार पर गये कुत्तों के झुंड ने भी उन्हें घेर घेरकर मारा। उस दिन ढेर सारे शिकार हाथ आए थे। शाम को शिकार से निपटकर जब शिकार में मिले पशु पक्षियों का बंटवारा किया गया तो देखा गया कि सगेन के समूह में उसके कुत्ते गोमोर को ही सबसे ज्यादा हिस्सा मिला है। कोई हो न हो, सगेन बड़ा संतुष्ट हुआ।

शिकार में मारे गये चारपाए जानवरों के हाथ पैर लत्तरों से बांधकर उन्हें मोटे मोटे डंडों के सहारे उल्टा लटकाकर वापसी के लिए रवाना हो गये थे सब। डंडे के दो सिरे दो लोगों के कंधे पर। ऊबड़ खाबड़ पहाड़ी ढलान से उतरते वक्त बार बार खून से सना शिकार सरक सरककर सामने वाले की पीठ से जा सटता। और उसकी पीठ ताजे खून से भीग उठती। सगेन छोटा था इसलिए उसे सिर्फ एक मरी हुई गिलहरी मिली थी ढोकर ले जाने के लिए जिसे उसने अपने गले से लटका रखा था। खुशी खुशी घर लौट रहे थे सब। घर पहुंचने की जल्दी थी सबको।

ततंग भी तेजी से चल रहे थे पर थोड़ी दूर जाते ही रास्ते में उनकी तबीयत बिगड़ गयी। खांसते खांसते बेदम होने लगे ततंग। सगेन ने देखा– खून की उल्टी हो रही है उन्हें। वह घबड़ा गया। जमीन पर पसर कर बैठ गए ततंग की छाती पर हाथ फेर फेर कर उन्हें आराम पहुंचाने की कोशिश करता रहा। उस दिन बड़ी मुश्किल से घर पहुंचे ततंग। कई दिनों तक काम पर नहीं जा पाए।

जड़ी बूटी से स्वयं ही अपना इलाज करते रहे कुछ दिनों तक मगर जब कोई सुधार नहीं दिखा तो सगेन के पिता उन्हें कंपनी के अस्पताल में डॉक्टर को दिखाने ले गये। जांच के बाद डॉक्टर ने लिख दिया– ट्यूबरकोलोसिस! तपेदिक!

दवाइयां मिलीं। कभी काम...कभी आराम...ऐसे ही गुजरने लगा उस जाम्बीरा का जीवन जिसे सगेन ने कभी सुस्ताते नहीं देखा था। सुकुरमुनी उसकी सेवा करती। खून बलगम साफ करती। खांसते पति के सीने पर सरसो के गर्म तेल की मालिश करती। मगर इन दिनों जाम्बीरा की सेवा करते करते कभी कभी वह अपना ही पेट पकड़कर बैठ जाती थी। मुंह भींच कर कहती– आह! खूब दर्द हो रहा है रे! फिर देर तक छटपटाती रहती। इधर पिछले साल डेढ़ साल पहले से जाम्बीरा के हाथ तथा चेहरे पर काले काले धब्बे भी उभर आए थे। बीमार पड़ने के बाद वे धब्बे बिल्कुल बजबजा उठे थे। किसी चोर दरवाजे से घुसकर बीमारियां पांव जमाने लगी थीं सगेन के परिवार में। फिर एक वक्त ऐसा आया जब जाम्बीरा की देह में काम करने की ताकत ही नहीं बची। काम पर जाना बंद कर दिया उसने और पूरी तरह से बिस्तर पकड़ लिया। पति पत्नी दोनों बीमार! कौन किसे देखे? घर की बहुओं पर आफत आई। शुरू शुरू में लिहाज के साथ सेवा टहल हुई। बीमारी लंबी खिंचती गई तो होने लगी टाल मटोल! ऐसे पराश्रित जीवन से उकताकर खांसते खांसते खून बलगम में लिबड़ता हुआ, पीब लहू से बजबजाते घावों को खसर खसर खुजलाता हुआ एक दिन चल बसा जाम्बीरा! सुकुरमुनी भी ज्यादा दिनों तक खींच नहीं पाई अपने आप को। कैंसर में परिणत पेट के प्रचंड दर्द ने साल भर के अंदर अंदर उसे भी लील लिया। अपने प्रिय दादा दादी की मौत का बड़ा सदमा लगा सगेन को। खास तौर पर ततंग की कष्टदायक और घिनौनी बीमारियों ने सगेन को बहुत आतंकित किया। आखिर ऐसा क्यों हुआ उसके ततंग के साथ? वह सोचता...

सगेन के पिता रेकोण्डा को इतना कुछ सोचने का वक्त नहीं। उन्हें चिंता है दुलसुनुम यानी बड़े श्राद्ध की। दोनों की मौत के बाद सबसिं के दौरान पूरी निष्ठा और नियम कानून से क्रिया कर्म तो कर दिया गया था मगर साल दो साल के अंदर अंदर दुलसुनुम किए बगैर मृतकों की आत्मा को पूर्ण शांति कैसे मिलेगी? परिवार में शादी ब्याह, गृहप्रवेश आदि कोई शुभ कार्य भी नहीं हो पाएगा। पूरे परिवार में अशुद्धि बनी रहेगी। ज्यादा देर करने से समाज के लोग भी तो निंदा करेंगे। अपने भाइयों के साथ अक्सर इसी विषय पर विचार विमर्श करता सगेन का पिता रेकोण्डा। हिसाब लगाकर देखता– कम से कम अस्सी परिवारों को न्योता देना होगा। दूर दूर से आए मेहमानों को ठहराने के लिए पुआल और पत्तों से ढेर सारी चार खूंटों वाली अस्थायी झोपड़ियां बनानी पड़ेंगी।

उन्हें खिलाने के लिए पचास साठ खस्सी तो काटने ही पड़ेंगे। चावल और डियंग की जुगाड़ी अलग से करनी होगी...

रेकोण्डा की चिंता जायज थी मगर रिश्तेदार तथा पास पड़ोस के लोगों के रहते ज्यादा हैरान परेशान होने की जरूरत नहीं पड़ी। लकड़ी काटना हो, खूंटा गाड़ना हो, पत्ता या मिट्टी का बर्तन लाना हो या फिर मेहमानों के लिए जितने भी कांदा यानी लंबे आकार के चूल्हे बनाने हों, पास पड़ोस के लोग हाथ बंटाने को बढ़ चढ़कर तैयार! मेहमान रिश्तेदार जो भी आए, चाहे वे सुदूर चाईबासा, चक्रधरपुर से आए हों या सारंडा से, सामर्थ्य अनुसार चावल, कपड़ा, मुर्गा, खस्सी लेकर ही आए। भोजन पकाने की जिम्मेदारी भी उन्होंने खुद ही उठाई। इससे मेजबान का खर्च कुछ कम हुआ। और, निश्चित तिथि में कब्र पर रखे पत्थरों को धोकर उसमें परिवार और रिश्तेदारी की औरतों ने तेल डाला। मृतकों के नाम सासंग मान्डी (हल्दी डाला हुआ भोजन) तथा बाबा आताः (धान का खोई) परोसा गया। फिर सामूहिक रुदन के बाद सबने जाकर तालाब में डुबकी लगायी। लोटे के पानी में आम पत्ता डालकर उस पानी का छिड़काव सिर्फ कब्र वाले पत्थरों पर ही नहीं बल्कि घर के सभी कमरों में किया गया ताकि सब कुछ शुद्ध हो जाए। फूल आदि विभिन्न सरन्जामों से सिंगबोंगा, देसाउलि जैसे तमाम देवी देवताओं को भी पूजा गया।

'नेन ता र सेटेराकान कुपुल को हागा को...रि चिड़ा चेन्टा बनाई अतू एड़ाआ चापी एड़ाआए पे।' जैसी पंक्तियां सिंगबोंगा तथा देवी देवताओं के आह्वान के लिए गूंजती रहीं। सुबह से लेकर शाम तक विभिन्न क्रिया कर्म चलते रहे। कब्र के पत्थरों पर मुर्गा खस्सी आदि की बलि चढ़ा चढ़ाकर पत्थरों को खून से रंग डाला गया। देर शाम तक मेहमानों के खाने पीने का कार्यक्रम चलता रहा। अगले दिन मेहमानों की विदाई के साथ ही धूमधाम से जाम्बीरा तथा सुकुरमुनी का दुलसुनुम संपन्न हुआ। सबको यह विश्वास था कि अदिंग में विराजमान जाम्बीरा तथा सुकुरमुनी की आत्माओं ने भर भर हाथ आशीर्वाद दिया था अपने बाल बच्चों को।

– क्या ततंग के आशीर्वाद देने वाले हाथ अब भी घावों से बजबजाते होंगे?...सगेन ने सोचा।

ऊबड़ खाबड़ खुरदुरी जमीन

जाम्बीरा और सुकुरमुनी की मौत के बाद उनका पूरा परिवार टुकड़ों में बंट गया। खेत बंट गए। सगेन के पिता रेकोण्डा को अपने हिस्से में आए खेत में काम करने का ज्यादा वक्त नहीं मिलता तो सगेन की मां अपने बच्चों की मदद से अनाज और सब्जियां उगा लेती। रेकोण्डा को पाली बदल बदल कर खदान की ड्यूटी में जाना पड़ता। कभी सुबह सात बजे से दोपहर तीन बजे तक, कभी तीन बजे से रात ग्यारह बजे तक तो कभी ग्यारह बजे से सुबह सात बजे तक। खदान के अंदर जमे गैस और पानी को बाहर निकालने की व्यवस्था होती। पीने का पानी, टॉयलेट, टूल रूम, टिफिन खाने का कमरा होता, बहरा कर देने वाली आवाज होती और लगभग टोपी को उड़ा ले जाने लायक हवा भी होती। नीचे हर स्तर पर सुरंग के मुहाने पर लोहे का दरवाजा बना हुआ था। ऊपर से जब हवा के झोंकों को नीचे भेजा जाता तो उन्हीं लोहे के दरवाजों से हवा सुरंगों में प्रवेश करती। पारी पारी से दरवाजों को खोला और बंद किया जाता ताकि नीचे तक की सभी सुरंगों में हवा प्रवेश कर सके। एक बार एक सुरंग में अकेले फंस गया था रेकोण्डा। किसी काम में इतना मशगूल था कि ध्यान ही नहीं रहा कि कब साथ के तमाम लोग बाहर निकल गए। पता तो तब चला जब हवा की कमी महसूस हुई। सुरंग का दरवाजा बंद हो चुका था। डर से हाथ पांव ठंडे हो गए कुछ समय के लिए। फिर एकाएक टेलिफोन की याद आयी। गनीमत थी कि सुरंग का टेलिफोन दुरुस्त था। उसी ने उसकी जान बचाई।

– "दुबारा कभी ऐसी गलती मत करना अपु!" आशंकित सगेन पिता को सावधान करता। रेकोण्डा के खदान वाले संगी साथी भी अब उसका खयाल रखते। ड्रिलिंग करने वाले, लोडर चलाने वाले, बेलचे से माल उठाकर लोडर से मालवाही गाड़ी में लोड करने वाले सभी संगी साथी। रेकोण्डा उन सबके सुख दुःख का साथी जो था। किस ड्रिलिंग वाले को मास्क नहीं मिला...किस लोडर चलाने वाले को कान में पहनने के लिए आवाज रोधी 'इयर प्लग' की

आवश्यकता है...सात दिनों से कौन बिना जूते के काम चला रहा है या किसकी देह में सूजन आने के साथ साथ अस्वाभाविक खुजली हो रही है– सब मानो रेकोण्डा का ही सिरदर्द है। वही बार बार शिकायतों का पुलिंदा लेकर पहुंच जाता है अफसरों के पास। तभी तो कई अफसर उससे खफा रहते। इसी खफा रहने का नतीजा ये था कि जान बूझकर उससे काम के बीच में ही कई अतिरिक्त काम करवा लिये जाते। साहब लोग बैठे बैठे किसी न किसी चीज का ऑर्डर करते रहते और उसे हाथ का काम छोड़ छोड़ कर दौड़ना पड़ता इधर उधर...एक दिन घंटों परिश्रम करने के बाद टिफिन टाइम में हाथ धोकर जैसे ही वह मुंह में भात का पहला कौर डालने लगा, एक अफसर ने, जो उससे सबसे ज्यादा चिढ़ता था, आदेश दिया–

"इस बोतल को ले जाओ और धोकर इसमें मेरे लिए पीने का पानी भरकर लाओ। जल्दी।"

मुंह तक पहुंचने से पहले ही अपने पहले कौर के भात को वापस टिफिन में रख रेकोण्डा को जाना पड़ा पानी लाने। मन ही मन भन्नाते हुए नल तक पहुंचने से पहले ही सुरंग की दीवार से सटकर बहती नाली के जल पर नजर पड़ी उसकी। शैतानी सूझी। खदान के मजदूरों...अफसरों की थूक, बलगम और पेशाब मिश्रित जल को ही भर लाया उस अफसर को पिलाने। बिना शक शुबहा के अफसर भी गटागट पी गया वह दूषित पानी। रेकोण्डा जाकर टूट पड़ा अपने टिफिन पर और हर कौर के साथ हंसी के फव्वारे छूटते रहे उस सुरंग में रेकोण्डा और उसके साथी मजदूरों के बीच।

रेकोण्डा ने इस उम्मीद पर अपने साथियों को यह राज बताया था कि वे इसे अपने तक ही रखेंगे। मरंग गोड़ा के साथियों ने तो किसी से कुछ नहीं कहा पर कुछ बाहरी मजदूरों ने अफसरों से चुगली कर दी और परिणामतः रेकोण्डा को काफी डांट फटकार सुननी पड़ी। सजा भी मिली। हालांकि उसके बाद से किसी अफसर ने उसे कभी पानी लाने को नहीं कहा।

कंपनी के सारे अफसर बाहरी थे। रेकोण्डा की धारणा थी कि शायद इसीलिए इधर कंपनी में बड़ी तादाद में बाहरी मजदूरों की, 'दिकुओं' की बहाली हो रही थी जबकि ऐसे बहुत सारे स्थानीय लोग काम के लिए मारे मारे फिर रहे थे जिनकी जमीन पर कंपनी फल फूल रही थी, जिनके घर और खेत उजाड़ दिए गए थे कंपनी का टेलिंग डैम बनाते समय...खदान को विस्तार देते समय...मिल बनाते समय...और वे बिल्कुल बेरोजगार आश्रयहीन हो गये थे। ऐसे लोगों में

कई एक तो रेकोण्डा के बालबंधु थे। कंपनी की वजह से सबकुछ खोकर भिखारियों की तरह उनको मारा मारा फिरते देख रेकोण्डा की भौंहें तन जातीं, मुट्ठियां भिंच जातीं और वह कंपनी के अफसरों पर पिल पड़ता।

रेकोण्डा के नेतृत्व में स्थानीय मजदूरों की बहाली का मुद्दा तूल पकड़ता जा रहा था। बाहरी मजदूर उसके खिलाफ हो गए थे। अक्सर आपस में मार पीट भी हो जाती। अफसर लोग बीच बचाव करके मामले को शांत करने की कोशिश करते। लेकिन रेकोण्डा स्थानीय मजदूरों को उनका हक दिलाने के लिए मर मिटने को तैयार था। नतीजतन उसके दुश्मनों की संख्या में इजाफा होने लगा।

एक रात आहट पाकर नींद से उठकर चिल्लाते हुए दौड़े घर के पिछवाड़े की तरफ तो कुछ लोग भागते नजर आए। उनका पीछा करने की कोशिश की तो तार में पांव फंसा और धड़ाम से गिर पड़े। पीछे पीछे टॉर्च लेकर बीवी बच्चे आए तो देखा, घर के पीछे वाली दीवार पर डेटोनेटर लगाया गया है। खदान में ब्लास्टिंग का काम करते करते विस्फोटकों की अच्छी पहचान हो गयी थी रेकोण्डा को। तब तक हल्ला गुल्ला सुनकर आसपास के लोग इकट्ठा हो गए थे। उस रात डेटोनेटर के डर से घर में कोई नहीं गया। भोर होते ही सब मिलकर ग्राम प्रधान के नेतृत्व में थाने में जाकर रिपोर्ट लिखवा आए। फिर डेटोनेटर हटाया गया।

इस घटना ने रेकोण्डा को डराने के बजाय और जिद्दी बना डाला था। उसने अपना आंदोलन और तेज कर दिया। लेकिन इस बार उसे इस तरह लपेटे में लिया गया कि वह उनके जाल में छटपटाता रह गया मगर कोई उसकी मदद के लिए आगे आने की हिम्मत नहीं कर पाया। करता भी कैसे? यूरेनियम की चोरी करके उसकी स्मगलिंग करने का आरोप लगाया गया था उस पर। संगीन अपराध! देशद्रोह! सारे साथी कन्नी काट गए। जिनके लिए लड़ा, वे भी। वकील तक रखने के पैसे नहीं। कहां से आते? कुत्ते की शादी और दुलसुनुम का कर्ज ही नहीं उतरा था अब तक। जेल में सड़ता रहा।

सगेन और उसके भाइयों की पढ़ाई छूट गयी थी। बहनें अभी बहुत छोटी थीं। मां उन्हें साथ लेकर ही अपने खेत के अलावा दूसरों के खेतों में भी काम करती...मजदूरी करती तब जाकर उन्हें कुछ खाने को मिलता। सगेन बड़ा था तो वह भी यथासंभव उनका हाथ बंटाता। इतना काम करने के बावजूद कभी कभी घर पर खाने को कुछ भी नहीं होता। मां सगेन को जंगल से पेताड़ु

खोद लाने को कहती। पेताड़ु खोदते खोदते सगेन को ततंग याद आते जो गर्मियों के दिनों में, जब ढेर सारे लोग बाहर खुले में सोते थे, लेटे लेटे आसमान की तरफ मुंह करके सगेन से पहेलियां बूझने को कहा करते थे। एक दिन कहा– ''कुछ लोग एक लड़के की शादी कराने के लिए जवान लड़की देख आए। मगर शादी के समय उठा लाए लड़की की बूढ़ी मां को। बता तो क्या है ये?''

सगेन को देर तक सिर खुजलाते देख पास के बिस्तर से किसी ने जवाब दिया था– ''पेताड़ु!''

आज वही पेताड़ु खोदने आया है सगेन। पीलापन लिये हुए मिट्टी के रंग का पेताड़ु! देखने में थोड़ा बहुत आलू की तरह मगर पके बालों जैसे लंबे लंबे रेशे। जमीन की सतह पर हरी कोमल पत्तियां...नवयुवती की तरह! जिसे देख खोदना शुरू किया है धरती को मगर अंदर से निकाल लाएगा लंबे रेशों वाले पेताड़ु को...पके बालों वाली बूढ़ी मां को!

– ''भादो में जब चावल खत्म हो जाता है या जब कभी अकाल पड़ता है, तब हम लोगों को जिंदा रखने के लिए ही तो पेताड़ु की उत्पत्ति की है मरंग बोंगा ने।'' बोले थे ततंग।

– ''ये मरंग बोंगा कौन हैं ततंग?'' बालक सगेन ने जानना चाहा था तो एक लंबी सांस छोड़कर बताया था जाम्बीरा ने–

– ''वह एक लंबी कहानी है रे। बहुत पहले हमारे पुरखे गांव बसाकर नहीं रहते थे।''

– ''तो कहां रहते थे ततंग?''

– ''गुफाओं में...कंदराओं में...पेड़ों पर...घने जंगल में भटकते भटकते जहां जगह मिल जाती थी, वहीं।''

– ''अकेले अकेले भटकते थे वे?''

– ''नहीं रे। छोटे छोटे झुंडों में रहते थे।''

– ''फिर खाते क्या थे?'' बारीक सवालों की झड़ी लगा देता था सगेन।

– ''कंद मूल और छोटे मोटे शिकार से पेट भरते थे वे। एक समय ऐसा हुआ कि एक समूह के लगभग तमाम लोग बीमार पड़ गए और जंगली जानवरों ने उन पर हमला बोल दिया। कुछ बीमार कमजोर तो मार दिए गए मगर कुछ भाग गए। भागते भागते एक के बाद एक सात पहाड़ों को पार किया उन्होंने और पहुंचे एक ऐसे पहाड़ पर जहां एक विशालकाय देह वाले भारी भरकम व्यक्ति

मिले। उन्होंने हमारे पुरखों को शरण दी। उनके पास पशुधन था। खेती थी। धान, अरहर, मूंग, कुरती की खेती। उन्होंने उन्हें हल बनाना सिखाया। खेती करना सिखाया। तीर धनुष बनाना सिखाया। कुशलतापूर्वक बाघ भालू से लड़ना भी सिखाया।''

— ''फिर?''

— ''फिर देखते सीखते सात साल पूरे हो गए। और एक दिन उन्होंने कहा—

'अब तुम लोग किसी नदी के किनारे जाकर जंगल साफ करो, घर बनाओ, खेती करो।...' ''

— ''फिर उन्हें छोड़कर चले आए हमारे पुरखे?''

— ''क्या करते? आना ही पड़ा। मगर उनसे विदा लेते वक्त हमारे पुरखों की आंखें भर आईं। भर्राई आवाज में पूछा उन्होंने— 'अगर हम पर कोई विपत्ति आए तो हमें कौन बचाएगा वहां? हम किसके सहारे जिएंगे?' तो उस मसीहा ने...हमारे मरंग बोंगा ने एक सर (तीर) छोड़कर कहा...''

— ''वे ही हमारे मरंग बोंगा थे?'' बीच में ही सगेन ने टोका तो जाम्बीरा ने झिड़की दी—

— ''हां, हां। वे ही थे। अब आगे तो सुन। हां तो क्या कह रहा था मैं?...'' जाम्बीरा ने याद करने की कोशिश की तो सगेन ने उन्हें कहानी का सूत्र पकड़ाया,

— ''मरंग बोंगा ने एक तीर छोड़कर कहा...''

— ''हां, हां मरंग बोंगा ने तीर छोड़कर कहा— 'ये तीर अगर कभी तुम लोगों को मिल जाए तो उसी जगह मुझे याद करना। मैं पहुंच जाऊंगा तुम लोगों की विपत्ति दूर करने...' ''

बाद में यानी गांव बसाने के बाद एक दिन गांव के पास वाले जंगल में रुगड़ा चुनने गए समूह की एक औरत को साल के तने में गड़ा हुआ एक सर मिला। ये वही सर था जिसका वर्णन उनके गीतों में था। खुशी और उत्तेजना में भरकर वह औरत चिल्लाई— 'सर-ना! सर-ना! सर-ना!' सहेलियां दौड़ पड़ीं। सबने स्वीकारा— 'हां, हां। यही है वह तीर! हमारे मरंग बोंगा का तीर!' तीर लेकर गांव पहुंचीं वे। लोगों को विश्वास हुआ कि मरंग बोंगा का वास है इसी पेड़ में। साल में...सरजोम में...। उस दिन से पूजा जाने लगा सरजोम (साल)...उसके पत्तों के दोने में बोंगाओं (देवताओं) को परोसा जाने लगा

डियंग (चावल से बनी शराब)...! हमारे परब के गीतों में शामिल हो गया सरजोम...

नेते होयो लेरे हाले, सरजोम बा
नेते होयो लेरे हाले, तिलई बा
पुरबे होयो लेरे हाले, सरजोम बा
पैछमे होयो लेरे हाले, तिलई बा। नेते होयो..."

उस दिन सगेन को कहानी सुनाते सुनाते जाम्बीरा डूब गया था गीतों में और आज जाम्बीरा को याद करते करते सगेन भूल गया था पेताड़ु उखाड़ना। चेतना लौटी तो मिट्टी और अतीत को झाड़कर पेताड़ु ले चल पड़ा घर की ओर। उस घर की ओर जहां अकाल पड़ा है। जहां पेताड़ु चाहिए पेट भरने के लिए...जहां इसे उबालकर सुबह से दोपहर तक पानी में डुबोकर रखा जाएगा। फिर खाने से पहले दुबारा उबालना पड़ेगा इसे। वरना कसैले स्वाद के कारण मुंह में डालने लायक नहीं रहेगा यह! तो उसी घर की ओर चला था वह पेताड़ु लेकर! जंगल, झाड़ी, नदी, घाटी को पार करके। ऊबड़ खाबड़ रास्ते! ततंग फिर याद आते हैं– "धरती पर हमारे पुरखों के आने से बहुत पहले ही मरंग बोंगा इधर से गुजर चुके थे बड़ा सा हल लेकर। खेती करने की इच्छा थी शायद। हल चलाने के बाद जमीन को समतल करने के लिए मोई देना था। इसके लिए उन्होंने अड़गोम चलाया। इतना बड़ा इलाका। कहीं कहीं छूट गया। जो जगहें छूटीं वहां ऊबड़ खाबड़ रह गया। वहीं घाटियां बनीं। दरारें पड़ीं। गड्ढे बने। उन दरारों और गड्ढों में बरसात का पानी पड़ा तो नदियां बनीं, तालाब बने।..."

जब ततंग ने बताया था यह सब, तब सगेन छोटा था। उसने सहज ढंग से यकीन कर लिया था ततंग की बातों पर। लेकिन अब बड़ा हो गया है वह। सारी बातें कपोल कल्पित लगती हैं। फिर भी अच्छा लगता है सोचना। लंबा रास्ता कट जाता है आसानी से। लेकिन गरीबी की मारी लंबी जिंदगी काटे नहीं कटती। निर्दोष पिता जेल में सड़ रहे थे। अकेली मां घर बाहर, खेत खलिहान में काम करती। हाट बाजार जाती सौदा लाने। यदि कभी कभार गुड़लट्ठा या कोई दूसरी मिठाई लाती तो सगेन अपने हिस्से की मिठाई को झटपट खाकर खतम कर देता था। जबकि उससे छोटा वाला भाई सगेन को चिढ़ाने के लिए उसे बचा बचाकर दिखा दिखाकर धीरे धीरे खाता। ऐसे में अक्सर सगेन एक सिक्का लेकर उसे नीचे गिरा देता और भाई से कहता उसे ढूंढ़ने के लिए। जब तक भाई सिक्का

ढूंढ़ता, तब तक सगेन उसकी मिठाई पर हिस्सा बैठा चुका होता। छोटे भाई को इस तरह से ठगते देख एक दिन मां इतनी नाराज हो गयीं कि उन्होंने अपने गुराखू (एक प्रकार का नशीला दंत मंजन) के डिब्बे को उठाकर सगेन के माथे पर दे मारा। देखते ही देखते माथे का वह हिस्सा फूलकर कुप्पा हो गया। उस दिन के बाद से सगेन ने फिर कभी किसी को ठगने की कोशिश नहीं की।

कई बरस बीत गये। इधर कुछ दिनों से सिर्फ एक बार का भोजन ही जुटा पा रही थी सगेन की मां। बच्चे भूख से बिलबिलाते तो रोना आता। कभी कभी चिड़चिड़ाकर चीख उठती, ''इन हड्डी के ढांचों के अंदर कितने कितने थैलों को छुपा रखा है रे? डालता जाता है...डालता जाता है...भरने का नाम ही नहीं लेता? कहां से लाऊं मैं इतनी खुराकी?''

बच्चे बीमार रहने लगे थे। सगेन तो ऐसा बीमार पड़ा कि महीना भर बिस्तर से उठ ही नहीं पाया। तेज बुखार में पड़े पड़े जीभ का स्वाद बिगड़ गया था। भात या पेताड़ु देखते ही उबकाई आती। कहता– ''मुझे कोई स्वादिष्ट चीज खाने को दो न मां! बहुत भूख लगी है। एक आध पाफा बिस्कुट, थोड़ी सी मिठाई या दालमोठ जैसी अलग स्वाद की कोई चीज मिले तो शायद थोड़ा सा खाया जा सके।'' मगर मां उनमें से किसी भी चीज का जुगाड़ करने में असमर्थ होती और बार बार अफसोस करती– ''मेरे पास इतने पैसे होते तो तुझे कुछ कहने की जरूरत पड़ती क्या?''

...और ऐसे ही बिना खाए पिए जब वह बिल्कुल होश खो बैठा तो उसे अस्पताल में भर्ती करना पड़ा। वहां भी डाक्टरों के प्रयास से तीन दिनों बाद होश आया उसे। सगेन के कुकु (ताऊजी), जो खदान कंपनी में काम करते थे, उसे ले गए थे कंपनी के अस्पताल में दाखिल करवाने। कुकु निःसंतान थे। ऐसा नहीं था कि उनकी पत्नी कभी गर्भवती नहीं हुई। कभी गर्भ में तो कभी जन्म लेने के बाद ही मर जाते थे उनके बच्चे। सगेन को अस्पताल ले जाते वक्त रोती बिलखती सगेन की मां से करार करवा लिया था उसके कुकु ने– ''इसके इलाज की जिम्मेदारी मैं एक शर्त पर लूंगा। अस्पताल से ठीक करके मैं इसे अपने घर ले जाऊंगा। अपना बेटा बनाकर। बोलो मंजूर?''

– ''मंजूर।'' उस विकट परिस्थिति में वह बेचारी और कहती भी क्या? उस वक्त उसे तो बस सगेन की जान बचाने की पड़ी थी।

सगेन बच गया। उसके कुकु ने उसे बचा लिया। कृतज्ञतावश वह उसे वापस मांग नहीं पाई अपने निःसंतान जेठ से।

सगेन की जिंदगी बदल गयी थी। छः सात महीने की देखभाल से पूरी तरह ठीक करने के बाद ताऊजी ने उसे पुनः स्कूल में दाखिल करवा दिया था। चार वर्षों के लंबे अंतराल के बाद स्कूल जाना नसीब हुआ था उसे। घर पर भी खाने पीने की कोई कमी नहीं थी। कुछ समय बाद उसके पिता भी जेल से छूट गए थे। सरकारी वकील ने ही केस जितवाया था उसके निर्दोष पिता का। पांच सालों तक बिना अपराध के जेल में सड़ते रहना पड़ा था उन्हें। उनके पूरे परिवार को मर मर कर जीना पड़ा था या जीते जी मरना पड़ा था। जीवन के एक बड़े और सुनहरे हिस्से को नियति ने किसी घाघ महाजन के पास गिरवी रख छोड़ा हो जैसे।

कब्र के पत्थर ही जमीन के पट्टे हैं

सगेन अपने कुकु के यहां खुश था। कुकु और कुइ कुकु (ताई) दोनों ही उस पर खूब प्यार लुटाते। अक्सर छुट्टियों में वह अपनी कुइ कुकु के साथ उनके मायके चला जाता था। पश्चिमी सिंहभूम स्थित चक्रधरपुर और चाइबासा के बीच पड़नेवाले एक गांव में। उस गांव में, जिसके आसपास ढेर सारे जंगल थे। उस गांव में, जहां से बहुत ज्यादा दूर नहीं था सारंडा जंगल का इलाका। सगेन के पुरखों का इलाका। क्योंकि यह इलाका भी कभी सारंडा का ही हिस्सा था। सारंडा– जो सगेन की नस नस में बसा हुआ था, ततंग के साथ वह उस इलाके में जाता रहा था और उनसे सैकड़ों सच्ची तथा काल्पनिक कहानियां भी सुन चुका था। इसलिए बड़ा अपनापन महसूस होता था उसे वहां जाकर।

ताई के एक भाई 'जोटेया' से सगेन की अच्छी खासी दोस्ती भी हो गयी थी इसलिए सगेन का खूब मन लगता था वहां। ताई के मायके में काफी खेतीबारी थी। अच्छा खाता पीता परिवार था उन लोगों का। मेहमान रिश्तेदारों की खूब आवभगत करते थे वे लोग। सगेन को भी वे जबरन रोक लिया करते। सगेन भी वहां कुछ दिन और रुकने के लिए मचलने लगता। हारकर उसके ताऊ ने उसे वहीं के एक अच्छे से मिशनरी स्कूल में दाखिल करवा दिया। उसी स्कूल में जहां उनकी पत्नी का छोटा भाई 'जोटेया' पढ़ता था।

जोटेया के घर में हमेशा गहमा गहमी लगी रहती थी। उन दिनों उसके बड़े भाई उस इलाके में चल रहे 'जंगल आंदोलन' में सक्रिय जो थे। अक्सर सभा, धरना, प्रदर्शन, रैली आदि में भाग लिया करते। सुदूरवर्ती ग्रामीण इलाकों में, जो इस आंदोलन से अछूते थे, जाकर आदिवासियों को उनके हक के लिए लड़ने को प्रेरित करते। सगेन कई एक बार उनके तथा उनके साथी आंदोलनकारियों के भाषण सुन चुका था। वे अक्सर कहा करते–

...''पिछले कुछ वर्षों से हो रही सरकारी ज्यादतियों के खिलाफ है हमारा यह जंगल आंदोलन। आप लोग जानते होंगे कि उन्नीस सौ तिहत्तर में केंदु पत्ता व्यवसाय को राष्ट्रीयकृत कर दिया गया है। केंदु पत्ता, जिससे आप लोग बीड़ी बनाते थे, जो आप लोगों के रोजगार का एक महत्त्वपूर्ण जरिया था, आप लोगों की पहुंच से दूर हो गया। सरकार के इस कदम से आप लोगों में से कितनों की ही रोजी रोटी छिन गयी होगी। छिन गयी है न?''

– ''अलबत् छिन गयी है।'' भीड़ में से ढेर सारे लोगों की आवाजें आतीं तो भाषण देने वाले को बल मिलता। वे कहते–

''मगर इतने से भी बिहार सरकार का मन नहीं भरा और सन् 1976 में हमारे सिंहभूम के सारंडा, कोल्हान, पोराहाट जैसे वन क्षेत्रों में विश्व बैंक के सहयोग से वन विकास निगम (फॉरेस्ट डेवेलॅपमेन्ट कॉरपोरेशन) की स्थापना कर दी गयी। कॉरपोरेशन ने करीब एक लाख बयानबे हजार हेक्टेयर जमीन को लीज़ पर लेकर जमीन पर लगे साल, महुआ, कुसुम, करंज, इमली जैसे हम आदिवासियों के घरेलू उपयोग के पेड़ों को काटना आरंभ किया। वन विभाग के अंतर्गत पड़ने वाले जंगलों के साथ साथ हम आदिवासियों के अनेक खूंटकट्टी गांवों की परिधि में पड़ने वाले जंगलों को भी काटना हमें नागवार गुजरा। ये वैसे गांव थे, जिन पर भारत के स्वतंत्र होने से पहले और बाद में वन विभाग द्वारा कब्जा कर लिया गया था। कॉरपोरेशन को इससे कोई फर्क नहीं पड़ता था क्योंकि साफ किये गये जंगल में वे व्यावसायिक दृष्टिकोण से ज्यादा लाभदायक और जल्द बढ़ने वाले पेड़, जैसे– सागवान (टीक), यूकलिप्टस आदि लगाने लगे। इन पेड़ों से न तो हम आदिवासियों का कोई सांस्कृतिक जुड़ाव है और न ही कोई आर्थिक लाभ।...''

– ''सही कहा आपने। उन पेड़ों से हमें कोई लाभ नहीं। सिर्फ हानि ही हानि है।'' भीड़ में फिर सुगबुगाहट होती।

– ''इसीलिए तो हम अपने को ठगा सा महसूस करने लगे। हद तो तब हुई जब इसके एक वर्ष बाद साल के बीजों पर सरकार ने अपना अधिकार जमा लिया और फिर तीन साल बीतते न बीतते जंगल की तमाम लघु वनोपजों को भी राष्ट्रीयकृत करके पूरा व्यापार ही अपने हाथों में ले लिया।...''

– ''तभी तो इलाके में बाहरी अधिकारी, कर्मचारी, नेता, ठेकेदार और बिचौलियों की भरमार हो गयी। कॉरपोरेशन और सरकार की संपत्ति को निजी संपत्ति समझकर वे निर्ममता से जंगल को लूटने लगे और सदियों से जंगल पर

आश्रित हम गरीब आदिवासी अपने घरेलू उपयोग की रोजमर्रा की सामान्य चीजों से भी वंचित कर दिए गए। हमारा घरेलू उद्योग तहस नहस हो गया।...''

– ''इसीलिए तो स्वाभाविक रूप से विभिन्न इलाकों में विरोध पनपने लगा। आप लोग भोले हैं। तमाम अत्याचारों को चुपचाप सहते आ रहे हैं। पर अब वक्त आ गया है विरोध जताने का। अपने अधिकारों के लिए लड़ने का। कोल विद्रोह में अंग्रेजों के छक्के छुड़ाने वाले वीरों के वंशजों! आइए, आप लोग भी हमारे साथ इस आंदोलन में शामिल होइए...''

...और इस तरह काफी संख्या में प्रभावित क्षेत्र के आदिवासी उनके साथ जंगल आंदोलन में कूद पड़ते। कूदने से पहले, आंदोलन में शामिल होने का निर्णय लेने से पहले आपस में विचार विमर्श, सलाह मशवरा करते, एक दूसरे से सवाल करते–

– ''जंगल के बिना हम जिएंगे कैसे? हमारी झोपड़ी, खटिया बनाने की लकड़ी और रस्सी जंगल से आती है। साल पत्ते में हम और हमारे बोंगा, हमारे देसाउलि डियंग पीते हैं, खाना खाते हैं। जब धान नहीं होता, तब जंगली फल, मूल, कंद आदि खाकर ही तो हम पेट भरते हैं। उनके साथ साथ लाह, तसर गुटि, करंज के बीज, दोना पत्तल आदि बेचकर चावल, नमक इत्यादि खरीद लाते हैं। साल की लकड़ी और पत्तों के बिना शादी ब्याह से लेकर जन्म मृत्यु तक का कोई भी संस्कार संभव है क्या?...''

– ''जंगल में हमें घुसने ही नहीं दिया जाएगा और हमारे इस्तेमाल के लायक कोई पेड़ पौधा ही नहीं छोड़ा जाएगा तो हम अपने पशुओं को चराएंगे कहां? अपने ही पशुओं से अपने खेतों की फसल को बचाने के लिए खेत के चारों ओर बाड़ा लगाने हेतु टहनियां कहां से लाएंगे? बैलगाड़ी, हल, कुदाल, कुल्हाड़ी या हंसुआ जैसे खेती के औजारों में प्रयुक्त होने वाली लकड़ियों का जुगाड़ कहां से करेंगे?...''

– ''सूप, टोकरी या चटाई कैसे बुनेंगे? रूगड़ा, खुखरी, हउ पोड़ोम, बुरदुड़, डियंग बनाने का रानु और बीमारों को ठीक करने की जड़ी बूटियां भी तो जंगल से ही आती हैं। जंगल में ही नाच गाकर, खेल कूदकर, शिकार करके हमारे बच्चे बड़े होते हैं। जंगल आते जाते ही वे अपने बड़ों से अपनी संस्कृति, अपनी परंपराओं, रीति रिवाजों, और संस्कारों के बारे में जानते हैं, सीखते हैं। हमारा पूजा स्थल सरना, हमारी मिलन स्थली...हमारे नाच गान और मनोरंजन की जगह– अखड़ा, हमारी ससनदिरी– जहां हमारे मृत पुरखों की निशानी के रूप

में गड़े हुए खड़े पत्थर हमें हमारे प्रियजनों से जोड़े रखते हैं, इन जंगलों के बीच ही तो हैं। जंगल हमारा भगवान है। हमारा बिर बोंगा...बुरू बोंगा...। इसके साथ किसी प्रकार की छेड़ छाड़ हम बर्दाश्त नहीं करेंगे। और न ही इससे वंचित होकर जीना चाहेंगे। हमें कुछ करना ही होगा।...''

— ''मगर क्या?''

— ''आंदोलन! अब आंदोलन के बगैर कोई चारा नहीं।''

...और सिंहभूम का यह विख्यात 'जंगल आंदोलन', जो पोराहाट से आरंभ हुआ था, तेजी से दूर दूर तक फैलने लगा था। पोराहाट से आरंभ होने का कारण यह था कि पोराहाट के गोइलकेरा और सोनुवा ब्लॉक में भी कॉरपोरेशन द्वारा आदिवासियों के लिए बहुमूल्य साल, करंज, कुसुम, महुआ, इमली आदि के पेड़ों को काटकर सागवान लगाया जा रहा था। और तो और, कॉरपोरेशन द्वारा नियुक्त आदिवासी मजदूरों को भी सही मजदूरी नहीं दी जा रही थी। अनेक बार मजदूरी के रूप में दिए गए गेहूं सड़े हुए होते थे। कॉरपोरेशन के अधिकारी तथा कर्मचारियों द्वारा मजदूरों तथा उनकी औरतों के साथ बदसलूकी की जाती थी। उच्चाधिकारियों से शिकायत करने पर कोई लाभ तो होता ही नहीं था, उल्टे उन्हें ही झूठे केस में फंसाकर मजा चखाया जाता।...तो कॉरपोरेशन का काम रोकने के लिए ही विरोध आरंभ हुआ।

— ''कॉरपोरेशन की स्थापना के पहले जंगल से अपने इस्तेमाल की चीजें लेने में हमें कभी इतने विरोध का सामना नहीं करना पड़ा था।...'' स्थानीय आदिवासी कहते। अतः विरोधस्वरूप होने लगे घेराव, आक्रमण, मारपीट और अपहरण की घटनाएं। कई प्रखंडों में वन विभाग, वन निगम तथा ठेकेदारों के लिए आदिवासी मजदूरों ने काम करना बंद कर दिया तो प्रशासन द्वारा उन्हें वहां से उजाड़ दिए जाने की धमकियां दी जाने लगीं। इलाके के विभिन्न हाटों में आदिवासियों ने महसूल देना बंद कर दिया तो कहीं कहीं बंदूक की नोक पर वसूली होने लगी। फिर भी न देने पर लोगों को गिरफ्तार भी किया जाने लगा। हालांकि आदिवासियों के तेवर देख ज्यादातर ठेकेदार अब महसूल वसूलने का ठीका लेने में ही डरने लगे थे। इस बीच सिंहभूम जंगल मजदूर संघ के प्रतिष्ठाता और झारखंड पार्टी के जुझारू नेता शैलेन्द्र महतो तथा देवेन्द्र मांझी के नेतृत्व में गोइलकेरा, सोनुवा, बंदगांव, चाइबासा, मनोहरपुर, चक्रधरपुर आदि इलाकों के हजारों आदिवासियों ने पारंपरिक अस्त्र शस्त्रों से लैस होकर चाईबासा स्थित सिंहभूम के उपायुक्त के कार्यालय के सामने प्रदर्शन किया था। उनकी पहली और

सबसे प्रमुख मांग थी– "फॉरेस्ट डेवलॅपमेंट कॉरपोरेशन को बंद किया जाये।" प्रदर्शनकारी लगातार नारा लगा रहे थे– "झारखंड राज्य को बिहार से अलग करो..."

– "अलग करो! अलग करो!..."

– "बिहार वन विकास निगम को बंद करो..."

– "बंद करो!...बंद करो!..."

– "आदिवासियों पर जुल्म शोषण बंद करो..."

– "बंद करो! बंद करो!..."

– "जय झारखंड!..."

– "जय झारखंड!..."

यह घटना सतरह अगस्त उन्नीस सौ अठहत्तर की थी और सगेन भी अपनी कुई कुकु के भाइयों और उनके साथियों के साथ इस जुलूस में शामिल हुआ था। खाली हाथ नहीं। तीर धनुष लेकर...।

लगातार किए जा रहे धरना प्रदर्शन, घेराव वगैरह वगैरह से जब कोई फायदा नहीं हुआ तो प्रभावित इलाके के आदिवासियों ने 'सागवान (टीक) कटाई आंदोलन' आरंभ किया। 'साल बनाम सागवान' आंदोलन के नाम से मशहूर हुआ यह। अक्टूबर की दूसरी तारीख से लगातार सेरेंगदा, बुरूगुलिकेरा, बंसकट्टा, सोनुवा, गोइलकेरा जैसे विभिन्न इलाकों में कॉरपोरेशन की टीक नर्सरियों को कब्जे में लेकर टीक के पौधों को, मालियों के रहने के लिए बनाई गयी झोपड़ियों को, सिंचाई के लिए लगाए गए पंप सेटों को आदिवासियों की भीड़ द्वारा नष्ट किया जाने लगा। सगेन को इन गतिविधियों में बड़ा मजा आने लगा था। इसलिए वह बढ़ चढ़कर हिस्सा लेता।

इस बीच कराइकेला इलाके के मचुआ गगराई ने करीब सड़सठ गांवों के आदिवासियों को संगठित किया और जंगल के पेड़ों को काटकर खेत बनाना आरंभ कर दिया। उसका तर्क था– "इन जंगलों पर हमारा पारंपरिक अधिकार रहा है। जब बाहरी लोग आकर जंगल साफ करके अपने लाभ के लिए सागवान उगा सकते हैं तो पेड़ काटकर हम क्यों नहीं कर सकते खेती?"

फिर तो जंगल की आग की तरह यह बात फैली और धड़ाधड़ जंगली इलाकों के पेड़ कटने लगे...खेत बनने लगे...उन खेतों को जोता जाने लगा...

सींचा जाने लगा...और मनोहरपुर...सोनुवा...गोइलकेरा...बंदगांव...चक्रधरपुर जैसे विभिन्न इलाके संक्रमित होते चले गये।

...इस तरह से एक चरणबद्ध आंदोलन आरंभ हो चुका था। अब इलाके के कुछ आदिवासी निडर होकर प्रशासन से अपने पूर्वजों की उन जमीनों की वापसी का दावा भी करने लगे थे जिन्हें उनसे छीन लिया गया था। यह दावा सर्वप्रथम पोराहाट स्थित सोंगरा रेंज के सियोमारी इलाके के सुले पूर्ति ने किया। यह वो इलाका था जहां किसी समय ब्रिटिश पुलिस की गिरफ्तारी से बचने के लिए धरती आबा बिरसा मुंडा आकर छिपे थे। जब सुले पूर्ति से पूछा गया कि अगर यह जमीन तुम्हारे पुरखों की है तो अवश्य ही तुम्हारे पास जमीन के पट्टे होंगे। दिखाओ?

तो सुले ने निर्भीकता से कहा– "हम कागज कलम की भाषा नहीं जानते। जंगल के बीच, जहां जहां हमारे गांव थे, वहां वहां ससनदिरी (कब्र) में हमारे पुरखों की निशानी के रूप में गाड़े गए खड़े पत्थर ही हमारे पट्टे हैं। उजड़े हुए गांवों की निशानी, अखड़ा, सरना स्थल और खेतों के अवशेष ही हमारे पट्टे हैं। घने जंगल के बीच वर्षों पहले अपनी अपनी झोपड़ियों के आसपास हमारे पुरखों द्वारा यत्नपूर्वक लगाये गये इमली, आम, करंज, कुसुम, महुआ आदि के पेड़ ही हमारे पट्टे हैं। हमें हमारी जमीन वापस चाहिए।"

"वापस चाहिए...वापस चाहिए..." मगी डोरइ तथा जोरगो मुंडा के नेतृत्व में सेरेंगदा इलाके के आदिवासियों ने भी कहा। फिर तो धीरे धीरे "हमारे पुरखों की जमीन हमें वापस चाहिए...वापस चाहिए...वापस चाहिए..." की गूंज पूरे पश्चिमी सिंहभूम की वादियों में तारी हो गयी। उस गूंज में सगेन की गूंज भी शामिल थी। सगेन, जिसकी अब मसें भीगने लगी थीं...जो अब गबरू जवान हो रहा था...जो सारंडा के घने जंगल में वर्षों पहले अपने ततंग के साथ जाकर अपने पुरखों के उजाड़े गये गांव के अवशेष को देख आया था। मानवविहीन गांव के अवशेष को। जो ततंग की स्मृतियों में बसा हुआ था और ततंग की मार्फत सगेन की स्मृतियों में भी संचरित हो चुका था। सगेन को भी वापस चाहिए था अपना वह गांव! अपने पुरखों का वह उजड़ा हुआ घर। घर का अदिंग! अदिंग में स्थापित पुरखों की आत्माएं जो इन दिनों न जाने कहां कहां भटक रहीं थीं! उन्हें उनके स्थान पर पुनर्स्थापित करना था उसे। आशीर्वाद लेना था उनसे!

पढ़ाई से ज्यादा राजनीतिक गतिविधियों में रम चुका था सगेन। आखिर क्यों न होता? नौजवानी का जोश था और उन दिनों झारखंड अलग राज्य संयुक्त

मोर्चा के तत्वावधान में आसपास के तमाम इलाकों में बड़ी बड़ी जन सभाएं हो रहीं थीं। बिहार से अलग एक नये राज्य 'झारखंड' के निर्माण की पुरानी मांग के साथ साथ अब जंगल से जुड़ी तमाम नयी मांगें जुड़ गयीं थीं। देवेन्द्र मांझी, शैलेन्द्र महतो जैसे सिंहभूम के जुझारू नेताओं के आह्वान पर आसपास के गांवों के हजारों हजार आदिवासी पारंपरिक अस्त्र शस्त्रों के साथ सभाओं में पहुंच जाते। जगह जगह हड़ताल, घेराव, प्रदर्शन करते। अपनी मांगों को लेकर कभी ये स्थानीय प्रशासनिक अधिकारियों के पास जाते तो कभी प्रधानमंत्री या गृह राज्यमंत्री के पास आवेदन भेजते। कभी कभार यहां की सभाओं को झारखंड आंदोलन से जुड़े निरल इनेम होरो, बिनोद बिहारी महतो, धरम चंद्र मुर्मू तथा शिबू सोरेन जैसे बड़े नेता भी आकर संबोधित करते। इलाके में कानून की अव्यवस्था देख प्रशासन ने पुलिस बल की तैनाती कर दी थी। भीड़ को तितर बितर करने के लिए लाठियां बरसायी जाने लगीं, गोलियां चलायी जाने लगीं जिससे निर्दोष ग्रामीण घायल होने और मारे जाने लगे। छोटे बड़े नेताओं की गिरफ्तारी शुरू हो गयी। अपेक्षित स्थान पर आकांक्षित नेताओं के न मिलने पर निरीह ग्रामीणों पर जुल्म ढाया जाने लगा। आंदोलनकारियों की जबान से अक्सर यह सुनने को मिलता–

"हमें दुःख इस बात का है कि सरकार हम आदिवासियों की इन तमाम गतिविधियों को कानून व्यवस्था भंग किये जाने के नजरिए से देख रही है। इसके नेपथ्य में छिपी हमारी सामाजिक आर्थिक समस्याओं को बिल्कुल नजरअंदाज कर रही है।"

...और यही कारण था कि दबाए जाने के बावजूद आंदोलन भड़कता ही चला गया...

सगेन की राजनीतिक गतिविधियों को लेकर उसके ताऊ ताई, माता पिता आशंकित तो रहते थे मगर विशेष आपत्ति नहीं की कभी। सगेन के पिता खुद ही दूसरों के अधिकारों के लिए लड़ते लड़ते जेल जा चुके थे, तो सबने लगभग यह मान ही लिया था कि उसके खून में विद्रोह है।

राजनीतिक उठापटक के बीच ही सगेन ने मैट्रिक पास कर लिया। उसके ताऊ उसे आगे भी पढ़ाना चाहते थे इसलिए उधर के ही एक अच्छे कॉलेज में दाखिला करवा दिया। कॉलेज घर से काफी दूर था। साइकिल से लंबी दूरी तय करनी

पड़ती थी उसे। ताई का भाई जोटेया भी साथ जाता। अक्सर कहीं न कहीं सभा, धरना, प्रदर्शन आदि रहता और वे दोनों कॉलेज न जाकर उसी में शामिल होने चले जाते। कभी कभी मौज मस्ती के लिए दोस्तों के साथ सिनेमा जाने का कार्यक्रम भी बन जाता। मरंग गोड़ा में कोई सिनेमा हॉल नहीं था। खास मौकों पर एक बड़े से मैदान में सफेद पर्दा टांगकर दिखाई जाती थीं फिल्में। मुफ्त की फिल्में। फिल्म शुरू होने से काफी पहले ही दोस्तों के साथ मैदान में जाकर जमीन पर बैठने की जगह घेरते थे वे लोग। अक्सर प्रोजेक्टर मशीन चलते चलते अचानक बीच में ही खराब हो जाती थी तो रात रात भर वहीं जमे रहते थे मशीन ठीक होने की उम्मीद में। उन दिनों उसमें भी कम मजा नहीं आता था। मगर जबसे सिनेमा हॉल का मजा चखा है, पिछला मजा फीका पड़ गया है। मजा भी समय सापेक्ष होता है। बेहतर चीजों का स्वाद चखने से पहले उससे कमतर चीजें ही बेहतर लगती हैं।

अनजाना खौफ

सगेन रह तो रहा था पश्चिमी सिंहभूम में। आंदोलन भी कर रहा था यहां के लोगों के साथ मिलकर, यहां की समस्याओं के निदान के लिए लेकिन पूर्वी सिंहभूम के लिए भी...अपने मरंग गोड़ा के लिए भी हमेशा चिंतित रहता। खास तौर पर वहां कुछ वर्षों से हो रही विचित्र बीमारियों को लेकर। जब जब वह घर जाता, किसी न किसी नयी बीमारी के बारे में सुनता। पीड़ित व्यक्ति को देखता। हैरानी होती कि आखिर मरंग गोड़ा में ही क्यों हो रही हैं ऐसी बीमारियां? इधर चक्रधरपुर, चाइबासा या सारंडा के आसपास के इलाकों में तो कभी नहीं दिखे ऐसी बीमारियों के लक्षण? कुछ बीमारियों के तो नाम तक नहीं जानते वहां के लोग। पड़ोसी जनमजय के बेटे का सिर अस्वाभाविक रूप से बड़ा दिखा तो पूछने पर वह कुछ भी नहीं बता पाया। तेतरी की बेटी की भी लगभग वही हालत थी। फर्क सिर्फ इतना था कि उसका सिर धड़ की तुलना में बहुत छोटा था। बुधनी का तो दाहिना हाथ और पांव निरंतर लंबे होते जा रहे थे जबकि बायें हाथ और पैर का विकास अत्यंत मंद गति से हो रहा था। उंकुरा के आठ साल के बेटे के सूखे हाथ पांव वाली देह हर वक्त बिस्तर से लगी रहती। अपने चेहरे पर बैठे मच्छर मक्खी तक को उड़ा पाने की क्षमता खो चुका था वह। एतवारी की मां उसी बीमारी से मर गयी, जिससे ततंग मरे थे। उसके चेहरे, कंधे, पैर आदि पर पहले तो काले काले धब्बे नजर आए, फिर उनमें घाव हो गये। पीब लहू से वे बजबजा उठे। दुर्गंध और असह्य यंत्रणा झेलते हुए एक दिन वह मर गयी– ठीक सगेन के ततंग की तरह। किशोरी एतवारी के कंधे पर मां के हिस्से की तमाम जिम्मेदारियां आ पड़ीं। अब वह अपने से छोटे भाई बहनों को तो संभालती ही है, अपने से चार साल बड़े मंदबुद्धि भाई की भी देखभाल करती है क्योंकि वह खुद के अत्यावश्यक काम तक करने में असमर्थ है। नन्हीं एतवारी की पीड़ा देख सगेन बहुत विचलित हुआ था। हालांकि विचलित करने वाली घटनाओं की कोई कमी नहीं थी। पेट या गर्दन में बड़ी बड़ी गांठें लिये घूमते

बच्चे...डगमगाते कदमों से चलते वीभत्स दानों से पटे शरीर वाले नंगे शिशु...हाथ या पांव में पांच पांच की जगह एक दो या सात आठ उंगलियों वाले मासूम...टेढ़े मेढ़े टहनीनुमा पैरों का ढांचा लिये धूल, मिट्टी, कादो में घिसटते विकलांग...मरंग गोड़ा में राह चलते जहां तहां दिख जाते थे। वह जब जब मरंग गोड़ा जाता, किसी न किसी बच्चे की मौत की सूचना तो मिलती ही, अक्सर किसी ऐसे चाचा चाची, भैया भाभी, दादा दादी वगैरह वगैरह की मौत के बारे में भी पता चलता जिसने एक लंबे समय से खांसते खांसते खून की उल्टी करते हुए बिस्तर पकड़ रखा था।

सगेन का अपना परिवार भी इससे अछूता नहीं था। सगेन के छोटे भाई को एक ऐसी बीमारी हो गयी थी कि जिंदा रखने के लिए हर महीने खून चढ़ाना पड़ता था उसे। पिता को टी.बी. हो गयी थी। ठीक से सुनाई भी नहीं देता था उनको। हाथ पैर थरथराते रहते थे। बाकी लोगों को भी छोटी मोटी बीमारियां लगी ही रहती थीं। हर वक्त एक आतंक के साये में रहना पड़ता था उसे कि पता नहीं कब कौन सी बुरी खबर सुनने को मिल जाए! जब वहां कई घरों में गाय बकरी भी विकलांग पैदा हो रहे थे या जन्म के बाद ही मर जा रहे थे तो इनसानों का क्या भरोसा? जबसे उसने सुना था कि जतरू चाचा की बकरी का जबड़ा और मसूड़ों सहित सारे दांत सड़ गल कर गिर चुके हैं, एक विचित्र खौफ तारी हो गया था उस पर।

लाल पानी लाल खून

देखते देखते कई वर्ष बीत गये। इंटरमीडिएट पास करके सगेन बी.ए. की पढ़ाई करने लगा। पश्चिमी सिंहभूम में राजनीतिक सरगर्मियां दिनोंदिन बढ़ती ही जा रही थीं। सारंडा में साल काटकर सागवान लगाने के खिलाफ तो लोगों का गुस्सा था ही, वहीं गुवा नामक खदान से बड़ी मात्रा में लौह अयस्क के लाल पानी के बहकर आने और ग्रामीणों के खेतों को बर्बाद किए जाने के विरोध में भी लोगों का आक्रोश बढ़ता जा रहा था। और फिर, विस्थापित तथा बेरोजगार स्थानीय लोगों को नौकरी देने की मांग भी जोर पकड़ती जा रही थी। तमाम असंतोष का लावा जब फूटने लगा तो प्रशासन ने उस अंचल को मानो पुलिस छावनी में तब्दील कर दिया। आदिवासियों की सभा में गोलीबारी की जाने लगी। विरोधस्वरूप आदिवासियों ने भी पुलिस पर तीरों की बौछारें की। पुलिसकर्मियों के मारे जाने पर गुस्से में आकर अस्पताल में इलाज करा रहे कई निहत्थे आदिवासियों को खड़ा करके गोलियों से भून डाला गया। 8 सितंबर 1980 को हुए इस गुवा गोलीकांड की गूंज पूरे देश में सुनाई पड़ी।

सिंहभूम के आदिवासियों को पिछले कुछ वर्षों में एक के बाद एक नृशंस गोलीकांडों को झेलना पड़ रहा था– इचाहतु गोलीकांड से लेकर सेरेंगदा, गुवा, तिरूलडीह, कुईड़ा, कुम्बिया, जोजोहतु, सरजोमहतु जैसे इलाकों में हुए गोलीकांडों की एक ऐसी लंबी फेहरिस्त थी कि लगता था जैसे गोलीकांडों का एक अनन्त सिलसिला चल पड़ा है सिंहभूम में। पुलिस द्वारा बिदर नाग जैसे आंदोलनकारियों की सरेआम निर्मम हत्या जैसे कारनामों के द्वारा आंदोलन को जितना दबाने की कोशिश की जा रही थी उतना ही यह उग्र रूप धारण करता जा रहा था।

''शायद वे भूल गये हैं कि ये वही भूमि है जहां कोल विद्रोह...हो विद्रोहों का लंबा सिलसिला चला था और जहां की मिट्टी में उन तीर धनुषधारी वीरों

के लहू की बूंदें मिली हुई हैं जिन्होंने निर्भीकता से तोप बंदूकधारी ब्रिटिश सेना के भी छक्के छुड़ा दिये थे।" आंदोलनकारी फ़ख्र से कहते।

पश्चिमी सिंहभूम के उस आंदोलन को दबाने के लिए नेताओं की गिरफ्तारी होने लगी थी।

चोर काटो डाइन मारो

इधर सगेन की ताई ने अभी तक बच्चे की आस नहीं छोड़ी थी। एक और बच्चे के जन्म की सूचना पाकर सगेन आया था मरंग गोड़ा। मगर तीन दिन बाद ही वह नवजात शिशु चल बसा। हर बार की तरह इस बार भी उसकी ताई टूट सी गयी। रोते रोते बुरा हाल बना लिया अपना।

पहले से अलग इस बार एक नयी और हैरतअंगेज घटना घटी। इस बार उनके आंसू पोंछने कोई नहीं आया। एक औरत भी नहीं।

– "क्या बात है भई?" सगेन को अचरज हुआ। कोई जवाब देने को तैयार न था। सिर्फ एक फुसफुसाहट तारी थी फिजाओं में। बहुत जोर देने पर मां ने मुंह खोला– "यहां के लोगों को पता चल गया है कि तुम्हारी ताई ने डाइन विद्या साध रखी है। इसलिए अब उसके पास जाने से डरने लगे हैं लोग।"

– "क्या?..." सगेन हैरानी से अपनी मां को देखता रह गया था।

– "हैरान क्यों होता है? वह एक डाइन है। वह खुद अपने बच्चों का कलेजा खा जाती है।"

– "क्या बकवास कर रही हो मां?..." इस बार सगेन ने आपे से बाहर होकर उन्हें झिड़क दिया।

– "बकवास नहीं कर रही रे। सब ऐसा कह रहे हैं।"

– "सब कह रहे हैं तो तू भी कहेगी क्या? तूने कभी कुछ देखा है क्या?..." अपनी प्रिय ताई के बारे में निराधार अपवाद सुन सगेन गुस्से से कांपने लगा था।

– "मैंने नहीं देखा तो क्या हुआ। अमावस्या की खास खास रातों में बड़े वाले तालाब की बगल में बरगद के पेड़ के नीचे बैठकर काले जादू का अनुष्ठान करते देखा गया है उसे। कई और औरतें भी उसके साथ थीं। अनुष्ठान के वक्त बीच बीच में वे सभी नंगी होकर नाचने लगतीं और तालाब में डुबकी भी लगा आतीं थीं। सुबह होने से पहले उन्होंने पूरे गांव का चक्कर

भी लगाया था। उनके हाथों में पूजा की हुई सामग्री थी जिसे वे इधर उधर छींटती जा रहीं थीं।''

– ''किसने देखा है?...'' क्रोध से सगेन असंयत होने लगा था।

– ''कइयों ने देखा है।''

– ''उन लोगों का नाम तो बताइए। मैं खुद उनसे मिलकर सच्चाई का पता लगाऊंगा।''

– ''उनमें से कोई भी अब जिंदा नहीं।''

– ''ऐसा कैसे हो सकता है?''

– ''ऐसा ही हुआ है। डाइनों को अनुष्ठान करते हुए देखने वालों को वे जिंदा नहीं छोड़तीं। दूर से ही अदृश्य वाण मारकर पहले बीमार कर देती हैं फिर धीरे धीरे तड़पा तड़पाकर मार डालती हैं। जिसने भी रात में डाइनों को देखने की कोशिश की, वही मरा।''

– ''झूठे हैं सारे लोग। और तू भी झूठी है।''

– ''मैं झूठी हो सकती हूं, मरंग गोड़ा के लोग झूठे हो सकते हैं पर ये बीमारियां, ये मौतें तो झूठी नहीं हो सकतीं न?''

– ''मतलब?...'' सगेन हैरान पर हैरान हुआ जा रहा था।

– ''मतलब मरंग गोड़ा में हो रही तमाम अजीबोगरीब बीमारियों की जड़ में कहीं न कहीं डाइनों का ही हाथ है। और, उन डाइनों की सरगना है तुम्हारी ताई!''

– ''मांऽऽऽऽऽऽऽऽ...'' सगेन अब गुस्से से कांपने लगा था।

– ''गुस्सा छोड़ और शांत होकर पहले सुन मेरी बात।''

– ''क्या सुनूं?'' – ''यही कि तेरी ताई का ननिहाल हो दिशुम के सानकी साई में है न?''

– ''हां है, तो?''

– ''वह जब भी अपने मायके जाती है, वहां से सानकी साई भी चली जाती है न अपनी नानी से मिलने?''

– ''हां जाती है। तो उससे क्या हुआ?''

– ''तो क्या तुझे पता नहीं कि सानकी साई को पूरे इलाके में डाइनों के अड्डे के रूप में जाना जाता है? नाजोम हतु कहते हैं उसे? उस गांव के लोगों के अनिष्टकारी ज्ञान और शक्ति से डरते हैं आसपास के गांवों के लोग?''

– ''बकवास है यह सब।''

— ''बकवास नहीं है रे। ओझा ने खुद कहा है। अपनी नानी से सीख कर आती है वह डाइन विद्या और यहां आकर जादू टोना करती है। यहां की कई औरतों को भी सिखा दी है उसने यह विद्या। तभी तो इतने लोग बीमार पड़ रहे हैं। डाइन अपने पराये किसी को नहीं छोड़ती। तेरी ताई भी नहीं छोड़ रही।''

— ''किसने कहा?''

— ''देवां (ओझा) ने। वे कहते हैं उसकी नजर बुरी है। वह जिस पर नजर डालती है वह बीमार हो जाता है।''

— ''मैं तो बीमार नहीं हुआ।''

— ''शुभ शुभ बोल बेटा। उसका कोई भरोसा नहीं। भात या डियंग के साथ मिलाकर भी वह कुछ खिला सकती है। दूर से मंत्र फूंक कर भी नाजोम कर सकती है। आदमी तो आदमी, जानवरों और पेड़ पौधों को भी नहीं बख्श रही है वह! तू चाइबासा चला जा बेटा। यहां रहेगा तो पता नहीं कब उसका दिमाग फिर जाए और तुझे भी कुछ कर दे।''

— ''अगर उसे सच में कुछ करना आता न तो सबसे पहले मुझे ही मार डालती। इतना प्यार नहीं करती मुझसे।''

...सगेन बार बार अपनी मां को समझाता रहा मगर वह अपनी बात पर अड़ी रही।

मां चाहे कुछ भी कहे, अपने ताऊ ताई की नेकनीयत पर कोई शक नहीं था उसे। उनकी चेष्टा से ही आज वह इंटरमीडिएट तक की पढ़ाई पूरी करके बी.ए. की पढ़ाई कर रहा था। उसे अपनी ताई की गतिविधियों में कुछ भी संदेहजनक नहीं लगा था कभी। फिर भी पता नहीं क्यों मरंग गोड़ा के लोग अपने यहां हो रही रहस्यमय बीमारियों और मौतों के लिए उसकी ताई को जिम्मेदार ठहरा रहे थे। सगेन परेशान रहने लगा था। लोगों को लाख समझाता, अपनी ताई के पक्ष में दलीलें देता पर कोई उसकी बात मानने को तैयार ही नहीं था। निराश होकर वह चाइबासा लौट गया।

इस बार उसका मन किसी काम में नहीं लग रहा था। न पढ़ाई में और न ही राजनीतिक गतिविधियों में। वह सोचता, इस अंधविश्वास से कैसे मुक्त होगा हमारा समाज? मरंग गोड़ा में तो फिर भी जानलेवा बीमारियों का प्रकोप है मगर जिन इलाकों में ऐसा नहीं है, उन इलाकों में भी तो छोटी बड़ी बीमारियों और

मौतों के लिए 'डाइन' का इल्जाम लगाकर निर्दोषों को सताया जा रहा है। पूरा 'हो दिशुम' इसकी चपेट में है। पहले भी था पर इतना ज्यादा नहीं। इधर जबसे सूखा, अकाल, शोषण, अत्याचार, चोरी, डकैती की घटनाएं बढ़ी हैं, तबसे इनके पीछे के असली कारणों को अनदेखा करके सारा दोष इन निरीह औरतों या कभी कभार किसी पुरुष के माथे मढ़कर उन्हें प्रताड़ित किया जाता है। सगेन को इस बात पर आश्चर्य होता है कि ऐसे ग्रामीण, जो अलग झारखंड राज्य के लिए किए जा रहे आंदोलन या जंगल बचाओ आंदोलन में सक्रिय हैं, भी इस अन्याय के खिलाफ आवाज नहीं उठाते, बल्कि इसमें शामिल हो जाते हैं और इसमें सिर्फ अनपढ़ों की ही नहीं, पढ़े लिखे लोगों की भी अच्छी खासी भागीदारी होती है।

हद तो तब हुई जब अपराधियों और असामाजिक तत्वों से समाज को मुक्ति दिलाने के नाम पर 'ग्राम रक्षादल' की स्थापना की गयी और इस दल के लोगों ने 'चोर काटो, डाइन मारो' का नारा देते हुए न सिर्फ चोरों को, बल्कि तथाकथित डाइनों को भी मारना काटना आरंभ कर दिया। उन्नीस सौ तिरासी से आरंभ हुई इस जघन्य कार्रवाई में सैकड़ों स्त्री, पुरुष और बच्चों को मार डाला गया। समूचे सारंडा, कोल्हान, पोराहाट क्षेत्र में तो ये घटनाएं होने ही लगीं, आसपास के इलाके भी इससे अछूते नहीं रहे। चोर और डाइन बताकर कई लोग अपने पुराने दुश्मनों को खत्म करने लगे। उनकी संपत्ति हड़पने लगे। सबसे ज्यादा और नृशंस घटनाएं कराइकेला, टोन्टो, मंझरी, सोनुवा आदि इलाकों में हुईं। समाज के शुद्धिकरण के नाम पर आम लोगों के साथ साथ नेताओं द्वारा भी किए जा रहे इस कुकृत्य ने सगेन को उस इलाके की राजनीति से विमुख कर दिया। अब उसे हर वक्त यही डर लगा रहता कि कहीं मरंग गोड़ा के लोग भी उन्मत्त होकर उसकी कुइ कुकु पर हमला न कर दें।

लुकु लुकुमी और सृष्टि की आदिकथा

स्थानीय राजनीति से विमुख होने के और भी कई कारण थे सगेन के पास। बड़े नेताओं की गिरफ्तारी के बाद आंदोलन धीमा पड़ने लगा था। जंगल कटाई आंदोलन के शुरुआती दिनों में जो जज्बा, जो त्याग और समर्पण का भाव था नेताओं और कार्यकर्ताओं में, वह भी अब बहुत कम दिखाई देता था सगेन को। कइयों की नीयत पर तो अब शक होने लगा था उसे। अफवाह थी कि ग्रामीणों को उकसाकर कटवाई गयी हजारों एकड़ जमीन पर लगे कीमती पेड़ों को ठेकेदारों और टिंबर व्यावसायियों के हाथों बेचकर कुछ छुटभैये नेता और दलाल लाखों रुपये कमा रहे हैं। पिछले दो वर्षों में इलाके के करीब चालीस हजार एकड़ में लगे वृक्ष कट चुके हैं। बिर बोंगा...जंगल देवता के साथ विश्वासघात? नहीं रहना है ऐसे लोगों के साथ उसे। तो क्या करे वह! कहां जाए! कॉलेज की पढ़ाई अधूरी छोड़कर यहां से जा भी नहीं सकता। ताऊ ताई नाराज होंगे। मरंग गोड़ा में भी स्थिति विकट है। पहले की तरह वहां जाने का मन नहीं करता। इसलिए कभी कभी मन बहलाने के लिए सारंडा ही चला जाता जहां ततंग के बड़े भाई का परिवार रहा करता था। ततंग के बउ और हिलि जिंदा थे अब भी। अपने भाई के प्यारे पोते को वे सर आंखों पर बिठाए रखते। सगेन वहां जाकर अपने हमउम्र चचेरे भाइयों के साथ जंगल की सैर करता, गुलेल मारकर छोटे मोटे पक्षियों का शिकार करता, नदी से मछलियां पकड़ता, उस अधसूखे दलदल की स्प्रिंगनुमा जमीन पर झूला झूलता जहां वर्षों पहले उसकी जियंग (दादी) डूबते डूबते बची थी। और, अपने प्रिय ततंग को याद करता।

ततंग जब जीवित थे, तब यहां आकर हमेशा ऐसी चीजें पकाने की फर्माइश किया करते जो यहां के जंगलों में बड़ी आसानी से मिला करती थीं और वे बड़े शौक से उन्हें खाया करते थे। ततंग की देखा देखी सगेन को भी इनका चस्का लग गया था। तो ततंग की मौत के बाद भी जब जब सगेन यहां आता, वैसे व्यंजन जरूर बनते। लघु वनोपजों के इस्तेमाल पर प्रतिबंध लगा दिए जाने के

बावजूद, अक्सर खतरा उठाकर जंगल की छोटी मोटी चीजें ले आते थे आदिवासी। ततंग की हिलि सगेन से कहतीं– "इन दिनों जंगल में मिट्टी के टीलों से बुरदुड़् (फतिंगा) निकल रहे हैं। तेरे ततंग तो बड़े चाव से खाते थे। तू खाएगा?" बुरदुड़् के नाम से सगेन के मुंह में पानी आ जाता। वह ना नहीं कर पाता। सगेन की सहमति पाकर ततंग की हिलि अपने पोते से कहतीं– "जा तो, जंगल जाकर चुपके से निकाल ला बुरदुड़्।"

और, अपनी दादी के कहने पर पोता पूरी तैयारी के साथ चल पड़ता बुरदुड़् लाने। सगेन भी साथ हो लेता।

जंगल में स्थित झोपड़ियों के आसपास बहुत देर तक ढूंढ़ने पर आखिर मिट्टी का ऐसा टीला दिख ही जाता जिसमें बुरदुड़् मिलने की संभावना होती। हिलि का पोता पास से उसका मुआयना करके कहता–

– "सही वक्त पर आए हैं हम। टीले के मुंह से बाहर निकलने का रास्ता बनाया है इन्होंने। अब रातों को जलती ढिबरी के इर्द गिर्द फड़फड़ाकर जान देने की तैयारी में हैं ये। उससे पहले ही हमें इन्हें भूनकर खा लेना है। है कि नहीं?"

– "बिल्कुल! वैसे भी तो ये मरने ही वाले हैं। हमें पाप नहीं लगेगा।" सगेन जोड़ता और दोनों मिलकर टीले से फतिंगा निकालने की प्रक्रिया में व्यस्त हो उठते। सबसे पहले टीले के मुंह को, जहां पहले से ही फतिंगों ने बाहर निकलने का रास्ता बना रखा होता, साफ किया जाता। फिर साल पत्ते का एक कोकोम्बा (चोंगा) बनाकर टीले के मुंह पर लगा दिया जाता। कोकोम्बा लगाने से ठीक पहले शहतूत के रस से बनाई गयी दवा को टीले के खुले मुंह पर बने रास्ते में छींट दिया जाता। दवा छींटते ही टीले से फतिंगे निकल निकल कर कोकोम्बा में इकट्ठे होने लगते। वे ढेर सारे फतिंगा लेकर घर लौटते। हल्की आंच में गर्म करके एक सूप में रखकर हल्के हाथों से रगड़ने पर फतिंगों के पंख अलग हो जाते। सूप को फटककर उन्हें उड़ा दिया जाता। भुने चावल के साथ भुना हुआ पंखहीन फतिंगा खाकर मजा आ जाता सगेन को।

मरंग गोड़ा की तरह सारंडा और उसके आसपास के कुछ इलाकों में भी वर्षों से कई छोटी बड़ी कंपनियों द्वारा खनन कार्य किया जा रहा था। फर्क सिर्फ इतना था कि यहां के अधिकतर पहाड़ों से यूरेनियम नहीं, बल्कि लोहा निकलता था। सगेन के ततंग के बड़े भाई के परिवार के सारे समर्थ औरत मर्द इन्हीं खदानों में मजदूरी किया करते। ततंग की हिलि को इस बात का बड़ा अफसोस था। एक

बार बोलीं– "जो काम हमारे सिंगबोंगा को, हमारे पुरखों को बिल्कुल पसंद नहीं था, आज पेट भरने के लिए हमें वही करना पड़ रहा है।"

– "ये आपको किसने कहा कि हमारे पुरखों को या सिंगबोंगा को ये काम पसंद नहीं था?"...सगेन को हैरानी हुई तो पूछा।

– "हमारी लोककथाओं में है न! तुमने कभी सुनी नहीं?"

– "क्या?"

– "यही कि आदिम काल में इस 'हो दिशुम' में आते समय रास्ते में पड़ने वाले जंगलों में असुर लोग रहा करते थे।"

– "वो तो मैं जानता हूं।"

– "तो ये भी जानते होगे कि उनका काम था पत्थरों से लोहा निकालना। लोहे को भट्ठी में पिघलाकर औजार बनाना।"

– "हां। ये तो असुरों का पेशा था। आज भी है।"

– "मैं आज की बात नहीं कर रही। मैं तो उस प्राचीन काल की बात कर रही हूं जब वे हमारे आसपास रहते थे।" ततंग की हिलि की आवाज में थोड़ी सी तल्खी आयी मगर तुरंत ही संभल गयीं वे और बोलीं, "हां तो उन दिनों वे उन इलाकों के हरे भरे जंगल के पेड़ पौधों को काटकर लोहे की भट्ठी में झोंका करते। धीरे धीरे बड़ी संख्या में जंगल के पेड़ पौधे नष्ट होने लगे। धुएं से होनेवाले प्रदूषण के कारण जीव जन्तुओं का नाश होने लगा। सभी प्राणी परेशान हो उठे। सिंगबोंगा से प्रार्थना करने लगे कि वे उनकी रक्षा करें।"

– "फिर सिंगबोंगा ने क्या किया?"

– "उन्होंने अपने दूतों के मार्फत बारी बारी से असुरों के पास पैगाम भेजा कि वे लोहा गलाने का काम बंद करें।"

– "कौन लोग थे सिंगबोंगा के दूत?"

– "लङ्, हंस, सोनादीदी तथा चन्दाकुई नामक पक्षी। पर जब असुरों ने उन देवदूतों की बात नहीं मानी तब सिंगबोंगा ने अपने उड़ने वाले घोड़े को भी उन्हें समझाने के लिए भेजा। जब असुरों ने इनमें से किसी की बात नहीं मानी और अपना काम करते रहे...जंगल का विनाश करते रहे, तब सिंगबोंगा को उन पर अत्यंत गुस्सा आया। उन्होंने खुद जाकर उन्हें मजा चखाने का निर्णय लिया।"

– "फिर?"

– "फिर उन्होंने एक खुजली वाले नौकर का रूप धारण किया और असुरों की बस्ती में जाकर एक बूढ़ा बूढ़ी के घर में काम करना आरंभ किया। वहां काम

करने के दौरान सिंगबोंगा ने कई चमत्कार कर दिखाये पर कोई उन्हें पहचान नहीं पाया। एक दिन असुरों ने उस खुजली वाले नौकर को मारने के लिए उसे लोहे की भट्ठी में डाल दिया। जब थोड़ी देर बाद वह बिना जले भट्ठी से सोना लेकर बाहर निकल आया तो असुर भौंचक्के रह गए। सोने के लालच में वे सभी भट्ठी में कूद पड़े और जलकर भस्म हो गए। इस तरह चालाकी से सिंगबोंगा ने जंगल का नाश करने वालों का नाश किया था।...'' बताते बताते ततंग की हिलि के चेहरे पर दहशत की लकीरें उभर आयीं थीं।

''इस कथा की याद आते ही मुझे बड़ा डर लगता है रे। आज हमारे घर के तमाम औरत मर्द भी तो यही कर रहे हैं। हे सिंगबोंगा! इनसे नाराज मत होना!''...कहकर ततंग की हिलि ने अदृश्य सिंगबोंगा को प्रणाम किया था। उनकी आंखों के सामने से हमेशा की तरह अगले दिन सुबह भी घर के सारे समर्थ सदस्य लोहा खदान तथा लोहा मिलों में काम करने निकल पड़े थे। बहुत बड़े पैमाने पर जंगल का नाश करने वाली...वातावरण को प्रदूषित करनेवाली लोहा खदानों तथा मिलों में...

जब वे लोग काम पर जाते तो सगेन भी अक्सर उनके साथ काम पर चला जाता। दैनिक मजदूरी से जो पैसे मिलते, उससे थोड़ा चावल, थोड़ी सब्जी या कोई और सामान लेकर घर लौटता ताकि रोज कमाकर खाने वाले उस गरीब परिवार पर वह बोझ न बने। किसी किसी दिन काम पर न जाकर अकेले ही जंगल की ओर निकल पड़ता। दूर ज्यादा घने जंगल की ओर जाने की सख्त मनाही थी घरवालों की, इसलिए आसपास के जंगल में ही समय बिताने के लिए देर तक इधर उधर भटकता रहता। अपने ततंग से सुनी जंगल संबंधी तमाम बातों को याद कर करके उनके रेशों को पकड़ने की कोशिश करता। खाने पकाने के लिए जंगल से कोई सामग्री मिलती तो उसे घर ले जाता।

ऐसे ही एक बार वसंत में, जब वसंतोत्सव 'बा पोरोब' (सरहुल) मनाने वह सारंडा आया, एक दिन अकेले ही जंगल में घूमते घामते नदी की तरफ निकल गया। चारों तरफ सन्नाटा था। छोटे बड़े पत्थरों के बीच से रास्ता बनाकर बहते पानी की कलकल ध्वनि वातावरण को संगीतमय बना रही थी। अचानक उसकी नजर नदी किनारे बैठी एक लड़की पर पड़ी। लड़की की पीठ उसकी तरफ थी। मिट्टी का एक घड़ा रखा हुआ था उसके पास। लड़की एक छोटे से पत्थर पर कपड़ा फींचने में मशगूल थी। उसके भीगे हुए घुंघराले बाल नंगी पीठ पर

बेतरतीबी से छितरे हुए थे और उसके हिलने डुलने से इधर उधर हो रहे थे। सगेन को यह देख हैरानी हुई कि वह लड़की उसी साड़ी के आधे हिस्से को फींच रही है, जिससे उसने अपनी कमर के निचले हिस्से को लपेट रखा है। पता नहीं सगेन के मन में एकाएक क्या विचार आया कि वह एक पेड़ की ओट में खड़ा होकर उसे देखने लगा। साड़ी के आधे हिस्से को फींचकर धो लेने के बाद वह लड़की उसे रेत पर पसारने लगी सुखाने के लिए। अब उसका चेहरा सगेन की ओर था। प्यारा सा चेहरा। बड़ा ही आकर्षक। सगेन को भा गया। वह एकटक उसे देखता रहा। साड़ी सूखने तक वह वहीं बैठी रही। फिर साफ हिस्से को पहनकर बाकी के आधे हिस्से को फींचने बैठ गयी। अब फिर से उसकी पीठ सगेन की तरफ हो गयी थी। धूप में चमकती सांवली सी पीठ। इस बार उसकी पीठ पर बाल फैले हुए नहीं थे। हाथों से ही बालों को लपेटकर जूड़ा बना लिया था उसने। बिल्कुल कसा हुआ एकतरफा जूड़ा। बाएं कान के ठीक पीछे। बालों की ऊपरी परत के नीचे सलीके से ठूंसा हुआ। जूड़ा बनाते वक्त बालों से टपकी पानी की बूंदें पीठ पर सरक रही थीं। कानों के बड़े बड़े छेद में डाले हुए सिगरेट की तरह मोटे और लंबे लंबे सफेद चिकने पुंइ डंठल उसकी सुंदरता बढ़ा रहे थे।

''क्या ये लड़की घर से आते वक्त हड़बड़ी में दूसरी साड़ी लाना भूल गयी है या इसके पास सिर्फ एक ही साड़ी है?'' सगेन ने सोचा, ''बहुत गरीब होगी बेचारी। तभी एक जाकिट (ब्लाउज) तक नहीं है इसके पास। आसपास ही कहीं रहती होगी। इसीलिए घड़ा लेकर आयी है पानी भरने।''

लड़की ने नदी से सीधे सीधे पानी नहीं भरा। किनारे की रेत पर अपने हाथों से गड्ढा करके पहले सुड बनाया फिर रेत के बीच से अपने आप छनकर सुड में इकट्ठा हुए साफ पानी को घड़े में भरा और घड़े को कमर पर रख जंगल के ऊबड़ खाबड़ रास्ते पर बनी पगडंडी के बीच से होते हुए न जाने कहां गायब हो गयी।

अगले दिन जब सगेन जंगल की तरफ निकला तो उसके कदम अपने आप नदी की ओर बढ़ने लगे और ठीक उसी जगह पर जाकर रुके, जहां से उसने उस लड़की को देखा था। देर तक इंतजार करने पर भी जब वह लड़की नहीं दिखी तो वह घर लौट आया। लगातार तीन दिनों तक उस लड़की की प्रतीक्षा करने के बाद उकताकर वह यूं ही नदी के किनारे किनारे चलने लगा। कभी सूखे...भीगे...चमकीले बालू पर! तो कभी नदी के रास्ते में आए छोटे बड़े

चिकने पत्थरों पर! उछलते हुए...उन्हें लांघते हुए...एक पत्थर से दूसरे पत्थर पर लंबी छलांग लगाते हुए...

थोड़ी ही देर में वह उस झरने के पास जा पहुंचा, जिस झरने का पानी पहाड़ से गिरकर इस नदी के रूप में बह रहा था। काफी देर से धूप में चलते रहने के कारण पसीना पसीना हो गया था वह। ऊंचे ऊंचे पहाड़ और पेड़ पौधों से घिरी उस अत्यंत मनोरम जगह पर आते ही ठीक झरने के नीचे के पत्थरों पर बैठकर नहाने की इच्छा होने लगी। झरने के नीचे एक जलाशय जैसा बन गया था। झरने तक पहुंचने के लिए उस जलाशय में उतरना जरूरी था। अपनी कमीज खोलकर जैसे ही उसने पानी में छलांग लगायी, पीछे से किसी की तेज पुकार सुनाई पड़ी–

"अउरि, अउरिऽऽऽ (रुको, रुकोऽऽऽ)
दःरे अलोम उइ नऽऽऽ (पानी में मत कूदोऽऽऽ)
दः यते ओल् मेऽऽऽ (बाहर निकलोऽऽऽ)।"

मुड़कर देखा तो देखता ही रह गया...सुनता ही रह गया उसकी पुकार...। यह वही लड़की थी जिसे वह कई दिनों से मन ही मन ढूंढ़ रहा था। समय न गवांकर वह तुरंत पानी से बाहर निकल आया। तब तक वह लड़की दौड़ती हुई उसके काफी पास पहुंच चुकी थी।

– "यहां इस जलाशय में कैसे उतर गए तुम? इस इलाके में नए हो क्या?..." जोर जोर से हांफते हुए शुद्ध हो भाषा में वह लड़की कह रही थी। उसके हाथ में एक कटारी थी। सूखी टहनियों का गट्ठर पास ही पड़ा था।

उस दिन तो इस लड़की ने सगेन को देखा नहीं था और न ही उससे उसका कोई परिचय हुआ था। फिर?...सगेन हैरान है। उसे कुछ समझ में नहीं आता कि उस जैसे एक अनजान व्यक्ति को इस तरह जलाशय में उतरने से क्यों मना कर रही है वह?

– "क्यों न उतरूं? नहाना है मुझे।" सगेन ने अनजान बनते हुए कहा। उस लड़की को देख मन ही मन खुश हो उठा था वह।

– "नहाना है तो उधर नदी तरफ जाकर नहाओ। इस जलाशय में नहाओगे तो..." बात अधूरी छोड़कर वह लड़की चुप हो गयी।

– "तो?..." सगेन की जिज्ञासा बढ़ रही थी।

– "तो कुछ नहीं। तुम यहां से चले जाओ।"

– "क्यों जाऊं? मुझे तो बस यहीं नहाना है।" जानबूझकर सगेन अड़ गया तो वह लड़की तुनककर बोली, "तो जाओ, जाकर मरो वहां। मुझे क्या?" और टहनियों का गट्ठर उठाकर पैर पटकती हुई वापस जाने के लिए मुड़ी।

– "अरे रुको, रुको। तुम तो नाहक नाराज हो रही हो। मैं तो ऐसे ही कह रहा था।" बात बिगड़ती देख सगेन ने परिस्थिति को संभालने की कोशिश की और तेजी से चलकर उस लड़की के बिलकुल सामने जा खड़ा हुआ।

– "अब बताओ, क्यों मना किया तुमने यहां नहाने से?"

– "छोड़ो, वो सब बहुत पुरानी बातें हैं। जानकर क्या करोगे?" कहकर लड़की ने उसकी बगल से रास्ता बनाते हुए निकल जाने की कोशिश की मगर सगेन ने दुबारा उसे रोक लिया।

– "अब तो कारण सुने बिना तुम्हें बिल्कुल जाने नहीं दूंगा।"

सगेन की जिद के सामने लड़की नरम पड़ गयी मगर उसने कहा,

"यहां नहीं। चलो उधर रास्ते में चलते चलते बताती हूं।"

पत्थर पर उतारकर रखी हुई अपनी कमीज को उठाकर उसी से अपना भीगा बदन पोंछते पोंछते सगेन उसके साथ साथ चलने लगा। उसे मानो मन की मुराद मिल गयी थी।

– "बात बहुत पुरानी है। लेकिन है सोलह आने सच!" लड़की ने फिर कहा।

– "तो बताओ न वो सच!" सगेन अधीर हो उठा।

– "एक बार हमारे गांव का एक आदमी इस जलाशय में उतरा था मछली पकड़ने। उसकी बेटी किनारे खड़ी थी। वह आदमी पानी में डुबकी लगा लगाकर गमछे से मछली पकड़ रहा था और मछली की गर्दन मरोड़ मरोड़कर उसे किनारे फेंकता जा रहा था। बेटी उन मछलियों को उठा उठाकर अपने गमछे में रखती जा रही थी। मछली उठाते उठाते अचानक बेटी ने देखा कि मछली की जगह उसके पिता का सिर आकर गिरा है धप्प से। किसी ने उसके पिता के सिर को मरोड़कर फेंक दिया था मछली की तरह। धड़ गायब था। बहुत ढूंढ़ने पर भी वह धड़ नहीं मिला गांववालों को। यह भी पता नहीं चला कि किसने उसका सिर मरोड़ा। बड़ी विचित्र बात है। बड़ी ही रहस्यमय!"

– "किसने किया होगा यह सब?" सगेन मानो खुद से सवाल करता है।

– "कहते हैं कोई बहुत ही गुस्सैल बोंगा रहते हैं इस जलाशय में। इसीलिए तब से मछलियां पकड़ना तो दूर, कोई इस जलाशय में पांव तक नहीं डुबाता, और तुम चले थे इसमें नहाने!"

लड़की ने पूरी घटना कुछ इस अंदाज में सुनायी कि सगेन उस पर विश्वास किए बिना नहीं रह सका। उसने लड़की का शुक्रिया अदा किया और बातें करते करते राह चलने लगा।

— "आखिर क्यों ऐसा किया होगा बोंगा ने? मछली मारने की इतनी बड़ी सजा?"

— "कुछ लोग तो कहते हैं कि अपने लालच के कारण जान गवांनी पड़ी थी उस आदमी को।"

— "किस चीज का लालच?"

— "हमेशा की तरह गांववालों के सामूहिक शिकार पर जाने का दिन निश्चित हो चुका था। समूह में मछलियां भी पकड़नी थीं। पर वह आदमी ज्यादा मछलियों की चाह में चुपके से आकर मछलियां चुरा रहा था। अब जब हमारे जंगलों पर, नदियों पर, जलाशयों पर पूरे गांव का, समूह का अधिकार होता है तो कोई कैसे उसका उल्लंघन कर सकता है? उसकी सजा तो उसे मिलेगी ही। कहते हैं, उस एक आदमी के कुकृत्य से यहां का बोंगा अब तक नाराज है।..."

साल की शाखों पर नई कोमल पत्तियां निकल आईं थीं। हल्की लालिमायुक्त पत्तियां...पल पल हरे रंग में तब्दील होती चिकनी चमकती पत्तियां...। पुरानी, गाढ़ी, सांवली पत्तियां बूढ़ी होकर झड़ पड़ी थीं। पांव पड़ते ही कराह उठतीं। जंगल की जमीन पर उन पत्तों का गद्दा सा जो बिछ गया था। वह तो तरह तरह के पक्षियों का कलरव था जो सूखे पत्तों की चीख पुकार, उनकी खरखराहट को दबाकर वातावरण को संगीतमय बना रहा था। पश्चिम की ओर पहाड़ों की ओट में ढलते सूरज की लालिमा ने आसमान को दुल्हन बना डाला था। शायद इसीलिए ऊंचे ऊंचे पेड़ों के पत्तों और शाखाओं का घूंघट हटाकर उसका चेहरा देखने में मशक्कत करनी पड़ रही थी सगेन को।

चलते चलते वे एक पहाड़ी टीले पर जा चढ़े। सगेन ने युवती की तरफ देखा। सूर्यास्त की तमाम किरणें मानो अब उसके चेहरे...उसकी देह पर आकर गिर रहीं थीं। मंद मंद आंच निकल रही थी उससे। दुबली पतली देह पर भी कितनी लहरें...कितने टीले...! कितने इशारे...! आंखों की वन्य चंचलता उसे और भी मोहिनी बना रही थी। सगेन की नज़रें वहीं ठहर गयीं। मगर युवती का ध्यान कहीं और था। सगेन ने उसका पीछा किया और दूर दूर तक फैले चारों ओर के जंगल पर नजर पड़ते ही मदहोश हो उठा। अद्भुत नजारा था। साल

के कोमल पत्तों की हरियाली के बीच लाल लाल फूलों से आच्छादित पलाश के असंख्य पेड़! सफेद में हल्का पीलापन लिये हुए साल फूलों के गुच्छे...मानो किसी ने चारों ओर रंग बिरंगा गुलाल बिखेर दिया हो। सगेन दुविधा में पड़ गया। इधर देखे, कि उधर! एक तरफ प्रकृति का सम्मोहन था दूसरी तरफ साथ चलती युवती का! दोनों के बीच रस्साकसी होने लगी।...

पहाड़ी ढलान पर कुछ नीचे उतरने के बाद ही वह अपना पूरा ध्यान युवती पर केंद्रित कर पाया।

रास्ता लंबा और सुनसान था इसलिए दोनों एक दूसरे से घुल मिल गये। सगेन ने जब युवती को विस्तार से बताया कि कैसे उसने उसे पहले भी देखा है कपड़ा फींचते और पहनते हुए...और यह भी कि वह कई दिनों से उसी की तलाश में भटक रहा था नदी किनारे...कि वह उसे अच्छी लगने लगी है...कि वह बिल्कुल महुए के बीज की तरह चिकनी और खूबसूरत है...तो वह झेंप गयी। हर हो युवक की तरह सगेन भी समय न गवांकर उससे पूछ बैठा,

– "किस किलि (गोत्र) की हो तुम?"

– "तुबिद।" लड़की ने जवाब दिया।

– "तुबिद? यानी चूहे का बिल? चूहे के बिल में जन्म हुआ था तेरा?" सगेन ने मजाक किया।

– "धत्! मैं क्यों जन्मूंगी चूहे के बिल में? वो तो एकबार आदिकाल में कुछ हो लोग कोल्हान की ओर आ रहे थे। रास्ते में एक हो औरत ने एक बच्चे को जन्म दिया। चूंकि हमारे समाज में जन्म के बाद बच्चे की नाल एवं पुरइन को घड़े में रखकर जमीन में गाड़ दिया जाता है, इसलिए एक घड़े की आवश्यकता पड़ गयी। अब उस घने जंगल के बीच घड़ा कहां से मिलता? इसलिए नाल पुरइन को एक चूहे के बिल में गाड़ दिया गया। उस समय से उस बालक का गोत्र तुबिद रखा गया। हम लोग उसी बालक के वंशज हैं।"

– "तब तो तुम लोग चूहों को नहीं मारते होगे?"

– "नहीं। बिल्कुल नहीं। उसका मांस भी नहीं खाते। अपने टोटेम को मारना खाना तो पूरी तरह से वर्जित है न?"

– "हां, वो तो है मगर मुझे तो चूहा पकड़ने का और उसका मांस खाने का बड़ा शौक है।"

– "और क्या क्या शौक है तेरा?" युवती ने जानना चाहा और बातें करते करते वे पहाड़ी के पीछे की ओर से उतर कर युवती के घर के काफी पास पहुंच

गए। साल के साथ साथ इधर उधर बिखरे पलाश, महुआ, करंज, कटहल, आम, इमली, बेल आदि के पेड़ों, बांस के झाड़ों के बीच बनी एक खपरैल झोपड़ी...झोपड़ी के दोनों ओर पहरेदारों की तरह खड़े सफेद फूलों से ढके दो गुलैंची के पेड़...इर्द गिर्द लाल लाल छोटे छोटे फूलों से लदी इचआ-बा की झाड़ियां...आसपास मंजरी से बौराए आम की डालियों पर कूकती कोयल!

— "ये कौन होनकोवा है रे चारिबा तेरे साऽऽऽथ? यहां का तो नहीं लगताऽऽऽऽऽ?" झोपड़ी के सामने बने आंगन की चारपायी पर बैठे बिलकुल सफेद बाल और दाढ़ीवाले एक बूढ़े ने जोर से हांक लगायी।

— "मेरे ततंग! तेरे बारे में पूछ रहे हैं।" युवती ने बूढ़े को कोई जवाब न देकर धीमी आवाज में सगेन से कहा।

— "तो तेरा नाम चारिबा है?"

— "हां। ठीक सुना तूने।"

— "इतना सुंदर नाम तो है तेरा। फिर बताने से क्यों कतरा रही थी?"

— "मुझे अपना नाम पसंद नहीं। चा रि बाऽऽऽ...क्या बेकार नाम है। काश! मेरा नाम रिसा होता! रिसा मइ!"

— "तेरे बाल घुंघराले हैं, इसलिए?"

— "हां।"

— "जानती है, हिन्दी में चारिबा को क्या कहते हैं?"

— "क्या?"

— "हरसिंगार!"

— "जानती हूं।"

— "तुझे वो फूल पसंद नहीं?"

— "पसंद तो है पर अपने नाम के रूप में पसंद नहीं। अब जाती हूं। मुझे जल्दी से जाकर भात पकाना है। आज सहेली के यहां चली गयी थी इसलिए जलावन की लकड़ी लाने में इतनी देर हो गयी। ततंग को भूख लग रही होगी। सुबह बहुत थोड़ा सा तुपु मंडी (पानी डाला हुआ बासी भात) खाया था उन्होंने।"...कहकर वह तेज तेज कदमों से अपनी झोपड़ी की तरफ बढ़ने लगी।

— "ऐ होनकोवा इधर आऽऽऽ..." सगेन को दूसरी दिशा में बढ़ते देख बूढ़े ने फिर हांक लगायी।

— "आओ। ततंग बुला रहे हैं।" चारिबा ने पीछे मुड़कर कहा तो सगेन उसके पीछे पीछे चलकर उस बूढ़े के पास जा पहुंचा। अपने ततंग से उसका

परिचय करवाकर चारिबा ने उन्हें उसके जलाशय में कूदने वाली बात बतायी तो अपने मुंह में ठुंसी खैनी को थूककर बूढ़ा हाय हाय कर उठा। बूढ़े के पास खटिया पर उसे बैठाकर चारिबा ने आम के मीठे मंजर का शर्बत बनाकर उन दोनों को दिया और गृहस्थी के काम में व्यस्त हो गयी।

उम्र की बोझ से झुकी हुई, जर्जर हो चुकी देह वाला वह बूढ़ा काफी मिलनसार निकला। कुछ ही देर में उसने सगेन से अच्छी खासी दोस्ती कर ली। सिर्फ सगेन के बारे में ही नहीं, उसके बाप दादा नाना के बारे में भी सब कुछ पता कर लिया उसने। खैनी का दौर चलता रहा। बातचीत के बीच में बूढ़ा खटिया में बैठे बैठे ही पच्च-पच्च थूकता रहा गोबर लिपे आंगन में। पालतू मुर्गियों और खूंटे से बंधी बकरियों के कारण आंगन में शोर शराबा था। शाम ढलने लगी थी। इस बीच मुर्गियों को दड़बे में तथा बकरियों को उनके बाड़े में घुसाकर चारिबा उन दोनों के लिए डियंग और भुने हुए चने परोस गयी थी।

तीर की गति से दौड़ भाग कर घर का काम निबटा रही थी वह। आंगन के एक तरफ बनी पत्तों की छावनी के नीचे लीपे हुए मिट्टी के चूल्हे को सुलगाती चारिबा को देख रहा था सगेन। पश्चिम का आकाश भी उसकी नजरों के सामने था। प्रकृति की रसोई के चूल्हे की आग बस अब बुझने ही वाली थी कि चारिबा का चूल्हा जल उठा। थोड़ी ही देर में लकड़ी की आंच से खौलते हांड़ी भर भात की सोंधी सोंधी महक हवा में तैरने लगी। बूढ़े के साथ साथ सगेन के पेट में भी भूख की टीस उठी।

– "घर के बाकी लोग कल मेहमान घर गए हैं दूर गांव में बा पोरोब मनाने।..." बूढ़ा कह रहा था– "यह रुक गयी है मेरी देखभाल करने। बिल्कुल अशक्त हो गया हूं न! ठीक से चल फिर नहीं सकता..."

"इधर भी तो इसी हफ्ते बा पोरोब मनाए जाने का दिन तय हुआ है। तब तक वापस आ जाएंगे वे?" सगेन ने पूछा।

"आना ही पड़ेगा। हमारे यहां भी तो मेहमान आएंगे।"

"मेहमानों की खातिरदारी के लिए ही डियंग बनी होगी, नहीं?"

"हां रे। ठीक ही समझा तूने।"

"और उनके हिस्से की डियंग मुझे पिला दी आपकी पोती ने।" सगेन ने अफसोस जताया तो बूढ़े ने टोका–

"तो क्या हुआ? तू भी तो हमारा मेहमान है। पढ़ा लिखा मेहमान। चारिबा भी पढ़ी है। सातवीं कक्षा तक। लोहा खदान में रेजा का काम कर करके पढ़ी है बेचारी। बड़ी मेहनती है।"

"आपके परिवार के लोग भी लोहा खदान में काम करते हैं?" सगेन को हिलि द्वारा सुनाई गयी लोहा गलाने वाले असुरों की कहानी याद आयी।

"हां। और चारा ही क्या है? पुरखों के गांव से जंगल विभाग वालों ने वर्षों पहले खदेड़ दिया था। इधर आकर झोपड़ी बनाई। लोहा खदान कंपनी में मजदूरी करने लगे। इधर भी जंगल विभाग वालों से चिख चिख लगी ही रही। कई बार झोपड़ी उजाड़ दी गयी। जंगल से जलावन की लकड़ी काटने पर, गाय बकरी चराने पर कई एक बार घर के सदस्यों को जेल की हवा खानी पड़ी।"

"गाय बकरी चराने पर भी? लेकिन क्यों? चारों तरफ तो घास पत्तों की भरमार है। ये जानवर थोड़ा सा खाकर अपना पेट पाल लेंगे तो जंगल विभाग वालों का क्या जाएगा?"...गुस्से में सगेन बोल उठा।

"जंगल विभाग वाले तो कहते हैं, इन पालतू जानवरों के खुर से बीमारी फैलती है। जंगली जानवर बीमार होकर मर जाते हैं।"

"ऐसा सच में होता है क्या?"

"पता नहीं रे।" बूढ़े ने अनभिज्ञता जाहिर की और बात आगे बढ़ाई–

"दो साल पहले इसका बाप काम करते करते खदान दुर्घटना में मर गया। भाई नहीं है। चार बड़ी बहनें अपनी अपनी ससुराल में। मुझे और मेरी बूढ़ी घरवाली को यही तो खिलाती पिलाती है कमाकर। वैसे कभी कभार मेरी बुढ़िया दोना पत्तल बनाकर बेच आती है और इसकी मां भी दतुवन आदि बेचकर कमा लेती है थोड़ा बहुत।"

"आपके दूसरे बाल बच्चे नहीं हैं?"

"हैं मगर अपने अपने परिवार के साथ इधर उधर जाकर बस गये हैं काम धंधे के चक्कर में। अब इस परिवार में बचे चार लोगों में से दो लोग– इसकी मां और दादी गयी है मेहमान घर। इसलिए आज घर बिलकुल खाली है।" बूढ़े ने फिर वहां खटिया में बैठे बैठे ही गोबर लिपे आंगन में अपने मुंह की बासी खैनी थूकी और दाएं अंगूठे से बायीं हथेली में गीले चूने के साथ मिलाकर ताजा खैनी मसलते हुए जानकारी दी।

थोड़ी ही देर में अल्यूमीनियम की दो थालियों में भाप उठता भात, कुरती की दाल और नमक लेकर सामने आ खड़ी हुई चारिबा। सगेन उठकर जाने लगा

तो जबरन उसे रोककर खाने बिठाया उसने। दाल तीता थी। खाते खाते बूढ़ा सी-सी करके बार बार पानी मांगने लगा। चारिबा झुंझला उठी– "दिन रात खैनी टीपते टीपते मुंह में छाले पड़ गये हैं आपके। तम्बाकू से घाव हो गया है मुंह में। तीता नहीं लगेगा तो और क्या लगेगा? सगेन ने तो नहीं मांगा पानी एक बार भी? पता नहीं किस दिकू से सीखा है खैनी टीपना। हमारे लोग खैनी नहीं खाते। पीका पीते हैं। कितनी बार कहा, अब खैनी छोड़ दीजिए पर आप मानते ही नहीं।"

– "कैसे छोड़ूं?" बूढ़े ने उल्टे सवाल किया– "सिंगबोंगा ने स्वयं खैनी दी है हमें खाने को।"

– "सिंगबोंगा ने?..." सगेन हैरान हुआ।

– "हां रे होनकोवा। सिंगबोंगा ने। धरती, कीट, पतंग, पेड़, पौधा, पशु, पक्षी, मनुष्य आदि आदि का निर्माण करने के बाद उन्होंने एक गाय को नियुक्त किया और उसे यह जिम्मेदारी दी कि वह जाकर 'होको' (आदमियों) को यह संदेश सुनाए कि वे एक दिन में एक बार खाएं और दो बार सोएं। गलती से गाय ने मनुष्यों के बीच जाकर उन्हें उल्टा संदेश सुना दिया। कहा– 'तुम लोगों को दिन में एक बार सोना है और दो बार खाना है।' सिंगबोंगा गाय पर नाराज हुए। बोले– 'तुम्हारी इस गलती की सजा यही है कि तुम्हें मनुष्यों के पालन पोषण की जिम्मेदारी उठानी होगी। मनुष्यों को उनके कृषि कार्य में मदद करनी होगी।' उसके बाद से ही गाय बैल को हल में जोता जाने लगा। मनुष्य को तो मानो वरदान ही मिल गया हो। वे इनसे इतना काम करवाने लगे कि उन्हें दम लेने की भी फुरसत नहीं मिलती थी। हारकर उन्होंने सिंगबोंगा से शिकायत की। विनती की– 'हे सिंगबोंगा! हमारी एक गलती की इतनी बड़ी सजा तो मत दीजिए। कम से कम हमारे लिए काम के बीच बीच में थोड़ा सुस्ताने की तो व्यवस्था कर दीजिए।' सिंगबोंगा को उन पर दया आयी। बोले– 'ठीक है, ठीक है। मैं कोई बंदोबस्त करता हूं।'...और उन्होंने खैनी बनाकर दी। मनुष्यों को खैनी की लत लगा दी। अब हल जोतते समय भी उन्हें खैनी की तलब होने लगी और वे थोड़ी थोड़ी देर में खैनी खाने के लिए रुकने लगे। इस तरह गाय बैलों को सुस्ताने का मौका मिलने लगा। अब जब स्वयं सिंगबोंगा ने हमें यह लत लगाई है तो हम क्या कर सकते हैं, बोल?"

"सिंगबोंगा ने यह सब उनके लिए किया होगा जो दिन भर काम करते थे। आपकी तरह खटिया पे पड़े पड़े दिन रात सुस्ताने वाले बूढ़ों के लिए नहीं।"

आंगन में ही एक तरफ बैठकर भात खाते खाते चारिबा ने झिड़का तो खीं-खीं कर हंसते हुए बूढ़े ने कहा, "अब वर्षों की आदत कहीं छूटती है भला?"

– "क्यों नहीं छूटती? वर्षों से आपको बोलने की आदत थी। मगर जब उस आदमखोर बाघ के पेट का निचला हिस्सा आपके सिर से छुआया था तो कैसे तीन चार दिनों तक बोलती बंद हो गयी थी आपकी? बोलिए, बोलिए!" चारिबा ने उनकी कमजोर नस पर हाथ रखा तो बूढ़े को एकाएक कोई जवाब नहीं सूझा और वह खींसें निपोरते हुए अपनी पकी दाढ़ी को सहलाने लगा। फिर अचानक बोल उठा– "ये क्यों भूलती हो कि अपनी जवानी के दिनों में मैंने ही एक ताकतवर भालू को अकेले पटक दिया था। तीर चलाने में मैं इतना माहिर था कि एक तीर से सांभर या जंगली भैंसे को मार गिराता था।"

"इन सबके बावजूद आप उस आदमखोर बाघ के हमले से इतने सकते में कैसे आ गए ततंग?"

दादा पोती के संवाद के बीच फंसा सगेन आदमखोर बाघ की बात सुन पूरी घटना जानने को उत्सुक हो उठा। काफी जिद करने पर बूढ़े ने बताना शुरू किया–

"बात उन दिनों की है, जब इस मइ (लड़की) का जन्म भी नहीं हुआ था। उन दिनों इस इलाके में भी बहुत ही ज्यादा घना जंगल था। मुझे याद है, उस साल वसंत में काफी उटर फूल खिले थे जंगल में। और एक विशालकाय बाघ सचमुच पगला गया था। जन्तु जानवरों को छोड़ सिर्फ आदमियों पर हमला करने लगा था वह। जब तब, जिसको तिसको उठा कर ले जाता। एक एक करके सत्तर से ज्यादा लोगों की जान ले चुका था वह। हड़कंप मच गया था जंगल के बीच और आसपास रहने वाले लोगों में। खदान कंपनी वाले...जंगल विभाग वाले...पुलिस प्रशासन वाले...सभी परेशान! बाहर के राज्यों से एक से बढ़कर एक शिकारियों को लाया जाने लगा उसे पकड़ने, काबू करने या मार डालने के लिए। मगर वह बाघ इतना शातिर और चालाक था कि सारे महारथी विफल होकर लौट गए। कुछ दिनों तक हम उसके डर से सहमे सहमे रहे। पर धीरे धीरे सामान्य दिनचर्या में लौट आए।

"एक दिन मैं अपने एक दोस्त के साथ जमीन से कांदा खोदने गया। मैं दुबला पतला और मेरा दोस्त काफी हट्टा कट्टा। मैं खड़ा था और मेरा दोस्त मुझसे अपेक्षाकृत नीची जमीन पर उकडूं बैठकर कांदा निकालने में व्यस्त था। चारों तरफ शांति थी कि अचानक मुझे लगा कि मेरे ऊपर से एक झटके में कोई भारी तूफान आकर गुजर गया। देखा तो मेरी घिग्घी बंध गयी। मुझे लांघकर एक

विशालकाय बाघ ने सीधे मेरे दोस्त पर हमला कर दिया था। दोस्त की गर्दन पर दांत गड़ाकर उसे घसीटते हुए क्षण भर में मेरी आंखों के सामने जंगल में ओझल हो गया वह। उस बाघ के पेट की निचली सतह की छुअन के अहसास ने तब तक मानो मेरे खून के एक एक कतरे को जमा दिया था। हिलने डुलने की क्षमता भी खो चुका था मैं। पता नहीं कैसे कैसे गिरते पड़ते मैं गांव के सीमाने तक पहुंचा था उस दिन।..."

"और पहुंचते ही बेहोश होकर गिर पड़े थे। है कि नहीं?..." चारिबा ने चुटकी ली तो बूढ़ा इस बार खीझ उठा– "गिरता नहीं? मेरी आंखों के सामने से मेरे सबसे करीबी दोस्त को उठा ले गया था वह आदमखोर! इतना बड़ा सदमा बर्दाश्त करना कोई मामूली बात है क्या?"

"दोस्त के सदमे से बेहोश हुए थे या..."

अपना वाक्य अधूरा छोड़कर ही चारिबा चुप हो गयी और सगेन की तरफ कनखियों से देखती हुई ऐसे इशारा किया जैसे कह रही हो कि देखो मैं कैसे चिढ़ाती हूं अपने ततंग को।

"या का क्या मतलब? तू कहना क्या चाहती है रे?..." इस बार सचमुच बूढ़ा गुस्सा हो उठा था।

"मतलब...मतलब आपको इस बात का डर या हैरानी तो हुई ही होगी कि जब आपके पीछे की ओर से छलांग लगाकर उस आदमखोर ने आपके दोस्त पर हमला किया, दोस्त के बदले आप पर क्यों नहीं किया हमला? ऐसी कौन सी वजह थी कि उसने आपके दोस्त को ही अपना शिकार बनाया? कायदे से तो आपको बनना चाहिए था उसका शिकार? है कि नहीं?..." चारिबा ने फिर सगेन की तरफ देखकर इशारा किया।

सगेन को दादा पोती की इस मसखरी में मजा आने लगा था। मूक श्रोता बने रहने में ही उसने अपनी भलाई समझी।

"हां, हां। तू तो कहेगी ही। सोच रही होगी कि उस दिन अगर मैं बाघ का शिकार बन गया होता...मर गया होता तो आज मुझे खिलाना नहीं पड़ता तुझे। मैं सब समझता हूं। सऽऽब। बूढ़ा हो गया हूं तो क्या हुआ?" बूढ़े का गुस्सा अब भी बरकरार देख सगेन से रहा नहीं गया। वह बोला–

"उस दिन आप मर गए होते तो आज ये आपको चिढ़ाती कैसे? वैसे एक बात इसने सही उठायी है। अगर आप बाघ के ज्यादा नजदीक थे, तो फिर आपको लांघकर उसने आपके दोस्त को ही क्यों पकड़ा?"

"जहां तक मैं जानता हूं, बाघ हमेशा मोटे तगड़े और दुबले पतले कमजोर शिकार के बीच में से मोटे तगड़े को ही चुनता है।"

"तो आपका दुबला पतला होना आपके लिए वरदान साबित हुआ था उस दिन। है न?"

"हां, ऐसा ही समझो।" बूढ़े ने दीर्घ श्वास छोड़ते हुए कहा।

अंधेरा गहराने लगा था। पुटुस की झाड़ियों की चहारदीवारी और आसपास के पेड़ पौधों के बीच से राह बनाकर दूर दूर से आती ढिबरी या अलाव की मंद मंद रोशनी उस वीराने में इक्का दुक्का झोपड़ियों की उपस्थिति का अहसास करा रही थी। दूर किसी पहाड़ी गांव से बा पोरोब के गीत और मांदर नगाड़े की हल्की हल्की धुन तैरती हुई चली आ रही थी। हवा के हर झोंके के साथ आंगन में लगे विशाल पेड़ से टुप्-टाप् महुए के फूल झर रहे थे। आम के मंजर तथा महुआ, गुलैंची, साल आदि के फूलों की खुशबू हवा को मादक बना रही थी। हल्की हल्की ठंड से बदन सिहरने लगा था। सगेन को कायदे से अब तक घर लौट जाना चाहिए था मगर उसका मन उस मायावी परिवेश से उठने को नहीं किया। चारिबा के लिए उसके मन में एक दुर्निवार्य आकर्षण तो था ही, उस बूढ़े में भी उसे अपने ततंग की छवि नजर आने लगी थी। दुनिया जहान की चिंता छोड़ वह जबरन वहां बैठा रहा। गोबर लिपे आंगन में बिछाई हुई एक चटाई पर पैर पसारकर बैठी चारिबा की गोद में सूखी फलियों से भरा एक सूप रखा था। बातें करते सुनते वह उन फलियों से बीज निकालकर अलग रखती जा रही थी।

"फिर उस आदमखोर बाघ का क्या हुआ? उसने और कितने लोगों की जान ली? उससे कब और कैसे निजात पायी जा सकी?" एक साथ कई सवाल पूछ बैठा सगेन। उसके मन में उस आदमखोर को लेकर तरह तरह के सवाल कुलबुला रहे थे। इसे देख बूढ़ा भी उत्साही हो उठा था। गला खखारकर उसने प्रसंग को आगे बढ़ाया–

"पानी सर से ऊपर चला गया था। आदिवासियों ने जंगल विभाग वालों से, सरकारी अधिकारियों से गुहार लगायी कि वे अब और बाहर के शिकारियों पर भरोसा करके उन्हें न बुलाएं। सारंडा से थोड़ी ही दूर, बड़ाजामदा में रहने वाले विजय बाबू को यह काम सौंपें।"

"क्यों? विजय बाबू को ही क्यों?" सगेन ने सवाल किया।

"क्योंकि वे स्थानीय थे। हमारे हितैषी थे। सारंडा के चप्पे चप्पे से वाकिफ थे। बत्ती लगी हुई बंदूक भी थी उनके पास, जो हमारे पास नहीं थी। सबसे बड़ी बात यह कि वे एक कुशल शिकारी थे और बीमार तथा आदमखोर जानवरों को मारकर वर्षों से हम ग्रामीणों को मुसीबतों से उबारते आए थे। हम आदिवासी बड़ी इज्जत किया करते थे उनकी। मरंग संगर-कुवा (बड़ा शिकारी) कहकर बुलाया करते थे हम उन्हें।"

"तो क्या सरकारी अधिकारियों ने आप लोगों की बात मानी?" सगेन ने उत्सुकता से पूछा।

"हमारे दबाव के कारण माननी पड़ी उन्हें। हमारे बहत्तर लोगों की जान ले ली थी उस आदमखोर बाघ ने। कोई मजाक था क्या?"

"फिर?"

"फिर शिकारी बाबू आए। मुझे साथ चलने को कहा क्योंकि वे उस स्थान को देखना चाहते थे, जहां से बाघ मेरे दोस्त को खींचकर ले गया था।"

"आपकी तो बोलती बंद हो गयी थी न?"

"हां। दोस्त के सदमे से ऐसा हुआ जरूर था मगर इशारे से तो दिखा ही सकता था। और फिर साथ में गांव वाले भी थे।"

"फिर?"

"फिर शिकारी बाबू ने उस स्थान का निरीक्षण किया। खून के थक्कों को ध्यान से देखा और बाघ द्वारा मेरे दोस्त को घसीट कर ले जाए जाने के निशानों का पीछा करना आरंभ किया। हम सबको वापस लौट जाने का इशारा करके वे चुपचाप आगे बढ़ने लगे।"

"उन्हें उस जंगल में अकेला छोड़ आप लोग वापस लौट आए?"

"और क्या करते? शिकारी बाबू का आदेश था। वैसे हम सब साथ जाते तो बाघ को हमारे पैरों की आहट मिल जाती और वह सावधान हो जाता। बाघ सुनने में बड़े तेज होते हैं। चुटकी की आवाज तक सुन लेते हैं वे। खैर...," बूढ़े ने पहलू बदलते हुए कहा, "शिकारी बाबू को अकेला छोड़ हम वापस लौट आए और दम साधे प्रतीक्षा करने लगे। इतने खूंखार आदमखोर बाघ के हवाले कर आए थे हम अपने प्रिय शिकारी बाबू को। रात भर हमें नींद नहीं आयी। रात को जंगल से चड़ात्-चड़ात् की भयंकर आवाजें आती रहीं।"

"ये कैसी आवाजें थीं?" बूढ़े के बताने के अंदाज ने सगेन को रोमांचित कर डाला था।

"शायद बाघ द्वारा मेरे दोस्त की हड्डियां तोड़े जाने की आवाजें। हम अंदाज लगा रहे थे कि किस प्रकार वह उसकी लाश को निगल रहा होगा। हमारे रोंगटे खड़े हो रहे थे। उस वक्त हमारी मनस्थिति की तुम कल्पना कर सकते हो..." बूढ़े की आंखों में दहशत तैरने लगी थी।

"फिर?"

"फिर हम इंतजार करते रहे...करते रहे...पूरे दो दिनों के बाद जंगल से गोलियों की आवाजें आयीं।"

"क्या शिकारी बाबू उस आदमखोर को मारने में सफल हुए?" सगेन ने थूक निगलकर पूछा।

"हां। दो दिनों तक भूखे प्यासे रहकर हमारे भरोसे की लाज रख ली उन्होंने। उस मरे हुए आदमखोर के ऊपर दो ताजा कटी टहनियों को आड़े तिरछे रखकर वे हमें लेने आए।"

"टहनियों को क्यों रखा उन्होंने?"

"ताकि कोई जंगली जानवर बाघ की लाश से छेड़छाड़ न करे।"

"ऐसा क्या?" हैरानी से सगेन ने पूछा।

"हां। जंगल में जंगली जानवरों और इनसानों के बीच कई आपसी समझौते होते हैं। कुछ अघोषित कुदरती नियम होते हैं। बाघ की लाश के ऊपर रखी टहनी जानवरों को यह समझा देती है कि इस पर इनसानी कब्जा है।"

"फिर क्या हुआ?"

"फिर हमें साथ ले जाकर वे कुछ देर तक तो उस जगह पर गोल गोल घुमाते रहे जहां उस आदमखोर की लाश पड़ी थी। और फिर एकबारगी उसे दिखाकर कहा– 'वो देखो!'

"अचानक उसे देख मेरे मुंह से निकला– 'इनि गेदा मरंग कुला मेनः इआ!' (अरे! यही तो है वह जालिम बाघ!)

"मेरी बोली लौट आयी थी।

उस भारी भरकम विशाल देह वाले आदमखोर बाघ की लाश को जंगल विभाग वाले हमारी मदद से बड़ी मुश्किल से जंगल के बाहर ला पाए थे। शिकारी बंगाली बाबू को हम आदिवासियों ने तो सर आंखों पर बिठाया ही, सरकार की तरफ से भी उन्हें इस साहसिक कारनामे के लिए मानपत्र दिया गया। बाद में सुना था कि उस बाघ के पेट से सोने की चूड़ियां निकली थीं। पता नहीं, किस

अभागिन की थीं वे।...'' बोलते बोलते बूढ़ा हल्के हल्के कांपने लगा था। रोमांच से या ठंड से– सगेन तय नहीं कर पाया।

अपने ततंग को सिहरते देख चारिबा उठकर अंदर गयी और सुलगाया हुआ हुक्का लाकर उनके हाथों में थमा दिया। उनकी खटिया को सगेन की मदद से खींचकर पत्ते की छावनी के नीचे कर दिया ताकि उनके सर पर ओस न गिरे। फिर वहीं पास में रखी लकड़ी के मोटे कुंदे के एक सिरे में थोड़ा सा मिट्टी का तेल डालकर आग लगा दी। अलाव जलते ही बूढ़े का चेहरा चमक उठा। थोड़ी देर बाद उसने डियंग पीने की इच्छा जाहिर की तो पोती ने पूरा घड़ा लाकर अंगीठी के सामने रख दिया। अपने और सगेन के बैठने के लिए वहीं जमीन पर बोरा बिछाया। इस बार तीनों मिलकर डियंग पीने लगे। डियंग काफी तीखा था। जल्द ही नशा चढ़ने लगा। पास महुआ के फूलों की खुशबू नशे को और बढ़ा रही थी। बातें करते करते बूढ़ा अचानक मस्त होकर नशीली आवाज में गा उठा...

'नीदार माई तुरुई सिका सुनूपीड,
नीदार माई लान्दा दारोमायं,
नीदार माई रेसे पेसे रांगा धोती,
नीदार माई रेसे रेसे अयंअः...
लेः लेः लेए, लेः लेः लेए...
लेः लेः लेए, लेः लेः लेए...'

{उस लड़की ने डेढ़ रुपये का (कीमती) जूड़ा बनाया है,
वही लड़की मुस्कुराती हुई मेरा स्वागत कर रही है,
वो लड़की छापेदार रांगा धोती पहनी है,
वही लड़की अपने दांत दिखाती हुई (मुस्कुराती हुई) मेरा स्वागत कर रही है।...
लेः लेः लेए, लेः लेः लेए...लेः लेः लेए, लेः लेः लेए...'}

...और उसके स्वर में सगेन और चारिबा ने भी स्वर मिलाया। गाते गाते मस्ती में झूम उठे। गाना खत्म होते ही सब मिलकर फिर बातें करने लगे। बूढ़ा फिर गा उठा। फिर दोनों ने उसका साथ दिया। और इस तरह समय बीतता रहा...। बूढ़े को बीच बीच में खांसी आने लगी तो पीने के लिए पानी मांगा। पानी पीते पीते ही बचपन में अपने दादा दादी या नाना नानी से सुनी कोई लोककथा याद आ गयी तो लड़खड़ाती आवाज में बोला– ''पता है, पहले चारों ओर सिर्फ पानी ही पानी था।''

“मतलब?” अचानक पानी की बात सुन सगेन अचकचा उठा तो बूढ़े ने बताया, “मतलब मिट्टी कहीं नहीं थी। पर हां, सिंगबोंगा थे। हमारे सिंगबोंगा...” कहकर उसने अदृश्य सूरज देवता को प्रणाम किया।

“फिर मिट्टी बनी कैसे?” धरती बनने की कथा कई एक बार सुन चुकने के बावजूद चारिबा ने सवाल किया।

“अचानक सिंगबोंगा का मन हुआ धरती बनाने का तो उन्होंने कछुआ और केकड़े की सृष्टि करके उन्हें यह काम सौंपा।”

“कछुए और केकड़े को सौंपा धरती बनाने का काम?” सगेन ने अविश्वास भरे स्वर में कहा– “असंभव! वे कैसे करते इतना बड़ा काम?”

“तूने ठीक ही कहा रे होनकोवा, वे नहीं कर पाए। उन्हें दिए गए आदेश के अनुसार वे पानी के...अनंत सागर के नीचे जाकर मिट्टी निकाल निकालकर ऊपर नहीं ला पाए।”

“फिर क्या हुआ?”

“फिर सिंगबोंगा ने अपनी जांघ के मैल से दो केंचुए पैदा किए। पानी के अंदर जाकर केंचुओं ने मिट्टी निकालना आरंभ किया और धीरे धीरे मिट्टी का पहाड़ बना डाला। जब मिट्टी सख्त हुई तो धरती बन गयी। जो गड्ढे बचे रहे, वे समुद्र बन गये। धरती बन गयी तो उसमें घास, पेड़ पौधे, पशु पक्षी और आदमियों की सृष्टि की...उस सृष्टि की भी अलग कहानी।” कहते कहते बूढ़े को फिर जोरों की खांसी आयी। खांसते खांसते वह बोला– “बताऊंगा! धीरे धीरे सब बताऊंगा मैं! हमारे बुजुर्ग कहा करते थे, मरने से पहले हमसे सुनी हुई तमाम कथाओं को नयी पीढ़ी को सुनाकर जाना। वरना तेरे साथ साथ वे कथाएं भी मर जाएंगी और एक दिन ऐसा आएगा जब उनके पास हमारा दिया हुआ कुछ भी नहीं बचेगा। कुछ भी नहीं...।” दम लेने के लिए बूढ़ा थोड़ी देर रुका तो सगेन का पढ़ा लिखा दिमाग सचेत हुआ– सृष्टि का विकासवादी सिद्धांत! हमारी लोककथाओं में भी? जलज प्राणियों को हमारे पुरखों ने भी आदि प्राणी माना? जलप्लावन की घटना हमारी लोककथाओं में भी? पढ़ा था, विश्व साहित्य के पहले महाकाव्य ‘गिलमगेश’ की रचना मेसोपोटामिया के बेबीलोन में हुई थी, जो सृष्टि और प्रलय की कथाओं से भरा पड़ा है...

सगेन ध्यान से बूढ़े की बात सुनने और समझने की कोशिश कर रहा था मगर घुटनों को समेटकर कुचुमुचु बैठी चारिबा की पलकें बार बार नींद से बंद होने

लगी थीं। झपकी लेने लगी थी वह। बूढ़े ने दिन में ही लंबी नींद ले ली थी इसलिए बोलता ही जा रहा था। वैसे भी इन दिनों रात में उसे कम ही नींद आती थी।

"अंदर से एक लेदरा लाकर मुझे ओढ़ा दे तो, ठंड लग रही है।" बूढ़े ने खांसते खांसते कहा तो चारिबा को अपनी भूल का अहसास हुआ। आज सचमुच ठंडी हवा बह रही है। पहले ही लाकर देना चाहिए था उसे। ऊपर खटिया पर बैठे होने के कारण अलाव का ताप थोड़ा कम ही पहुंच रहा था उसके ततंग तक। एक झटके से उठ खड़ी हुई वह और अंदर झोपड़ी से लेदरा के साथ साथ एक चादर भी लेती आयी। बूढ़े को लेदरा ओढ़ाकर चादर सगेन के हवाले कर दी। "तू अपने लिए नहीं लाई?" सगेन ने पूछा।

"एक ही थी। मां लोग भी ले गयी हैं न!" चारिबा ने सफाई दी।

"तो तू ही ओढ़ ले।" सगेन ने चादर उसकी तरफ बढ़ा दी।

"नहीं, नहीं। मुझे नहीं चाहिए।" चारिबा ने चादर वापस कर दी।

"तुझे लेनी ही पड़ेगी।" सगेन ने जिद की और चादर को दुबारा उसकी तरफ फेंका।

"मैंने कहा न, नहीं।" चादर फिर पहुंची सगेन के पास।

"फिर मैं भी नहीं ओढूंगा।" सगेन भी अपनी बात पर अड़ा रहा।

"तुझे ओढ़ना होगा।"

"नहीं।"

"हां।"

"नहीं।"

"हां।"

"ये क्या तुम लोगों ने हां और नहीं का तमाशा लगा रखा है?" बूढ़ा खीझ उठा था।

"जब चादर एक ही है तो तुम लोग आधा आधा ओढ़ लो। झगड़ा खतम!" बूढ़ा किसी प्रकार खांसी रोककर बोला था। उसकी सांसें फूलने लगी थीं। घुटनों के बल चल चलकर रात सरकने लगी थी। आंगन में महुआ के फूल गिर रहे थे– टप्-टप्-टप्...

खांसी रुकते ही बूढ़ा आगे की सृष्टि कथा सुनाने लगा था– "धरती बनने से पहले ही केकड़े, कछुए तथा केंचुए की सृष्टि तो कर दी थी सिंगबोंगा ने, पर धरती बनने के बाद...उसमें घास, पेड़ पौधे, पशु और पक्षी बनाने के बाद उन्हें

धरती को ठीक ठाक करने के लिए, उसे संवारने के लिए, वनस्पतियों तथा विभिन्न पशु पक्षियों की देखभाल और रक्षा करने के लिए दो हाथ और दो पांव वाले किसी समर्थ प्राणी की आवश्यकता हुई। तब उन्होंने प्रथम मानव युगल– 'सुरमि दुरमि' का सृजन किया।"

"तो हम सब सुरमि दुरमि की संतान हैं?" ततंग के कहने पर एक ही चादर को ओढ़कर चारिबा से सटकर बैठे सगेन ने बीच में टोका तो बूढ़ा नाराज हुआ। बोला, "पहले मेरी पूरी बात तो सुनो।"

"ठीक है, आप बताइए।" सगेन को उनकी बातों में मजा आने लगा था और चारिबा के सान्निध्य का रोमांच भी।

"सुरमि दुरमि ने विभिन्न पशु पक्षियों की मदद से धरती को समतल और उपजाऊ बनाने का काम आरंभ किया। उसे हरा भरा करने में जी जान लगा दी। हो प्रदेश में पानी की सुविधा के लिए पहाड़ों के ऊपर तथा नीचे दस पोखरों का निर्माण किया, जो अभी भी हैं।"

"अभी भी?" सगेन ने चादर को अच्छी तरह से ओढ़ते ओढ़ते हैरानी प्रकट की।

"हां रे हां। अब आगे तो सुन। सुरमि दुरमि द्वारा निर्मित हरी भरी और सुरम्य धरती को देख सिंगबोंगा को बड़ी खुशी हुई। उन्हें लगा कि इतनी सुंदर धरती को देखने के लिए, इसका उपभोग करने के लिए कोई तो होना चाहिए जो इसकी सुरक्षा और विकास का दायित्व ले सके।"

"और तब सिंगबोंगा ने मिट्टी से एक मूर्ति बनाई और उसमें प्राण फूंक दिये, है न ततंग?" चारिबा ने पहले से सुनी पंक्तियों को दुहराया। सगेन के स्पर्श से उसे सिहरन होने लगी थी। चादर के भीतर गर्मी बढ़ती जा रही थी। थोड़ी देर पहले ठंड से वे कांप रहे थे पर अब गर्मी उन दोनों को कंपा रही थी।

अपने लेदरे के अंदर अच्छी तरह से हाथ पांव समेटते हुए ततंग कह रहे थे– "बिल्कुल ठीक कहा तूने। सिंगबोंगा ने उस मिट्टी के पुतले में प्राण फूंके और लुकुहड़म नामक एक पुरुष की रचना की। पर अकेला पुरुष कर ही क्या सकता था? सृजनकार्य में उसका हाथ बंटाने के लिए उसे एक स्त्री की आवश्यकता महसूस हुई..."

क्या सगेन को भी इस वक्त उससे सटकर बैठी स्त्री की आवश्यकता महसूस नहीं हो रही है? सगेन सोच रहा था। आंगन में महुआ फूल गिर रहे थे। नशे में

बहकते सगेन की आंखों के सामने काले काले बिंदु तैरने लगे थे। उस नीमअंधेरे में उसे लगा, भौंरे रसपान के लिए महुआ फूलों से जा जाकर चिपक रहे हैं। अगले ही पल भ्रम टूटा– इस वक्त भौंरे? नहीं, नहीं।

...''तब एक दिन जब लुकुहड़म सोया हुआ था, सिंगबोंगा ने उसकी बायीं पसली की हड्डी निकालकर उसी से एक स्त्री का निर्माण कर दिया।'' बूढ़े की आवाज गूंजी।

– पहले से निर्मित एक पूर्ण युवा स्त्री 'चारिबा' तो उससे बिल्कुल सटकर बैठी ही है।...सोच सोचकर सगेन के मन में गुदगुदी होती है।

...''और उस स्त्री का नाम उन्होंने लुकुमी रखा।'' बूढ़ा बोले जा रहा था... ''सिंगबोंगा ने लुकुमी और लुकु को जंगल में पाए जाने वाले तमाम फलों को खाने की इजाजत दी मगर कहा कि वे गलती से भी 'जोजो' (इमली) न खाएं। पकी हुई इमलियों को पेड़ों पर लटकते देखकर भी काफी दिनों तक उन्होंने अपने लोभ का संवरण किया पर आखिर एक दिन उत्सुकतावश उन्होंने उसका स्वाद चख ही लिया। बस फिर क्या था? उसके खाते ही दोनों के मन में लज्जा के भाव जगे।...''

– क्या चारिबा भी लजा रही है इस वक्त? कैसे घोंघे की तरह अपने ही खोल में सिमटती जा रही है तब से।...चादर के अंदर अपने हाथों से हल्की हल्की शरारत भरी हरकतें करते करते सगेन सोचने लगा।

...''अब तक उन्हें अपने नंगेपन का अहसास तक नहीं था।'' बूढ़ा लुकु और लुकुमी के बारे में बताए जा रहा था...''मगर इमली खाते ही वे अपनी देह को ढंकने के लिए बेचैन हो उठे।''

''फिर क्या किया उन्होंने? कपड़े कहां से लाए?'' चारिबा ने मासूमियत से पूछा।

''कपड़े कहां मिलते उन्हें? बस वहीं जंगल में पाए जाने वाले लपटा घास से उन्होंने शर्म का निवारण किया।'' बूढ़े ने स्पष्ट किया।

– ये प्रसंग तो बिल्कुल ईसाइयों के बाइबल में वर्णित आदम और ईव के प्रसंग जैसा ही है। हिन्दुओं और दूसरे कई धर्मों के धर्मग्रंथों में भी लगभग ऐसी ही कथाएं हैं! आश्चर्य!...सगेन ने मन ही मन कहा।...इसका मतलब धरती के इस छोर से उस छोर तक सभी आदिमानवों की, आदिवासियों की एक जैसी आदिकथाएं? लोक कथाएं? आखिर क्यों न हों? हम सब तो एक ही आदिपुरुष, आदिनारी की संतान हैं...वैज्ञानिकों का कहना है...

उस सुनसान रात में, उस जंगल में एक ही चादर के अंदर चारिबा के साथ बैठे बैठे सगेन को लगा, वह किसी प्रागैतिहासिक काल में है...आदिम काल में...वह लुकुहड़म है और चारिबा लुकुमी! हो आदिवासियों का आदिपुरुष! आदिनारी! साथ साथ! एक ही चादर के भीतर! यह चादर कपड़े की नहीं, क्षितिज तक पसरे आसमान की है जिसके नीचे, जिसके भीतर उन दोनों के अलावा और कोई नहीं। बूढ़े के रूप में सिंगबोंगा भी नहीं। सृष्टि का अकेला जोड़ा। सगेन और चारिबा!

..."लुकु और लुकुमी को साथ देख सिंगबोंगा को इच्छा हुई कि उन दोनों से बच्चे पैदा हों...सृजन का क्रम चलता रहे..." बूढ़े ने कहानी आगे बढ़ाई।

– क्या बूढ़े के मन में भी यही इच्छा जाग रही है सगेन और चारिबा को साथ देखकर?...सगेन सोचकर उल्लसित हुआ।

..."पर जब साथ साथ रहकर भी लुकु लुकुमी ने बच्चे पैदा नहीं किए तो सिंगबोंगा ने उन्हें सवइ घास की रस्सी बनाकर उससे खटिया बनाने को कहा। और उस खटिया पर दोनों को एक साथ सोने की आज्ञा दी।"

बूढ़े ने सगेन और चारिबा को सिर्फ साथ बैठने की आज्ञा दी है। पर सगेन इतने से ही खुश है। बहुत खुश!

..."एक ही खटिया में सोने पर जब लुकु लुकुमी पास आए तो उनमें यौन सम्बन्ध स्थापित हुआ..."

– क्या बूढ़ा रात भर के लिए सगेन और चारिबा को अपनी खटिया देने की बात सोच रहा है? आंगन में बिछे महुआ फूलों का मदहोश करने वाला बिछावन कैसा रहेगा?...इस वक्त आदिमानव बन चुका सगेन एक अदम्य आदिम और शाश्वत इच्छा के वशीभूत हो चुका था। चारिबा भी उसके मोहपाश में थी। मगर उसने कई बार जोजो फल चखा था। इसलिए लाज आ रही थी उसे। चादर के भीतर सगेन की वन्य हरकतों को बूढ़े की नजर से बचाने के लिए वह बार बार चादर के फटे हिस्सों को अपनी हथेली से छुपाने की कोशिश कर रही थी।

...“फिर लुकु लुकुमी के बच्चे पैदा हुए...उन बच्चों के भी बच्चे हुए...” बिना थके बूढ़ा बोलता ही चला जा रहा था...

सामने लकड़ी का कुंदा भी धू धू करके जल रहा था...बीच बीच में निशाचर पशु पक्षियों की आवाजें सुनाई दे रही थीं...सफेद बालों और दाढ़ियों वाला वह बूढ़ा जाग रहा था...अपने पुरखों की थाती सौंप रहा था युवा पीढ़ी को...

बहुत देर बाद चारिबा नींद में लुढ़क गयी थी वहीं चटाई पर। उसका जूड़ा खुल गया था...घुंघराले बाल बेतरतीबी से छितरा गए थे चटाई पर...रिसा मइ...लुकुमी...एक आदिम स्त्री बेसुध पड़ी थी सगेन के सामने...उसने बड़े प्यार से उसे चादर ओढ़ा दी। लकड़ी का मोटा कुंदा जलकर राख हो चुका था...मगर सफेद राख के नीचे से लाल लाल अंगारे झांक रहे थे अभी भी... पश्चिम के आकाश में शुक्र तारा नजर आने लगा था, जल्द ही सुबह होने का संकेत देते हुए...

उस बार सगेन ने चारिबा के साथ ही बा पोरोब मनाया। प्रकृति पूजा में, सिंगबोंगा (सूर्य भगवान) और धरती मां के ब्याह में शामिल हुआ। तीन दिनों का पर्व था यह। तरह तरह के नियम। घर घर में पर्व की तैयारी। महिलाओं के जिम्मे सबसे ज्यादा काम। पहले दिन घर आंगन की सफाई। गोबर मिट्टी से लिपाई पुताई। कपड़ा लत्ता, लेदरा आदि घर के तमाम कपड़ों को मिट्टी के घड़े में अर्जुन पेड़ की राख डाले हुए पानी में उबालकर नदी में ले जाकर फींचना। बदन में पहने हुए कपड़े को भी बचे हुए राख पानी में डुबोकर धोना। मुलतानी मिट्टी रगड़कर बाल और देह को साफ करना। फिर बालू पर पसारे हुए सूखे कपड़े को पहनकर घर वापस जाना।

शाम को घर के मुखिया की पत्नी द्वारा मिट्टी के नये बर्तन में भात और मसूर की दाल पकाना और घर के मुखिया द्वारा घर के अदिंग में ही साल पत्ते के अलग अलग दोने में निकालकर अपने पुरखों और ग्राम देवता को चावल, दाल, डियंग और पानी परोसकर अर्पित करना। फिर मुखिया और उनकी पत्नी द्वारा उस प्रसाद को ग्रहण करने के बाद ही घर के दूसरे सदस्यों द्वारा हांडी में पकाकर रखे गये भात दाल को खाना। उसके बाद देर रात तक या रात भर जितना चाहो, नाचो, गाओ। कोई मनाही नहीं। घर के आंगन में, गांव के अखड़े में। कहीं भी। अगली सुबह फिर आंगन और अदिंग की सफाई। मुलतानी मिट्टी से नहाना। नए कपड़े पहनना। सूरज ढलने से पहले साल, पलाश, इचआ-बा आदि के फूलों को बीच आंगन में रख घर के मुखिया द्वारा पूजा करना और फूलों को घर के चारों तरफ किनारे किनारे खोंसकर बाकी बचे फूलों को घर के सदस्यों के बीच बांट दिया जाना। पुरुषों द्वारा बाएं कान के पीछे और औरतों का जूड़े में साल फूलों के गुच्छे लटकाना। पिछले दिन की तरह घर के मुखिया द्वारा पुरखों आदि को भोजन सामग्री अर्पित कर लेने के बाद पुनः खा पीकर नाच के लिए जाना। तीसरे दिन बासी परब में पत्ते में लपेटकर मुर्गा या खस्सी का मीट पकाकर देवताओं को अर्पित करने के बाद मेहमानों सहित सपरिवार खाना। फिर नाच।

मरंग गोड़ा में तो पोरोब के दूसरे दिन सगेन नहा धोकर नए कपड़े पहनकर गांव के देसाउलि पूजा स्थल में पहुंच जाता था जहां दिउरि को उनके घर से कंधे पर बिठाकर लाया जाता। प्रकृति, पशुधन और मनुष्य की रक्षा के लिए, अच्छी बारिश, बेहतर फसल और खुशहाली के लिए वह देसाउलि की पूजा अर्चना करता। फूल, पत्ता, चावल, दाल, सिंदूर आदि चढ़ाकर, मुर्गे की बलि देकर हो आदिवासियों के आराध्य देवताओं को प्रसन्न करता। 'ओहम् आबेन देसाउलि बाः पोरोब रेया सरजोम् बाः एमकेयते बोंगा पूरा नुमुपुरा मेयतानाले...' जैसे मंत्र फिजाओं में गूंजते रहते। फिर श्रद्धालुओं के कान के ऊपर एक एक गुच्छा साल फूल खोंसकर उन्हें प्रकृति मां की तरफ से आशीर्वाद देता। पूजा के दौरान घड़े में रखे पानी को, जिसे पाहन के द्वारा एक दिन पहले ही पवित्र चुआ से लाकर पूजा स्थल पर रखा जाता था, साल की टहनी से नापकर उस वर्ष होने वाली बारिश की स्थिति की भविष्यवाणी करता। चावल, गोटा उड़द, डियंग, फूल पत्ता आदि चढ़ाकर, मुर्गे की बलि देकर देवताओं को प्रसन्न करने के बाद सबको प्रसादस्वरूप एक एक दोना डियंग मिलता। चावल और गोटा उड़द की टहड़ी

(खिचड़ी) मिलती। रात को अखड़े में जंगली भैंसे के सींग से बना साकोवा बजता और मांदर नगाड़े की ताल पर सामूहिक नाच गान आरंभ हो जाता।

इस बार सगेन चारिबा के गांव के अखड़े में था। जूड़े में साल फूल खोंसकर लाल पाड़ वाली सफेद साड़ी में सजी लड़कियों के झुंड में चारिबा सबसे अलग दिख रही थी सगेन को। काश! यह मागेः पोरोब होता, तो चारिबा की कमर पर हाथ रख उससे सटकर नाचने का मौका मिलता। पर बा पोरोब में तो नाच का तरीका ही दूसरा है। लड़कियां तो आपस में एक दूसरे से जुड़ी हुई होती हैं पर लड़कों को दूर से ही छलांग लगा लगाकर, उछल उछलकर लड़कियों के सामने आ आकर गीतों के माध्यम से बातें करनी पड़ती हैं, सवाल पूछने पड़ते हैं और लड़कियों को भी नाच गाकर ही जवाब देना पड़ता है। जब युवकों ने गाते गाते कहा–

नापे दोपे बाड़ा गुरिः तना माई, नलिंग दोलिंग दुरंग बसा तना।
औरि दुरंग तेलाय तेगे माई, नालो रेबेन कुलुसु लिंहा।
कुलसुइ, कुलसुइ, दोना माई, कुरुचु काठारेह कुलसुई बेन।
तेगायं तेगायं दोना माई, दोया दावि रेह तेगायं बेन।।

{हे प्रिये! तुम लोग गुरिः पर्व (तीन दिवसीय बा पोरोब के पहले दिन गुरिः पोरोब मनाया जाता है और उस दिन घर दुआर की लिपाई पोताई, साफ सफाई का काम करती हैं लड़कियां।) के अवसर पर देर तक गोबर लीपती रहती हो,

हम तो गीत गाने के लिए कब से तुम्हारे गांव में आकर बसे हुए हैं। गीत का उत्तर दिये बिना प्रिये! तुम मुझे लात मत मारना।

लात, लात मारना ही है तो प्रिये! लंगड़े पैर में लात मत मारना।
लात, लात मारना ही है तो प्रिये! बीच पीठ पर लात मारना।।'}

तो लड़कियों ने समूह में एक दूसरे से जुड़कर हल्के हल्के झूमते हुए, एक लय ताल में आगे पीछे होते हुए पहले ध्यान से उन सवालों को सुना। फिर समूह में ही नाचते हुए गीत के माध्यम से उनके सवाल का जवाब दिया-

'चिमिन चिमिनेगोम डिंडा केना, कोरकोठा साकाम लेकाम कोठो कोठोन ताना।
चिमिन चिमिनेगोम डांगुड़ा केना, रातां जोजो लेकाम रेपो, चाबा जाना।।'

{'कितने कितने दिनों तक तुम कुंवारे रहोगे? कोरकोठा पत्ती की तरह सूख कर तो निचुड़े जा रहे हो।

कितने कितने दिनों तक तुम इधर उधर भटकते फिरोगे? (लड़की की खोज में),
सूखकर बेकार पड़ी हुई इमली की तरह तो कठिया गये हो।}

इस बीच कुछ लड़कों ने बांसुरी और सारंगी बजाकर उनका साथ दिया। जवाब वाला गीत पूरा होते ही कुछ पुरुषों ने नगाड़ा और मांदर बजाना आरंभ कर

दिया। अलग अलग समूहों में औरत मर्द जमकर नाचने लगे। देर तक बजाने के बाद जब मांदर नगाड़ा वाले थक कर थम गये, तब फिर युवक युवतियों के बीच सवाल जवाब वाले गीतों का खेल आरंभ हो गया। और यह सिलसिला रात भर चलता ही रहा...चलता ही रहा...।

बा पोरोब के बाद भी जब तक सगेन सारंडा में रहा, चारिबा की झोपड़ी का चक्कर काटता रहा...निर्जन नदी के तट पर भी दोनों मिलते रहे। पानी में एक दूसरे के द्वारा फेंके गये कंकड़ पत्थर को धीरे धीरे डूबते हुए देखते रहे...।

अक्सर नदी के किनारे किनारे भीगे रेत पर चलते चलते वे बहुत दूर घने जंगल के बीच पहुंच जाते। फिर किसी पहाड़ी पर चढ़कर ऊंचे पेड़ों से लटकती मजबूत लताओं के झूले पर बैठ हल्का हल्का झूलना आरंभ करते। अपने अपने पैरों की टेक से बढ़ायी गयी झूले की गति से उन्हें कभी संतुष्टि नहीं मिलती क्योंकि उन्हें तो साथ साथ हवा में उड़ने की ख्वाहिश होती। तो झूले की गति बढ़ाने के लिए झूलते झूलते ही किसी दूसरे पेड़ से लटकती लता को पूरा जोर लगाकर अपनी तरफ खींच लेते और फिर ढीला छोड़ देते। इससे झूले की ऊंचाई और गति क्रमशः बढ़ती जाती...बढ़ती जाती...इस बीच सगेन अक्सर एक हाथ से खींचकर चारिबा का खोंपा (जूड़ा) खोल देता। उसके बाल हवा में लहराने लगते। लहराती लटों का हल्का कोमल स्पर्श सगेन की देह में सिहरन पैदा करता। लताओं का झूला अपनी गति से ऊपर नीचे होता रहता...होता रहता...दोनों प्रेमी उस स्वर्ग में बैठकर फूल पत्तों से रंगे दूर दूर तक फैले जंगल का नजारा देखते देखते कहीं खो जाते...जब होश आता, झूले से उतरकर वापस दौड़ लगाते। साल पलाश के उस जंगल में कहीं रुककर जब चारिबा अपने बालों को समेटते हुए खोंपा बांध रही होती, सगेन झट से साल के फूल का एक गुच्छा तोड़कर उसके खोंपे में खोंस देता। उसकी यह प्यार भरी हरकत देख चारिबा मुस्कुरा देती तो सगेन गुनगुनाने लगता–

"होरा रे सरजोम बा
लेसे केन लेसे केन।
होरा रे हेन्दे हापानुम
मोचो केन मोचो केन।।..."

(रास्ते में साल के फूल लहरा रहे हैं, लहरा रहे हैं।
रास्ते में कुवांरी सांवली लड़की मुस्कुरा रही है, मुस्कुरा रही है।।...)

फ़िर दोनों वापस दौड़ लगाते। खोंपा में खोंसे गए फूल न जाने कब जंगल में गिरकर खो जाते...

अब सगेन का मन वहां से जाने को नहीं होता था। उसकी इच्छा होती कि वह अपनी चारिबा को ढेर सारी साड़ियां खरीदकर दे। बहुत खुश रखे उसे।

वहां से लौटने के बाद भी उसे रात दिन उसी के खयाल आते रहे। सगेन का प्राण भंवरा जो बन गयी थी वह!

फाइनल परीक्षा नजदीक आ गयी थी मगर इस बार सगेन का मन पढ़ाई में बिल्कुल नहीं लग रहा था। कभी उस लड़की की याद आती तो कभी मरंग गोड़ा की स्थितियां परेशान करतीं। वह तो गनीमत थी कि ताई का भाई जोटेया नोट्स और गेसपेपर वगैरह जुगाड़ लाता था। वही जबरन सगेन को साथ लेकर पढ़ने बैठता तो थोड़ी बहुत पढ़ाई हो ही जाती थी। किसी तरह पढ़ाई करके बी.ए. की परीक्षाओं से मुक्ति पा ली उसने और मरंग गोड़ा लौट आया।

सगेन अब अपने पैरों पर खड़ा होना चाहता था। जिस ताई ताऊ ने उसे पढ़ाया लिखाया, उनके लिए, चारिबा के लिए, अपने गरीब माता पिता के लिए, भाई बहनों के लिए, खास तौर पर अपने बीमार भाई के लिए कुछ करना चाहता था। लेकिन ताई को मरंग गोड़ा में अकेली छोड़कर नौकरी की खोज में बाहर जाने से भी डरता था वह। और अगर मरंग गोड़ा में रहना था तो खदान कंपनी के अलावा कहीं और अच्छा काम मिलने की संभावना भी नहीं थी। अतः वह कंपनी में ही काम ढूंढ़ने की कोशिश करने लगा।

बी.ए. तक की पढ़ाई कर चुका था सगेन। अपने दादा या पिता की तरह मजदूरी कर नहीं सकता था। अच्छे पदों के लिए मारामारी चलती थी वहां। बाहरी लोग ही भरे पड़े थे उनमें। अब क्या करे सगेन? इसी उधेड़बुन में वक्त तेजी से बीतने लगा। इसी बीच कंपनी में इलेक्ट्रिशियन की ट्रेनिंग शुरू हुई तो ताऊ ने अफसरों से आरजू मिन्नत करके सगेन को ट्रेनिंग के लिए भर्ती कर दिया। कहा– "अगर ये ट्रेनिंग ले लोगे तो यहां इलेक्ट्रिशियन की जरूरत पड़ने पर तुम्हारे लिए सिफारिश कर पाऊंगा मैं अफसरों से।" सगेन ट्रेनिंग में मन लगाने की कोशिश करने लगा। इस बीच उसका रिजल्ट आ गया था। द्वितीय

श्रेणी में पास कर गया था वह। उसके सभी प्रियजन बहुत खुश हुए। रिजल्ट लाने के लिए जब वह कॉलेज गया तो वहां से सारंडा भी चला गया अपनी प्रेयसी से मिलने और उसे अपने पास होने की खुशखबरी सुनाने। दोनों मिलकर भविष्य के ताने बाने बुनने लगे।

चारिबा ने सगेन के लिए माला गूंथी। लंबे लंबे छरहरे पेड़ों से गिरकर जमीन पर बिछ गए लंबे डंठल वाले सफेद जंगली फूलों की माला...बिना धागे के ही हाथों की अद्‌भुत कारीगरी से बुनकर बनायी गयी माला...चारिबा की सबसे पसंदीदा फूलों से गुंथी माला...

इसी दौरान एक दुर्घटना घट गयी।

जब एक दिन शाम को सगेन की ताई साप्ताहिक हाट से लौट रही थी, पड़ोस के कुछ लोगों ने, जिनके यहां दो दिन पहले ही एक नवजात शिशु की मौत हुई थी, ताई को पकड़ लिया और बेरहमी से पीटते हुए जोर जोर से चिल्लाना शुरू किया– "आज हम लोगों ने डाइन को पकड़ लिया है। आओ, आओ, सब लोग आओ और इसको मार डालो..." और देखते ही देखते आसपास के काफी लोग वहां जमा हो गए। फिर सबने जी भरकर उस पर अपनी भड़ास निकाली। अपने अपने परिवार में हुई मौतों, बीमारियों और शारीरिक विकलांगताओं की भड़ास। उन्होंने उसका सर मुंडाकर जबरन मानव मल खिलाया और बुरी तरह घायल करके मार ही डालने का उपक्रम कर रहे थे कि देवां ने उन्हें रोका। कहा– "इसे अभी मत मारो। पहले इससे मृत बच्चे को जिंदा करवा लो। इसने उसे मारा है। अब जिंदा भी इसे ही करना होगा।"

देवां के कहने पर ताई को एक अंधेरे कमरे में बंद कर दिया गया। फिर मृत बच्चे की दो दिन पहले दफनाई गई दुर्गंध उठती लाश को जमीन से निकालकर ताई के कमरे में डाल दिया गया। ताई पर दबाव डाला गया– "तुम ने मंत्र फूंककर इसे मारा है। अब तुम्हें ही इसे जिंदा करना होगा। जब तक बच्चे के रोने की आवाज बाहर नहीं आएगी, तब तक हम तुम्हें बाहर नहीं निकालेंगे।"

...और सगेन की निर्दोष ताई उस बंद अंधेरे कमरे में एक गंधाती लाश के साथ यातनाएं झेलती रही। पता चलने पर सगेन के ताऊ ने लोगों को समझाने

की बहुत कोशिश की मगर किसी ने उनकी एक न सुनी। उन्हें छोड़ने की एक ही शर्त रखी गयी थी– बच्चे को जिंदा करना होगा।

संयोग से इस घटना के अगले ही दिन सगेन लौट आया मरंग गोड़ा। वस्तुस्थिति से अवगत होने के बाद वह सीधे चला गया पुलिस स्टेशन और ताई को उस अंधेरी कोठरी से मुक्त करके घर ले आया। ताई की निशानदेही पर उस दिन कई लोगों की गिरफ्तारी हुई। लेकिन मरंग गोड़ा में तथाकथित डाइनों पर होनेवाले अत्याचारों का सिलसिला चलता ही रहा।

दहशत के माहौल में दिन गुजार रहा था सगेन। किसी अनहोनी की आशंका हर वक्त उसे घेरे रहती। लोगों की संदेह और घृणा भरी निगाहें घर की दीवारों को भेदकर सिर्फ उसकी ताई को ही नहीं बल्कि उसे और उसके ताऊ को भी लहूलुहान करती रहतीं। ताई के अकारण घर से निकलने पर तो उन लोगों ने पाबंदी लगा दी थी मगर रोजमर्रा के अति आवश्यक कार्यों के लिए बाहर निकले बिना काम भी नहीं चलता था। हाट बाजार, खेत खलिहान जहां भी जाती, आसपास के लोग उन्हें घेरने की फिराक में रहते। कई कई बार उनके चंगुल से भागकर जान बचाई उसने। और, अंततः तंग आकर मरंग गोड़ा से दूर...अपने पति और सगेन से दूर चाइबासा चली गयी वह। अपनी मां के घर।

सगेन के ताऊ आजीविका के लिए खदान कंपनी में नौकरी करने को मजबूर थे और सगेन को इलेक्ट्रिशियन की ट्रेनिंग पूरी करनी थी। वे मरंग गोड़ा नहीं छोड़ सके। ताई की अनुपस्थिति में उनका घर श्रीहीन हो गया। कभी सगेन को खाना बनाना पड़ता तो कभी उसके ताऊ को। ताई के हिस्से के पचासों काम अब दोनों मिलकर निबटाते। घर बड़ा सूना सूना लगता।

असली डाइन पकड़ में आयी

ट्रेनिंग के दौरान सगेन को अक्सर कंपनी के पुस्तकालय में बैठकर पढ़ाई करनी पड़ती। पुस्तकालय काफी समृद्ध था। यूरेनियम खनन से संबंधित काफी पुस्तकें थीं वहां। अपने मतलब की किताबें पढ़ने के बाद सगेन उन किताबों में भी रुचि लेने लगा। सगेन ने मिशनरी स्कूल से मैट्रिक की थी। साथ ही विज्ञान का छात्र होने के नाते चीजों को समझने में उसे ज्यादा मशक्कत नहीं करनी पड़ती थी। जैसे जैसे वह उन किताबों में डूबता गया, उसकी आंखें खुलती गयीं। अज्ञानता के बादल छंटते गये। उसने जाना कि वास्तव में यूरेनियम है क्या; कि यह कितना खतरनाक है।

दरअसल एक दिन जब एक पत्रिका में जापान के हिरोशिमा नागासाकी में हुए परमाणु बम विस्फोट के बाद जन्मे विकलांग बच्चों की तस्वीरें देखीं और उससे संबंधित रिपोर्ट पढ़ी तो उसे यूरेनियम की विध्वंसकारी शक्ति का अहसास हुआ। उसे यह तो थोड़ा बहुत पता था कि यूरेनियम से ही अणु बम और हाइड्रोजन बम बनाए जाते हैं, जिनकी चपेट में आने से सैकड़ों जानें जाती हैं मगर यह नहीं पता था कि इससे होनेवाले विकिरण का प्रभाव इतना विध्वंसकारी होता है कि बम विस्फोट के वर्षों बाद भी यह प्राणियों पर दुष्प्रभाव डालता है। नवजात शिशुओं को विकलांग बनाने की क्षमता रखता है। कैंसर जैसी लाइलाज बीमारियों से नयी नयी पीढ़ियों को तबाह करने की कूवत रखता है और तभी उसे अपने मरंग गोड़ा के लोगों में होनेवाली विकलांगता तथा अन्य विचित्र बीमारियों का राज समझ में आने लगा। अध्ययन के बाद उसे पता चला कि मरंग गोड़ा के लोगों को होनेवाली अधिकतर लाइलाज बीमारियों की जड़ में यूरेनियम से होनेवाला विकिरण है न कि किसी दुष्ट बोंगा का प्रकोप या डाइन विद्या, जैसा वहां के अज्ञानी लोग अब तक समझते रहे हैं और निर्दोषों पर जुल्म ढाते रहे हैं।

विभिन्न पुस्तकों को मथकर सगेन ने जो मक्खन बाहर निकाला था उसे अपने बहुत करीबी दोस्तों से साझा किया– "जानते हो, यूरेनियम प्रकृति में पायी

जाने वाली सबसे भारी धातु तो है ही, यह एक ऐसा अस्थिर रेडियोधर्मी तत्व भी है जो धीरे धीरे ऊर्जा की किरणों को बिखेरते हुए नष्ट होता जाता है। नष्ट होने की यह अवधि हमारी कल्पना से भी ज्यादा लंबी है। प्राकृतिक यूरेनियम का अर्द्ध जीवन ही करीब साढ़े चार खरब (बिलियन) वर्ष है। यानी जमीन से खोदकर बाहर निकाले गए यूरेनियम को...हमारे द्वारा पर्यावरण में जमा किए गए यूरेनियम के जीवनकाल को घटकर आधा होने में ही करीब साढ़े चार खरब वर्ष लगेंगे।''

– ''साढ़े चार खरब वर्ष? ये तो लगभग इस पृथ्वी की आयु के बराबर है न?'' सुनने वाला चौंकता।

– ''वो तो है ही।'' सगेन कहता, ''नष्ट होने या घटते जाने के क्रम में भी यूरेनियम कुछ अन्य रेडियोधर्मी तत्व जैसे– प्रोटाक्टिनियम, थोरियम, रेडियम, रैडॉन, पोलोनियम, बिस्मुथ, लेड आदि बनाता जाता है, जिनके संपर्क में आकर भी हम क्षतिग्रस्त हो जाते हैं। हाइड्रोजन, ऑक्सीजन, सोडियम, पोटाशियम, कार्बन जैसे सामान्य तत्वों के मौलिक कण यानी न्यूट्रॉन, प्रोटोन या इलेक्ट्रॉन नहीं टूटते मगर यूरेनियम जैसे संवेदनशील रेडियोधर्मी तत्वों के अणुओं में हमेशा विस्फोट होता रहता है जिससे उसके अणु के कुछ टुकड़े उससे टूट टूट कर गिरते रहते हैं और उसमें से ऊर्जा निकलती रहती है। इसी टूटने की प्रक्रिया को रेडियोऐक्टिविटि (रेडियोधर्मिता) कहते हैं और अणुओं के हर क्षयण के साथ यह अलग अलग नाम तथा गुण वाले रेडियोधर्मी तत्वों में बदलता जाता है।...''

स्कूल कॉलेज की पढ़ाई के दौरान भले ही सगेन ने फांकी मारी हो, यूरेनियम के बारे में पढ़ते समय उसने जरा भी बेइमानी नहीं की थी। एक अनुभवी अध्यापक की तरह वह अपना लेक्चर जारी रखता, ''रेडियोधर्मी क्षयन के दौरान दो तरह के विद्युतीय कण निकलते हैं। अल्फा तथा बीटा कण। इनके अतिरिक्त अत्यंत शक्तिशाली गामा किरणें भी उत्पन्न होती हैं। गामा किरणें 'एक्स-रे' की तरह रोशनी की रफ्तार से चलने वाली शुद्ध ऊर्जा की तरंगें होती हैं। अल्फा, बीटा कण और गामा किरणें शरीर में प्रवेश करके तरह तरह की विकृतियां उत्पन्न करती हैं। ये हमारे शरीर की जिन्दा कोशिकाओं में प्रवेश करके उसमें जेनेटिक विघ्न पैदा करती हैं।

''दरअसल...'', कुछेक पल के लिए रुककर सगेन सुनने वालों के चेहरों को पढ़ने की कोशिश करता, यह जानने के लिए कि उसकी बातें उनके पल्ले पड़

रही हैं या नहीं। फिर आश्वस्त होकर पुनः आरंभ करता...''बढ़ने के क्रम में हमारी कोशिकाएं निरंतर विभाजित होती रहती हैं और नयी कोशिकाएं बनती रहती हैं। स्वाभाविक रूप से यह प्रक्रिया एक निश्चित तथा नियंत्रित क्रम में होती है परंतु विकिरण की वजह से इन कोशिकाओं की वृद्धि अनियंत्रित ढंग से होने लगती है। विकिरण अपने तरीके से घुमाकर इन्हें विकसित करना आरंभ करता है। यही कारण है कि बच्चों का शारीरिक विकास अनियंत्रित हो उठता है और वे विकलांग हो जाते हैं।...''

– ''तभी हमारे मरंग गोड़ा में इतने सारे बच्चे विकलांग हो गये हैं?'' सुननेवाला दांतों तले उंगलियां दबाता। सगेन आगे बढ़ता जाता–

''विकिरण जीवित प्राणी के जीन के साथ तो छेड़छाड़ करता ही है, यह स्त्री पुरुष की जनन क्षमता को भी प्रभावित करके उन्हें बांझ बना देने की ताकत रखता है। जो प्राणी विकिरण या रेडियोधर्मिता या रेडिएशन के जितना निकट संपर्क में आता है, वह उतना अधिक प्रभावित होता है। विकिरण एक ही सेल में लाखों म्यूटेशन पैदा कर सकता है। मनुष्य के सेल में करीब 3.5 खरब (बिलियन) डी.एन.ए. के जोड़े होते हैं।''

...अपनी डायरी में नोट किये गये आंकड़ों पर आंखें फेरते हुए सगेन आगे बताता, ''प्रत्येक सेल में जो लगभग तीस हजार जीन पाए जाते हैं, उनका निर्माण इन्हीं डी.एन.ए. के जोड़ों से होता है। जहां एक खास सेल के मात्र दो जीन पर प्रभाव पड़ने पर ही कैंसर होने का खतरा रहता है वहीं विकिरण किसी सेल के ढेर सारे जीन को प्रभावित करने की क्षमता रखता है। इस प्रकार यह जेनेटिक इन्सटेबिलिटि पैदा करता है। गर्भधारण के पहले यदि माता पिता के अंडा तथा वीर्य का एक जीन भी प्रभावित हो जाए तो भावी बच्चे पर इसका असर यानी जेनेटिक इफेक्ट होता है। बच्चों का मंदबुद्धि होना या उनमें पाई जाने वाली कई तरह की जन्मजात विकृतियां इसी वजह से होती हैं। इतना ही नहीं, गर्भ में पलने के दौरान या जन्म लेने के बाद भी अगर विकिरण का प्रभाव पड़े तो विभिन्न प्रकार की समस्याएं उत्पन्न होती हैं। बड़ों की तुलना में बच्चे विकिरण से ज्यादा प्रभावित होते हैं।...''

विकिरण के बारे में अत्यंत बारीक अध्ययन करने के बाद सगेन को यह भी पता चला था कि अल्फा और बीटा कणों की तुलना में गामा किरणों की भेदन शक्ति ज्यादा होती है। गामा किरणें न सिर्फ हमारे शरीर को बल्कि 30 सें.मी. की कंकरीट की दीवार को भी भेद सकती हैं। बीटा कण मुलायम ऊतकों के

भीतर करीब 2 से.मी. तक प्रवेश कर सकता है जबकि अल्फा कण मुलायम ऊतकों के अंदर मात्र कुछ कोशिकाओं तक ही जा पाता है पर यदि यह सांस की नली से, पीने के पानी तथा खाद्य पदार्थों के माध्यम से या फिर किसी खुली चोट से शरीर में चला जाए तो गामा तथा बीटा किरणों से बीस गुना ज्यादा घातक हो सकता है क्योंकि शरीर के अंदर जाने के बाद भी ये जब तक जिंदा रहते हैं, तब तक निरंतर विस्फोट करते ही रहते हैं और आसपास के ऊतकों, कोशिकाओं पर अपना दुष्प्रभाव डालते रहते हैं। यूरेनियम तथा उसके ज्यादातर तत्व प्रोसेसिंग के क्रम में अल्फा कण ही ज्यादा छोड़ते हैं जो आज तक पाए जाने वाले सबसे विषैले तत्वों में से एक हैं।...

इन दिनों सगेन का दिमाग दिन रात यूरेनियम सागर में ही गोते लगाता रहता। यूरेनियम के बारे में जब जब सगेन कोई नयी जानकारी हासिल करता, जल्द से जल्द अपने करीबी दोस्तों से बांटने को मचल उठता, "पते की बात तो यह है कि विकिरण का न तो कोई स्वाद होता है, न कोई गंध और न ही हम इसे खुली आंखों से देख सकते हैं। इसलिए इसके निःशब्द वार का पता ही नहीं चल पाता। जब तक यूरेनियम पृथ्वी के गर्भ में दबा छिपा रहता है, शांत रहता है। मगर बाहर आते ही तबाही आरंभ कर देता है..."

...और इस प्रकार जैसे जैसे सगेन के यूरेनियम संबंधी ज्ञान में वृद्धि होती जा रही थी, उसकी बेचैनी बढ़ती जा रही थी। अपने मरंग गोड़ा के लोगों को इस मुसीबत से छुटकारा दिलाने की तरकीबें ढूंढ़ने लगा था वह। आसपास के लोगों को समझाने की कोशिश करता कि उनकी बीमारी की असली वजह यूरेनियम से होने वाला विकिरण है। किसी डाइन ने उनका कुछ नहीं बिगाड़ा है। उसकी ताई भी निर्दोष है।

उसकी बातों का लोगों पर कोई खास असर नहीं पड़ा। उसने मरंग गोड़ा के उन लड़कों से संपर्क किया जो एक राज्य स्तरीय राजनीतिक पार्टी झारखंड स्टुडेंट्स यूनियन से जुड़े हुए थे और बिहार से अलग झारखंड राज्य की मांग को लेकर आंदोलन कर रहे थे। घाटशिला, मुसाबनी जैसे आसपास स्थित जगहों की तांबा खदानों के कारण इलाके में झारखंडी चेतना का विकास तो पहले ही हो चुका था। सूरज सिंह बेसरा जैसे नेताओं के कारण घाटशिला, मुसाबनी जैसे कई इलाकों में जल, जंगल, जमीन, नौकरी, रोजगार, विस्थापन जैसे मुद्दों पर आंदोलन की शुरुआत भी हो चुकी थी। सुकुमार मार्डी जैसे समर्पित लोगों की टोली भी काफी दिनों से अगल बगल के इलाकों से आकर मरंग गोड़ा के

आंदोलन में भाग लेती रही थी। विस्थापन, मुआवजा, रोजगार के मुद्दों के अलावा भी मरंग गोंड़ा की यूरेनियम खदान के प्लांट से निकलने वाले जहरीले धुंए से हो रहे प्रदूषण के खिलाफ आवाज उठाते रहे थे। धुंएं से प्रभावित लोगों को पड़ रहे खांसी के दौरे से बचाने के लिए, नष्ट होते धान और सब्जियों को बचाने के लिए खदान कंपनी के मैनेजमेंट पर दबाव डालने का प्रयास करते रहे थे। ये सारी बातें काफी पुरानी हो चुकी थीं। मरंग गोड़ा की राजनीति में सगेन ने नया नया प्रवेश किया था। सगेन की नसों में भी क्रांतिकारी पिता का खून दौड़ रहा था। उसने उस राजनीतिक दल से जुड़कर यूरेनियम और विकिरण के मुद्दे को प्रचारित करने की कोशिश की तो लोग उसे डराने धमकाने लगे, सतर्क करने लगे– "यूरेनियम या परमाणु का मामला अत्यंत संवेदनशील मामला है। इसके खिलाफ सार्वजनिक रूप से कुछ भी बोलना, या कोई भी कदम उठाना देशद्रोह माना जाता है। इस मामले में कंपनी तथा प्रशासन का रवैया अत्यंत सख्त है। ऐसा करने पर किसी भी वक्त गिरफ्तार किये जा सकते हो। कठोर से कठोर सजा हो सकती है। अपने पिता की तरह वर्षों जेल में सड़ना चाहते हो क्या?"

यूरेनियम विकिरण मुद्दे पर खुलेआम उसके साथ काम करने के लिए कोई तैयार नहीं होता, और यह कहकर उसे शांत करने की कोशिश की जाती कि पहले आंदोलन द्वारा अलग झारखंड राज्य तो हासिल कर लिया जाए। अपना राज्य होगा तो मिल बैठ कर यूरेनियम विकिरण समस्या का हल भी निकाल लेंगे।

– "लेकिन हमारे मरंग गोड़ा की यह यूरेनियम कंपनी तो सीधे केंद्र सरकार द्वारा संचालित है। राज्य क्या करेगा?" सगेन टोकता, मगर कोई इस मुद्दे को गंभीरता से नहीं लेता। या फिर लेता भी तो देशद्रोही का आरोपी बनने से कतराता। तो क्या अब तक जान बूझकर विकिरण के मुद्दे को दबाए रखा गया? सगेन सोचता, ऐसा कैसे हो सकता है कि किसी नेता को, किसी अफसर को, या इलाके के किसी उच्चशिक्षित व्यक्ति को विकिरण और उसके दुष्प्रभाव के बारे में पता ही न हो? यह कैसा षड्यंत्र है? आखिर क्यों यहां के अशिक्षित, अल्पशिक्षित आदिवासियों को इतनी बड़ी और भयानक सच्चाई से अब तक अनजान रखा गया? क्यों उन्हें सावधान नहीं किया गया? क्यों नहीं बताया गया कि टेलिंग डैम के ऊपर से नंगे पांव चलना या बच्चों का वहां खेलना स्वास्थ्य के लिए अत्यंत घातक है? क्यों खुदाई के दौरान निकलने वाले ऐसे पत्थरों को, जिनमें कम मात्रा में यूरेनियम होता है, सड़क किनारे यूं ही फेंक दिया जाता है? अज्ञानतावश कितने ही लोग उन्हें उठाकर ले जाते हैं और घर की दीवार, छत

या चहारदीवारी बनाने के काम लाते हैं। उनसे निरंतर निकलने वाली गामा किरणों या रैडॉन गैस के शिकार होते रहते हैं बेचारे...। क्यों खदान या मिल में काम करने वाले मजदूरों को यूरेनियम की धूल लगे कपड़ों को पहन कर घर जाने से मना नहीं किया गया? यह क्यों नहीं बताया गया कि इससे घर भर के लोग विकिरण से प्रभावित हो सकते हैं? खास करके वह पत्नी, जो इसे नंगे हाथों से धोती है? क्यों नहीं बताया गया कि खदान से विस्फोट करके निकाले गये यूरेनियम अयस्क वाले पत्थरों से धुल धुलकर आते बरसाती जल के कारण उनके कुओं, तालाबों और नदी के पानी में, उनकी मिट्टी में, उनके खेतों की फसल में जहर घुल चुका है? क्यों खनन कार्य के लिए, मिल या टेलिंग डैम के लिए उनकी जमीन लेते वक्त उन्हें यह नहीं बताया गया कि उनसे न सिर्फ उनकी जमीन ली जा रही है या उनका जंगल लिया जा रहा है बल्कि उनका स्वास्थ्य, उनका खुशहाल जीवन भी छीना जा रहा है। स्वयं सगेन ने अपने प्रिय ततंग और जियंग को खोया है इस जहर के कारण। भाई और पिता लाइलाज बीमारी से ग्रस्त हैं। बेचारी ताई डाइन होने का लांछन लेकर अपमानजनक जीवन जी रही है। सगेन जितना सोचता, उतना ही तिलमिलाने लगता। सोचता– पिताजी को यूरेनियम से होने वाले विकिरण के कुप्रभाव के बारे में कुछ भी पता नहीं था, फिर भी उन्होंने मजदूरों की छोटी छोटी समस्याओं के लिए आवाज उठाई। आज जब हमें इतनी बड़ी त्रासदी के बारे में पता चल गया है तो हम चुप कैसे रह सकते हैं? अगली पीढ़ी को बचाने के लिए हमें लड़ना ही होगा।

झारखंड स्टूडेन्ट्स यूनियन में शामिल होकर अलग झारखंड राज्य के लिए इलाके के स्कूल कॉलेजों में जा जाकर छात्रों को संगठित करने में या बंद, घेराव, प्रदर्शन, हड़ताल, रैली जैसी राजनीतिक गतिविधियों में सगेन भले ही बढ़ चढ़कर हिस्सा ले रहा था मगर उसका मन राज्यव्यापी आंदोलन से ज्यादा अपने क्षेत्र की समस्याओं के लिए आवाज उठाने के लिए व्यग्र रहता। यूरेनियम या विकिरण के खिलाफ सार्वजनिक रूप से कुछ बोलने की भले ही मनाही हो पर विस्थापन, रोजगार अथवा मुआवजे के लिए तो वह मरंग गोड़ा के लोगों के पक्ष में लड़ ही सकता है। और इस बहाने लोगों के करीब आकर विकिरण संबंधी जागरूकता भी ला सकता है।

काफी दिनों तक झारखंड स्टूडेंट्स यूनियन का सक्रिय काडर रहने के बाद, कानून विरोधी छोटी छोटी गतिविधियों में शामिल होकर गिरफ्तारी देने के बाद जब उसकी हिम्मत काफी बढ़ गयी, तब उसने अपना अलग संगठन बनाने का

निर्णय लिया। मरंग गोड़ा के कुछ युवकों को लेकर आरंभ किए गये संगठन का नाम रखा गया– 'मरंग गोड़ा आदिवासी विस्थापित बेरोजगार संघ'। इस संगठन के तहत वह विस्थापित बेरोजगारों को कंपनी में मुआवजा तथा नौकरी दिलवाने, इलाके में प्राथमिक स्वास्थ्य केंद्र खुलवाने आदि के लिए आंदोलन करने लगा।

धीरे धीरे वह काफी सक्रिय हो उठा। उसकी गतिविधियों से परेशान होकर कंपनी की तरफ से उसे नौकरी की पेशकश की गयी– इलेक्ट्रिशियन की नौकरी, जिसकी उसने ट्रेनिंग ले रखी थी। कुछ समय के लिए सगेन दुविधा में पड़ गया। नौकरी की उसे सख्त जरूरत थी। वर्तमान और भविष्य दोनों के लिए। बीमार पिता और भाई के लिए! मगर जिस राह पर वह चल चुका था उससे वापस आना उसे गवारा न था। अतः उसने नौकरी के लोभ का संवरण किया और जी जान से मरंग गोड़ा के आदिवासियों को उनका हक दिलाने में लग गया।

जनशक्ति का सदुपयोग

संयोग से उन्हीं दिनों उसे कोयलकारो जलविद्युत परियोजना के खिलाफ एक लंबे समय से चल रहे आदिवासी आंदोलन की एक सभा में जाने का मौका मिला। एन.एच.पी.सी. के तहत भारत में बनने वाली पांच बड़ी परियोजनाओं में से एक, इस कोयलकारो परियोजना से 732 मेगावाट बिजली उत्पादन करने का अनुमान लगाया गया था। और, रांची से महज 76 कि.मी. दूर लोहाजिमी तथा लुपुंगकेल के कोयल तथा कारो नदी पर बनने वाली इस परियोजना के कारण सैकड़ों आदिवासी गांवों के लोग, जिनमें मुंडाओं की संख्या सबसे अधिक थी, विस्थापित होने वाले थे। कोयलकारो आंदोलन वाली सभा से सगेन काफी प्रभावित हुआ। नगाड़ा बजाकर दूर दूर के गांवों के लोगों को सभा में बुलाना, विभिन्न परियोजनाओं के कारण विस्थापित हुए लोगों की त्रासदी पर बनी फिल्में दिखाकर लोगों में जागरूकता लाना, जन प्रतिनिधियों द्वारा बिना किसी बड़े राजनीतिक दल के बैनर तले स्वेच्छा से मदद के लिए आने वाली कुछ स्वयंसेवी संस्थाओं, पत्रकारों तथा समाजसेवियों की मदद से कोयलकारो जनसंगठन के लिए काम करना और लंबे समय से इस परियोजना के काम को रोके रखना, सगेन को काफी कुछ सीख दे गया। इस सभा से सगेन के दिमाग में यह विचार भी आया कि क्यों न प्रभावित गांवों के मुखिया– 'मांझी हड़म' या पैंसठ गांवों के मुखियाओं के मुखिया– 'परगना' की जनशक्ति का सदुपयोग अपने आंदोलन के लिए किया जाए। उनके द्वारा 'चलो सबको शिकार पर जाना है' अथवा 'चलो आज अमुक नदी, तालाब या डैम में मछली मारना है' कहने पर ही जब सारे लोग चल पड़ते हैं, आपस के छोटे बड़े तमाम झगड़ों तथा मुसीबतों का निपटारा उनके आदेश पर कर लेते हैं तो क्यों न हम अपने आंदोलन में उनकी इस शक्ति का, गांव वालों की एकता का लाभ उठाएं। सिर्फ कुछ छात्रों को लेकर इस आंदोलन को व्यापक रूप नहीं दिया जा सकता। और, उसने अपनी इस रणनीति पर काम करना आरंभ कर दिया।

इसी बीच मरंग गोड़ा के माटीकोचा गांव में एक नया टेलिंग डैम बनाने की बात सामने आयी। कंपनी द्वारा नोटिफिकेशन किया गया। कहा गया कि जिन जिनकी जमीन इसमें ली जाने वाली है, वे कंपनी की ट्रेजरी में आकर मुआवजा ले लें। पुनः घरों का, खेतों का उजड़ना? पुनः विस्थापन? पुनः पेड़ों की कटाई? पुनः जाहेर थान या अखड़ा का नष्ट होना? पुनः चंद सिक्के थमाकर आदिवासियों को उनकी जड़ों से उखाड़ फेंकना?...नहीं, अब और नहीं होने देना है यह सब! अड़ गया सगेन! अड़ गए सगेन के आंदोलनकारी संगी साथी। प्रभावित ग्रामीणों से बात की। कुछ लोगों ने कहा– कंपनी वाले बहुत ताकतवर हैं। वे जो चाहेंगे, वही करेंगे। बेहतर होगा, हमारी जमीन के बदले वे जो कुछ दे रहे हैं उसे लेकर चुपचाप कहीं चले जाएं हम। ग्राम प्रधान– मांझी हड़म ने भी उनके स्वर में स्वर मिलाया– "ऐसे भी हम बगल में टेलिंग डैम होने की वजह से यहां से चले जाना चाहते हैं। अगर कंपनी मुआवजा देती है तो फायदा ही होगा हमें..."

माटिकोचा गांव में न तो सगेन के पिता का घर पड़ता था और न ही ताऊ का। फिर भी वह वहां के ग्रामीणों को उनका हक दिलाने के लिए प्रयत्नशील हो उठा। जब उस गांव के लोगों को कंपनी के खिलाफ आंदोलन के लिए राजी नहीं कर पाया, तब उसने जाहेर थान का मुद्‌दा उठा कर जिले के सभी परगनाओं को, जो पैंसठ गांवों के ग्राम प्रधानों के प्रधान हुआ करते थे, माटिकोचा गांव में आयोजित सभा में आमंत्रित करके समझाया– "जब आप लोगों के संताली समाज में जाहेर थान (पूजा स्थल) पर स्थित एक भी पेड़ काटे जाने पर सजा देने का प्रावधान है तब खदान कंपनी द्वारा खदान, मिल या डैम बनाने के लिए जो सैकड़ों पेड़ काटे गये हैं या काटे जा रहे हैं, उसकी क्या सजा होनी चाहिए? और फिर इस जगह टेलिंग डैम बनेगा तो सिर्फ कुछ घर और खेत ही नहीं बल्कि आप लोगों का पूजा स्थल जाहेर थान भी तो डूब जाएगा?..."

इन बातों ने उन्हें झकझोर कर रख दिया और उन्होंने सगेन द्वारा स्थापित जनसंगठन से जुड़कर कंपनी के खिलाफ आंदोलन करने का निर्णय लिया।

परगनाओं का निर्णय– समस्त गांववालों का निर्णय! अब इस जनांदोलन में उफान आने में देर न लगी। धरना, प्रदर्शन में शामिल होने के लिए नगाड़े की थाप ही काफी थी। चींटी की तरह पंक्तिबद्ध होकर निकल आते थे गांव वाले। जिला प्रशासन या खदान कंपनी के किसी भी पदाधिकारी को गांव के अंदर घुसने से, भावी टेलिंग डैम के आसपास जाने से रोकने लगे। सगेन के नेतृत्व में मरंग

गोड़ा के चौक चौराहे में, गली कूचे में जगह जगह दीवारों पर हिन्दी और संताली में अपने हक, आंदोलन, विस्थापन संबंधी नारे लिखे जाने लगे।

– दुनिया वालों सुन लो आज, हमारे गांव में हमारा राज!

– जान दे देंगे मगर अपने पवित्र जाहेर थान को डूबने नहीं देंगे!

खदान कंपनी के मातहतों ने उन्हें समझाने की कोशिश की– "देखो, ये जमीन हमारी है। हम अपनी जमीन पर डैम बना रहे हैं। तुम लोग इसका विरोध नहीं कर सकते।"

– "हम विरोध करेंगे। ये जमीन हमारी है। हमारे पुरखों ने खून पसीना एक करके इसे रहने और खेती करने लायक बनाया है। वर्षों से हम यहीं रहते आए हैं, खेती करते आए हैं।"

– "तुम्हें इसका मुआवजा दिया जाएगा।"

– "हमें नहीं चाहिए मुआवजा। किस किस चीज का मुआवजा देंगे आप? मुआवजा लेकर जो लोग विस्थापित हुए, चंद दिनों में उनके सारे पैसे खत्म हो गये। वे अपने घर और खेतों के साथ साथ अपनी संस्कृति से भी कट गए। नृत्य संगीत से दूर हो गये। संबंधियों से बिछड़ गये। मागे: पोरोब में बहनों को भाइयों ने न्योता नहीं दिया। हम कोई बनिया नहीं कि एक एक पैसा बचाकर खर्च करें। हमें खाने पीने और मौज मस्ती करके हाथ आए सारे पैसों को उड़ा देने की आदत है। हमारे खेत बचे रहेंगे तो हमारे बच्चों के, बच्चों के बच्चों के काम आएंगे। मगर उतने दिनों तक मुआवजे के पैसे उनके लिए बचाकर रख पाएंगे क्या?..."

गांव वालों की तमाम दलीलें धरी की धरी रह गयीं। और...एक दिन कंपनी वालों ने भारी पुलिस बल के सहारे माटीकोचा गांव के एक टोले के तीस घरों को निर्ममता से तोड़ डाला। एक बार फिर निपुणता से चित्रकारी की हुई रंग बिरंगी दीवारें जमीन पर आ गिरीं...उनके नीचे तिल तिल कर जोड़ी हुई गृहस्थी की कितनी ही चीजें दबकर टूट गयीं। मिट्टी के बर्तन...चूल्हे...

अपने अपने घरों के भग्नावशेष पर सिर पर हाथ धरे बैठे ग्रामीण जब आंसू बहा रहे थे तब एक गैर आदिवासी पत्रकार बड़े मनोयोग से लुढ़के हुए घड़ों की, कोयल, मोर या फूल पत्ते उकेरी गई दीवारों की, आंसू बहाते ग्रामीणों की तस्वीरें ले रहा था, अपने वीडियो कैमरे से रिकॉर्डिंग कर रहा था। यह वही पत्रकार था, जिसके द्वारा कोयलकारो तथा नेतरहाट फील्ड फायरिंग रेंज के खिलाफ चल रहे आंदोलन पर बनायी गयी फिल्म देख कर सगेन और उसके साथी आंदोलनकारी

अत्यंत प्रभावित हुए थे और बड़े आग्रह के साथ जिसे मरंग गोड़ा आने का उन्होंने निमंत्रण दे डाला था। झारखंड (तत्कालीन बिहार) के विभिन्न क्षेत्रों में आदिवासियों के लिए काम कर रहे एक एन.जी.ओ. के कर्ता धर्ता ईसाई आदिवासी युवक जॉन डायेस ने ही मरंग गोड़ा के आसपास के इलाकों में आयोजित सभाओं में उस पत्रकार द्वारा निर्मित फिल्मों को दिखाया था और मरंग गोड़ा के उस विस्थापन विरोधी जन संगठन के सदस्यों के आग्रह पर उस पत्रकार को रांची से मरंग गोड़ा लाकर पीड़ितों से मिलवाया था,

"इनसे मिलिए, यही है वो फिल्म बनाने वाला पत्रकार– आदित्यश्री!"

पहले दिन मरंग गोड़ा में कदम रखते ही उस युवा पत्रकार आदित्यश्री ने देखा था, ढेर सारे औरत, मर्द, बच्चे, बूढ़े एक तालाब में उछल कूद करते हुए हाथ से ही मछली पकड़ रहे हैं। बड़ा आश्चर्य हुआ था उसे। अपने वीडियो कैमरे से शॉट लेते हुए उसने जाना था कि अचानक उस दिन तालाब की तमाम मछलियां मर मरकर पानी की सतह पर चली आई थीं। तभी इतनी आसानी से लोग उन्हें पकड़ पा रहे थे। बाद में सगेन ने खुलासा किया था– "तालाब में टेलिंग डैम का जहरीला पानी कुछ ज्यादा ही चला आया था शायद..."

इधर सगेन और उसके दल के लोगों ने टूटे घर वाले पुरुषों के साथ साथ महिलाओं को भी समझाना आरंभ किया– "आप लोगों ने इतने जतन से तिल तिल करके अपना घर बनाया। उसे सजाया संवारा। हाड़तोड़ मेहनत करके गृहस्थी की छोटी बड़ी चीजें जुटाईं। और कंपनी वालों ने क्या किया? बगैर पूछे, बगैर सूचना दिए आपके घर को तोड़ डाला। क्या आप लोग इसका प्रतिवाद नहीं करेंगे? हर आदमी को अपनी लड़ाई खुद लड़नी चाहिए। अपने प्रति हो रहे अन्याय, शोषण के खिलाफ आवाज उठाना चाहिए। हमें किसी अवतार की, किसी भगवान की प्रतीक्षा नहीं करनी है। बिरसा ने, कृष्ण ने अन्याय के खिलाफ आवाज उठायी। हमने उन्हें भगवान का दर्जा दिया और सोचने लगे कि हमेशा ऐसा ही कोई अवतारी पुरुष, कोई अलौकिक शक्ति हमारा उद्धार करने आएगी। और हम हाथ पर हाथ धरे बैठे रह गये। यह अलौकिक शक्ति कुछ और नहीं, हमारा आत्मविश्वास है। हमारी हिम्मत है। इसे ही जगाना है हमें। हमें बिरसा की तरह भगवान नहीं बनना है। हमें मानव ही रहना है। मानव बनकर मानव के अधिकारों के लिए लड़ना है। याद रखिए कि लंबे समय तक सिर नीचे करके

हाथ पैर मोड़कर पड़े रहते रहते इनसान भी चौपाया जानवर बन जाता है। भेड़िये के बच्चों के बीच पले इनसानी बच्चे की कहानी तो सुनी ही होगी आपने...''

सगेन की बातें महिलाओं को जंच गयीं और वे उग्र हो उठीं...साहसी हो उठीं। सगेन के विस्थापन विरोधी राजनीतिक दल के सचिव की पत्नी ने पीड़ित औरतों का नेतृत्व करना आरंभ किया। पुलिसिया अत्याचार की परवाह न करते हुए पुरुषों के कंधे से कंधा मिलाकर औरतें भी जगह जगह धरना प्रदर्शन करने लगीं। पुनर्वास तथा रोजगार की मांग करते हुए, नए टेलिंग डैम के निर्माण का विरोध करते हुए कंपनी के मुख्य गेट को घेर कर लुरमडीह, काटिन, तरवा, सतजनता आदि खदानों से कच्चा माल लेकर आने वाली गाड़ियों को मिल में घुसने से रोका जाने लगा।

देखने लायक नजारा था। लाल पाड़ वाली सफेद साड़ी में औरतें। पीले रंग का साफा बांधे पुरुष! औरतों के हाथ में बेलन, झाड़ू, कलछुल, कटारी जैसे घरेलू अस्त्र! पुरुषों के हाथ में तीर धनुष, लाठी, डंडा! ढोल, नगाड़ा, मांदर भी! वे उन्हें बजा रहे हैं...नाच रहे हैं...नारे लगा रहे हैं...

– ''दुनिया वालों सुन लो आज...''

– ''सुन लो आज, सुन लो आज...''

– ''हमारे गांव में हमारा राज...''

– ''हमारा राज, हमारा राज...''

– ''इनकलाब जिंदाबाद...''

– ''जिंदाबाद जिंदाबाद...''

– ''जल जंगल जमीन हमारा है...''

– ''हमारा है, हमारा है...''

– ''हमें हमारा घर, वापस करो...''

– ''वापस करो, वापस करो...''

– ''हमारा खेत वापस करो...''

– ''वापस करो, वापस करो...।'' अपनी मांगों को दुहरा रहे हैं। सामने सशस्त्र बल है। सी.आई.एस.एफ. है। पुलिस है। वे उन्हें खदेड़ रहे हैं...आगे बढ़ने से रोक रहे हैं। आंदोलनकारियों के खिलाफ किसी भी क्षण कोई भी खतरनाक कदम उठाने को तैयार हैं। बिल्कुल तैयार।

सनसनी...

सगेन उस संगठन का अध्यक्ष है। उसे निर्णय लेना है। बहुत बड़ी जिम्मेदारी है उस पर। वह परेशान है। दुविधा में है। वह परगना से पूछ रहा है। संगठन के सचिव से सलाह मशवरा कर रहा है। आंखों ही आंखों में गांव के बुजुर्गों की राय जान रहा है। वह एक आदिवासी युवक है। ऐसे समुदाय का युवक, जहां तमाम निर्णय सामूहिक होते हैं। व्यक्ति गौण होता है। सगेन सिर्फ उस समूह का प्रतिनिधित्व कर रहा है।

उनके साथ, उनके सामने हाथ में कैमरा लिये वह पत्रकार आदित्यश्री भी अपने कुछ साथियों के साथ जब तब नजर आने लगा है। उसे पता है कि किसी भी वक्त उसके साथ कोई भी अनहोनी हो सकती है। पिछली बार मरंग गोड़ा से काफी दूर धमाड़ के पास बन रहे तुरंगी डैम का निर्माण कार्य रोकने के लिए गांव से निकलकर डैम की तरफ बढ़ते जुलूस की अगुआई करते देख डैम के ठेकेदारों ने अपने गुंडों से जमकर पिटवाया था उसे। अधमरा सा रात भर जंगल में पड़ा रहा था। रांची में हल्ला हो गया था कि वह मर चुका है, पर उसकी जान सख्त निकली। बच गया वह। पता चला– ठेकेदार की नाराजगी की वजह उसके द्वारा फिल्में दिखा दिखाकर गांववालों को भड़काया जाना था।

– कौन बनाता है ऐसी फिल्में?...ठेकेदार ने पता लगाया था।

– वही, जो फोटो खींचता है।

– तो पीटो साले को। ध्यान रहे, गांववालों पर हाथ नहीं उठना चाहिए।

...और बस, टूट पड़े थे कुछ लठैत उस पर। जुलूस में भगदड़ मच गयी थी।

काफी समय लगा था उसे स्वस्थ होने में। मगर बहुत जल्द यह खबर फैल गयी थी दूर दूर तक कि आदिवासियों की समस्याओं पर फिल्में बन रही हैं... जनता को जागरूक किया जा रहा है...तभी तो सगेन और उसके साथियों ने भी उस पत्रकार को आमंत्रित किया था मरंग गोड़ा आने के लिए।

और मरंग गोड़ा के जुलूस के सामने कैमरा लेकर चलते वक्त उस जनसैलाब में रेहु, कतला मछली की तरह ऊपर उठते और नीचे गिरते मुष्ठिबद्ध हाथों को देख आदित्यश्री को यहां आने का वह पहला दिन याद आता जब यहां के तालाब में अधमरी मछलियां डूब उतरा रही थीं।

इस बीच आंदोलन की भनक पाकर...सगेन के संगठन की जनशक्ति और उनकी संख्या के बारे में जानकर बाहर के कई राजनीतिक दलों के छोटे बड़े नेता मरंग गोड़ा आ धमके। इलाके में अपनी अपनी पकड़ मजबूत करने के लिए, आंदोलन को अपने अपने दल की छत्रच्छाया में लेने के लिए उन्होंने सगेन द्वारा आरंभ किये गये इस आंदोलन में दखलअंदाजी करना आरंभ कर दिया। उनकी तरफ से जगह जगह सभाओं का आयोजन किया जाने लगा। भाषणबाजी होने लगी। अपने अपने स्तर पर खदान कंपनी तथा जिला प्रशासन से हाथ मिलाकर मरंग गोड़ा के ग्रामीणों के साथ उनकी सुलह करवाने का दावा किया जाने लगा।

बाहरी राजनीतिक दलों के नेताओं के हस्तक्षेप से कंपनी वालों ने राहत महसूस की और उनके साथ मिल बैठ कर विस्थापित ग्रामीणों को एक छोटा पैकेज देकर शांत करने का निश्चय किया। पैकेज के तहत हर विस्थापित परिवार के एक सदस्य को कंपनी में नौकरी देने और एक एक इंदिरा आवास देने की बात तय हुई।

सगेन और उसके आंदोलनकारी साथियों को यह पैकेज पसंद नहीं आया।

– अरे ये तो बिल्कुल ठगने वाला पैकेज है।...उन्होंने कहा।

– परिवार के एक सदस्य को नौकरी? ज्यादातर परिवार में तो कई कई बालिग सदस्य हैं। अविवाहित बहनें, बुजुर्ग मां बाप, बाल बच्चों वाले कई एक शादीशुदा भाई...। उनका क्या होगा?

– नीची छत वाले छोटे से एक दमघोंटू इंदिरा आवास में परिवार के इतने सारे सदस्य रहेंगे कैसे?

– नहीं नहीं। यह पैकेज नहीं चाहिए हमें।...सगेन ने कहा। उसके साथी आंदोलनकारियों ने कहा। मांझी हड़म और परगनाओं ने कहा। मरंग गोड़ा के तमाम आदिवासियों ने कहा और सबने मिलकर इसका पुरजोर विरोध करना आरंभ किया।

इधर कंपनी वालों को जल्द से जल्द तीसरे टेलिंग डैम का निर्माण करना था। स्थानीय मजदूरों द्वारा असहयोग किये जाने पर उन्होंने बाहरी मजदूरों को लाकर भारी संख्या में पुलिस बल की मदद से काम करवाना आरंभ कर दिया। इन कार्यों में बाहरी राजनेताओं को सहयोग करते देख मरंग गोड़ा के लोगों को बड़ा गुस्सा आया। वे उन्हें अपना दुश्मन समझने लगे और 'मरंग गोड़ा आदिवासी विस्थापित बेरोजगार संघ' के नेतृत्व में अपना आंदोलन तेज कर दिया।

इन सबके पीछे सगेन था इसलिए पुलिस सबसे पहले उसे गिरफ्तार करने गयी। आंदोलन को जीवित रखने की खातिर गांववालों ने उसे मरंग गोड़ा से भागने पर मजबूर कर दिया। प्रमुख पुरुष सहयोगियों के साथ उसे ले जाकर छिपा दिया जंगल में।

भूमिगत होकर सगेन बेचैन हो उठा। मांझी हड़म से आग्रह किया कि वे इस आंदोलन को जारी रखने में उसकी मदद करें।

...और उसे मदद मिली। भरपूर मदद मिली। जंगल में भी। रणक्षेत्र में भी।

मांझी हड़म और परगनाओं के कहने पर जेल भरो आंदोलन शुरू कर दिया गांववालों ने। कंपनी का काम रोकने के लिए, उनकी गाड़ियों की आवाजाही बंद करने के लिए मवेशियों के साथ पांच पांच महिला पुरुष सड़क पर लेट जाते। जैसे ही पुलिस उन्हें गिरफ्तार करती, पांच और महिला पुरुष आकर उनकी जगह ले लेते। इस प्रकार रोज करीब पचास साठ ग्रामीण स्वेच्छा से गिरफ्तारी देने लगे। आसपास के सभी गांवों के लोग गिरफ्तारी देने को तैयार थे। उनकी सक्रियता, आंदोलन में उनके सहयोग की खबर पाकर सगेन और उसके भूमिगत साथी दंग रह गये।

हैरानी उन्हें उन लोगों की दिलदारी देखकर भी हुई, जो जंगल में छिपे रहने में निस्वार्थ भाव से उनकी मदद कर रहे थे। पत्ता तोड़ने या लकड़ी काटने के बहाने स्थानीय संताली महिलाएं उन्हें खाना पहुंचा जाती थीं। मरंग गोड़ा से उनकी राय, उनका निर्देश लेने के लिए, पश्चिमी सिंहभूम तथा अन्य इलाकों से उनके सहयोग के लिए आने वाले आंदोलनकारियों, भरोसेमंद प्रेसवालों को रास्ता दिखाकर उन तक लेकर आती थीं वे। रात को वन गांव स्थित किसी झोपड़ी में सोने की व्यवस्था भी कर देती थीं। किसी ने मुखबिरी नहीं की। दरअसल जंगल के पास वाले गांव के ग्राम प्रधान ने आंदोलन के लिए आने वाले लोगों की मदद की जिम्मेदारी ली थी। वे ही चंदा करके उनके लिए भोजन सामग्री जुटाते। गांव में खाना बनवाकर उनके पास भेजते।

सगेन और उसके आंदोलनकारी साथियों के मनोरंजन का भी पूरा खयाल रखा उन्होंने। एक दिन उनके आतिथ्य के लिए जंगल में नदी किनारे महुए की शराब बनाने का बंदोबस्त किया गया।

जड़ी बूटियों से बनाए गये रानु के साथ पानी में तीन चार दिनों तक फुलाकर रखे गये सूखे महुए के फूलों को मिट्टी की हांडी समेत ले जाकर नदी

किनारे बनाए गये लकड़ी के चूल्हे पर चढ़ा दिया गया। एक दूसरी हांडी को, जिसके पेट में एक छोटा सा छेद था, चूल्हे पर बैठाई हुई हांडी के मुंह पर उल्टा रखकर गीली मिट्‌टी से सटा दिया गया। लकड़ी की आंच पाकर पानी में खौलते महुआ और रानु की भाप ऊपर वाली हांडी में पहुंचने लगी। उस हांडी के पेट वाले छेद में एक बांस की नली डाली हुई थी और उस नली का दूसरा सिरा नीचे रखे एक ऐसे बरतन में खुलता था जिसका आकार केतली से मिलता जुलता था। ऊपर वाली हांडी, बांस की नली और उस केतलीनुमा बरतन से होते हुए महुए की भाप अंततः एक ऐसी बोतल में पहुंची, जिसे एक पानी के छोटे से हौदे में रखा गया था। ठंडे पानी के संपर्क में आते ही भाप भाप नहीं रही, तरल बन गयी। महुए की रसीली शराब में तब्दील हो गयी वह। इस तरह से कई बोतलों में भर ली गयी महुए की शराब। फिर चला पीने पिलाने का दौर...।

ग्राम प्रधान की मेहमाननवाजी देख सगेन और उसके साथी उनके प्रति कृतज्ञता बोध से भर उठे।

– "समय आने पर ऐसे लोगों के लिए जान की भी बाजी लगायी जा सकती है।" सगेन ने अपने साथियों से कहा। चखने के साथ महुआ पीते पीते साथियों ने हामी भरी। जल्द ही महुआ माताल हो उठे सब के सब!

जंगल में भूमिगत रहते हुए भी पूरे दमखम के साथ 'यूरेनियम कंपनी ऑफ मरंग गोड़ा' के खिलाफ आंदोलन चला रहा था सगेन। उसके इशारे पर मरंग गोड़ा में ग्रामीणों द्वारा धरना, प्रदर्शन और गिरफ्तारी देने का सिलसिला जारी था। ग्रामीणों की प्रतिबद्धता देख आखिर उपायुक्त ने आकर उनसे सवाल किया– "क्या ये हमेशा ऐसे ही चलता रहेगा?"

ग्रामीणों ने कहा– "सौ से अधिक गांव हैं इधर। जब तक गांव में एक भी व्यक्ति बचा रहेगा, प्रतिरोध जारी रहेगा।"

इस बीच पत्रकारों की मार्फत इस आंदोलन की खबरें फैलने लगी थीं। यूरेनियम का मामला अत्यंत संवेदनशील मामला था और इस संघर्ष से केंद्र सरकार की किरकिरी हो रही थी तो राज्य के प्रशासनिक अधिकारियों पर, खदान कंपनी के आला अधिकारियों पर इस मामले को जल्द से जल्द निपटाने का दबाव पड़ने लगा। आखिरकार अधिकारियों ने हथियार डालकर कहा– "हम आप लोगों से बात करने को तैयार हैं।"

'मरंग गोड़ा आदिवासी विस्थापित बेरोजगार संघ' के तत्वावधान में ग्रामीणों ने उनसे बात की। सगेन और उसके भूमिगत साथियों ने बाहर आकर उनकी अगुआई की। बाहरी नेताओं की पहल पर बनाए गये ठगने वाले पैकेज को रद्द करवाकर जो नया पैकेज तैयार करवाया, वह एक इतिहास बन गया। शायद ही इस देश के किसी भी विस्थापित समुदाय को इससे पहले इतना अच्छा पैकेज मिला हो। चारों तरफ सगेन की जय जयकार होने लगी।

— माटीकोचा गांव के तोड़े गये तीस घरों के प्रत्येक परिवार के प्रत्येक बालिग सदस्य को नौकरी? अरे ये तो कमाल हो गया।...तमाम सुनने वालों ने कहा।

— सिर्फ परिवार के सदस्यों को ही नहीं, बल्कि घर के मालिक के आश्रितों को भी नौकरी देने के लिए तैयार कर लिया है सगेन के संगठन ने।

— ऊपर से प्रति एकड़ जमीन पर 95 हजार रुपये मुआवजा और मकान बनाने के लिए 65 हजार रुपये अलग से।

— बगल के गांव में बसने के लिए प्रत्येक परिवार को 12 डिसमिल जमीन का पट्टा भी।

— जाहेर थान को भी अब डूबने नहीं दिया जाएगा।

सगेन को अपनी इस अभूतपूर्व सफलता पर यकीन नहीं आ रहा था। वह खुश था। बहुत खुश। अपनी खुशी बांटने चारिबा के पास जाने का मन हुआ उसका, और वह सारंडा जाने की तैयारी में लग गया।

सगेन के पुरखों का जंगल– सारंडा। एशिया का सबसे घना साल का जंगल– सारंडा। मगर लौह अयस्क खदानों की वजह से क्रमशः प्रदूषित होता सारंडा। और, प्रेमिका का हाथ पकड़कर अपने पुरखों की इस धरोहर में खो जाने को बेचैन सगेन।

चारिबा के पास सगेन के साथ रोज रोज जंगल में घूमने का वक्त नहीं। उसे लौह अयस्क वाली खदान में मजदूरी करने जाना पड़ता है, अपना और अपने घरवालों का पेट पालने के लिए। सगेन भी उसका साथ पाने के लिए उसके साथ काम पर चला जाता है। लौह अयस्क की खुली खदान में पत्थर तोड़ने और ढोने के काम पर। चारिबा टोकती है,

"हायना! कॉलेज में पढ़ा लिखा लड़का, पत्थर तोड़ेगा?"

"अगर तू तोड़ सकती है, हमारे भाई बंधु लोग तोड़ सकते हैं तो मैं क्यों नहीं तोड़ सकता?"

"मजदूरी के अलावा कोई और काम नहीं कर सकता? तेरी रोजी रोटी कैसे चलती है रे?"

"बच्चों को ट्यूशन पढ़ाकर अपना जेबखर्च निकाल लेता हूं और घर का जो हिस्सा किराए पर लगा रखा है कुकु ने, उससे भोजन कपड़े का खर्च निकल ही जाता है। जब तू आ जाएगी न, तब सोचेंगे ढंग के रोजी रोजगार की बात! फिलहाल तो मरंग गोड़ा की हालत सुधारने में ही पूरा वक्त देना चाहता हूं।"

उसकी बात सुन चारिबा चुप लगा जाती। वह जानती है, उसका वहां जाना इतना आसान नहीं। वह चली जाएगी तो उसके बूढ़े ततंग को, जियंग को, मां को कमाकर खिलाएगा कौन? उनकी देखभाल करेगा कौन?...

मजदूरों की अलग अलग टोलियां...दस बारह के समूह में औरत मर्द! विस्फोट करके तोड़े गये पत्थरों के बड़े बड़े टुकड़ों पर हथौड़े से वार करते सगेन और चारिबा भी...। तोड़े हुए टुकड़ों को चारिबा की टोकरी में भरता सगेन...उस टोकरी को चारिबा के सिर पर उठाकर रखने में मदद करता सगेन! जब तक चारिबा टोकरी के पत्थरों को ले जाकर निर्धारित स्थान पर गिरा आती है तब तक सगेन थोड़ा और पत्थर तोड़कर इकट्ठा कर लेता है। लोहा मिले हुए धारदार पत्थरों से असावधानीवश कट छिल गयी सगेन की हथेली से रिसते खून की धार को अपने आंचल से पोंछकर साफ कर देती है चारिबा।

भोजनावकाश के समय घर से लाया हुआ भात निकालती है खाने के लिए। सगेन को भी खिलाती है। खाते समय हरी मिर्च चबाते हुए ध्यान से मरंग गोड़ा के आंदोलन की बातें सुनती है। सुनकर समझने की कोशिश करती है। कभी अपने इलाके के खदान मजदूरों की समस्याओं पर बात करती है। न पीने के पानी की सुविधा है न चिकित्सा की। काम के दौरान लौह अयस्क वाले पत्थरों से कटे फटे अंगों के घाव पक जाते हैं। सूखने का नाम ही नहीं लेते।...और भी ढेरों समस्याएं। सगेन मन लगाकर सुनता है।

भोजन के बाद जब दूसरे मजदूर बैठकर सुस्ता रहे होते हैं तब चारिबा उठकर कभी किसी अनपढ़ के लिए खत लिख देती है तो किसी को डॉक्टर द्वारा दी गई दवाई के पर्चे में लिखे निर्देशों को समझाती है। किसी को वेतन लेने के

लिए रजिस्टर में अंगूठे की छाप देने के बदले अपना नाम लिखने का अभ्यास कराती है तो किसी को उसके बच्चों को स्कूल में दाखिला करवाने के लिए प्रेरित करती है। कई दिनों तक साथ साथ काम पर जाकर चारिबा के इस नये रूप से परिचित हुआ था सगेन। मजदूरों के बीच उसकी लोकप्रियता देख बड़ी संतुष्टि हुई थी उसे। मन ही मन कहा था– "पूरी तरह से मेरी ही बिरादरी की लगती है यह लड़की। ईश्वर ने सोच समझकर मिलाया है हम दोनों को।"

चारिबा से सगेन की निकटता के बारे में जानकर उसके चचेरे भाई भाभी लोग उसे चिढ़ाते हैं। रात को जब वह घर लौटता है तो वे लोग चारिबा का नाम ले लेकर उसके साथ खूब मसखरी करते हैं। भाभी कहती हैं– "सिर्फ रात भर के लिए यहां आने का कष्ट क्यों किया देवर जी? उस लड़की के ततंग के पास ही बैठ जाते कहानी सुनने के बहाने।" सगेन के ततंग की हिलि भी उसकी खिंचाई करती रहती है।

सगेन मंद मंद मुस्कुराते हुए चारिबा के खयालों में खो जाता है। खदान में काम के दौरान की गयी उसकी छोटी छोटी बातें याद आती हैं। मसलन, लौह अयस्क वाले परित्यक्त पत्थरों के ढेर पर लावारिसों की तरह भूखे प्यासे भटकते मजदूरों के बच्चों को देख चारिबा का करुणा से भर उठना और यह कहना– "काश! मैं इनके लिए कुछ कर पाती!..."

जहरीले सांप को बिल में ही रहने दो

विस्थापितों को अच्छा पैकेज मिल जाने के बाद मरंग गोंड़ा में कुछ समय के लिए शांति जरूर छा गयी मगर यह तूफान आने के ठीक पहले वाली शांति थी। लिपि जैसे लाल मटमैले पंछी तो अब वहां थे नहीं कि तूफान का संदेश देते, मगर दूरदर्शी सगेन को तूफान का अंदेशा था। तूफान का सामना करने में जरा भी घबराहट नहीं हुई थी उसे। उसने अपने उस विस्थापनविरोधी आंदोलन से निकली ऊर्जा को रेडियोधर्मिता विरोधी आंदोलन की ओर मोड़ दिया। उसका कहना था, "भले ही मुआवजा देकर कंपनी ने कुछ लोगों का भला किया हो पर इसके कारण हमारा वातावरण तो प्रदूषित होता ही रहेगा न! हमारी आने वाली पीढ़ियां तो बीमार होती ही रहेंगी न! हमारी विकलांगता, हमारी असामयिक मौत देख वैसे भी हमारे पुरखों की आत्मा रो रही है। कंपनी चाहे कितना भी मुआवजा क्यों न दे दे, बीमारों के इलाज की व्यवस्था कर दे मगर हमारे स्वास्थ्य, हमारी स्वच्छ हवा को, जो हम गरीबों की एकमात्र पूंजी थी, तो वापस नहीं ला सकती है न! जब इन तमाम मुसीबतों की जड़ ये खदानें, ये मिलें हैं तो क्यों न इन्हें ही बंद करने की हम मांग करें! जहरीले सांप को उसके बिल में रहने देना ही बुद्धिमानी है। बाहर लाना नहीं।"

...और अपने साथी आंदोलनकारियों की सहमति से उसने अपने संगठन का नाम बदलकर "मरंगगोड़ाज़ ऑर्गनाइज़ेशन अगेन्स्ट रेडिएशन" (मोआर) रखा। अब उसने अपना पूरा ध्यान यूरेनियम खनन से छुटकारा पाने और विकिरण तथा रेडियोधर्मिता के दुष्प्रभाव से मरंग गोड़ा को बचाने पर केंद्रित कर दिया।

ऐसा उसने खास तौर पर तब किया जब एक दिन मरंग गोड़ा के देहरी (पुजारी) बुली मांझी ने यह घोषणा की कि कई दिनों से उसे एक अजीब सा सपना आ रहा है। सपने में उससे पीपल, साल, सोसो आदि वृक्ष बातें करते

हैं। वृक्ष कहते हैं, "हमारा स्वास्थ्य लगातार खराब होता जा रहा है। नयी पीढ़ी ठीक से नहीं बन पा रही। हर महीने एक खास दिन हम बहुत जोर से बीमार पड़ते हैं। इस महीने पुनमी के दिन हम ज्यादा बीमार पड़े थे। हमें बचाओ..." पुजारी की बातों से प्रभावित होकर गहन छानबीन के दौरान सगेन और उसके साथियों को पता चला कि देश की विभिन्न आणविक प्रयोगशालाओं, परमाणु संयंत्रों तथा अस्पतालों से निकले रेडियोधर्मी कचरों को लाकर मरंग गोड़ा के टेलिंग डैम में फेंका जाता है। इस महीने पूर्णिमा के दिन यानी अठारह तारीख को ही पास के रेलवे प्लेटफॉर्म पर दूरपल्ले की किसी ट्रेन से लाए गए ड्रमों को उतारा गया था। पहले भी अनेक बार उन ड्रमों पर नजर पड़ी थी उनकी पर कोई खास ध्यान नहीं दिया था किसी ने। मगर छानबीन के बाद जबसे कंपनी के ही किसी कर्मचारी की गुप्त सूचना पर इनकी विध्वंसकारी ताकतों के बारे में जानकारी मिली, तबसे रेडियोधर्मी कचरों से भरे उन ड्रमों को देख, जिनमें बड़े बड़े अंग्रेजी अक्षरों में लिखा रहता था– 'रेडियोऐक्टिव', उनके चेहरे तमतमा उठते। वे सोचते– यदि मरंग गोड़ा कोई गैरआदिवासी इलाका होता तो क्या यहां के टेलिंग डैम में इस तरह बाहर से खतरनाक कचरा लाकर फेंका जा सकता था? जब दहैराबाद के आणविक ईंधन संयंत्र (न्यूक्लियर फ्यूल कॉम्प्लेक्स) से निकले कचरों को उन्नीस सौ बिरासी तक वहां फेंका जा रहा था तो वहां के लोगों के विरोध करने पर क्यों उन्हें लाकर मरंग गोड़ा में गिराया जाने लगा? क्यों इसी इलाके को देश भर का 'न्यूक्लियर वेस्ट डम्पिंग स्टेशन' बनाया गया? यहां के लोग सीधे सादे हैं, नासमझ हैं इसलिए? क्या आदिवासियों के साथ ऐसे ही अन्याय होते रहेंगे? क्या उनका साथ देने कोई नहीं आएगा?...

– "क्यों नहीं आएगा?" ईसाई मिशनरी संस्थाओं तथा अपने एन.जी.ओ. के मार्फत अंतर्राष्ट्रीय संगठनों से जुड़ा जॉन डायेस तसल्ली देता, "जब ऑस्ट्रेलिया और न्यूजीलैंड के निकट प्रशांत महासागर के छोटे छोटे द्वीपों में रहने वाले आदिवासियों की रेडिएशन से सुरक्षा के लिए यूरोप के ग्रीन मूवमेंट से जुड़े बुद्धिजीवियों की विश्वविख्यात संस्था 'ग्रीनपीस' अपने जहाज 'रेनबो वारियर' को भेजकर प्रशांत महासागर के उन अल्पसंख्यक आदिवासी इलाकों में अमेरिका, इंग्लैंड या फ्रांस द्वारा किए जाने वाले न्यूक्लियर टेस्ट का विरोध कर सकती है और फ्रेंच सरकार द्वारा भेजे गये फ्रेंच सीक्रेट सर्विस के एजेन्टों द्वारा उससे आजिज आकर बम विस्फोट करके उस जहाज को डुबो दिये जाने पर

अंतर्राष्ट्रीय दबाव उत्पन्न कर उनसे भारी भरकम मुआवजा लेकर दुबारा अपने मिशन में सक्रिय हो सकती है तो कोई मरंग गोड़ा के आदिवासियों की मदद के लिए क्यों नहीं आ सकता?"

"क्या? क्या कहा आपने? जरा विस्तार से समझाइए।" सगेन को अचानक इतनी भारी भरकम बातें समझ में नहीं आईं तो उसने जॉन से आग्रह किया।

"प्रशांत महासागर का नाम तो सुना है न आपने?" जॉन ने पूछा।

"बिल्कुल सुना है। पढ़ा भी है।"

"तो उसी प्रशांत महासागर में हवाई द्वीपों की शृंखला है जिनमें मार्शल, बिकिनी जैसे अनेकों द्वीप समूह हैं। ऐसे कई कई द्वीपों में आदिवासियों की बस्ती है। आदिम जीवनशैली है उनकी। संचार के आधुनिक संसाधन नहीं हैं उनके पास। अपनी पीड़ा को सभ्य जगत् तक पहुंचाने का न तो उनके पास कोई माध्यम है और न ही समझ। शायद इसीलिए उन्नत पश्चिमी देश लगातार उन द्वीपों के इर्द गिर्द अपने द्वारा बनाए गए परमाणु बमों का परीक्षण करते रहे। वहां का पर्यावरण प्रदूषित होता रहा...वहां के पेड़ पौधों और समुद्री जीवों पर इनका असर पड़ता रहा...द्वीपों में रहने वाले जानवर और पशु पक्षी प्रभावित होते रहे...आदिवासियों का स्वास्थ्य खराब होता रहा..."

"फिर?"

"फिर 'ग्रीन पीस' नामक विश्वविख्यात स्वयंसेवी संस्था के योद्धाओं ने उनकी रक्षा का बीड़ा उठाया और अपनी जान को जोखिम में डालकर संस्था के जहाज 'रेनबो वारियर' में सवार होकर परमाणु परीक्षण वाले इलाकों में अपनी उपस्थिति दर्ज कराना आरंभ किया ताकि अहिंसक तरीके से परीक्षणों को रोका जा सके।"

"क्या वे अपने मिशन में कामयाब हुए?" सगेन की उत्सुकता बढ़ती जा रही थी।

"कुछ हद तक तो कामयाब हुए। पर फ्रांस के परमाणु परीक्षण में बाधा उत्पन्न करने पर 'फ्रेंच सीक्रेट सर्विस' के एजेन्टों ने बम विस्फोट करके 'रेनबो वारियर' को ही उड़ा दिया। लेकिन चूंकि ग्रीन पीस के योद्धाओं का उद्देश्य महान था और पर्यावरण की रक्षा के लिए, नासमझ बेबस आदिवासियों के लिए, मानवता तथा विश्व कल्याण के लिए वे काम कर रहे थे इसलिए अंतर्राष्ट्रीय दबाव में आकर फ्रांस सरकार को उन्हें मुआवजा देना पड़ा। अब अंदाजा लगा उनकी ताकत का?"

"मैं तो हमेशा से ही यह मानता आया हूं कि अच्छा और स्वार्थहीन काम करने वालों की जीत होती ही है, एक न एक दिन..."

"तब तो आप लोगों की भी जीत होगी एक न एक दिन?"

"अवश्य!"

तो फिर अब और हाथ पर हाथ धरे नहीं बैठा जा सकता। अब अपने लोगों पर और किसी तरह का अन्याय नहीं होने देगा सगेन! उसे इसका प्रतिकार करना ही होगा।...

जब आंतरिक छटपटाहट चरम सीमा पर पहुंच गयी तब अपने पत्रकार, फिल्मकार दोस्त आदित्यश्री को बीच बीच में मरंग गोड़ा बुलाकर उसके कैमरे की आंखों से सगेन ने ऐसी ऐसी चीजों को दिखाना आरंभ किया, जिन्हें देख देश भर में हड़कंप मच जाये। कभी देर रात को ट्रेन से रेडियोधर्मी कचरों से भरे ड्रमों के उतारे जाने की सूचना पाकर आदित्यश्री पास की लौहनगरी से चल देता और अंधेरा छंटते ही सगेन के साथ जा जाकर प्लेटफॉर्म पर खुले में पड़े उन लुढ़के हुए ड्रमों की, मुंह से टप टप चूते हुए गीले खतरनाक रेडियोधर्मी कचरे वाले ड्रमों पर नंगे पांव उछल उछलकर खेलते बच्चों की, दो बल्लियों के सहारे ड्रमों को नंगे हाथों से लुढ़का लुढ़काकर ट्रक की खुली पीठ पर चढ़ाते मजदूरों की वीडियो रिकॉर्डिंग करता। कभी टेलिंग डैम के पास स्थित अपने खेतों में आने जाने के लिए यूरेनियम कचरे के सफेद मैदान से गुजरते, मैदान के बीच गड्ढा करके तुरत फुरत निकाले गये पानी से मुंह हाथ धोते या मवेशियों को पानी पिलाते ग्रामीणों की तस्वीर लेता तो कभी वहां इत्मीनान से फुटबॉल खेलते बच्चों की।

झम झम बरसती बारिश में भीगते हुए जब सगेन उंगली उठाकर दूर टेलिंग डैम की तरफ इशारा करके कहता, "अब देखिए, कैसे उस डैम का पानी बहकर गांव की तरफ आ रहा है..." तो वह फिल्मकार झट से उस दृश्य को भी फिल्मा लेता।

सगेन, परगना और मोआर के अन्य सक्रिय साथी सदस्यों की मदद से चुपचाप रिकॉर्डिंग करके आदित्यश्री अक्सर आसपास के गांवों में जाकर छिप जाता। फिर वहां से उचित समय पर रांची के लिए निकल पड़ता। कुछ दिनों बाद पुनः मोआर के आमंत्रण पर मरंग गोड़ा आकर किसी और चीज की रिकार्डिंग करता।

एक दिन सगेन ने कहा, "सिर्फ तस्वीरें लेने से काम नहीं चलेगा। हमें अपने लोगों को स्वास्थ्य के प्रति जागरूक करना होगा। रेडियोधर्मिता या विकिरण के खतरों से आगाह करना होगा। उन्हें यकीन दिलाना होगा कि हम जो कह रहे हैं वह उनके भले के लिए ही कह रहे हैं। और इसके लिए हमें बाहर से काबिल और पढ़े लिखे लोगों को बुलाना पड़ेगा।..."

"किसे बुलाएंगे आप?"

– "जॉन कह रहा था उसकी नजर में है एक संस्था। हम चाहें तो वह उनसे संपर्क कर सकता है।" सगेन ने बड़े ही आत्मविश्वास के साथ कहा और गुजरात के एक प्रसिद्ध एन.जी.ओ. से जुड़े डाक्टरों को, जिन्होंने राजस्थान के रावतभाटा में लगे न्यूक्लियर पावर प्लांट की वजह से वहां के लोगों के स्वास्थ्य पर पड़ने वाले विकिरण के कुप्रभाव का अध्ययन किया था...उस इलाके के लोगों में पायी जाने वाली जन्मजात विकलांगता और कैंसर से होने वाली मौतों पर शोध किया था, मरंग गोड़ा आने का आमंत्रण दिया ताकि यहां के लोगों की शंकाओं पर वैज्ञानिक ढंग से मुहर लग सके और सबके सामने सच्चाई उजागर हो सके। जॉन के परामर्श पर उसने दक्षिण भारत के समुद्री तटों पर मौजूद रेडियोधर्मी पदार्थों के अध्ययन में लगे एक परमाणु वैज्ञानिक से भी मरंग गोड़ा आने का अनुरोध किया।

विस्थापनविरोधी आंदोलन में हुई अभूतपूर्व जीत के कारण मरंग गोड़ा और सगेन के संगठन के बारे में अब तक काफी लोगों को जानकारी मिल चुकी थी। विख्यात समाजसेविका सुमेधा पाणिकर का आंदोलन के दौरान ग्रामीणों की हौसलाअफजाई करने आना, मरंग गोड़ा को चर्चित कर गया था। उनके आने से लोगों के बीच यह संदेश गया था कि यह आंदोलन जनता के हित की रक्षा के लिए जनता द्वारा किया जाने वाला आंदोलन है, देशद्रोहियों का आंदोलन नहीं।

...तो सगेन के संगठन की तरफ से आमंत्रण मिलते ही अनुभवी डॉक्टरों और परमाणु वैज्ञानिकों की टीम मरंग गोड़ा आ पहुंची। इनके वैज्ञानिक अध्ययनों ने जब मरंग गोड़ा के लोगों के स्वास्थ्य पर विकिरण के प्रभाव की पुष्टि की, उन्हें यूरेनियम के भयंकर प्रभावों के प्रति सचेत किया तब जाकर वहां के लोगों ने धीरे धीरे सगेन और उनकी संस्था द्वारा कही गयी बातों को गंभीरता से लेना आरंभ किया।

यह सब कुछ करने में सगेन को कम झमेले नहीं करने पड़े।

कंपनी के लोगों से छुपाकर मरंग गोड़ा के वीभत्स चेहरे वाले विकलांग बच्चों, अपाहिज बूढ़ों, टी.बी., थैलेसेमिया, थायरॉयेड, दमा आदि से पीड़ित लोगों या कैंसर के घाव से बजबजाते रोगियों से मिलवाना पड़ा। एक एक मरीज की जांच कर करके अनुभवी डॉक्टर विकिरणजनित उस बीमारी का खुलासा करते और सगेन का पत्रकार बंधु आदित्यश्री अपने वीडियो कैमरे में सबकुछ रिकॉर्ड करता चलता। हाथ पांव में अधिक उंगली वाले रोगियों को देख डॉक्टर कहते, "अरे ये तो स्केलिटन डिफॉरमिटिस है।"

किसी के शरीर पर उभर आए काले काले धब्बों को त्वचा के कैंसर का पहला स्टेज बताते। कहते– "त्वचा के अंदर कैरेटिन बढ़ जाने पर ऐसा होता है।" बच्चों और बड़ों की देह के विभिन्न स्थानों में, खासकर पेट में उभर आई बड़ी सी गांठ को छू छूकर देखते और आश्वस्त होकर 'आबूर्द' की संज्ञा देते। किसी बच्चे के एक हाथ या एक पांव को अस्वाभाविक रूप से बड़ा देख कर चिंता व्यक्त करते तो सामान्य से छोटे आकार के सिर वाले बच्चे को माइक्रो कैथेली और बहुत बड़े आकार के सिर वाले बच्चे को मेगा कैथेली से पीड़ित बताते। मंदबुद्धि लोगों को, जिन्हें अपने नित्यकर्मों से निपटने की भी सुध नहीं होती थी, वे मेडिकल टर्म में डाउन सिंड्रम से पीड़ित बताते। वे कहते, "नागासाकी हिरोशिमा में बहुतायत में ऐसे मामले देखे गए। यही कारण है कि लोगों द्वारा ऐसा मान लिया गया कि विकिरण के कारण भी ऐसा होता है।" जांच के दौरान किसी बच्चे को थैलीसिमिया से पीड़ित पाकर उन्होंने बच्चे की गरीब और बेबस मां के आंसू पोंछते हुए उन्हें हर माह हर हाल में उस बच्चे का खून बदलवाते रहने की सलाह दी।

डॉक्टरों की उस टीम के साथ घूमते हुए आदित्यश्री ने ऐसी ढेर सारी महिलाओं की पीड़ा को अपनी फिल्म में उतारा जिन्हें या तो बांझपन की शिकायत थी या फिर जन्म लेने से पहले या बाद में जिनके बच्चे मर जाते थे।

जिन्हें बार बार गर्भपात होता, उनसे भी ज्यादा वे औरतें दुखी दिखतीं जिनके बच्चे जन्म लेने के चौबीस घंटे, तीन दिन या सात दिन तक जिंदा रहने के बाद मर जाया करते थे। शारीरिक विकृतियों के साथ जन्मे बच्चों की माताओं का दर्द तो उनसे भी ज्यादा चुभा कैमरे के साथ साथ फिल्मकार की आंखों में! बच्चा न होने की वजह से छोड़ दी गयी मरंग गोड़ा की उन लड़कियों ने भी एक महिला डॉक्टर को अपनी पीड़ा बताई जो मरंग गोड़ा से बाहर ब्याही गयी थीं।...

एक अंतहीन सिलसिला था मरंग गोड़ा की त्रासदी का।

सगेन, परगना और मोआर के तमाम सदस्यों ने मरंग गोड़ा को इससे मुक्त करने का बीड़ा उठाया था। उनके साथ साथ वह फिल्मकार आदित्यश्री भी रम गया था इस नये मिशन में। मरंग गोड़ा के लोगों के सुख दुःख का, उनके आंदोलन का हिस्सा बनने लगा था वह धीरे धीरे। कभी जेठ की गर्म दोपहरों में किसी वीरान मैदान में खड़े होकर टेलिंग डैम की तरफ से उड़कर गांववालों की झोपड़ियों की तरफ जाते यूरेनियम कचरे की सूखी धूल की आंधी को अपने कैमरे में कैद करता तो कभी आधी रात को उठकर अंधेरे में सगेन के दिखाए रास्ते से चलते हुए अपने वीडियो कैमरे से ऐसी जगह की तस्वीर लेता जहां से जहर खाए व्यक्ति के होठों के कोने से निकलते फेन सी यूरेनियम कचरे के पानी की पतली धारा आकर एक नाले की मार्फत स्थानीय नदी में गिर रही होती। उसी नदी में, जो आगे जाकर झारखंड की एक प्रमुख नदी सुवर्णरेखा से मिलती थी और बंगाल की खाड़ी तक जाते जाते करीब दस हजार वर्ग कि.मी. तक के लाखों लोगों की प्यास बुझाती थी, जिसके जल से लोग अपने खेतों में अनाज और फसल उगाते थे। नहाते धोते थे।

जिस रात फिल्मकार नाले में गिरते टेलिंग डैम के पानी की तस्वीरें ले रहा था, उस रात एक अजीब सी घटना घटी। लगभग तीस चालीस जंगली हाथियों का एक बड़ा सा झुंड मरंग गोड़ा में घुस आया। झुंड में दो बच्चे भी थे। गांववालों में खलबली मच गयी। आग जलाकर, कनस्तर पीटकर उन्हें भगाया जाने लगा। वे भागने भी लगे पर भागने के क्रम में ज्यों ही उनकी राह में टेलिंग डैम आया, उन्होंने अपनी राह बदल दी और गांववालों की परवाह न करते हुए दूसरे रास्ते से होते हुए गांव से निकल गए। बुजुर्गों ने कहा, "कचरों वाले डैम बनने से पहले जब भी पीछे के पहाड़ों से उतरकर हाथी आते थे, हमारे भगाने पर सामने से ही भागा करते थे उस पार वाले जंगलों की तरफ। वापस इधर नहीं मुड़ते थे।"

"तो क्या हाथियों ने टेलिंग डैम के जहरीलेपन को भांप लिया?" सगेन ने सवाल किया।

"कुछ जानवरों की छठी इंद्रिय मनुष्यों से ज्यादा सक्रिय होती है।" गांववालों के कुछ कहने से पहले ही आदित्यश्री ने जवाब दिया।

"ज्यादा सक्रिय न होती तो ही अच्छा था।" सगेन ने बुझी बुझी आवाज में कहा।

''क्यों?'

''क्योंकि इसका खमियाजा न जाने कितने ग्रामीणों को उठाना पड़ रहा है। जान माल दोनों गंवाकर।''

''कैसे?''

''वो ऐसे कि पहले यह सारा इलाका इन हाथियों की विचरणस्थली हुआ करता था। उड़ीसा के सिमिलिपाल जंगल से लेकर सारंडा के समठा रेंज से होते हुए जमशेदपुर के दलमा पहाड़ तक मौसम के अनुरूप भोजन आदि की उपलब्धता के अनुसार ये आते जाते रहते थे। अब जब उनके मार्ग में इस तरह की बाधाएं आने लगी हैं तो ये रास्ता भटककर जहां तहां उत्पात मचाने लगे हैं। दलमा पहाड़ और उसके आसपास के इलाके के ग्रामीण तो इन जंगली हाथियों से त्रस्त हो चुके हैं...''

किसी दोपहर को टेलिंग डैम के नजदीकी तालाब में नहाते एक व्यक्ति ने कहा था आदित्यश्री से– ''आजकल सालों भर हमारे तालाब पानी से लबालब रहते हैं मगर यहां का पानी बहुत भारी हो गया है। सर डुबाओ तो बाल मोटे लगते हैं। साबुन घिसते जाओ...घिसते जाओ...झाग ही नहीं होता।''

उसकी बातें सुनकर सगेन के चेहरे पर सूखी सी अर्थपूर्ण मुस्कुराहट बिखर गयी थी। बाद में कहा था आदित्यश्री से, ''टेलिंग डैम से रिस रिस कर अंदर ही अंदर आता है यूरेनियम के कचरे का जहरीला पानी। तालाब सूखेगा कैसे? अगर किसी के पांव में घाव हो और पांव टेलिंग डैम के गीले कचरे में पड़ जाये तो साल भर लग जाएगा उस घाव को सूखने में।...''

एक दिन नाले की तस्वीर लेते पत्रकार को एक मछुआरा मिला तो उसने अपना दुखड़ा रोना आरंभ किया– ''पहले कितनी मछलियां हुआ करती थीं इधर! जमशेदपुर के बाजार में बेचकर भी पैसे कमाए हैं मैंने। अब तो घरवाले भी यहां की मछली नहीं खाना चाहते।''

''क्यों?''

''क्योंकि जहरीली हो गयी हैं यहां की मछलियां। खाने से पेट में ऐंठन होती है। जी मिचलाता है। वैसे मछलियों की मात्रा काफी घट गयी हैं आजकल। जो गिनी चुनी मछलियां हैं, उनमें से ज्यादातर बड़ी अजीब सी दिखती हैं। उनकी मुंडी बहुत मोटी होती है और देह पतली। ऐसी मछलियां आपको मरंग गोड़ा के अलावा और कहीं नहीं दिखेंगी साहब! कहीं नहीं। नाले के आसपास

पाए जाने वाले सांपों का भी यही हाल है। पतली देह और बड़ा सा सिर। कितने ही सांप, मेंढक, बिच्छू मरते रहते हैं जब तब। मगर हम जिंदा हैं साहब। अभी भी जिंदा हैं। जाने कब तक रहेंगे। खांसते खांसते दम बंद होने लगता है मेरा। कंपनी की डिस्पेंसरी में दिखाया। कहते हैं टी.बी. है। ठीक हो जाएगा। पर मैं जानता हूं कोई नहीं बचा इस रहस्यमयी टी.बी. से हमारे मरंग गोड़ा में...'' वह मछुआरा फफक फफक कर रोने लगा। सगेन ने उसके कंधे पर हाथ रखा। पत्रकार ने उन तमाम दृश्यों को मय संवाद अपने वीडियो कैमरे में कैद कर लिया।

''वह व्यक्ति टी.बी. से नहीं कैंसर से पीड़ित है। फेफड़े का कैंसर हुआ है इसे। तीस पैंतीस साल की उम्र में ही कितना बूढ़ा दिखने लगा है, देखा आपने? खदान में मजदूरी करने का नतीजा! सांस में लगातार रैडॉन गैस जाता रहा है न! कंपनी के डॉक्टर टी.बी. कहकर भरमाते रहते हैं इन्हें। वर्षों दवा खिलाकर भी ठीक नहीं कर पाते एक भी मरीज को। मगर जाकर देख लीजिए। कंपनी के रिकॉर्ड में कैंसर के एक भी मरीज का नाम दर्ज नहीं। ऑक्यूपेशनल डिजीज का मुआवजा देने के डर से कैंसर को टी.बी. कहकर चला रहे हैं वे...'' उस ग्रामीण से अलग हटकर, राह चलते सगेन ने कैमरे के सामने आदित्यश्री को 'बाइट' दी।

कैमरे के पीछे से आदित्य ने सवाल किया– ''आपको कैसे पता कि ये टी.बी. नहीं कैंसर है?''

''हमारे यहां आए दक्षिण भारतीय परमाणु वैज्ञानिक मिस्टर नायर ने कहा है। गुजरात से आए डॉक्टरों ने, विकिरणजनित बीमारियों पर काम करने वाले वैज्ञानिक डॉक्टर दंपति ने भी तो कहा था, आपने सुना नहीं? आप इस बारे में मिस्टर नायर का वक्तव्य क्यों नहीं रिकॉर्ड कर लेते? हमारी मदद करने ही तो आए हैं वे यहां।''

''वे तो दिन भर घूम घूम कर अपने परीक्षणों में ही लगे रहते हैं। मैंने सोचा, पहले वे अपना काम निपटा लें फिर उन्हें पकड़ूंगा...''

...मगर सगेन के आग्रह करने पर उसने उसी दिन उस परमाणु वैज्ञानिक की राय रिकॉर्ड कर ली।

''विश्व स्तर के वैज्ञानिकों ने माना है कि श्वास द्वारा रेडियोधर्मी तत्व जब मजदूरों के फेफड़े में पहुंचता है, तब उन्हें फेफड़े का कैंसर होता है। पंद्रह सौ छियालीस से जर्मनी के स्नीबर्ग में खनन मजदूरों की मौत फेफड़े की रहस्यमय

बीमारी से हो रही थी। अठारह सौ उन्नयासी में जाकर पता चला कि उनमें से अधिकतर मौतें फेफड़े के कैंसर के कारण ही हुईं। और अठारह सौ सनतानबे में वैज्ञानिकों ने यह पता लगा लिया कि यूरेनियम खनिज रेडियोधर्मी होता है।...'' तिथि और स्थान का उल्लेख करते हुए मिस्टर नायर अपनी बात रखने लगे–

''उन्नीस सौ तीस में चेकोस्लोवाकिया के जोआशिमथाल में एक ही पहाड़ के दो तरफ अलग अलग आंकड़े मिले।''

''किस तरह के आंकड़े?'' आदित्यश्री की आवाज गूंजी।

''पहाड़ के जिस तरफ के लोग खदान में काम करते थे, ऐसे खदान में जहां कच्चे खनिज में बहुत अधिक मात्रा में यूरेनियम मौजूद था, उनमें से बहुत सारे लोग फेफड़े के कैंसर से मर रहे थे पर दूसरी तरफ के लोगों में ऐसी शिकायतें कम थीं। उन्नीस सौ तीस के बाद ही वैज्ञानिक इस बात पर सहमत हो गये कि सदियों पहले जर्मनी और चेकोस्लोवाकिया के खान मजदूरों को महामारी के रूप में जो फेफड़े की बीमारियां होती थीं, वे दरअसल सांस द्वारा रेडियोधर्मी तत्वों के मजदूरों के फेफड़ों में चले जाने के कारण ही हुआ करती थीं।''

''जापान के हिरोशिमा नागासाकी में अणु बम गिराए जाने के बाद भी तो जिंदा बच गये लोगों में फेफड़ों के कैंसर के साथ साथ त्वचा तथा दूसरी तरह के कैंसर के मामले भी असाधारण रूप से बढ़े हुए पाये गये थे...'' पत्रकार आदित्यश्री ने मिस्टर नायर को बीच में ही टोका।

''बिल्कुल ठीक कहा आपने।'' सगेन ने आदित्यश्री की बात का जोरदार समर्थन किया, ''हिरोशिमा नागासाकी के बारे में पढ़कर ही तो पहली बार मुझे विकिरण और रेडियोधर्मिता की विध्वंसक शक्ति का अहसास हुआ था। और तभी से मैंने...वो देखिए, उधर देखिए। देखिए, देखिए...'' अपनी बात अधूरी छोड़कर सड़क से गुजरते एक ट्रक की तरफ इशारा किया था सगेन ने।

''क्या है उसमें?''

''यूरेनियम अयस्क वाले पत्थरों के टुकड़े। खदान से निकालकर मिल में ले जाया जा रहा है। इन्हें पीसकर सल्फ्यूरिक एसिड (गंधक के तेजाब) से साफ करके गाढ़ा यूरेनियम ऑक्साइड यानी पीला केक बनाने के लिए।''

''तो?''

"तो, इनकी रेडियोधर्मिता का अंदाज लगा सकते हैं आप? इनसे खतरनाक गैस निकल रही है, किरणें निकल रही हैं। चूंकि ये चीजें अदृश्य हैं, इनसे होने वाला नुकसान दिखाई नहीं देता, इसलिए लोग लापरवाही बरतते हैं। ट्रक की पीठ पर लदे इन खतरनाक पत्थरों पर बेफिक्री से बैठकर हमारे आदिवासी मजदूर जा रहे हैं। ये पत्थर गीले हैं। ठंडे हैं तो उन्हें वहां बैठकर अच्छा लग रहा होगा। दूर दूर के गांवों से आते हैं मजदूर यहां काम करने। हम इन सबको समझाएं भी तो कैसे? कंपनी वालों का सख्त पहरा भी रहता है। आसपास घाटशिला, मुसाबनी की तांबे की खदानों में काम करते समय किसी को कोई खास क्षति नहीं हुई इसलिए यहां भी बेझिझक होकर इन पत्थरों पर लोटते पोटते हैं ये। चलते समय ट्रक के हिलने डुलने से पत्थर के कितने ही टुकड़े गिरते जा रहे हैं पक्की सड़क पर। उसी सड़क पर जहां हमारे लोगों ने जगह जगह उबले हुए धान को धूप में सुखाने के लिए फैला रखा है। इन्हें ढेंकी में कूटकर चावल बनाया जाएगा। चावल से भात। दिख नहीं रहा है आपको?"

"दिख रहा है।"

"सिर्फ देखिए मत। दिखाइए भी।" सगेन आवेश में हाथों को नचा नचाकर कहता है, "ज्यादा से ज्यादा लोगों को दिखाइए कि कैसे जी रहे हैं मरंग गोड़ा के लोग। ठीक उसी तरह, जिस तरह आपने कोयलकारो और नेतरहाट फील्ड फायरिंग रेंज पर फिल्म बनाकर दिखाई। आप एक दिन सुबह से शाम तक इस जगह पर छिप कर खड़े रहिए और गिनते रहिए। कम से कम दो सौ ऐसे ट्रक तो आपको दिख ही जाएंगे इस सड़क से गुजरते हुए। इसी सड़क से, जिससे मरंग गोड़ा के आम लोग भी गुजरते हैं। जिस सड़क के दोनों ओर मकान और दुकान भी बने हुए हैं। यहां का दृश्य देख मन भर जाए तो जरा आगे बढ़कर देखिएगा। भरवा पहाड़ की खदान से खुदाई के दौरान निकाले गये बेकार पत्थरों को लाकर सड़क किनारे ही फेंक दिया गया है। उन पत्थरों की रेडियोधर्मिता सीधे हमारी बस्तियों की तरफ आती है। कुछ ठेकेदारों ने तो मकानों के छत की ढलाई करते समय इनका उपयोग किया। अभी भी कर ही रहे हैं। इन्हें भी फिल्माइये। और उस तरफ, मिल से निकली जहरीली हवा के सामने, जिसे आबादी से मात्र आधा कि.मी. की दूरी पर पाइप द्वारा फुर्र फुर्र छोड़ा जाता है, इस गर्मी में पशु चराते ग्रामीण थोड़ी देर सुकून पाने के लिए अक्सर खड़े मिल जाएंगे। अब उन नासमझों को कितना समझाएं कि उससे निकलने वाली रैडोन गैस से कैंसर हो सकता है।..."

"नियमतः यूरेनियम खदान, मिल या टेलिंग डैम के कम से कम पांच कि.मी. के अंदर कोई बस्ती होनी ही नहीं चाहिए।" मिस्टर नायर ने अपनी बात रखी।

"मगर यहां तो कुछ ही गज की दूरी पर हमारे गांव हैं।"

"यही तो ताज्जुब है।"

परमाणु, विकिरण, रेडियोधर्मिता, यूरेनियम, स्वास्थ्य आदि के बारे में लोग अलग अलग तरह की जानकारियां देते रहे और वह पत्रकार...फिल्मकार आदित्यश्री दिनों...महीनों...छिप छिपकर मरंग गोड़ा की खाक छानता रहा। अपने सस्ते वीडियो कैमरे में ही सही, बहुत कुछ कैद करता रहा। सगेन और उसके दल के संगी साथी बड़ी सावधानी से उसे ले जाकर तमाम आपत्तिजनक चीजों को दिखाते रहे।...

उन सबको देखते देखते कभी कभी आदित्यश्री इतना ज्यादा देख जाता कि उसे महसूस होने लगता जैसे उसका दिमाग अब भोथरा हो गया है और भोथरे दिमाग से वह न वर्तमान को पकड़ पा रहा है, न अतीत को। भविष्य का तो खैर कोई वजूद ही नहीं होता उस वक्त...। मगर फिर सूर्योदय के साथ साथ उसका दिमाग सान पर चढ़ता और बहुत कुछ पकड़ में आने लगता। ऐसे ही एक दिन उसे लगा कि जब तक यहां के एक एक व्यक्ति को पूरी तरह से जागरूक नहीं किया जाएगा, तब तक इस समस्या से नहीं निपटा जा सकेगा।

मरंग गोड़ा आने से पहले नेतरहाट फील्ड फायरिंग रेंज और कोयलकारो जल विद्युत परियोजना के खिलाफ चल रहे आदिवासी आंदोलनों पर बनाई गई अपनी फिल्मों के साथ त्रिवेंद्रम फिल्म फेस्टिवल में शिरकत कर आया था आदित्यश्री। वहां फिल्मों से जुड़े काफी लोगों से परिचय हुआ था। कई लोगों से निरंतर संपर्क बनाए रखा था उसने। उन्हीं में से किसी से सलाह मशविरा करके, उनकी मदद से उसने विकिरण और रेडियोधर्मिता से संबंधित विदेशी फिल्में लाकर मरंग गोड़ा के लोगों को दिखाना आरंभ किया। इसके लिए उसे व्यक्तिगत रूप से मरंग गोड़ा में उपस्थित रहने की आवश्यकता नहीं पड़ती थी। मोआर के सदस्यगण ही उससे टेप लेकर गांव के लोगों को छोटे छोटे समूहों में चुपचाप किसी के घर या आंगन में बैठकर किराए के वी.सी.पी. द्वारा टी.वी पर वैसी फिल्में दिखा दिया करते।

यूक्रेन के चेरनोबिल या अमेरिका के थ्री माइल आइलैंड स्थित न्यूक्लियर पावर प्लांट में हुई भयंकर दुर्घटना पर बनी फिल्में हों अथवा प्रशांत महासागर के हवाई द्वीपों के आसपास किए जा रहे परमाणु बमों के परीक्षणों की त्रासदी पर बनाई गयी डेनिस अरूरकी की फिल्म 'हाफ लाइफ'! कनाडा के यूरेनियम खदान पर कनाडियन फिल्म बोर्ड द्वारा बनाई गयी फिल्म 'यूरेनियम' हो या जापान के हिरोशिमा नागासाकी में परमाणु बम विस्फोट की त्रासदी को दर्शाती फिल्में। मोआर के सदस्यों के साथ साथ मरंग गोड़ा के आम लोग बड़े ध्यान से उन्हें देखते।

इन फिल्मों से ग्रामीणों की सोच में व्यापक बदलाव आया। अक्सर फिल्म में विकिरण से प्रभावित किसी विकृत देह वाले बच्चे को देखते देखते अचानक कोई ग्रामीण चीख उठता– 'अरे, अरे...ठीक ऐसा ही बच्चा तो अमुक के घर पैदा हुआ है'...या...'बिल्कुल इसी तरह के घाव से तो मेरे चाचा की देह पटी हुई है'...और अगले ही दिन वह फिल्मकार उस व्यक्ति द्वारा बताए गए पते पर अपने कैमरे के साथ जा पहुंचता।

इस बीच मोआर के सदस्यों तथा रांची की एक जुझारू महिला पत्रकार पल्लवी की कोशिश पर राज्य सरकार ने विधान परिषद की तत्कालीन पर्यावरण समिति के प्रतिनिधिमंडल को मरंग गोड़ा भेजा। समिति ने गहन जांच के बाद अपनी रिपोर्ट में इस बात की पुष्टि की कि मरंग गोड़ा के खान श्रमिक और आसपास रहने वाले लोग विकिरण के दुष्प्रभाव से ग्रस्त हो रहे हैं। समिति ने तमाम खतरों को चिह्नित भी किया। पल्लवी ने एक प्रसिद्ध राष्ट्रीय अखबार में, जहां वह काम करती थी, मरंग गोड़ा के लोगों की समस्याओं पर विस्तार से लिखा। इस महिला पत्रकार को पहली बार मरंग गोड़ा के बारे में जमशेदपुर के पत्रकार रवि कुमार के लेखों को पढ़कर ही जानकारी हुई थी। उन्होंने लिखा था कि मरंग गोड़ा की गायें ठीक से दूध नहीं दे रही हैं...फलों में बीज नहीं हो रहे हैं...बहुतायत में विकलांग बच्चे पैदा हो रहे हैं...वगैरह वगैरह।

इन तमाम गतिविधियों एवम् लोगों के सामूहिक प्रयास से धीरे धीरे मरंग गोड़ा के लोग स्वास्थ्य और पर्यावरण के प्रति जागरूक होने लगे थे। और, इसकी बानगी देखने को मिली एक जनसभा में। मरंग गोड़ा के एक खुले मैदान में एक पेड़ के नीचे बैठी सभा में यूरेनियम कंपनी के अधिकारी, इलाके के डी.सी., एस.डी.ओ. तो थे ही, फिल्मकार, परगना और मोआर के सदस्यों के साथ साथ

ढेर सारे ग्रामीण भी थे। इस सभा की खासियत यह थी कि मरंग गोड़ा में यूरेनियम खनन आरंभ होने के लगभग बत्तीस तैंतीस साल बाद पहली बार विकिरण या रेडियोधर्मिता पर, यूरेनियम खनन के दुष्प्रभाव पर, स्वास्थ्य संबंधी सुरक्षा मानकों पर ग्रामीणों की तरफ से सवाल उठाए गए थे। सभा आरंभ होने से पहले तक प्रशासन या कंपनी के अधिकारियों को यह अंदाजा नहीं था कि इस मुद्‌दे पर सवाल किए जाएंगे। गांव में सभा करने के पीछे उनका मकसद मोआर के इस आरोप का खंडन करना था कि मरंग गोड़ा संबंधी सारे मामलों का निष्पादन चुपचाप डी.सी. या एस.डी.ओ. के दफ्तर में ही कर दिया जाता है। गांववालों को कुछ पता ही नहीं चलता।

जब एक ग्रामीण ने टेलिंग डैम संबंधी सवाल पूछ पूछ कर कंपनी के अधिकारी को परेशान करना आरंभ किया तो वे हिन्दी की बजाय अंग्रेजी में जवाब देने लगे। तर्क वितर्क करते ग्रामीण को अपना आत्मविश्वास खोते देख ग्रामीणों के बीच खड़े फिल्मकार आदित्यश्री ने मोर्चा संभाल लिया और अंग्रेजी में सवाल जवाब करके चर्चा को आगे बढ़ाया।

इस सभा के बाद से मरंग गोड़ा में विकिरण के मुद्‌दे पर खुलेआम बातचीत करने का एक माहौल बना तो आदित्यश्री ने हिम्मत करके अपनी पहचान के दो प्रसिद्ध राष्ट्रीय समाचार पत्रों के पत्रकारों को मरंग गोड़ा बुलाया ताकि उनके माध्यम से इस समस्या की तरफ ज्यादा से ज्यादा लोगों का ध्यान आकृष्ट किया जा सके और राष्ट्रीय स्तर पर कोई समाधान निकल सके।

"ये वो पत्रकार हैं जो ऑफिशियली मरंग गोड़ा नहीं, बल्कि चांडिल डैम के पास पिछले दिनों हुई मारपीट की जानकारी लेने आए हैं।" आदित्यश्री ने सगेन से उन पत्रकारों का परिचय करवाने के बाद कहा था। वैसे सगेन जानता था कि उस मारपीट में आदित्यश्री भी जख्मी हुआ था और बड़ी मुश्किल से ग्रामीणों ने उसे छुपाकर उसकी जान बचायी थी।

अब तक छिप छिपकर वी.डी.ओ. रिकॉर्डिंग करने वाले फिल्मकार आदित्यश्री ने इस बार अपने मित्र पत्रकारों के साथ खुलेआम घूम घूमकर, पीड़ितों के घरों में जा जाकर तस्वीरें खींचना और वी.डी.ओ. रिकॉर्डिंग करना आरंभ किया। आदित्यश्री के साथी पत्रकारों ने विकिरण से प्रभावित लोगों की तस्वीरें लीं। तस्वीरों में उस युवक की तस्वीर भी शामिल थी जिसके पेट में गर्भाशय

विकसित हो गया था। एक ऐसे बच्चे की भी, जिसकी एक आंख के स्थान पर सिर्फ मांस का लोथड़ा था, नाक ऊपर से गायब थी। लोथड़े के नीचे सांस लेने के लिए दो छेद जरूर थे। एक पांच साल की बच्ची न चल सकती थी न बोल सकती थी और न ही अपने मुंह कान में बैठी मक्खियों को भगा सकती थी।

"जन्म से ही ऐसी है ये।" उसकी मां ने रोते हुए बताया था।

"इधर पांच दस साल से पैदा होने वाले बच्चों में ही सबसे ज्यादा विकृतियां नजर आ रही हैं..." उनके साथ घूमते मोआर के सचिव ने कहा था।

"मगर गुजरात की प्रसिद्ध एन.जी.ओ. वाली डॉक्टर मैडम ने तो जांच के बाद कहा था कि पैंतीस साल से कम उम्र के लड़के लड़कियों में बीमारियों की तादाद दूसरे लोगों की तुलना में कई गुना अधिक पायी गयी।" आदित्यश्री बीच में बोल उठा तो सगेन ने संभाला–

"वैसे ये बात तो सही है कि समय के साथ साथ जैसे जैसे पर्यावरण दूषित होता जा रहा है, विकृतियां बढ़ रही हैं। नायर साहब बता रहे थे, यूरेनियम खनन के दौरान निकलने वाली रैडॉन गैस ही हवा को प्रदूषित करने वाला मुख्य कारक है। उसी से धीमा जहर फैलता जा रहा है इलाके में।"

"हां। मगर उन्होंने मुझे इंटरव्यू देते समय यह भी कहा है कि यूरेनियम खनिज से निकलने वाली किरणें भी हवा को दूषित करती हैं।" श्री ने बात आगे बढ़ाई।

"आपका मतलब है कि ये खनिज अपने साथ खतरनाक रेडियोधर्मी पदार्थों को बाहर लाते हैं?" नए पत्रकारों में से एक ने पूछा।

"बिल्कुल ठीक।"

"तब तो इन्हें निकालने के बाद जहां भी ले जाकर रखा जाता है वह इलाका भी जहरीला हो जाता होगा?" बाहर से आए पत्रकार बारीकी से तमाम जानकारी इकट्ठा करने में लगे हुए थे।

"होता ही होगा। और फिर उनके ऊपर गिरने वाला बारिश का पानी रिसकर जमीन के अंदर जाता है तो भूमिगत जलस्रोतों को दूषित करता है और कुछ बहकर आसपास के तालाबों और नदी नालों के पानी को भी जहरीला बनाता है।" सचिव ने कहा। मरंग गोड़ा की स्थिति से वे हमेशा चिंतित रहते।

उनका प्रयास रहता कि ज्यादा से ज्यादा लोग उनकी समस्या के बारे में जानें। इससे उबरने में उनकी मदद करें। तभी तो खाना पीना भूलकर, अपना काम धाम छोड़कर वे इन जैसे आगंतुकों के साथ लगे रहते। सगेन भी उन्हीं की बिरादरी का था तो वह भी बिना थके उन्हें बताता जाता–

"इस प्रकार रेडियोधर्मी पदार्थों से दूषित पानी को जब सिंचाई के लिए इस्तेमाल किया जाता है तो उससे मिट्टी प्रदूषित होती है। और उस मिट्टी में उपजा अनाज, उपजी फसलें भी जहरीली हो जाती हैं।"

"खनन के दौरान भी तो खदान के अंदर पानी के स्तर पर पहुंचने के बाद अपने आप निकलने वाले पानी को, जिसमें भारी मात्रा में खोदे गये यूरेनियम अयस्क घुल जाते हैं, पम्पों की मदद से निकालकर बाहर फेंका जाता है जो किसी न किसी रूप में आसपास के जलस्रोतों को दूषित करता है।" सगेन की बात पूरी होते ही सचिव ने जोड़ा।

"यानी न चाहते हुए भी ऐसा करना कंपनी वालों की मजबूरी हो जाती होगी, है न?" नये पत्रकारों में से एक ने सवाल किया।

"हां। वो तो है।" सगेन बोला, "मिल में पिसाई के दौरान यूरेनियम खनिज को अन्य कचरों से अलग करने के लिए गंधक आदि के तेजाब से धोया जाता है जिससे यूरेनियम के अलावा मौलिबडीनम, वैनेडियम, सैलिनियम, लोहा, सीसा, आरसेनिक आदि के घोल भी निकलते हैं। ये सभी किसी न किसी रूप में वातावरण को प्रदूषित करते हैं।"

"वर्षों से चल रहे खनन के दौरान लाखों करोड़ों टन यूरेनियम खनिज को धोने के लिए लाखों करोड़ों लीटर तेजाब की जरूरत पड़ी होगी?" दूसरे पत्रकार ने मन ही मन हिसाब लगाते हुए पूछा।

"अवश्य!"

"तो फिर उतनी ही मात्रा में उन तेजाबों की भाप हवा में घुलकर उसे जहरीला बनाती होगी?"

"बना ही रही है।" सगेन ने अफसोस भरे स्वर में कहा, "यूरेनियम खदानों ने हमारी बहुमूल्य संपत्ति छीन ली है हमसे। अब हमारे पास खोने के लिए कुछ नहीं बचा है। हम आदिवासियों के पास तो संपत्ति के नाम पर होती है शुद्ध हवा, हरे भरे स्वस्थ पेड़, स्वच्छ पानी, जंगलों से ढंके पहाड़, पंछी, जानवर, जंगली फूल फलों से लदे पेड़...। अब सब खत्म हो रहे हैं। इनके साथ साथ हमारी संस्कृति भी नष्ट हो रही है।"

“हम आपकी पीड़ा समझते हैं।” आदित्यश्री ने कैमरे के पीछे से सगेन की भावनाओं को सहलाया और पुनः विषय पर लौट आने का आग्रह किया। सगेन ने अपनी जानकारियों को फिर उनके सामने रखा–

“हां तो मैं कह रहा था कि आवश्यक खनिज निकाल लेने के बाद यूरेनियम मिल से जो कचरा निकलता है उसकी मात्रा भी खनिज से कम नहीं होती। यही कारण है कि उस कचरे में खनिज की 85 प्रतिशत प्राथमिक रेडियोधर्मिता रहती है। इसके अतिरिक्त इसमें भारी धातु तथा दूसरी तरह के प्रदूषक जैसे आरसेनिक एवं पिसाई से निकले रासायनिक अवशेष भी होते हैं। इन कचरों को जब विशेष तालाबों या डैमों में डालकर छोड़ दिया जाता है तो उससे भी दूर दूर तक पर्यावरण दूषित होता है।” नायर साहब से सुनी बातों को सगेन हू-ब-हू सुनाता जा रहा था और आदित्यश्री उसे फिल्माता जा रहा था। उसे एक मुकम्मल डॉक्युमेंट्री फिल्म बनानी थी। हर छोटी बड़ी जानकारी को आम लोगों तक पहुंचाना वह अपना कर्तव्य समझता था। उसने कहा, “जरा विस्तार से बताइए, कैसे ये वातावरण को दूषित करते हैं?”

“इसके लिए तो आपको नायर साहब से ही बात करनी चाहिए। वे ही ठीक ठीक बता पाएंगे। परमाणु वैज्ञानिक जो ठहरे। नस नस में बस गयी हैं तमाम जानकारियां।”

“लेकिन वे तो इस वक्त मद्रास में हैं न?”

“हां। वहां के समुद्री तटों में पाए जाने वाले रेडियोधर्मी पदार्थ, थोरियम पर गहन अध्ययन चल रहा है उनका। लेकिन फिक्र मत कीजिए। जल्द ही यहां आने का वादा करके गए हैं।”

“तो फिर जब भी वो आएं, मुझे खबर जरूर कीजिएगा।”

“ये भी कोई कहने की बात है? आप हमारे लिए काम कर रहे हैं और यह हमारा ही काम है।”

...और सगेन ने अपना वादा निभाया था। इस बार नायर साहब से मिलते ही आदित्यश्री ने पहला सवाल वही दागा था–

“आप वैज्ञानिक विश्लेषण के साथ बताएं कि यूरेनियम मिल के कचरे में मौजूद रासायनिक अवशेष पर्यावरण को कैसे दूषित करते हैं? मेरे ये दो साथी पत्रकार बहुत दूर से आए हैं आपका इंटरव्यू लेने।” आदित्यश्री ने जिद की तो नायर साहब ने अपने ज्ञान का पिटारा खोला–

"देखिए, रासायनिक अवशेषों के जो ढेर होते हैं न, उनमें थोरियम-230 भी पाया जाता है, जिसका आधा जीवन ही 80 हजार साल है। थोरियम-230 से लगातार रेडियम-226 का उत्पादन होता रहता है जो खतरनाक रैडॉन गैस बनाता है। रैडॉन-222 लगातार हवा में घुलती रहती है।"

"रैडॉन गैस के संपर्क में आने वाले लोगों को फेफड़ों का कैंसर होने की संभावना रहती है न?" आदित्यश्री ने जान बूझकर सवाल किया।

"हां। मैंने तो आप लोगों को पहले बताया ही था कि उन्नीस सौ तीस के बाद ही वैज्ञानिक इस बात पर सहमत हो गये कि सदियों पहले जर्मनी और चेकोस्लोवाकिया के खान मजदूरों को महामारी के रूप में जो फेफड़े की बीमारियां होती थीं, वे दरअसल सांस द्वारा रेडियोधर्मी तत्वों के, रैडॉन गैस के मजदूरों के फेफड़ों में चले जाने के कारण ही हुआ करती थीं।" नायर साहब ने स्पष्ट करते हुए कहा, "गैस तो गैस, रासायनिक अवशेष को जहां डाला जाता है वहां की मिट्टी में पाए जाने वाले मानवोपयोगी प्राकृतिक रसायनों का संतुलन भी बिगड़ जाता है, और इसका खमियाजा आसपास के निवासियों को भुगतना पड़ता है।"

"जैसा कि मरंग गोड़ा के लोगों को भुगतना पड़ रहा है..." सगेन ने कसैले स्वर में कहा।

आंखें झपकाकर, गर्दन हिलाकर नायर साहब ने सगेन की तिक्तता का समर्थन करते हुए अपनी बात जारी रखी–

"यूरेनियम अवशेषों में पाए जाने वाले रेडियो न्यूक्लिआइड से 20 से 100 गुना ज्यादा गामा किरणें निकलती रहती हैं जिनके संपर्क में आने से पशु, पक्षी, मनुष्य– सभी प्रभावित होते हैं। यूरेनियम अवशेषों के ये ढेर जब सूखे होते हैं तब हवा में उड़कर दूर दूर तक फैलते रहते हैं और जब इन पर बारिश होती है तब भी ये बहकर दूर दूर तक चले जाते हैं।"

"इनसे बचाव का कोई उपाय?" आदित्यश्री के पत्रकार बंधु चुप न रह सके।

"पूर्णतः बचाव तो मुश्किल है मगर कचरे वाले डैम या तालाब के चारों ओर कंक्रीट की मजबूत और ऊंची मेड़ बनाकर जहरीले पानी को बहने से कुछ हद तक तो रोका जा सकता है पर जमीन के अंदर रिसने से नहीं।"

"जमीन के अंदर रिसने से रोकने का कोई उपाय नहीं?" इस बार दूसरे पत्रकार की चिंता प्रकट हुई।

"कुछ हद तक रोकने का उपाय तो है पर वह इतना खर्चीला है कि वैसा कोई नहीं करता।"

"क्या है वह उपाय?" सगेन की आवाज में हड़बड़ी थी।

"कंक्रीट से डैमों के आकार के बड़े बड़े चबूतरे बनाकर शुद्ध सीमेंट के घोल की परत चढ़ाकर मोटे प्लास्टिक से मढ़ने के बाद उसमें यूरेनियम के गीले कचरों को डालना। कचरों की एक एक परत को सुखाकर उस पर प्लास्टिक कोट चढ़ाने के बाद ही उस पर कचरे की दूसरी परत डालना। इसके लिए एक साथ दो दो चबूतरों को इस्तेमाल में लाना होगा। चबूतरे की दीवारों और तलहटी को काफी मजबूत और चौड़ा होना चाहिए और कचरों के सूख जाने के बाद उन पर मिट्टी की मोटी परत डालकर अगर घास उगा दी जाए और उस पर छः इंच पानी रहे तो जहरीली धूल को भी उड़ने से कुछ हद तक रोका जा सकता है।"

"तो क्यों न हम ऐसा करने के लिए कंपनी पर दबाव डालें?" नायर साहब की बात सुनकर सगेन ने आगे की रणनीति पर सोचना आरंभ कर दिया और आदित्यश्री तथा अपने संगठन के साथियों से इस बारे में विचार विमर्श करने लगा।

बाहर से आए साथी पत्रकारों के आग्रह पर उस दिन यूं ही टहलते टहलते आदित्यश्री टेलिंग डैम की तरफ निकल पड़ा। विभिन्न कोनों से उसकी तस्वीरें लीं। सगेन तथा नायर साहब की बातों से संबंधित दृश्यों की वी.डी.ओ. रिकॉर्डिंग की और फिर गांव के ही एक घर पर जाकर एक विकलांग का इंटरव्यू लेने में मशगूल हो गया।

उसी दौरान मोआर के एक सदस्य ने दौड़ते हुए आकर उन्हें सूचित किया कि गांव में पुलिस घूम रही है। शायद वे उन्हें ही ढूंढ़ रहे हैं।

आदित्यश्री और उनके पत्रकार साथियों को समझते देर नहीं लगी कि बाहर के तीन तीन पत्रकारों द्वारा खुलेआम टेलिंग डैम जैसी अति संवेदनशील जगह की तस्वीर लेने की सूचना उन तक पहुंच गयी होगी, इसलिए अब उनकी खैर नहीं।

आदित्यश्री ने झटपट अपना टेप बदला। सगेन के इशारे पर एक विश्वस्त लड़के को मरंग गोड़ा वाला टेप और तस्वीरों की रील देकर जमशेदपुर होते हुए रांची ले जाकर छुपा देने की हिदायत दी और पिछले दिनों चांडिल में फिल्माए गए दृश्यों वाला टेप और तस्वीरों को लेकर एक चाय की दुकान में बैठकर चाय की चुस्कियां लेने लगा।

थोड़ी देर बाद पुलिस उन्हें ढूंढ़ते हुए वहां पहुंची और जीप से उतरकर राइफल तानकर उन तीन पत्रकारों को ऐसे घेर लिया जैसे किसी अपराधी को घेर रहे हों। राष्ट्रीय अखबारों के पत्रकारों ने अपना परिचय दिया। पर फिर भी उन्हें गिरफ्तार करके थाने ले जाया गया। बार बार एक ही सवाल पूछा जाने लगा, "आप लोग टेलिंग डैम के पास क्या करने गये थे?"

थाने में काफी देर तक बैठाए रखने के बाद उन्हें कंपनी के दफ्तर में ले जाया गया ताकि उनकी टेप को चलाकर देखा जा सके कि उन्होंने टेलिंग डैम के पास जाकर क्या फिल्माया है?

चूंकि असली टेप को बदल दिया गया था इसलिए सबूत के अभाव में उन्हें छोड़ देना पड़ा। मगर अगले ही दिन रांची के एक महत्वपूर्ण अखबार में छपा–

"मरंग गोड़ा के अति संवेदनशील इलाके की तस्वीर लेते हुए एकाधिक संदिग्ध व्यक्ति गिरफ्तार! अफसोस की बात कि कंपनी तथा पुलिसवालों की लापरवाही से उन्हें छोड़ दिया गया।..."

मरंग गोड़ा की समस्या जटिल होती जा रही थी। उसे देशव्यापी समर्थन की आवश्यकता थी तो रांची की उस जुझारू आदिवासी महिला पत्रकार ने, जो एक महत्वपूर्ण राष्ट्रीय पत्रिका से जुड़ी हुई थी, अपनी पहुंच के बल पर राष्ट्रीय महिला आयोग की सदस्याओं को मरंग गोड़ा का दौरा करने के लिए राजी कर लिया। उनके सामने मोआर के सदस्यों की मदद से पीड़ित महिलाओं और बच्चों को लाकर खड़ा कर दिया गया। उन्होंने कंपनी के अधिकारियों से इस बाबत सवाल जवाब करना आरंभ किया तो वे बगलें झांकने लगे।

इस प्रकार लगातार महत्वपूर्ण बाहरी लोगों के आगमन से मोआर की स्थिति मजबूत होने लगी थी। कंपनी वालों के सख्त रवैये में थोड़ा थोड़ा बदलाव आना शुरू हुआ था। वे नरम पड़ने लगे थे। गांववालों की दहशत में कमी आयी थी। अब मरंग गोड़ा के चौक चौराहे पर लोग यूरेनियम, विकिरण या रेडियोधर्मिता के खिलाफ बोलने, दीवार लेखन करने या पर्चा बांटने की हिम्मत करने लगे थे।

चारिबा से इन दिनों कम ही मिलना जुलना हो पाता था सगेन का। दोनों अपने अपने काम में इस कदर व्यस्त हो चुके थे कि एक दूसरे के लिए समय निकालना मुश्किल था। और यह सब कुछ एकाएक नहीं हुआ था। सगेन तो मोआर के काम में मशगूल था ही, अपने ततंग के गुजर जाने के बाद चारिबा भी एक एन. जी.ओ. से जुड़ गयी थी क्योंकि वहां उसे अपने मन मुताबिक काम मिल गया था। सारंडा के बिल्कुल पास ही उड़ीसा में पड़ने वाली एक लोहा खदान में काम करने वाले मजदूरों के लावारिस से घूमते बच्चों को अक्षर ज्ञान कराना, उन्हें स्वास्थ्य और भोजन संबंधी सुविधाएं मुहैया कराना उस एन.जी.ओ. का काम था। चारिबा अपने काम से खुश थी। न तो उसने कभी घर बसाने की बात की और न ही सगेन ने। उम्र की काई जमती जा रही थी दोनों की देह पर...मगर दोनों की दोस्ती बरकरार थी। शायद यही उनकी ताकत भी थी।

पोखरन की धूल

इस दौरान देश में एक महत्वपूर्ण और सनसनीखेज घटना घटी। मई 1998 में पोखरन में परमाणु बम का परीक्षण कर भारत ने पूरी दुनिया को अपनी ताकत का अहसास करा दिया। देश भर में खुशियां मनाई जाने लगीं। पटाखे फूटने लगे। फिजाओं में जबरदस्त जुनून, जबरदस्त उन्माद तारी हो गया। नेतागण सीना ठोंक कर सभा सम्मेलनों में कहने लगे– अब तो हम ताकतवर हो गये हैं। सदियों की गुलामी से बाहर आ गए हैं। अब हमें कोई आंखें नहीं दिखा सकता...। हमारे तत्कालीन आलाकमान ने हुंकार लगाई– पोखरन की धूल को हवाई जहाज से देश के घर घर में बिखेर दिया जाए...

लेकिन ज्यादा दिनों तक यह खुशी टिक नहीं पायी क्योंकि उसी महीने के अंतिम सप्ताह में पाकिस्तान ने भी अपनी मर्दानगी दिखा दी। उसने विश्व को बता दिया कि वह भी भारत की तरह परमाणु बम संपन्न देश है। वह किसी की गीदड़ भभकी से डरता नहीं।

बस, फिर क्या था। भारत पाकिस्तान के बीच जबरदस्त तनाव उत्पन्न हो गया। शीतयुद्ध सा माहौल पैदा हो गया।

यूरेनियम और परमाणु मामलों से जुड़े होने के कारण मरंग गोड़ा के आंदोलनकारियों का उन मुद्दों से जुड़ना स्वाभाविक था। यूरेनियम और परमाणु की विनाशलीला से परिचित एवं प्रभावित होने के कारण मोआर के लोग खुश नहीं हो पा रहे थे देश की इस महान उपलब्धि पर। उन्हें यह महसूस हो रहा था कि न जाने कितने मासूमों के स्वास्थ्य की कीमत पर मिली है यह कामयाबी और न जाने कितनों को बर्बाद करने की कुव्वत रखता है यह बम। और तो और, हमारे आलाकमान के इस वक्तव्य पर, कि पोखरन की धूल को देश भर के घर घर में बिखेर दिया जाए, सगेन ने व्यंग्य से कहा था,

– "पूरे देश को मरंग गोड़ा बनाने का इरादा है क्या? पोखरन की धूल यानी रेडियोधर्मी धूल का जमावड़ा...ऐसी धूल का, जिससे खतरनाक विकिरण

निकलता है। विकिरण के बारे में हमारे देश के नीति निर्धारकों का ज्ञान कितना सीमित है जो वे इस खतरनाक धूल को घर घर में बांटना चाहते हैं! हमारी लड़ाई कितनी कठिन है! जब देश के बड़े नेताओं को पता नहीं तो आम लोगों को कैसे समझा पाएंगे हम? हमारे इलाके की यूरेनियम खदान तथा मिल के कारण जब रैडॉन गैस आकाश में फैलेगी तो मरंग गोड़ा के साथ साथ आसपास के शहर भी तो प्रभावित होंगे। महत्वपूर्ण लौह नगरी टाटानगर पर भी तो असर पड़ेगा। विकिरण आदिवासी या गैर आदिवासियों में फर्क नहीं करता। न जाने इसे हम कब समझा पाएंगे लोगों को! उनके दिमाग में एक के ऊपर एक जो सैकड़ों गांठें पड़ी हुई हैं उन्हें खोलना क्या मामूली बात है? सोचिए जरा कि हमें कितने आरोप, कितने जुल्म सहने होंगे! कितनी लंबी लड़ाई लड़नी होगी! शायद अंतहीन लड़ाई...ग्रीन पीस के योद्धाओं की तरह जो प्रशांत महासागर के छोटे छोटे द्वीपों में रहने वाले आदिवासियों को विकिरण के प्रभाव से बचाने के लिए, समुद्री जीव जन्तुओं की, पर्यावरण की रक्षा के लिए अपनी जान की परवाह किए बगैर अपने जहाज 'रेनबो वारियर' को लेकर प्रशांत महासागर के उन इलाकों में गश्त लगाते हैं जहां अमेरिका, फ्रांस, इंग्लैंड जैसे देश परमाणु बमों का परीक्षण करते हैं। वे योद्धा विभिन्न अन्यायों के खिलाफ अहिंसात्मक ढंग से अपनी मांगों को मनवाने के लिए क्या कुछ नहीं करते। तरह तरह के जानलेवा हथकंडे तक अपनाते हैं। कभी किसी रेलवे लाइन पर खुद को लोहे की मोटी मोटी जंजीरों और बड़े बड़े तालों से जकड़वाकर तालों की चाबी को अपने साथियों की मदद से दूर फिंकवा देते हैं और ट्रेन को देर तक आगे बढ़ने से रोके रखते हैं। तब तक, जब तक कि उनकी मांगों को मान न लिया जाए या तब तक, जब तक कि पुलिस उन बेड़ियों को काटकर उन्हें गिरफ्तार करके वहां से जबरन न ले जाये...। कभी ये ग्रीन योद्धा खुद को प्लास्टर ऑफ पेरिस जैसे जमाने वाले पदार्थों से जमाकर बीच सड़क पर खड़े हो जाते हैं...गजब की हिम्मत और समर्पण है उनमें..."

इधर एक लंबी प्रक्रिया से गुजरकर आदित्यश्री ने एक अच्छी खासी डॉक्युमेंट्री फिल्म बनाने लायक सामग्री जुटा ली थी जिसे जुटाने में लगभग तीन साल लग गए थे। फिल्म के फुटेज को छुपा छुपाकर रखना पड़ा था। इस दौरान उस फिल्मकार को इतनी बार मरंग गोड़ा जाना पड़ा था कि वह मरंग गोड़ा के लोगों के लिए महज एक पत्रकार या फिल्मकार नहीं रह गया था, उनके सुख दुख का, उनकी पीड़ा का, संघर्ष का, उनके आंदोलन का अभिन्न हिस्सा बन चुका था।

वह उनके दिलों के इतने करीब जा चुका था कि मोआर के सदस्यों ने अपने उस आदिवासी संगठन में उस गैरआदिवासी...मगर झारखंडी पत्रकार को सदस्य ही बना लिया। उसकी निष्ठा पर कोई संदेह नहीं रह गया था उन्हें। फिर भी जब विरोधी दल के कुछ लोगों ने उसके गैर आदिवासी होने पर सवाल उठाया तो सगेन अड़ गया। बोला– "यह आदिवासी नहीं है तो क्या हुआ? यहां का भूमिपुत्र तो है। सदान है। इसी धरती पर जन्म हुआ है इसका। यहीं पला बढ़ा है। इसके पुरखे सालों से यहां रहते आये हैं। यहीं इसके खेत हैं। पैतृक घर भी। यहां के अलावा किसी और पैतृक गांव या राज्य की कोई स्मृति इसके पास नहीं। वैसे भी व्यक्ति का जन्म लेना उसके हाथ में नहीं होता। उसके कर्मों से ही उसका मूल्यांकन होना चाहिए। यह हमारे संघर्ष में हमारा साथ दे रहा है। आदिवासी मूल्यों के प्रति इसकी निष्ठा देखी है हमने। हमारे अस्तित्व की रक्षा के लिए दिन रात एक किए हुए है। हर पैमाने पर हमने इसे जांचा है और खरा पाया है। फिर हम क्यों समझें इसे बाहरी या दिकू?"

दिल्ली के मित्रों की मदद से उस फिल्म की एडिटिंग का काम तो पूरा हो चुका था मगर आदित्यश्री जानता था कि इसको मरंग गोड़ा में प्रदर्शित करना बिल्कुल ही आसान और सुरक्षित काम नहीं है। यदि कंपनी वालों को पता चल जाए तो कुछ भी हो सकता है।

दिल्ली के मैक्सकूलर भवन में जिस दिन फिल्म की स्क्रीनिंग हो रही थी, आदित्यश्री के कई दोस्त, जो विभिन्न चैनलों तथा अखबारों में काम करते थे, उपस्थित थे और उसकी हौसलाअफजाई कर रहे थे। इस दौरान पता नहीं कैसे ऑडिटोरियम के बाहर पुलिस पहुंच गयी। मगर उन्हें चालाकी से अंदर आने नहीं दिया गया और फिल्म खत्म हो गयी। सब लोग फिल्म देखकर निकल गये। चूंकि उन दिनों देश भर में भारत सरकार द्वारा पोखरन में किए गए परमाणु बम परीक्षण की हवा बह रही थी, इसलिए प्रेस ने इसे अच्छा कवरेज दिया।

इस फिल्म के बारे में जब अंग्रेजी की एक विश्वविख्यात भारतीय ऐक्टिविस्ट लेखिका को जानकारी मिली तो वह अंग्रेजी में उस फिल्म के सबटाइटल बनाने में आर्थिक मदद देने के लिए तैयार हो गयीं। सबटाइटल बनाने में आदित्यश्री को मुंबई के प्रसिद्ध ऐक्टिविस्ट...डॉक्युमेंट्री फिल्म निर्माता अनूप पटवर्द्धन ने मदद की। इस बार अपनी उस महत्वाकांक्षी डॉक्युमेंट्री फिल्म को लेकर जब आदित्यश्री अपने राज्य में लौटा तो उसके साथ अनूप पटवर्द्धन भी थे। पहले से बन रही अपनी एक महत्वपूर्ण फिल्म में वे मरंग गोड़ा की त्रासदी को भी शामिल

करने के उद्देश्य से आए थे यहां। आदित्यश्री ने यथासंभव उनकी मदद करने का वादा किया था।

अपने राज्य में अपनी फिल्म को प्रदर्शित करने के लिए आदित्यश्री बैचेन हो उठा, अनूप पटवर्द्धन ने उसकी मदद की। जमशेदपुर की एक सिने सोसायटी के माध्यम से एक बड़े ऑडिटोरियम में उस फिल्म का प्रदर्शन करने से पहले यही प्रचार किया गया कि अनूप पटवर्द्धन की फिल्म दिखाई जा रही है। जब तक फिल्म चली, अनूप पीछे की सीट पर बैठे रहे। मरंग गोड़ा के सबसे करीबी शहर में अपनी उस फिल्म का प्रदर्शन कर आदित्यश्री को आंतरिक संतुष्टि मिली।

— "आपकी मदद के बिना बुद्धिजीवियों के बीच इस फिल्म का प्रदर्शन कर पाना शायद असंभव होता।" उसने अनूप पटवर्द्धन का शुक्रिया अदा किया।

अनूप पटवर्द्धन से दोस्ती आदित्यश्री के लिए आगे भी काफी महत्वपूर्ण साबित हुई। उन्होंने ही आदित्यश्री को यह जानकारी दी कि विश्वशांति के लिए पोखरन से सारनाथ तक की पदयात्रा होने वाली है; कि सारनाथ, जहां शांतिदूत गौतम बुद्ध ने पहली बार धर्म का पाठ पढ़ाया था और जहां से बौद्ध संघ अस्तित्व में आया था, तक होनेवाली यह यात्रा विध्वंसकारी परमाणु बमों के खिलाफ है; कि मैगसेसे पुरस्कार से सम्मानित ऐक्टविस्ट संदीप पाण्डेय के नेतृत्व में आयोजित इस ग्लोबल पीस मार्च, विश्व शांति हेतु पदयात्रा में दुनिया भर के महत्वपूर्ण शांतिप्रेमी लोग जुटने वाले हैं; कि मोआर के सदस्यों को उस पदयात्रा में शामिल होना चाहिए...।

मोआर के सदस्यों ने खुशी खुशी इसमें भाग लिया। राजस्थान के पोखरन से, जहां परमाणु बमों का परीक्षण किया गया था, 11 मार्च 1999 को आरंभ की गयी यह पदयात्रा 88 दिनों तक चली। करीब 1500 कि.मी. की दूरी तय करके सारनाथ तक पहुंचते पहुंचते संदीप पाण्डेय ने वैश्विक परमाणु निःशस्त्रीकरण के पक्ष में करीब 18000 लोगों के हस्ताक्षर इकट्ठा किए और उसकी प्रतियों को विश्व के सात परमाणु अस्त्र संपन्न देशों के दूतावासों में जाकर जमा किया। इस पदयात्रा में राष्ट्रीय अंतर्राष्ट्रीय ख्यातिप्राप्त हस्तियां तो थीं ही, गुजरात, बंगाल, केरल, मुंबई जैसे शहरों से लेकर जापान, अमेरिका, इंडोनेशिया, कोरिया, नेपाल, पाकिस्तान जैसे बाहर के देशों से आए बुद्धिजीवी, जिनमें वैज्ञानिक, चिंतक,

प्रोफेसर, पत्रकार, ऐक्टिवस्ट तथा विभिन्न पेशों से जुड़े शांतिप्रेमी लोग थे, भी आम लोगों के साथ शामिल हुए थे। सबसे ज्यादा उपस्थिति सारनाथ में हुई थी। ऐसा लगता था जैसे देश विदेश के तमाम शांतिकामी सारनाथ में आ उपस्थित हुए हों। बुद्ध की शांति की अवधारणा से ओतप्रोत!

कितने ही शांतिकामियों से रूबरू होने का मौका मिला मरंग गोड़ा से आए मोआर के सदस्यों को। लगा, वे अकेले नहीं हैं इस जंग में! तभी तो इस गर्मी में पैदल चलकर लोग इकट्ठा हुए हैं यहां।

यात्रा के दौरान जब आदित्यश्री ने जयपुर के एक गांव में अपनी फिल्म दिखाई तो आम जनता के साथ साथ विश्वशांति मार्च में शामिल देश विदेश के बुद्धिजीवियों ने भी इसे हाथों हाथ लिया। जापान के मासायुकि ने तो उसकी एक प्रति जापान ले जाने के लिए खरीद ही ली। ये वही सज्जन थे जिनके माता पिता हिरोशिमा नागासाकी के परमाणु बम विस्फोट की त्रासदी झेल चुके थे; जिन्होंने अपने माता पिता और रिश्तेदारों की आंखों से युद्ध की विभीषिका देखी थी और नहीं चाहते थे कि किसी और देश को कभी ऐसी त्रासदी झेलनी पड़े...किसी और देश की जनता को विकिरण और रेडियोधर्मिता की मार सहनी पड़े। पदयात्रा के दौरान उन्होंने अपने भाषण में कहा भी था–

– "...दूसरे विश्वयुद्ध के दौरान अमेरिका द्वारा हमारे देश जापान में परमाणु बम विस्फोट किये जाने के बाद उसके भयावह परिणामों को देख कर ही शायद बाद के युद्धों में कहीं परमाणु बमों का प्रयोग नहीं हुआ। लेकिन अब भारत और पाकिस्तान के परमाणु बम परीक्षणों से एक बार फिर परमाणु युद्ध का खतरा मंडराने लगा है। अब तो इन दोनों देशों के पास इतने शक्तिशाली परमाणु बम हैं कि उनके प्रयोग से पृथ्वी पर से जीवन का नामोनिशान ही मिट जाएगा।...जरा सोचिए! फिर कहां होंगे आप और आपका अहं! फिर जीत की खुशी मनाने को न भारत बचेगा न पाकिस्तान! और तो और, इस परमाणु युद्ध की हार जीत का निर्णय देखने के लिए भी कोई देश नहीं बचेगा शायद!"

एक जापानी दुभाषिया युवती इतनी खूबसूरती से मासायुकि की बातों का अनुवाद करती जा रही थी कि सभी बड़े मनोयोग से उनकी बातों को सुन रहे थे। श्रोताओं की तवज्जो पाकर मासायुकि का वक्तव्य क्रमशः लंबा होता चला गया था–

"कम शक्तिशाली परमाणु बमों के विस्फोट के बावजूद विकिरण की विभीषिका को 1945 में मेरे देश जापान ने देखा है। झेला है। विकिरण से

प्रभावित हिबाकुशा आज भी हमें उस विभीषिका की याद दिलाते रहते हैं। मैं नहीं चाहता हूं कि इतिहास अपने आप को दुहराए। इसीलिए हमारी ये पदयात्रा... हमारा यह छोटा सा प्रयास। यह मत भूलिए कि कई बार हमारे ये छोटे छोटे प्रयास ही इतिहास बदल देते हैं।..."

विश्वशांति के महत् उद्देश्य से आयोजित उस पदयात्रा में स्वेच्छा से शिरकत करने वाले विश्व भर के शांतिकामियों के उद्गार इसी प्रकार जगह जगह पर व्यक्त होते रहे। पदयात्रा के अंतिम पड़ाव, सारनाथ, तक पहुंचते पहुंचते सगेन समेत मोआर के तमाम सदस्यों का संसार काफी विस्तृत हो चुका था। कई लोगों से उन्हें उनके देश आने का आमंत्रण मिल चुका था। सारनाथ से एक व्यापक विश्वदृष्टि लेकर मरंग गोड़ा लौटे थे मोआर के तमाम सदस्य!

विस्तार...आकाश का

पदयात्रा के बाद भी शांतिमार्च में शामिल कई लोगों से मोआर के सदस्यों का संपर्क बना हुआ था। ई-मेल के जरिए। इसमें आदित्यश्री ने महत्वपूर्ण भूमिका निभाई थी। इसी बीच जापान के मासायुकि ने ई-मेल से यह सूचित किया कि मरंग गोड़ा की त्रासदी पर बनाई गयी उसकी डॉक्युमेंट्री फिल्म को जापान के तोक्यो में आयोजित होने वाले अंतर्राष्ट्रीय पर्यावरण फिल्म फेस्टिवल में शामिल करवाने के लिए उन्होंने भेजा था और चयन प्रक्रिया के विभिन्न चरणों से गुजरने के बाद उसे प्रविष्टि मिल गयी है।

फिल्मकार आदित्यश्री की खुशी का ठिकाना न रहा। मोआर के सदस्यों के लिए भी यह सूचना काफी तसल्ली देने वाली थी। उनकी त्रासदी को पहली बार पूरी दुनिया से रूबरू कराया जा रहा था। सगेन ने तो यही चाहा था कि ज्यादा से ज्यादा लोग उनकी समस्याओं के बारे में जानें और उनके समर्थन में आगे आएं। आदित्यश्री को मरंग गोड़ा में बुलाने का उसका मकसद अब पूरा होने जा रहा था इसलिए सबसे ज्यादा संतुष्ट सगेन ही था।

धरती और पर्यावरण संबंधी मुद्दों पर केंद्रित उस प्रतिष्ठित फिल्म फेस्टिवल के आयोजकों की तरफ से आमंत्रण मिल चुका था। जापान ले जाने और वहां ठहराने की व्यवस्था आयोजकों की तरफ से होनी थी। आदित्यश्री ने वहां जाने की तैयारियां शुरू कर दीं मगर उसकी दिली ख्वाहिश थी कि सगेन और मोआर के कुछ साथी सदस्य भी उसके साथ जापान जाएं क्योंकि इस फिल्म के निर्माण के पीछे उनका योगदान सर्वोपरि था। फिल्म में दिखाई गयी विकिरणजनित पीड़ा उनकी अपनी पीड़ा थी। मासायुकि सहित जापान के ऐंटिन्यूक्लियर ग्रुप के कार्यकर्ता भी यही चाहते थे। वे इस मौके का फायदा उठाते हुए फिल्म फेस्टिवल के आयोजकों की तरफ से ही उन्हें जापान बुलाकर फेस्टिवल के बाद विभिन्न शहरों में उनकी फिल्म का प्रदर्शन करते हुए उन्हीं के मुंह से उनकी त्रासदी की

कहानी सुनाकर लोगों में परमाणुविरोधी मानसिकता पैदा करना चाहते थे। अपने संगठन के अभियान में उन्हें शामिल करना चाहते थे। फिल्म फेस्टिवल के आयोजकों को जब जापान के ऐंटिन्यूक्लियर ग्रुप (परमाणु विरोधी संगठन) के लोगों की योजना के बारे में पता चला तो वे सावधान हो गये। उन्होंने आदित्यश्री को ही जापान बुलाने में आनाकानी करना आरंभ कर दी।

"चूंकि इस फिल्म फेस्टिवल के खर्च की 40-50 प्रतिशत राशि जापान में बिजली पैदा करने वाले...न्यूक्लियर एनर्जी बनाने वाले न्यूक्लियर संयंत्र से आती है, शायद इसीलिए फिल्म फेस्टिवल के आयोजक किसी प्रकार के विवाद में नहीं पड़ना चाहते हैं।" मासायुकि ने आशंका जताई। कहा, "मैंने गलती कर दी जो उन्हें सहजता से अपना मकसद बता दिया।"

आदित्यश्री को उन्हीं से पता चला कि शायद अब आयोजक इसी फिराक में हैं कि किसी तरह उसका जाना टल सके। इसके लिए वे कभी टिकट कन्फर्म न होने का तो कभी किसी और समस्या का बहाना बनाने लगे हैं। चूंकि फिल्म के चयन की घोषणा हो चुकी थी इसलिए आदित्यश्री के ई-मेलों का जवाब देना भी उनकी मजबूरी थी। स्थानीय ऐक्टिविस्टों का दबाव भी काम कर रहा था तो अंततः उन्होंने उसके आने का बंदोबस्त तो कर दिया पर इसी शर्त पर कि फिल्म फेस्टिवल खत्म होने के बाद वह एक दिन भी नहीं रुक सकेगा। आदित्यश्री राजी तो हो गया पर ऐंटि न्यूक्लियर ग्रुप के साथ लगातार संपर्क में रहा।

अपनी भाषा को अपने आत्मसम्मान का प्रतीक समझने वाले, अपनी मातृभाषा के प्रति अत्यंत संवेदनशील अधिकांश जापानियों की तरह मासायुकि को भी सिर्फ जापानी भाषा का ज्ञान था। अंग्रेजी नहीं आती थी उन्हें। इसीलिए तो जब वे पदयात्रा पर भारत आए थे तब एक अंग्रेजी जानने वाली जापानी शोधछात्रा को साथ लेकर आए थे। वही उनके लिए दुभाषिए का काम कर रही थी। ई-मेल पर भी उनकी तरफ से आदित्यश्री के साथ संपर्क बनाए रखने वाला कोई और ही था।

मोमोका नामक उस शख्स से काफी खुलकर संवादों का आदान प्रदान करने लगा था वह। जापान यात्रा से संबंधित, वीजा पासपोर्ट से संबंधित जरूरी बातें तो होती ही थीं, मरंग गोड़ा की त्रासदी, गांववालों की पीड़ा, उनके आंदोलन, जापान के परमाणु विरोधी संगठन के सदस्यों के मकसद और विश्व कल्याण संबंधी मुद्दों पर भी ई-मेल के जरिए काफी गंभीर बातचीत होती रहती थी। कभी कभार हल्की फुल्की बातें भी...। मसलन– समारोह स्थल से समुंदर

कितनी दूर है? या इस समय जापान का मौसम कैसा है? या इस मौसम की खासियत क्या है? या फिल्म फेस्टिवल के दौरान ठंड कितनी होगी? आदि।

ठंड के बारे में जानकर जब आदित्यश्री ने इतने गर्म कपड़े ला पाने में असमर्थता जताई, तो उसने आश्वासन दिया, "आपको लाने की जरूरत नहीं, हम उसका बंदोबस्त कर देंगे।"

मोमोका की आत्मीयता ई-मेल के माध्यम से ही उसके दिल को छू गयी थी। जापान यात्रा को लेकर आदित्यश्री की बेचैनी, उसकी उद्विग्नता ई-मेल के जरिये ही उस शख्स तक भी पहुंच चुकी थी शायद। तभी तो उसकी मदद को हर वक्त तत्पर रहता वह।

आदित्यश्री जापान यात्रा पर निकल पड़ा– मासायुकि के इस आश्वासन के बाद, कि इसी वर्ष हिरोशिमा दिवस पर आयोजित महासम्मेलन में ऐंटि न्यूक्लियर ग्रुप की तरफ से मरंग गोड़ा के प्रमुख आंदोलनकारी– सगेन को जापान बुलाया जाएगा। उसे लगने लगा कि विश्व भर से आने वाले शांतिकामी लोगों की उपस्थिति में उसका आना अवश्य ही सार्थक होगा।

विकिरण प्रदूषण विमर्श और साकुरा की बहार

यह सन् 2000 के वसंत का मौसम था। जापान में साकुरा के फूलों के खिलने (चेरी ब्लॉसम) का मौसम। उन खूबसूरत फूलों की बहार में राष्ट्रीय समारोह वसंतोत्सव मनाने का मौसम। ढेर सारी उत्तेजनाओं के साथ जापान के नरिता अंतर्राष्ट्रीय हवाई अड्डे पर हवाई जहाज से उतरा था वह। मन में आशंकाओं का तूफान भी था– वादे के मुताबिक यदि मासायुकि उसे लेने न आए तो? फिल्म फेस्टिवल के आयोजकों ने तो आने से पहले होटल का पता और डिटेल भेज दी थीं कि कैसे वहां तक पहुंचना है। लेकिन इस अनजान धरती पर अकेले होटल तक जाने की हिम्मत नहीं हो रही थी। हवाई यात्रा की आदत न रहने की वजह से सिर भारी भारी लग रहा था। मिचली आ रही थी। लंबी यात्रा के दौरान हवाई जहाज की खिड़की से देखे गये बाहर के अचंभित करने वाले नजारे अभी भी उस पर हावी थे। मखमली रुई के ढेर से फैले बादलों के पहाड़...बीच बीच में मौजूद अजस्र झरोखे...उनके नीचे विभिन्न देश! शहर! गांव!...कितनी विचित्र दुनिया! कितनी विशाल! देखने के लिए कितना कुछ! डूबते सूरज की रोशनी में सोने सा चमकता पैगोडा...दूर दूर तक फैले पहाड़ों और जंगलों का हरियर विस्तार...अपार समुद्र...समुद्र के बीच उभरे हुए छोटे छोटे द्वीप...नीचे उतरते समय द्वीपों का धीरे धीरे बड़ा होते जाना...कभी तिरछा, आसमान में चढ़ा हुआ सा तो कभी सीधा समुद्र पर पड़ा हुआ सा दिखना। उन्हीं द्वीपों में से एक द्वीप में इस वक्त खड़ा वह! सच, उसे यकीन नहीं हो रहा...

सहयात्रियों के साथ जाकर लगेज कन्वेयर से अपना सामान लेने के बाद अराइवल पर आते ही उसके इंतजार में खड़े मासायुकि को देख उसकी जान में जान आयी थी। मासायुकि ने बड़ी ही आत्मीयता से सिर झुका झुकाकर जापानी भाषा में उसका अभिवादन किया था और उनके साथ खड़ी एक युवती ने तुरंत उसका अंग्रेजी अनुवाद पेश कर दिया था। ठंड से ठिठुरते हुए उसे प्रत्युत्तर देते

देख उस जापानी युवती ने अपने हाथ में पकड़े एक गर्म कोट के पैकेट को उसकी तरफ बढ़ाकर कहा था– "इसे रख लो। तुम्हारे गर्म कपड़े यहां की ठंड के लिए नाकाफी हैं।"

उसे लेने में संकोच करते देख उस युवती ने मुस्कुराकर जापानी लहजे की अंग्रेजी में कहा था, "ई-मेल से हमारी बात हुई थी न! मेरी तरफ से तुम्हारे लिए ये छोटा सा गिफ्ट!"

– "तुमसे बात हुई थी मेरी?"

– "हां! मेरा ही नाम तो मोमोका है।"

आदित्यश्री को सहसा विश्वास नहीं हुआ। क्या आने से पहले इसी नाजुक सी कमउम्र खूबसूरत लड़की से ई-मेल के जरिए इतनी बातें होती थीं उसकी? उसने तो सोचा था कि मासायुकि की तरह ही गंभीर व्यक्तित्व वाला पचास पचपन की उम्र का ऐंटि न्यूक्लियर ग्रुप का सदस्य, कोई मर्द ऐक्टिविस्ट होगा मोमोका। आंखों पर मोटे फ्रेम का चश्मा...किसी कॉलेज का प्रोफेसर...। ई-मेल से बातचीत करते वक्त ठीक ऐसे ही किसी व्यक्ति की कल्पना की थी उसने। इतनी संजीदगी से, गंभीरता से उनके आंदोलन के बारे में बात करना...इतनी जटिल मानवीय त्रासदी और राजनीतिक मुद्दों को समझकर अपनी राय देना...इस कमसिन युवती की समझ, उसकी बौद्धिकता, विश्वकल्याण संबंधी मुद्दों पर उसकी सोच, उसकी दृष्टि उसे चकित कर गई। सामने खड़ी मोमोका से उसकी कल्पना में बसे मोमोका का व्यक्तित्व कहीं से भी मेल नहीं खा रहा था। जापान की धरती पर मिला यह पहला 'सरप्राइज' बड़ा सुखद लगा उसे। एअरपोर्ट से निकलने से पहले उस दुभाषिए आश्चर्य 'मोमोका' ने अचानक आदित्यश्री का एक हाथ पकड़ा और बड़ी सहजता से उसे खींचते हुए एक पोस्टर के सामने ले गयी। फिर चहकते हुए बोली– "देखो देखो, ये तुम्हारी फिल्म का पोस्टर है। ये तुम्हारी फिल्म का नाम है...ये तुम्हारा नाम है...।" जापानी भाषा में लिखे हुए नाम तो वह पढ़ नहीं पाया मगर तस्वीर पर नजर पड़ते ही खुशी से झूम उठा। उस महत्वपूर्ण अंतर्राष्ट्रीय हवाई अड्डे पर अत्यंत महंगे विज्ञापनों के बीच कई फिल्मी पोस्टरों के साथ अपनी फिल्म का पोस्टर देख सहसा उसे अपनी आंखों पर यकीन नहीं हुआ।

– "मेरी फिल्म का पोस्टर यहां कैसे?" उसने हैरान होकर पूछा।

– "फिल्म फेस्टिवल के दौरान यहां शहर भर में जगह जगह चयनित फिल्मों के पोस्टर तो लगाये ही जाते हैं।" उस लड़की ने कहा और आदित्यश्री

की फिल्म के पोस्टर के सामने बड़ी अदा से खड़ी हो गयी फिल्मकार आदित्यश्री के साथ अपनी तस्वीर खिंचवाने। उसका इशारा पाकर मासायुकि ने फटाफट कई तस्वीरें खींच लीं।

– "मैंने तुम्हारी फिल्म देखी है।" चलते चलते मोमोका ने कहा, "मासायुकि से इसके बारे में सुनकर बिना देखे नहीं रह पायी मैं। और, जबसे इसे देखा, तुमसे मिलने को बेचैन रही। उस फिल्म में तुम्हारा भी एक छोटा सा बाइट है न? तभी तो तुमको देखते ही पहचान गयी मैं..."

विदेश में, वह भी जापान जैसे देश में आकर एक खूबसूरत जापानी युवती के मुंह से यह सब सुनकर रोमांचित हो उठा वह!

शहर को एअरपोर्ट से जोड़ने वाली भूमिगत रेल सेवा! वातानुकूलित ट्रेन की सवारी। फिर टैक्सी पकड़कर होटल की ओर रवाना होना। सड़क के दोनों ओर बड़े बड़े अपार्टमेंट! बड़ी बड़ी दुकानें! तेजी से भागती चमचमाती कीमती गाड़ियों वाली सड़कें! रंग बिरंगे फूलों से लदे पेड़ और हरियाली भी। मगर सबकुछ कितना आधुनिक! अपने देश के लोगों से अलग गोरे गोरे जापानियों को देखना भी बड़ा अद्भुत लग रहा था उसे।

मासायुकि मोमोका की मदद से उसके प्रश्नों का उत्तर दिए जा रहे थे। उसकी जिज्ञासाओं का शमन किए जा रहे थे।

"अब हम तोक्यो के सेंटर पॉयेंट पर पहुंच चुके हैं।" मोमोका ने कहा था, "इसी इलाके में तुम्हें ठहरना है। वो देखो तुम्हारा होटल!" एक बहुत बड़े, बहुत ऊंचे होटल की ओर इशारा किया था उसने।

– "क्या इसी भव्य होटल में ठहरना है उसे?" सहसा उसे यकीन नहीं हुआ।

"सच! आप लोग न आते तो मैं तो घबड़ाहट में भटक ही जाता! किस मुंह से आपका शुक्रिया अदा करूं?" होटल के बाहर टैक्सी से उतरते उतरते उसने कृतज्ञता से मासायुकि की तरफ देखा था।

रिसेप्शन से चाबी तथा उसके नाम पर रखे आमंत्रण पत्र और कार्यक्रमों की सूची आदि लेकर कमरे तक जाने में उसे किसी तरह की असुविधा नहीं हुई। इस नये देश के नये शहर में इस भारतीय फिल्मकार की पग पग पर मदद करने के लिए मासायुकि और उनकी दुभाषिया सहयोगी साए की तरह मौजूद जो थे। वे

दोनों इतने सहज थे कि एअरपोर्ट से होटल तक पहुंचते पहुंचते ही वह उनसे काफी घुलमिल गया। मोमोका से यह जानकर भी अच्छा लगा उसे कि वह अपनी पढ़ाई के साथ साथ ऐंटि न्यूक्लियर ग्रुप के ऐक्टिविस्टों की मदद के लिए स्वेच्छा से दुभाषिए का काम कर रही है। उसे किसी भी तरह से उनके काम आने में हार्दिक संतुष्टि मिलती है। मासायुकि ने जब उसे इशारे से बताया कि वह अपने पैसे से उसके लिए यह कोट खरीद लायी है तो उसे बड़ा संकोच हुआ। हैरानी भी। उसने तो सोचा था कि वह संगठन की तरफ से खरीदकर दिया गया है। चूंकि वह पहले ही उस कोट को स्वीकार करके पहन चुका था इसलिए अब धन्यवाद देने के अलावा और कोई चारा भी नहीं था।

आदित्यश्री को होटल तक छोड़कर वे दोनों चले गये थे उस दिन। जाने से पहले मासायुकि के कहने पर, मासायुकि को रिसेप्शन पर ही बैठाकर मोमोका भद्रतावश आदित्यश्री के साथ उसके कमरे तक गयी थी। सामान ढोते वेटर को दरवाजे के बाहर से ही विदा करके खुद इलेक्ट्रॉनिक कार्ड से कमरे का दरवाजा खोलने, बिजली का कनेक्शन देने, इलेक्ट्रिक केतली में चाय, कॉफी बनाने का तरीका बताने...। परन्तु उस एकांत में कमरे तथा बाथरूम के तमाम आधुनिक साजो सामान के इस्तेमाल का तरीका बताते बताते वह आदित्यश्री के काफी करीब आ गयी थी...

उसके जाने के बाद जीवन में पहली बार गर्म पानी से भरे बाथटब में डुबकी लगाकर नहाते वक्त अनजाने ही वह चली आ रही थी आदित्यश्री के खयालों में...

तीन दिनों का फेस्टिवल था। उस नयी दुनिया में व्यस्त हो उठा था आदित्यश्री। तरह तरह के लोग! तरह तरह की फिल्में! परत दर परत खुलती एक नयी दुनिया! बहुरूपिया दुनिया! देखने सुनने को कितना कुछ!

दुनिया के विभिन्न हिस्सों की...ऑस्ट्रेलिया, वियेतनाम, कोरिया, जापान, सिंगापुर, इस्राइल, रूस और कितने ही अलग अलग देशों की धरती और पर्यावरण से जुड़ी समस्याओं से संबंधित फिल्में...उन फिल्मों के साथ आए विभिन्न देशों, विभिन्न संस्कृतियों के लोग...

किसी फिल्म में ऑस्ट्रेलिया में तेजी से जंगलों के कटने और मौसम में बदलाव आने से कंगारुओं की प्रजाति पर होनेवाले घातक परिणामों को दर्शाया

गया था तो किसी कोरियन फिल्म में किसी देश के जंगलों के खत्म होते जाने के कारण शहरों में घुसकर रह रहे बाज पंछियों की त्रासदी दिखाई जा रही थी। कंक्रीट के जंगल में अपने अंडों को बचा पाने की आप्राण कोशिश करते बाजों की कहानी।

वियेतनाम में अमेरिका के साथ लंबे समय तक चले युद्ध के समय सेना द्वारा खेत खलिहानों में बिछाई गई बारूदी सुरंगों के अब भी जहां तहां जमीन में दबे होने के कारण खेती का काम करते समय अचानक विस्फोट हो जाने से गांव वालों के हाथ पांव उड़ जाने से दहशत में जीते गांव वालों पर एक फिल्म बनाकर लाई थी एक वियेतनामी महिला फिल्मकार।

वियेतनामी होने के कारण उस महिला के प्रति गहरे सम्मान की भावना जगी थी आदित्यश्री के मन में। 'वारियर रेस ऑफ एशिया!' 'हो ची मिन्ह' जैसे सहज, सरल, त्यागी, तपस्वी, संघर्षशील योद्धा के देश की महिला!...उनसे परिचय होते ही अंतःमन में कहीं ये संबोधन गूंजा था। हमारे देश के एक राज्य राजस्थान से भी करीब दस हजार वर्ग कि.मी. छोटा एक देश– वियेतनाम! परन्तु वहां के लोग इतने हिम्मती कि ईसा शताब्दी से 111 वर्ष पहले से क्रमशः उस पर कब्जा करने वाले दुनिया के तीन महादेशों– चीन, फ्रांस और अमेरिका तक को अपने सीमित संसाधनों से शिकस्त देते रहे, उन्हें अपने देश से भागने पर मजबूर कर दिया।

पहले ही दिन लंच ब्रेक के समय दोस्ती हो गयी थी उनसे भारतीय फिल्मकार आदित्यश्री की। उस वियेतनामी महिला के प्रति मन में इतना आदर, इतनी श्रद्धा होने के बावजूद यदि उनसे एक दूरी का अहसास होता था तो वह उनके भड़कीले कपड़ों के कारण।

अलग अलग देश के फिल्मकार थे चारों तरफ! कई एक तो अत्यंत महंगे बजट की फिल्में लेकर आए थे। लाखों या फिर करोड़ों के बजट की फिल्में! अत्यंत कीमती कैमरे से शूट की हुई फिल्में! प्रतिष्ठित फिल्मी स्कूलों से प्रशिक्षित क्रू को साथ लेकर भव्य तैयारी के साथ बनायी गयी फिल्में!

आदित्यश्री की फिल्म एक अत्यंत सस्ते व्ही.एच.एस. कैमरे से बनाई गयी थी। बाकी तामझाम भी अन्य फिल्मकारों के मुकाबले कुछ भी नहीं था। फिर भी उसकी फिल्म को ऐसे भव्य समारोह में प्रविष्टि मिली...निश्चित रूप से यह मासायुकि के अथक प्रयास से ही हुआ होगा। आदित्यश्री मासायुकि के प्रति कृतज्ञता से भर उठता है। परन्तु मासायुकि आदित्यश्री को ही पूरा श्रेय देते हैं– ''इस फेस्टिवल में शामिल होने के लिए दुनिया भर से सैकड़ों फिल्में आयी थीं।

कई कई चरण में, कई स्तरों पर प्रतिस्पर्द्धा के बाद, जूरी के सदस्यों द्वारा परखे जाने के बाद ही तो आपकी फिल्म को प्रविष्टि मिली। मैंने तो सिर्फ जंगल से लाकर इस फूल को गुलदस्ते में सजा दिया था।''

कार्यक्रम में मासायुकि भी उपस्थित रहते हैं रोज। साथ में मोमोका भी। लंच या टी-ब्रेक में कभी अंदर, कभी बाहर जाकर साथ साथ खाते पीते बातें करते हैं विभिन्न विषयों पर। अपने दोस्तों तथा परिचितों से भी मिलवाते हैं। आदित्यश्री को अपनी फिल्म को लेकर आशंकित होते देख मासायुकि सांत्वना देते हैं–

''माना कि तुम्हारी डॉक्युमेंट्री फिल्म बहुत ही सस्ते बजट की है...एक ऐसे सस्ते वीडियो कैमरे से तुमने इसे शूट किया है, अंतर्राष्ट्रीय स्तर पर जिसका व्यावसायिक प्रयोग किया ही नहीं जाता। पर दिखाने सुनाने के लिए तुम्हारी फिल्म में जो कुछ है वह शायद किसी और फिल्म में नहीं। रेडियोधर्मिताजनित ऐसी मानवीय त्रासदी मुझे नहीं लगता कि कोई और दिखा पाया होगा।...''

फिर भी उसे यह उम्मीद नहीं थी कि ऐसे भव्य समारोह में उस जैसे एक साधनहीन व्यक्ति द्वारा एक अत्यंत सस्ते कैमरे से फिल्माई गई उसकी डॉक्युमेंट्री को बेस्ट फिल्म का अवार्ड मिलेगा। वह एक बार फिर हैरान हुआ। जिस वक्त मंच से उसकी फिल्म को पुरस्कृत किए जाने की घोषणा हुई, कुछ समय तक वह अपनी सीट से हिल भी नहीं पाया। फिर अपनी जापानी दोस्त मोमोका को उछल उछल कर ताली बजाते देख उसका चैतन्य लौटा। तालियों की गड़गड़ाहट के बीच पुरस्कार लेने के लिए जाते जाते उसने महसूस किया, ढंग के कपड़े तक नहीं पहन रखे हैं उसने।

पुरस्कार देने के बाद जब मंच संचालक ने दो शब्द कहने के लिए उसे माइक थमाया तो आरंभ में तो उसका दिमाग ही शून्य हो गया। इस भव्य समारोह में बोलने के लिए किसी प्रकार की तैयारी के साथ नहीं आया था वह। दरअसल उसने सपने में भी नहीं सोचा था कि उसकी फिल्म को पुरस्कार भी मिलेगा। वह तो इस समारोह में अपनी डॉक्युमेंट्री की प्रविष्टि से ही अचंभित था।

खैर, कुछ पलों की चुप्पी के बाद रुक थम कर उसने कहा–

"आज से हजारों साल पहले जब टेलीफोन, टेलीविजन, रेडियो, इंटरनेट आदि कुछ भी नहीं था तब महावीर और जीसस के संदेश नदियों, पहाड़, पर्वतों, जंगलों और महासागरों को पार करके विभिन्न देशों, संस्कृतियों और समाज के लोगों तक कैसे पहुंचे होंगे? बुद्ध के संदेश, प्रेम के संदेश भारत के सुदूर गांव से चलकर समुद्र पार के इस टापू में...जापान तक कैसे पहुंचे होंगे? भाषा अलग होने के बावजूद उन संदेशों को इतनी शिद्दत से कैसे ग्रहण किया गया होगा? आज हम एक दूसरे की भाषा जानते समझते हैं, हमारे पास संचार के इतने सारे माध्यम हैं, हम पहले से ज्यादा शिक्षित और सभ्य माने जा रहे हैं फिर भी हम अपनी बात, अपनी पीड़ा लोगों तक क्यों नहीं पहुंचा पा रहे हैं? क्या हमारी संवेदनाएं मर रही हैं? यदि ऐसा है तो यह इनसानियत के लिए अत्यंत खतरनाक है। हमें इस पर विचार करना चाहिए।..."

कार्यक्रम की समाप्ति के बाद मंच से उतरते समय आदित्यश्री कुछ पलों के लिए मरंग गोड़ा पहुंच चुका था। इतना बड़ा सम्मान! काश! आज सगेन उसके साथ होता! मोआर के सभी सदस्य उसके साथ होते! मरंग गोड़ा के तमाम पीड़ित इस मुहूर्त के साक्षी होते! वे अपनी आंखों से देख पाते कि पूरी दुनिया के प्रतिनिधियों के सामने वह उनको, उनकी समस्या को रखने में कामयाब हो पाया है।...

पुरस्कार मिलते ही जापान के ऐंटि न्यूक्लियर ग्रुप के सदस्यों ने फिल्म फेस्टिवल के आयोजकों से यह आग्रह करना आरंभ किया कि इस पुरस्कृत फिल्मकार को कुछ दिनों तक जापान में रहने की अनुमति दी जाए।

पुरस्कृत होते ही फिल्म के साथ साथ आदित्यश्री की ताकत भी बढ़ गयी थी। दुनिया भर से आए फिल्मकार उसे जान गये थे। ऐसे में यदि उसे उसकी इच्छा के विरुद्ध जबरदस्ती वापस भेज दिया जाता तो आयोजकों की बदनामी होती। आयोजक पशोपेश में पड़ गये।

अवार्ड सेरेमनी के बाद फेस्टिवल के आयोजकों की तरफ से प्रतिभागियों के लिए आयोजित पार्टी में आदित्यश्री हीरो था। मासायुकि तथा मोमोका इस पार्टी में आमंत्रित नहीं थे मगर जब आदित्यश्री ने अंदर आते समय अपने साथ साथ चल रही मोमोका को भी अंदर आने का इशारा किया तो आयोजकों ने उसे रोका नहीं।

जापान की धरती पर वह आखिरी रात थी। अगले ही दिन उसकी वापसी की टिकट थी। आदित्यश्री उन पलों को जी भरकर जी लेना चाहता था। बड़े ही सुखद पल थे। ऑस्ट्रेलिया, कोरिया, कंबोडिया, यूरेशिया, इस्राइल और न जाने कहां कहां के फिल्मकार आ आकर बधाइयां दे रहे थे। उनकी नजरें बता रही थीं कि उसने अच्छा काम किया है। पार्टी में उस व्यक्ति ने भी आकर बधाइयां दीं जिसने उस मिमेंटो को डिजाइन किया था जो उसे आयोजकों की तरफ से मंच पर प्रदान किया गया था। लकड़ी से बना बड़ा ही कलात्मक मिमेंटो था वह। कछुआ और मछली के चित्र से बना हुआ। इसके निर्माण के पीछे निहित गूढ़ अर्थों को समझाने की कोशिश कर रहा था वह व्यक्ति। धरती, आसमान, सृष्टि आदि आदि की व्याख्या करते हुए। वह वियेतनामी महिला भी उस समूह की शोभा बढ़ा रही थी। बातचीत के बीच अचानक ही "अभी आती हूं" कहकर मोमोका बाहर चली गयी। करीब आधे घंटे बाद लौटकर बोली– "मैं बहुत खुश हूं। तुम कल वापस इंडिया नहीं जा रहे हो।"

– "क्या?" आदित्यश्री को एकाएक उसकी बातों पर यकीन नहीं हुआ।

– "हां। मासायुकि के बुलावे पर मैं बाहर गयी थी। उन्होंने ही बताया कि तुमको कुछ और दिनों तक जापान में रहने की अनुमति दे दी गयी है। अब तुम जापान के साकुरा का मजा ले पाओगे।"

– "मतलब?"

– "मतलब, वसंत में कोई जापान आए और साकुरा की बहार का मजा न ले, यह तो बड़े अफसोस की बात है न! इन दिनों जहां भी जाओगे, साकुरा खिले हुए मिलेंगे। कहीं खिलना आरंभ हुआ होगा, कहीं पूरा खिल गये होंगे तो कहीं झरकर कालीन की तरह जमीन पर बिछे हुए दिखेंगे। फिल्म फेस्टिवल के दौरान तो फिल्मों में व्यस्त रहे...ठीक से कहां ले पाए साकुरा की खूबसूरती का मजा!"

अगले दिन मासायुकि समेत ऐंटि न्यूक्लियर ग्रुप के सदस्यों के साथ आदित्यश्री आगे का कार्यक्रम तय करने में व्यस्त हो गया। आयोजक नहीं चाहते थे कि आदित्यश्री को उसकी वीडियो मूवी के साथ जगह जगह ले जाकर विकिरणजनित मामले को तूल दिया जाये इसलिए टिकट के एक्सटेंशन की अनुमति देते समय मासायुकि से कॉन्ट्रैक्ट पेपर पर लिखवाकर दस्तखत करवा लिया गया था कि ऐंटि न्यूक्लियर ग्रुप द्वारा आदित्यश्री से किसी भी जनसभा को संबोधित नहीं

करवाया जाएगा। यदि कहीं उसकी डॉक्युमेंट्री की स्क्रीनिंग हो तो फिल्म को इंट्रोड्यूस करने के लिए या दर्शकों के सवालों का जवाब देने के लिए शारीरिक रूप से आदित्यश्री वहां उपस्थित नहीं रहेगा।

जापान का खुफिया तंत्र काफी मजबूत होता है। सारी चीजों की जानकारी रहती है उन्हें। कानून नहीं तोड़ा जा सकता। परन्तु चूंकि जापान में ऐन्टि न्यूक्लियर लॉबी भी काफी सक्रिय है और वे इतनी आसानी से हार नहीं मानते इसलिए मासायुकि तथा उनके परमाणुविरोधी संगठन के अन्य ऐक्टिविस्टों ने यह तय किया कि अलग अलग शहरों में आदित्यश्री को जरूर ले जाया जाएगा, उसकी वीडियो मूवी भी दिखाई जाएगी मगर मूवी के प्रदर्शन के समय प्रदर्शन स्थल से दूर किसी रेस्त्रां आदि में आदित्यश्री को रुकना पड़ेगा। अत्यंत उत्सुक और विश्वस्त दर्शकों को चुपचाप आदित्यश्री से मिलवा दिया जाएगा। अधिक से अधिक दर्शकों से खुलकर संवाद करने के लिए उसे मोआर के अध्यक्ष सगेन के साथ हिरोशिमा दिवस पर, जब पूरी दुनिया से डेलिगेट्स आते हैं, दुबारा बुलाया जाएगा।

...और इस प्रकार आदित्यश्री और उसकी डॉक्युमेंट्री ने जापान के विभिन्न शहरों का दौरा आरंभ किया। क्योटो...ओसाका...नागोया...जैसे कई शहरों में घूमना था आदित्यश्री को। वैसे तो सबसे ज्यादा उत्सुकता हिरोशिमा जाने की थी। हिरोशिमा पीस म्यूजियम में जाकर सन् 1945 की बमबारी के ध्वंसावशेषों से रूबरू होने की थी...सदियों के इतिहास में मानव द्वारा की गई सबसे बड़ी तबाही का आभासी मंजर देखने की थी...एक छोटे से परमाणु बम की विध्वंसकारी ताकत का अंदाजा लगाने की थी...। मगर इसके लिए दुबारा जापान आना था उसे अगस्त के महीने में। हिरोशिमा दिवस पर। अपने मोआर के साथी सगेन के साथ। यह संगठन के लोगों का निर्णय था। इसलिए सब्र करना पड़ा।

तोक्यो से निकलने के बाद कुछ समय तक तो मासायुकि ने यात्रा में उसका साथ दिया पर जब उन्हें अपने काम पर लौटना अनिवार्य हो गया तो मोमोका को उसका साथ देने के लिए छोड़कर वे वापस चले गये।

"हर शहर में हमारे संगठन के समर्पित कार्यकर्ता हैं। आपको कहीं कोई असुविधा नहीं होगी। और फिर आपकी मदद के लिए मोमोका तो है ही..." जाते जाते मासायुकि ने उसे अभयदान दिया था।

गंभीर किस्म के व्यक्ति थे मासायुकि। उम्र में भी आदित्यश्री से काफी बड़े थे। पचास के ऊपर की उम्र रही होगी उनकी। इसलिए उनकी उपस्थिति में हमेशा तटस्थ रहना पड़ता था आदित्यश्री को। मोमोका को अपने गाइड और सहयात्री के रूप में पाकर उसने राहत की सांस ली।

हालांकि जापान आने के बाद से उसने गौर किया था कि यहां के लोग स्वभाव से गंभीर ही होते हैं, कम बोलते हैं। जितना जरूरी होता है, उतना ही बोलते हैं। सिर्फ अपना ज्ञान बघारने के लिए कोई बेमतलब की बातें नहीं करता यहां। अजनबियों से तो बिल्कुल ही नहीं।

मोमोका के लिए आदित्यश्री अजनबी नहीं था। और, उसका स्वभाव भी दूसरों से थोड़ा अलग लगा उसे। मगर वह भी हल्की बातों की तुलना में गंभीर मुद्दों पर ही खुद को केंद्रित करना ज्यादा पसंद करती थी। जब कहीं आदित्यश्री की मूवी की स्क्रीनिंग होती और संगठन के इक्का दुक्का स्थानीय कार्यकर्ताओं की निगरानी में उसे दूर किसी रेस्त्रां में बैठाकर रखा जाता तो मोमोका उससे परमाणु मुद्दों पर ही ज्यादा बातचीत करती। दुनिया भर में सस्ती ऊर्जा पाने के लोभ में तेजी से परमाणु संयंत्रों की बढ़ती संख्या को लेकर, उनके रखरखाव को लेकर, मानवीय स्वास्थ्य तथा पर्यावरण की सुरक्षा को लेकर चिंता व्यक्त करती। हिरोशिमा, नागासाकी की त्रासदी के बारे में बताती। परमाणु बमों के खिलाफ उनके संगठन के क्रियाकलापों का जिक्र करती। विश्व भर के परमाणु कार्यक्रमों की आलोचना करती।

एक बार ऐसे ही किसी रेस्त्रां में बैठे थे वे। दूर उसकी मूवी की स्क्रीनिंग हो रही थी। एक भारतीय छात्र आया था आदित्यश्री से मिलने। जापान के परमाणुविरोधी संगठन के बारे में कुछ कुछ सुन रखा था उसने। विश्व भर के परमाणु कार्यक्रमों के बारे में ढेर सारी जिज्ञासाएं थीं उसके मन में। आदित्यश्री और मोमोका से औपचारिक बातचीत के बाद उसने परमाणु मुद्दों पर उन्हें कुरेदना शुरू किया तो मोमोका अपने आप को रोक न पायी। बोली—

"आज जो विकासशील देश न्यूक्लियर संयंत्र लगाने के लिए बेचैन हो रहे हैं, उन्हें सोचना चाहिए कि सन् 1979 में हुए अमेरिका के थ्री माइल आयलैंड की दुर्घटना के बाद से पूरे उत्तरी अमेरिका में एक भी न्यूक्लियर संयंत्र नहीं बिका। सन् 1986 में जब रूस के यूक्रेन में स्थित चेरनोबिल का न्यूक्लियर संयंत्र फटा, तब उसकी भयावहता को देख रूस और यूरोप के लाखों लोग परमाणु ऊर्जा के खिलाफ खड़े हो गये। ऑस्ट्रेलिया, स्विटजरलैंड, स्वीडन, फिलीपीन्स,

इटली जैसे देशों ने यह तय कर लिया कि वे अपने देशों से परमाणु ऊर्जा के स्रोतों को पूरी तरह से हटा देंगे। दुनिया भर की विश्वस्त संस्थाओं की रिपोर्ट देखने से पता चलता है कि चेरनोबिल दुर्घटना के वर्षों बाद भी लाख से ज्यादा लोग कैसे कैंसर से पीड़ित हो रहे हैं।''

– ''चेरनोबिल में आखिर हुआ क्या था?'' उस छात्र ने टोका तो वह और खुल गयी–

– ''चेरनोबिल का परमाणु संयंत्र फट गया था।''

– ''कैसे?''

– ''कहा जाता है कि उस संयंत्र को ठीक से डिज़ाइन नहीं किया गया था और सिर्फ कुछ आदेशों पर ही वह चलता था।''

– ''तो?''

– ''तो हुआ यह कि संयंत्र चलाने वाले चालक दल के सदस्य उन आदेशों का ठीक से पालन नहीं कर पाए और कुछ वैज्ञानिक एक बहुत ही खतरनाक प्रयोग के चलते इस घटना को जन्म दे बैठे।''

– ''वह कैसे?'' छात्र की जिज्ञासा बढ़ती जा रही थी।

– ''उन वैज्ञानिकों ने अपने प्रयोग के दौरान बगैर कुछ सोचे समझे संयंत्र को ठंडा करने के उपकरण को हटा लिया था। इससे संयंत्र की छत पर दबाव काफी बढ़ गया और 1000 टन भारी वह छत उड़ गयी।''

– ''फिर?''

– ''फिर क्या? फिर संयंत्र के अंदर की तमाम खतरनाक चीजें बाहर की हवा में घुल गयीं। रेडियोधर्मी राख, द्रव यूरेनियम, जलते हुए ग्रेफाइट...सब कुछ!''...कहकर कुछ देर के लिए मोमोका बिल्कुल शांत हो गयी थी।

आदित्यश्री ने चेरनोबिल हादसे पर बनी फिल्म देखी थी तो सारे दृश्य उसके जेहन में जीवंत हो उठे थे। उसने कहा–

– ''सोचने वाली बात तो यह है कि यह कोई न्यूक्लियर धमाका नहीं था और न ही इसमें कोई चेन रिएक्शन था, जैसा कि परमाणु बमों में होता है। फिर भी जो रेडियोधर्मी तत्व इससे निकलकर वातावरण में घुले वे हिरोशिमा, नागासाकी में गिराए गये बमों से दस गुना ज्यादा बताये जाते हैं।''

– ''ओ माइ गॉड! दस गुना ज्यादा?'' छात्र चीख पड़ा।

– ''हां। दस गुना ज्यादा। वैसे तो भारी मात्रा में विघटन के कारण परमाणु संयंत्रों में रेडियोधर्मी तत्व उत्पन्न होते ही रहते हैं। पर वे वातावरण में न फैलें,

इसका पूरा ध्यान रखा जाता है। मगर जब दुर्घटना होती है तब उन खतरनाक रेडियोधर्मी तत्वों पर किसी का वश नहीं रहता।" मोमोका ने जोड़ा तो आदित्यश्री ने टोका–

– "सन् 1979 में अमेरिका के थ्री माइल आयलैंड और सन् 1986 में यूक्रेन के चेरनोबिल में हुए हादसे इसका जीता जागता नमूना हैं? है न?"

– "बिल्कुल! गौर करने लायक बात तो यह है कि चेरनोबिल हादसे में संयंत्र में मौजूद 190 टन यूरेनियम डाइऑक्साइड के चार प्रतिशत से भी कम विघटित तत्व ही रियेक्टर से बाहर निकले थे। इसके बावजूद दुनिया भर में उसका असर देखा गया। संयंत्र में उपस्थित 32 लोगों की तो मौके पर ही विकिरण से मौत हो गयी थी। कुछ ही दिनों के अंदर रेडियोधर्मी बीमारियों के कारण अन्य 39 लोगों की जान चली गयी। इस हादसे में निकले रेडियोधर्मी पदार्थों का अधिकांश मलबा यूक्रेन, रूस और बेलारूस तक फैल गया था जिस कारण वहां के लगभग साढ़े तीन लाख लोगों को ले जाकर दूसरे इलाकों में बसाना पड़ा। जीवित शहर वीरान हो गए। इसके अलावा उत्तरी ध्रुव के लगभग सभी देशों में रेडियोधर्मी पदार्थों के कण पाए गये।"

– "और सुना है कि इस हादसे के बाद सफाई करने, पुनर्वास की व्यवस्था करने तथा पीड़ितों को मुआवजा देने में लगभग दो सौ बिलियन डॉलर (एक बिलियन = 10 खरब) का खर्च आया। उस प्लांट को स्टील के कवच से ढकने में ही करीब दो बिलियन डॉलर लगे थे।" फिल्म फेस्टिवल के दौरान विभिन्न लोगों से बातचीत करने के दौरान आदित्यश्री ने इस तरह की कुछ नयी जानकारियां इकट्ठी की थीं तो उनके संबंध में बताना अच्छा लग रहा था उसे। बोला, "विश्व स्वास्थ्य संगठन की रिपोर्ट पर यकीन करें तो इस हादसे में मरने वालों की संख्या 4000 थी तथा बाद के वर्षों में कैंसर से मरने वालों की संख्या एक लाख से भी बहुत ज्यादा मानी गयी। कुछ बीमा कंपनियों का मानना है कि परमाणु दुर्घटना दस हजार करोड़ डॉलर तक का नुकसान कर सकती है।"

– "दस हजार करोड़ डॉलर?" छात्र की बढ़ती हैरानी ने आदित्यश्री को उत्साहित किया– "दरअसल..." उसने कहा, "यह कहना ही मुश्किल है कि चेरनोबिल हादसे से कितने लोग प्रभावित हुए। कहते हैं कि उस हादसे से रेडियोधर्मी तत्व यूरोप में फैला। पोलैंड, जर्मनी, बेल्जियम, फ्रांस तथा हॉलैंड पहुंचा। फिर बालकांस तथा इटली भी पहुंचा। उस दुर्घटना के चार साल बाद तक

स्कैंडिनेविया में रेंडियर तथा वेल्स में भेड़ों को आदमी के खाने योग्य नहीं माना गया।''

– ''जब परमाणु संयंत्र इतने खतरनाक हैं तब किसी भयंकर दुर्घटना की बाट न जोहकर इन्हें बंद क्यों नहीं कर दिया जाता?'' इस बार छात्र ने बड़ी ही मासूमियत से पूछा।

– ''इन्हें बंद करना इतना आसान नहीं।'' इससे पहले कि आदित्यश्री कुछ कहता, मोमोका ने जवाब दिया, ''इन्हें बंद करने पर भी इन संयंत्रों से प्रचुर मात्रा में परमाणु अवशेष निकलेंगे, क्योंकि ईंधन सहित इन संयंत्रों के ज्यादातर हिस्से रेडियोधर्मी हो चुके होते हैं। इन्हें यदि ऐसे ही छोड़ दिया जाए तो पर्यावरण की, मनुष्य तथा जीव जंतुओं की व्यापक क्षति हो जाएगी।''

– ''फिर क्या करना चाहिए?''

– ''कहते हैं, ऐसी स्थिति में संयंत्रों को चरणबद्ध तरीके से बंद करना चाहिए।'' अपनी समझ के मुताबिक मोमोका ने समाधान सुझाने की कोशिश की, ''कंक्रीट तथा मिट्टी के ढेर से उन्हें पूर्णतः जमींदोज कर देना चाहिए।'' फिर कुछ सोचकर कहा, ''लेकिन सच तो यह है कि अभी तक दुनिया के सामने किसी भी बंद परमाणु संयंत्र को रेडियोधर्मिता से पूर्णतः मुक्त किये जा सकने का कोई दृष्टांत नहीं है। सच यह भी है कि अभी तक इसका कोई कारगर उपाय ढूंढ़ा ही नहीं जा सका है। कहते हैं कि किसी भी संयंत्र को बंद करने का कुल खर्चा संयंत्र शुरू करने के बराबर ही होगा।''

– ''दुनिया में पहले परमाणु संयंत्र के आरंभ होने के लगभग पैंतीस साल बाद भी यदि परमाणु उद्योग को यह नहीं पता कि कम खर्च में और कैसे इन्हें पूर्णतः बंद किया जा सकता है ताकि किसी को कोई हानि न पहुंचे, तो आगामी तीन दशकों में जो दुनिया भर के करीब साढ़े तीन सौ से ज्यादा परमाणु संयंत्र सेवानिवृत्त होने वाले हैं, उनका क्या होगा?'' आदित्यश्री से रहा न गया तो मोमोका पर ही बिफर पड़ा।

– ''यह कैसी ऊर्जा है जिससे मानवता को, सृष्टि को इतना खतरा है?'' छात्र के स्वर से फूटते आक्रोश को दबाने की बजाय मामोका ने और भड़काया–

– ''यह तो कुछ भी नहीं, आप ही सोचिए कि सस्ते बिजली उत्पादन के लिए निर्मित परमाणु संयंत्रों से यदि परमाणु बम बनाने की सामग्री किसी गलत व्यक्ति या गिरोह के हाथ लग जाए तो क्या होगा?''

– "क्या होगा?"

– "पूरी सृष्टि का विनाश हो जाएगा। दरअसल, परमाणु संयंत्रों में ईंधन के रूप में इस्तेमाल किये गए यूरेनियम से जो बाइ-प्रोडक्ट प्लूटोनियम निकलता है, उससे आसानी से परमाणु बम बनाया जा सकता है।" मोमोका ने कहा तो आदित्यश्री को अपने ही देश का दृष्टांत याद आया, बोला–

"भारत ने जब सन् 1974 में पहली बार परमाणु बम परीक्षण किया था, वह ऐसे ही प्लूटोनियम से तो बना था।"

– "मतलब?" छात्र की जिज्ञासा बढ़ती ही जा रही थी।

– "मतलब, कनाडा सरकार ने रिसर्च रियेक्टर के रूप में जो छोटी सी मशीन भारत सरकार को भेंट की थी, उसी से बाइ-प्रोडक्ट के रूप में निकले प्लूटोनियम से उसने परमाणु बम बना डाला था। वह तो बिजली उत्पादक परमाणु संयंत्र भी नहीं था, फिर भी। अब आप समझ सकते हैं कि कितना खतरनाक है यह?"

– "वह तो है पर दुनिया में बिजली की बढ़ती हुई जरूरतों को देखते हुए इसका कोई विकल्प भी तो नजर नहीं आता? इतनी अधिक और इतनी सस्ती बिजली किसी और स्रोत से तो मिलना असंभव है?"

– "सस्ती तो तब कहलाएगी, जब यह समग्रता में सस्ती हो। इस्तेमाल के बाद इन संयंत्रों को सुरक्षित रूप से बंद करने की कीमत या दुर्घटना की स्थिति में उससे निपटने की कीमत के बारे में तो हम पहले ही बता चुके हैं। और फिर, मानवीय क्षति की, जीव जन्तु, वनस्पति या पर्यावरण की क्षति की कीमत? इसके बारे में कभी सोचा है आपने? क्या अब भी आप कहेंगे कि परमाणु बिजली सस्ती होती है? यह तो रेगिस्तानी पक्षी शुतुरमुर्ग वाली बात हो गयी न, जो रेत के गड्ढे में मुंह घुसाकर पूरी देह से टकराती आंधी को अनदेखा करते हैं!..."

...और इस प्रकार परमाणु मुद्दों पर बातचीत का सिलसिला चलता ही रहता।

यात्रा के दौरान मोमोका अक्सर आदित्यश्री से मरंग गोड़ा की समस्या के बारे में बातें करती। सुझाव देती। कभी कभार जब इन भारी भरकम बातों से ऊब जाती तो जापान के वसंतोत्सव के बारे में बात करने लगती। साकुरा की बहार का जिक्र करती। कहती, "खिले हुए साकुरा मुझे बिल्कुल पागल बना देते हैं। इसीलिए तो वसंत मुझे इतना प्रिय है।"

कभी खाली समय में काम की बातें करते करते ही सफेद गुलाबी फूलों से लदे साकुरा के पेड़ों वाली सड़कों और पार्कों में घुमा लाती। बौद्ध तथा शिन्तो मंदिरों तथा अन्य विभिन्न दर्शनीय स्थलों में भी ले जाती। आतिशबाजी का शो दिखलाती। कभी रेडियो, टेलीविजन या अखबार के दफ्तर में ले जाती। अलग अलग शहरों के अलग अलग स्थानों में ले जाकर अपने संगठन के लोगों से मिलवाती। संगठन के लोगों को मरंग गोड़ा की त्रासदी वाली फिल्म दिखलाती।

इसी क्रम में एक दिन वह उसे ओटो विश्वविद्यालय के विश्वविख्यात परमाणु वैज्ञानिक प्रोफेसर बोयदे से मिलवाने ले गयी। बोली– "तुम कह रहे थे न, कि मरंग गोड़ा में यूरेनियम कंपनी के संबंधित अधिकारी इस बात से इनकार करते हैं कि यूरेनियम खदान, मिल या टेलिंग डैम के कारण वहां के लोगों को रेडिएशनजनित बीमारियां हो रही हैं। वे कहते हैं कि वहां रडियेशन होता ही नहीं...कि उन्हें होनेवाली बीमारियों से रेडिएशन का कोई वास्ता नहीं। ज्यादा दारू पीने की वजह से उन्हें टी.बी. की बीमारी होती है जिसे फेफड़े का कैंसर कहकर मोआर के सदस्यों द्वारा भरमाया जा रहा है...कि आनुवंशिक विकलांगता, या बांझपन को रेडिएशन से मिथ्या ही जोड़ा जा रहा है...कि मोआर द्वारा गांववालों को कंपनी के खिलाफ भड़काया जा रहा है...आदि आदि।"

– "हां। और इसी बात को प्रमाणित करने के लिए कि मरंग गोड़ा के लोगों की बीमारी की वजह विकिरण ही है, क्योंकि यूरेनियम खनन आरंभ होने से पहले उस इलाके में इतने बड़े पैमाने पर ऐसी बीमारियां होती ही नहीं थीं, हमने विश्व भर में अपनी आवाज पहुंचाने की ठानी। अपनी वीडियो मूवी के जरिए हमें संबंधित क्षेत्र के विद्वानों का समर्थन हासिल करना है। मरंग गोड़ा के पीड़ितों को न्याय दिलाना है।"

– "इसीलिए तो मैं तुम्हें यहां लायी हूं। प्रोफेसर बोयदे एक ऐसे परमाणु वैज्ञानिक हैं जिनकी विद्वत्ता पर, ईमानदारी पर पूरी दुनिया यकीन करती है। सम्मान देती है उन्हें। यदि तुम उन्हें अपनी समस्या बताकर मरंग गोड़ा जाने के लिए राजी कर सको और वे अपने यंत्रों के साथ वहां जाकर वैज्ञानिक ढंग से परीक्षण निरीक्षण करके अपनी रिपोर्ट में रेडिएशन की पुष्टि कर दें तो रिपोर्ट सार्वजनिक होते ही तुम लोगों का काम बन सकता है। फिर कंपनी वाले भी इसे झुठला नहीं सकेंगे। उन्हें सुरक्षा मानकों पर विशेष ध्यान देना होगा, खदान या मिल में काम करने वाले मजदूरों को ऑक्यूपेशनल डिज़ीज़ का मुआवजा देना होगा..."

– ''क्या कह रही हो तुम?'' आदित्यश्री उछल पड़ा था, ''इतने बड़े, इतने व्यस्त वैज्ञानिक भला मेरे कहने पर अपना सब काम छोड़कर इतनी दूर मरंग गोड़ा जाने के लिए तैयार ही क्यों होंगे?''

– ''तुम कोशिश करके तो देखो। इनके जैसे अपने काम के प्रति समर्पित प्रोफेसर वैज्ञानिक तो रिसर्च के लिए देश विदेश घूमते ही हैं। क्या तुम समझते हो कि सिर्फ मरंग गोड़ा के आदिवासी ही इस तरह की समस्या से जूझ रहे हैं? नहीं। पूरी दुनिया में, जहां जहां यूरेनियम खदानें हैं, घूमकर तो देखो। अमेरिका, कनाडा, ऑस्ट्रेलिया, दक्षिण अफ्रीका...हर जगह के आदिवासी किसी न किसी रूप में पीड़ित हैं। यह एक विडंबना ही है कि अधिकतर यूरेनियम खदानें, परमाणु रियेक्टर या परमाणु कचरा फेंके जाने वाले टेलिंग डैम आदिवासी इलाकों में ही होते हैं। यह बात और है कि जहां के लोग जागरूक हैं, वहां सुरक्षा मानकों पर ज्यादा ध्यान दिया जाता है और जहां जागरूकता कम है वहां के लोग ज्यादा प्रभावित हो रहे हैं। प्रोफेसर साहब यदि मरंग गोड़ा जाकर रेडिएशन की जांच करेंगे...मरंग गोड़ा के विभिन्न रिहायशी इलाकों में पाए जाने वाले रेडिएशन की मात्रा को मापेंगे और यह पता लगाएंगे कि वह वहां के लोगों के लिए, पशु पक्षियों तथा पेड़ पौधों के लिए कितना हानिकारक है तो वह न सिर्फ मरंग गोड़ा के लोगों के फायदे के लिए होगा बल्कि इससे प्रोफेसर साहब को भी तो एकेडेमिक लाभ मिलेगा। मरंग गोड़ा पर जब इनके रिसर्च पेपर छपेंगे तब वे इनके करियर के लिए भी तो लाभदायक होंगे। दुनिया भर के परमाणु वैज्ञानिक, रिसर्च स्कॉलर उन्हें पढ़ेंगे, सराहेंगे, उनका लाभ उठाएंगे।...''

मोमोका की बातों में दम था। आदित्यश्री आशान्वित हो उठा। प्रोफेसर बोयदे से आदित्यश्री को मिलवाने के लिए मोमोका ने उनके एक असिस्टेंट से संपर्क किया था। असिस्टेंट मोमोका के पूर्व परिचित थे और संगठन से भी जुड़े हुए थे। एक रेस्टोरेंट में दोपहर के भोजन पर उनसे मिलने की व्यवस्था हुई। उन्होंने सूचना दी कि प्रोफेसर बोयदे प्रयोगशाला में व्यस्त हैं। उनके बाहर आते ही वे उनसे मिलवा देंगे। आदित्यश्री ने कहा– ''क्या मैं प्रयोगशाला में उनसे नहीं मिल सकता? इस बहाने प्रयोगशाला भी देख लेता।''

– ''यह तो उनसे पूछकर ही बता पाऊंगा।'' असिस्टेंट ने अपनी सीमा बताई मगर जल्द ही उन्होंने प्रोफेसर बोयदे को इस बात के लिए राजी कर लिया।

एक विशेष प्रकार की पोशाक पहनाकर प्रयोगशाला में प्रवेश करवाया गया था आदित्यश्री को। जूते भी बदलवा दिये गए थे। प्रवेशद्वार पर लगी मेटल डिटेक्टर जैसी एक खास तरह की मशीन के नीचे से गुजरने के बाद ही अंदर जाने की अनुमति मिली। अंदर जाते ही आंखें चुंधिया गयीं। कहा– "ऐसी प्रयोगशाला तो मैंने शायद जेम्स बॉन्ड की फिल्मों में देखी थी।"

काफी बड़ा रियेक्टर! उसके बीच में बीम! अगल बगल शीशे के बंद कमरे, यंत्रचालित मशीनें, बिना हाथ लगाए ऑटोमेटिक परखनलियों का इस्तेमाल करते वैज्ञानिक! एक तरफ इशारा करते हुए फुसफुसाकर कहा असिस्टेंट ने– "रेडिएशन का मेज़रमेंट हो रहा है यहां ।"

थोड़ी देर तक घूम घूम कर उस अत्याधुनिक प्रयोगशाला का जायजा लेने के बाद प्रोफेसर बोयदे से परिचय हुआ। चेहरे मोहरे से वे भारत के पूर्वोत्तर में रहने वाले लग रहे थे। कुछ औपचारिक बातों के बाद ही वे उसे लेकर प्रयोगशाला से बाहर चले आए। उस भव्य भवन से बाहर निकलने से पहले उन्हें पहनाए गये कपड़े और जूते उतरवाकर यह जांच की गयी कि कहीं उनमें से किसी के शरीर में रेडिएशन की ज्यादा मात्रा तो नहीं चली गयी!

कितनी कड़ी सुरक्षा व्यवस्था है यहां...! आदित्यश्री सोचता है, काश! मरंग गोड़ा में भी हो पाती। वहां तो कितने ही मजदूर यूरेनियम खदानों के अंदर पहनने वाले जूतों कपड़ों को घर ले आते हैं। जाहिर है कि घर भर के लोग रेडिएशन से प्रभावित हो सकते हैं। खदान में बोरिंग करते समय या ड्रमों में यूरेनियम पावडर यानी येलो केक भरते वक्त भी तो मजदूरों की देह उस पावडर से पट जाती है। मजदूर तो फिर भी अनपढ़ अज्ञानी हो सकते हैं। अनजाने में रेडिएशन की चपेट में आ सकते हैं पर क्या वहां के वैज्ञानिकों को भी यूरेनियम के खतरनाक परिणामों के बारे में मालूम नहीं था जो इस तरह मजदूरों के स्वास्थ्य मामलों की उपेक्षा करते रहे। या फिर जानबूझकर लापरवाही बरतते रहे?

अपने चेंबर में आदित्यश्री को ससम्मान बैठाकर बोयदे ने विस्तार से मरंग गोड़ा की बातें सुनीं। आदित्यश्री से कागज पर लकीरें खिंचवा खिंचवाकर मरंग गोड़ा की खदान की, टेलिंग डैम की, वहां से गांव की दूरी की भौगोलिक जानकारियां लीं। फिर आश्चर्यचकित होते हुए बोले– "टेलिंग डैम से मात्र पचास फीट की दूरी पर बसा है एक गांव? यह तो अंतर्राष्ट्रीय सुरक्षा मानकों के बिल्कुल खिलाफ है। वहां रहना तो बहुत खतरनाक है।"

जब आदित्यश्री ने उन्हें यह बताया कि सूखे टेलिंग डैम के ऊपर से रोज नंगे पांव गुजरते हैं ग्रामीण; वहां उग आए घासों को गाय बकरी जैसे पालतू जानवर चरते हैं, तो वे हतप्रभ रह गये। आदित्यश्री से लोगों की बीमारियों तथा अपंगता के बारे में सुनकर उन्होंने फौरन उसकी फिल्म को देखने की इच्छा जाहिर की।

फिल्म से वे इतने प्रभावित हुए कि मरंग गोड़ा जाकर रेडिएशन का, रैडॉन गैस की मात्रा का, गामा किरणों के प्रभाव आदि का वैज्ञानिक परीक्षण करने को तैयार हो गये।

आदित्यश्री के साथ साथ मोमोका भी बहुत खुश हुई। दोनों ने एक दूसरे को संतुष्टि भरी निगाहों से देखा।

"अगर अपने कहे के मुताबिक ये सचमुच मरंग गोड़ा चले गये और वैज्ञानिक परीक्षण निरीक्षण के उपरांत अपनी रिपोर्ट को सार्वजनिक करवा दिया तो मरंग गोड़ा के लोगों को, उनके आंदोलन को बहुत बल मिलेगा। यह मेरी जापान यात्रा की सबसे बड़ी उपलब्धि होगी क्योंकि अपनी फिल्म के माध्यम से मरंग गोड़ा की तमाम त्रासदियों को दिखाने के बावजूद मैं यह प्रमाणित करने में असफल रहा हूं कि इन सबके लिए रेडिएशन ही जिम्मेवार है। कंपनी के अधिकारी हमेशा यह साबित करने में लगे रहते हैं कि भूख और गरीबी के कारण, गंदा रहने के कारण या आनुवंशिक कारणों से ही मरंग गोड़ा में स्वास्थ्य संबंधी समस्याएं उत्पन्न हो रही हैं। हम अब तक उनसे यह मनवाने में नाकामयाब रहे हैं कि तीस चालीस साल पहले, जब वहां यूरेनियम का खनन नहीं होता था, लोग ऐसी बीमारियों से तो लगभग अनजान ही थे। या फिर आज भी उन इलाकों में, जहां यूरेनियम का खनन नहीं होता, इतनी बड़ी तादाद में ऐसी भयंकर जानलेवा बीमारियां नहीं होतीं, शारीरिक रूप से विकलांग लोगों का प्रतिशत बहुत ही कम होता है।"

प्रोफेसर बोयदे और उनके असिस्टेंट से प्यार भरी विदाई लेने के बाद वापसी के समय गदगद होकर आदित्यश्री ने मोमोका से कहा, "इसके लिए मैं तुम्हें जितना भी धन्यवाद दूं, कम है।"

"इसमें धन्यवाद की कौन सी बात है?" मोमोका बोली, "हम सब तो एक ही मिशन पर काम कर रहे हैं न! मानव कल्याण ही हमारा मकसद है। इसमें किसी का व्यक्तिगत लाभ तो है नहीं!"

काम की बातों के बीच ही अचानक मोमोका ने कहा, 'अच्छा यह तो बताओ, कैसा लग रहा है तुम्हें ओटो विश्वविद्यालय का यह इलाका। हमारा यह देश– जापान!"

"बहुत बढ़िया। बहुत ही शानदार! और ये साकुरा के फूल! ओह! लोगों ने कितने प्यार से चारों ओर फूलों के पेड़ लगा रखे हैं। अपने अपने घरों में... आसपास की सड़कों पर...पार्क में...कितने सुंदर...कितना सुकूनदायी...तभी यहां के लोग इतने शांत, विनम्र, हंसमुख, इतने अनुशासित और तनावमुक्त रहते हैं। कितने खूबसूरत होते हैं यहां के घर! कितने साफ सुथरे! कितने मेहनती, साहसी और जीवट वाले हैं यहां के लोग!" इन चंद दिनों में ही जापानियों ने आदित्यश्री पर इतना प्रभाव छोड़ा था कि वह उनकी तारीफ के पुल बांधने लगा था, "जिस देश को प्राकृतिक संपदा की अत्यधिक कमी के कारण भारत जैसे देशों से लोहे तक आयात करना पड़ता है, उस देश में कई सड़कों के किनारे ध्वनि सोख लेने की क्षमता वाली स्टील की दीवारें बनी हैं ताकि सड़क किनारे बने घरों में रहने वाले लोगों को वाहनों के शोर से परेशानी न हो। सच! हमारे लिए तो अकल्पनीय है यह सब।..." भावावेश में कुछेक पलों के लिए अपनी पलकों को बंद कर लिया था आदित्यश्री ने। फिर हौले हौले उन्हें खोलते हुए कहा था, "यह उनकी काबलियत ही है कि जिस देश पर कभी दूसरे देशों की तकनीक चुराने का आरोप लगाया जाता था, आज दुनिया विदेशी मुद्रा देकर उसी देश की तकनीक आयात करने को लालायित रहती है।..." इससे पहले कि मोमोका कोई प्रतिक्रिया देती, आदित्यश्री ने अपने वक्तव्य में कुछ और विशेषण जोड़े, "यहां की सड़कों पर, रेलवे प्लेटफॉर्म पर, बस स्टैंड में, पार्क या बगीचों में, सार्वजनिक प्रसाधनगृहों या संग्रहालयों में भी यानी तमाम सार्वजनिक स्थलों पर अपाहिज या अन्धे, बहरे लोगों की सुविधा के लिए जिस तरह की खास व्यवस्था की गयी है, वह बेमिसाल है। जिस देश को भयंकर परमाणु हमले की त्रासदी झेलनी पड़ी, जिस देश को लगातार छोटे बड़े भूकंपों के झटके सहते ही रहना पड़ता है, ऐसा देश तरक्की के नए नए कीर्तिमान स्थापित कर रहा है, इसकी प्रशंसा के शब्द कहां से लाऊं मैं? बोलो?" उसने मोमोका की आंखों में झांकते हुए कहा, "सच कहूं तो यहां आने से पहले तक मेरे दिमाग में कहीं न कहीं 'सेवेन सामुराई' फिल्म वाला जापान घूम रहा था। मगर. हैरान हूं कि इतने दिनों तक यात्रा के दौरान कहीं भी वैसा परिवेश नहीं दिखा।"

– "वह तो बहुत पुरानी फिल्म है।" मोमोका ने झेंपकर कहा, "हम अभी तक उसी जगह पर अटककर कैसे रह सकते हैं? बदलाव तो होना ही था।"

– "पर हमारे देश में बहुत कुछ नहीं बदला है अभी तक।" मायूसी भरे स्वर में कहा आदित्यश्री ने, "आदिम और अत्याधुनिक जीवन शैली का अस्तित्व

एक ही साथ एक ही समय में मौजूद है वहां। अधिसंख्यक लोगों की हालत बहुत ही खराब है। बहुत ज्यादा बेचारगी। बहुत ज्यादा बदहाली।''

— ''बदहाली तो यहां भी है। हो सकता है तुम्हारे देश से कम हो, लेकिन है।'' मोमोका ने मानो अभयदान दिया, ''दिखाऊंगी मैं तुम्हें जल्द ही। और हां, यह मत भूलो कि हम एक ही युग में कई कई युगों को जीते हैं। आधुनिक, अत्याधुनिक और दकियानूसी लोग यहां भी हैं। यहां भी बहुत सारे परिवार ऐसे हैं, जो औरतों के मामले में बहुत संरक्षणशील हैं। तुम मुझे देखकर हैरान हो रहे हो पर क्या तुम्हारे देश में बड़े शहरों में पढ़ी लिखी कामकाजी महिलाएं पुरुषों के कंधे से कंधा मिलाकर नहीं चलतीं? क्या वे भी भारत के छोटे शहरों, कस्बों या गांवों में रहने वाली महिलाओं की तरह पुरुषों से दूरी बनाकर चलती हैं? लोग जितने शिक्षित होते जाएंगे, जितना आधुनिक होते जाएंगे, वर्जनाएं टूटेंगीं। चाहे वह कोई भी देश, कोई भी समाज क्यों न हो।''

उस दिन वे ओसाका में थे। ओसाका— सिर्फ जापान का ही नहीं बल्कि पूरी दुनिया का एक अति महत्वपूर्ण औद्योगिक केन्द्र! मित्सुबिशी, कोबेस्टील, दाइसात्सु जैसी विश्वविख्यात कंपनियां...बड़े बड़े कारखाने हैं यहां। पूरी दुनिया की अर्थव्यवस्था को प्रभावित करने की क्षमता रखने वाला एक शहर! मगर वहां के एक नजारे ने आदित्यश्री को सकते में डाल दिया था।

बाहर हाड़ कंपाती सर्दी थी उस दिन। बर्फीली हवाओं का कहर! भूमिगत रेलवे स्टेशन के पास, 'सब-वे' में अपने चारों ओर कार्डबोर्ड लगाकर सोते कुछ लोगों की ओर इशारा किया था मोमोका ने।

— ''इतनी ठंड में ये लोग ऐसे क्यों सो रहे हैं?'' आदित्यश्री ने आश्चर्यचकित होकर पूछा था।

— ''क्योंकि इनके पास घर नहीं। ये गरीब लोग हैं। जवानी में तो फिर भी काम मिल जाता था पर बुढ़ापे में काम नहीं मिलता।'' मोमोका ने उसकी जिज्ञासा को शांत करने की कोशिश की थी।

— ''यहां भी इतनी गरीबी? कमाल है!'' पिछले कई दिनों तक आदित्यश्री ने इतनी समृद्धि देखी थी कि इस दृश्य की हकीकत पर यकीन करना मुश्किल हो रहा था।

– "याद है मैं तुम्हें तोक्यो में एक जगह आइसक्रीम खिलाने ले गयी थी?" मोमोका बोली।

– "हां, क्यों?"

– "वहां की चमक दमक याद है तुम्हें?"

– "वह मैं कैसे भूल सकता हूं? तुमने कहा था– 'यह इलाका दुनिया के सबसे कीमती इलाकों में से एक माना जाता है। बड़े बड़े रईस इस इलाके में एक वर्ग फीट जमीन खरीदने को तरसते हैं।'..."

– "हां। और उस चमक दमक की कीमत बहुत बड़ी आबादी चुकाती है। हर दीए के तले अंधेरा होता ही है।"

– "ऐसा हमारे देश में है पर यहां भी है यह सोचकर आश्चर्य हो रहा है। रूको, मैं इनकी एक तस्वीर ले लेता हूं"– कहकर जैसे ही आदित्यश्री कैमरा लेकर आगे बढ़ता है, जमीन पर लेटा एक बूढ़ा आदमी झट से उठ बैठता है "इंदानो!" "इंदानो!" संबोधन के साथ कुछ समझाने की कोशिश करता है।

– "मत खींचो। तस्वीर लेने से मना कर रहा है ये। इसके आत्मसम्मान को चोट लगेगी..." मोमोका ने टोका था, "पास के एक पार्क में भी अखबार बिछाकर, बोरा टांगकर सोते लोग दिख जाएंगे तुम्हें। चाहो तो दूर से उनकी तस्वीर ले लेना।..."

ओसाका में अयुका नामक एक ऐसी महिला के घर पर रुके थे वे जो ऐंटि न्यूक्लियर संगठन से जुड़ी हुई थी। उसके पति वहां की एक लेबर यूनियन के लिए काम करते थे।

"इन दोनों की शादी बड़े ही दिलचस्प तरीके से हुई थी।" मोमोका ने बताया, "पढ़ाई के दौरान एक दिन घर पर अयुका का अपनी सौतेली मां से काफी झगड़ा हुआ तो बिना कुछ सोचे समझे ही वह हमेशा के लिए घर छोड़कर निकल पड़ी। रात का वक्त था। जीवन से निराश थी वह। सड़क पर यूं ही चलती चली जा रही थी। चलते चलते जब थककर चूर हो गयी तब एक ऑफिस का दरवाजा खुला पाकर वहीं जा घुसी। संयोग से लेबर यूनियन का ऑफिस था वह। असहाय मजदूरों को शरण दी जाती थी वहां। वहीं हॉल के एक कोने में बैठकर चुपचाप आंसू बहाते देख ऑफिस के एक व्यक्ति ने उसे सहारा दिया। अपने घर पर रहने की जगह दी। वह बड़ा भला आदमी था। जापान के गरीब

असहाय मजदूरों के हितों की रक्षा के लिए उसने अपने आपको समर्पित कर रखा था। उस आदमी की भलमनसाहत देख अयुका को उससे प्यार हो गया। फिर शादी कर ली दोनों ने। तय किया कि गरीबों, असहायों की मदद करेंगे ताउम्र।...''

उस दंपति ने काफी आवभगत की आदित्यश्री की। अयुका के पति उन्हें आसपास के इलाकों में, जो उनका कर्मक्षेत्र था, घुमाने ले गये। मजदूरों की विभिन्न समस्याओं से अवगत कराते हुए कहा–

''इन दिनों मैं विशेष रूप से उन मजदूरों के लिए काम कर रहा हूं जो परमाणु संयंत्रों में काम करते हैं।''

''यहां के मजदूरों की ऐसी क्या समस्या हो सकती है ? यहां तो उनका काफी खयाल रखा जाता है?'' आदित्यश्री ने हैरानी से पूछा तो उनके मेजबान ने कहा,

– ''रखा तो जाता है, मगर...''

– ''मगर?''

– ''दरअसल, अंतर्राष्ट्रीय मापदंडों के अनुसार किसी भी सामान्य व्यक्ति के लिए एक साल में अधिकतम एक मिली सिवर्ट (mSv/y) तक ही विकिरण की मात्रा को सुरक्षित सीमा के अंदर माना गया है।''

– ''ये मिली सिवर्ट क्या है?'' आदित्यश्री की जिज्ञासा को देखते हुए अयुका के पति ने समझाने वाले अंदाज में कहा, ''जीवित प्राणियों के टीश्यू यानी ऊतकों में समाई हुई विकिरण की मात्रा को नापने की इकाई है यह। सुरक्षा की दृष्टि से परमाणु संयंत्रों में काम करने वाले मजदूरों की नियमित जांच की जाती है, और नियमानुसार अधिकतम एक मिली सिवर्ट तक रेडिएशन की मात्रा पाए जाने पर उन्हें लंबे समय के लिए बैठा दिया जाता है। ऐसे में जिन गरीब मजदूरों के सामने भूखों मरने की नौबत आ जाती है उनमें से कई एक अपना नाम बदलकर किसी दूसरे परमाणु संयंत्र में काम करने चले जाते हैं। कभी पकड़े जाते हैं तो कभी बच निकलते हैं। यह बात और है कि ऐसे लोग बचकर भी नहीं बचते। सीमा से ज्यादा रेडिएशन की चपेट में आकर धीरे धीरे काल के ग्रास में समा जाते हैं।''

– ''इनकी त्रासदी को देखकर ही तो मुझे ऐंटि न्यूक्लियर ग्रुप से जुड़ने का खयाल आया। मैं इनकी लेबर यूनियन में नहीं हूं पर ऐंटि न्यूक्लियर संगठन से

जुड़कर परोक्ष रूप से इनके लिए भी काम तो कर ही पा रही हूं। यही संतोष है मुझे।" अयुका ने कहा।

उस दंपति के आतिथ्य से आदित्यश्री को वाकई ऐसा महसूस हो रहा था कि इसी आत्मिक संतुष्टि के लिए ही तो वह आज उनका मेहमान बन पाया! हर जापानी की तरह उनके घर में भी स्थित शिन्तो पूजाघर 'कामिदाना' और बौद्ध पूजाघर 'बुत्सुदाना' में प्रार्थना करने का मन हुआ उसे। उस रात बड़े सुकून की नींद सोया वह।

मोमोका के साथ आगे की यात्रा पर निकल पड़ा था आदित्यश्री। कभी बस से, कभी ट्रेन से तो कभी हवाई जहाज से। किस्मत से मिले इस अवसर के एक एक पल का सदुपयोग करना चाहता था वह। और, संयोग से वह एक ऐसे देश में भ्रमण कर रहा था जहां के लोग समय के इतने पाबंद थे कि उसकी मिसाल दी जा सके। जापान में अपनी यात्रा के दौरान पिछले कई दिनों में किसी भी बस, ट्रेन या हवाई जहाज को उसने देर से पहुंचते नहीं देखा। इस बात का जिक्र उसने कई बार मोमोका से किया और मन ही मन मनाता रहा कि काश! भारत के लोग भी समय के ऐसे पाबंद होते!

यात्रा के दौरान कभी संगठन के किसी ऐक्टिविस्ट के घर तो कभी किसी होटल में ठहरना पड़ता आदित्यश्री को। एक रात उसे एक ऐसे होटल में ठहरना पड़ा जहां सोने के लिए रेलवे की थ्री टियर बोगियों की तरह एक के ऊपर एक रैक बने हुए थे ताकि एक कमरे में ढेर सारे लोग समा सकें। सामान होटल के लगेज रूम के लॉकर में रखवा दिया गया था। रात में पहनने के कपड़े तथा एक छोटा सा तौलिया होटल की तरफ से दिए गए थे। सोते वक्त लॉकर की चाबी को सुरक्षित रखने के लिए कलाई में बांधने योग्य एक बैंड भी दिया गया था। रात तो आराम से गुजरी पर सुबह सार्वजनिक स्नानघर में सबके सामने कपड़े उतारकर नहाते वक्त उसे बड़ी शर्म आयी।

फिल्म फेस्टिवल के दौरान महंगे होटल की सुविधाओं का लुत्फ उठा चुका था वह पर सस्ते होटलों में भी उसे परेशानी नहीं हुई। अपने देश में पत्रकारिता के दौरान बद से बदतर स्थितियों में गुजारा कर चुका है वह, मगर यहां की तरह कभी किसी युवती के साथ इस तरह अकेले यात्रा करने का अनुभव नहीं था

उसे, इसलिए संकोच भी हो रहा था। इसके विपरीत मोमोका बहुत सहजता से पेश आ रही थी। नहाते वक्त कई बार उसके सामने ही पीठ फेरकर कपड़े भी बदल लिया करती। सेक्स-टैबू नहीं था उसमें।

मोमोका के साथ घूमते हुए उसने गांव में बना सामूहिक स्नानघर भी देखा जहां गर्म पानी के बड़े बड़े हौज थे। ढेर सारे लोग एक साथ नहा रहे थे। आदित्यश्री एक ऐसे समाज से गया था जहां पराई औरत दूर से देखने की चीज थी। जहां इतना खुलापन नहीं था। वह हैरान परेशान होता रहा। मोमोका के करीब...और करीब आता रहा...

एक दिन ट्यूब ट्रेन से यात्रा कर रहे थे दोनों। किसी स्टेशन पर एक बड़ा सा पोस्टर दिखा। दो इनसानी हाथों का क्लोज-अप था वह। एक हाथ दूसरे हाथ को सख्ती से पकड़े हुए था।

– "क्या है यह?" मोमोका से उस तस्वीर के बारे में पूछे बिना नहीं रह पाया था आदित्यश्री।

– "ट्रेन के अंदर महिलाओं से गलत हरकत करते, उन्हें छेड़ते हाथों को रोकने का प्रतीक है।"

– "यहां भी महिलाओं को छेड़ा जाता है?" आदित्यश्री ने आश्चर्य से पूछा था।

– "क्यों? यहां क्यों नहीं छेड़ा जा सकता? दुनिया में हर जगह महिलाओं को छेड़ा जाता है।"

– "यहां इतना खुलापन है। स्त्री पुरुष का एक साथ घूमना फिरना, मिलना जुलना, काम के दौरान एक कमरे में रात गुजारना बुरा नहीं माना जाता, हमारे देश की तरह उन पर समाज की कठोर पहरेदारी भी नहीं रहती, फिर भी?"

– "हां, फिर भी। दरअसल, यहां जो भी होता है अपनी मर्जी से होता है। जहां मर्जी नहीं होती वहीं जबरदस्ती करने की कोशिश की जाती है। और फिर अच्छे तथा बुरे लोग तो हर जगह, हर देश में होते ही हैं।"

– "अच्छा यह बताओ कि पोस्टर में दिखाए गए दोनों हाथ पुरुषों के ही हैं न?"

– "हां। लेकिन तुमने ये पूछा क्यों?"

– "इसलिए कि मुझे जापानी स्त्री और पुरुषों के हाथ एक जैसे लगते हैं। बिल्कुल गोरे गोरे! नाजुक और खूबसूरत!"

– "तुम्हारे हाथ भी तो सुंदर हैं..." कहकर मोमोका ने बड़ी सहजता से आदित्यश्री के रोएंदार गठीले हाथों को अपने हाथों में ले लिया। फिर अपने हाथों से उसकी तुलना करते हुए बोली, "कितना सुंदर भूरा रंग! मेरे रंग से बिल्कुल अलग!"

– "तुम्हें मेरी त्वचा का रंग पसंद है?" आदित्यश्री ने हैरानी से पूछा।

– "हां, बहुत! हम तो समुंदर के तट पर जाकर लोशन लगाकर धूप में जलाते हैं अपनी त्वचा को, ऐसा रंग पाने की चाहत में। चलोगे मेरे साथ एक दिन 'सी-बीच' पर?"

– "देखो, परमाणु विरोधी संगठन के लोगों ने मुझे यहां सिर्फ घुमाने फिराने के लिए तो नहीं रोक रखा है! जिस मकसद से, जिस काम के लिए मैं अलग अलग शहरों में घूम रहा हूं उसे करना ही मेरी प्राथमिकता होनी चाहिए। विश्व कल्याण का बीड़ा उठाया है हमने। लोगों में परमाणुविरोधी मानसिकता पैदा करना ही हमारा मकसद है। तुम्हारा संगठन सिविल सोसाइटी से चंदा करके विभिन्न शहरों में मेरी यात्रा का, मेरे ठहरने खाने का प्रबंध कर रहा है। न जाने कितने येन खर्च हो रहे होंगे मेरे लिए। ऐसे में मैं मौज मस्ती करके समय बर्बाद करूं तो खुद अपनी नजरों में गुनहगार हो जाऊंगा।..." आदित्यश्री का ऐक्टिविस्ट दिमाग उस प्रलोभन पर विजय पाने की कोशिश करता है।

– "चिंता मत करो। मैं तुम्हें ऐसे वक्त पर वहां ले जाऊंगी जब तुम खाली रहो। और सी-बीच तुम्हारे ठहरने की जगह से ज्यादा दूर भी न हो।"

...मोमोका की जिद के आगे आदित्यश्री की एक न चली थी। उस दिन समुंदर के नीचे सैंकड़ों सालों से दबा पड़ा एक प्राचीन शहर बाहर निकल आया था। उसकी इच्छाओं का रूप धारण करके।

सिर्फ समुंदर ही नहीं, चारों तरफ खिले साकुरा के फूलों के गुलाबी बागीचों में...साकुरा की बहार में...उस प्यारी सी लड़की के साथ गुजारे हुए पल किसी सुनहरे सपने से कम नहीं थे। 'काइका' से लेकर 'मानकाइ' तक! यानी साकुरा की कलियों के चटकने की शुरुआत से लेकर पूरा खिलने तक और झर झरकर धरती को गुलाबी कालीन से ढक देने तक के लम्हे अविस्मरणीय हो गये थे...

ओंस धुले फूल सा उस जापानी युवती का अमल सौंदर्य! उसकी देह की विभिन्न तहों में बैठ हौले हौले पंखुड़ियों को खोलता यौवन! वयःसंधि उत्तर काल की फैलती सुगंध...!!!

उसके सान्निध्य में पहली बार प्रेम के स्पर्श, गंध, स्वाद का अनुभव किया था आदित्यश्री ने।

चंद दिनों में जीवन के कई दुर्लभ रंगों से साक्षात्कार कराया था उस लड़की ने। उस वसंत में जापान यात्रा के दौरान धूप छांव, सर्दी गर्मी के अनुपात से अलग अलग स्थानों पर थोड़े थोड़े अंतराल में खिलते और झरते साकुरा के फूलों को दिखा दिखाकर जापानी कवियों, लेखकों, दार्शनिकों की तरह जीवन की क्षणभंगुरता का पाठ पढ़ाया था उसने– मीठे स्वभाव की मोमोका ने। साकुरा की बहार के उस एकांत ने उन दोनों के बीच की दूरी को पाट दिया था। ऐसा लगता था जैसे दोनों जनम जनम के साथी हों। बड़ा ही मीठा संबंध बन गया था दोनों के बीच।

– "पता है, हमारे इस मीठे से संबंध को संताली भाषा में क्या कहते हैं?" एक दिन अंतरंग पलों में पूछा था आदित्यश्री ने उससे।

– "किस भाषा में?"

– "संताली में। मैंने बताया था न कि मरंग गोड़ा में सबसे ज्यादा संताली भाषा ही बोली जाती है।"

– "हां, हां याद आया। लेकिन मैं कैसे बता पाऊंगी। तुम्हीं बता दो।"

– "हेड़ेम सगइ!"

– "हेड़ेम सगइ!"...जापानी लहजे में उसके उच्चारण को सुन आदित्यश्री हंस पड़ा था। बड़ी प्यारी लग रही थी वह। सब कुछ जैसे एक सपना सा था। क्या वाकई यह प्यारी सी विदेशी लड़की उसके जीवन में है? लेकिन कब तक?...यह एक उदास करने वाला खयाल था। कैसे रह पाएगा वह अब इसके बगैर?

भारत लौटने के दिन बिल्कुल करीब आ गये थे। जापान के कई शहरों की यात्रा करके आदित्यश्री वापस तोक्यो पहुंचने ही वाला था। मोमोका के साथ पिछले कुछ दिनों तक रहने के बाद उसे औरतों के बारे में सोचने की एक बिल्कुल नई दिशा मिली थी। अपने हिन्दुस्तानी परिवेश से बिल्कुल अलग! पहली बार महसूस हुआ कि दो लड़कों की तरह एक लड़का और एक लड़की भी साथ साथ नहाने जा

सकते हैं...कि मर्दों की तरह औरतों की भी ख्वाहिशें हो सकती हैं...कि औरत मर्द की ख्वाहिशें एक जैसी ही होती हैं...कि ऑरगेज़्म सिर्फ मर्द का ही नहीं होता। एक औरत भी बिना किसी संकोच के बिस्तर पर अपने साथी से उन तमाम सुखों की मांग कर सकती है, सक्रिय भूमिका निभा सकती है जिसे आदित्यश्री अब तक सिर्फ पुरुषों के लिए ही संभव समझता आया है। तो क्या यही फेमिनिज़्म है? वह सोचता।

धूमकेतु की तरह आदित्यश्री के जीवन में आयी थी मोमोका और उसके भीतर अत्यंत तेजी से फैलती जा रही थी।

आदित्यश्री जैसे एक व्यक्ति के लिए मोमोका से दोस्ती होना सचमुच एक दुर्लभ अनुभव था। इसे वह किस रूप में ले, समझ नहीं पा रहा था। इस बात से वह हैरान भी था कि मोमोका के साथ अंतरंग संबंध कायम होने के बावजूद उसके मन में किसी प्रकार का अपराधबोध नहीं था। शायद यह यहां के खुले और सहज माहौल का असर है– वह सोचता।

पहले किसी लड़की को बिना कपड़ों के नहीं देखा था उसने। देखा, तो अपने आप को रोक न पाया। तमाम बंदिशें...तमाम संयम ढह गये रेत के टीले की तरह। लड़की ने भी रोका नहीं तो सारी हदें पार कर लीं...ठीक जैसे यहां आते वक्त समुंदरों को पार किया था हवाई जहाज में बैठ कर!

एक दिन कपड़े बदलते बदलते पूछा था उसने– "कैसी लग रही हूं मैं?"

आदित्यश्री, जो एकटक उसे देखे जा रहा था, बोला– "बेहद खूबसूरत! लेकिन मुझे तुम्हें जापान के पारंपरिक परिधान में देखना है।"

– "किमोनो में?"

– "हां। हाथ में सुनहरा पंखा लिये किमोनो पहने मंद मंद मुस्कुराते हुए देखना चाहता हूं मैं तुम्हें। ठीक वैसे, जैसे नरीता एअरपोर्ट पर बड़े से पोस्टर वाली युवती मुस्कुरा रही थी। पहनोगी एक दिन किमोनो? मेरे लिए? मुझे पता है, बिल्कुल गुड़िया सी लगोगी तुम!" आदित्यश्री ने बड़े अधिकार भाव से कहा था।

– "उसे तो हम विशेष अवसरों पर पहनते हैं, यूं ही जब तब नहीं पहना करते।" मोमोका ने टालने की कोशिश की थी।

– "फिर एक दिन भारत की लड़कियों की तरह साड़ी ही पहनकर दिखाओ।" आदित्यश्री भी उसका पीछा छोड़ने वाला नहीं था।

– "मैं और साड़ी?" वह हैरानी से हंस पड़ी थी। ऐसे, जैसे आदित्यश्री ने कोई बेतुकी बात कह दी हो। "मैं कैसे साड़ी पहन सकती हूं? बिना सिलाई किए हुए एक लंबे से कपड़े को लपेट लपेट कर पहनना...! ना बाबा ना! वो मुझसे नहीं होगा।" लड़की ने नाक भौं सिकोड़ा। फिर बोली, "वैसे मेरे एक दोस्त के घर के बगल में एक इंडियन परिवार रहता था। वहां एक औरत को अक्सर साड़ी पहने देखती थी। पहले मालूम होता कि एक दिन कोई मुझसे इस तरह साड़ी पहनने का आग्रह करेगा तो जरूर सीख लेती।"

– "कोई बात नहीं। मैं सिखा दूंगा तुम्हें।"

आदित्यश्री की जिद को देखते हुए मामोका ने उसका आग्रह स्वीकार कर लिया था। एक सुर्ख साड़ी ले आयी थी कहीं से।

आदित्यश्री ने अपने अनभ्यस्त हाथों से ही पहना दी थी उसे साड़ी। ठीक वैसे, जैसे बचपन में वह अपनी मां को पहनते देखा करता था।

– "बिल्कुल एक भारतीय दुल्हन सी लग रही हो तुम।" उसे देख मुग्ध होकर कहा था उसने।

"क्या हम शादी नहीं कर सकते?" एक असंभव सी बात भी निकल आयी थी उसकी जबान से।

"शादी? ओह नो! मुझे लगता है, यू आर अ टफ् निगोशियेटर! मैंने तो इस बारे में कभी सोचा ही नहीं।" लड़की ने कहा, "हम अच्छे दोस्त हैं, क्या यह काफी नहीं?"

– "मैं जिस समाज से ताल्लुक रखता हूं उसमें औरत मर्द की ऐसी दोस्ती की एकमात्र मंजिल शादी ही मानी जाती है। इसीलिए मन चाहता है कि...अगर संभव हो तो...अगर तुम चाहो तो...क्या मैं तुम्हारे अभिभावकों से मिल सकता हूं?" एक झिझक के साथ आदित्यश्री ने अपने मन की बात कह डाली थी।

– "देखो, इतना व्यग्र मत होओ। हमारे यहां ऐसे ही शादियां नहीं हुआ करतीं। कल तोक्यो पहुंचकर हम एक खास मंदिर में चलेंगे। वहीं इसका निर्णय होगा कि हमें क्या करना चाहिए।" मोमोका के ऐसा कहने पर आदित्यश्री उत्सुकता से उन पलों का इंतजार करने लगा। इससे पहले भी वह यात्रा के दौरान स्थापत्य देखने के लिए मोमोका के साथ कई जापानी मंदिरों में जा चुका था। शिन्तो और बौद्ध मंदिरों में। मगर उस दिन उस मंदिर में प्रवेश करते वक्त उसे अपने अंदर भूचाल सा आता हुआ महसूस हुआ। मोमोका ने उसे आश्वासन

जो दिया था कि अगर उस मंदिर से हरी झंडी मिल जाए तो वह इस बारे में सोच सकती है।

अपने आप को संभालते हुए आदित्यश्री ने मन ही मन कहा, "इस वक्त मुझे पैगोडा की तरह अटल रहना है। जापानी मंदिरों के प्रांगणों में बनी ऊंची ऊंची मीनारों की तरह! चाहे कितना भी बड़ा भूकंप आए, खड़े रहना है।" तोक्यो के कानेइजी मन्दिर के प्रांगण में खड़ा करीब बत्तीस मीटर ऊंचा लकड़ी का पैगोडा विशेष रूप से याद आया उसे, जिसने सैकड़ों सालों से न जाने कितने भूकंपों के झटके खाए! जापान की अत्याधुनिक बहुमंजिला इमारतें ढह गयीं! लेकिन हिलने डुलने के बाद भी उस मंदिर प्रांगण में बना पैगोडा खड़ा रहा। दूसरे जापानी मंदिरों की मीनारों की तरह!

"उनसे प्रभावित होकर ही तो स्थापत्य विज्ञान के छात्र रह चुके प्रोफेसर कियोशी मुतो ने लचीली भूकम्परोधी गगनचुंबी इमारतों की परिकल्पना की थी और जापान जैसे भूकंप पीड़ित देश ने बाद के दिनों में पचास साठ मंजिला इमारतें बनाने की भी हिम्मत की।" मोमोका की कही बातें भी याद आयीं उसे। उस जापानी लड़की की बातें जो आम जापानियों की तुलना में कुछ ज्यादा ही बातें करके उसका मन बहलाती...जो आज उसके इतना करीब आ चुकी थी कि उससे बिछड़ने का खयाल ही उसे भयभीत कर रहा था। उस प्यारी सी लड़की मोमोका की बातें, जो तमाम जापानी नागरिकों की तरह विपरीत परिस्थितियों में भी अत्यंत संयम से काम लेती थी मगर ऐहतियाती तौर पर हर वक्त अपने साथ अत्यंत जरूरी सामानों से भरी एक प्लास्टिक की थैली भी तैयार रखा करती ताकि भूकम्प आने पर आपातकाल में उनसे काम चलाया जा सके।...

अब से थोड़ी ही देर में परिस्थिति कैसी होगी, उनके संबंधों में भूचाल आएगा या नहीं, इसका अनुमान लगाने की कोशिश करते हुए मोमोका के साथ मंदिर प्रांगण में आगे बढ़ता चला जा रहा था आदित्यश्री।

उस खास मंदिर के एक गुंबद में ढेर सारे खाने बने हुए थे। मोमोका ने एक खाने में हाथ डाला और एक पुरानी सी पांडुलिपि निकाली। शायद ताड़ के पत्तों पर लिखी पांडुलिपी।

– "क्या है यह?" उसने पूछा।

– "इसमें भविष्यवाणी लिखी हुई है।"

– "क्या बकवास करती हो?"

– “बकवास नहीं, सच कह रही हूं मैं।”

– “इतनी आधुनिक होकर इन चीजों पर विश्वास करती हो?”

– “हां करती हूं, क्योंकि इनमें सही बातें लिखी होती हैं।”

– “क्या लिखा है इसमें?”

– “बताती हूं।” कहकर वह बड़े ध्यान से उस पांडुलिपि में कुछ ढूंढ़ने लगी। आदित्यश्री ने ताक झांक करके उसे पढ़ने की कोशिश की मगर उसके पल्ले कुछ नहीं पड़ा। पांडुलिपि जापानी चित्रलिपि में थी। आदित्यश्री ने सुन रखा था कि जापानी चित्रलिपि का आधार चीनी चित्रलिपि ही है। काश! वह चीनी चित्रलिपि ही पढ़ना जानता!

– “हमारा रिश्ता आगे नहीं बढ़ सकता।” उसने कहा और उसका स्थिर चेहरा टूटकर चूर चूर हो गया।

– “क्या हुआ?...” आदित्यश्री ने आशंकित होकर पूछा।

– “कहा न, ये शादी नहीं हो सकती।” उसकी आवाज में किंचित कठोरता थी। आदित्यश्री को अच्छा नहीं लगा। एक सुलगती हुई चरखी बड़ी तेजी से उसके दिमाग में चक्कर काटने लगी। इतनी तेजी से कि उसकी चिंगारियों के छींटे आदित्यश्री की आंख...नाक...कान से बाहर आने लगे। कुछ इस तरह कि यदि उनका वश चले तो वे उसी वक्त उस पांडुलिपि को जलाकर भस्म कर दें!

गुमसुम से वापस लौटे वे दोनों। खाना खाया। एक साथ ठहरे। एक ऐसे आधुनिक देश में, जहां साथ रहने में कोई रोक टोक नहीं थी। उनके संबंधों को लेकर किसी को कोई सिरदर्द नहीं था। आदित्यश्री ने सोचा– “जो समाज अपनी औरतों को जितना अधिक ढककर रखता है, वह समाज शायद उतना ही ‘परवरटेड’ होता है। तभी तो वहां औरतों के साथ एक से बढ़कर एक जघन्य अपराध होते हैं। वहां के आदमी भूखे होते हैं तो खाते समय मुंह में तो डालते ही हैं, नाक में भी डाल लेते हैं...कान में भी डाल लेते हैं...”

उसी दिन शाम को तोक्यो से नरीता हवाई अड्डा जाने के लिए वह ट्यूब रेल में चढ़ा था। मोमोका प्लेटफॉर्म पर खड़ी थी। पहले की तरह ही अक्षर दर अक्षर सजाने की आप्राण कोशिश कर रहा था आदित्यश्री। मगर कुछ बोल ही नहीं पा रहा था। झपट्टा खाए हुए कबूतर की तरह सिर्फ थरथरा रहे थे उसके ओंठ। ट्रेन का दरवाजा बंद हो गया था। शीशे की दीवार के आर पार हो गये थे दोनों।

धीरे धीरे दूरी बढ़ती चली गयी। फिर हवाई जहाज पर चढ़ा तो दूरी समुंदर भर की हो गयी। ढेर सारे रंगीन सपने मन के आकाश से उड़ते हुए दूर दिगन्त में खो गये।

अंतर्राष्ट्रीय फिल्म फेस्टिवल...परमाणु विरोधी संगठन के लोग...जापान की गगनचुंबी इमारतें...पैगोडा...छोटे छोटे सुंदर मकान...हवा से बातें करता बुलेट एक्सप्रेस...सुरंग रेल...साकुरा की बहार और मोमोका का साथ हमेशा हमेशा के लिए कैद हो गये उसके जेहन में।

– "क्या वाकई उस पांडुलिपि में वैसा ही लिखा हुआ था जैसा मोमोका ने कहा? या फिर उससे पीछा छुड़ाने के लिए..." हवाई जहाज की खिड़कियों से पीछे छूटते जापान को एकटक देखते देखते आदित्यश्री सोच रहा था, "शायद मैं कुछ ज्यादा ही संवेदनशील हो रहा हूं।" उसने अपने आप से कहा, "हमारे देश की तरह यहां इस विकसित देश में चंद दिनों की दोस्ती को, शारीरिक संबंधों को इतनी गंभीरता से नहीं लिया जाता होगा। यहां इतना खुलापन है, औरत मर्द साथ काम करते हैं। सेक्स टैबू भी नहीं है इसलिए संबंध तो बनते ही रहते होंगे। हरएक के साथ उसे निभाना या शादी करना संभव है क्या?...

"तो क्या प्रेम नाटक के मंच का पर्दा पूरी तरह से गिर चुका है? मन का मेकअप उतारने अब ग्रीनरूम की तरफ बढ़ रही होगी मोमोका??"

हुतुर-लां, टोंगा अःसर

मरंग गोड़ा की त्रासदी पर बनी डॉक्युमेंट्री फिल्म को जापान के अंतर्राष्ट्रीय फिल्म फेस्टिवल में बुद्धिजीवियों से स्वीकृति मिलने के बाद मरंग गोड़ा के आंदोलन को काफी बल मिला। मोआर के सदस्यों का आत्मविश्वास बढ़ा और उन्होंने अपने आंदोलन को और तेज कर दिया। फिल्म के जरिये मरंग गोड़ा की समस्याओं के बारे में देश विदेश के लोग जानने लगे थे। इससे मरंग गोड़ा के यूरेनियम कंपनी के अधिकारियों को काफी शर्मिन्दगी उठानी पड़ रही थी। अतः वे सगेन, आदित्यश्री तथा मोआर के अन्य सदस्यों से पहले से ज्यादा नाराज रहने लगे, और जब मोआर के प्रमुख की हैसियत से सगेन को 'हिरोशिमा डे' पर जापान जाने का आमंत्रण मिला तो पासपोर्ट बनवाने में मुश्किलें आने लगीं। पुलिस वेरिफिकेशन में कहा गया– "एक देशद्रोही को पासपोर्ट? बिल्कुल नहीं।"

जापान के ऐंटि न्यूक्लियर ग्रुप के आमंत्रण पर हिरोशिमा दिवस पर जापान जाने पर मरंग गोड़ा के आंदोलन को एक अंतर्राष्ट्रीय पहचान मिल सकती है, ताकत मिल सकती है, इसका अंदाजा सगेन को न सिर्फ आदित्थश्री से जापान यात्रा का अनुभव सुनकर, बल्कि पोखरन से सारनाथ तक के विश्व शांति मार्च में शिरकत करने की बदौलत हो चुका था।

पासपोर्ट जरूरी था। तो काफी सोच समझकर सगेन ने एक रास्ता निकाला। सगेन की ज्यादातर पढ़ाई लिखाई अपनी ताई के मायके में रहकर हुई थी। वह इलाका भी उसका अपना ही था क्योंकि उसके पूर्वज उधर से ही विस्थापित होकर मरंग गोड़ा आए थे तो उसने वहीं जाकर अपना पासपोर्ट बनवाने का निर्णय लिया। पर वहां भी परेशानियां आने लगीं।

एक दिन थक हार कर उदास मन से चारिबा से मिलने गया तो वह पहले की तरह व्यस्त मिली। अपने इलाके में काफी लोकप्रिय हो उठी थी वह।

एन.जी.ओ. से जुड़कर लंबे समय तक काम करने के दौरान काफी बड़े और महत्वपूर्ण लोगों से जान पहचान भी हो गयी थी। जब उस एन.जी.ओ. का काम बंद हो गया तो अपने स्तर पर लौह अयस्क कंपनियों तथा सरकारी, गैर सरकारी संस्थाओं से छोटी मोटी मदद मांगकर ही खदान मजदूरों के बच्चों के हित में काम करना शुरू कर दिया था उसने। पढ़ाई के साथ साथ उनके भोजन और स्वास्थ्य का भी ध्यान रखती। लोगों के बरामदों में बैठकर रात को निरक्षर खदान मजदूरों को अपना नाम लिखना या हस्ताक्षर करना सिखाती। इसके लिए खदान कंपनी वालों से लालटेन या स्लेट पेंसिल वगैरह की मदद मांगने में भी बिल्कुल नहीं हिचकिचाती थी वह। उसका तर्क था– ''जिनके लिए ये बेचारे दिन रात खटते हैं, उनसे इतनी सी मदद लेने में हर्ज ही क्या है?''

उसके काम से प्रभावित होकर धीरे धीरे लोग उसके साथ जुड़ने लगे थे। कई संस्थाएं भी उस की मदद करने लगी थीं। उसका दायरा बढ़ता जा रहा था।

उसकी देख रेख में कई छोटे छोटे शिक्षण और प्रशिक्षण केंद्र चलने लगे थे।

''यहां तो तुम हर वक्त इतने लोगों से घिरी रहती हो कि तुमसे दो बातें करना भी मुश्किल लगता है। चलो, दो दिनों के लिए तुम्हारे गांव हो आते हैं।'' हमेशा से सगेन को अपनी ओर खींचती सारंडा की वादियों ने उससे बुलवाया और चारिबा ना नहीं कर पायी।

पहले सगेन जब भी सारंडा आता था, बच्चा बन जाता था। वही पुरानी शरारतें, वही मटरगश्ती। अपनी अपनी सार्वजनिक छवियों से बिल्कुल अलग मानो दो उन्मुक्त पंछी...। मगर इस बार वह बात नहीं थी। बुझा बुझा सा दिख रहा था वह तो चारिबा ने कुरेदा।

सगेन की परेशानी का सबब जानकर बोली,-''बस, इतनी सी बात के लिए परेशान हो? इतनी सी बात पर हिम्मत हार गये?''

– ''ये इतनी सी बात लगती है तुम्हें?''

– ''और क्या! सिंहभूम के वीर लड़ाकू 'हो' आदिवासी युवक होकर हिम्मत हार रहे हो? हमारे पुरखों का नाम खराब कर रहे हो? जानते हो, हमारे इस सिंग दिशुम में पहली पहली बार जब एक अंग्रेज फौजी से किसी हो

युवक का आमना सामना हुआ और फौजी ने किसी दुभाषिये के माध्यम से युवक से पूछा– 'कौन हो तुम? क्या नाम है तुम्हारा?' तो युवक ने डनवार नामक उस फौजी को घोड़े से खींचकर नीचे उतारा और चांटा मारते हुए कहा– 'अगर तुम भूखे हो तो खाना मांग लो। प्यासे हो तो पानी मांग लो मगर मेरे ही देश में आकर मुझसे ही यह पूछने की हिम्मत कैसे हुई तुम्हारी कि मैं कौन हूं? आखिर इस अंदाज में मेरा नाम और परिचय पूछने वाले तुम होते कौन हो?'...

"उस युवक ने तो सिर्फ थप्पड़ मारा था मगर बाद में हमारे स्वाभिमानी पुरखों पर किए गये अन्याय तथा अत्याचारों के कारण जो विद्रोह भड़के उससे अंग्रेजों, राजा तथा जमींदारों की चूलें हिल गयीं। पोटो, नारा, बेराई, पंडुआ जैसे वीर हो सरदारों ने भी फांसी पर चढ़ाए जाने से पहले अंग्रेजों और अन्य दिकुओं (बाहरी लोगों) से इस क्षेत्र को मुक्त करने के लिए हो योद्धाओं को संगठित करके कितना संघर्ष किया। विद्रोही हो योद्धाओं को कुचलने के लिए अंग्रेजों ने पूरी ताकत लगा दी थी। आग्नेयास्त्रों से लैस फौज भेजी गयी थी। लेकिन हमारे वीर योद्धाओं ने शक्तिशाली अंग्रेजी फौज के भी छक्के छुड़ा दिये थे। सेरेंगसिया घाटी में अंग्रेजी फौज के साथ हुए घमासान युद्ध के बारे में तो तुम्हें पता ही होगा। गुफाओं से निकल निकल कर तीर धनुष, हुतुर-लां, टोंगा अःसर जैसे विभिन्न पारंपरिक अस्त्र शस्त्रों से कितनी बहादुरी के साथ अंग्रेज फौजियों का मुकाबला किया था हमारे वीर योद्धाओं ने। इसमें कई हो योद्धा वीरगति को प्राप्त जरूर हुए थे मगर कितने अंग्रेज सिपाहियों को भी तो मारा था। हमारे योद्धा हंसते हंसते फांसी पर लटक गये पर अपनी मातृभूमि की आजादी को बरकरार रखने की पूरी कोशिश की।..." चारिबा के चेहरे पर उसके पूर्वजों का ओज परिलक्षित होने लगा था। अपने गौरवमय अतीत को पतंग की डोर की तरह खींच खींच कर वर्तमान में लाती जा रही थी वह–

"बाद में भी डबरू मानकी, गोनो हो आदि के नेतृत्व में भी तो हमारे हजारों हो वीरों ने अंग्रेजों के खिलाफ विद्रोह किया। हमारे दक्षिण कोल्हान के 'बड़पीड़' पर आक्रमण करके लौट रही अंग्रेजी सेना जब मोगरा नदी पार कर रही थी तब झाड़ियों में छिपकर हमारे योद्धाओं ने उन पर तीरों की कैसी बौछार की थी? बाद के दिनों में जब तिलमिलाकर अंग्रेज सरकार ने अत्याधुनिक शस्त्रों से लैस फौजियों की विशाल टुकड़ियों को भेजकर हमारे लोगों पर अत्यंत सख्ती से कहर बरपाना आरंभ किया, तब भी आसानी से हमारे पूर्वजों ने

अंग्रेजों की गुलामी नहीं स्वीकारी। अंग्रेजों का खजाना भरने के लिए राजाओं तथा जमींदारों को लगान देने से इनकार करते रहे। उनका प्रभुत्व स्वीकार नहीं करना चाहा। जो भी उन पर आधिपत्य जमाने आया, जो भी उनसे लगान मांगने आया उन सभी से लड़े वे। चूंकि सभी घरों में, सभी लोगों के पास तीर धनुष या पारंपरिक अस्त्र शस्त्र होते हैं इसलिए राजाओं की तरह बाहर से किसी सैनिक को बुलाने की जरूरत तो थी नहीं। जब जरूरत पड़ी, खुद ही अपने संगी साथियों के साथ चल दिये लड़ने। जिस जिस दिकू ने हमें आंख दिखाने की कोशिश की, उजाड़ने भगाने की कोशिश की, उनके छक्के छुड़ाए। उन्हें लूटा। उनकी हत्या की। मुस्लिम या मराठा शासक भी कभी हम लोगों से मालगुजारी या चौथ नहीं वसूल पाए। एक समय ऐसा था जब हमारे कोल्हान...सारंडा क्षेत्र से गुजरने में भी दिकुओं का काफिला डरता था। उड़ीसा का जगन्नाथपुर मंदिर हो या कोई और महत्वपूर्ण स्थान, हमारे कोल्हान...सारंडा के संक्षिप्त मार्ग का लोभ छोड़ कितना घूम कर जाना पड़ता था तीर्थयात्रियों को भी। उड़ीसा के समुद्री तटों से नमक लाने में भी कितनी दिक्कतें होती थीं उन्हें हमारे कारण। तभी तो हमें वश में करने के लिए, हमारा हौसला पस्त करने के लिए, हमें अपना गुलाम बनाने के लिए अंग्रेज सरकार फौज पर फौज भेजती रही। आसपास के राजाओं तथा उनके जमींदारों (सामन्त सरदारों) को अपने अधीन करके हमारे खिलाफ उनकी मदद करती रही या उन राजाओं के कहने पर भी सैन्य शक्ति के प्रयोग से हमें परास्त करना चाहा मगर हमारे पुरखे उनसे लड़ते रहे...लड़ते रहे...और तुम हो कि...''

– ''मैं क्या?'' बिना रोक टोक के धैर्य से चारिबा का लंबा भाषण सुनने के बाद सगेन ने छोटा सा सवाल किया।

– ''कुछ नहीं। बस इतना ही कहना चाहती हूं कि ऐसे वीर पुरखों के वंशज को इतनी आसानी से हार नहीं माननी चाहिए। तुम्हारा पासपोर्ट बनेगा। जरूर बनेगा। मैं तुम्हारी मदद करूंगी। विकिरण, प्रदूषण और विस्थापन जैसे विनाशकारी मुद्दों के खिलाफ तुम्हारी लड़ाई है। हमारे पुरखों द्वारा लड़ी गयी लड़ाई से भी बड़ी है यह जंग। अभी तो यह शुरुआत है। अभी से हिम्मत हारोगे तो कैसे जीतोगे यह जंग? बोलो?''

सगेन कुछ बोला नहीं था। मन ही मन संकल्प लिया– ''मुझे यह जंग जीतनी ही है।''

शाम का वक्त था। चारिबा के साथ आंगन में बैठा था सगेन। उसी आंगन में, जहां वर्षों पहले चारिबा के ततंग से कहानियां सुनते हुए साथ साथ रात गुजारी थी उन दोनों ने। वही गोबर लिपा आंगन...वही महुआ का पेड़...।

— "तुम्हारे ततंग की बहुत याद आती है यहां आकर।" सगेन बोला था।

अचानक एक जोंगा जीप आकर रुकी थी उस झोपड़ी के सामने। चारिबा ने लपककर उस जीप की ड्राइविंग सीट से उतरते एक सुदर्शन युवक का स्वागत किया था— "आइए, आइए अभिषेक बाबू! बड़े दिनों के बाद आपके दर्शन हुए?"

— "काम के सिलसिले में बाहर आता जाता रहा। वैसे आप भी तो कम ही नजर आती हैं दीदी इधर।" चाबी की रिंग को दाएं हाथ की तर्जनी में डाल गोल गोल घुमाते हुए युवक ने कहा।

— "हां। काम बढ़ गया है काफी।"

— "वह तो होगा ही। आपके काम की बड़ी तारीफ हो रही है आजकल।...

अरे! मैं तो आप ही से बकबक किए जा रहा हूं। अपने मेहमान से तो मिलवाइए!" आगंतुक की नजर सगेन पर पड़ी तो उसने एकबारगी कहा।

सगेन से अभिषेक बाबू का परिचय करवाते वक्त अचानक चारिबा को कुछ याद आया और उसने उल्लसित होकर कहा— "तुम्हें याद है सगेन, मेरे ततंग ने तुम्हें एक शिकारी बाबू की कहानी सुनाई थी?"

— "वही, जिन्होंने उस आदमखोर बाघ को बंदूक की गोली से मार गिराया था जिसने तुम्हारे ततंग के दोस्त पर हमला किया था?"

— "हां, वही वही। अभिषेक बाबू उन्हीं के छोटे बेटे हैं।"

— "बड़ी खुशी हुई आपसे मिलकर। आपके पिताजी की बहादुरी के ढेर सारे किस्से सुने हैं मैंने इसके ततंग से। वे उन्हें मरंग (बड़ा) शिकारी कहा करते थे।"

— "ये भी कोई कम नहीं। बचपन से अपने पिता के साथ जंगल की खाक छानते छानते सारंडा के चप्पे चप्पे से वाकिफ हो गये हैं ये भी। इतने से थे, तब से देख रही हूं, अपने पिता का सारथि बनकर इस जीप से जंगल में आते जाते रहे हैं।..." चारिबा की आवाज में वात्सलय का पुट था।

– “अगर कभी जंगल घूमना हो तो मेरे साथ जाकर देखिएगा। सारंडा की एक से एक नायाब चीजों से रूबरू करा दूंगा।” चारिबा से सगेन का परिचय पाने के बाद अभिषेक ने उससे दोस्ताना लहजे में कहा था।

– “कहां रहते हैं आप?” सगेन ने पूछा था।

– “बस यहीं। इस जंगल से ठीक बाहर बड़ाजामदा में हमारा वर्षों पुराना घर है।”

– “बड़ी खुशी हुई आपसे मिलकर।” सगेन ने कहा था और काफी देर तक उससे जंगल की...उसके मरहूम पिता की बातें सुनता रहा था।

चरिबा और उसके परिचितों के प्रयास से शीघ्र ही सगेन का पासपोर्ट बन गया और वह जापान जाने की तैयारी करने के लिए मरंग गोड़ा लौट आया।

मानव मस्तिष्क की पैशाचिक उपज : परमाणु अस्त्र और पिघली हुई बुद्ध की प्रतिमा

छह अगस्त! हिरोशिमा दिवस! जापान और मानवता के इतिहास का तब तक का सर्वाधिक मनहूस दिन! इनसान के प्रति इनसान की घृणा की पराकाष्ठा की क्रूरतम बानगी! हर साल इस दिन दुनिया भर के शांतिकामियों का जमावड़ा होता है जापान के शहर हिरोशिमा में, जो आज से वर्षों पहले सन् 1945 में परमाणु बमों की विध्वंसकारी ताकत की प्रथम प्रयोगशाला बना था। सिर्फ तीन मीटर लंबे और चार टन भारी 'लिटिल ब्वॉय' नामक एक छोटे से परमाणु बम ने उस अलसायी सुबह करीब आठ बज कर पन्द्रह मिनट पर आसमान से गिरकर ऐसी तबाही मचाई थी कि तुरंत ही करीब अस्सी हजार और बाद में कुल मिलाकर करीब एक लाख चालीस हजार लोगों की मौत हो गयी। तिरानबे प्रतिशत नर्सों और नब्बे प्रतिशत डॉक्टरों के मरने और घायल होने से स्थिति इतनी विकट हो गयी थी कि हजारों घायल इलाज के अभाव में तड़प तड़प कर मर गये। तत्कालीन अमेरिकी राष्ट्रपति हैरी एस ट्रूमैन के आदेश से गिराए गए उस 'लिटिल ब्वॉय' ने तब तक के मानव इतिहास की सबसे बड़ी तबाही को चुटकियों में अंजाम दे दिया। जिस जगह पर बम गिराया गया, उसके एक किलोमीटर की परिधि के लोग तो तत्काल मारे गये पर साढ़े तीन किलोमीटर दूर तक के लोगों की भी आंखों की रोशनी चली गयी। तापमान के बहुत बढ़ जाने के कारण लोगों की त्वचा जलने लगी, झुलसने लगी। परमाणु बम से फैले विकिरण से हजारों लोग त्वचा कैंसर और ल्यूकोमिया से भी पीड़ित हो गये और तिल तिल करके मरते रहे। अध्ययन कहते हैं कि परमाणु बम के हमले के बाद से विकिरणजनित बीमारियों से लोगों के मरने का सिलसिला आज भी जारी है। तभी तो तमाम शांतिकामी लोग मिलकर इस दिन प्रार्थना करते हैं...पूरी दुनिया से अनुरोध करते हैं कि भविष्य में मानवता को शर्मशार करने वाली ऐसी जघन्य घटना की

पुनरावृत्ति न हो।...कि विश्व शांति के लिए परमाणु हथियारों को नष्ट किया जाये...नये हथियारों का निर्माण न किया जाये...

इस वर्ष मरंग गोड़ा के बाशिंदों की तरफ से इस महायज्ञ में आहुति देने का अवसर पाकर सगेन बहुत खुश था। आदित्यश्री भी। इस शहर के बारे में बहुत कुछ सुन रखा था दोनों ने। इसकी ध्वस्त विध्वस्त...खंडहरनुमा तस्वीरें भी देख चुका था अनेकों बार। मगर जब इस शहर में कदम रखा तो इसकी समृद्धि...इसके वैभव...इसकी चकाचौंध को देख हैरान रह गया। क्या एक क्षत विक्षत, जर्जर शहर चंगा होकर इतना सुंदर, इतना जवां, इतना कांतिवान हो सकता है? हिरोशिमा पार्क में जानबूझकर छोड़ दिये गए बमबारी में ध्वस्त एक मकान के ढांचे के अलावा सन् 1945 की तबाही का और कोई जीवंत मंजर दिखाई नहीं दिया उन्हें सरसरी निगाह में। उस मकान के अलावा बमबारी की तमाम छोटी बड़ी निशानियों को समेटकर जापानवासियों ने जिस भव्य और विशाल भवन में करीने से सजा रखा था, वह था 'हिरोशिमा पीस म्यूज़ियम'।

पिघली हुई साइकिलें...काला जला हुआ अधखाया टिफिन...जली हुई किताबें...आधे चेहरे वाली पिघली हुई बुद्ध की प्रतिमा...असंख्य मूर्त अमूर्त निशानियां। तस्वीरों में जले हुए, पिघले हुए विकृत इनसानी ढांचे...पशु पक्षी...पेड़ पौधे...मेंढक के छत्ते की तरह आसमान में फैले धुएं का रेला...एक दीवार घड़ी, जिसकी सूइयां विध्वंस के मुहूर्त से अब तक एक ही जगह पर थमी हुई हैं! बिल्कुल मूक! उस मारक पल की साक्षी! सावधान की मुद्रा में! पूरी दुनिया को सचेत करते हुए...।

मारे गए लोगों की श्रद्धांजलि में कुछ शब्द– 'कृपया शांति से आराम करने दें और ऐसी गलती पुनः न दोहरायी जाए।'

– "यह तो एक ऐसा संग्रहालय है, जिसे देख बड़े से बड़े दुश्मन की भी अंतरात्मा कांप उठे। वह यह सोचने को बाध्य हो कि जिन हथियारों को मानव अहंकार के लिए तैयार किया जाता है, उनके इस्तेमाल के बाद की विभीषिका क्या होती है!" सगेन ने म्यूजियम का चक्कर लगाते लगाते कहा था।

– "ठीक कहा आपने।" सगेन की बातों से पूरी तरह सहमत आदित्यश्री ने भी अपने मन में उठते विचारों को उड़ेला– "पिछले दिनों भारत और पाकिस्तान में हुए परमाणु बम परीक्षणों के बाद से दोनों देशों के कुछ मातबरों

की उछल कूद को देख ऐसा लगता है जैसे ये परमाणु बम न होकर कोई पटाखा हो और दो मुहल्लों के बच्चों के बीच हुई किसी छोटी सी नोंक झोंक के बाद एक दूसरे को धौंस दिखाने के लिए दोनों अपने अपने पटाखे लेकर निकल आए हों कि मुंह संभाल कर बात करो, वरना...!!!"

अत्यंत धीमी आवाज में एक दूसरे से बातें करते हुए भी सगेन और आदित्यश्री की नज़रें म्यूज़ियम की एक एक चीज का गौर से मुआयना करते हुए आगे बढ़ रही थीं। आदित्यश्री कह रहा था–

– "परमाणु बमों के परीक्षण के बाद से भारत और पाकिस्तान के बीच जिस तरह परमाणु युद्ध का माहौल बना है, उससे पूरा विश्व चिंतित हो उठा है। अगर भारत और पाकिस्तान के बीच सचमुच परमाणु युद्ध छिड़ जाए तो आप कल्पना कर सकते हैं कि दोनों देशों का क्या हाल होगा?"

– "वही तो। और आज जिस तरह के शक्तिशाली परमाणु बम बनाए जा रहे हैं, उनसे न सिर्फ ये दोनों देश बल्कि पूरी धरती ही तबाह हो सकती है। आखिर यह घमंड, अहंकार किसलिए? किसके लिए?" सगेन ने दार्शनिकों की तरह कहा।

– "यह परमाणु हथियार दरअसल भस्मासुर हैं जिन्हें इनसान बनाता तो दूसरों की तबाही के लिए है पर खुद भी भस्म हो सकता है।" म्यूज़ियम में रखे परमाणु बम विस्फोट के भयानक अवशेषों को देखते देखते आदित्यश्री के मन में जो शंका उपजी, उसे सगेन के बहाने मानो पूरी दुनिया से कहना चाहा उसने–

"...और इसीलिए तो प्रबुद्ध जनों को इसके निर्माण पर ही रोक लगा देनी चाहिए और जो पहले से हैं, उन्हें नष्ट कर देना चाहिए। महाभारत के पांडव जब अज्ञातवास में थे, तब एक दिन अर्जुन से उनके भाइयों ने कहा कि वह शिवजी के वरदान से प्राप्त अपने पाशुपतास्त्र की शक्ति का प्रदर्शन करके उन्हें दिखाए ताकि कौरवों के खिलाफ वे अपनी ताकत का जायजा ले सकें। अपने बड़े भाइयों के आदेश और छोटों के अनुरोध पर अर्जुन ने आंख बंद करके उस अस्त्र का आह्वान करते हुए मंत्र पढ़ा। पलक झपकते ही अस्त्र उसके हाथ में आ गया। परंतु जैसे ही उसने तीर की शक्ल के उस अस्त्र को धनुष पर चढ़ाकर चलाने की कोशिश की, आकाशवाणी हुई– 'सावधान अर्जुन!!! इस अत्यंत शक्तिशाली

अस्त्र के प्रयोग से पूरी पृथ्वी का विनाश हो जाएगा। इसलिए ऐसी शक्तियों का प्रयोग सिर्फ मानव कल्याण के लिए किया जाना चाहिए, न कि मानव, वनस्पति तथा जीव जंतुओं के विनाश के लिए।'...और फिर अर्जुन ने पाशुपतास्त्र नहीं चलाया।"

– "क्यों, महात्मा गांधी ने भी तो 1946 में 'हरिजन' में प्रकाशित एक लेख में लिखा था कि 'परमाणु अस्त्र मानव मस्तिष्क की एक पैशाचिक उपज है।' " सगेन ने टोका तो आदित्यश्री को पंडित जी याद आए। बोला–

– "पंडित नेहरू भी अपने जीवन के अंतिम समय तक परमाणु अस्त्र उन्मूलन के लिए प्रयत्नशील रहे। 1951 में बी.बी.सी. से प्रसारित अपने एक भाषण में उन्होंने परमाणु अस्त्रों को मानव समुदाय के सिर पर मंडराते मृत्युदंड की संज्ञा दी थी।..."

हिरोशिमा दिवस का सरकारी आयोजन! मेयर अकीबा की सक्रिय भागीदारी! बड़े बड़े मंत्रियों, बड़ी बड़ी हस्तियों का आगमन! देश विदेश से आए मेहमानों के साथ शांति संदेशों का पाठ! मौन रखा जाना! शहर के विभिन्न ऑडिटोरियमों में शान्तिकामी संगठनों का कई दिन व्यापी कार्यक्रम...

विश्व भर के परमाणु बमों या परमाणु ऊर्जा संयंत्रों की स्थिति, तात्कालिक सुरक्षा मानकों आदि विभिन्न परमाणु मुद्दों पर गंभीर विचार विमर्श के लिए आयोजित सभाओं...संगोष्ठियों में भाग लेते देश विदेश के विद्वान...कहीं तस्वीरों की प्रदर्शनी, कहीं फिल्म शो, कहीं कविता पाठ...

एक दूसरे से मिलते, उनका दुख दर्द सुनते, बम विस्फोट में सालों पहले मरे अपने पूर्वजों को याद करते, उनका नाम ढूंढ़ते, उनके लिए प्रार्थना करते लोग!

यह एक अलग तरह का मेला था। सगेन के गांव के मेले से बिल्कुल अलग! जहां आकर सगेन और आदित्यश्री मानो बौरा गये थे।

– "देखो श्री, मूल रूप से हमारी और इनकी संवेदना में बहुत ज्यादा अंतर नहीं है।" सगेन ने फुसफुसाकर आदित्यश्री से कहा था।

– "कैसे?"

– "जिस तरह हम मागेः पोरोब में अपने मृत पूर्वजों को याद करते हैं, उनकी पूजा करते हैं ठीक उसी तरह ये भी तो आज के दिन अपने मृत पूर्वजों को याद कर रहे हैं, उनके लिए प्रार्थना कर रहे हैं। और तो और, बम विस्फोट वाले स्थान के पेड़ पौधों के प्रति भी इतनी श्रद्धा, इतनी भक्ति दिखा रहे हैं, जैसा हम दिखाते हैं। हमारे साथ कितनी समानता है न इन लोगों की? यह सब देख कर मुझे इनके साथ बड़ा अपनापन महसूस हो रहा है दोस्त।" सगेन भावुक हो रहा था।

थोड़ी देर बाद जापानी अक्षरों में शांति का संदेश लिखे प्लेकार्ड लेकर दुनिया भर से आए हजारों मेहमानों के साथ नारा लगाते हुए हिरोशिमा की सड़कों पर जुलूस की शक्ल में चलते हुए सगेन की भावनाओं ने पुनः बांध को तोड़ डाला था–

"इस समय मुझे महसूस हो रहा है कि अब हम सचमुच पूरी दुनिया में शांति के लिए काम करने वाले समुदाय का अंग बन गये हैं। दुनिया में बहुत सारे लोग हैं जो यूरेनियम खनन के खिलाफ हैं। हम अब अकेले नहीं है श्री। हमारे साथ इतने सारे लोग हैं! पूरी दुनिया में बिखरे हुए! और उनकी बहुत इज्जत है।..."

– "और वे इज्जतदार लोग, वे शांतिकामी आन्दोलनकारी आ आकर मिल रहे हैं हमसे। है न खुशी की बात?" आदित्यश्री का उत्साह भी चरम पर था।

– "हां। तुम्हारी फिल्म देखकर ही कई लोगों ने हमारा चेहरा पहचान लिया है।" सगेन ने बड़ी उदारता से आदित्यश्री को श्रेय देना चाहा तो आदित्य श्री ने सहजता से बताया–

– "दरअसल, यहां के टी.वी. चैनलों से कई बार मेरी फिल्म का प्रसारण किया जा चुका है! मैं तो सिर्फ एक बार दिखा हूं फिल्म में। आप बार बार आए हैं तो आप ही को ज्यादा पहचान रहे हैं लोग। वैसे ऐंटि न्यूक्लियर ग्रुप के सदस्यों के माध्यम से ही ज्यादातर लोग हमें जानने लगे हैं। मासायुकि ने उस वक्त जिस सज्जन से हमारा परिचय करवाया था, जानते हैं वह कौन हैं?"

– "कौन?"

– "चेरनोबिल पर काम करने वाले पीस ऐक्टिविस्ट हैं। और, उनके साथ वाले सज्जन विकिरण पर काम करने वाले विश्वप्रसिद्ध वैज्ञानिक 'शिनजी' हैं।"

– "तब तो ये हमारे काम आ सकते हैं?" सगेन खुश होकर बोला।

– "आ सकते हैं। हमें इनके संपर्क में रहना होगा। इस समारोह में ओटो विश्वविद्यालय के प्रोफेसर बोयदे भी तो आए हैं। उन्होंने ही तो मुझसे वादा किया था। उनसे पूछना होगा कि कब जा रहे हैं वे हमारे मरंग गोड़ा में विकिरण जांच के लिए?"

– "धीरे धीरे हमारा दायरा कितना बड़ा होता जा रहा है, नहीं?" सगेन की खुशी मानो किसी गगरे से छलक पड़ी।

– "बिल्कुल! एक छोटे से पिछड़े गांव से आए हैं हम और आज हमारी तस्वीरें छप रही हैं यहां के अखबारों में। विश्व भर के तमाम पढ़े लिखे विद्वानों के साथ! लोग कितनी इज्जत दे रहे हैं हमें...यकीन नहीं होता।" आदित्यश्री भी दिशाहारा हो रहा था, "...और ये इज्जत हमें नहीं, हमारे काम को दी जा रही है। पता है, आज मासायुकि बता रहे थे, ओकिलावा से एक व्यक्ति ने, जिससे उन्होंने पिछली बार तोक्यो में मेरी मुलाकात करायी थी, फोन करके बताया कि उसने वहां के अखबार में हम दोनों का फोटो देखा है। वैसे यह कोई आश्चर्य की बात नहीं है। इस कार्यक्रम की तस्वीरें तो दुनिया भर के अखबारों में छपती ही हैं।"

– "यह इज्जत तभी हमारे काम आएगी जब हमें न्याय मिलेगा। हमारे लोग...हमारे जैसे लोग...पहले की तरह विकिरणमुक्त परिवेश में सांस ले पाएंगे। यह कैसी विडंबना है कि हमारी औरतें बांझ हो रही हैं...हमारे बच्चे विकलांग पैदा हो रहे हैं...हमारे लोग जवानी में ही कैंसर या टी.बी. से मर रहे हैं और हम इसके विरोध में आवाज उठाते हैं...कोई कदम उठाते हैं तो देशद्रोही करार दिये जाते हैं! कमाल है! यह कैसा लोकतंत्र है? यह कैसी सभ्यता है?" सगेन के मुंह का स्वाद कसैला हो उठता है।

एक ऐसी जगह पर आ पहुंचे थे वे दोनों जहां भावनाओं की लहरों की उठापटक जारी थी। छोटी बड़ी हर तरह की लहरें आ आकर उन्हें अपने साथ बहा ले जा रही थीं...बार बार...निरंतर...।

अबकी जिन लोगों ने उन लहरों को बेकाबू किया वे थे एक वृद्ध और एक वृद्धा। वे दोनों हिबाकुशा थे। परमाणु बम विस्फोट के बाद जिंदा बचे विकृत लोग! मिलवाने वाले ने कहा– "किसी हथियार की त्रासदी जब सामूहिक होती है, पीड़ा भी सामूहिक होती है। युद्ध की राजनीति, शांति की राजनीति आखिर है क्या? कौन चुकाता है इनकी कीमत? ये हिबाकुशा! आज ये बूढ़े हो गये हैं। जरा

सोचिए! इतने सालों तक कैसे ढोया होगा इन्होंने अपनी अपनी विकृत, घिनौनी देह को! कैसे झेला होगा लोगों की घृणा भरी नजरों को 1945 के 6 अगस्त से लेकर अब तक? इन सबके लिए दोषी कौन?''

– ''अमेरिका। उसके कुछ सिरफिरे आलाकमान।'' भीड़ में से किसी ने जरा ऊंची आवाज में कहा।

– ''या फिर कुछ हद तक इम्पीरियल जापानी नेवी भी?'' किसी आगंतुक ने पीछे से जोड़ा– ''क्या 7 दिसम्बर 1941 को अमेरिका के 'पर्ल हारबर' पर किया गया आकस्मिक सैन्य हमला, जिसे 'हवाई ऑपरेशन' या 'ऑपरेशन ज़ेड' कहा गया, भी अपनी इस तबाही के लिए जिम्मेवार नहीं? क्या इस तबाही के तार कहीं न कहीं उस घटना से जुड़े हुए नहीं हैं?''

– ''कैसे?''

– ''इतिहास के पन्नों में झांककर देखिए! दक्षिण पूर्वी एशिया में यू.के., यू.एस.ए. तथा नीदरलैंड्स के जो उपनिवेश हैं, उन पर आक्रमण करने की योजना बना रहा था 'एम्पायर ऑफ जापान'।*

उन्हें रोकने के लिए अमेरिका का पेसिफिक फ्लीट तैयारी कर रहा था। इसी बीच इम्पीरियल जापानी नेवी ने यू.एस.पेसिफिक फ्लीट के हेडक्वार्टर्स 'पर्ल हारबर' में खड़े यू.एस. पेसिफिक फ्लीट पर आकस्मिक हमला कर दिया।

''दो वेभ (खेपों) में छः एअरक्राफ्ट कैरियर से लॉन्च किए गये तीन सौ तिरपन जापानी फाइटर, बॉम्बर तथा टॉरपीडो हवाई जहाजों से उस बेस पर हमला किया गया था। इस हमले के कारण यू.एस. नेवी के चार युद्धपोत तो तत्काल डूब गए थे और चार अन्य युद्धपोत क्षतिग्रस्त हो गये थे। परिणामतः उनमें मौजूद एक सौ अठासी यू.एस. एअरक्राफ्ट के बर्बाद हो जाने के साथ साथ करीब ढाई हजार लोगों को अपनी जान से हाथ धोना पड़ा था और एक हजार दो सौ बयासी लोगों को घायल होकर मर्मांतक पीड़ा झेलनी पड़ी थी।

''इस हमले ने अमेरिका को हिलाकर रख दिया था। और, यही हमला द्वितीय विश्व युद्ध में अमेरिका के शामिल होने का कारण भी बना। सन् 1941 के सात दिसम्बर को 'पर्ल हारबर' में जापानी हमला होने के ठीक एक दिन बाद यानी आठ दिसम्बर 1941 को यूनाइटेड स्टेट्स ऑफ अमेरिका ने जापान से युद्ध की घोषणा कर दी थी और उसके ठीक चार साल बाद 6 अगस्त 1945

---

* 2 सितंबर 1945 में 'एम्पायर ऑफ जापान' ने एलाइड देशों के आगे आत्मसमर्पण किया था और 3 मई 1947 को नये जापान में नया संविधान लागू हुआ।

में अमेरिका ने जापान के हिरोशिमा में पहला महाविध्वंसकारी परमाणु बम गिराया था।"

उस अनजान व्यक्ति की बातों को बड़े ध्यान से सुन रहा था सगेन और सोच रहा था कि अब तक तो वह सिक्के के एक ही पहलू की जानकारी रखता आया था!

– "सरसरी निगाह से देखा जाए तो एक अदद हमले का जवाबी हमला था वह।" सुनने वालों को रुचि लेते देख उसी अनजान व्यक्ति ने बात आगे बढ़ाई, "लेकिन यह बात सही है कि उस हमले की तबाही के आकलन से इस हमले की तबाही की दूर दूर तक कोई बराबरी नहीं।

कई बार छोटी छोटी गलतियों की सजा इतने बड़े रूप में आती है कि लोग स्तब्ध रह जाते हैं।"

"सांप की पूंछ पर पांव रखने पर वह तो डंसेगा ही, इस बात को कभी कभी नजरअंदाज करके भारी गलती कर ली जाती है।" किसी ने टिप्पणी की।

– "लेकिन वह सांप इतना ज्यादा जहर उगलेगा इसकी कल्पना शायद किसी ने न की होगी।" सगेन से चुप न रहा गया तो बोला।

– "और उसका खमियाजा उठाना पड़ा लाखों बेगुनाहों को। यही देखकर तो तकलीफ होती है। पर्ल हारबर पर किया गया हमला तो सैनिकों का सैनिकों पर किया गया हमला था। सिविलियन से बदला लेना तो जघन्य अपराध ही कहलाएगा न! और फिर इस तरह से परमाणु हमला? यह तो हिंसा की पराकाष्ठा है! मारे गये लोगों की संख्या और विनाश के आधार पर तो इसे नरसंहार ही कहा जाएगा!" मासायुकि से अपने देश की आलोचना सुनी नहीं गयी तो इनसानियत का पक्ष रखने की कोशिश की।

– "तभी तो अमेरिका स्थित उस यूरेनियम खदान वाले इलाके के गरीब आदिवासियों के प्रतिनिधिमंडल ने पाई पाई जोड़कर सुदूर जापान तक आने की जहमत उठाई थी और आकर जापानवासियों से माफी मांगी थी, जिनके इलाके की खदानों से निकाले गये यूरेनियम से बने परमाणु बमों को गिराकर ही जापान के हिरोशिमा और नागासाकी में तबाही लाई गयी थी...उन्होंने कहा था, 'यह हमारा नैतिक दायित्व है कि हम आपसे माफी मांगें'। यह बात और है कि उनकी जानकारी के बगैर ही यह सब कुछ किया गया था। उन्होंने अपने आगमन से यह संदेश देना चाहा था कि उनके देश के कुछ गिने चुने महाशक्तिशाली लोगों

द्वारा की गयी तबाही के निर्णय में उनकी सहमति नहीं थी।" देर तक श्रोता बनकर सबकी बातों और विचारों को सुन रहे किसी आगंतुक ने इस बार वक्ता की भूमिका निभाई।

– "यह कैसी विडंबना है कि किसी देश के मुट्ठी भर लोग मिलकर यह तय कर लेते हैं कि किस देश पर वार होगा, कैसे वार होगा और उसका खमियाजा दोनों देशों के निरपराध लोगों को उठाना पड़ता है। दूसरों पर वार करने के लिए परमाणु हथियार बनाने वालों को यह कभी नहीं भूलना चाहिए कि उन हथियारों को बनाने के क्रम में वे अपनों को भी नहीं बख्श रहे। यूरेनियम खदानों, परमाणु संयंत्रों या उनके कचरों से क्षतिग्रस्त तो अपने देश के लोग ही हुआ करते हैं।" आदित्यश्री ने एक दूसरा महत्वपूर्ण पक्ष उठाया। कई वर्षों से मरंग गोड़ा का हाल देखकर ही इस निष्कर्ष तक पहुंचा था वह!

– "उस हिबाकुशा का दर्द सुना नहीं तुमने? कैसे कह रहा था कि बचपन में गांव के सामूहिक स्नानघर में नहाते समय जब लोग उसकी देह पर उभरे हुए लाल लाल घावों को देख घृणा से मुंह फेर लेते थे, उसे छूने से तथा उसके छुए पानी का इस्तेमाल करने से परहेज करते थे तो वह घर आकर रोती थी। कहती थी– 'मां, तुमने मुझे मर क्यों नहीं जाने दिया? मौत के मुंह से क्यों बचाया? मुझसे यह सब बर्दाश्त नहीं होता...' तो उसकी हिबाकुशा मां उसे कलेजे से लगाकर कहा करती– 'उस विस्फोट में सबको खो चुकी थी मैं। तुझे कैसे मर जाने देती? तेरे बगैर कैसे जिंदा रहती मैं, बोल?' "

सगेन और आदित्यश्री के एक एक मिनट का इस्तेमाल जरूरी मुद्दों पर हो रहा था। अलग अलग देशों से आए परमाणु आंदोलनकारियों से परिचय हो रहा था। एक दूसरे को अपने अपने क्षेत्र की समस्याओं से अवगत करा रहे थे वे। आपस में दोस्ती बढ़ाई जा रही थी। आगे की रणनीति बनाने के लिए सलाह मशवरा किया जा रहा था...। डॉ. ताकाफुमि ने, जिन्होंने रूस द्वारा किए गये परमाणु बम परीक्षण के खिलाफ काम किया था, परमाणु संबंधी विभिन्न कार्यक्रमों तथा आंदोलनों की जानकारी देकर, मानवाधिकार संबंधी कानून बताकर सगेन और आदित्यश्री का आत्मविश्वास काफी बढ़ा दिया था।

इस बीच आयोजकों की तरफ से सगेन और आदित्यश्री को सूचित किया गया कि उन्हें एक सत्र दिया गया है भारत और पाकिस्तान के बच्चों से बातचीत करने के लिए।

– "भारत और पाकिस्तान के बच्चों से? यहां?" दोनों ही चौंके थे।

– "जी हां। यहां की एक स्वयंसेवी संस्था ने हिन्दुस्तान पाकिस्तान के बीच तनाव कम करके सौहार्द का वातावरण तैयार करने के लिए एक अनूठा प्रयास आरंभ किया है। भारत और पाकिस्तान द्वारा परमाणु बमों के परीक्षण के बाद से उन दोनों देशों के बीच जो तनाव का माहौल बना है, उसे दूर करने के लिए पिछले साल से हिरोशिमा दिवस पर भारत और पाकिस्तान के विभिन्न शहरों से कुछ बच्चों को चुनकर संस्था के खर्चे पर यहां लाया जाता है। पीस म्यूजियम में घुमा घुमाकर परमाणु बमों की त्रासदी का नजारा दिखाया जाता है। विश्व भर से आए परमाणुविरोधी संगठनों के शांतिकामी कार्यकर्ताओं से मिलवाया जाता है, उनसे बातचीत करायी जाती है ताकि उनके कोमल मन में युद्ध और हिंसा के प्रति नफरत पैदा हो। आपस में प्रेम और सौहार्द का माहौल बने। जो मानवता की रक्षा के लिए कल्याणकारी है और आज के इस तनावपूर्ण माहौल के लिए अत्यंत जरूरी भी।..."

सत्र शुरू होने से पहले उस संस्था की समर्पित अध्यक्षा अरिना ने भी आदित्यश्री और सगेन को अपना उद्देश्य बताया– "हमारी संस्था चाहती है कि ये बच्चे यहां से प्रेम और शांति का संदेश लेकर अपने अपने देश में लौटें और वहां पनप रही कटुता को दूर करें। हमारे इस छोटे से प्रयास से यदि एक छोटा सा समूह ही प्रभावित हो, तो क्या बुराई है? क्या बुद्ध ने अकेले ही पूरी दुनिया में शांति का संदेश नहीं फैलाया था?"

उनका तर्क अकाट्य था।

अलग अलग शहरों से आए हिन्दुस्तानी और पाकिस्तानी बच्चों के साथ परिचय और बातचीत करने का अनुभव काफी रोमांचकारी रहा। दोनों देशों के बच्चे जिस तरह से आपस में घुलमिल गये थे उससे यह लग ही नहीं रहा था कि इनके देशों के बीच कोई तनाव भी हो सकता है। आदित्यश्री और सगेन से मिलवाने के पहले ही उन बच्चों को उनकी फिल्म दिखा दी गयी थी। इसलिए बच्चों के सवालों का मानो कोई अंत ही नहीं था। वे बहुत हैरान थे।

– “क्या हमारे देश में भी यूरेनियम का खनन होता है?”

– “क्या वहां भी खतरनाक परमाणु कचरों को आदिवासी इलाकों में फेंका जाता है?”

– “क्या वहां के आदिवासी भी ऐसे ही प्रभावित होते हैं?” पाकिस्तानी बच्चे पूछ रहे थे।

आदित्यश्री और सगेन एक दूसरे का मुंह ताक रहे थे। न आदित्यश्री को पता था, न सगेन को।

“पाकिस्तानी समाज एक बंद समाज है। वहां ऐसी बातें आसानी से खुलकर बाहर नहीं आतीं। यहां उपस्थित सभी पाकिस्तानी बच्चे संभ्रांत परिवारों से हैं। कोई सैन्य अधिकारी का बेटा तो कोई बड़े व्यवसायी का। ऐशोआराम और लाड़ प्यार में पले बच्चे। अगर उन्हें पाकिस्तान के किसी आदिवासी इलाके की ऐसी किसी त्रासदी के बारे में पता चले, तो क्या जवान होने के बाद वे अपने सुविधासंपन्न जीवन से बाहर आकर उनके लिए कुछ करने की कोशिश करेंगे?” सगेन अपने मन में उठ रहे इस अहम सवाल से जूझ रहा था।

आदित्यश्री ने उसकी शंकाओं को जबान दी। कहा– “आज आप बच्चे हैं। कल युवा होंगे। आपके कंधों पर बहुत बड़ा दायित्व है। आपको पता करना होगा कि आपके यहां परमाणु कचरा कहां फेंका जाता है। उससे आसपास के इलाके के लोगों का स्वास्थ्य प्रभावित हो रहा है या नहीं। पीने का पानी, मछलियां और अनाज तथा सब्जियां जहरीली तो नहीं हो रहीं...यह मत भूलिए कि विकिरण न तो खुद दिखाई पड़ता है और न ही सामने वाले को पहचानकर उस पर वार करता है। इसके दायरे में अमीर, गरीब, आदिवासी या गैर आदिवासी कोई भी आ सकता है।...”

सत्र की समाप्ति के बाद ऑडिटोरियम से निकलते समय आदित्यश्री और सगेन ने अरिना से आग्रह किया– “क्या अगली बार आप हमारे गांव के, हमारे राज्य के कुछ बच्चों को यहां ला सकती हैं?”

– “बिल्कुल ला सकती हूं। आप वहां जाकर हमें एक सूची भेज दें। वैसे मेरा भी एक अनुरोध है आप लोगों से।...” अरिना ने भी बेबाकी से अपनी बात रखी।

– “हां बोलिए।”

– “हम अपने संगठन की तरफ से आपके गांव और आसपास के शहरों का दौरा करना चाहते हैं। हमने आप लोगों की फिल्म देखी है। हम आपके यहां

यूरेनियम खनन से होनेवाले विकिरण से प्रभावित लोगों से मिलना चाहते हैं। उनकी स्थिति में सुधार लाने के लिए कुछ प्रयास कर सकते हैं। लोगों के बीच परमाणुविरोधी मानसिकता पैदा करना चाहते हैं हम। उन्हें शांति का संदेश देना चाहते हैं। क्या आप हमारी मदद करेंगे?।''

– ''क्यों नहीं? हम तो चाहते ही हैं कि अधिक से अधिक लोग हमें जानें। हमारी समस्याओं को समझें। उसे दूर करने में हमारी मदद करें। आप जैसे महत्वपूर्ण लोगों का वहां जाना मरंग गोड़ा के लोगों के हित में ही होगा। लोग हमारे आंदोलन को गंभीरता से लेंगे। कंपनी की तरफ से सुरक्षा मानकों पर विशेष ध्यान दिया जाएगा। आप लोग जरूर आएं। हम आपकी पूरी मदद करेंगे।'' सगेन ने कहा।

हिरोशिमा से नये नये अनुभवों का खजाना लेकर वे दोनों ऐंटि न्यूक्लियर ग्रुप के कुछ सदस्यों के साथ नागासाकी की ओर रवाना हो गये थे। फिर विभिन्न शहरों, इलाकों में जाने का अनुभव! विभिन्न गोष्ठियां! विचार विमर्श! वार्त्तालाप!... अतिव्यस्त कार्यक्रम!

इस बार आदित्यश्री के साथ सगेन था। मोमोका से नरीता एअरपोर्ट पर मुलाकात हुई थी बहुत कम समय के लिए। उसने कहा था, वह इस बार हिरोशिमा नहीं आ सकती। उसकी कमी खल रही थी आदित्यश्री को। उसके लिए एक छोटा सा उपहार लेकर आया था आदित्यश्री भारत से। पर सगेन के सामने देने की हिम्मत नहीं हुई। सोचा, वापसी में तोक्यो जाने पर दे देगा। पर तोक्यो में हुई मुलाकात इतनी औपचारिक थी कि उपहार सूटकेस में ही रह गया और वे भारत लौट आए।

जनांदोलन और पीली बीमार आंखें

जापान से ढेर सारी ऊर्जा लेकर स्वदेश लौटे थे आदित्यश्री और सगेन। यह ऊर्जा परमाणु ऊर्जा नहीं थी कि विकिरण फैलाए। यह ऊर्जा थी अपने लोगों को विकिरण के दुष्प्रभाव से बचाने की लड़ाई लड़ने की ऊर्जा। इस नई वैश्विक ऊर्जा ने यूरेनियम कंपनी के अधिकारियों को भी सचेत कर दिया था। अब धीरे धीरे कंपनी के कामगारों के सुरक्षा मानकों पर ज्यादा ध्यान देने के बारे में सोचा जाने लगा था। यह एक अच्छी पहल थी। सगेन, आदित्यश्री और मोआर के तमाम सदस्य उत्साहित थे। उनका आत्मविश्वास हिलोरें मारने लगा था। तभी तो जब बंगलोर में आयोजित होनेवाले यूरेनियम समिट में भाग लेने का आमंत्रण मिला तो न सिर्फ सगेन बल्कि मोआर के सचिव समेत कई सदस्य वहां भाग लेने निकल पड़े।

इस बार आदित्यश्री नहीं जा पाया। एक रहस्यमय बीमारी ने कुछ दिनों से आदित्यश्री को काबू कर रखा था। पेट की असह्य पीड़ा से बेहाल रहने लगा था वह। मुट्ठी मुट्ठी दवा की गोलियां निगल चुका था पर बीमारी ठीक होने का नाम ही नहीं लेती थी। डॉक्टरी जांच से पता चला कि ये ऐपेंडिसाइटिस का दर्द है। डॉक्टरों ने ऑपरेशन की सलाह दी। आदित्यश्री टालता रहा और एक दिन ऐपेंडिसाइटिस बर्स्ट कर गया। सरकारी अस्पताल के डॉक्टरों ने ऑपरेशन करके बड़ी मुश्किल से उसकी जान बचाई। ऑपरेशन के बाद तबियत सुधरने की बजाय और खराब होने लगी। काफी जांच पड़ताल के बाद पता चला– आंत में गैंगरीन भी हुआ है। स्थिति नाजुक थी इसलिए इस बार डॉक्टर साहब ने किसी बड़े शहर में जाकर ऑपरेशन कराने की सलाह दे डाली। पर आदित्यश्री के लिए ऐसे समय में घर और शहर छोड़कर बाहर जाना मुश्किल था जब उसकी बूढ़ी मां उसके बीमार पिता की सेवा करते करते ही बेहाल हुई जाती थी। रुपये पैसे की किल्लत भी एक गंभीर मसला था। इसलिए आदित्यश्री ने रांची के उस सरकारी अस्पताल में ही दुबारा ऑपरेशन करवा लिया जहां अपेंडिसाइटिस का

ऑपरेशन करवाया था। दो दो ऑपरेशनों के बाद भी आदित्यश्री की हालत में सुधार नहीं हो रहा था। अस्पताल के बिस्तर पर पड़े पड़े ही उसके दिन बीतने लगे।

एक लंबे समय से डॉक्युमेंट्री फिल्मों की मार्फत विभिन्न आंदोलनों से जुड़ा हुआ था आदित्यश्री। विभिन्न स्वयंसेवी संस्थाओं तथा एन.जी.ओ. से जुड़े लोगों की मदद कर चुका था। ज्यादा रुपये पैसे भले न कमाए हों, सैकड़ों लोगों के दिलों में अपने लिए जगह जरूर बना चुका था। इसलिए बीमारी की हालत में हर वक्त उससे मिलने वालों का तांता लगा रहता। वार्ड में गहमागहमी रहती। कई आंदोलनकारी मित्र, जिनमें पुरुष तथा महिलाएं दोनों ही थे, उसका हालचाल लेने आते रहते थे, आवश्यकतानुसार उसकी सेवा भी करते। सिस्टर सिल्विया उनमें से एक थीं जिनकी सेवा से आदित्यश्री अचंभित था। अपनी मां के अलावा ऐसी सेवा शायद ही कोई कर पाता हो। इस भली महिला से आदित्यश्री काफी पहले से परिचित था। हजारीबाग के कोयलांचल के कामगारों की स्थिति पर फिल्म बनाते वक्त कई साल पहले उनसे जान पहचान हुई थी। गांव के गरीब मरीजों की अथक सेवा करते देखा था उन्हें। चर्च की मदद से एक स्वयंसेवी संस्था चलाती थीं वह और झारखंड के गांवों में घूम घूम कर लोगों की सेवा में जुटी रहती थीं। स्वयंसेवी संस्था से जुड़ने से पहले वह दिल्ली के एक बड़े अस्पताल में हेड मेट्रॅन रह चुकी थीं।

एक दिन कुछ दलित तथा आदिवासी लड़के दो विदेशी महिलाओं के साथ आदित्यश्री से मिलने आए। ये सुदूर छत्तीसगढ़ के रायपुर स्थित एक प्रशिक्षण केंद्र से आए थे। यूरोपियन यूनियन की आर्थिक मदद से चलता था वह केंद्र। अत्यंत कम लागत पर गरीब आदिवासी लड़कों को जनमुद्दों पर फिल्में बनाने का प्रशिक्षण दिया जाता था वहां। इसके लिए अत्यंत सस्ते कैमरे मुहैया कराए जाते थे उन्हें। अच्छे शिक्षकों की तलाश रहती थी उस संस्था को। आदित्यश्री को कई बार बुलाया जा चुका था वहां। कम बजट में जनमुद्दों पर वीडियो फिल्में बनाने का गुर सिखाने के लिए। कोयलकारो, नेतरहाट फील्ड फायरिंग रेंज जैसे झारखंड के महत्वपूर्ण जन आंदोलनों पर अत्यंत कम बजट में बनाई गयी उसकी फिल्मों को, उसके काम को अत्यंत महत्वपूर्ण मानती थीं उस केंद्र की संचालिका मैडम रोजी। बहुत स्नेह करती थीं उससे। जापान में आदित्यश्री की फिल्म के

पुरस्कृत होने के बाद तो उसे बुलाकर कहा था– "मैं चाहती हूं, तुम इन लड़कों का रोल मॉडल बनो। अपनी तरह बनाओ इन्हें।..."

तो वही मैडम रोजी जब एक दिन अस्पताल के वार्ड में फूलों का गुलदस्ता थामे मुस्कुराती हुई नजर आयीं तो आदित्यश्री को सुखद आश्चर्य हुआ। आदित्यश्री से हाल चाल पूछने के बाद उन्होंने अपने पीछे प्रशिक्षण केंद्र के कई लड़कों के साथ खड़ी एक युवती से उसका परिचय करवाया– "यह प्रज्ञा है। लंदन के एक विख्यात विश्वविद्यालय की छात्रा। मेरे पति, जो इसके प्रोफेसर रह चुके हैं, से पता लेकर आई है यह मेरे पास एक समाजशास्त्रीय शोध के सिलसिले में। तुमसे भी मदद चाहिए इसे...पहले तुम ठीक हो जाओ...।"

अपनी पीली पड़ गयी बीमार आंखों से आदित्यश्री ने उसकी तरफ देखा। एक नजर में भारतीय मूल की विलायती लड़की लगी वह। पर उस दिन आदित्यश्री की हालत ऐसी नहीं थी कि वह किसी लंदन से आई युवती या उसके क्रियाकलापों में रुचि ले पाता। पेट में उठते असह्य दर्द को अपने हाथों से दबाकर वह चुपचाप उनकी बातें सुनता रहा। आंखों के इशारे से साथ आए लड़कों की शुभकामनाएं लेता रहा...।

दिन ब दिन आदित्यश्री का पेट दर्द बढ़ता चला जा रहा था, डॉक्टर भी परेशान हो उठे। उसकी हालत से चिंतित करीबी दोस्तों और शुभचिंतकों ने उसकी एक न सुनी और आपस में चंदा करके चिकित्सा के लिए उसे दिल्ली ले गये। दिल्ली के एम्स जैसे बड़े अस्पताल में, जहां सिस्टर सिल्विया की एक परिचित महिला हेड मेट्रॅन थी, काफी जद्दोजेहद के बाद उसकी जान बचाई जा सकी। पुराने ऑपरेशन की सिलाइयों को खोलकर दुबारा बड़ा ऑपरेशन हुआ। ढेर सारे टांके पड़े पेट में।

आदित्यश्री के परिवार का कोई सदस्य नहीं था दिल्ली में। दोस्त ही काम आ रहे थे। सिस्टर सिल्विया मां की भूमिका निभा रही थीं। मूल रूप से गोवा की रहने वाली उस ईसाई महिला की सेवा सुश्रूषा और प्यार से आदित्यश्री की हालत में सुधार होने लगा।

– "आप मेरी दूसरी मां हैं।" अस्पताल से छुट्टी लेकर घर लौटते वक्त कहा था आदित्यश्री ने उनसे। मां कहकर पुकारा था। सिस्टर सिल्विया ने भी मातृवत् उसे सीने से लगा लिया था।

घर लौटने के बाद भी काफी दिनों तक इलाज चला। घर और अस्पताल का चक्कर चलता रहा। बूढ़ी मां अपने पति से ज्यादा जवान बेटे की देखभाल में लगी रही। और, इसी बीच उनके पति चल बसे।

सगेन तथा मोआर के सदस्यों से आदित्यश्री का संपर्क बरकरार था। बंगलोर के यूरेनियम समिट में मोआर के सदस्यों ने काफी जोरदार तरीके से अपनी भागीदारी निभाई थी। कई और आयोजकों की तरफ से उन्हें आमंत्रण मिला था। मोआर के संगी साथियों को न सिर्फ स्थानीय बल्कि राष्ट्रीय अंतर्राष्ट्रीय स्तर पर स्वयं अपना मोर्चा संभालते देख आदित्यश्री को बहुत संतुष्टि मिलती थी।

झांकती जड़ों का समूह बनाम इलेक्ट्रिक वायर का जंक्शन बॉक्स

अप्रैल का महीना था। लंबी बीमारी से उठकर आदित्यश्री ने अपने ऑफिस में बैठना आरंभ ही किया था कि प्रज्ञा आ धमकी थी उससे मिलने। आदित्यश्री के पिता की मौत हुई थी कुछ दिनों पहले, तब उसने दाढ़ी बाल मुंड़वा रखे थे। मगर इस बार उसने चमकती आंखों से देखा उसे। पीली बीमार पतझर वाली आंखों से नहीं।

विदेशी परिवेश में पली बढ़ी वह सांवली सी भारतीय लड़की उसे पढ़ाकू किस्म की लगी। अच्छे खासे पावर वाले चश्मे के नीचे की दो बड़ी बड़ी बुद्धिदीप्त आंखों ने प्रभावित किया उसे।

"आपको याद है न, कुछ महीनों पहले आपसे मिलने आयी थी मैं...रोजी मैडम के साथ..." उसने याद दिलाने की कोशिश की। उसके हिन्दी उच्चारण में ब्रिटिश अंग्रेजी वाला लहजा जरूर घुला हुआ था मगर आदित्यश्री को समझने में कोई दिक्कत नहीं हुई। उसने जल्दी से कहा,

"हां, हां, बिल्कुल। किसी शोध के सिलसिले में लंदन से आयी हैं आप..."

– "हां। माओवाद पर। पोस्टग्रेजुएट कोर्स के रिसर्च पेपर के लिए मैंने इस विषय को चुना है।"

– "तो क्या आपका काम पूरा नहीं हुआ अब तक?"

– "लगभग हो ही चुका है। छः महीने के लिए आयी थी। अब सिर्फ महीना भर बचा है। सिंहभूम का सारंडा इलाका छूटा हुआ है अभी तक। मुझे पता चला है कि उस इलाके में भी अब धीरे धीरे माओवाद पनपने लगा है। रोजी मैडम ने कहा, आपका कोई मित्र है जो उस इलाके से अच्छी तरह परिचित है। अगर

आप उनसे कहकर वहां मेरे रहने, घूमने और काम करने की व्यवस्था कर दें तो...''

– ''मेरा मित्र...मेरा मित्र...सगेन? सगेन के ही बारे में कहा होगा उन्होंने। मगर वह तो कभी कभार ही जाता है उस इलाके में। उसका कार्यक्षेत्र तो इन दिनों मरंग गोड़ा ही है।'' आदित्यश्री ने आरंभ में टालने की कोशिश की। फिर कुछ सोचकर बोला, ''अच्छा ठीक है, उससे बात करता हूं।''

पत्रकारिता या फिल्म निर्माण के दौरान आदित्यश्री को खुद विभिन्न लोगों से सहयोग लेने की जरूरत पड़ती रही है। इसलिए जब कोई दूसरा उससे इस तरह की मदद मांगने आता है तो वह उसकी जरूरतों को गंभीरता से लेते हुए भरसक उसके लिए कुछ करने की कोशिश करता है। और फिर यह तो रोजी मैडम की सिफारिश लेकर आयी हैं इतनी दूर से...।

आदित्यश्री के आग्रह पर सगेन प्रज्ञा की मदद के लिए तैयार हो गया मगर उसने एक शर्त रखी, ''सारी व्यवस्था करने के दौरान आपको भी मेरे साथ वहां रहना होगा। वरना विदेश से आयी एक लड़की के साथ मैं सहज नहीं हो पाऊंगा।''

अलबत्ता आदित्यश्री को प्रज्ञा के साथ सारंडा की यात्रा पर निकलना पड़ा। वैसे भी एक पत्रकार तथा फिल्म निर्माता के लिए इस तरह की कोई भी यात्रा बिल्कुल बेकार नहीं जाती। क्या पता, मैडम के काम से घूमने के दौरान उसे खुद की फिल्म के लिए ही कोई नया विषय मिल जाए! बीमारी की वजह से वैसे ही वह काफी दिनों से निठल्ला बैठा था।...आदित्यश्री ने मन ही मन खुद को समझाया।

तय हुआ कि सगेन मरंग गोड़ा से ही सीधे सारंडा पहुंच जाएगा। चारिबा को भी उसके कार्यक्षेत्र से लेकर आएगा ताकि प्रज्ञा को भी अच्छा लगे।

एक किराए की वैन में सफर कर रहे थे वे दोनों। रांची से अल्लसुबह ही निकल पड़े थे। फुरफुरी हवाएं सिहरा रही थीं। ड्राइवर की बगल वाली सीट पर बैठे आदित्यश्री ने अपने कान, सिर और गले को एक सफेद मफलरनुमा गमछे से कसकर लपेट लिया था। लंबी बीमारी के बाद अभी अभी स्वस्थ हुआ था वह इसलिए अतिरिक्त सावधानी बरत रहा था। प्रज्ञा की गोद में एक डायरी थी और

हाथ में कलम। वह लगातार आदित्यश्री से आसपास के इलाकों से संबंधित बातें पूछ पूछकर लिखती जा रही थी। शहर पीछे छूट गया था। अब बाहर के दृश्य उसे आकर्षित करने लगे थे। ऊबड़ खाबड़ मैदान! साल, पलाश, महुआ आदि के पेड़! दूर पहाड़ों की शृंखला...

सभी पेड़ पौधों को नहीं पहचानती प्रज्ञा। लेकिन उन्हें देखना अच्छा लग रहा था।

कहीं आम, कटहल, बेर आदि के परिचित पेड़ भी।...कहीं बंसवाड़ी...खेत! किसी खेत में हरे हरे कोमल धान के पौधे! तो किसी में सब्जियां! चने के झाड़! बीच बीच में मिट्टी के घर! देशज मिट्टी की सोंधी सोंधी महक!!

कहीं लोकालय के आसपास की कोई जमीन यूंही बंजर पड़ी हुई!...

– "बंजर कहां? देखकर तो लगता है अभी अभी जागी है अलसाई नींद से!" प्रज्ञा सोचती है, "जरूर किसी के इंतजार में अपनी देह बिछाए तैयार पड़ी होगी।" प्रज्ञा के होठों पर शरारती मुस्कुराहट उभरती है। "कौन हो सकता है वह शख्स? अच्छा, अच्छा, समझी! हल! हल का स्पर्श पाने को ही बेचैन होगी इसकी कामुक देह!...और उसका कोमल स्पर्श पाते ही अथवा उसके द्वारा क्रूरता से रौंदे जाते ही पैदा करेगी फसल!"

"किस चिंता में डूब गयीं मैडम?" प्रज्ञा को कुछ देर के लिए बिल्कुल चुप्पी लगा जाते देख आदित्यश्री ने टोका।

"चिंता? कैसी चिंता?"

"वह तो आप ही बता सकती हैं। वैसे इस वक्त आपकी चिंता न तो गीली होगी और न ही सूखी। मेरे खयाल से ज्यादा ठंडी भी नहीं होगी। हां, फुरफुरी हो सकती है। वसंत का मौसम जो है।"

"क्या बकवास कर रहे हैं आप? मेरी समझ में तो कुछ भी नहीं आ रहा।"

"इसमें न समझने वाली कौन सी बात है? मौसम का प्रभाव तो चिंताओं पर पड़ता ही है..." आदित्यश्री की घुमावदार बातें प्रज्ञा को घाटियों का आनंद देने लगीं थीं।

"अब हम खूंटी से गुजर रहे हैं" प्रकृति की गोद से निकलकर एकाएक एक भीड़भाड़ वाले इलाके से गुजरते वक्त आदित्यश्री ने कहा।

"क्या है यह?"

“एक छोटा सा टाउनशिप। इसके बाद मुरहू आएगा। फिर पंचघाघ जाने का रास्ता!”

“वह क्या है?”

“पंचघाघ एक खूबसूरत पिकनिक स्पॉट है। वहां झरने के नीचे बैठकर नहाने में बड़ा मजा आता है।” आदित्यश्री ने कुछ इस अंदाज में कहा कि प्रज्ञा का मन ललचा उठा। बोली–

“क्या हम वहां थोड़ी देर रुक नहीं सकते?”

“रुक तो सकते हैं पर देर हो जाएगी। हमें लंबा रास्ता तय करना है। चक्रधरपुर...चाइबासा...झिंकपानी...नोवामुंडी...बड़ाजामदा...बराइबुरू पार करके पहुंचना है किरीबुरू...मेघाहातुबुरू! सारंडा के प्रवेश द्वार के इलाके में! उधर ही तो आपको ठहराने की व्यवस्था हुई है न!”

“ओ! वैसे मुझे झरने बहुत पसंद हैं।” प्रज्ञा ने झरने पर रुकने का एक और प्रयास किया।

“आगे पंचघाघ से भी ज्यादा सुंदर झरने हैं। रास्ते में भी, सारंडा में भी। फिलहाल देर न करके आगे बढ़ना ही उचित रहेगा।” आदित्यश्री के समझाने पर प्रज्ञा मान गयी थी।

मुरहू पार करके वे अब टेबो घाटी से गुजर रहे थे। प्रज्ञा ध्यान से देख रही थी यहां के भूगोल को।

“इसे गढ़ने वाला जरूर एक सच्चा कलाकार होगा।” उसने कहा।

“क्यों?”

“क्योंकि उसकी हर कलाकृति में खामखयाली नजर आती है। जरा ध्यान से देखिए! पहाड़ों की चढ़ाई...पलक झपकते ही समतल मैदान। फिर गड्ढे... खाई!...” प्रज्ञा यह सब कह ही रही थी कि वैन दायीं ओर मुड़ी और बिल्कुल सामने एक पहाड़ आकर दीवार सा खड़ा हो गया। उससे बचकर बायीं ओर मुड़ते ही मिली गहरी खाई। फिर पहाड़ों की शृंखला...पहाड़ों पर लंबे लंबे साल...लाल फूलों से लदे पलाश के पेड़!

आदित्यश्री ने प्रज्ञा के नजरिए से प्रकृति को देखने की कोशिश की।

“और उधर देखिए...!” प्रज्ञा रौ में बोले जा रही थी। “सड़क पर खत्म होते पहाड़ के निचले सिरे की तरफ देखिए! बिल्कुल किनारे खड़े बड़े बड़े पेड़ों की जड़ों के पास की आधी मिट्टी ऐसे खखोरी हुई है मानो किसी बड़े अपार्टमेंट के बेसमेंट में बने इलेक्ट्रिक वायर के जंक्शन बॉक्स के अंदर के खुले तारों का नजारा हो...”

“वाह! क्या बिम्ब है! बिल्कुल मौलिक!” प्रज्ञा की बातें सुनकर आदित्यश्री ने बिजली के नंगे तारों के गुच्छे की तरह दिखतीं उन जड़ों को ध्यान से देखा। उस अदृश्य कलाकार की खामखयाली को भी।

पहाड़ी दीवार के सहारे एक गहरी खाई से होकर गुजर रही थी एक नदी! सड़क के साथ साथ!

“इस तरह की पहाड़ी नदियां मुझे बिल्कुल हिरणी की तरह लगती हैं– चंचला।” प्रज्ञा ने गाड़ी के अंदर से उचक उचक कर नदी को अच्छी तरह से देखने की कोशिश करते हुए कहा।

“आपकी बातें सुनकर मुझे गायक येशुदास द्वारा गाये गये एक प्यारे से गीत का मुखड़ा याद आ रहा है। सुनाऊं?” प्रज्ञा के अनौपचारिक व्यवहार से आदित्यश्री खुलने लगा था।

“सुना डालिए न! हिचकिचाते क्यों हैं?”

“बहुत पुराना गीत है। एक आध शब्द भूल भी सकता हूं...”

“आप सुनाइए तो...” प्रज्ञा से प्रोत्साहन पाकर आदित्यश्री सचमुच गा उठा,

“तिस्ता नदी सी तू चंचलाऽऽऽ,
मैं भी हूं बचपन से ही मनचला...”

“अहा! क्या बात है! क्या बात है!...” प्रज्ञा को उन्मुक्त कंठ से दाद देते देख आदित्यश्री झेंप गया। उसकी आंखों और उसके स्वर में व्यंग्य का हल्का सा पुट पाकर तुरन्त प्रतिवाद कर उठा–

“ये मेरे नहीं, किसी और के बोल हैं...”

“जिसके भी हों, मुझे सुनाया तो आप ही ने है...” प्रज्ञा ने मुंह बनाकर कहा।

"सुना है यही नदी आगे थोड़ा अंदर जाकर टेबो पहाड़ से गिरती है और झरना बन जाती है। हिरणी फॉल्स उसे ही कहते हैं।" आदित्यश्री ने बात बदलने की कोशिश की।

..."वाव!" प्रज्ञा ध्यान से देखने लगी थी नदी को। ऐसा नहीं था कि उसने पहले नदियां नहीं देखीं थीं। विदेश में पली बढ़ी है। एक से एक खूबसूरत जगहों की सैर की है उसने। मगर फिर भी न जाने क्यों प्रकृति को जितनी बार करीब से देखती है, मुग्ध होती है। खास तौर पर जब इस पर देशज रंग चढ़ जाता है तब तो हर बार वह नयी लगती है।

"बंदगांव थाना तथा प्रखंड के अंदर पड़ता है यह।" आदित्यश्री ने जानकारी दी। वह सोच रहा था कि प्रज्ञा पीछे बैठकर उसके द्वारा दी गयी हर जानकारी को डायरी में नोट कर रही होगी।

पर प्रज्ञा का ध्यान अब खिड़की के बाहर आमने सामने खड़े क्रमशः लाल और सफेद पत्तों वाले पेड़ों के एक समूह पर जा टिका था।

एक मोटा लत्तर इस तरह से उन पेड़ों से लिपटा था मानो वह कोई माला हो जो आमने सामने खड़े उन पेड़ों द्वारा अपने सामूहिक विवाह में इस्तेमाल में लायी जा रही हो।...प्रज्ञा सोच रही थी।

थोड़ा आगे बढ़ते ही एक बड़े से अद्‌भुत पेड़ पर उसकी नजर पड़ी! आधे लाल और आधे हरे पत्तों वाला पेड़। मानो अर्द्धनारीश्वर!

हे ईश्वर! कितना बड़ा कारीगर है तू! प्रज्ञा ने मन ही मन तारीफ की और आदित्यश्री से मुखातिब हुई–

"अच्छा, वो सामने सड़क किनारे पत्ताविहीन उन बड़े बड़े पेड़ों की फुनगियों पर जो सफेद फूलों के गुच्छे लदे हुए हैं, उन्हें क्या कहते हैं?"

"वही तो महुआ के फूल हैं। आगे भी बहुत सारे मिलेंगे। अपनी मादक गंध से मतवाला कर देंगे आपको!" आदित्यश्री ने उसे सावधान किया।

नीचे ढलान पर भी महुआ पेड़ों के बीच इधर उधर बिखरी हुई कई झोपड़ियां नजर आयीं प्रज्ञा को! बहुत नीचे पानी का घड़ा लेकर ऊपर चढ़ती हुई कुछ औरतें दिखीं! उनकी तरफ से ध्यान हटते ही देखा, एक लड़का साइकिल के कैरियर में चिरी हुई लकड़ियों का एक बंडल लेकर सड़क पर उल्टी दिशा से चला आ रहा है। सिर पर पतली टहनियों का लंबा सा गट्ठर लेकर तेज तेज

कदमों से आगे बढ़ रही एक औरत सड़क किनारे पड़े हुए गोल गोल पत्थरों के ढेर से टकराते टकराते बची।

उन सबको पीछे छोड़ वैन तेज गति से आगे भागती चली गयी। घाटी के हर मोड़ पर गति को कुछ कम करते हुए।

"उस बरगद के पेड़ से लटकती जटाओं को देखिये," उंगलियों से एक पेड़ की तरफ इशारा करते हुए कहा था प्रज्ञा ने।

"नया क्या है उनमें?" आदित्यश्री झुंझला उठा। प्रज्ञा की कविताई से अब ऊब चुका था वह।

आदित्यश्री की भावनाओं से बेखबर प्रज्ञा ने एक नया शिगूफा छोड़ा, "उन तमाम जटाओं ने जिस तरह जमीन पकड़ रखी है, उन्हें देख ऐसा नहीं लगता कि जैसे बेटे बड़े होकर अपने बाप को सहारा दे रहे हों? बूढ़े बाप को अब अकेले पूरे पेड़ का बोझ उठाए रखने में तकलीफ होती है, इसलिए।"

"आप कविता लिखती हैं क्या?" आदित्यश्री से रहा नहीं गया तो अपने स्वर को यथासंभव संयत करके पूछ बैठा।

"क्यों?"

"आपका प्रकृति प्रेम, दूर...दुनियावी चीजों के परे जाती आपकी दृष्टि को देखकर लगता है।"

"लिख लेती हूं कभी कभी। शौकिया! वैसे मैं बहुत इमोशनल हूं। शायद इसीलिए मेरी अनुभूतियां इतनी काव्यात्मक हैं..."

प्रज्ञा के जिद करने पर गाड़ी अब मुख्य सड़क से थोड़ा किनारे हटकर नदी के पास रुक गयी थी। पहाड़ी रास्ते से चलकर प्रज्ञा जल्दी जल्दी नीचे उतरने की कोशिश करने लगी। सैंडल आड़े आए तो उन्हें उतारकर हाथ में ले लिया। चंचला नदी को छूकर आती झिरझिर करती हवाएं उसका स्पर्श करके बहने लगीं। थोड़ा और नीचे जाने पर सामने से बहती पहाड़ी नदी को देख वह अपने आप को रोक न पायी। दौड़कर उतर गयी नदी में। एक पत्थर पर बैठ नंगे पैरों से ठंडे जल को थपथपाने लगी। फिर आदित्यश्री को भी वहीं बैठने के लिए बुलाने लगी इशारे से। आदित्यश्री ने चिल्लाकर पूछा– "चाय पियेंगी?"

"हां, हां। थर्मस लेकर आ जाइए यहीं। स्नैक्स के पैकेट्स भी लेते आइएगा।"...चाय की बात सुनकर उसे ध्यान आया कि भूख लगी है जोरों की।

कुछ ही देर में गाड़ी में रखी चाय और स्नैक्स लाकर आदित्यश्री भी उतर गया था पानी में। लहराती नदी में उन दोनों की छाया कांपने लगी थी। हरे भरे पहाड़ मानो उनकी पहरेदारी कर रहे थे। बड़ा ही सुंदर और सुकूनदेह परिवेश था वह। दूर खड़ा ड्राइवर कौतूहल से देख रहा था उन्हें। आदित्यश्री उसे भी एक कप चाय और कुछ स्नैक्स थमा आया था।

पत्थर पर बैठ चाय की चुस्कियां लेते हुए प्रज्ञा ने कहा, "इस चाय और स्नैक्स का सदुपयोग इससे बेहतर और किस जगह हो सकता था बोलो? तुम्हारा...मेरा मतलब है...आपका झारखंड वाकई बहुत खूबसूरत है श्री..."

"आप मुझे 'तुम' कह सकती हैं। मैं बुरा नहीं मानूंगा।" प्रज्ञा को औपचारिक होते देख आदित्यश्री ने कहा तो प्रज्ञा ने भी उसे छूट दे दी, "एक शर्त पर!"

"क्या है वह शर्त?"

"तुम भी मुझे 'तुम' कहकर बुलाओगे।"

"चलो, शर्त मंजूर। अब बताओ क्या कह रही थीं तुम?"

"कह रही थी, तुम्हारा झारखंड वाकई बहुत खूबसूरत है।"

"तुम लंदन से आयी हो। इतने अमीर देश से। देश विदेश घूमी होगी। फिर भी यदि तुम ऐसा कह रही हो तो जरूर कोई बात होगी यहां! अच्छा, तुम लंदन में कब से हो?"

"बचपन से। मैं जब बहुत छोटी थी, यही कोई आठ दस साल की उम्र रही होगी मेरी...तभी मेरे पिताजी वहां जाकर बस गये। उनका व्यवसाय जम गया तो वापस भारत लौटे ही नहीं। मेरी मां का बहुत मन था भारत लौटने का। पर हमारी वजह से लौट नहीं पायी। उन्हें अपनी भाषा, अपनी संस्कृति से बहुत प्यार है। घर पर हमसे भरसक हिन्दी बुलवाती हैं और उन्हें हमेशा यह डर लगा रहता है कि कहीं हम दोनों बहनें किसी गोरे से शादी न कर लें।"

"तुम्हारी एक बहन भी है?"

"हां। मुझसे दो साल बड़ी है।"

"भाई नहीं है?"

"नहीं। दीदी ही पापा के साथ व्यवसाय संभालती हैं। अच्छा, तुम अब इस मफलर को उतार नहीं सकते?" अचानक प्रज्ञा ने पटरी बदली।

आदित्यश्री इस अयाचित हमले के लिए तैयार नहीं था। अचकचाकर बोला— "क्यों?"

''क्योंकि जिस तरह से तुमने इसे अपने सिर पर लपेटा है, बिल्कुल मोटिया मजदूर लग रहे हो।'' प्रज्ञा ने नाक भौंह सिकोड़कर कहा।

आदित्यश्री हंस पड़ा। बोला, ''तुमने कहां देखा मोटिया मजदूरों को?''

''देखा है। खूब देखा है।''

''अच्छा मान लो अगर मैं वैसा लगता भी हूं तो इसमें बुराई क्या है? इस देश में काफी बड़ी संख्या में लोग या तो किसान हैं या मजदूर!''

''तुम नहीं समझोगे। अपने अपने टेस्ट की बात होती है। तुम एक फिल्ममेकर हो। पत्रकार हो। बुद्धिजीवी हो। तुम्हारे चेहरे से, पहनावे से वह दिखना चाहिए! वरना कैसे निभेगी तुमसे? कैसे कर पाऊंगी मैं बौद्धिक बातचीत!''

आदित्यश्री उसकी तरफ एकटक देखता रहा था। अभी नई नई है। कुछ दिनों में खुद ब खुद समझ जाएगी कि मैं कितना साधारण जीवन जीता हूं।

नदी से बाहर आकर वैन में बैठने के कुछ देर बाद ही इंजन में कोई खराबी आ गयी। ड्राइवर ने लाख कोशिश की मगर गाड़ी ने आगे बढ़ने से इनकार कर दिया।

– ''अब क्या होगा?'' प्रज्ञा की घबड़ाहट वाजिब थी।

''इस जंगल में दूसरी गाड़ी का इंतजाम नहीं हो सकता। इसके लिए कम से कम चक्रधरपुर या चाइबासा तक जाना होगा।''

''फिर?''

''एक उपाय है।''

''क्या?''

''चक्रधरपुर या चाइबासा जाने वाली किसी स्थानीय बस को रोककर उसमें चढ़ा जा सकता है। लेकिन क्या तुम उससे यात्रा कर पाओगी?''

''न कर पाने की वजह?''

''इधर चलने वाली बसों की हालत बहुत अच्छी नहीं होती।''

''अब इस जंगल में खड़े रहने से तो अच्छा है कि किसी जर्जर बस की सवारी ही कर ली जाए। लेकिन कब आएगी बस?''

डिक्की से सामान निकालकर कुछ देर तक बस की प्रतीक्षा में खड़े रहने के बाद एक खटारा बस मिल ही गयी। बस भरी हुई थी। खुली छत पर भी लोग बैठे थे। बावजूद इसके प्रज्ञा के लिए एक सीट खाली कर दी गयी। ड्राइवर के ठीक

पीछेवाली सीट। बस चली तो इंजन के कानफाड़ू शोर...झनझनाहट वाले कंपन ने उसे हिलाकर रख दिया। अजीब सी बदबू ने नाक में रूमाल रखने को मजबूर किया। बस की दूसरी सवारियों की घूरती नजरें भी उसे असहज बना रहीं थीं। थोड़ा आगे जाकर ही बस रुक गयी। बायीं ओर पहाड़ी ढलान पर से एक चरवाहा लड़का गाय, बैल और बकरियों के झुंड को लेकर नीचे उतर रहा था। कुछ ही पलों में सड़क पर मवेशियों का रेला उमड़ पड़ा। अपने हाथ के डंडे से मवेशियों को तेज तेज हांकते हुए वह चरवाहा कुछ ही देर में सड़क पार करके दूसरी तरफ की ढलान पर से नीचे उतरता चला गया। इस बीच एक आदिवासी बूढ़ी औरत बस में चढ़ गयी। उसके साथ एक टोकरी थी। कुछ पपीते, बूट झंगड़ी और साल के पत्ते थे उसमें। टोकरी को रखने की जगह नहीं मिल रही थी उसे। लोग किचकिचा रहे थे। प्रज्ञा का बैग उसकी सीट के नीचे रखा था। लेकिन उस बुढ़िया के लिए कोई सीट नहीं थी तो टोकरी को अपने पैरों के पास रखकर ड्राइवर की बगल में बोनट पर बैठ गयी वह।

चढ़ते समय उसी बोनट से हाथ छू गया था प्रज्ञा का। काफी गर्म था वह। कैसे बैठ पाएगी वह उस पर?...उसने सोचा। पर बुढ़िया बिल्कुल निर्विकार थी। प्रज्ञा की तरफ देख एकमुश्त निश्छल हंसी बिखेरने की कोशिश की उसने। परन्तु वह अब तक इतना हांफ रही थी कि अपनी हंसी को ठीक से हंसी का आकार नहीं दे पायी।

बस ने पुनः रफ्तार पकड़ ली थी। सामने से भी एक बस आ रही थी तेजी से। दोनों ने कर्कश हॉर्न बजाया। कोलतार की सड़क पर किनारे बैठकर इत्मीनान से गप्पें मारती आदिवासी युवतियों का एक समूह आमने सामने से दो दो बसों को आते देख हड़बड़ाकर उठ खड़ा हुआ। एक पल के लिए चकित हिरणी सी लगीं वे प्रज्ञा को। हिरणों की अनुपस्थिति के बावजूद बार बार यह शब्द क्यों आ रहा है चलकर उसके पास? कभी नदी के रूप में, कभी झरने के रूप में तो कभी हड़बड़ाई युवतियों के रूप में। प्रज्ञा हैरान है।

ड्राइवर ने जोर से ब्रेक लगाया। बुढ़िया बोनट से खिसककर बस के फर्श पर गिर पड़ी। फर्श पर बैठी एक औरत की पीठ पर चादर के सहारे बंधा एक छोटा सा बच्चा रो उठा। ड्राइवर की सीट के ठीक पीछे रखी लोहे की बाल्टी सरककर सामने आ गयी और बाल्टी में रखे पानी ने छलककर प्रज्ञा के पैरों को भिगो डाला। प्रज्ञा को उस गर्म बस में ठंडे पानी का स्पर्श अच्छा लगा पर आदित्यश्री

परेशान हो उठा। बुढ़िया को सहारा देकर वापस बोनट पर बैठाया और कंडक्टर से कहा कि वह पानी की बाल्टी को प्रज्ञा के पैरों के सामने से हटा दे। कंडक्टर ने इधर उधर दृष्टि दौड़ाई, मगर कोई माकूल जगह न पाकर बाल्टी को सरकाकर वापस पहले वाली जगह पर ही रख दिया और बुढ़िया की टोकरी से एक मुट्ठी बूट झंगड़ी लेकर दांतों से छील छीलकर खाने लगा।

"पइसा दे!" बुढ़िया ने हाथ पसारा।

"चल, जा जा।" कंडक्टर लापरवाही से बोला।

"नइ देबे तो बस भाड़ा से काइट लेबउ!" बुढ़िया ने खिसियाकर कहा।

"एक मुट्ठी कितने का?" आदित्यश्री पूछ बैठा। पौधों सहित सीधे खेत से उखाड़कर लाए गए उन ताजे कच्चे चने की फलियों को देख उसके मुंह में पानी आ गया था।

"पचास पइसा मुट्ठी बाबू!"

"दो मुट्ठी दे तो।" आदित्यश्री ने एक रुपए का सिक्का बढ़ाते हुए कहा।

"तोंय खुदे निकाल ले न बाबू!" बुढ़िया ने सिक्का लेकर उसे अपनी साड़ी की टेंट में रखे कपड़े के छोटे से थैले में डालते हुए कहा और थैले के मुंह में लगी रस्सी को कसकर वापस अपनी टेंट में दबा लिया।

"खाओगी?" प्रज्ञा की सीट के पास ही खड़े आदित्यश्री ने प्रज्ञा की तरफ एक मुट्ठी बूट झंगड़ी बढ़ाया।

"क्या है यह?"

"कच्चा चना है। खाकर देखो, अच्छा लगेगा।"

जड़ समेत उखाड़कर लाए गए उन अत्यंत छोटी छोटी पत्तियों वाले पौधों से लटकती चने की अनगिनत हरी हरी फलियों में से एक फली तोड़कर उसे दोनों हाथों से छीलने की कोशिश करने लगी प्रज्ञा।

"ऐसे नहीं, ऐसे छीलोगी तो घंटों लग जाएंगे एक मुट्ठी खत्म करने में। उस कंडक्टर को नहीं देख रही हो, वह कैसे छीलकर खा रहा है जल्दी जल्दी।"

"वह तो सीधे मुंह से छील रहा है। और छिलका फेंक फेंक कर बस के फर्श को गंदा कर रहा है।"

"इसे ऐसे ही छीलकर खाते हैं," कहकर आदित्यश्री ने एक फली के सामने वाले हिस्से पर तर्जनी और अंगूठे से हल्का सा दबाव डाला। इससे 'फट्ट' की आवाज के साथ छिलके का मुंह खुल गया। अब छिलके के पिछले हिस्से को उन

दोनों उंगलियों से ही पकड़कर उसने अपने सामने के दांतों के बीच डाला और जैसे ही हल्के से दबाया, चना मुंह के अंदर चला गया और छिलका उंगलियों के बीच रह गया।

"हर काम एक कला है, आर्ट! और वह सबके बस की बात नहीं होती।" आदित्यश्री ने बड़ी अदा से कहा, "अब तुम भी ऐसे ही खाकर दिखाओ तो जानूं।"

"बिना धोए मुंह में डालूं?" प्रज्ञा झिझकी।

"अरे यहां सब चलता है। कुछ नहीं होगा। खाओ खाओ!"

...और प्रज्ञा भी उस कंडक्टर की तरह मुंह से छीलकर खाने की कोशिश करने लगी। चने बहुत ही स्वादिष्ट लग रहे थे इसलिए वह खा तो रही थी मगर अंत तक उस गति को नहीं पकड़ पायी, जो आदित्यश्री और कंडक्टर की थी।

"कराइकेला...कराइकेला..." घाटी खत्म होते ही चलती बस के अधखुले दरवाजे पर लटकते खलासी ने कानफोड़ू आवाज में चिल्लाना शुरू कर दिया। बोनट पर बैठी बुढ़िया हड़बड़ाकर उठ खड़ी हुई। कुछ दूसरे यात्री भी दरवाजे की ओर बढ़ने लगे।

"चल उतरा उतरा नी रे...सामान को मत न देखा...फटाफट उतरा, फटाफट!" टोकरी संभालती गिरती पड़ती हड़बड़ाई बुढ़िया को सहारा देकर उतारता खलासी लगातार कहे जा रहा था। जल्द से जल्द उसे दूसरे यात्रियों के लिए दरवाजा खाली करना था।

प्रज्ञा ध्यान से तमाम छोटी छोटी गतिविधियों को देख रही थी।

ऐश्वर्य और अत्याधुनिक सुविधाओं के बीच पली बढ़ी प्रज्ञा के लिए ये सभी अनुभव नये थे। समाजशास्त्रीय दृष्टिकोण से परखने की कोशिश कर रही थी वह उस परिवेश को।

चाइबासा तक बस यात्रा करने के बाद ही आगे जाने के लिए एक किराए की टैक्सी का बंदोबस्त हो पाया था। दोपहर का खाना खाकर सारंडा इलाके में पहुंचते पहुंचते सूरज ढलने का समय होने लगा था। लौह अयस्क की खदानों और मिल के आसपास, काफी ऊंचाई पर पहाड़ के ऊपर बने जिस गेस्ट हाउस में ठहरने का इंतजाम किया गया था, उसके हरे भरे खूबसूरत परिसर से नीचे का नजारा देख प्रज्ञा का दिल बाग बाग हो उठा। घने जंगल से आच्छादित

अनगिनत पहाड़ों की शृंखला...दूर दूर तक फैली हुई! अधिकतर पहाड़ों के ऊपर थक्के थक्के बादल! क्षितिज पर एक पहाड़ी के पीछे डूबता सूरज!

– "कितनी शांति है यहां!" प्रज्ञा के मुंह से अनायास ही निकल गया।

"यही है विख्यात सारंडा का जंगल, मैडम! सुना है, सात सौ पहाड़ियां हैं इस जंगल में। इसीलिए स्थानीय भाषा में इसे सारंडा कहते हैं। और तुम्हें यह जानकर जरूर अच्छा लगेगा कि इस वक्त हम जिस पहाड़ी पर खड़े हैं, वह जमीन से करीब दो हजार फीट की ऊंचाई पर है।" आदित्यश्री ने एक गाईड की तरह कहा।

"तभी हम यहां खड़े खड़े बादलों को नीचे तैरते हुए देख पा रहे हैं, नहीं?" कॉफ़ी का प्याला हाथ में लेकर हवा में उड़ते बालों को सम्हालते हुए प्रज्ञा ने प्रश्न किया।

...और इस प्रकार सारंडा की वादियों को निहारते निहारते...सारंडा के बारे में बातें करते करते पता नहीं कब प्रज्ञा की दिन भर की थकान उतर गयी। अगले दिन सगेन और चारिबा आने वाले थे। अगले दिन से प्रज्ञा का काम आरंभ होने वाला था। यहां रहकर काम करना होगा उसे...सगेन और चारिबा के साथ उस घने जंगल में प्रवेश करना होगा, यह सोचकर ही रोमांच हो रहा था। उन्हीं रोमांच के क्षणों में वह बोल उठी–

"पता है श्री, आज मेरा जन्मदिन है।"

"क्या है?"

"जन्मदिन!"

"और तुम अब बता रही हो?" नाराजगी जाहिर करते हुए आदित्यश्री ने उसे अत्यंत गर्मजोशी से बधाई दी। फिर कहा, "इंग्लैण्ड में तो तुम अपने दोस्तों के साथ बहुत धूम धड़ाके से मनाया करती होगी अपना जन्मदिन? केक वेक काटती होगी? लेटनाइट पार्टी में खूब डांस वांस चलता होगा, है न?"

"हां।"

"तब तो आज तुम उनको खूब मिस कर रही होगी?"

"वो तो कर रही हूं।"

“अब मैं धर्मसंकट में पड़ गया हूं।”

“क्यों?”

“सोच रहा हूं, ऐसा क्या करूं कि जन्मदिन के अवसर पर तुम्हें थोड़ी सी खुशी मिल सके। आखिर तुम हमारी मेहमान हो।”

“यहां इस जंगल में क्या कर सकते हो तुम?” प्रज्ञा ने मजा लेते हुए कहा।

“सोच कर देखता हूं। तब तक तुम अपने कमरे में जाकर थोड़ी देर आराम कर लो।” आदित्यश्री खुद भी नहाकर आराम करना चाहता था। दिन भर की यात्रा से हालत खराब हो गयी थी उसकी।

धरती पर सितारे

सांझ गहराने लगी थी। गेस्ट हाउस में तो रोशनी थी मगर पहाड़ से नीचे दूर दूर तक अंधेरा पसरा हुआ था। प्रज्ञा और आदित्यश्री अपने अपने कमरों से निकलकर रिसेप्शन में सोफे पर आ बैठे। नहाने, कपड़े बदलने और थोड़ी देर आराम कर लेने से तरोताजा दिख रहे थे वे दोनों। प्रज्ञा ने एक टाइट जीन्स के साथ सफेद टॉप पहना था। उसके कंधों पर फैले बाल अभी तक पूरी तरह से सूखे नहीं थे। आसपास बैठे कुछ लोग, जो टीवी देख रहे थे, बीच बीच में तिरछी नजरों से प्रज्ञा को घूर लेते।

"चलो, तुम्हें बाहर घुमा लाते हैं।" आदित्यश्री ने कहा।

"अभी?"

"आज तुम्हारा जन्मदिन है न! यहां बैठे बैठे बोर होने से अच्छा है थोड़ी देर बाहर घूम आएं।"

"रात को इस जंगल में कहां घूमेंगे?"

"बस इधर ही, आसपास ऊपर ऊपर खदान वाले सुरक्षित इलाके के जंगल में ही हवाखोरी करेंगे। तुम्हें अच्छा लगेगा।"

...और बाहर खड़ी टैक्सी में बैठकर आदित्यश्री प्रज्ञा के साथ ऊंचे नीचे पहाड़ी रास्ते से होते हुए एक सुनसान जगह पर जा पहुंचा। फिर ड्राइवर को गाड़ी रोकने को कहकर सड़क पर उतर गया। एक किनारे ले जाकर प्रज्ञा से बोला– "अब उधर नीचे झांको...पहाड़ की तलहटी की तरफ..."

"क्यों? क्या है उधर?"

"तुम देखो तो सही।"

...और आदित्यश्री की बात मानते हुए थोड़ा आगे बढ़कर जैसे ही प्रज्ञा ने नीचे झांका, लगा सितारों से भरा आसमान धरती पर पसर गया है। उस जंगल में...उस अंधेरी रात में तारों की तरह...जुगनुओं की तरह टिमटिमाते एक शहर

को इतनी ऊंचाई से देखते हुए सचमुच बड़ा अच्छा लगा उसे। वैसे तो इससे पहले सैकड़ों बार हवाई जहाजों से...इंग्लैण्ड की गगनचुंबी इमारतों से ऐसे नजारे देख चुकी थी वह। पर पता नहीं क्यों, आज का देखना उन सभी से अलग लग रहा था।

"उन टिमटिमाती बत्तियों को देख कल्पना करो कि तुम अपने शहर के रोशनी से जगमगाते किसी पब या डिस्को में हो...दोस्तों के साथ जन्मदिन मना रही हो..."

प्रज्ञा को उसकी बातें मजेदार लगीं। थोड़ी देर तक उसने वैसा ही किया।

फिर टैक्सी में बैठ वे आगे की सैर को निकल गए। ड्राइवर को गाड़ी धीरे चलाने को कहा गया था। हल्की हल्की हवा खाते हुए सड़क के दोनों तरफ चुपचाप पहरेदारों की तरह खड़े लंबे लंबे साल के पेड़ों के बीच से गुजरना मन को भा रहा था। कृष्णपक्ष की रात थी। रात ज्यादा नहीं हुई थी मगर गहरी लग रही थी। जंगल में वैसे भी संध्या होते ही अर्धरात्रि सा अहसास होता है।

"काश, आज शुक्ल पक्ष की रात होती! चांदनी रात!" प्रज्ञा बोली।

"फिर क्या करती?"

"फिर तो मैं रात भर चांदनी में भीगती...नहाती!"

"सोती नहीं?"

"नहीं। पहाड़ों के ऊपर की चांदनी होती ही ऐसी है। बिल्कुल पागल कर देने वाली।..."

जंगल के सुनसान रास्ते से गुजरकर गाड़ी अब एक गुमटी के पास जाकर रुक गयी थी। आसपास कई और गुमटीनुमा दुकानें थीं।

"ये दुकानें झारखंड उड़ीसा बॉर्डर पर हैं।" आदित्यश्री ने जानकारी दी, "और यहां एक बहुत अच्छी चीज मिलती है। तुम्हें खिलाना चाहता हूं।"

"कौन सी चीज?"

"पहले कहो, ना नहीं करोगी?"

"बिना देखे कैसे कहूं?"

"ठीक है, पहले मैं लाता हूं।" आदित्यश्री टैक्सी से उतर पड़ा। थोड़ी ही देर में वह साल के पत्ते के दोने में कुछ लेकर आ गया।

"लो, खाकर देखो इसे।"

"क्या है?"

"समझ लो, देसी केक है। उड़ीसा के लोग इसे छानापोड़ा कहते हैं। छेना को भाप में पकाकर बनाया जाता है। यहां अच्छा सा बर्थ-डे केक तो मिलेगा नहीं। मैंने सोचा, यही सही।"

प्रज्ञा को बुरा नहीं लगा उस देसी केक का स्वाद। केक जैसा तो नहीं, पर पुडिंग के करीबी लगा था वह छानापोड़ा। गेस्ट हाउस में रात के भोजन का ऑर्डर दे रखा था प्रज्ञा ने। वरना थोड़ा और खा सकती थी। ज्यादा देर करना भी उचित नहीं लगा उसे।

शांत सुनसान रास्ते से लौटते वक्त दूर कहीं से आती नगाड़े की आवाज सुनाई पड़ी। प्रज्ञा को बड़ी परिचित सी लगी वह आवाज। याद आ गया तो बोल उठी, "जानते हो श्री, जब तुम बीमार थे और मैं रोजी मैडम के साथ तुम्हें देखने आयी थी, तब रोजी मैडम ने हमें रांची के आसपास के कुछ इलाकों में घुमाया था। उसी दौरान रांची से थोड़ी दूर एक गांव से लौटते वक्त रास्ते में एक दृश्य देखा था, जिसे मैं कभी भूल नहीं सकती।"

"ऐसा क्या देखा था?" उसके बोलने के अंदाज से आदित्यश्री को जिज्ञासा हुई।

"जाड़े का मौसम था..." प्रज्ञा ने अपनी आवाज को जानबूझकर थोड़ा रहस्यमय बनाते हुए कहना आरंभ किया..."सड़क किनारे एक चट्टान से होते हुए एक पहाड़ी नदी बह रही थी। नदी के पास ही एक छोटा सा मंदिर था। रंग बिरंगे कपड़ों में ढेर सारे औरत मर्द बच्चे नजर आ रहे थे मंदिर के इर्द गिर्द। मंदिर की तरफ से किसी वाद्य की आवाज आ रही थी– डुडुम्-डुडुम्-डुडुम् ताङ... डुडुम्-डुडुम्-डुडुम् ताङ जैसी कुछ..."

"फिर?"

"फिर अपने साथ के एक व्यक्ति से मैंने पूछा, यह कैसी आवाज है? उन्होंने कहा, 'नगाड़े की आवाज लगती है। पास ही कहीं कोई मेला वेला लगा होगा। वहीं नाच गा रहे होंगे स्थानीय आदिवासी...' "

– ''ओ, मेला? वह तो झारखंड के विभिन्न इलाकों में लगता है। अलग अलग मौकों पर। इसमें ऐसा क्या नया देखा तुमने?'' विस्तार में न जाकर असली बात जाननी चाही आदित्यश्री ने।

''बताती हूं, पहले पूरी बात तो सुनो!'' प्रज्ञा को आदित्यश्री की हड़बड़ी अच्छी नहीं लगी। इस जंगल में इस वक्त करने को है ही क्या? उसने आराम से अपनी बात आगे बढ़ाई, ''फिर हम नदी किनारे के भीगे बालू पर चलते हुए मंदिर के पास पहुंच गये। कुछ औरत मर्द नदी में नहा रहे थे। कुछ नहाकर भीगे कपड़े में ही ठिठुरते हुए फूल, नारियल, अगरबत्ती आदि से सजी पूजा की थाली लिये मंदिर की सीढ़ियों तक पहुंच चुके थे। मंदिर के अहाते में ही दो युवकों को बेसुध होकर नगाड़ा और मांदर बजाते देखा मैंने। दो औरतें, जिनके माथे पर बड़ी सी लाल बिंदी और मांग में सिन्दूर की मोटी लंबी रेखा चमक रही थी, भाव विभोर होकर जमीन पर बैठ सिर को अत्यंत तेजी से गोल गोल घुमाती हुई झूम रही थीं। हवा में लहराते बालों से पानी के छींटे पड़ रहे थे आसपास खड़े लोगों पर। गीली साड़ी से टपकते पानी से मंदिर का फर्श भी गीला हो रहा था। मगर इन सबसे बेखबर नगाड़ा मांदर की धुन की बढ़ती गति की ताल से ताल मिलाते हुए उन औरतों के झूमने की गति भी क्रमशः बढ़ती ही चली जा रही थी। उनको इस तरह से झूमते देख पीछे से आकर और दो तीन औरतें भी झूमने लगी थीं। नगाड़ा मांदर की अत्यंत तेज आवाज और तेजी से सिर को घुमाती उन औरतों को देख मुझे ही मानो चक्कर आने लगा। मैंने जल्दी से एक दीवार का सहारा ले लिया, वरना गिर ही पड़ती। उन औरतों का झूमना जारी था।

मैंने अपने साथ के सज्जन से पूछा, ''इनकी गर्दन में झटका नहीं आ जाएगा?' उन्होंने कहा– 'कुछ नहीं होगा। इन पर देवी मां आई हैं। थोड़ी देर बाद शांत हो जाएंगी।'

'देवी आयी हैं, मतलब?' मुझे हैरानी हुई।

'मतलब देवी की आत्मा इनमें समा गयी है।'

'क्या ऐसा हो सकता है?' मुझे उनकी बातें अजीब लग रही थीं। पर उन्होंने कहा,

'अपना अपना विश्वास है। आप जो समझें।' ''

पता है श्री, उस वक्त मुझे लगा, जैसे जैसे लोग आधुनिक होते जाते हैं, शहरी होते जाते हैं, उनकी अभिव्यक्ति के तरीके भी बदलते जाते हैं। अपनी खुशी, अपने दुःख, अपनी भक्ति आदि तमाम भावनाओं को जिस सहजता से जंगल या देहात में रहने वाले लोग व्यक्त कर सकते हैं, जिस तरह से वे चीखते चिल्लाते हैं, छाती पीटते हैं, बाल नोचते हैं, जमीन पर लोटते पोटते हैं, जोर जोर से रोते या हंसते हैं उस तरह से शहरी लोग नहीं कर सकते। चाहकर भी नहीं।''

''देखो, ये सिर्फ जंगल, गांव, देहात या शहर के लोगों की बात नहीं है।'' आदित्यश्री ने अपनी राय दी, ''मुझे तो भारतीय, पाकिस्तानी या इधर आसपास के विकासशील देशों की फिल्मों में काम करने वाले संभ्रांत परिवार के कलाकारों के चेहरे पर भी जिस तरह की संवेदनाएं, जिस तरह के भाव उभरते हुए दिखते हैं, उस तरह के भाव शायद ही कभी हॉलीवुड के कलाकारों के चेहरे से प्रकट होते हुए नजर आते हों। किसी प्रियजन की मृत्यु पर भी उनके चेहरे पर जो सपाटता, जो निस्पृहता नजर आती है वह शायद ही किसी भारतीय या पाकिस्तानी कलाकार के चेहरे पर दिखे।...'' आदित्यश्री की बातों से प्रज्ञा भी सहमत हुई। पर चूंकि उसका वृत्तांत अभी भी अधूरा था इसलिए 'अभिव्यक्ति के तरीके' वाले प्रसंग को फिलहाल मुल्तवी रखकर अपनी बात को आगे बढ़ाना आरंभ किया उसने...

''मंदिर के पीछे की तरफ ही मेला लगा था इसलिए उधर ज्यादा भीड़ थी। सामने की तरफ से ही वापस निकलकर गाड़ी तक आते आते देखा– कुछ युवतियां नदी में पांव डुबाकर बैठे बैठे आपस में बतिया रही थीं...खिलखिला रही थीं...फिर सब मिलकर अचानक हल्के हल्के झूमते हुए कोई गीत गुनगुनाने लगीं। मुझे बड़ी मीठी लग रही थी उस गीत की धुन। मैं एकटक उन्हें देखे जा रही थी। गीत गाती युवतियों के करीब आकर कुछ युवकों ने आहिस्ता आहिस्ता अपने अपने गले से लटकता ढोल मांदर बजाना आरंभ कर दिया था।...और घुटनों तक पानी में डूबी युवतियों के पैरों ने आरंभ कर दिया था थिरकना... नदी में पड़ रही उन युवतियों की छाया भी थरथराने लगी थी। जल्द ही पानी से बाहर निकलकर नृत्य में मशगूल हो उठी थीं वे। ढोल मांदर की ताल से ताल मिलाकर समूह की सभी युवतियों के पांव एक साथ ऊपर उठते हुए आगे बढ़ रहे थे और पीछे जा रहे थे। उनके हाथ एक दूसरे को कसकर पकड़े हुए थे।

धीरे धीरे नाच की गति बढ़ने लगी थी। ढोल मांदर बजाते युवक भी मानो सुधबुध खो चुके थे। उनके साथ साथ उनकी पीठ पर झाल पट्टी और रस्सी के सहारे बंधे लंबे लंबे मोर पंख के गुच्छे भी ऐसे थिरकने लगे थे जैसे जंगल के मोर अपनी मोरनियों को रिझाने के लिए नृत्य करते वक्त थिरकाते हैं। देखते ही देखते वहां ऐसा समा बंध गया कि मैं मंत्रमुग्ध होकर अपलक उन्हें देखती ही रह गयी...।"

"देखा, कितना सहज, सरल और स्वच्छंद जीवन है इनका!" आदित्यश्री के मुंह से निकला। "तुम जैसे अत्याधुनिक लोग डिस्को या पब में जाकर नाचते हो और ये प्रकृति की गोद में। एक तरफ कृत्रिमता है, दूसरी तरफ सहजता। लेकिन तुम डिस्को, क्लब या पब में नाचने वाले पता नहीं क्यों अपने आप को ज्यादा सभ्य, ज्यादा संस्कारी और ज्यादा भाग्यशाली मानते हो।"

"मैंने ऐसा कब कहा?"

"थोड़ी देर पहले कहा न, चेहरे से संवेदनाओं के प्रकट करने के प्रसंग में...?"

प्रज्ञा ने कोई उत्तर नहीं दिया। उसके गंभीर चेहरे को देख माहौल को खुशनुमा करने के लिए आदित्यश्री ने कहा, "प्रकृति की गोद में पले बढ़े यहां के लोगों के लिए एक बहुत ही सुन्दर कहावत प्रचलित है–

'सेनगे सुसुन कजिगे दुरंग!' "

"अर्थात्?"

"अर्थात् इनका चलना ही नृत्य और बोलना ही गीत है। यहां के स्त्री, पुरुष, बच्चे, बूढ़े सभी जन्मजात कलाकार होते हैं प्रज्ञा..."

उस रात गेस्ट हाउस के डाइनिंग हॉल में डिनर करते वक्त अचानक बादलों का एक काफिला आकर वहां बैठे तमाम लोगों का स्पर्श करते हुए दूसरी तरफ के दरवाजे से निकल गया।

"तुम्हें बर्थडे विश करने आये थे। सारंडा ने विदेश से आए अपने इस खास मेहमान को विश करने के लिए अपने इन मेघों को दूत बनाकर भेजा था।"

आदित्यश्री ने चुटकी ली, ''या फिर हो सकता है कि किसी विरही यक्ष ने लंदन से भेजा हो इन्हें...''

''मजाक मत करो। मैंने सुना है, ऊंचाई पर होने के कारण यहां अक्सर ऐसा होता है। रात को मफलर लपेटकर सोना मत भूलना, वरना तुम्हें ठंड लग जाएगी।'' प्रज्ञा ने उसकी खिंचाई कर दी।

जंगल का अलिखित कानून और सफेद झबरीले बालोंवाला सिंह

अगले दिन पौ फटते ही प्रज्ञा के कमरे का दरवाजा खटखटाकर उसे जगा दिया था आदित्यश्री ने। पहली चाय ठीक उस रेलिंग के पास खड़े होकर पी थी उन दोनों ने, जहां से सारंडा की मन मोह लेने वाली वादियां नजर आती थीं। प्रज्ञा का सफेद गाउन तेज हवा में लहरा रहा था। रेलिंग के उस तरफ पहाड़ों पर फैले दूधिया सफेद बादल मानो प्रज्ञा के गाउन का ही विस्तार थे।

"क्या तुम इस वक्त बादलों के उस काफिले को पहचान पाओगी, जिसे कल रात तुम्हें विश करने के लिए भेजा था सारंडा ने?" आदित्यश्री ने छद्‌म गंभीरता ओढ़कर पूछा।

"तुम्हें भी तो स्पर्श किया था उन्होंने, तुम ही पहचान कर बताओ!" प्रज्ञा ने इस अंदाज में उत्तर दिया कि दोनों खिलखिलाकर हंस पड़े।

"तुम्हें नहीं लगता श्री कि इस एकांत का भी अपना एक मद्धम संगीत होता है। कल रात के उस नगाड़े वाले संगीत से बिल्कुल अलग! ध्यान से सुनो तो सुनाई देगा इन सरसराकर बहती हवाओं में...उन हिलते पत्तों में...उड़ती चिड़ियों के पंखों में..." प्रज्ञा भावुक हो रही थी।

"होता ही होगा। लेकिन उन्हें सुनने की क्षमता बहुत कम लोगों में होती है इन दिनों। तुम खुशकिस्मत हो कि उस चकाचौंध वाली दुनिया में रहने के बावजूद अपने अंदर इन चीजों को बचाकर रख पाई हो।" आदित्यश्री ने कहा।

"अपनी मां की वजह से।" प्रज्ञा ने पूरा श्रेय अपनी मां को देते हुए कहा, "जब भी वह अकेली होती हैं, इसी तरह की बातें करती रहती हैं..."

बातचीत करते हुए कुछ देर तक रेलिंग के पास खड़े रहने के बाद वे उस सुंदर परिसर में टहलने लगे, लाल मिट्‌टी वाली ऊबड़ खाबड़ पथरीली जमीन पर! आदित्यश्री ने झुककर एक पत्थर उठा लिया।

"यह छोटा सा पत्थर कितना भारी है देखो!" और उसे प्रज्ञा की तरफ बढ़ाया।

"हां, सचमुच! बहुत भारी है।" प्रज्ञा ने उसे एक हाथ से दूसरे में लेते हुए कहा।

"संभल कर पकड़ना। नुकीला है। अगर हाथ कट गया तो टेटवैक इंजेक्शन लेना पड़ेगा। लोहा मिला हुआ पत्थर है यह। समझो, जंग लगा हुआ पत्थर!" आदित्यश्री ने सावधान किया।

"वह तो होगा ही। लौह अयस्क के भंडार वाले पहाड़ पर जो खड़े हैं हम!" हाथ से पत्थर को नीचे फेंकते हुए प्रज्ञा ने कहा।

"और क्या। कोई मामूली जगह थोड़े ही है ये? इस पूरे इलाके में करीब उन्नीस अरब टन लौह अयस्क का भंडार है।" आदित्यश्री ने मौका पाते ही उस इलाके की अहमियत का बखान कर दिया था।

"उन्नीस अरब टन?" प्रज्ञा के होश उड़ गये थे।

"हां, मैडम! और हमारे देश में शायद ही कोई और ऐसी जगह होगी जहां इतनी अधिक मात्रा में, इतनी उम्दा किस्म का लौह अयस्क मिलता हो।" गर्व से आदित्यश्री बोला।

"तुम्हारा झारखंड तो वाकई बड़ा समृद्ध है श्री। सुना है यहां और भी तरह तरह के कीमती खनिज पाए जाते हैं?"

"हां। पूरे झारखंड की बात अगर छोड़ भी दो और सिर्फ सारंडा और कोल्हान में ही ढूंढ़ने निकलो तो लौह अयस्क के अलावा चूना पत्थर, ऐस्बेस्टस, मैंगनीज, क्वारजाइट, सिलिका, काइनाइट, चीनी मिट्‌टी, क्रोमाइट जैसे कितने ही खनिज पदार्थ मिल जाएंगे।"

"कितना भाग्यशाली है ये प्रदेश, कितना भाग्यशाली है तुम्हारा झारखंड राज्य, है न?"

"प्राकृतिक रूप से तो ये प्रदेश और राज्य भाग्यशाली है मगर यहां के भूमिपुत्रों को इसके लिए बहुत कुछ झेलना भी पड़ता है।"

"मतलब?"

"मतलब, जहां समृद्धि होगी वहां लुटेरों की नजर भी तो पड़ेगी। आज से नहीं, सैकड़ों सालों से यहां छिपी समृद्धि पर दुश्मनों की गिद्ध दृष्टि पड़ती रही है। कहते हैं, सन् 1585 में इस झारखंड प्रदेश के हीरों की ख्याति सुनकर मुगल बादशाह अकबर ने यहां के नागवंशी राजा पर आक्रमण करने का आदेश दिया था। और, मुगल सेना ने यहां आकर इतनी लूटपाट मचाई, लोगों को इतना परेशान किया कि यहां के तत्कालीन नागवंशी राजा मधुकर शाह दुर्जनशाल को बादशाह का मालगुजार बनने पर विवश होना पड़ा।"

"उस समय तो यहां काफी घना जंगल रहा होगा?"

"ये भी कोई पूछने की बात है? सुना है, सोलहवीं शताब्दी में बंगाल के वैष्णव धर्मसुधारक श्री चैतन्य महाप्रभु जब पुरी के जगन्नाथ मंदिर जाने के रास्ते में इधर से गुजरे तो उन्होंने झाड़ झंखाड़ भरे इस दुर्गम जंगल को 'झारी खंड' कहकर संबोधित किया। कहते हैं, तभी से इसे 'झारखंड' कहा जाने लगा।"

"यानी झारखंड नाम ही अपने आप में इस क्षेत्र के गहन वन प्रांतर से समृद्ध होने का परिचायक है?"

"बिल्कुल!"

कुछ देर इधर उधर की बातें करने के बाद प्रज्ञा अब गंभीर मुद्रा में अपने शोध के बारे में चर्चा करने लगी थी।

"किन किनसे मिलना है तुम्हें? कहां कहां जाना है?" आदित्यश्री ने पूछा।

"ब्लॉक ऑफिस जाना है...इस जंगल के रेंजर से मिलना है...इधर के पुलिसवालों, पत्रकारों और समाजसेवियों से भी। इलाके के विभिन्न गांवों में जाकर गांववालों से भी माओवाद के पनपने के सामाजिक कारणों के बारे में पता लगाना है। इसके अलावा जो भी और स्रोत मिल जाएं।"

"देखो, तुम्हारी जिद पर मैं तुम्हें यहां लेकर आ तो गया हूं पर मुझे नहीं लगता कि तुम्हें यहां शोध के लिए कुछ विशेष तथ्य मिल पाएंगे।"

"ऐसा क्यों सोचते हो तुम?"

"इसलिए कि इस इलाके में अभी तक उस तरह से माओवाद पनपा ही नहीं है।"

"उस तरह से भले ही न पनपा हो जैसा मेरे अध्ययन के दूसरे इलाकों में है लेकिन फिर भी इस क्षेत्र में माओवादियों का पदार्पण तो हो ही चुका है!

छिटपुट घटनाओं की खबरें तो लगातार आ ही रही हैं! मुझे पहले इस इलाके का इतिहास भूगोल जानना होगा, यहां के बाशिंदों के सामाजिक सांस्कृतिक जीवन की बारीकियों को समझना होगा। फिर मैं अपने शोध विषय के साथ न्याय कर पाऊंगी।"...प्रज्ञा ने दृढ़ता से कहा तो आदित्यश्री ने बात को वहीं खत्म करना ठीक समझा।

"तो चलो मैडम, अब चलकर तैयार हो लेते हैं। थोड़ी देर बाद हमें सगेन और चारिबा से मिलने जाना है।" घड़ी पर एक नजर डालकर आदित्यश्री ने जल्दी मचाई।

सगेन और चारिबा से मिलकर प्रज्ञा काफी उत्साहित हो उठी। चारिबा से मिलने के बाद तो उसे पक्का यकीन हो गया था कि उस इलाके से परिचित कराने में वह उसकी पूरी मदद करेगी।

"अगर दो चार दिनों तक इनका साथ मिल जाए तो आगे मैं अकेली ही अपना काम पूरा कर लूंगी।" प्रज्ञा ने आदित्यश्री से कहा, "तुम्हें भी रोककर नहीं रखूंगी।"

"तो बताओ मैडम, कहां से काम शुरू करोगी?"

"मुझे अच्छी तरह से यह इलाका दिखा दो। इधर के गांव...जंगल देखना चाहती हूं मैं। घूम घूम कर आम लोगों से मिलना चाहती हूं। तुम लोगों की उपस्थिति में उनसे जान पहचान हो जाएगी तो बाद में उनसे बात करने में सहूलियत होगी। उनकी समस्याओं की जड़ तक पहुंचना आसान होगा मेरे लिए।"

...और प्रज्ञा की इच्छानुसार सारी व्यवस्था कर ली गयी थी। चारिबा ने अभिषेक को खबर भिजवा दी थी। कहा था, "आप विदेश से आयी हैं। हमारी तरह पैदल पैदल गांव जंगल में कहां तक घूम पाएंगी। अभिषेक बाबू इस इलाके के चप्पे चप्पे से वाकिफ हैं। अंग्रेजी माध्यम से पढ़े लिखे हैं। आपसे उनकी अच्छी पटेगी। और फिर उनके पास जोंगा जीप है। इन पहाड़ी रास्तों पर उनके साथ घूमना आसान हो जाएगा।"

"तो क्या आप लोग नहीं चलेंगे मेरे साथ?" प्रज्ञा चिंतित हो उठी थी।

"चिंता मत कीजिए, हम भी चलेंगे। जहां तक हो सकेगा आपकी मदद करेंगे हम। आखिर आप हमारी मेहमान हैं।" चारिबा ने अभयदान दिया था।

"**बड़ा** रहस्यमय है ये सारंडा।" सारंडा के प्रति प्रज्ञा की जिज्ञासा को भांपकर अभिषेक ने पहली मुलाकात में कहा था। "न जाने कितने मिथक, कितनी दंतकथाएं जुड़ी हैं इससे। जो भी इसकी खोज में आता है, इसी का होकर रह जाता है। कहते हैं घर से दुःखी होकर एक अंग्रेज फॉरेस्ट ऑफिसर सारंडा की एक गुफा में रहने लगा था। बाहरी दुनिया से पूरी तरह विच्छिन्न होकर। जंगल के लोगों को पता चला तो मिलने आने लगे उससे। भोजन भी लाने लगे उसके लिए। पर वे किसी से मिलना नहीं चाहते थे। उन्होंने कभी किसी से कुछ नहीं लिया। वे क्या खाते थे, कैसे जीते थे किसी को कभी पता नहीं चला। करीब बारह साल गुजारकर वे यहां से चले गये।

गुफा छोड़कर जाते वक्त उन्होंने गुफा की दीवार पर लिखा– 'गॉड इज़ हेयर'!"

"पर मैं यहां किसी गॉड पर नहीं, माओवादियों पर अध्ययन करने आयी हूं। मुझे उनसे मिलवा दीजिए तो आभारी रहूंगी।" प्रज्ञा ने अनुरोध किया।

"मेरे लिए संभव नहीं क्योंकि मेरा खुद का भी कभी उनसे सामना नहीं हुआ है।" अभिषेक ने हाथ जोड़ लिये थे, "मैंने उनके बारे में बस सुना भर है। कटे पेड़ों को गिराकर बंद किए गये जंगल के रास्ते को देख एक आध बार उनकी उपस्थिति का अहसास भर हुआ है मुझे।"

"तो फिर आप ही मिलवा दीजिए। इस बार प्रज्ञा चारिबा से मुखातिब हुई थी।"

"मैं? मैं तो ज्यादातर उड़ीसा में ही रहती हूं। स्कूल आदि के काम से ही फुरसत नहीं मिलती।" चारिबा ने भी अपनी असमर्थता जताई।

"लेकिन आप जब मूल रूप से इस इलाके की हैं तो उनके बारे में कुछ तो जानकारी होगी ही आपके पास?"

"बहुत कम। बस इतना सुना है कि सन् 1995 में इधर सकलहाटी में रंजन भुंइयां की हत्या कर दी गयी। सच झूठ नहीं जानती, पर स्थानीय लोगों का

मानना था कि जंगल में लकड़ी काटने के मामूली से जुर्म में वन विभाग वालों ने ही उसे मार डाला। करमपदा से आगे लोपाडीह गांव में उसे दफनाया गया। उसके शहादत दिवस पर आसपास के काफी ग्रामीण जुटे। सबके मन में आक्रोश था। ऐसे में उस मौके पर आसपास से आए कुछ माओवादियों की सहानुभूति पाकर ग्रामीणों ने उन्हें समर्थन देना आरंभ किया। और वहीं से इस इलाके में माओवाद की शुरुआत हुई।''

''बस इतनी सी बात पर?''

''ये इतनी सी बात नहीं थी। सैकड़ों साल से इस इलाके के लोग जल, जंगल, जमीन के लिए, अपने अधिकारों के लिए जूझते आए हैं, प्रतिरोध, विद्रोह करते आए हैं। चिंगारियां थीं जो अंदर अंदर सुलग रही थीं, मौका पाते ही धधक उठीं। वैसे कहते हैं, इससे पहले सत्तर के दशक में भी नक्सलवाद की हल्की फुल्की बयार बही थी इस इलाके में। बड़े नक्सली नेताओं की गिरफ्तारी हुई थी इधर के गांवों से। बाद में सुना कि वे इस इलाके को छोड़ आंध्र प्रदेश की ओर चले गए।''...

''यानी मैंने अपने शोध के लिए गलत इलाके का चयन नहीं किया, नहीं?''

प्रज्ञा ने यह बात आदित्यश्री की तरफ इस तरह अर्थपूर्ण निगाहों से देखते हुए कही थी कि मानो वह उसकी अज्ञानता का मखौल उड़ा रही हो।

आदित्यश्री ने चुप रहना ही उचित समझा।

मगर सगेन चुप नहीं रह पाया। उसके अंदर धधकती कोई आग मौका पाते ही लपलपाकर बाहर निकलने लगी...

''चारिबा ठीक ही कह रही है। हमारे पूर्वजों ने जल, जंगल, जमीन के लिए बहुत झेला। कहते हैं काफी पहले यहां से बहुत दूर किसी गांव में पहली पहली बार जब एक दिन अचानक घोड़े पर सवार होकर एक लंबा चौड़ा सा व्यक्ति कुछ लठैतों के साथ पहुंचा तब सभी लोगों को बड़ा आश्चर्य हुआ था। ग्राम प्रधान ने पूछा– 'कौन हैं आप लोग?'

'ये महाशय तुम लोगों की इस पूरी जमीन के...धरती के मालिक हैं। समझ लो, जमींदार हैं इस पूरे इलाके के। आज अपनी आंखों से अपना इलाका देखने निकले हैं ये। अब से हर साल तुम्हें इनके यहां लगान भेजना होगा। यानी तुम

लोगों द्वारा उपजाई गई फसल का एक निश्चित हिस्सा।...' उस दल के साथ आए एक दुभाषिए ने जवाब दिया।

'काहे?...' ग्राम प्रधान ने भौंचक्का होकर फिर सवाल किया।

'काहे क्या? कहा न, इस धरती के मालिक हैं ये। यहां की जमीन को खरीद लिया है इन्होंने।'

'धरती को खरीद लिया है इन्होंने? धरती के मालिक?...' ग्राम प्रधान ने आंखें पिटपिटाते हुए अत्यधिक हैरानी के साथ पूछा, 'क्या धरती का भी मालिक हुआ जा सकता है?'

'क्यों नहीं?'

'हमारी समझ में तो कुछ भी नहीं आ रहा। अब तक तो हम यही जानते आए थे कि ये धरती सिंग बोंगा की है। ये हमारी खुंटकट्टी जमीन है। हमारे पुरखों ने जंगल साफ करके इसे रहने और खेती करने लायक बनाया। ये खेत, ये खलिहान हमारे हो गए, ये झोपड़ी हमारी हो गयी, ये सरना...ये ससन...ये अखड़ा हम सबके हो गये। यहां की नदियों पर, नालों पर, झरनों पर, पहाड़ों पर हम सबका अधिकार है। पूरे गांव का स्वामित्व है यहां। कल को हम किसी दूसरी जगह झोपड़ी बना लेंगे तो यहां हमारी तरह का ही कोई और आकर रहने लगेगा। ये धरती हमारी है। यानी हमारे इस्तेमाल के लिए है। लेकिन हमने किसी से इसे खरीदा नहीं है और न ही किसी ने इसे हमें बेचा है। धरती भी कोई बेचने खरीदने वाली चीज है क्या?'

'तुमने बेचा खरीदा नहीं है तो क्या हुआ, इन्होंने तो खरीदा है न?' दुभाषिया धैर्य खो रहा था क्योंकि बातचीत लंबी खिंचती देख जमींदार के आदमियों ने उधर अपनी भाषा में उन्हें घुड़कना शुरू कर दिया था।

'धरती के साथ साथ और क्या क्या खरीदा है आपके जमींदार ने? नदियों को...हवाओं को और...और सूरज की किरणों को भी?' भय मिश्रित मासूमियत से सवाल किया था ग्राम प्रधान ने उस दिन। और उस दिन से ग्राम प्रधान सहित आसपास के तमाम आदिवासियों की मासूमियत छीनी जाती रही थी। उनका स्वामित्व...उनका मालिकाना छीना जाता रहा था।

राजाओं, जमींदारों और अंग्रेजों के अत्याचार के खिलाफ सैकड़ों सालों से किए गए विद्रोहों की आग...सन् 1978 में साल बनाम सागवान वाले आंदोलन की आग...गुवा गोलीबारी से लेकर निरीह ग्रामीणों पर किए गये तमाम पुलिसिया अत्याचार की आग तो पूरी तरह से बुझी ही नहीं है अब

तक। तभी तो मौका पाते ही हवा के एक मामूली झोंके से भी सुलग उठती है आग...!"

उस दिन स्थानीय पुलिसकर्मियों से, रेंजर साहब से मिलकर कई जानकारियां लीं प्रज्ञा ने। सिंहभूम, सारंडा और यहां के आदिवासियों के बारे में सगेन और चारिबा की जबानी कुछ बातें सुनकर उसकी जिज्ञासा काफी बढ़ गयी थी। इसलिए यहां के आदिवासियों के बारे में प्रारंभिक जानकारी प्राप्त करने के लिए सम्बद्ध लोगों से कुछ किताबें मांग लायी। जल्द ही लौटा देने की शर्त पर सिंहभूम के गजेटियर की प्रतिलिपि भी जुगाड़ कर लायी।

...और देर रात तक जगकर यहां के बारे में कुछ जरूरी बातें पढ़ पढ़ कर अपनी डायरी में नोट करती रही वह ताकि काम करने में आसानी हो। उसने लिखा–

भारत के 28 वें नवगठित राज्य झारखंड में भारत के अन्य राज्यों की तुलना में सर्वाधिक 32 जनजातियां पायी जाती हैं जिनमें से 'हो' जनजाति के लोग सबसे ज्यादा झारखंड के सिंहभूम जिले में पाए जाते हैं। सन् 1991 की सेन्सस रिपोर्ट के अनुसार सिंहभूम में हो लोगों की संख्या पांच लाख छत्तीस हजार, पांच सौ तेइस है। सन् 1981 में 17.71 प्रतिशत 'हो' साक्षर पाए गये थे। 'हो' का अर्थ होता है– मनुष्य। 'हो' ऑस्ट्रिक भाषा परिवार की एक प्रमुख उपभाषा है।...आदि आदि।

अगले दिन जामदा बस्ती, नवागांव, कांटोरिया होकर सुबह सुबह जंगल में प्रवेश किया था उन लोगों ने। मोरम बिछी हुई कच्ची सड़क से...लाल धूल उड़ाते हुए! चारों तरफ घना जंगल! वसंत की कोमल हरियाली का साम्राज्य! हवा में तैरती सखुआ* और महुआ के फूलों की खुशबू! तरह तरह के पक्षियों का कलरव! एक सुरीली संगीतमय सुबह!

हरे हरे पेड़ों से ढंके छोटे बड़े पहाड़ों की ऊंची नीची शृंखला मानो समुंदर की लहरों की तरह आगे बढ़ती हुई क्षितिज में बिला गयी थी। प्रकृति का एक विशाल

* साल के पेड़ को 'हो' लोग तो सरजोम कहते हैं मगर पूरे झारखंड में दूसरी जनजातियों तथा सदानों के बीच सखुआ नाम ही ज्यादा प्रचलित है।

कैनवास था जो फ्रीज़ हो गया था, चलती जीप उस लैंडस्केप को...उस दृश्य को गतिमान कर रही थी।

"कैसा लग रहा है मैडम!" घने जंगल के बीच से गुजरते हुए कुशल हाथों से अपनी जोंगा जीप की स्टीयरिंग को संभालते हुए अभिषेक ने पूछा।

"बहुत खूब!...सात सौ पहाड़ों के इस प्रदेश में प्रवेश करके रोमांचित हूं।" प्रज्ञा मुग्ध भाव से पहाड़ों को देखते हुए बोली, ऐसा लग रहा है जैसे अपने रूप के मायाजाल का विस्तार करके अपनी दोनों बांहों को फैलाकर प्रकृति हमें अपनी ओर खींच रही है।"

"न न मैडम, ऐसा मत कहो। यहां ये सब नहीं चलता।"

"क्या नहीं चलता?"

"महिलाओं से महिलाओं का प्रेम मोहब्बत!"

"मैं कुछ समझी नहीं।"

"अभी अभी तुमने कहा न, प्रकृति अपने रूप मायाजाल में हम सभी को फांस रही है..."

"तो?"

"तो वसंत की ये नवयौवना प्रकृति हम तीनों पुरुषों को फांसे, कोई बात नहीं, पर तुम दोनों महिलाएं उसके चक्कर में न ही पड़ो तो बेहतर! पश्चिमी देशों की तरह हमारे देश में लेस्बियनिज्म की हवा न आने दो प्लीज!" आदित्यश्री ने इतनी गंभीरता से मजाक किया कि सभी हो हो करके हंस पड़े।

"आहिस्ता! आहिस्ता!" एकाएक अपनी हंसी को नियंत्रित करते हुए अभिषेक ने सबको सावधान किया, "जंगल में जितना धीरे बात की जाए, उतना ही मंगल! जंगल के अपने नियम कानून होते हैं। यदि आप लोगों को जंगल में सुरक्षित रहना है तो उस अलिखित कानून को मानना ही पड़ेगा। नहीं तो भारी कीमत चुकानी पड़ सकती है। हम जानवरों के इलाके में आए हैं। यदि हम मर्यादित रहेंगे तो वे हमें कोई क्षति नहीं पहुंचाएंगे। मेरे पास रेंजर साहब का अनुमति पत्र है इसका मतलब यह नहीं कि आप लोग जंगली जानवरों की तरफ से भी पूरी तरह से निश्चिंत हो जाएं।"

"और माओवादियों की तरफ से?" प्रज्ञा ने टोका।

"देखिए मैडम! मैं आपको इस जंगल के कुछ इलाकों में घुमा सकता हूं। साल पलाश के फूलों से ढके पेड़ों को, जंगली जानवरों को दिखा सकता हूं।

जंगल के अंदर तथा आसपास रहने वाले आदिवासियों से भी मिला सकता हूं। पर इससे ज्यादा और कुछ नहीं कर सकता। अगर इतने से आपके काम में कोई मदद मिले तो मुझे खुशी होगी।'' अभिषेक ने एक बार फिर उसे अपनी सीमाओं से अवगत कराया।

''कार्यक्षेत्र से परिचय किसी कार्य की सफलता का पहला पायदान होता है। आप जो भी दिखाएंगे, मैं आपकी आभारी रहूंगी।'' प्रज्ञा की आवाज में कृतज्ञता थी।

एक बांक पर जीप मुड़ते ही अचानक सामने हिरणों के समूह को देख प्रज्ञा चिहुंक उठी। पेड़ पर से बंदरों द्वारा गिराए हुए छोटे छोटे फलों को खाते हिरण उन्हें देखते ही चौकन्ने होकर भागने लगे थे।

''बेचारे! हमारी वजह से भोजन छोड़कर भागना पड़ रहा है इन्हें।'' अभिषेक ने अफसोस भरे स्वर में कहा।

''पता है, बचपन में जब भी हम किसी पेड़ से ताबड़तोड़ फल तोड़ते थे, ततंग की झिड़की सुननी पड़ती थी, 'सारा फल तुम लोग ही खाओगे या पशु पक्षियों के लिए भी कुछ छोड़ोगे?' '' चारिबा ने कहा तो सगेन को भी कुछ याद आ गया। बोला–

''बचपन से मैं भी सैकड़ों बार सुनता आया हूं ये संवाद अपने बुजुर्गों से! अगर किसी पेड़ में मात्र दो ही फल हों तो वे कहेंगे– 'एक तोड़ और एक छोड़ दे पक्षियों के लिए। चमगादड़ और गिलहरियों के लिए! आखिर हम इनसानों की तरह उनका भी तो हक है पेड़ पौधों पर!...' ''

''कितने अच्छे विचार हैं उनके। प्रकृति के साथ...पशु पक्षियों के साथ तालमेल रखकर जीने की कला तो आदिवासियों के पास ही है। हमें उनसे बहुत कुछ सीखने की जरूरत है। तभी इस धरती की रक्षा हो सकती है।'' आदित्यश्री ने कहा, अभिषेक तथा प्रज्ञा ने भी इस बात का समर्थन किया।

''पास ही 'सॉल्ट लीक' है। प्राकृतिक नमक वाली जमीन का एक छोटा सा टुकड़ा। जंगली जानवर इधर नमक चाटने आते हैं। बगल में एक नाला भी मिल जाएगा आपको। मैंने गौर किया है कि अक्सर नदी, नाले, झरने जैसे किसी न किसी जलस्रोत के पास ही प्राकृतिक नमक पाया जाता है। और हमारे इस जंगल से तो कोयल, कारो, कोइना जैसी कई नदियां बहती हैं...कितने ही झरने

हैं...सोते हैं...नाले हैं..." अभिषेक फिर से गाइड की भूमिका निभाने लगा था।

"प्रकृति का हिसाब किताब कितना निराला है!" अभिषेक की बगल में बैठे सगेन ने कहा।

"मैंने भी इधर के जंगल में बहुत जगह हडुवा...हलमड...मेरा मतलब है, सॉल्ट लीक देखा है। लिगिरदा में, कुमडीह में, कुदलीबाद में...कितने ही चितल, सांभर, जंगली भैंसे आते हैं वहां नमक चाटने..." चारिबा ने उत्साहित होकर कहा। "बचपन से अपने घर के, आसपास के लोगों को कहते सुनती थी– 'हडुवा जाना है...' 'हलमड जाना है...' और जब हलमड से लोग लौटते थे तो उनके हाथों में खून से लथपथ कोई न कोई जानवर जरूर होता था। सोचती थी, किसी जगह का नाम होगा– हलमड। जब बड़ी हुई तब जाना कि क्या है हलमड। शिकार के लिए कितने ही ग्रामीणों को हलमड के आसपास छिपकर बैठे देखा है मैंने। जैसे ही कोई पसंदीदा जानवर वहां नमक चाटने आता था, वे उस पर तीर चला देते थे।"

अत्यंत धीमी आवाज में आपस में बातें करते करते जैसे जैसे वे आगे बढ़ते जा रहे थे, जंगल का घनत्व बढ़ता जा रहा था। लिपुंगा, राइका पार करके अब अभिषेक की जीप बुरूराइका की चढ़ाई पर बढ़ रही थी। रास्ते में वन बिड़ाल, खरगोश, बंदर आदि छोटे मोटे जानवर नजर आए थे। राह चलते घने जंगल में ही पहाड़ पर इक्की दुक्की झोपड़ी नजर आ जाती थी उन्हें। कहीं दो मानुष समान ऊंचाई पर एक झोपड़ी। फिर चढ़ाई पर थोड़े थोड़े फासले पर कुछ झोपड़ियां...। कहीं किसी झोपड़ी के आसपास दूर दूर तक किसी दूसरी झोपड़ी का नामोनिशान नहीं। मगर झोपड़ी के बाहर खेलते बच्चे...

"लगता है, बड़े ही साहसी हैं यहां के वाशिंदे।" प्रज्ञा बोली, "वरना इस जंगल में बाल बच्चों के साथ इस तरह से रहना...हॉरिबल्...."

"वो तो है ही।" अभिषेक भी उसकी बात से सहमत हुआ। बोला, "तभी तो हमेशा डटकर अपने शक्तिशाली दुश्मनों का सामना करते रहे।"

"यहां रहने वाले लोगों की आजीविका कैसे चलती है?" प्रज्ञा ने जानना चाहा।

"समझ ही सकती हैं– दुर्गम पहाड़ी इलाका है। बरसात की बारिश के भरोसे थोड़ी बहुत खेती कर लेते हैं और शिकार तथा जंगल से लघु वनोपज जैसे मधु, दोना पत्तल, लकड़ी या कोई जंगली फल, दातुन आदि ले जाकर हाट में बेच बाचकर किसी तरह पेट पाल लेते हैं।" चारिबा के इतना कहने भर की देर थी कि अभिषेक बोल उठा–

"यहां के बाघों की तरह यहां के ज्यादातर लोग मस्तमौला प्रकृति के होते हैं। अपनी मर्जी के मालिक। स्वभाव से किसी की गुलामी पसंद नहीं करते। किसी दबाव, किसी बंधन में काम नहीं कर सकते। बहुत ज्यादा की चाहत भी नहीं है इनके मन में। जब मन हुआ काम पर गये, नहीं हुआ नहीं गये। बाघ जिस तरह एक शिकार का मांस पूरी तरह खत्म न होने तक दूसरे शिकार की चिंता नहीं करता, गुफा आदि किसी सुरक्षित स्थान में या नदी के पानी में गर्दन तक देह डुबाकर आराम से पड़ा रहता है, उसी प्रकार बाघों के प्रदेश में रहने वाले ये वीर भूमिपुत्र भी अपने जन्मजात स्वभाव के मुताबिक ऐसा स्वच्छंद जीवन ही पसंद करते हैं। चिंतारहित उन्मुक्त जीवन जीना पसंद है इनको। अत्यंत सीमित संसाधनों से ही सुखमय जीवन जीने की कला जानते हैं ये। इनके सुख की अवधारणा बिल्कुल अलग है। हम सबसे अलग!"

"जहां तक मुझे पता चला है, ये प्रदेश विशालकाय और खूंखार बाघों के लिए विख्यात रहा है! है न?" बाघों का जिक्र सुनकर प्रज्ञा ने कहा।

"वो तो है ही।"

"फिर इसे सिंहों की भूमि– सिंहभूम क्यों कहते हैं?"

"ये तो सच्चाई है कि कभी भी इस जंगल में सिंह नहीं पाए गये। इसलिए यहां के लोगों में यह विश्वास है कि हो आदिवासियों के भगवान सिंगबोंगा की आवास भूमि को ही सिंहभूम कहा गया होगा क्योंकि सिंहभूम का प्राचीन नाम 'सिंगदिशुम' था।" अभिषेक का जवाब सुन सगेन ने झट से टोका–

"मैंने अपने ततंग से सुना है कि उनके दादा परदादा कहा करते थे कि बहुत पहले इस जंगल में, जहां एक अत्यंत खूबसूरत झरना है, वहां आधे नीले, आधे हरे पहाड़ों के नीचे की एक खोह में एक सफेद झबरीले बालों वाला सिंह रहा करता था। हमारे मरंग बोंगा यानी सबसे बड़े देवता उसी झबरीले सिंह का रूप धारण कर देसाउली में दिखाई पड़ते थे। बादलों की गड़गड़ाहट को मात देती

उनकी भयंकर दहाड़ों को सुनकर पूरा जंगल थर्राने लगता था। मगर वे किसी को नुकसान नहीं पहुंचाते थे। उन्हें हर कोई देख भी नहीं पाता था। उन्हें देखने की कामना रखने वाले अत्यंत हिम्मती लोगों को ही वे दर्शन दिया करते थे।...''
सगेन की बात को बीच में ही काटकर चारिबा ने जोड़ा–

''हालांकि यह भी कहा जाता है कि बगल के पोड़ाहाट के सिंह राजाओं ने हमेशा इसे अपनी आखेट भूमि मानकर इस पर प्रभुत्व जमाने की कोशिश की। इसे सिंह परिवार के राजत्व के अधीन मानकर इसका नाम सिंहभूम रखा पर हमारे पुरखों ने कभी उन्हें राजा के रूप में नहीं स्वीकारा। सच तो यह है कि हमारे समाज में न कोई राजा होता था न कोई प्रजा। सभी बराबर होते थे। हर गांव में एक मुखिया जरूर होता था जिसे मुंडा कहते थे और कई गांवों के मुखिया के ऊपर एक मानकी होता था। ढेर सारे गांवों को मिलाकर जो पंचायत बनती थी उसे 'पीड़' कहा जाता था। जैसे 'सारंडा पीड़', 'बड़ पीड़' आदि।...''

''ठीक कहा तुमने। मेरे ततंग जो लोककथाएं सुनाया करते थे उनमें अक्सर हो दिशुम के चौरासी पीड़ों का जिक्र आया करता था।'' सगेन ने भी उसकी बातों की पुष्टि की।

''हां तो मैं क्या कह रही थी?'' चारिबा ने अपनी अधूरी बातों को पूरा करने के उद्देश्य से कहा।

''मुंडा मानकियों के बारे में बता रही थीं आप।'' प्रज्ञा ने उसे याद दिलाया। अपने शोध के लिए ज्यादा से ज्यादा जानकारी इकट्ठा कर लेने को बेताब थी वह।

''हां, तो मुंडा मानकियों पर गांव में विधि व्यवस्था कायम रखने, सामाजिक नियमों को लागू करने, अपराध रोकने, जमीन का लेखा जोखा रखने आदि की जिम्मेदारी होती थी।''

''जिम्मेदारी जरूर होती थी परन्तु किसी भी निर्णय में प्रायः पूरे गांव की परोक्ष सहमति आवश्यक होती थी।'' सगेन ने टोका, ''मुंडा मानकी पद आनुवंशिक भी होते थे परन्तु ग्रामीणों की जनतांत्रिक शक्ति ही सर्वोपरि थी। मुंडा मानकी भी गांव के दूसरे लोगों की तरह ही आम किसान होते थे। सबके साथ उठते बैठते, नाचते गाते, खेत खलिहानों में काम करते या शिकार पर जाते। दूसरे समाजों की तरह प्रजा को अपना गुलाम समझकर उस पर प्रभुत्व जमाने

वाला या अत्याचार करने वाला सिंहासन पर बैठा हुआ अकूत संपदा का मालिक कोई मुकुटधारी राजा नहीं।...''

''तो...'' चारिबा ने सगेन द्वारा आगे कुछ कहने से पहले ही जल्दी से अपनी बात पूरी करने के लिए कथासूत्र को लपक लिया– ''पोड़ाहाट के सिंह राजा और उनके रिश्तेदारों– सरायकिला तथा खरसावां के रजवाड़ों ने हमारे पुरखों को अपने वश में करने की पूरी कोशिश की मगर उनकी बहादुरी और लड़ाकू प्रवृत्ति के कारण नाकामयाब रहे। तब काफी सोच विचार करके पोड़ाहाट के सिंह राजा ने चुटिया नागपुर के राजा दृपनाथ शाही की बीस हजार सेना की मदद से 'लरका हो' लोगों पर आक्रमण किया पर उन्होंने एकजुट होकर उनके भी छक्के छुड़ा दिए और उन्हें सिंहभूम की सीमा से दूर खदेड़ दिया। सन् 1770 में दुबारा हो लोगों पर हमला करके उन्हें अधीन करने की कोशिश की गयी पर इस बार भी हो लोगों ने बड़ी बहादुरी से उन्हें भगा दिया। एक बार मधुमक्खी के छत्ते को छेड़ने के बाद आसपास के राजे रजवाड़े फिर चैन से नहीं रह पाए। हो लोगों ने बार बार हमला करके उन्हें इस तरह से तबाह और बर्बाद किया कि सालों तक हो प्रदेश की ओर आंख उठाकर देखने की किसी ने हिम्मत नहीं की।''

''परन्तु जहां तक मैं जानता हूं, सन् 1820 में पोड़ाहाट के राजा ने हो लोगों को अपने वश में करने के लिए ईस्ट इंडिया कंपनी से फौजी मदद मांगी थी और इसके एवज में ईस्ट इंडिया कंपनी की गुलामी के दस्तावेज पर अंगूठा लगा दिया था।'' अपनी जानकारी के मुताबिक सगेन ने दिमाग पर जोर डालते हुए कहा। वर्षों से विभिन्न आंदोलनों के साथ जुड़े होने के कारण अनेकों सभाओं, गोष्ठियों, सम्मेलनों में भाषण देने के लिए...तार्किक ढंग से अपनी बातें रखने के लिए, अखबारों पत्रिकाओं में लेख आदि लिखने के लिए या पत्रकारों के सवालों का जवाब देने के लिए अपने क्षेत्र के इतिहास भूगोल की अच्छी खासी पढ़ाई करनी पड़ी है उसे। इसलिए उसकी बातों पर अविश्वास करने का सवाल ही नहीं था। कम से कम चारिबा के लिए तो कदापि नहीं। उसने सगेन को बोलते रहने दिया...

''...तोपखाना, घुड़सवार और बंदूकधारी पैदल सेना की पूरी बटालियन लेकर ईस्ट इंडिया कंपनी के सैनिक अधिकारी मेजर रफसेज हो लोगों के खिलाफ जंग

में निकले। आरंभ में उनके प्रतिनिधियों को बुलाकर समझाया गया कि वे शांति से पोड़ाहाट राजा की अधीनता स्वीकार लें पर उन्होंने इसका विरोध किया और तीर धनुष से उनका सामना करने की तैयारी कर ली। जंगलों में रफसेज के सैनिकों पर तीरों की वर्षा होने लगी तो बौखलाकर ईस्ट इंडिया कंपनी की सेना ने हो लोगों के गांवों में आग लगानी आरंभ कर दी।

''मायाबंधन में बंधे शांत सुंदर गांव धू धू करके जल उठे। धुंएं के आवरण से हरियाली और खुशहाली धुंधलाने लगी। और, उसके बाद से इस तरह का खूनी खेल चलता ही रहा...चलता ही रहा...

''हो लोगों ने भी कमर कस ली थी। अब किसी भी तरह से काबू में नहीं आ रहे थे वे। ईस्ट इंडिया कंपनी की प्रशिक्षित तथा आग्नेयास्त्रों से सुसज्जित सेना के नाक में दम कर रखा था उन्होंने– ये बात पूरे देश में चर्चा का विषय बन गयी तो जल्द से जल्द उन्हें काबू में लाने के लिए निकटवर्ती राजे रजवाड़ों को भी साथ लेकर उन पर चारों ओर से आक्रमण किया गया।...''

''क्या इससे हो लोगों के स्वतंत्रता संग्राम का दमन करने में ईस्ट इंडिया कंपनी को सफलता मिली?'' देर तक चुप रहने के बाद प्रज्ञा ने पूछा।

''कुछ समय के लिए तो उनके स्वतंत्रता संग्राम का दमन करने में सफलता जरूर मिली पर अंदर दहकते अंगारे सन् 1831-32 में फिर भड़क उठे।'' सगेन ने प्रज्ञा की जिज्ञासा को देखते हुए कहानी को विस्तार दिया–

''इस बीच बामनघाटी, सरायकेला, पोड़ाहाट के राजाओं के आपसी झगड़ों के कारण भी सिंहभूम अशांत हो उठा और राजाओं के पक्ष विपक्ष की लड़ाई में हो लोग भी आपस में लड़ बैठे। इससे उन लोगों के जान माल की व्यापक क्षति हुई और उनका समाज कई टुकड़ों और विचारधाराओं में बंट गया।''

''फिर क्या हुआ?'' सगेन कुछ इस अंदाज में इतिहास को दुहरा रहा था कि प्रज्ञा की जिज्ञासा उत्तरोत्तर बढ़ती ही जा रही थी।

''फिर अंग्रेजों ने कूटनीतिक चाल चली और सिंहभूम को पूरी तरह से अपने कब्जे में करने के लिए सन् 1836 में पुनः कुछ स्थानीय राजाओं की मदद से फौजी अभियान आरंभ किया और पहले से ही विभाजित हो लोगों को एक दूसरे के दुश्मन के रूप में आमने सामने खड़ा कर दिया। इस प्रकार जब हो लोगों की शक्ति क्षीण हुई तब ज्यादातर इलाकों के हो लड़ाकू तो तीर धनुष से अंतिम दम

तक उनसे लड़ते रहे पर कुछ इलाकों के मानकी मुंडा अपने गांव की औरतों, बच्चों और बूढ़ों की निर्ममता से हत्या होते देख...गांव खेत खलिहानों को जलाए जाते देख अर्थात् अंग्रेजी कारिंदों द्वारा फैलाए गये आतंक से त्रस्त होकर तत्कालीन गवर्नर जेनरल के एजेंट कैप्टन विल्किंसन के सामने आत्मसमर्पण करने को बाध्य हुए। इस प्रकार सन् 1837 की फरवरी में अंग्रेजों ने पूरे सिंहभूम में अपना आधिपत्य तो कायम कर लिया पर उन्हें यह भलीभांति आभास हो गया कि यहां के लोगों पर स्थायी शासन चलाना...दूसरे इलाकों की तरह प्रत्यक्ष रूप से अपना राजस्व कानून तथा व्यवस्था लागू करना शायद ही कभी संभव हो पाएगा।''

''फिर उन्होंने क्या किया?'' प्रज्ञा को सिंहभूम की कहानी बड़ी रोचक लग रही थी।

''फिर इलाके में शांति और सुव्यवस्था कायम करने के लिए ब्रिटिश सरकार ने एक रास्ता निकाला। चूंकि पोड़ाहाट, सरायकेला तथा खरसावां के राजा रजवाड़ों ने पहले ही उनकी अधीनता स्वीकार कर ली थी इसलिए उन इलाकों को गवर्नर जनरल के पोलिटिकल एजेंट के अधीन कर दिया और हो लोगों के विभिन्न पीड़ों को मिलाकर कोल्हान नामक प्रशासनिक इकाई का गठन किया। फिर हो लोगों के गांवों और पीड़ों को मुंडा तथा मानकी के अधीन करके उनकी पारंपरिक शासन व्यवस्था को कायम रखते हुए, उन पर किसी प्रकार का प्रत्यक्ष हस्तक्षेप न करते हुए सिर्फ अपना परोक्ष नियंत्रण रखने का फैसला किया। बड़ी चालाकी से विल्किंसन ने हो लोगों को वश में लाने की चाल चली। विल्किंसन नियमावली के नाम से प्रचलित इस कानून के तहत बहुत मामूली ही सही, पर लगान वसूल कर सरकारी खजाने में जमा करने की जिम्मेदारी भी मुंडा, मानकियों को सौंप दी। मुंडा को अपने अपने गांवों से लगान वसूल करके मानकी को देना था और मानकी को उसे ले जाकर सरकारी खजाने में जमा करना था। इसके लिए उन्हें क्रमशः डाकुआ तथा तहसीलदार जैसे सहयोगी भी दिए गये।...''

''मुंडा और मानकी को कई तरह के लाभ और अधिकार भी दिए गये थे, है न?'' अपने इलाके के बारे में कोई बात करे और चारिबा बिल्कुल चुपचाप सुनती रहे, यह कैसे संभव था?

''हां। उन्हें कुछ संपत्ति दी गयी तथा लगान भी माफ किया गया जिससे उनके समाज में एक असमानता का सूत्रपात हुआ और असंतोष पैदा हुआ।'' सगेन ने बोलना जारी रखा।

"हम आदिवासियों की सामूहिक संपत्ति वाली अवधारणा के खिलाफ था वह इसलिए असंतोष पनपा।" चारिबा ने सुलझे हुए ढंग से कहा, "भले ही राजाओं तथा बाहरी दिकुओं के प्रत्यक्ष हस्तक्षेप से हमें मुक्ति मिली।"

"इसका मतलब है कि अंग्रेजों ने अपनी स्वार्थसिद्धि के लिए आरंभ से ही आप लोगों की स्वाभिमानी और साहसी कौम को कमजोर करने की कोशिश की। उनमें फूट डालने का काम किया। यही न?" सगेन और चारिबा द्वारा बताए जा रहे इतिहास को समेटने की कोशिश की अभिषेक ने। काफी देर से स्टीयरिंग हाथ में लेकर जीप चलाते अभिषेक को लगा कि सगेन और चारिबा द्वारा लगातार बताए जा रहे वृत्तांतों के कारण यदि इस यात्रा के दौरान इस तरह से इतिहास ही हावी रहा तो पीछे छूटते जा रहे...दोनों तरफ से गुजरते जा रहे इस सुंदर वर्तमान का क्या होगा?

सगेन अभिषेक के इशारों को समझ नहीं पाया और दुबारा कुछ बोलने के लिए जैसे ही मुंह खोला कि अचानक सामने समतल भूमि पर नाचते मोरों के समूह पर सबकी नज़र पड़ गयी।

अभिषेक ने एक सुरक्षित दूरी पर जीप रोकते हुए कहा, "देखिए प्रज्ञा जी, ये मोर किस तरह से दूर खड़ी मोरनियों को रिझाने के लिए अपने सुंदर पंखों को फैलाकर नाचे जा रहे हैं।"

"कमाल है! जंगल में प्रवेश करने के साथ ही रास्ते में एक मोर को देख मन ही मन मैंने यह कामना की थी कि काश! मुझे इस जंगल में नाचते हुए मोर दिख जाते!" प्रज्ञा ने खुश होकर कहा और फटाफट उनकी तस्वीरें लेने लगी।

आदित्यश्री के हाथ में उसका वीडियो कैमरा था और प्रज्ञा के हाथ में उसका अपना स्टिल कैमरा। वे दोनों अपने अपने मतलब के हर छोटे बड़े दृश्यों को उनमें कैद करते जा रहे थे। यहां प्रज्ञा के साथ आने के लिए तुरंत सहमति दे देने के पीछे आदित्यश्री का कुछ नये वीडियो फुटेज पाने का लोभ भी तो था।

"मुझे मोर का एक पंख चाहिए!" बच्चों की सी जिद कर बैठी प्रज्ञा।

"अभी पंख मिलना मुश्किल है।" अभिषेक ने कहा।

"क्यों?"

“बरसात के बाद झरते हैं पंख! इस वसंत में कहां से मिलेंगे?”

“आपको मोर के पंख अच्छे लगते हैं?” चारिबा ने पूछा।

“बेहद!”

“मुझे भी। बचपन में मैं जंगल से ढूंढ़ ढूंढ़ कर इकट्ठा करती थी मोर के पंख! और पता है, किताब कॉपी के पन्नों के बीच मोर के पंखों को रखकर स्कूल ले जाया करती थी। बहुत अच्छा लगता था उन कोमल पंखों पर हाथ फेरना...उन्हें देखते रहना...। चारिबा भी मानो अपने बचपन के दिनों में लौट गयी थी।”

“अब चलें?” कुछ देर बाद अभिषेक ने जीप आगे बढ़ाते हुए कहा।

दाएं बाएं पहाड़ी टीलों पर नयी कोमल पत्तियों और सफेद फूलों से लदे साल के पेड़ों के आसपास लाल लाल फूलों वाले पलाश अद्भुत समा बांध रहे थे। प्रज्ञा बौरा उठी–

“प्रकृति का ताजगी भरा यह रूप देख मुझे ऐसा लग रहा है जैसे वसंत में सद्यः युवती हुई प्रकृति ने अपने लिए नहीं, हमारे लिए ही शृंगार किया है। और जब हम मुग्ध होकर उसे निहार रहे हैं तो एक नवयुवती की तरह वह शरमाने लगी है जिससे उसका पूरा चेहरा ही लाल हो उठा है, है न!” प्रज्ञा का अंदाज शायराना था। मगर आदित्यश्री को उसकी यह उपमा बड़ी घिसी पिटी लगी। उसने बात बदलने की कोशिश की–

“सच पूछो तो एक फिल्मकार की नज़र से देखने पर मुझे पलाश के लाल रंग में जरा सा घालमेल नजर आता है मैडम!”

“मतलब?”

“मतलब, इंद्रधनुष के सात रंगों में पलाश को रखकर बड़े गौर से देखा जाए तो हम पाएंगे कि लाल रंग ने बड़ी बेशर्मी से पीले रंग की चमक पर डाका डाला है और पीले रंग ने भी बदला लेते हुए लाल रंग की लाली चुराने की कोशिश की है...”

“तभी तो इस अद्भुत चमकदार नारंगीनुमा लाल रंग की रचना हुई है। कुदरत की ऐसी सौ चोरी डकैती माफ कर सकती हूं! पलाश के इन फूलों के बीच तो मैं पूरी उम्र गुजार सकती हूं...”

''पता है मैडम, जंगल में बहुतायत में खिले इन पलाश के फूलों की उपस्थिति को 'फ़ायर ऑफ़ द फ़ॉरेस्ट' कहा जाता है!'' अभिषेक ने हस्तक्षेप किया।

''ठीक ही तो कहते हैं।'' चारिबा की आवाज में दृढ़ता थी, ''जंगल में आग लगने पर लगभग ऐसा ही तो दिखता है।''

''मगर दोनों में जमीन आसमान का फर्क है। ये आग जितनी सुकूनदेह है, वो आग उतनी ही भयानक!'' सगेन ने टिप्पणी की।

प्रज्ञा पलाश की खूबसूरती से मोहित थी मगर आदित्यश्री को पलाश से ज्यादा सखुआ (साल) के सफेद फूल आकर्षित कर रहे थे। यह सोच सोचकर उसे हैरानी हो रही थी कि पिछले वसंत में वह जब जापान में था, तो 'साकुरा' के फूलों की बहार ने उसे पागल बनाया था। वहां साकुरा था और यहां सखुआ! नाम में भी कितना सामंजस्य! वहां मोमोका थी, इसीलिए सफेद में गुलाबी रंग घुला हुआ था। आज अगर वह यहां होती, उसके साथ! तो अवश्य ही सखुआ भी गुलाबी दिखने लगता!

आदित्यश्री से अलग सगेन के मन में यहां का इतिहास...अंग्रेजों की ज्यादतियां ही उमड़ घुमड़ रही थीं। वह ज्यादा देर चुप नहीं रह सका। बोला–

''जब तक अंग्रेज इस देश में रहे, हमारा शोषण करते रहे। सोचा जाए तो हम आदिवासियों की खुंटकट्टी जमीन से हमारा ही स्वामित्व छीनने की कोशिश के विरोध में ही तो कोल विद्रोह, हो विद्रोह और तमाम विद्रोह हुए।''

''सही बात है, और वर्षों तक विभिन्न विद्रोहों में सक्रिय रहकर...अपनी जमीन से बेदखल होकर या अकाल, महाजन आदि से जूझते जूझते ही हमारे कितने ही लोग कंगाल हो गये। कोल्हान में रेलमार्ग के निर्माण के समय भी कितने ही आदिवासियों की जमीन छीन ली थी अंग्रेज सरकार ने...।''

चारिबा और सगेन को इस तरह से आधा आधा बांटकर अपने पुरखों की कहानी सुनाते देख आदित्यश्री को बड़ा अच्छा लग रहा था। प्रज्ञा की तरह वह भी बड़े ध्यान से उनकी बातें सुन रहा था।

"...जब भूखों मरने या विद्रोह करने के जुर्म में सिपाहियों द्वारा धर पकड़ करने तथा मुकदमा लाद दिए जाने की नौबत आई और आदिवासी हैरान परेशान हो उठे तब असम के चाय बगानों के अंग्रेज मालिकों ने इसका फायदा उठाया। जगह जगह डीपू घर बनाकर अपने अरकटियों (एजेंटों) के माध्यम से न जाने कितनों को बहला फुसलाकर, जोर जबरदस्ती करके असम ले गए, सस्ती मजदूरी में अमानुषिक काम करवाने।" चारिबा द्वारा इस विषय को छेड़ते ही सगेन भावुक हो उठा–

"मेरे ततंग के परदादा भी उन्हीं लोगों में से एक थे। जंगल विभाग के लोगों ने जब उन्हें यहां से उजाड़ने के लिए उनकी झोपड़ी और खेत में लगी फसल को तहस नहस कर दिया था तब अपने माता पिता, भाई बहन और बीवी बच्चों को गांव में छोड़ सिर्फ अपने बड़े बेटे को लेकर रोजगार की खोज में निकल पड़े थे वे। सोचा था, कहीं कोई ठिकाना मिलते ही वापस आकर सबको वहां ले जाएंगे। लेकिन बदकिस्मती से वे जिस इलाके में पहुंचे, उस इलाके के ढेर सारे आदिवासियों के साथ उन्हें भी उठाकर पशुओं की तरह हांकते हुए, पीटते खदेड़ते हुए असम ले जाया गया गिरमिटिया मजदूर बनाकर। वह एक अत्यंत कष्टप्रद यात्रा थी। उस जमाने में यातायात के सीमित साधन! कोसों पैदल चलना पड़ा। ऊबड़ खाबड़ पहाड़ी रास्तों को...हिंसक जानवरों से भरे घने जंगलों और उफनती नदियों को पार करना पड़ा...!

"भूखे प्यासे अस्वस्थ होकर मरते लोग! उन्हीं लोगों के बीच मेरे ततंग के ततंग के परदादा और उनका एक बेटा! क्या जरूरत थी उन्हें अपना गांव छोड़कर दूसरे गांव में बसने की? फिर वहां से असम की यात्रा पर निकलने की? उजड़ी झोपड़ी को पुनः ठीक करके, अधपेटा खाकर ही सही, यहीं रहते अपने पूरे परिवार के साथ जहां मेरे ततंग के ततंग रह रहे थे अपनी पत्नी को लेकर!

"क्या लाभ हुआ असम जाकर? पहाड़ पर सदियों से उगे हुए जंगलों, झाड़ियों को कड़ी मेहनत से साफ करके, जिन्हें अंग्रेजों द्वारा लाये गए चीनी और असमी मजदूर साफ नहीं कर पाए थे, चाय की खेती के लिए तैयार करना... बारिश में भीगते हुए...धूप में तपते हुए...सांप, बिच्छू, कीड़े, मकोड़ों का दंश झेलते हुए...जंगली जानवरों से लड़ते हुए...मलेरिया, डायरिया जैसी बीमारियों का प्रकोप सहते हुए काम करना...।

"परदादा के हजारों संगी साथी तो मर खप गए मगर परदादा जिंदा रहे। अपने एक बेटे के साथ। मलेरिया डायरिया से मरे संगी साथियों की, बिना अंतिम

संस्कार के नदी में फेंक दी गयी लाशों को देख देख कर रोने के लिए...नमीयुक्त कच्चे फर्श वाली छोटी छोटी झोपड़ियों में जब तब निकल आए बड़े बड़े केंचुओं के साथ रात गुजारने के लिए...चाय बगान के अंग्रेज मालिकों का बेइंतहा अत्याचार सहने के लिए...।

खुद तो छोटी छोटी गलतियों पर चुपचाप बगान मैनेजरों की गाली गलौज और कोड़ों की पिटाई सह लेते मगर जब उनकी आंखों के सामने उनकी औरतों के पीछे का कपड़ा उठाकर बेंत से सपाक् सपाक् मारा जाता या उनका यौन शोषण किया जाता तो उनका खून खौल उठता। उस अत्याचार के विरुद्ध किसी से कोई शिकायत नहीं कर सकते थे वे। कोई नहीं था वहां उन बेबसों की व्यथा सुनने और उसका प्रतिकार करने के लिए। एक बार मजदूरों को इकट्ठा कर हड़ताल करने की कोशिश की थी उन्होंने, तो मालिक पक्ष के लोग खूंखार जानवरों की तरह उन पर टूट पड़े थे। पकड़कर जेल ले जाने की तैयारी हो ही रही थी कि किसी प्रकार उनके चंगुल से भाग निकलने में सफल हुए वे और छुपते छुपाते महीनों बाद अपने हो दिशुम में लौट आए थे। उनका बेटा वहीं छूट गया। यहां से भेड़ बकरी की तरह लादकर ले जाए गए हजारों हजार आदिवासियों के साथ! मेरे ततंग के ततंग के दादा यानी उनके मंझले बेटे ने, जो यहां अपनी मां के साथ रह गये थे, अपने बड़े भाई से संपर्क करने की बहुत कोशिश की मगर सफल नहीं हुए। उनकी मां, उनके पिता वर्षों राह देखते रहे अपने बड़े बेटे की मगर वे कभी नहीं लौटे। रोजगार की खोज में बंगाल, बिहार, उड़ीसा, पंजाब की तरफ गये लोग तो फिर भी कभी कभी आते रहे।..."

"अंग्रेजों के समय से असम में बसे हुए हमारे लोगों को आज भी क्या कम झेलना पड़ रहा है?" सगेन के चुप होते ही चारिबा का दर्द फूट उठा।

"स्थानीय लोग अब भी उन्हें बाहरी समझकर सताते रहते हैं। अपने अधिकारों के लिए वर्षों से लड़ते लड़ते वे पस्त हो चुके हैं।..." सगेन अपने साथ के तमाम लोगों को अतीत में ले गया था, बिना किसी टोकाटोकी के वे उसकी बातों में खो गये थे। यह उन सबकी अपनी पीड़ा हो उठी थी। चारिबा ने जब उसकी बातों में खलल डाला तो मानो उन्हें याद आया कि वे इस वक्त जंगल में घूम रहे हैं।

अचानक अभिषेक ने सबको उंगलियों से चुप रहने का इशारा किया। रास्ते से दायीं ओर थोड़ा आगे बढ़कर एक छोटी सी समतल भूमि पर बड़ी सतर्कता से जीप को खड़ा कर दिया। उनकी दृष्टि का पीछा करते हुए जब बाकी लोगों ने उस जगह से बायीं तरफ थोड़ा नीचे एक और समतल भूमि पर नजर डाली तो देखा, जंगली भैंसों का एक समूह एकाग्रचित्त होकर घास चर रहा है। कुछेक पलों के बाद ही उनके बीच से एक ने मुंह से फर्र्र्र्र् आवाज निकाली और उसकी सतर्क वाणी सुनकर बाकी सभी जंगली भैंसे घास चरना छोड़कर एक साथ मुंह उठाकर आगत अतिथियों की ओर देखने लगे।

अभिषेक ने फुसफुसाकर कहा– "ये बाइसन निरीह दिखते जरूर हैं पर एक बार यदि क्रोधित हो गये तो बहुत खतरनाक हो जाते हैं। देखा नहीं, उनके सरदार ने कैसे आवाज निकालकर उन्हें सावधान कर दिया! एक बार चलती जीप के ऊपर छलांग लगा दी थी एक विशालकाय जंगली भैंसे ने। जीप आगे बढ़ गयी थी इसलिए हम बच गये।"

"तो फिर जल्दी से जीप आगे बढ़ाइए न!" प्रज्ञा ज्यादा खतरा नहीं उठाना चाहती थी।

"अब हम जिस इलाके में जाएंगे, वह इलाका खतरनाक जंगली हाथियों से भरा हुआ है।" बुरूराइका पार करके घाटकुरी की तरफ जाते जाते अभिषेक ने जानकारी दी, "हालांकि इसी इलाके में मेरे पिताजी ने वन विभाग और प्रशासन के आदेश से एक खूंखार आदमखोर बाघ को मारा था।"

"ठीक कह रहे हैं अभिषेक बाबू। उस बाघ ने सत्तर से ज्यादा ग्रामीणों की हत्या की थी।" चारिबा ने उनकी बातों की पुष्टि की।

"क्या उसी बाघ ने तुम्हारे ततंग के मित्र को उठा लिया था उनकी आंखों के सामने से?" सगेन को सालों पहले चारिबा के ततंग द्वारा बताया गया किस्सा याद आ गया।

"हां।" चारिबा ने छोटा सा जवाब दिया।

इससे पहले कि प्रज्ञा इस विषय में कुछ पूछती, अभिषेक ने कहा, ''चावल की शराब– डियंग के लालच में अक्सर इधर के हाथी ग्रामीणों के घरों पर हमला कर देते हैं। यहां रहने वालों का जीवन बड़ा ही संघर्षमय है।''

''आप तो बचपन से जंगल में घूमते रहे हैं। आपको कुछ नहीं कहते हाथी?'' प्रज्ञा को उत्सुकता हुई।

''मेरे पिता के जिंदा रहते बाहर के अतिथियों को जंगल में घुमाते वक्त कई बार हमें जंगली हाथियों के गुस्से का सामना करना पड़ा है। संयोग से हर बार हम भागने में सफल रहे। हमें न पाकर उन्होंने कई बार आसपास के किसी डाकबंगले या गैराज में खड़ी गाड़ी को क्षतिग्रस्त करके अपना गुस्सा उतारा है...।''

बात करते करते अचानक रुककर अभिषेक कुछ सुनने की कोशिश करने लगा। कुछ न समझ पाकर उसने जीप रोक दी और नीचे उतर कर अपने मुंह में उंगली डाली। उंगली से लार निकालकर उसे नीचे की ओर टपकाते हुए उसने हवा की दिशा और गति की परीक्षा की और कुछ सूंघने की कोशिश की। अगले ही पल वह जमीन पर कान लगाकर सुनने का प्रयास करने लगा। फिर आश्वस्त होकर जीप की ड्राइविंग सीट पर आ बैठा।

''क्या हुआ?'' अभिषेक की इन विचित्र हरकतों को लगभग सांस रोककर देखते सहयात्रियों ने एक साथ पूछा।

''आसपास ही कहीं हाथियों का झुंड है।''

''आपको कैसे पता चला?''

''जमीन पर कान रखकर! दरअसल जब वे चलते हैं, तब उनकी भारी भरकम देह के बोझ से सामने पड़ने वाले छोटे छोटे पेड़ पौधे दाएं बाएं झुकते जाते हैं और उनके आगे बढ़ते ही वे पुनः सीधे हो जाते हैं। सीधे होते समय जब वे आपस में टकराते हैं, तब ठास्-ठास् की आवाज होती है। मुझे हल्की सी आहट मिली थी, जमीन पर कान रखते ही तेज आवाज आने लगी और मुझे उनकी उपस्थिति का यकीन हो गया।''

''अब क्या करेंगे?'' प्रज्ञा चिंतित हो उठी।

''करना क्या है, अभी दो मिनट में आपको सारंडा के खूंखार गजराजों का दर्शन करा देते हैं। आप भी क्या याद रखेंगी।'' अभिषेक ने मुस्कुराते हुए तिरछी नजर से प्रज्ञा को देखा।

"ना बाबा ना! मुझे डर लगता है।" प्रज्ञा ने जोर जोर से हाथ और सिर हिलाकर कहा।

"मेरे साथ रहते डर कैसा? बचपन से अपने पापा यानी सारंडा के विख्यात शिकारी के साथ इस जंगल में भटकता रहा हूं। किशोरावस्था में ही पापा ने मुझे जीप की स्टीयरिंग थमा दी। मैं उनका सारथी बनकर उनके साथ साथ जंगल में घूमता रहा। उन दिनों जंगल में आने जाने पर ऐसी कोई पाबंदी तो थी नहीं। पापा की तरह मुझ पर भी जुनून सवार हो गया जंगल में भटकते रहने का! सारंडा के इस जंगल से बेपनाह मोहब्बत हो गयी मुझे भी। पापा के साथ कितने ही अफसरों, अतिथियों, कलाकारों, लेखकों को इस जंगल की सैर करा चुका हूं। यहां आने का बहाना ढूंढ़ता रहता हूं, बस! पहले तो रात के अंधेरे में भी स्पॉट लाइट लेकर जंगल में घूमते थे हम। अब उसकी अनुमति नहीं मिलती।"

"रात का जंगल तो बहुत भयानक होता होगा?" आदित्यश्री ने पूछा।

"होता तो था मगर बहुत रोमांचक भी होता था। अभी भी कभी कभी सपने में दिखाई देते हैं मुझे वे सारे दृश्य..." अभिषेक अतीत में खोने लगा था... नॉस्टाल्जिक होने लगा था...।

जीप को थोड़ा अंदर की ओर ले जाते ही दस बारह हाथी मंथर गति से आगे बढ़ते हुए दिख गये। अचानक एक हाथी को पंक्ति तोड़कर दायीं ओर की ढलान पर उतरते देख अभिषेक चिंतित हो उठा। अत्यंत धीमी आवाज में बोला—

"दल से अलग हटने का मतलब है, उसे हमारी उपस्थिति का आभास तो हुआ ही है, उसके मन में हमें लेकर कोई संदेह भी पैदा हुआ है। वह बदमाशी कर सकता है। अब जल्द से जल्द इस जगह से दूर चले जाना ही बुद्धिमानी होगी। हाथियों की मंथर गति और भारी भरकम देह को देख अक्सर लोग उनकी चाल के प्रति गलतफहमी का शिकार हो जाते हैं। वास्तविकता तो ये है कि जरूरत पड़ने पर उनकी फुर्ति देखने लायक होती है। अगर वे चाहें तो पलक झपकते ही वहां से यहां पहुंच सकते हैं। पहाड़ों की खड़ी चढ़ाई उतराई पार करके भी एक रात में वे चालीस कि.मी. की दूरी तय कर सकते हैं। है न हैरानी की बात!"

"वो तो है।" प्रज्ञा ने सिर हिलाकर समर्थन किया।

"इससे भी ज्यादा हैरानी की बात ये है कि यदि हमारी हरकतें उन्हें पसंद न आयीं और उन्हें यह लगे कि हम उन्हे तंग कर रहे हैं तो मौका मिलने पर वे हमसे बदला जरूर लेंगे।"

"कैसे?"

"यह तो ठीक ठीक नहीं कह सकता मगर कई बार देख सुन चुका हूं। एक अंग्रेज रेंजर थे। ऐम्बसडर कार थी उनके पास। इधर ही कहीं सड़क पार कर रहे थे हाथी, उन्होंने जोर जोर से हॉर्न बजाकर उन्हें तंग किया। उस वक्त तो वे कुछ कर नहीं पाए थे मगर छः महीने बाद जंगल के डाक बंगले के बाहर खड़ी उनकी कार को तोड़कर चूर चूर कर डाला था। वहां खड़ी दूसरी गाड़ियों को उन्होंने छुआ तक नहीं।"

"ऐसा! है तो अब बिना कोई आवाज किए एक सुरक्षित दूरी रखकर चलिए और कुछ खा पी लीजिए।" अभिषेक से बातें करते करते ही प्रज्ञा जीप में पीछे रखे पावरोटी, जैम, केला आदि निकाल निकाल कर सबको थमाने लगी। कल शाम ही उसने आज दिन भर के लिए ढेर सारी खाने पीने की चीजें मंगवा लीं थीं। उसके काम में मदद करने वालों को कोई परेशानी हो, यह उसे गवारा न था।

"आप मुझे सिर्फ जंगल और जंगली जानवर ही दिखा रहे हैं। जंगल में या जंगल के आसपास रहने वाले निवासियों से नहीं मिलवाएंगे?" चलते चलते प्रज्ञा ने अपने मन की बात कह डाली तो अभिषेक ने भी उत्साहित होकर कहा–

"तो चलिए आपको एक ऐसे गांव में ले चलता हूं जिसे हो लोगों के प्राचीनतम व्यवस्थित गांवों में से एक माना जाता है। इधर के हो आदिवासियों का सबसे बड़ा गांव है वह।"

"छोटानागरा?" चारिबा ने कहा।

"ठीक पकड़ा आपने।" अभिषेक खुश होकर बोला।

"फिर तो वहां से पोंगा डाकबंगलो भी दिखाते हुए जा सकते हैं।"

"बिल्कुल चलेंगे।" अभिषेक ने चारिबा से कहा, "लेकिन आज कहीं भी ज्यादा देर नहीं रुकना है। वरना हमारी समय सीमा पार हो जाएगी। आज जल्दी जल्दी चीजों को दिखा देते हैं। बाद में आराम से ये अपना काम करती रहेंगी।"

"**वन** ऑफ़ द ओल्डेस्ट सिविलाइजेशन है ये मैडम।" छोटानागरा गांव में प्रवेश करते हुए अभिषेक ने कहा।

“नगाड़े वाली कहानी बताइए इन्हें।” चारिबा ने टोका तो अभिषेक ने उसे ही ये जिम्मेदारी सौंपते हुए कहा, “आप ही बता दीजिए!”

“कौन सी कहानी?” बच्चों सी उत्सुक होकर पूछा प्रज्ञा ने।

“इस गांव में दो नगाड़े हैं। एक छोटा एक बड़ा जिनके बारे में कहा जाता है कि वे जिस लकड़ी से बने हैं वह हजार साल पुरानी है। उन नगाड़ों के बारे में तरह तरह की रहस्यमयी कहानियां प्रचलित हैं। कोई कहता है कि उड़ीसा के क्योंझर राजा द्वारा निर्मित उन नगाड़ों में इनसानों की चमड़ी का प्रयोग किया गया है।” चारिबा ने खुलासा किया।

“इस नगाड़े के पीछे ईश्वरीय विश्वास भी था।” अभिषेक बीच में ही बोल उठा।

“वह क्या?” प्रज्ञा जिज्ञासु हो उठी। यह जंगल के माहौल का ही असर था कि प्रज्ञा को इस तरह के किस्सों को सुनना अच्छा लग रहा था।

“कहते हैं,” अभिषेक ने कहना शुरू किया, “इस गांव के लोगों ने पहाड़ के ऊपर एक मंदिर बनाया और दोनों नगाड़ों को ले जाकर मंदिर के सामने रख दिया ताकि पूजा अर्चना के समय इन्हें बजाया जा सके। लेकिन उसके बाद ही भीषण बारिश आयी और नगाड़े खुद ब खुद बहते हुए पहाड़ के नीचे आकर वापस उसी जगह पर खड़े हो गये, जहां वे पहले थे। तब से उसी स्थान पर उन नगाड़ों की पूजा की जाने लगी और छोटानागरा गांव एक धार्मिक पर्यटन स्थल के रूप में जाना जाने लगा।”

...और इस तरह किस्से कहानियों को बताते हुए गांव के कुछ हिस्से का चक्कर लगाकर चारिबा और अभिषेक ने कुछ लोगों से प्रज्ञा का परिचय करा दिया था।

वापसी में प्रज्ञा ने कहा, “‘वन ऑफ द ओल्डेस्ट सिविलाइजेशन’ वाला गांव दिखाने ले गये थे आप पर यह देखकर अच्छा लग रहा है कि यहां के लोगों ने काफी तरक्की कर ली है।”

“हां। लौह अयस्क खदानों...मिलों से ज्यादा दूर नहीं है यह गांव। बाहरी लोगों से निकट संपर्क में हैं वर्षों से। स्वास्थ्य तथा पढ़ाई की भी बेहतर सुविधाएं उपलब्ध हैं यहां। जिन लोगों ने सालों से आसपास की लौह अयस्क कंपनियों में, खदानों में या बाहर जाकर काम किया, जिनके बच्चे स्कूल कॉलेजों में पढ़ने लगे,

बाहर जाकर भी अच्छी अच्छी नौकरियां करने लगे, उच्च पदों पर आसीन हुए, वैसे लोगों के परिवारों में आधुनिकता आयी।" अभिषेक ने कहा।

आदित्यश्री उनकी बातों में ज्यादा दखलअंदाजी किए बगैर चुपचाप अपनी रुचि तथा काम की चीजों की तस्वीरें लेता जा रहा था। और सगेन, चारिबा का साथ पाकर मन में ताजगी महसूस कर रहा था।

बातें करते करते वे गांव के मोड़ पर आ गये। इमली के पेड़ की घनी छांव तले मिट्टी से बनी और साल के पत्तों से छायी हुई एक दुकान थी वहां। दुकान के सामने बांस की बनी एक अस्थायी बेंच पर बैठ गयी प्रज्ञा। चलने के कारण उसके पांव दुखने लगे थे। दुकान में चाय, पकौड़े मिल रहे थे। शीशे के मर्तबान में बिस्कुट और टॉफियां सजी हुई थीं। प्रज्ञा ने ढेर सारी टॉफियां और बिस्कुट खरीदकर बच्चों के बीच बांट दीं जो गांव में इन अजनबियों को घूमते देख उनका पीछा करते हुए यहां तक पहुंच गये थे।

अभिषेक ने स्पेशल चाय का ऑर्डर दिया था। दुकानदार लकड़ी की आंच में अल्यूमीनियम की काली पड़ गयी देगची को चढ़ाकर उसके खास मेहमानों के लिए खास चाय बनाने में व्यस्त था।

पास ही दो आवारा कुत्ते जोर जोर से भौंकते हुए आपस में लड़ रहे थे। प्रज्ञा को उनसे डरते देख एक बच्चे ने अपने हाथ में लटकती रस्सी के बीच में पत्थर का टुकड़ा फंसाकर रस्सी को हवा में गोल गोल घुमाया और उसके एक सिरे को जैसे ही छोड़ा, पत्थर तेजी से जाकर एक कुत्ते को लगा। कांय कांय करता हुआ वह वहां से नौ दो ग्यारह हो गया। प्रज्ञा ने चैन की सांस ली।

"वो कैसी ईंटें हैं? इतनी बड़ी बड़ी...इतनी चौड़ी चौड़ी...वो भी बिना पकाई हुई...मैंने ऐसी ईंटें तो कभी नहीं देखीं?" दुकान की बाईं तरफ खुली जगह पर धूप में सुखाने के लिए रखी हुई कच्ची ईंटों के ढेर की तरफ प्रज्ञा ने इशारा किया।

"ये खास तरह की ईंटे हैं जिन्हें प्राचीन काल से 'हो' लोग ही बनाते आए हैं अपने घरों की दीवारें बनाने के लिए। इन्हें भट्टी में पकाया नहीं जाता। बस, धूप में सुखा लिया जाता है। इनके आकार का ईंटा और कहीं नहीं मिलेगा आपको। पुरातत्वविदों का मानना है कि हड़प्पा और मोहनजोदड़ो की खुदाई के समय ऐसी ही ईंटें निकली हैं।" अभिषेक ने उसकी जिज्ञासा को शांत करने की कोशिश की।

''कल रात मैं हो आदिवासियों से संबंधित जो किताब पढ़ रही थी, उसमें भी इसी तरह की कुछ बातें लिखी हुई थीं।'' प्रज्ञा ने कहा।

''कैसी बातें?''

''वही जो आप कह रहे हैं। हो आदिवासी और हड़प्पा मोहनजोदड़ो से संबंधित!''

''क्या?''

''यही कि 'हड़प्पा' शब्द हो भाषा के 'हो रप्पा' शब्द से मिलता है, जिसका अर्थ होता है 'मृत व्यक्ति को जलाना'।''

''और सुना है मोहनजोदड़ो हमारे मोहे जोदरू शब्द से बना है। अच्छे फलों के पेड़ को हम मोहे जोदरू कहते हैं।'' चारिबा ने भी बात की पुष्टि की।

''उस पुस्तक में ऐसे ढेर सारे शब्दों की सूची दी गयी थी। कुछ बड़े इतिहासकारों के अध्ययन का हवाला देते हुए ढेर सारे प्रमाणों के साथ उस पुस्तक में ये बातें लिखी गयी हैं कि सिन्धु घाटी की सभ्यता दरअसल 'हो' लोगों की भी सभ्यता थी। मोहनजोदड़ो और हड़प्पा की खुदाई में मिली चित्रलिपि, भित्तिचित्र, पुरातात्विक अवशेष आदि की साम्यता 'हो' लोगों के घरों की चित्रकला से पायी जाती हैं।...'' प्रज्ञा ने जोड़ा।

''तभी तो हो विद्वान लको बोदरा ने वर्षों के असाध्य श्रम से उस अति प्राचीन लिपि का अध्ययन करके हो लोगों के लिए एक अलग लिपि– 'वारङ्चिति लिपि' का निर्माण किया।'' प्रज्ञा की बातों से उत्साहित होकर सगेन ने जानकारी दी।

''उन्होंने सिर्फ लिपि ही नहीं प्रस्तुत की बल्कि एक समाज सुधारक की भी भूमिका निभाई। हमारे हो समाज में व्याप्त अंधविश्वास तथा कुरीतियों के खिलाफ व्यापक अभियान चलाया है उन्होंने। इसके लिए उन्होंने एक पीठ की भी स्थापना की।...'' लको बोदरा के कार्यों से अत्यंत प्रभावित चारिबा उनके बारे में विस्तार से बताने लगी।

ध्यान से उनके समाज सुधारक कामों के बारे में सुनने के बाद प्रज्ञा ने अपनी बात पूरी करते हुए कहा–

''पुस्तक में यह भी बताया गया है कि 'हो' लोग 'मुंडा' आदिवासियों की ही एक शाखा या उपजाति हैं और मुंडाओं के लोकगीतों एवं धर्मगाथाओं में 'सिन्धु दिशुम' (सिन्धु देश) का बार बार उल्लेख मिलता है।''

"आपने सही कहा। मैंने भी पढ़ा है कि इधर, सिंहभूम में आकर बसने से पहले हम मुंडाओं के ही अंग थे। विभिन्न जगहों से होकर छोटानागपुर आने के बाद हम अलग अलग जगहों में बस गये और मुंडा जनजाति की तीन शाखाएं– कम्पाट मुंडा, हो मुंडा तथा महली मुंडा हो गयीं। हो मुंडा, जिन्होंने सिंहभूम के कुछ इलाकों में काफी पहले से रह रहे गृहस्थ जैनी– सराक और भुंइयां लोगों को परास्त करके सिंहभूम को अपनी वासभूमि बनाया, वे सिर्फ 'हो' कहलाने लगे। और, मुंडाओं से अलग उनकी अपनी पहचान बनी। हालांकि हमारी और मुंडाओं की लोककथाओं, लोकगीतों, पर्व त्योहारों और संस्कृति में आज भी काफी समानता है।" सगेन ने भी इस बात को स्वीकारा।

"सिर्फ मुंडाओं से ही नहीं, संताल, भूमिज, असुर, बिरहोर जैसी कई जनजातियों से समानता है हमारी।" चारिबा ने जोड़ा।

"आखिर क्यों न हो? कुछ विद्वानों की खोज के अनुसार हम सभी ऑस्ट्रिक अथवा कोलारियन समूह की जनजातियां ही तो हैं। एक विद्वान ने भी अपने चर्चित शोध में इस बात का जिक्र किया है कि हमारे, यानी कोलारियन समूह के आदिवासियों के लोकगीतों, लोककथाओं आदि में सिन्धुघाटी की सभ्यता और संस्कृति का वर्णन मिलता है। उन्होंने अपने ग्रंथ में प्रमाण के साथ यह भी लिखा है कि आर्यों के आक्रमण के कारण ही हमें सिन्धु घाटी से प्रवर्जित होना पड़ा और हजारों सालों तक अरावली, विन्ध्य और कैमूर के पर्वतीय इलाकों में रहते हुए...क्रमशः आगे बढ़ते हुए हम छोटानागपुर पहुंचे और फिर आसपास फैल गये। छोटानागपुर से निकलकर हमारे पुरखों ने यानी 'हो मुंडाओं' ने सबसे पहले उत्तरी तथा मध्य सिंहभूम में अपने को स्थापित किया। उसके बाद धीरे धीरे वे सिंहभूम के दक्षिणी भाग में भी रहने गये।" प्रज्ञा को बताते हुए सगेन मानो एक बार फिर अपनी जड़ों की तरफ लौटने की कोशिश कर रहा था।

"कुछ विद्वानों का अध्ययन तो और भी आश्चर्यजनक है।" चारिबा भी सगेन का साथ दे रही थी, "उनका मानना है कि जब भारत मडागास्कर से जमीन से जुड़ा हुआ था, तब मुंडा लोग स्थल मार्ग या समुद्री मार्ग से अरब होकर उत्तर पश्चिम से आए थे।"

“समझ में नहीं आता कि वास्तव में धरती का कौन सा टुकड़ा किसका है और कौन कहां का निवासी है। जहां भी, जिसका भी मूल खोजने जाइए, छानबीन के बाद पता चलता है कि सबका मूल अज्ञात है। सोचती हूं, ये मेरा है, वो तेरा है कहकर हम बेकार में परेशान होते हैं।” प्रज्ञा ने दार्शनिकों सा उत्तर दिया।

“इसीलिए तो भारतीय मनीषियों ने कहा है– वसुधैव कुटुम्बकम्!” आदित्यश्री ने प्रज्ञा की बातों को मजबूती दी।

“वो तो है पर एक बात तो आपको माननी ही पड़ेगी।” सगेन ने जोर देकर प्रज्ञा से कहा।

“क्या?”

“यही कि हम या हमारे पूर्वज जंगली या असभ्य नहीं थे। यदि विद्वानों के शोध पर यकीन करें तो हमारा संबंध सिन्धु घाटी जैसी उच्च सभ्यता से रहा है। है न गर्व की बात!”

“वो तो है।”

“एक और बात। स्थानीय रजवाड़ों तथा अंग्रेजों के विरुद्ध लंबी लड़ाई लड़ने की वजह से हमें ‘लरका हो’ या ‘लरका कोल’ कहकर जरूर संबोधित किया जाता रहा, अंग्रेजों द्वारा एक युद्धबाज, बर्बर तथा हिंसक कौम के रूप में चिन्हित भी किया गया पर सन् 1820 में हमारी धरती पर पांव रखते ही जब ब्रिटिश सरकार के सैनिक अधिकारी मेजर रफसेज को हमारे कृषि पर आश्रित जनबहुल गांवों, विकसित ग्राम प्रशासन, एक विवाह एवं बालिग विवाह पर आधारित समाज के बारे में पता चला, और यह पता चला कि हमारे धर्म में, लोकगीतों में किसी युद्ध देवता का उल्लेख नहीं है तो उन्हें लगा कि ये सभी लक्षण तो सभ्य समाज के हैं। असभ्य बर्बर लोगों के नहीं।...ये सारी बातें मेरी मनगढ़ंत नहीं हैं। इन बातों का विशेष रूप से उल्लेख इतिहासज्ञ डॉ. अशोक कुमार सेन ने अपने लेखों में किया है। दरअसल...”

दुकानदार द्वारा थमाई गई स्पेशल चाय की चुस्की लेते हुए सगेन ने कहा,

“उनका मानना है कि दुश्मनों की आक्रामकता के विरुद्ध आत्मरक्षा तथा प्रतिरोध का स्वाभाविक प्रयास ही हमारे लड़ाकूपन का कारण रहा। इसे हमारा जन्मजात स्वभाव नहीं कहा जा सकता।”

सगेन ने अपनी तरफ से ज्यादा सफाई न देकर पुनः डॉ. सेन की लिखी और कही बातों को ही जबान दी—

"वैसे तो हमारे पुरखे शांतिप्रिय थे। अकारण किसी से उलझते नहीं थे। अपनी मर्जी से इन्होंने ग्वाला, कुम्हार, तांती, लोहार जैसे अलग समुदाय, अलग जाति के लोगों को अपने गांवों में बसने की अनुमति दी ताकि इनसे उनकी जरूरतों की चीजें मिलती रहें। कोल्हान के दुर्गम इलाकों में उड़ीसा से नमक लाए जाने के रास्ते में कहीं कहीं आपको बाहरी व्यापारियों का डेरा भी मिल जाएगा। दरअसल इधर से नमक की तस्करी करने बाहरी लोग आते थे। साप्ताहिक हाट भी लगाया जाता था कहीं कहीं। हांथीदांत, महुआ, लाह, चिरौंजी के बीज, तसर गुटि, खाट बुनने की रस्सी आदि के विनिमय में कुछ गांववाले नमक लेने आते थे बाहरी व्यापारियों से। महिलाओं की साज सज्जा की चीजें भी लेकर आते थे बाहरी व्यापारी। फिर भी चूंकि दक्षिण कोल्हान भौगोलिक रूप से अत्यंत दुर्गम था इसलिए वे क्षेत्र कम विकसित हो पाए और इसी वजह से उस क्षेत्र के हो लोगों को ज्यादा संघर्ष करना पड़ा और उन्हें ज्यादा आक्रामक और लड़ाकू भी होना पड़ा।...और हां, बातों बातों में एक और बात याद आयी मुझे।" सगेन ने प्रज्ञा की तरफ देखकर कहा।

"क्या?"

"यही कि चाइबासा के एक सज्जन ने एक बार मुझे एक वाकया सुनाया था। उनके अनुसार, मरंग गोमके जयपाल सिंह मुंडा ने खुद उन्हें बताया था कि पाकिस्तान के एक संग्रहालय में, जहां हड़प्पा, मोहनजोदड़ो की खुदाई से मिली सामग्री रखी है, उन्होंने मिट्टी के घड़े में हल्दी लगी अस्थियों को देखा। उनका कहना था कि जहां तक उन्हें पता है, मृत लोगों की अस्थियों पर हल्दी लगाकर उन्हें मिट्टी के घड़े में रखने का रिवाज हो और मुंडाओं के अलावा किसी और जनजाति में नहीं है।"

"यानी आप लोगों के पूर्वजों का संबंध हड़प्पा तथा मोहनजोदड़ो से होने का एक और पुख्ता प्रमाण!"

"ऐसा ही मान लीजिए!"

"चलो मान लिया।"...प्रज्ञा ने कान पकड़कर कहा, "अब इस खुशी में हमें आगे और क्या दिखाने ले जाएंगे?"

"पोंगा डाकबंगलो। घने जंगल में ही है मगर इस गांव से ज्यादा दूर नहीं है।" चाय की अंतिम चुस्की लेते हुए अभिषेक ने जवाब दिया।

“इधर डाकबंगलो भी है?”

“है नहीं था। अब जर्जर हालत में है।”

“क्यों?”

“क्योंकि भूत के डर से कोई वहां रहना नहीं चाहता।”

“क्या सच में?”

“मुझे तो सच लगता है क्योंकि खुद मेरे पिता ने देखा था।”

“क्या देखा था?”

“भूत नाच!”

“क्यों मजाक करते हैं आप? आप जैसे पढ़े लिखे लोग भी इन चीजों पर यकीन करते हैं?” आदित्यश्री ने झिड़की दी तो प्रज्ञा अभिषेक के समर्थन में खड़ी हो गयी। बोली–

“क्यों? क्या भूत प्रेत पर पढ़े लिखे लोग यकीन नहीं कर सकते? लंदन में कई ऐसे इलाके हैं जहां के भूत बंगलों की रहस्यमयी घटनाओं पर लोग आज भी यकीन करते हैं। कितने ही महत्वपूर्ण टेलीविजन चैनलों में प्रमाण सहित इनके बारे में बताया जाता है। और फिर स्वयं ‘पॉज़िटिविज़्म’ (प्रत्यक्षवादी दर्शन) के जनक महत्वपूर्ण विचारक अगस्त कॉम्ट, जिन्हे ‘फ़ादर ऑफ सोशियोलॉजी’ कहा जाता है, ने भी तो यह माना ही है कि भले ही हम मानव बौद्धिक विकास के ‘थियोलॉजिकल’ (धर्मशास्त्रीय या काल्पनिक) और ‘मेटाफिजिकल’ (तत्वमीमांसीय या अमूर्त) स्टेज को पार करके अब ‘साइंटिफिक या पॉज़िटिविस्टिक’ (वैज्ञानिक या प्रत्यक्षात्मक) स्टेज में पहुंच चुके हैं मगर ये तीनों स्टेज एक ही समय में...एक ही व्यक्ति में साथ साथ भी पाए जा सकते हैं या पाए जाते हैं।...क्या एक महान वैज्ञानिक अपने बीमार पुत्र को ठीक करने के लिए किसी अदृश्य शक्ति के सामने हाथ नहीं जोड़ता?”

“वही तो। मजाक नहीं है ये। वैसे भी हम ठहरे जंगल पहाड़ के आदमी। जो कुछ देखते सुनते हैं, उस पर सहज ही विश्वास कर लेते हैं। मैंने अपने पिता से जो सुना, वही बता रहा हूं।” अभिषेक अपनी जीप को पोंगा डाकबंगलो के रास्ते पर ले जाते हुए कहने लगा...

“तब मैं बहुत छोटा था। पापा कोलकाता से आए अपने कुछ दोस्तों को सारंडा का जंगल घुमाने ले आये थे। पोंगा डाकबंगलो के सामने से गुजर रहे थे वे। पापा

ने कहा, 'इस बंगलो के कर्मचारी बताते हैं कि चांदनी रात में यहां बाहर लॉन में अशरीरी आत्माएं दिखाई देती हैं।'

" 'क्या?' उनके दोस्तों के स्वर में अविश्वास था।

" 'सच कह रहा हूं। इसीलिए तो यहां रात में कोई कर्मचारी नहीं रुकना चाहता। रात होने से पहले ही डाकबंगलो बंद करके यहां से निकल पड़ते हैं सब के सब।'

"पापा की बातों पर उनके दोस्तों ने यकीन तो किया ही नहीं, ऊपर से उनका मजाक भी उड़ाया। बस, फिर क्या था। तैश में आकर पापा ने चांदनी रात में दोस्तों के साथ वहां रुककर अपनी आंखों से सबकुछ देखने का निर्णय ले लिया।"

"क्या वे लोग सचमुच कुछ देख पाए?" यह प्रज्ञा थी।

"अगर मेरे पापा के दोस्तों ने, उस बंगलो के कर्मचारियों ने उस रात देखी हुई घटना को बाद में भी बार बार हूबहू वैसे ही, जैसा कि मेरे पापा सुनाते थे, नहीं सुनाया होता तो शायद मैं भी अपने पापा की बात पर यकीन नहीं करता। ये जानते हुए भी कि पापा मुझे जंगल के बारे में कभी कपोल कल्पित, या झूठी कहानियां नहीं सुनाते।" अभिषेक के स्वर में दृढ़ता थी।

"ऐसा क्या देखा था उन्होंने?" प्रज्ञा की जिज्ञासा बढ़ती ही जा रही थी।

"घने जंगल के बीच स्थित पोंगा डाकबंगलो के आसपास के इलाकों में रात का सन्नाटा उतर आया था। बीच बीच में उस सन्नाटे को चीरती निशाचर पशु पक्षियों की आवाजें सुनाई पड़ रही थीं। मेरे पापा– यानी हो लोगों के प्रिय मरंग शिकारी के आग्रह को उस डाकबंगले के स्थानीय कर्मचारी टाल नहीं पाए थे और उस रात डरते डरते ही सही, अतिथियों की देखभाल के लिए बंगलो में रुक गए। पर उन्होंने अंधेरा होने से पहले ही बंगलो के सारे दरवाजे और खिड़कियां अंदर से अच्छी तरह बंद कर ली थीं और सबको सख्त हिदायत दे दी थी कि गलती से भी बाहर न निकला जाए।..." कहानी सुनाते हुए भी अभिषेक का ध्यान चारों तरफ था। जंगल में थोड़ी सी चूक भी भयावह हो सकती है। हालांकि पीछे बैठे सगेन और चारिबा के कारण वह थोड़ा निश्चिंत था। दो जंगलवासियों के रहते मेहमान की पूरी जिम्मेदारी उसे अकेले नहीं उठानी थी। इस जंगल से संबंधित कहानियां सुनाना उसका पसंदीदा काम था। वह कहता जा रहा था–

"उस चांदनी रात में बंगलो के अंदर बैठकर, शीशे के बंद खिड़की दरवाजों से वहां उपस्थित लोगों ने जो दृश्य देखा था, उसे वे जनम भर नहीं भूल पाए।"

"ऐसा क्या देखा था उन्होंने?" प्रज्ञा ने उत्साहित होकर पूछा था।

"उन्होंने बाहर लॉन के पेड़ों से विभिन्न छायाओं को उतरते देखा था जिनमें अंग्रेज भी थे और आदिवासी औरत मर्द भी। लॉन में टेबल कुर्सियां लगी थीं। कुछ अंग्रेज साहब वहां बैठकर शराब पी रहे थे, खाना खा रहे थे। कोई छाया मांदर बजा रही थी– डिबि-डिबि-डिबि-डिबि...अत्यंत धीमी ताल में...बंगलो के अंदर बैठे लोगों को वह आवाज सुनाई दे रही थी...बंदूक की नोक पर लड़कियों को नचाया जा रहा था...नग्न किया जा रहा था...विरोध करते लोगों को गोली मारी जा रही थी...वह एक अद्भुत अविश्वसनीय दृश्य था जिसे चांदनी की धुंधली रोशनी में धड़कते दिल से आंखें फाड़े देख रहे थे सभी पढ़े लिखे सम्मानित अतिथिगण!"

"अंग्रेजों के खिलाफ हमारे लोगों ने जो विद्रोह किये, कहते हैं उनके पीछे कहीं न कहीं उनकी हमारी औरतों के साथ बंदूक की नोक पर की गयी बदसलूकी भी रही है।" सगेन का चेहरा अचानक कठोर हो गया था। अंदर कहीं एक अग्निशिखा लपलपा उठी थी। सगेन जख्मी हो गया।

थोड़ी ही देर में वे उस जर्जर पोंगा डाकबंगलो के सामने पहुंच गये थे जिसके बारे में रास्ते भर बातें करते हुए आया था अभिषेक। पर किसी ने भी उस मनहूस जगह पर उतरने की इच्छा नहीं जताई। अभिषेक ने गाड़ी आगे बढ़ा दी। स्टीयरिंग घुमाते हुए बोला, "कोलकाता वापस जाकर उस रात की घटना का जिक्र पापा के एक लेखक बंधु ने अपनी किसी रचना में किया था। सुना है, उसी से प्रभावित होकर एक फिल्म निर्देशक ने एक फिल्म बनाई थी जो काफी लोकप्रिय हुई।"

"मैं अंदाजा लगा सकता हूं कि वह कौन सी फिल्म होगी। मैंने देखी है वह फिल्म।" आदित्यश्री ने कहा।

विभिन्न जंगली जानवरों का दर्शन करते हुए वे बाबूडेरा पहुंचे। बाबूडेरा में भी एक वन बंगलो का ध्वंसावशेष दिखाया अभिषेक ने। कहा, "इस इलाके में जंगली जानवरों की बहुलता और अबाध विचरण की वजह से ज्यादा दिनों तक लोग

आवाजाही करने की हिम्मत नहीं कर पाए और ये बंगलो आबाद होकर फिर उजड़ गया।"

बाबूडेरा से हिन्दुकुली जाने के लिए उन्हें काफी चढ़ाई वाले रास्ते पर चलना पड़ा। जोंगा जीप के कारण आगे बढ़ने में आसानी हो रही थी। मगर जंगल इतना घना था कि भरी दुपहरिया में भी अंधेरा छाया हुआ था जो वातावरण को रहस्यमय बना रहा था। पत्तियों और डालियों के बीच से आसमान देखने के लिए काफी मशक्कत करनी पड़ रही थी।

"सौर अश्व की भ्रकुटि देखने के लिए इतने तामझाम की जरूरत ही क्या है?" प्रज्ञा को सिर उठा उठाकर...घुमा घुमाकर आसमान देखने की कोशिश करते देख अभिषेक ने मजाक किया।

मोरम बिछी कच्ची सड़क से हटकर जब भी जीप जंगल झाड़ियों के बीच से रास्ता बनाते हुए आगे बढ़ती, दोनों तरफ के पेड़ पौधों की टहनियां पत्तों समेत जीप को, जीप में बैठे हुए लोगों को सहलाते हुए या खरोंचते हुए निकल जातीं। अपनी अपनी आदत के मुताबिक। ठीक वैसे, जैसे कोमल स्वभाव के लोगों का भौतिक अभौतिक दोनों तरह का स्पर्श कोमल होता है और कठोर लोगों का कठोर।

अभिषेक की जबानी यहां के जंगली जानवरों के कारनामे सुनते सुनते डर से प्रज्ञा बार बार सहम जाती। गगनचुंबी साल के पेड़ों के कारण छाए उस नीम अंधेरे में हर आहट पर लगता, झाड़ियों के पीछे अगर कोई खूंखार जानवर छिपा हो तो? अचानक पीछे से जीप में छलांग लगा दे तो? हममें से किसी को खींचकर जंगल में ले जाए तो?

"उफ् ये अंधेरा!" प्रज्ञा ने अंततः खीझकर कहा, "इन लंबे लंबे साल के पेड़ों के कारण ही है ये अंधेरा। इतना ज्यादा लंबा होने की जरूरत ही क्या थी?"

"इनकी लंबाई तो कुछ भी नहीं मैडम! यही कोई एक सौ चालीस...एक सौ पचास फीट होगी। इस जंगल में कहीं कहीं तो इससे भी ऊंचे साल के पेड़ हैं।"

"अच्छा?"

"हां। एक बार कोलकाता से आई एक मैडम को मैंने टोयबो फॉल्स ले जाते समय रास्ते में दो सौ फीट ऊंचा साल का पेड़ दिखाया था।"

"दो सौ फीट?"

"जी हां। तभी तो एक फ़ॉरेस्ट ऑफिसर ने उस पेड़ का नाम 'क्वीन ऑफ रंगून गाड़ा' रखा था।" अभिषेक ने गर्व से कहा।

"और इस जंगल में होनेवाला 'प्री मॉनसून रेन' भी काफी दिलचस्प और चर्चित है। हर साल मई महीने के पहले सप्ताह में ही यहां इतनी बारिश जरूर हो जाती है जिससे कि जमीन पर गिरे सूखे पत्तों की तह में छिपे साल के बीज अंकुरित हो सकें।" सगेन ने जोड़ा तो अभिषेक ने भी कहा–

"मेरे पास पक्की जानकारी है कि कुदरत का ऐसा हैरतअंगेज़ कारनामा इस जंगल के अलावा दुनिया के किसी और साल के जंगल में नहीं होता। आप चाहें तो पता करके देख लें।"

"इसका मतलब ईश्वर की विशेष कृपा है इस जंगल पर!" आदित्यश्री ने कहा।

"हम तो बचपन से यही सुनते मानते आए हैं कि साल के इन पेड़ों में हमारे मरंग बोंगा का वास है। जान है इनमें।" चारिबा ने विश्वास के साथ कहा, "मेरी जानकारी में इस जंगल में दो ऐसे साल के पेड़ थे जिन्हें हम राजा और रानी पेड़ कहा करते थे। एक बार रानी पेड़ पर बिजली गिरी। वह बेचारी सूख गयी। राजा पर बिजली नहीं गिरी थी। वह काफी दूर था। पर कुछ ही दिनों बाद लोग यह देखकर हैरान रह गये कि वह अपने आप ही सूख गया। गांव वालों ने कहा– 'रानी के जाने का दुःख नहीं सह पाया बेचारा!' "

"इस साल के जंगल पर हमें बड़ा नाज है। हम हो आदिवासियों के शौर्य का प्रतीक है साल! जड़ से लेकर फूल तक– साल का एक एक हिस्सा उपयोगी है। दीर्घजीवी भी होते हैं ये। साल के बारे में बचपन से सुनते आए हैं हम– 'हजार साल खड़ा, हजार साल पड़ा और हजार साल सड़ा।' हमारे लिए इससे ज्यादा उपयोगी और कोई पेड़ नहीं। हम आदिवासियों ने हजारों वर्षों तक जांचने परखने के बाद ही तो इसे देवता का दर्जा दिया है। अत्यंत श्रद्धा भक्ति से पूजा करते हैं इसकी। इसकी रक्षा के लिए जान तक दे सकते हैं।..." सगेन रौ में बोलता जा रहा था। चारिबा ने उसका साथ दिया–

"तभी तो झारखंडी वीर बुधु भगत ने कहा था– 'सखुआ के पेड़ में नये फूल आ गये हैं। आओ अपने लहू से इन फूलों की आजादी की रक्षा करें।' "

"वीर बुधु भगत के समय के विद्रोहों को तो हमने देखा नहीं है। बस सुना भर है पर साल के लिए हमारे इस सिंहभूम के लोगों का आंदोलन मैंने बहुत

करीब से देखा है। सन् 1978 के 'साल बनाम सागवान' आंदोलन के समय इधर ही तो पढ़ाई के सिलसिले में आया था मैं। जब आर्थिक फायदे के लिए प्रशासन द्वारा बेरहमी से साल के वृक्षों को काटकर सागवान (टीक) लगाया जा रहा था तब इस सिंहभूम के वीर सपूत एक बार फिर विद्रोह पर उतर आए थे।''

''क्या आप नहीं जानते कि माफिया द्वारा पेड़ों का काटा जाना आज भी जारी है? आसपास के टिंबर व्यावसायियों के लकड़ी टाल में जाकर पता लगाने की कोशिश कीजिए तो सच्चाई का पता लग जाएगा। भले ही अत्यंत दुर्गम इलाका होने के कारण मुख्य सड़कों से बहुत ज्यादा अंदर जाकर चोरी छिपे विशाल साल के पेड़ों की कटाई ढुलाई नहीं कर पाते वे मगर फिर भी सामने सामने कई किलोमीटर तक तो कर ही रहे हैं। इससे सारंडा का इलाका भी तो सीमित होता जा रहा है। कहते हैं पहले बड़ाजामदा, नोवामुंडी से लेकर दूर दूर के इलाकों तक पसरा हुआ था सारंडा का ये जंगल!''

''लौह अयस्क के खनन की वजह से भी तो बहुत सारे पेड़ों को काटना पड़ा होगा?'' आदित्यश्री ने अपनी राय दी।

''वो तो है ही। खनन के कारण बाद में बसाए गये गांवों, बस्तियों तथा कॉलोनियों के आसपास के जंगल भी बिल्कुल हल्के हो गए हैं।'' सगेन ने अफसोस जताया तो प्रज्ञा बोली–

''विकास की कीमत तो देनी ही पड़ती है एक न एक दिन!''

''किसका विकास? कैसा विकास? हमारी ये धरती लोहे के रूप में सोना उगलती है। फिर भी हमारे लोग इतने गरीब? ऊंची पहाड़ियों पर स्थित लौह अयस्क की खदानों और मिलों से बरसात में लाल पानी बहकर वर्षों से हमारे खेतों को बर्बाद कर रहा है। प्रदूषण की वजह से इन इलाकों के लोगों की औसत आयु कितनी कम हो गयी है। उसका खामियाजा कौन देगा हमें? हमारी इस धरती का लोहा तो निकलकर चला जाता है देश विदेश के कल कारखानों में...दूसरों को समृद्ध करने। हमारे लोगों को क्या मिलता है? और हमारे वे बदकिस्मत लोग, जिन्हें उजड़ना पड़ा इन खदानों के कारण, उनकी पीड़ा का कोई लेखा जोखा है किसी के पास?''...चारिबा का दुःख लावे की तरह फूटने लगा था।

''यही तो त्रासदी है। इतिहास उठाकर देख लो। दुनिया की सबसे समृद्ध धरती के लोग ही सबसे ज्यादा त्रस्त और गरीब हैं।'' सगेन ने कहा। पिछले साल

जापान में दुनिया भर की यूरेनियम खदानों के इलाकों से आए भूमिपुत्रों की व्यथा से अनुभवी हो चुका था वह। विस्थापन, प्रदूषण और विकिरण से त्रस्त लोगों की व्यथा कथा से अवगत होकर!

हिन्दुकुली पहुंचकर एक स्थान पर जीप रोक दी अभिषेक ने और नीचे उतरने के बाद कुछ आगे जाकर एक तरफ इशारा करते हुए बोला– "ये जो पेड़ पौधों के झुरमुट के बीच से जानवरों के आने जाने का रास्ता दिख रहा है न, चढ़ाई उतराई पार करके गहन से गहनतम जंगल में प्रवेश कर गया है। मेरे पापा कहा करते थे कि इधर जाना खतरे से खाली नहीं। हालांकि वह बहुत साल पहले की बात है। अब तो निश्चित रूप से जंगली जानवरों की संख्या में काफी कमी आयी है। फिर भी इस अंचल में आज भी हाथी, जंगली भैंसा, सांभर आदि की तो भरमार है ही, किस्मत अच्छी हो तो बाघ महाराज के भी दर्शन हो जाते हैं।"

थोड़ी देर वहां रुकने के बाद वापस ड्राइविंग सीट पर बैठकर अभिषेक जीप को चढ़ाई पर थोड़ा और ऊपर ले गया और वहां से नीचे की तरफ एक जलाशय को दिखाकर कहा, "पापा जब जीवित थे तब एक बार यहां दस बारह हाथियों को जलक्रीड़ा करते देखा था। वह भी एक दुर्लभ दृश्य था। एक दूसरे पर अपनी सूंड़ से फव्वारे की तरह पानी डालकर खेलते वक्त पैं-पैं करके खुशी से उनके चिल्लाने की आवाज आज भी मेरे कानों में गूंजती है। थोड़ी देर उस दृश्य को देखने के बाद ही पापा ने हमें वहां से चले जाने को कहा था क्योंकि यदि वे खूंखार हाथी हमें उस वक्त वहां देख लेते तो पता नहीं गुस्से में आकर क्या कर बैठते।"

"आपस में इतने प्रेम से खेलते हाथियों को भी आप खूंखार कह रहे हैं?" प्रज्ञा ने बनावटी गुस्से में कहा।

"क्यों न कहूं? ये खूंखारपन ही तो इस जंगल के जानवरों की खूबी है। और इसका मुझे गर्व भी है। जंगल के प्रति आकर्षण के कारण इस देश के विभिन्न जंगलों की सैर कर चुका हूं मैं, मगर इस जंगल के जानवरों की तुलना में उधर के जानवर मुझे बिल्कुल सीधे और पालतू लगे। इस जंगल का एक बाइसन भी अत्यंत फुर्ती से कूदकर जीप के ऊपर से पार हो जाता है।"

"आदिवासी न होते हुए भी हमारे इस जंगल के प्रति...जंगली जानवरों के प्रति आपका ये प्रेम, ये आकर्षण, ये अपनापन हैरान करता है।" सगेन अभिषेक बाबू की प्रशंसा किये बगैर नहीं रह पाया।

"ये सब इन्हें अपने पिता से विरासत में मिला है। उन्हें न सिर्फ हमारे जंगल से बल्कि हमारे लोगों से भी गहरा लगाव था। घने जंगल में रहने वाले हम आदिवासियों को रोगग्रस्त जानवरों से, आदमखोर बाघों से बचाने के लिए उन्होंने कई बार अपनी जान की बाजी लगा दी। उनके पास जो बंदूक थी, उसका इस्तेमाल उन्होंने हमेशा हमारी रक्षा के लिए किया। जो काम हमारे तीर धनुष से संभव नहीं हो पाता था, उस काम के लिए वे हमेशा हमारे लोगों के साथ हाजिर रहते थे।" चारिबा से अपने पिता के बारे में प्रशंसा के बोल सुनना अच्छा लग रहा था अभिषेक को। बाकी लोग भी ध्यान से उसकी बातें सुन रहे थे पर अभिषेक के निर्देश का पालन करते हुए आरंभ से ही बहुत धीमे स्वर में बातचीत की जा रही थी ताकि जंगली जानवरों को यथासंभव उनकी उपस्थिति का आभास न होने दिया जाये। चारिबा की बात खत्म होते ही अभिषेक ने कहा–

"कहते हैं, बहुत पहले थोलकोबाद, समठा रेंज, किरीबुरू, मेघाहातुबुरू आदि इलाकों में हो आदिवासी रह ही नहीं पाते थे। जंगली जानवरों की बहुतायत के कारण। पर जब इधर अंग्रेज टिंबर व्यावसायी आए, फिर माइनिंग का भी काम आरंभ हुआ, तब लकड़ियां काटने के लिए, घने जंगल में डाकबंगलो तथा सड़क बनाने के लिए, साल की लकड़ियों से रेल की पटरी आदि बनाने के लिए हो आदिवासियों को इन इलाकों में बसाया गया। उन दिनों इधर रहनेवाले ज्यादातर अंग्रेज तो घोड़े पर चढ़कर ही इस जंगल में घूमा करते थे।"

"उस वक्त तो ये जंगल और भी ज्यादा घना रहा होगा?" जमीन पर गिरे हुए अद्भुत आकार के एक सूखे पेड़ पर अपने कैमरे को फोकस करते करते आदित्यश्री ने टोका।

"वो तो था ही। पेड़ों की सघनता के कारण कई बार हाथ को हाथ नहीं सूझता था दिन में भी।" सगेन ने अपने ततंग से सुनी बातों के हवाले से कहा। "बचपन में इस जंगल के बारे में ततंग की बातें सुन हमारे रोंगटे खड़े हो जाते थे।"

हिन्दुकुली से थोलकोबाद, कुमडीह होते हुए इस जंगल से बाहर निकलना था उन्हें। दिन ढलने लगा था पर तय रास्ते से थोड़ा हटकर अंदर की ओर जाने पर अभिषेक की एक अति पसंदीदा जगह पड़ती थी, जिसे वह प्रज्ञा को दिखाना चाहता था। उसे पता था कि प्रज्ञा को वह जगह बहुत पसंद आएगी। इसलिए वह पहले से किसी को बिना कुछ बताए उस ओर बढ़ने लगा। आज

अभिषेक हिन्दुकुली से थोलकोबाद जाते वक्त अपने उस पसंदीदा स्थान पर जा रहा था। यदि वह थोलकोबाद की तरफ से यानी उल्टे रास्ते से आता, तो थोलकोबाद से पांच सात कि.मी. दूर यानी थोलकोबाद डाकबंगलो से तिरिलपोशी गांव की तरफ जाते समय बायीं ओर उतर कर करीब एक कि.मी. जाने पर साल के घने पेड़ों के बीच छुपे उस स्थान पर जाना पड़ता जहां वर्षों पहले उसी रास्ते से एक बार शिकार पर निकले अपने पिता के साथ भागते हुए आकर पनाह ली थी उसने।

"वह एक अद्भुत जगह है! एक अद्भुत गुफा!" गुफा के बहुत करीब पहुंचकर राज खोला अभिषेक ने, "बाहर से किसी को पता ही न चले कि साल के घने जंगल के बीच समतल से करीब दस पंद्रह फीट ऊपर एक पहाड़ी टीले पर एक चौड़े से मुंह वाली इतनी लंबी और बड़ी गुफा का भी अस्तित्व हो सकता है, जहां एक साथ सैकड़ों लोग पनाह ले सकते हैं।"

"सैकड़ों लोग?" प्रज्ञा ने आश्चर्य व्यक्त किया तो अभिषेक का उत्साह बढ़ा। बोला, "वैसे तो इस जंगल में पायी जाने वाली ढेर सारी गुफाओं को देखा है मैंने, पर इसकी बात ही कुछ और है। इस गुफा के ठीक ऊपर पहाड़ पर एक छोटी सी गुफा भी है जिसमें इनसान को घुटनों के बल चलकर घुसना पड़ता है। पर बाघ वहां आसानी से रह लेते हैं। गुफा से लगभग सौ मीटर दूर एक पतला नाला है। पास ही जानवरों के लिए प्राकृतिक सॉल्ट लीक भी।"

लिगिरदा नामक उस घने जंगल वाले इलाके में छिपा उस प्राकृतिक गुफा को देख प्रज्ञा सचमुच रोमांचित हो उठी थी। हाथ बढ़ाकर गुफा की छत को छुआ था उसने। ऊबड़ खाबड़ दीवारों पर बने शैलचित्रों को बड़े गौर से देखा था। पत्थरों से...तीर धनुष से शिकार करते आदिम मानवों के...जंतु जानवरों के चित्रों को...नंगे...वल्कल पहने आदिम मानवों के चित्रों को...

"अच्छा अभिषेक, ये शैलचित्र कितने पुराने होंगे ?" प्रज्ञा ने प्रश्न किया तो अभिषेक ठीक ठीक जवाब नहीं दे पाया।

थोड़े इंतजार के बाद प्रज्ञा ने अपने ज्ञान का पिटारा खोला, "जानते हैं, दुनिया का सबसे पुराना शैलचित्र कहां पाया गया है?"

"कहां?"

"इनसान द्वारा बनाए गये सबसे पुराने शैलचित्र स्पेन और फ्रांस की गुफाओं में पाए गये हैं जो करीब अट्ठारह हजार वर्ष पुराने हैं।"

"ऐसा भी तो हो सकता है कि इस गुफा के शैलचित्र उससे भी पुराने हों?" चारिबा ने बड़े आत्मविश्वास के साथ कहा तो प्रज्ञा ने भी इस संभावना से इनकार नहीं किया। कहा, "हो तो सकता ही है।"

"पुरातत्व विभाग वाले कभी आकर जांच करें तब न सच्चाई का पता चले?" आदित्यश्री ने जैसे ही कहा, अभिषेक प्रतिवाद कर उठा, "न बाबा न! इस जंगल की वर्जिनिटी ही इसकी खूबसूरती है। जितने कम लोगों की नज़र इस पर पड़े, उतना ही अच्छा है। वरना इसकी भी हालत कश्मीर की डल झील की तरह हो जाएगी।"

इसी बीच प्रज्ञा को दुबारा ध्यान से दीवारों को देखते देख अभिषेक ने कहा, "यहां दीवारों पर जो लिपि खुदी हुई देख रही हैं न, वह हड़प्पा मोहनजोदड़ो की लिपि से काफी मिलती जुलती है। और ये देखिए, ये मेरे पिताजी का नाम खुदा हुआ है। है न अद्‌भुत् लिपि में? मैं भी नहीं पढ़ पाता पर मेरे पिताजी ने इसे दिखाकर कहा था कि एक बार जब एक स्थानीय आदिवासी के साथ उन्होंने यहां शरण ली थी तो उसी ने उनका नाम लिख दिया था इस दीवार पर।..." अभिषेक की आवाज के साथ चिपककर एक बारीक से दर्द को बाहर आते देखा सबने। सुना भी, "यहां आने पर मुझे अपने पिता की उपस्थिति का अहसास होने लगता है। लगता है वे जिंदा हैं अभी भी। मेरे आसपास कहीं।"

"आप अपने पिता को बहुत चाहते थे, है न!" प्रज्ञा ने उस चिपके हुए दर्द को पुचकारा।

"वे मेरे हीरो थे। सबसे अच्छे दोस्त भी!" अभिषेक की आंखें छलछला आयी थीं।

"अच्छा अभिषेक!..." गुफा से बाहर निकलते हुए पूछा प्रज्ञा ने, "पूरा जंगल घुमा दिया आपने लेकिन एक भी झरना क्यों नहीं दिखा हमें?"

"पूरा जंगल घुमाया मैंने? आप पागल हो रही हैं क्या? करीब अस्सी हजार हेक्टेयर भू भाग में फैले इस विशाल जंगल में पूरा घूमना संभव है क्या? झारखंड से लेकर उड़ीसा के एक बड़े इलाके तक विस्तार है इसका। वैसे भी ऐसे ऐसे दुर्गम घाटियों और पहाड़ों वाले क्षेत्र हैं...दलदली इलाके हैं जिनमें जीप से तो क्या, पैदल भी नहीं जाया जा सकता।"

"तो क्या हमारा जंगल घूमना आज ही समाप्त हो जाएगा?"

"ऐसा मैंने कब कहा? कल आप लोगों को कोयल...कारो...कोइना– तीनों नदियों के बहुत करीब ले जाऊंगा। कुछ खूबसूरत झरने दिखा दूंगा। यहां एक

टोयबो जलप्रपात है जहां करीब एक सौ सोलह प्रकार की प्रजाति के दुर्लभ पौधे पाये जाते हैं। वहां जाना पसंद करेंगी?"

"ये भी कोई पूछने की बात है?" प्रज्ञा ने प्रसन्नता व्यक्त की।

"ठीक है। तब तो जंगल की सैर के दौरान कुछ और नायाब चीजों से भी रूबरू कराऊंगा। प्रकृति की गोद में बसे थोलकोबाद, तिरिलपोशी, बलिवा, बिटकलसोय, जैसे कुछ गांवों में जाकर लोगों से मिलना भी आपके अध्ययन के लिए मददगार हो सकता है।"

"आप मुझे अपना गांव नहीं दिखाएंगी?' सगेन से बात करने में मशगूल चारिबा से प्रज्ञा ने पूछा तो चारिबा के कुछ कहने से पहले सगेन बोल पड़ा–

"इनका गांव देखना हो तो उड़ीसा जाना होगा। अब तो ये वहीं की होकर रह गयी हैं।"

"यहां की रहूं या वहां की। हूं तो एक ही जंगल, एक ही लौह अयस्क खदानों के इलाके में। बस, थोड़ी ही दूर पर। राज्य का नाम बदल जाने से कोई परदेशी नहीं हो जाता। अगर यही बात है तो तुम लोगों ने अपने इस पश्चिमी सिंहभूम को छोड़ पूर्वी सिंहभूम में क्यों डेरा डाला? सारंडा को छोड़ मरंग गोड़ा क्यों गये?" चारिबा ने उल्टे उसी पर हमला बोल दिया।

थोलकोबाद...कुमडीह...होते हुए उस दिन वे जंगल से बाहर निकल तो आए थे मगर सारंडा का मोहपाश प्रज्ञा को जकड़े हुए था। ऊंचे ऊंचे साल के पेड़...अंधेरे उजाले के मायावी परिवेश के बीच छुपा लिगिरदा गुफा का प्रवेशद्वार...प्रज्ञा के दिलोदिमाग से उतर नहीं रहे थे।

उस रात भोजन के बाद गेस्ट हाउस के परिसर में टहलते हुए सामने नीचे दूर दूर तक फैले अंधेरे में डूबे सारंडा के रहस्यमय जंगल की ओर देखते देखते प्रज्ञा भावुक होकर बोल उठी थी–

"जानते हो श्री, आज पूरा दिन इस जंगल में बिताने के बाद...उस गुफा में जाने के बाद मुझे ऐसा लग रहा है कि शायद मैं भी कभी इसी जंगल का हिस्सा थी! किसी प्रागैतिहासिक काल में...आदिम मानवों की तरह भटकती थी जंगलों में...शिकार की खोज में...वल्कल पहनकर भागते हुए लेती थी उस गुफा में शरण!..."

"तुम्हारी बातों से लगता है कि इस वक्त भी तुम जंगल के अंदर हो और जंगल तुम्हारे भीतर! अभिषेक ने ठीक ही कहा था, इस जंगल में ऐसी कोई सम्मोहिनी शक्ति है कि जो भी आता है, इसी का होकर रह जाता है।" आदित्यश्री ने दार्शनिकों की तरह कहा।

अगले दिन अभिषेक ने इस प्रतिश्रुति के साथ प्रज्ञा को जंगल में प्रवेश कराया था कि आज वे इस जंगल से गुजरने वाली तीन तीन नदियों– कोयल, कोइना और कारो को पार करवाएंगे। कई झरनों के पास भी ले जाएंगे।

"लेकिन मैं चाहता हूं कि जो झरना सबसे ज्यादा खूबसूरत है, उसी को पहले दिखलाऊं ताकि आपके जेहन में वह दृश्य हमेशा हमेशा के लिए बस जाए।" अभिषेक ने अपने मन की बात कह डाली।

"ये जो इस पहाड़ से नीचे उतरती नदी को देख रही हैं न, यही कारो नदी है। इसी पर चलते हुए हमें ऊपर चढ़ना है। नंगे पांव!" लंबी यात्रा के बाद अभिषेक ने एक स्थान पर जीप रोककर कहा।

"नंगे पांव?"

"हां।"

"क्यों?"

"वो तो ऊपर जाकर ही बताऊंगा। वैसे न भी बताऊं तो आप समझ ही जाएंगी।"

"ऐसा क्या?"

"जी बिल्कुल!"

"तब तो जाना ही पड़ेगा।"

...और सभी मिलकर कारो नदी की शीतल जलधारा में एड़ियां डुबो डुबोकर पहाड़ पर चढ़ने लगे। खड़ी चढ़ाई न होने की वजह से चढ़ने में आसानी तो हो रही थी पर जलधारा में घिसे हुए छोटे छोटे गोल गोल कंकड़ पत्थर पैरों के नीचे शरारत करने से बाज नहीं आ रहे थे।

कुछ देर की चढ़ाई के बाद अचानक जलधारा गायब हो गयी। फिर जैसे ही वे दाहिनी ओर मुड़े, उनकी बोलती बंद हो गयी। आंखों के सामने एक ऐसा नैसर्गिक नजारा था कि पलकें भी झपकना भूल जाएं। बड़े बड़े पेड़ों से घिरा हुआ अगाध जलराशि वाला एक अत्यंत सुंदर जलप्रपात!

"अद्‌भुत! यकीन नहीं होता कि इस दुनिया में इतनी खूबसूरत जगह भी हो सकती है! इससे पहले मैंने बहुत सारे झरने देखे हैं पर इसमें जो एक नैसर्गिक सौंदर्य है, जो भोलापन...जो कुवांरापन है वह मुझे कहीं नहीं मिला।" कुछ देर बाद उस सम्मोहन से बाहर आकर कहा प्रज्ञा ने।

"तो ये कहिए की इसकी वर्जिनिटी ने घायल किया आपको!"

"बिल्कुल! लगता है, सैलानियों की भीड़ से बचा हुआ है ये अब तक।"

"ठीक कहा आपने। तभी तो वर्जिन है!"

"कभी कभी सोचता हूं, क्या यही वह जगह है जिसके बारे में बचपन में मेरे ततंग कहानियां सुनाया करते थे?" सगेन ने सोच में डूबते हुए कहा।

"क्या सुनाया करते थे?"

"वे कहते थे, अत्यंत घने जंगल में आधे नीले...आधे हरे पहाड़ों के बीच एक अत्यंत खूबसूरत झरना है। पवित्र सोता है। वहां के जल को कभी अपवित्र नहीं किया जाता, क्योंकि उनके इर्द गिर्द ही हमारे बिर बोंगा, मरंग बोंगा का वास है। बिर बोंगा इस जंगल के पशु पक्षियों की रक्षा करते हैं। उनकी पूजा किए बगैर शिकार नहीं मिलता। शिकार पर तीर चलाने पर भी निशाना चूक जाता है। और मागेः पोरोब के दिन मरंग बोंगा की पूजा की जाती है। पास के गांव का पुजारी दिउरी तीन दिन पहले से ही उपवास करके आधी रात के बाद ठंडे पानी से नहाता है और शुद्ध सफेद वस्त्र पहनकर वहां से पवित्र जल लेने जाता है। पानी में दो अजगर दिखते हैं जिन्हें वह अरवा चावल की तीन रोटियां खिलाता है। जब वे खुश होकर वहां से हटते हैं तब वह मिट्टी के दो बर्तनों में जल भरकर उसे गांव लाता है और सुबह सूर्य की ओर मुंह करके मरंग बोंगा को अर्पित करता है। इसलिए वहां के जल को जूठा करने की सख्त मनाही है। अगर कोई वहां का पानी पीना ही चाहता है तो साल पत्ते के दोने में पानी पीकर दोने को दूर फेंक देना पड़ता है। दुबारा पीना हो तो उस जूठे दोने में न पीकर नये दोने में पीना पड़ता है। वरना मरंग बोंगा नाराज हो जाते हैं और हमारा अहित होने लगता है।"

सगेन की बातें सुनते सुनते प्रज्ञा रोमांचित हो उठी थी। विदेश में उच्च शिक्षा प्राप्त करने के बावजूद उसे इस तरह की कहानियां आकर्षित करतीं। उसने पूछा, "क्या आपको वास्तव में ऐसा लगता है कि यही वह जगह है जिसके बारे में आपके ततंग कहा करते थे?"

"यहां का नैसर्गिक सौंदर्य...यहां की पवित्रता...स्वच्छता देखकर तो ऐसा ही लगता है।"

...और वे उस पवित्र वातावरण में खो से गये थे। उस स्वर्ग में कुछ पल बिताने के बाद बेमन से नीचे उतर आना पड़ा था उन्हें। कुछ देर बाद अभिषेक की जीप उन्हें लेकर जिस जलप्रपात पर गयी थी वह सीढ़ीनुमा चट्टानों से होकर इस प्रकार नीचे गिर रहा था कि उन चट्टानों पर बैठकर नहाने को सबका जी मचल उठा। तय हुआ, वहीं नहाकर भोजन किया जाए। बास्केट में भोजन के लिए काफी सामग्री रखी थी, इसलिए सभी निश्चिंत थे।

"नीचे नदी में मछलियां नहीं हैं?"...झरने के जल में भीगते हुए प्रज्ञा ने पूछा।

"हैं न!" चारिबा ने जवाब दिया।

"इस घने जंगल में झरने में नहाने के बाद लकड़ी की आग में भुनी हुई मछली खाने को मिल जाती तो मजा आ जाता!" प्रज्ञा ने यूं ही कहा पर अभिषेक ने इसे गंभीरता से लिया और 'अभी खिलाता हूं मैडम!' कहकर सगेन और आदित्यश्री के साथ सीढ़ीनुमा चट्टानों से होते हुए नीचे उतरकर थोड़ी देर के लिए कहीं गायब हो गया।

"बिना किसी जाल या बंसी के ये कैसे पकड़ेंगे मछली?" प्रज्ञा के मन में जिज्ञासा हुई तो वह भी चारिबा को लेकर नीचे उतर आयी। देखा– अभिषेक एक तौलिया लपेटे हुए है। उसका पैंट उसके हाथ में है और वह चक्कू से पास के जंगल की कुछ लताओं को काट रहा है। आदित्यश्री तथा सगेन उसकी मदद में जुटे हुए हैं। कुछ ही देर में उन्होंने फुलपैंट के दोनों पांवों में ठीक घुटनों के स्थान पर लत्तरों से कसकर गांठें बांध दीं। अब पैंट के बेल्ट वाले खांचे में भी गोलाई से लत्तरों की मोटी रस्सियों को ऐसे डाला कि पैंट का वह हिस्सा बिल्कुल एक टोकरी के खुले मुंह जैसा दिखे। फिर गोलाई में लगी रस्सी पर थोड़े थोड़े अंतराल में अलग अलग रस्सियां फंसाकर उनके सिरों को ऊपर की ओर ले जाकर एक साथ बांध दिया गया और ऊंचाई से लटकाए रखने के लिए उसमें से एक लंबा सिरा निकाल दिया गया। नदी के ठीक ऊपर लटकते एक पेड़ की डाल पर बैठकर उस सिरे के सहारे पैंट को पानी में डुबोए रखने से पहले पैंट के अंदर कुछ कंकड़ पत्थर डाल दिये गये और पैंट की दोनों जेबों को बालू से भर दिया गया ताकि पैंट उनके भार से पानी में डूबी रहे। ऊपर तैरे नहीं। तरकीब अच्छी थी। समय तो लगा मगर मछली आकर जैसे ही पैंट के अंदर घुसी, पैंट को झट से ऊपर खींच लिया गया। चूंकि पैंट के निचले सिरे रस्सियों से बंधे थे इसलिए मछली भाग नहीं पायी।

नदी किनारे की रेत और पत्थर पर बैठ लकड़ी की आंच में सेंकी हुई स्वादिष्ट पहाड़ी मछलियों को खाते खाते सभी ने अभिषेक के दिमाग की दाद दी। प्रज्ञा ने कहा, "मेरी खातिर आप लोगों को इतनी मेहनत करनी पड़ी।"

" 'अतिथि देवो भवः' हमारे शास्त्रों में कहा गया है। और आपने इतने शौक से मछली खाने की इच्छा जाहिर की! हम इसके लिए इतना सा कष्ट भी न उठाएं?" अभिषेक ने शिष्टता दिखाई पर आदित्यश्री ने कहा, "चलिए इसी बहाने हम सबने एक अच्छी खासी पिकनिक मना ली। जंगल में मंगल हो गया। आज के दिन को भूलना मुश्किल होगा ताउम्र!"

अगले दो तीन दिनों तक उन लोगों के साथ घूमने के बाद उस इलाके से अच्छी तरह परिचित हो गयी थी प्रज्ञा। तिरिलपोशी, बलिवा, थोलकोबाद, जराईकेला जैसे कई गांवों का दौरा भी कर चुकी थी वह। वहां के लोगों से मिल चुकी थी। चारिबा से भी काफी घनिष्ठता हो गयी थी उसकी। चारिबा के काम के बारे में जानकर प्रभावित हुई थी वह और अपनी तरफ से उसमें यथासंभव सहयोग करते रहने की इच्छा जताई थी। कहा था, "हमारी जानकारी में कई ऐसी बड़ी संस्थाएं हैं जो इस तरह के कार्यों में लगे लोगों को मदद पहुंचाती हैं।"

सगेन और आदित्यश्री से भी उनके विकिरण विरोधी आंदोलन का वृत्तांत सुनकर उसमें रुचि दिखलायी थी प्रज्ञा ने। कहा था– "माओवाद पर शोध पूरा होने पर अगर भविष्य में कभी मौका मिला तो भारत आकर मरंग गोड़ा पर अवश्य शोध करूंगी।"

थेथर के पौधों में भी विकिरण की थेथरई

प्रज्ञा प्रसंग से मुक्त होकर आदित्यश्री और सगेन अपने अपने काम में व्यस्त हो चुके थे। समय अपनी गति से बह रहा था। इस बीच जापान से अरिना आई थी मरंग गोड़ा का दौरा करने और हिरोशिमा दिवस पर मरंग गोड़ा तथा उसके आसपास के कुछ बच्चों को आमंत्रित करके अपनी संस्था के खर्च पर अपने यहां ले गयी थी। भारत पाकिस्तान के बच्चों के बीच पारस्परिक सौहार्द बढ़ाने...जंग के खिलाफ...परमाणु हथियारों के खिलाफ मानसिकता तैयार करने के महत् उद्देश्य से।

अपने वादे के मुताबिक जापान के ओटो विश्वविद्यालय के परमाणु वैज्ञानिक प्रोफेसर बोयदे ने भी मरंग गोड़ा आकर जांच शुरू कर दी थी। मिट्टी की जांच...हवा की जांच...पानी की जांच...। गांव के घरों में...सड़कों पर...पास के रेलवे प्लेटफॉर्म पर...टेलिंग डैम के आसपास! जगह जगह से नमूने इकट्ठा करके जापान की लेबोरेटरी में जांच के लिए ले जाना! कुछ छोटे छोटे जांच यंत्रों को इधर उधर लगाकर कुछ समय के लिए मोआर के सदस्यों की निगरानी में छोड़कर वापस चले जाना। बीच बीच में रीडिंग लेने, मॉनिटर करने, काउंटर चेक करने दो चार दिनों के लिए आना ताकि निष्पक्ष जांच की जा सके।

लगातार दो वर्षों तक जांच प्रक्रिया चलती रही। और जब उन्होंने मरंग गोड़ा के विभिन्न इलाकों में विकिरण की स्थिति से संबंधित अपनी रिपोर्ट सार्वजनिक की तो कई चौंकाने वाले तथ्य सामने आए।

टेलिंग डैम के पास हवा में गामा किरणों का विकिरण दस से सौ गुना ज्यादा था। प्रोफेसर बोयदे की रिपोर्ट में यह भी था कि टेलिंग डैम से मिट्टी का नमूना लेते वक्त जिन औरतों को उन्होंने सिर पर लकड़ी का गट्ठर लेकर नंगे पांव टेलिंग डैम के सूखे कचरे के ऊपर से चलकर पार होते हुए देखा, उनके शरीर में खतरनाक गामा किरणों के प्रवेश करने और उन्हे क्षति पहुंचने की पूरी संभावना थी। रिपोर्ट के अनुसार एक टेलिंग डैम में अत्यंत खतरनाक

रेडियोधर्मी पदार्थ सिजीयम-137 पाया गया। चूंकि यह पदार्थ एक बाइ-प्रोडक्ट है, यूरेनियम खनन के दौरान यह निकल ही नहीं सकता, इसलिए इसके बाहर से लाए जाने की संभावना मरंग गोड़ा के लोगों के इस संदेह की पुष्टि कर रही थी कि देश की विभिन्न आणविक प्रयोगशालाओं, अस्पतालों या परमाणु रियेक्टरों से लाए जाने वाले रेडियोधर्मी कचरों के साथ ही इन्हें भी लाकर यहां फेंका गया होगा।

रिपोर्ट में यूरेनियम खनन के कारण मरंग गोड़ा में फैले प्रदूषण का प्रमुखता से जिक्र था। कहा गया था कि मरंग गोड़ा की हवा में गामा किरणों की मात्रा तय सुरक्षित मानक एक मिली सिवर्ट (m Sv/y) से ज्यादा तो थी ही, कहीं कहीं दस मिली सिवर्ट तक भी पहुंच चुकी थी।

यूरेनियम खनन के दौरान खदान के सुरंग पथ पर करीब हजार मीटर नीचे काम कर रहे मजदूरों की स्वास्थ्य समस्या पर भी प्रकाश डाला गया था।

बोयदे का मानना था कि परमाणु ऊर्जा कानून के तहत टेलिंग डैम से किसी भी जन बस्ती की दूरी कम से कम पांच कि.मी. तो होनी ही चाहिए मगर यहां तो चालीस मीटर की दूरी पर ही घर दिख जाएंगे जहां स्थानीय लोग रह रहे हैं। यह कैसा अन्याय है? क्या यहां के वैज्ञानिक इन खतरों को जानते नहीं या जानबूझकर गांववालों के स्वास्थ्य के साथ खिलवाड़ कर रहे हैं?

बोयदे का यह भी कहना था कि पत्थरों से सौ प्रतिशत यूरेनियम निकालने की तकनीक दुनिया में कहीं ईजाद नहीं की गयी है। इसलिए यदि यूरेनियम अयस्क में पाए जाने वाले थोरियम, रेडियम, रैडॉन आदि नहीं निकाल रहे हैं तो वो टेलिंग डैम में जाएंगे ही।

रिपोर्ट में कहा गया कि टेलिंग डैम के नीचे की तरफ गांव में जो कुएं या तालाब हैं, उनमें टेलिंग डैम का प्रदूषित जल जमीन के अंदर ही अंदर जा रहा है।

मरंग गोड़ा की जिन सड़कों, घरों की छतों तथा चहारदीवारी में यूरेनियम अयस्क खनन के दौरान निकले बेकार पत्थरों का उपयोग किया गया, वहां भी विकिरण की मात्रा अधिक पायी गयी। उन घरों में विकिरणजनित बीमारी से ग्रस्त लोगों की संख्या ज्यादा पायी गयी। मरंग गोड़ा की कई सड़कों पर, पेड़ पौधों एवं झाड़ियों में...सबसे ज्यादा थेथर के पौधों में, घरों के आसपास, नदी किनारे या पास के रेलवे स्टेशन पर भी यूरेनियमजनित प्रदूषण काफी मात्रा में पाया गया जिसे प्रोफेसर बोयदे ने आंकड़ों के साथ सार्वजनिक कर दिया था।

चूंकि प्रोफेसर बोयदे जाने माने परमाणु वैज्ञानिक थे और अंतर्राष्ट्रीय स्तर पर समादृत थे, इसलिए उनकी रिपोर्ट को गंभीरता से लिया गया। मोआर ने भी इस रिपोर्ट को लेकर काफी हल्ला हंगामा किया तो कंपनी की तरफ से मरंग गोड़ा में विकिरण से बचाव के लिए सुरक्षा उपायों पर ज्यादा ध्यान दिया जाने लगा। सबसे अच्छी बात यह हुई कि टेलिंग डैम के चारों ओर ऊंची ऊंची दीवारें बनाई जाने लगीं और गांव वालों तथा मवेशियों का उन डैमों में प्रवेश बंद करने के लिए कड़ी सुरक्षा व्यवस्था कर दी गयी। इससे पहले टेलिंग डैम के पास एक कोने में लगे 'प्रवेश निषेध' के छोटे से बोर्ड की किसी ने परवाह तक नहीं की थी। यह हमेशा उपेक्षित रहा था। अज्ञानतावश भी...लापरवाही से भी! जिस देश में बाइक चलाते वक्त हेलमेट भी लोग पुलिस द्वारा पकड़े जाने के भय से पहनते हैं, अपनी सुरक्षा के लिए नहीं, उस देश में अशिक्षित, अल्पशिक्षित या शिक्षित लोगों से कैसे उम्मीद की जा सकती है कि वे बिना कड़ाई के डैम में प्रवेश नहीं करेंगे?

प्रोफेयर बोयदे की रिपोर्ट के आधार पर मोआर के आंदोलनकारी सदस्यों के लिए अब सुरक्षा मानकों पर ध्यान देने के लिए कंपनी पर दबाव डालना आसान हो गया था। अब वे स्थानीय रेलवे स्टेशन से 'रेडियोऐक्टिव' लिखे ड्रमों की आवाजाही का भी खुलेआम विरोध करने लगे थे। खास तौर पर उन मालगाड़ियों से लाने ले जाने का, जिनमें खाद्य पदार्थ भी भरे रहते थे।

प्रोफेसर बोयदे का मरंग गोड़ा आना एक और बड़ी उपलब्धि थी आदित्यश्री और सगेन के लिए क्योंकि इससे कंपनी ने मजदूरों एवं गांववालों के हित में कई कारगर कदम उठाए थे। यह मरंग गोड़ा की...मोआर की...गांववालों की बहुत बड़ी जीत थी।

फ़ायर ऑफ़ द फ़ॉरेस्ट

प्रज्ञा के वापस जाने के बाद एक लंबा अरसा गुजर चुका था। पर उसने ई-मेल के जरिये आदित्यश्री से संपर्क बनाए रखा था। विशेष अवसरों पर शुभकामना संदेश भेजना...सगेन, चारिबा तथा अभिषेक का हाल चाल पूछना...।

उसके ई-मेल से आदित्यश्री को पता चलता था कि जिन क्षेत्रों में आकर उसने शोधकार्य किया था, वहां की गतिविधियों की यथासंभव जानकारी रखा करती थी वह। नेट पर यहां के विषय से संबंधित उसके कई लेख भी पढ़ चुका था वह।

इधर दिन ब दिन सारंडा काफी अशांत होने लगा था। आदित्यश्री या सगेन का कार्यक्षेत्र सारंडा नहीं था मगर वहां से संबंधित तमाम खबरें उन्हें बेचैन करती थीं। इस बीच वे दक्षिण अफ्रीका में आयोजित यूरेनियम सम्मेलन में भाग लेकर आए थे। मानव-पुरखों की धरती से होकर आए थे। उस धरती से, जो लाखों वर्ष पहले उनके पुरखों की धरती थी, उनकी अपनी धरती। क्या आज भी उनकी और इनकी दशा में कहीं न कहीं समानता नहीं है?

वहां जाकर उनकी यह धारणा बद्धमूल हुई थी कि प्राकृतिक संसाधन ही अभिशाप हैं। जहां जहां आदिवासी बसे, वहां वहां उनके पैरों के नीचे समृद्धि रही। मगर वही समृद्धि उनकी बर्बादी का कारण भी बनती रही। यूरेनियम खदान के कारण होने वाले प्रदूषण की बात अगर न भी करें, तो भी क्या अफ्रीका की हीरे की खदानों के कारण वहां होने वाले खूनी खेल किसी से छिपे हैं? प्रचुर प्राकृतिक संपदा के बावजूद वहां दुर्भिक्ष...भयावह गरीबी...क्यों?...आखिर क्यों???

धीरे धीरे उनकी दुनिया काफी बड़ी होती जा रही थी। उनके आंदोलन को बल मिल रहा था। उनकी व्यस्तता बढ़ती जा रही थी।

इधर प्रज्ञा ने अचानक आदित्यश्री को सूचित किया कि वह दुबारा आ रही है अपने शोधकार्य को विस्तार देने। इस बीच पश्चिमी सिंहभूम...खासतौर पर सारंडा में हुई माओवादी गतिविधियों का जायजा लेने...उनके कारणों की परख करने...उनके प्रभावों की समीक्षा करने।

इस बार प्रज्ञा ने उससे या सगेन से सारंडा साथ चलने के लिए नहीं कहा था। सारंडा से वापसी में वह आदित्यश्री से मिलने आयी थी। काफी उत्तेजित थी!

"कितना बदल गया है इन तीन वर्षों में सारंडा! मुझे यकीन नहीं होता!" उसने कहा था।

"क्यों क्या हुआ?" आदित्यश्री ने अनजान बनने की कोशिश की।'

"क्या हुआ? इतनी सारी...इतनी बड़ी बड़ी घटनाएं घट गयीं और तुम कहते हो, क्या हुआ?"

"तो तुम सबकुछ पता करके आयी हो?"

"और क्या? पता भी करके आयी हूं। स्थानीय अखबारों की कतरनें भी लेकर आयी हूं। यकीन न हो तो देख लो।" कहकर प्रज्ञा ने स्थानीय अखबार का एक पन्ना खोलकर उसकी तरफ बढ़ा दिया। लिखा था–

उग्रवादी घटनाएंः

1– समठा के समीप 19 दिसंबर सन् 2002 को बारह पुलिसकर्मी तथा चार निजी चालकों को मौत के घाट उतारा गया। भारी संख्या में हथियारों की लूट और दर्जनों पुलिस जीपों को जलाया गया।

2– बिटकिलसोय के मुंडा जीवन मसीह भुंइया व समठा के वनपाल लूथर तिर्की की हत्या।

3– मनोहरपुर के भाजपा नेता राजेन्द्र सिंह की हत्या।

4– रौक्सी के समीप बारूद ढोने वाले वाहन से साढ़े सात टन बारूद की लूट।

5– सारंडा जंगल में नवांगांव, कुमडीह, तिरिलपोशी, थोलकोबाद स्थित वन विभाग के दर्जनों गेस्ट, रेस्ट व बिट हाउसों को जला दिया गया।

6– जंगल के सभी मील के पत्थरों को तोड़ दिया गया।

7– सेल (स्टील अथॉरिटी ऑफ़ इंडिया लिमिटेड) के मेघाहातुबुरू खान प्रबंधन से चार अधिकारियों का अपहरण। सात करोड़ रुपये व लाभ के तीस प्रतिशत हिस्से की मांग।

8– मेघाहातुबुरू खदान में सात करोड़ रुपये लेने के लिए दोबारा घुसना।

9– जिंदल स्पंज आयरन फैक्टरी से एक करोड़ रुपये की मांग।

10– लगभग तीन अस्थायी प्रशिक्षण कैंपों के माध्यम से युवाओं को प्रशिक्षित करने का कार्य जारी।

11– जगह जगह जन अदालत लगाकर सजा देने का कार्य जारी।

12– बड़े पैमाने पर लेवी लेने का कार्य जारी।

13– 31 मार्च 04 को बड़ाजामदा ओपी पर हमला, जिसमें 10 रायफल, एक पिस्तौल, 750 कारतूस व हजारों रुपये की लूट।

14– सात अप्रैल 04 को बलिवा के पास पुलिस पर हमला कर 28 पुलिसकर्मियों को मौत के घाट उतारा गया। एक जिप्सी सहित तीन जीप उड़ायीं तथा जलायी गयीं। इस वारदात में मृत तथा घायल पुलिसकर्मियों के हथियार लूट लिये गये।

आदित्यश्री को एकबारगी यह नहीं सूझा कि वह क्या कहे। लगातार घटित हो रही इन घटनाओं की जानकारी तो उसे थी मगर एक साथ लिखे तमाम विवरणों को पढ़ने के बाद हालात ज्यादा गंभीर महसूस होने लगे।

"सन् 2001 के वसंत में अगर तुम लोगों के साथ उन जगहों की सैर न की होती, जहां आज इस तरह की घटनाएं घट रही हैं तो शायद इतनी तकलीफ न होती।" प्रज्ञा की आवाज में दर्द था।

"सारंडा के जंगल के अंदर तो नहीं जा पायी होगी तुम इस बार?" आदित्यश्री ने पूछा।

"नहीं। जाना तो चाहती थी मगर अनुमति नहीं मिली। बाहर बाहर से ही जानकारी जुटाती रही। ऐसा क्यों हुआ, उन कारणों को तलाशने के लिए।"

"कुछ तलाश पायी?"

"अभी तक तो नहीं, मगर लोगों से पूछकर तथा अखबारों की कतरनों से जो जानकारियां जुटाई हैं उनके विश्लेषण के बाद अवश्य ही तलाश पाऊंगी।"

"क्या क्या जानकारी जुटाई है ये तो बताओ?"

"यही कि 25 नवंबर 2001 की रात पहली बार बंदगांव के टेबो घाटी में लगभग चार सौ हथियारबंद युवकों के जत्थे को देखा गया था। इनमें से कुछ

किरीबुरू, कुछ अड़की के जंगलों की ओर चले गये। कुछ युवक बंदगांव के जंगल में ही रहे।..."

"सोच लो, इसी बंदगांव...टेबो घाटी से गुजरते वक्त पिछली बार तुमने नदी में पांव डुबोकर चाय की चुस्कियां ली थीं।" आदित्यश्री ने उसे डराने की कोशिश की मगर प्रज्ञा ने उसकी बात पर ध्यान नहीं दिया और बोलती रही...

"सारंडा में उनके प्रवेश करने की सूचना पाकर पुलिस सक्रिय हुई और 27 नवंबर 2001 को झारखंड और उड़ीसा पुलिस द्वारा हार्डकोर माओवादी ईश्वर चंद्र महतो को मार गिराए जाने के बाद से ही सारंडा में खूनी संघर्ष की वास्तविक शुरुआत हुई थी। सारंडा के अंदर ही वन विभाग के एक डाकबंगले में बैठक करते समय उन्हें घेरकर उन पर गोलीबारी की गयी थी। उनके अन्य साथी तो भागने में सफल हुए पर पुलिस को घटनास्थल से एसएलआर, ग्रेनेड जैसे अस्त्र शस्त्रों के साथ कई हजार रुपये तथा कुछ नक्सली साहित्य मिला था। पुलिस का दावा था कि बरामद हथियार सीआरपीएफ के जवानों के थे जिन्हें झारखंड के ही हजारीबाग से लूटा गया था।

इस घटना के बाद ईश्वरचंद्र के साथी माओवादी उग्र हो उठे थे। उनकी पहली पुण्यतिथि पर उन्होंने उस घटना का बदला लेने की विधिवत घोषणा कर दी। और...और..."

"और?" प्रज्ञा को हकलाते देख आदित्यश्री ने पूछा।

"और आरंभ हो गया खूनी खेल! सबसे पहले मुखबिरी के संदेह में डाकबंगले के वनपाल लूथर तिर्की और बिट्किलसोय के मुंडा जीवन मसीह भुइयां की गर्दन रेत कर हत्या कर दी गयी। वन विभाग के एक रेस्ट हाउस को भी उड़ा दिया गया। फिर जीवन मसीह भुइंया का शव लेकर लौट रहे पुलिस के वाहनों को बारूदी सुरंग विस्फोट से उड़ा दिया। जिंदा बचे पुलिसकर्मियों को घने जंगल में घेरकर मारा गया। दिसंबर 2002 को घटी इस घटना में 16 लोगों की मौत हुई थी जिनमें बारह पुलिसकर्मी थे और चार निजी चालक। सोचकर हैरानी होती है श्री कि सारंडा की उन खूबसूरत वादियों में, जहां हम इतने भोले भाले लोगों से मिले थे, ऐसा खूनी खेल भी हो सकता है?"

"यही तो सोचने वाली बात है। एक बहुत बड़ा प्रश्न है यह कि आखिर क्यों ये शांत लोग अचानक इतने उग्र हो उठे कि अपने ही बीच के एक व्यक्ति को मुखबिरी के आरोप में पकड़कर वन विश्रामालय के मैदान में ले गये। कुल्हाड़ी से मारकर उसके घुटनों को तोड़ा। जब वह कराहने लगा, तब उस पर मिट्टी

का तेल डालकर आग लगा दी। जब वह तड़पने लगा तो उसका सिर काटकर अलग कर दिया गया। इतनी क्रूरता के साथ हत्या!"

"वह तो फिर भी एक अकेला कमजोर व्यक्ति था। 2004 में बलिवा में तो इनके साहस और हिम्मत की पराकाष्ठा थी। जिस इलाके में लोग पहले पुलिस को देखते ही डर से भागने लगते थे उस इलाके में पुलिस अधीक्षक सहित विशाल पुलिसदल पर हमला करना और व्यापक रूप से उन्हें जान माल की क्षति पहुंचाना...यकीन नहीं होता।"

"तुम्हें पूरा वाकया पता है न?"

"बिल्कुल पता है। पूरी घटना बिल्कुल फिल्मी लगती है। मैंने विस्फोट तथा गोलीबारी में मारे गये पुलिसकर्मियों की वीभत्स तस्वीरों से पटे अखबारों के पन्ने देखे हैं। रोंगटे खड़े हो जाते हैं पढ़ते सुनते...। तुम चाहो तो एक फिल्म बना सकते हो सात अप्रैल 2004 को सारंडा के घने जंगल में घटी इस घटना पर..." प्रज्ञा किसी निर्देशक की भांति उस घटना को दृश्यमान करने लगी–

"पुलिस को किसी मुखबिर से गुप्त सूचना मिलती है कि सारंडा के बलिवा गांव के पास हथियारबंद एमसीसी के एक दस्ते ने शरण ले रखी है। सूचना के आधार पर पुलिस अधीक्षक दो सौ जवानों को लेकर दो टीमें बनाकर सुबह सुबह अलग अलग रास्ते से सारंडा में प्रवेश करते हैं। एक टीम का नेतृत्व वे स्वयं कर रहे हैं। दिन भर बलिवा के जंगल में सघन छापामारी करके वापस लौट रहे हैं वे। घड़ी शाम के पांच बजा रही है। पुलिस अधीक्षक की जिप्सी सबसे आगे है। एक संकीर्ण मोड़ पर खतरनाक पहाड़ी के समीप सड़क पर अचानक बारूदी सुरंग फटती है। भयंकर आवाज से जंगल थरथरा उठता है। पुलिस कप्तान पीछे मुड़कर देखते हैं। उनकी जिप्सी के ठीक पीछे चल रही जीप विस्फोट की चपेट में आ जाती है। पुलिसकर्मियों समेत जीप के चिथड़े उड़ जाते हैं। इसके बाद एक एक कर चार विस्फोट होते हैं। विस्फोटों में तीन जीपें तिनकों की तरह उड़ती हुई नज़र आती हैं। बगल में बैठे पुलिसकर्मी के हाथ से एसएलआर लेकर जिप्सी से नीचे कूद पड़ते हैं पुलिस कप्तान। फिर अज्ञात हमलावरों पर गोलीबारी करते हुए पास के जंगल में जाकर मोर्चा संभाल लेते हैं। पुलिस को लक्ष्य करके जंगल और पहाड़ियों से ताबड़तोड़ गोलियां चल रही हैं। पुलिस अधीक्षक कुछ ही राउंड फायर कर पाते हैं कि अचानक एक गोली उनके हाथ में लगती है और उनके हाथ से

एसएलआर छूटकर दूर जा गिरती है। जब वे उसे उठाने के लिए आगे बढ़ने की कोशिश करते हैं तो पाते हैं कि उनका पैर भी लैंड माइंस का स्प्लिंटर लगने के कारण जख्मी हो चुका है। अपने कप्तान की हालत देख उनके अंगरक्षक, जो उनके पीछे पीछे ही जिप्सी से कूदकर वहां आ गये थे, उन्हें घसीटकर, फिर कंधों पर उठाकर जंगल के भीतर ले जाते हैं। एक अंगरक्षक अपनी वर्दी फाड़ता है और उसके टुकड़ों से अपने कप्तान के खून टपकते जख्मों को कसकर बांध देता है। फिर कभी घुटनों के बल, कभी कुहनियों के बल सरकते हुए तो कभी अपने कप्तान को कंधों का सहारा देते हुए वे रात भर उस घने और भयानक जंगल में भटकते रहते हैं...भटकते रहते हैं। बाकी के जवानों से संपर्क टूट चुका है। कहां जा रहे हैं, किधर जा रहे हैं कुछ समझ में नहीं आ रहा। कप्तान के जख्मों से लगातार खून बह रहा है। वे सभी थककर चूर हो गये हैं। अब और चला नहीं जाता...।

''अल्ल सुबह दूर एक बस्ती नजर आती है। उम्मीद की एक किरण! मगर सभी जानते हैं कि वहां जाना खतरे से खाली नहीं। जंगल की बस्तियों में इन दिनों जंगल पार्टी की चलती है। पुलिस अधीक्षक के साथ का एक जवान आदिवासी है, इसलिए उसे ही भेजा गया है बस्ती वालों के पास। बस्ती वाले दिल खोलकर उनकी मदद करते हैं। उन्हें एक साइकिल भी देते हैं। फिर उन्हीं के बताए रास्ते से साइकिल पर बैठाकर जंगल के रास्ते से ही जख्मी पुलिस अधीक्षक को बीस किलोमीटर दूर करमपदा लाया जाता है। वहां लौह अयस्क की ढुलाई करने वाली एक मालगाड़ी मिलती है। उसी में बैठकर सब लोग लौह अयस्क लोडिंग पॉइन्ट तक पहुंचते हैं। उसके बाद खान प्रबंधन के वाहन से पुलिस अधीक्षक को अस्पताल पहुंचाया जाता है...।'' अपने सूखे गले को तर करने के लिए सामने रखी बोतल से दो घूंट पानी पीकर अपना विवरण जारी रखती है प्रज्ञा—

''अंगरक्षकों की मुस्तैदी से पुलिस अधीक्षक की तो जान बच जाती है मगर उस हमले में 28 पुलिसकर्मियों की मौत हो चुकी होती है...सारंडा के जंगल में उस रात ढेर सारे सियारों के रोने की आवाजें सुनाई देती हैं...और अगले दिन मृत पुलिसकर्मियों की विधवाओं, बच्चों, माता पिताओं और अन्य प्रियजनों की हृदयविदारक करुण चीख पुकार, रुदन न सिर्फ पश्चिमी सिंहभूम की वादियों में

बल्कि दूर दूर के गांवों, कस्बों, शहरों में, जहां जहां के वे निवासी हैं, गूंजने लगता है...

सच में श्री तुम इस विषय पर फिल्म बना सकते हो।"

"तुम खुद क्यों नहीं बनाती?" आदित्यश्री ने बात बदलते हुए कहा, "जानती हो न कि ये वही जगह थी, जहां से अभिषेक बाबू के साथ हम गुजरे थे। छोटानागरा से कई किलोमीटर दूर थोलकोबाद के रास्ते से बढ़ने पर पोंगा गांव से करीब चार पांच किलोमीटर की दूरी पर ही घटी थी ये घटना। उसी रास्ते से तो हम गये थे उस भूतहा पोंगा डाकबंगले को देखने...!"

"याद है। अभिषेक बाबू ने ठीक ही कहा था। वह जगह ही मनहूस है। अच्छा किया था हमने जो वहां उतरे नहीं थे।" कहकर प्रज्ञा कुछ देर के लिए बिल्कुल शांत हो गयी। उसके चेहरे पर करुणा के भाव तारी हो गये थे।

"क्या सोच रही हो?" आदित्यश्री ने चुप्पी तोड़ी थी।

"सोच रही हूं कि उस वक्त उस जंगल में खूबसूरत लाल पलाश को देख जब हम मुग्ध हुए थे तो तुमने उसे 'फ़ायर ऑफ़ द फ़ॉरेस्ट' की संज्ञा दी थी। पर इनसानी खून से लाल हुए सारंडा में जलती पुलिसिया जीप की आग कैसी वीभत्स लग रही होगी। पक्षियों के मधुर कलरव की जगह मरते पुलिस के जवानों की चीखें कैसी सुनाई दे रही होंगी? सखुआ और महुआ के फूलों की खुशबू की जगह बारूद की तीखी गंध कैसी लग रही होगी? जंगल की शांति को तोड़ते धमाकों और चीख पुकार से भीत संत्रस्त जंगली जानवरों और पक्षियों में कैसी भगदड़ मच गयी होगी?"

"ये सब कुछ सोचने से पहले ये सोचो कि आखिर ये हुआ क्यों? उधर के सीधे सादे लोग एकाएक कैसे इतने हिंस्र हो उठे?" आदित्यश्री ने बड़े ही सुलझे हुए अंदाज में प्रश्न किया।

"उधर के विभिन्न लोगों से बात करके तो यही लगता है कि चूंकि उधर के ग्रामीणों की स्थिति काफी दयनीय थी और विकास के लिए भेजी गयी सरकारी राशि की लूट का नजारा खुलेआम दिखता था उन्हें। वन विभाग के अधिकारियों तथा जंगल माफियाओं को जंगल की कीमती लकड़ी को अवैध तरीके से काटकर बेचते हुए देखते थे वे। परन्तु जब वे अपने इस्तेमाल के लिए या पेट भरने के लिए छोटे मोटे पेड़ों को या टहनियों को काटते तो उन्हें सच्चे झूठे केसों में फंसाकर जेल में डाल दिया जाता था। कई बार तो जंगल माफियाओं की करतूतों को इनके माथे मढ़कर इन्हें गुनहगार साबित कर दिया जाता। इसके अलावा और

भी ढेर सारे ऐसे मुद्दे थे जिन्हें लेकर ग्रामीणों में आक्रोश था। और हां, सबसे बड़ा मुद्दा तो बेरोजगारी का था।

"ऐसे में जब एमसीसी के सदस्यों ने आकर उनकी भावनाओं को सहलाया, उन्हें तमाम समस्याओं से उबारने का भरोसा दिया तो वे उनकी तरफ झुक गये। देखते ही देखते उनके साथ सैंकड़ों युवक युवतियों का जत्था खड़ा हो गया।" प्रज्ञा ने कहा।

"और क्या क्या पता लगाया तुमने?" आदित्यश्री प्रज्ञा की जानकारी का पूरा पूरा जायजा लेना चाहता था।

"स्थानीय अखबारों में छपी सूचनाओं पर विश्वास करें तो नक्सलबाड़ी आन्दोलन के कुछ वर्ष पहले से ही माओवादियों ने कैमूर की पहाड़ियों से अपना काम आरंभ किया था और दुर्गम पहाड़िगों तथा जंगलों के रास्ते से ही उन्होंने झारखंड में प्रवेश किया। छापामार युद्ध में जंगल और पहाड़ी अंचल की अहम भूमिका होती है। पहाड़, जंगल को वे शरणस्थली बनाते हैं और समतल क्षेत्र में आक्रमण के बाद वापस जंगल झाड़ में पनाह ले लेते हैं।

"उन लोगों ने वन क्षेत्रों के माध्यम से झारखंड, बिहार, बंगाल, मध्यप्रदेश, छत्तीसगढ़ और उड़ीसा के कालाहांडी क्षेत्र से लेकर आंध्र प्रदेश तक अपना साम्राज्य फैला लिया और उन मार्गों से आम लोगों और पुलिस प्रशासन की दृष्टि से ओझल रहते हुए विचरण करते रहे। कहते हैं उत्तर में उनकी पहुंच नेपाल की तराई तक है और दक्षिण में आंध्रप्रदेश के घने जंगलों तक। वे अलग राज्य की मांग नहीं करते बल्कि सत्ता के बुनियादी चरित्र को बदलना चाहते हैं। उन्हें भरोसा है कि वे हथियारों के बल पर लगातार मुक्त क्षेत्र का विस्तार करते जाएंगे और एक दिन अपनी सत्ता कायम कर सकेंगे।"

"देखो प्रज्ञा", आदित्यश्री ने चिंतित मुद्रा में कहा,

"लोग चाहे इसे किसी भी रूप में लें, पर सच्चाई तो ये है कि सन् 1951 से 1990 के बीच इस देश में विकास के नाम पर करीब 85 लाख आदिवासियों को उजाड़ दिया गया। इनमें से तीन चौथाई का भी पुनर्वास नहीं हुआ। रोजगार तो दूर, राज्य द्वारा उन्हें जीवनयापन की न्यूनतम सुविधाएं भी नहीं दीं गयीं। यही असंतोष नक्सली घटनाओं की वृद्धि का कारण बना। तुम्हीं सोचो, आदिवासियों से जबरन जंगल के अधिकार छीन लिए गये जो उनके जीविकोपार्जन के साधन थे। कीमती खनिजों के खनन के लिये उनकी जमीन छीनी गयी। जिनकी जमीन नहीं छीनी गयी, उनमें से कुछ ने दुर्गम पहाड़ी इलाकों में बसे होने के कारण

गरीबी का दंश अब और झेल न सकने की वजह से हथियार उठा लिये। यदि विकास का लाभ उन्हें समय रहते मिला होता तो मुझे नहीं लगता कि स्थिति इतनी विकट होती।''

उस दिन काफी देर तक इस विषय पर बातचीत करते रहे थे वे दोनों। आदित्यश्री ने प्रज्ञा से यह जानना चाहा कि व्यक्तिगत रूप से उसकी सहानुभूति किसके पक्ष में है तो उसने कहा, ''अपने दोस्त को भेजे गये एक पत्र में महान लेखक चेखव ने लिखा था– 'मैं न उदारवादी हूं न रूढ़िवादी...मैं एक स्वतंत्र कलाकार से अधिक कुछ भी होना नहीं चाहता।...मैं हर प्रकार की हिंसा को नापसंद करता हूं।'...''

''बड़ा ही डिप्लोमैटिक जवाब है तुम्हारा! चेखव के विचारों को अपने विचार कहकर काम चला रही हो।'' आदित्यश्री बोला तो उसने अपने कंधे उचकाते हुए कहा, ''यदि जॉर्ज लुई बोर्खेस जैसे बड़े साहित्यकार और विचारक अपने साक्षात्कार में यह कुबूल कर सकते हैं कि वे खुद को मौलिक विचारक नहीं मानते। बर्कले, ह्यूम, शॉपनहार, माउथनर जैसे विचारकों दार्शनिकों के विचारों का उपयोग अपने निजी साहित्यिक लक्ष्यों के लिए करते रहे हैं तो मैं क्यों नहीं कर सकती।''

प्रज्ञा को दिल्ली जाना था। ट्रेन की टिकट अगले दिन की थी तो उसके पास समय की कोई कमी नहीं थी। आदित्यश्री ने उसे अपनी विख्यात वीडियो मूवी दिखाई जिसमें मरंग गोड़ा की विकिरणजनित त्रासदी दिखाई गयी थी। उस फिल्म को देख प्रज्ञा बहुत प्रभावित हुई। उसने तुरंत यह निर्णय ले लिया कि वह कभी न कभी मरंग गोड़ा जरूर आएगी शोध करने के लिए।

''तुम तो समाजशास्त्र की छात्रा हो। तुम्हारे शोध का विषय क्या हो सकता है?'' आदित्यश्री ने पूछा।

''बहुत सारे विषय हो सकते हैं। यूरेनियम माइनिंग के कारण मरंग गोड़ा के लोगों, खास तौर पर महिलाओं की सामाजिक स्थिति में आए बदलावों पर भी शोध कर सकती हूं। अभी अभी तुम्हारी फिल्म में मरंग गोड़ा की एक लड़की का इंटरव्यू देखा, जिसमें बताया जा रहा था कि कैसे बच्चे न पैदा कर पाने की वजह से उन्हें शादी के बाद पति द्वारा छोड़ा जा रहा है या विकलांग बच्चा पैदा न हो इस भय से वहां के युवक युवतियों से दूर गांव के लोग शादी ब्याह नहीं

कर रहे हैं। क्या ये कम गंभीर मसला है? क्या इस पर शोध करना समीचीन नहीं होगा?''

''जरूर होगा। और इससे हमारे आंदोलन को भी तो बल मिलेगा। यहां के लोगों की पीड़ा दूर दूर तक पहुंचेगी। बौद्धिक जगत् में विकिरण की तबाही को लेकर चिंतन मनन किया जाएगा। अति भोगवाद के दुष्परिणामों के बारे में सोचकर ऐहतियाती कदम उठाए जाएंगे। इनकी स्थिति में सुधार लाने का प्रयास किया जाएगा।...''

जल्द ही वापस आने का वादा करके प्रज्ञा ने आदित्यश्री से विदा ली थी।

इंडिजीनस वर्ल्ड यूरेनियम *समिट*

'माइनिंग के लिए आदिवासियों की धरती से बलात्कार!'...

मरंग गोड़ा के मोआर का यूरेनियमविरोधी आंदोलन अब अंतर्राष्ट्रीय यूरेनियमविरोधी आंदोलनों का हिस्सा हो गया था। देश हो या विदेश, शायद ही कोई ऐसा यूरेनियम सम्मेलन होता, जहां मोआर के प्रतिनिधियों को आमंत्रित नहीं किया जाता। सगेन तथा आदित्यश्री के अलावा मोआर के कई दूसरे सदस्य भी कई सम्मेलनों में भाग ले चुके थे।

हर जगह नया नया अनुभव!...

हर जगह एक जैसा अनुभव!...

चाहे वह ऑस्ट्रेलिया हो, जर्मनी हो, कनाडा हो, दक्षिणी अफ्रीका हो या अमेरिका। इंडिजीनस लोगों की...ऐबओरिजनल लोगों की...आदिवासियों की लगभग एक जैसी दुर्दशा! विभिन्न देशों से आए प्रतिनिधियों की एक जैसी पीड़ा...एक जैसे उद्‌गार!!

– माइनिंग के लिए आदिवासियों की धरती से बलात्कार!...

– टेलिंग पॉन्ड के हजारों लीटर रेडियोधर्मी जल द्वारा मिट्‌टी तथा चट्‌टानों की दरारों से होते हुए जमीन के अंदर ही अंदर आसपास के खेतों तथा जलस्रोतों तक पहुंचकर उन्हें दूषित करने की वजह से...अरबों टन रेडियोधर्मी चट्‌टानों की ब्लास्टिंग तथा प्रोसेसिंग की वजह से...वातावरण में रैडॉन गैस तथा अन्य रेडियोधर्मी पदार्थों के फैलाव से तरह तरह की स्वास्थ्य समस्याएं उत्पन्न हुईं।...

– जंगल से मिलनेवाले फल, पंछी, जानवर खत्म हो गये। खेत नष्ट हो गये।...

– यूरेनियम खनन के कारण ऑस्ट्रेलिया के काकाडु राष्ट्रीय उद्यान तथा उसके आसपास रहने वाले मिरर आदिवासियों की हजारों साल पुरानी पवित्र संस्कृति नष्ट हो रही है।...

हर एक का एक ही रोना।

तभी तो अमेरिका के विन्डोरॉक में नवाहो नेशन की राजधानी ऐरिज़ोना में आयोजित 'इंडिजीनस वर्ल्ड यूरेनियम *समिट*' में जाकर भावविभोर हो उठा था सगेन।

कितने तरह के अनुभव!

मिस नवाहो द्वारा पारंपरिक परिधान में विश्व भर से आए अपने इंडिजीनस मेहमानों का अभिवादन किया जाना...

वहां के आदिवासियों द्वारा पारंपरिक तरीके से मेहमानों की नज़र उतारा जाना...बुरी बलाओं से बचाने के लिए पंक्तिबद्ध एक एक मेहमान के लिए मंत्र फूंक फूंककर धूवन सामग्री को आग में झोंकना और उठते धुएं को मेहमान की तरफ उड़ाना...ओह! कितनी आत्मीयता! मानो अपना गांव...अपना घर...अपने लोग...

तभी तो कनाडा, ऑस्ट्रेलिया, अफ्रीका, भारत जैसे विभिन्न देशों से आए आदिवासी मेहमान यहां आकर मानो एक जाति, एक गोत्र के हो गये थे। दिल खोलकर नाचा, गाया था सबने! पूरी पूरी रात!

कनाडा से एक प्यारी सी लड़की आयी थी जो बिल्कुल चिड़ियों की तरह बोलती थी। उसने सामने बैठे सभी लोगों से हथेली रगड़वायी थी। चुटकी बजवायी थी। एक साथ! पिनड्रॉप साइलेंस! बच्चों की टीचर थी वह। यहां इतने सारे मेहमानों को...मेजबानों को बच्चा बना डाला था उसने। सबको मजा आया था अपनी इस वैश्विक बिरादरी के सामने बच्चा बनकर।

कोई रो रहा था। कोई अपना दुखड़ा सुना रहा था। कोई किसी के प्रति अपनी घृणा व्यक्त कर रहा था। एक गोरी नर्स को देखते ही एक स्थानीय आदिवासी उठकर चला गया था।...

सगेन, आदित्यश्री और उनके साथी बड़े ध्यान से यह सबकुछ देख सुन रहे थे। वह एक विचित्र दुनिया थी। रंग बिरंगी दुनिया। और, उस दुनिया में उस दिन मेजबान नवाहो आदिवासियों ने सबको एक दूसरे का रिश्तेदार बना डाला था।

एक तरफ जहां विकसित तथा विकासशील देशों से आए लोग थे वहीं दूसरी तरफ पेसिफ़िक ओशन के छोटे छोटे द्वीपों से आए वे आदिवासी भी थे जो फ्रांस, अमेरिका, इंग्लैण्ड द्वारा उनके द्वीपों के आसपास परमाणु बम परीक्षण किए जाने की वजह से प्रभावित थे।

– "अमेरिका जैसे विकसित देश के आदिवासियों ने भी क्या कम भुगता?" नवाहो नेशन की एक संस्था के प्रोग्राम डायरेक्टर ने उपस्थित लोगों को संबोधित करते हुए कहा था–

"सन् 1953 से 1980 तक अमेरिका दुनिया का अग्रणी यूरेनियम प्रोड्यूसर रहा। शीतयुद्ध काल में, जब दुनिया में परमाणु अस्त्रों के विस्तार की होड़ लग गयी थी, परमाणु अस्त्र और ईंधन बनाने के लिए सिर्फ नवाहो नेशन में ही प्राइवेट कंपनियों ने यू.एस. गवर्मेंट के कॉन्ट्रैक्ट के तहत विभिन्न यूरेनियम खदानों से करीब 4 मिलियन टन यूरेनियम अयस्क निकाला था और जब शीतयुद्ध काल की समाप्ति के साथ इसकी मांग कम हुई तो उन कंपनियों ने उन खदानों को ज्यों का त्यों छोड़ दिया। इसका परिणाम यह हुआ कि उन खुली खदानों से हवा के साथ आई धूल और बारिश के साथ आए पानी से आसपास के आदिवासियों को व्यापक स्वास्थ्य हानि हुई। खदानों के आसपास के घर जिस मिट्टी और जिन पत्थरों से बने होते, वे भी रेडियोधर्मी हो जाते थे।..."

इतनी सारी जानकारी प्राप्त करने के बाद कौन भला उन खास इलाकों को देखने के लोभ का संवरण कर पाता? मोआर के सदस्यगण भी नहीं कर पाए। और जब वैश्विक बिरादरी के कुछ संगी साथियों के साथ वे वैसी ही परित्यक्त, सैकड़ों यूरेनियम खदानों में से एक खदान में पहुंचे तो साथ आए प्रोग्राम डायरेक्टर ने उस खदान को दिखाते हुए कहा, "ऐसा नहीं लगता जैसे कि यह अभी भी इस्तेमाल में है? टेलिंग या यूरेनियम कचरों के ढेर चारों तरफ बिखरे पड़े हैं। इलाके को घेरा भी नहीं गया है।"

– "जबकि दशकों से सरकारों को मालूम था कि यूरेनियम के संपर्क में आने से फेफड़ों और हड्डियों का कैंसर होने, किडनी खराब होने की संभावना बढ़ जाती है। आप लोगों के मरंग गोड़ा के यूरेनियम अयस्क में यूरेनियम का जो प्रतिशत है, उससे कहीं ज्यादा यहां के यूरेनियम अयस्क में है।" कनाडा से आए गंभीर से दिखने वाले एक परमाणुविशेषज्ञ यह सब देखकर चुप नहीं रह सके।

– "अर्थात् यहां के अयस्क के संपर्क में आना ज्यादा खतरनाक है?" सगेन ने पूछा।

– "बिल्कुल। मगर इसके बावजूद सरकार ने सालों तक कोई ऐहतियाती कदम नहीं उठाया। खदानों के आसपास के आदिवासियों पर पड़ने वाले यूरेनियम अयस्क के प्रभाव पर यहां के विश्वविद्यालय के कुछ शोधार्थियों के अध्ययन प्रकाशित होने के बाद...स्वयंसेवी संस्थाओं के वैज्ञानिकों द्वारा विकिरण की मात्रा की जांच कर उसे सार्वजनिक किए जाने के बाद...और स्थानीय संस्थाओं द्वारा जोर शोर से आवाज उठाए जाने के बाद...सरकार द्वारा इधर कुछ ही साल पहले से कुछ परित्यक्त खदानों की सफाई और सुरक्षा का काम आरंभ किया गया है। पर अभी भी अधिकांश खदानों की स्थिति पहले जैसी ही खतरनाक बनी हुई है।" प्रोग्राम डायरेक्टर ने कुछ और जानकारियां दीं।

– "यानी कि जब तक बच्चा रोता नहीं, उसकी ममतामयी मां भी दूध पिलाना भूल जाती है?" यह आदित्यश्री की टिप्पणी थी।

– "हां। हर देश के पीड़ितों को संघर्ष करना पड़ता है, आवाज उठानी पड़ती है, ध्यान दिलाना पड़ता है अपनी सुरक्षा के लिए।"

– "लेकिन सिर्फ तब तक जब तक वह कमजोर रहता है।"

– "ठीक कहा आपने। दहैराबाद के लोग पढ़े लिखे थे, ज्यादा होशियार थे तो वहां कचरा फेंकना बंद करके हमारे मरंग गोड़ा में लाकर फेंका जाने लगा। यही सोचकर न, कि हम कमजोर हैं, नासमझ हैं। हम कोई विरोध नहीं करेंगे?" सगेन के अंदर दबा आक्रोश बाहर निकल आया।

– "हम कमजोर नहीं हैं, अकेले भी नहीं हैं, यही बताने के लिए तो यहां जुटे हैं हम सब। इस सम्मेलन का लक्ष्य ही है आदिवासी इलाकों में यूरेनियम खनन का...आणविक कचरों के जमावड़े का विरोध करना...नैचुरल रिसोर्सेस प्रोटेक्शन ऐक्ट-2005 के कार्यान्वयन में साथ देना...परमाणु इंधन मामलों में राष्ट्रीय तथा अंतर्राष्ट्रीय सहभागिता कायम करना वगैरह वगैरह।" अमेरिका के एक आदिवासी बंधु ने सगेन के कंधे पर हाथ रख उसकी हौसलाअफ़ज़ाई की।

"अब और घबड़ाने की जरूरत नहीं है दोस्त! अपने अनुभव तथा उनके विश्लेषण से अपने समुदाय तथा पूरे विश्व के पर्यावरण पर मंडराते खतरों को भांपकर यूरेनियम खनन तथा परमाणु उद्योग का विरोध न सिर्फ दक्षिण पश्चिमी यूनाइटेड स्टेट्स के नवाहो आदिवासी, मध्य यू.एस. के लकोटा आदिवासी, सर्पेन्ट नदी तट के ओजिब्वे आदिवासी, ऑन्टारियो के आरडॉक ऐल्गॉनक्विन

आदिवासी, न्यू ब्रुन्सविक के पैसामाक्योदी आदिवासी या ऑस्ट्रेलिया के वोन्गाथा आदिवासी कर रहे हैं बल्कि दुनिया भर के असंख्य आदिवासी आज इस मुहिम में शामिल हो चुके हैं।''

''तो आइए, आज जब हम पूरे विश्व के आदिवासी भाई बंधु लोग यहां मिले हैं तो सब मिलकर ये शपथ लें–

''हम, इस इंडिजीनस वर्ल्ड सम्मेलन में इकट्ठा हुए तमाम लोग इस धरती माता और जीवन पर तेजी से बढ़ते परमाणु खतरे के इस संकट की घड़ी में यूरेनियम खनन, प्रोसेसिंग तथा एनरिचमेंट पर, ईंधन के रूप में प्रयोग पर, परमाणु अस्त्रों के परीक्षण तथा प्रसार की तथा आदिवासियों की जमीन पर परमाणु कचरों के फेंके जाने पर विश्वव्यापी प्रतिबंध की मांग करते हैं।

''हम आदिवासी आध्यात्मिक तथा सांस्कृतिक रूप से अपनी धरती माता से जुड़े हुए हैं। अतः हम रिन्यूएबल ऊर्जा के स्रोतों, जो आदिवासियों की जमीन तथा धरती के इको सिस्टम को बनाए रखे, न कि उसे बर्बाद कर दे, का समर्थन करते हैं।'' किसी दूसरे आदिवासी भाई ने कहा तो कनाडा से आए परमाणु वैज्ञानिक ने टोका,

– ''दुनिया में ऊर्जा का कोई ऐसा स्रोत नहीं, जिसके अतिदोहन से प्रकृति को नुकसान न पहुंचे। सच्चाई तो ये है कि दुनिया में कोई भी चीज सरप्लस है ही नहीं।...

''कोयले के प्रयोग से निकलनेवाला कार्बन डाइऑक्साइड वायुमंडल को गर्म करता है। इससे ग्लेशियर पिघलने लगते हैं और तबाही होने की संभावना बढ़ जाती है। विंड मिल द्वारा हवा के दोहन से पक्षियों तथा कीट पतंगों के मरने की संभावना बढ़ जाती है। पक्षी और कीट पतंगे नहीं होंगे तो खेतों में फसलों को नुकसान पहुंचाने वाले कीड़े मकोड़ों को खाएगा कौन? प्रकृति की सारी व्यवस्था चरमरा जाएगी।

''जल विद्युत के लिए नदियों पर बड़े बांध बनाने पड़ते हैं जिससे स्थानीय निवासी विस्थापित होते हैं और उनका परिवार, उनकी संस्कृति नष्ट हो जाती है।

''व्यापक पैमाने पर सौर ऊर्जा के उत्पादन के लिए यदि रेगिस्तानों को सोलर पैनल से ढंक दिया जाए तो तापमान में बढ़ोतरी न होने से उनके पास के समुंदर से मानसून के बादलों का आना बंद हो सकता है और हमें सूखे की मार झेलनी पड़ सकती है।...''

– "फिर लोग करें क्या? विकास तो करना ही है? वैश्विक प्रतिस्पर्द्धा में भी टिके रहना है। इसके लिए सस्ती बिजली बनानी ही है।" उपस्थित कई लोगों ने चिंता व्यक्त की।

– "ऊर्जा की खपत कम करने के अलावा और कोई चारा नहीं। एक निश्चित सीमा तक वायु तथा सौर ऊर्जा का उत्पादन स्वास्थ्य तथा पर्यावरण के लिए सुरक्षित हो सकता है। पर हमें तो और चाहिए...और! और! और!" उस स्वनामधन्य परमाणु वैज्ञानिक ने तिक्तता के साथ कहा।

– "ठीक कहा आपने।" उनके समर्थन में कई आवाजें सुनाई पड़ीं। एक आवाज ने आगे बढ़कर कहा, "आज जितनी ऊर्जा विकसित देशों के प्रत्येक व्यक्ति को चाहिए होती है, उतनी ऊर्जा यदि विश्व के सभी देशों के सभी लोगों पर खर्च होने लगे तो कई पृथ्वियों की आवश्यकता पड़ेगी कोयला, वायु, जल, यूरेनियम आदि जुटाने के लिए।"

– "विकसित पश्चिमी देशों की तर्ज पर हमारे देश में ही जो बड़े बड़े मॉल बन रहे हैं। खिड़कियां नहीं हैं उनमें। हर मौसम में चौबीसों घंटे ए.सी. और सैकड़ों बल्बों को जलाए रखने की जरूरत है। करोड़ों की लागत से बने मल्टीनेशनल कंपनियों के सेंट्रली ए.सी. ऑफिस, विदेशी बैंक भी हमारी युवा पीढ़ी की आदतें बिगाड़ रहे हैं। अब साधारण ऑफिसों में, बैंकों में बैठकर वे काम नहीं करना चाहते। ऊपर जाने के लिए सीढ़ियों का इस्तेमाल नहीं करना चाहते। हमारी आवश्यकताएं अनंत होती जा रही हैं। हम सुविधाओं के गुलाम बनते जा रहे हैं। हर कदम पर हमें भोगविलास के साधन चाहिए। आज एक साधु या संन्यासी भी भोगविलास की सामग्री के बगैर नहीं जी सकता तो फिर हम गृहस्थ या सांसारिक लोगों की क्या बात करें! शारीरिक आराम, भोगविलास को ही हम सुख मान बैठे हैं। लेकिन क्या हम दावे के साथ कह सकते हैं कि जिसके पास भोगविलास के तमाम साधन उपलब्ध हैं, वह दूसरों से बहुत ज्यादा सुखी है? क्या अति भोगवाद ने ब्लडप्रेशर, डिप्रेशन, हाइपरटेंशन, ब्लड शुगर जैसी तमाम बीमारियों को न्योता नहीं दिया है? फिर भी हम भोग के लिए धरती का, प्रकृति का एक एक कण निचोड़ लेना चाहते हैं। हम भूल जाते हैं कि हमारे लिए भोगविलास के साधन उपलब्ध कराने की धरती की क्षमता सीमित है। इस धरती की जनसंख्या लगभग सात अरब होने को है। ऐसा अनुमान लगाया जा रहा है कि अगले पचास सालों में जनसंख्या में दो तीन अरब का और इजाफा होगा। फिर लोगों की न्यूनतम जरूरतें भी कैसे पूरी हो सकेंगी? धरती हमारी

आवश्यकताओं की पूर्ति तो कर सकती है पर हमारे लालच की...अति की चाहत की भरपाई नहीं कर सकती।..."

इस कथोपकथन में आदित्यश्री भी जोरदार ढंग से अपना पक्ष रखता जा रहा था। बिना रुके उसने आगे कहा, "बस इसी बात को हम नहीं समझना चाहते। यदि हम अपनी धरती, मानव सभ्यता, संस्कृति की रक्षा करना चाहते हैं तो हमें ऊर्जा की खपत कम करनी ही होगी। अपनी आवश्यकताओं को सीमित करना ही होगा। स्वामी विवेकानंद से किसी ने पूछा था– what is poison? (जहर क्या है?)

तो उन्होंने कहा-

जीवन में जो भी जरूरत से ज्यादा है, जहर है।

बुद्धिजीवी ही मंदबुद्धि होते हैं

नवाहो नेशन में आयोजित यूरेनियम समिट चार पांच दिनों का था। मगर अमेरिका की एक अन्य संस्था ने मोआर के सदस्यों से कुछ और दिन अमेरिका में रुकने का आग्रह करके उनकी वापसी की तिथि बढ़वा दी थी। पंद्रह दिन तक अमेरिका की यूरेनियम खदानों सहित विभिन्न इलाकों में घूमना था उन्हें। आन्दोलन से जुड़े लोगों से मिलना था। विभिन्न कार्यक्रमों में भाग लेना था। लोगों को अपनी समस्याएं सुनानी थीं। यूरेनियम उद्योग के खिलाफ व्यापक जनमत तैयार करना था।

यूरेनियम आंदोलन से जुड़े विभिन्न लोगों ने उन्हें ठहराने तथा खिलाने घुमाने की जिम्मेदारी उठाई थी। एक प्रवासी भारतीय ने उनके लिए मैनफर्ड विश्वविद्यालय में एक ऐसे कार्यक्रम का आयोजन किया था जिसमें मरंग गोड़ा पर बनी आदित्यश्री की फिल्म दिखाई गयी। उसका वक्तव्य भी रखा गया। सवाल जवाब सत्र चलाया गया। मरंग गोड़ा के लोगों की स्वास्थ्य समस्या, पर्यावरण की क्षति को लेकर यूरेनियम उद्योग के पक्ष विपक्ष में व्यापक बहस हुई। ज्यादातर बुद्धिजीवियों की राय थी कि जब भारत आगे बढ़ रहा है, विकास कर रहा है तो यह होगा ही। इसके बदले में पीड़ितों को उचित मुआवजा दे दिया जाएगा।

इस बात से अत्यंत खफा होकर सगेन ने कहा, "ठीक है, हम यह लड़ाई नहीं लड़ते, देश के लिए जरूरी है– सस्ती बिजली, बेहतर चिकित्सा, सुरक्षा। अच्छे नागरिक की तरह हम आदिवासी देशहित में त्याग करते रहेंगे। लेकिन एक सवाल– यदि परमाणु कचरों को फेंकने के लिए किसी नये टेलिंग डैम की खुदाई आदिवासी इलाके में न करके जागरूक, सभ्य, सत्ताधारी लोगों की बस्ती में... दिल्ली, कोलकाता, मुंबई या चेन्नई में की जाए तो! वहां के पढ़े लिखे, पैसे वाले या सत्ताधारी लोग इसे होने देंगे? क्या वे देशहित में हमारी तरह अपना घरबार, शहर छोड़ कहीं और चले जाना पसंद करेंगे? इसका विरोध न करके चुपचाप

सबकुछ सहन करेंगे? यदि नहीं, तो फिर हम आदिवासियों से ही क्यों ये अपेक्षा की जाती है कि हम ही हमेशा त्याग करें?

बुद्धिजीवियों के बीच यह यक्ष प्रश्न छोड़कर हॉल से बाहर निकलते सगेन की पीठ से आकर कोई चीज टकराई। मुड़कर देखा– कुछ कटु शब्द थे। उन्हें अपने पास रख एक तिरछी मुस्कान के साथ उसने कुछ दूसरे शब्द फेंके– ''वास्तव में बुद्धिजीवी ही मंदबुद्धि होते हैं।''

छत से टपकता...पथ आंगन बुहारता विकिरण

अमेरिका से लौटने के बाद जहां एक तरफ मोआर के सदस्यों को एक बहुत बड़े समुदाय का हिस्सा बन जाने का भरा भरा सा अहसास हो रहा था, वहीं दूसरी ओर इस बड़े समुदाय की दुर्दशा पर चिंता भी हो रही थी। कुछ साल पहले तक उनकी चिंता सिर्फ मरंग गोड़ा के लोगों के लिए थी पर आज विश्व भर के आदिवासियों के लिए हो गयी। चले थे केंचुआ खोदने और सांप निकल आया।

इस बीच समाचार पत्रों के माध्यम से जानकारी मिली कि मरंग गोड़ा के पास ही एक गांव में परमाणु संयंत्र (न्युक्लियर पावर प्लांट) लगाया जा रहा है। इस बात से ग्रामीण भड़क उठे। व्यापक स्तर पर विरोध आरंभ हो गया। उसमें महिलाओं ने मुख्य भूमिका निभाई।

– ''अब अपनी जमीन, अपनी हवा में और जहर नहीं घोलने देंगे।''
– ''नहीं देंगे...नहीं देंगे...नहीं देंगे...।''
– ''जान दे देंगे मगर जमीन नहीं देंगे।''
– ''नहीं देंगे...नहीं देंगे...नहीं देंगे...''

उनका तर्क था– ''मुआवजा तो एक पीढ़ी में खत्म हो जाएगा। पर जमीन रहेगी तो पीढ़ी दर पीढ़ी अपने पास रहेगी।''

प्रचंड विरोध के कारण परमाणु संयंत्र योजना खटाई में पड़ गयी। नयी खदान, मिल या परमाणु संयंत्र के लिए जमीन अधिग्रहण से पहले की जाने वाली 'जन सुनवाई' में भी ग्रामीण इतना विरोध करने लगे कि बल प्रयोग करना पड़ा। फिर नियमानुसार संबंधित गांवों में 'जन सुनवाई' करने की बजाय कंपनी के इलाके में बाहर से लोगों को बुलाकर इस कानूनी प्रक्रिया की खानापूर्ति की जाने लगी। इन क्रियाकलापों का भी ग्रामीणों ने भरपूर विरोध करना आरंभ कर दिया। सगेन खुश था कि अब गांववाले उनकी बात सुनने ही नहीं समझने भी लगे थे...

इसी बीच मरंग गोड़ा में एक दुर्घटना घट गयी। एक पाइप फट गया। यूरेनियम मिल से टेलिंग डैम तक यूरेनियम का गीला कचरा ले जाने वाला पाइप! इससे निकला हजारों लीटर कचरा पास बहने वाले नाले के पानी को दूषित करने लगा। खतरनाक कचरे की मोटी परत ने नाले को पूरी तरह से ढंक लिया। मछली, मेंढक जैसे जीव तो तत्काल मर गये। नाले ने आगे जाकर एक छोटी नदी की मारफत स्वर्णरेखा जैसी बड़ी नदी तक उन कचरों के जहर को पहुंचा दिया।

खतरे को भांपकर मरंग गोड़ा के ग्रामीणों ने मोआर के नेतृत्व में कंपनी के गेट के सामने जाकर हंगामा शुरू कर दिया। गाड़ियों तथा लोगों की आवाजाही बंद कर दी। करीब दस घंटे बाद कंपनी की तरफ से पाइप की मरम्मत की गयी।

मरंग गोड़ा और उसके आसपास के इलाकों में खदानों और मिलों के कारण हमेशा कोई न कोई परेशानी बनी ही रहती थी। मोआर के सदस्य हर वक्त उन समस्याओं के समाधान में उलझे रहते। इसी तरह साल बीतते गये। कंपनी ने सुरक्षा की दृष्टि से कई महत्वपूर्ण कदम उठाए मगर फिर भी खामियां रह ही गयीं।...

दो बार कचरे का पाइप फटा। आसपास रहने वाले ग्रामीणों के घरों के आंगन, छत, मैदान और सड़क कचरे की मोटी परत से ढंक गये।

मोआर द्वारा हल्ला हंगामा करने पर सफाई के नाम पर पाइप से पानी फेंककर ग्रामीणों के घरों के आंगन तथा छतों को धोकर साफ करने की कोशिश की गयी। मैदान और सड़क पर मिट्टी की हल्की परत बिछा दी गयी।

"पर क्या इन खतरनाक कचरों से निपटना इतना आसान है?..." ज्ञानचक्षु अब खुलने लगे थे इसलिए भय और असंतुष्टि बनी रही।

...और उसी दौर में प्रज्ञा का पहली बार मरंग गोड़ा आना हुआ।

आदित्यश्री ही लेकर आया था उसे मरंग गोड़ा भी।

रांची से सुबह जल्दी निकलकर लौहनगरी को पार करके दोपहर से पहले ही मरंग गोड़ा पहुंच चुके थे वे। कोलतार की सड़क पर जगह जगह गड्ढे बने हुए थे। उनसे बचने के लिए उनकी वैन बार बार पक्की सड़क से नीचे उतरकर लाल मिट्टी के कच्चे रास्ते से धूल उड़ाती हुई आगे बढ़ रही थी। खिड़की का

शीशा बंद कर लिया था प्रज्ञा ने। सड़क पर बिखरे हुए पत्थर के टुकड़ों से गुजरते वक्त वह हल्की वैन बार बार उछल पड़ती। वैन की छत से टकराते अपने सिर को बचाते हुए प्रज्ञा बाहर का दृश्य देखने में मशगूल थी। दोनों तरफ पुटुस की झाड़ियां...इक्का दुक्का खजूर ताड़ के पेड़...निपुण हाथों से लिपे हुए...चटकीले देहाती रंगों से मोर, बाघ, हिरण आदि की चित्रकारी किए हुए मिट्टी के घर...आसपास बांस के झुरमुट...।

उन सबके बीच एक छोटी सी बस्ती। गिनी चुनी दुकानें।

"चलो, यहीं खाना खा लेते हैं।" एक भोजनालय को दिखाकर आदित्यश्री ने कहा था।

"यहां? इस जगह खाना होगा?" प्रज्ञा ने नाक भौं सिकोड़ी।

"इससे बढ़िया तो यहां मिलेगा नहीं मैडम।"

"लौहनगरी से गुजरते वक्त उधर से ही खा कर आते!"

"उतनी जल्दी भूख लगती क्या? और अब तो इसकी आदत डालनी ही पड़ेगी तुम्हें। मरंग गोड़ा में रहकर शोध जो करना है..."

...और मोटे चावल का भात, दाल, सब्जी आदि की थाली मंगवाई गयी थी। टेबल स्पून के अभाव में चाय वाली छोटी चम्मच से ही किसी प्रकार निगलने की कोशिश कर रही थी प्रज्ञा। आसपास ढेर सारे लोगों की आवाजाही थी। ग्राहकों तथा परोसने वाले कर्मचारियों द्वारा ऊंची आवाज में बातचीत करने के कारण उस छोटे से कमरे में काफी शोर था। भोजनालय के अंदर स्थित रसोई से निकलती तली हुई चीजों की गंध और धुएं ने माहौल को इतना दमघोंटू बना डाला था कि प्रज्ञा का जी मिचलाने लगा। उसी समय सामने की मेज पर उसकी नजर पड़ी। एक अधेड़ व्यक्ति खाना खाने के बाद अपने पीने के पानी वाले गिलास में ही हथेली डुबोकर फिर गिलास के ऊपरी किनारे पर तेल मसाले से सनी अपनी जूठी गंदी हथेली को बड़े इतमीनान से खखोरकर साफ कर रहा था। इसे देख प्रज्ञा इतनी घिना गयी कि तुरंत थाली छोड़ उठ खड़ी हुई और मुंह पर हाथ रख उबकाई लेती हुई बाहर की ओर दौड़ पड़ी। थोड़ा सा ही खाया था उसने। आदित्यश्री उसे बुलाता रहा पर वह सीधे गाड़ी में जाकर बैठ गयी। मजबूरन आदित्यश्री और चालक को भी जल्दी खाना खत्म कर आना पड़ा।

चलती गाड़ी की खिड़की से सिर बाहर निकाल कर कई बार उल्टी की प्रज्ञा ने। देसी चावल के मोटे मोटे भात से मरंग गोड़ा की सड़कें गंधाती रहीं...प्रदूषित होती रहीं...। उसी मोटे भात से, जिसे उगाने के लिए किसान अपना खून पसीना एक कर देते हैं।

आदित्यश्री से रहा नहीं गया तो बोला– "कभी मौका मिले तो इधर दूरदराज के गांवों में जरा घूमकर देखना! ऐसे हजारों परिवार मिल जाएंगे जहां सिर्फ मोटे चावल का भात रांधकर ही गृहिणी घर के सदस्यों को आवाज देती है– 'खाना पक गया...!' क्योंकि आज भी भात को ही संपूर्ण भोजन मानते हैं झारखंड के हजारों लाखों गरीब! दाल और सब्जी तो उनके लिए सपना है।"

थोड़ी ही देर बाद पक्की सड़क से बायीं ओर उतरकर एक मैदान से होते हुए बिल्कुल सगेन के घर के पास जाकर रुकी थी वैन। कई कमरों वाला एक छोटा सा पक्का मकान। बीच में खुला आंगन।

ताई ताऊ गुजर चुके थे इसलिए उस घर में सगेन अकेला रहता था। थोड़ी ही दूरी पर स्थित उसके पैतृक मकान में कमरों की कमी थी तो रोज रात को सोने के लिए उसके भाई के परिवार के कुछ औरत, मर्द, बच्चे वहां चले आते थे। चूंकि दिन भर संगठन के लोगों की आवाजाही लगी रहती, इसलिए दिन में भी वह घर आबाद ही रहता। सगेन के खाने पीने की कोई निश्चित जगह नहीं थी। अकेला जीव। जब जहां जो मिलता, खा लेता। चारिबा के साथ घर बसाया होता तो बात अलग होती।

बड़ी गर्मजोशी से स्वागत किया था सगेन ने प्रज्ञा का। प्रज्ञा को उन विकिरण प्रभावित लोगों से मिलने की जल्दबाजी थी जिन्हें उसने आदित्यश्री की डॉक्युमेंट्री फिल्म में देखा था।

औपचारिक बातचीत के बाद सगेन बोला था, "देखिए, आप इतनी दूर से, लंदन से आकर हमारी पीड़ित महिलाओं की सामाजिक स्थिति पर शोध करना चाहती हैं ये अच्छी बात है। पर इधर कुछ समय से हो ये रहा है कि बाहर से अलग अलग तरह के लोग आकर जब यहां के पीड़ितों से मिलते हैं, उनसे विभिन्न प्रकार के सवाल पूछते हैं, उनकी तस्वीरें लेते हैं, उनकी दिनचर्या में खलल डालते हैं...तो उनके मन में एक उम्मीद जगती है कि शायद जल्द ही उन्हें इसका कोई लाभ मिलेगा। उनकी तमाम समस्याओं का समाधान हो जाएगा मगर

दिन, महीने, साल गुजरते जाते हैं...नए नए लोग आते जाते हैं...और पीड़ितों की हालत पहले जैसी ही रह जाती है। उन्हें प्रत्यक्ष रूप से इसका कोई लाभ नहीं दिखता। फिर भी वो हमारे समझाने पर बार बार आप जैसे लोगों के सामने आकर अपनी पीड़ा का प्रदर्शन करते हैं। अपने और अपने विकलांग बच्चों की नुमाइश करते हैं। इसलिए आपसे मेरा एक ही अनुरोध है कि सिर्फ अपने लाभ के लिए हमारी पीड़ा का इस्तेमाल न करें। यदि आपमें उनके लिए वास्तव में कुछ करने का जज्बा है, तो ही मैं आपको उनके पास जाने की इजाजत दूंगा। वरना...''

प्रज्ञा द्वारा आश्वस्त किये जाने के बाद वे निकल पड़े थे मरंग गोड़ा का चक्कर लगाने।

आदित्यश्री की फिल्म में दिखाए गये पीड़ितों में से ज्यादातर लोगों की तो इस बीच मृत्यु हो गयी थी। जो बचे थे या जो नये रोगी थे उनसे मिलना बड़ा ही भयंकर अनुभव था प्रज्ञा के लिए। वह बार बार सिहर उठती। उन महिलाओं की पीड़ा जानने की कोशिश करतीं जिन्हे बांझपन या मृत बच्चे को जन्म देने की वजह से उनके पति ने छोड़ दिया था।

''एक बात बताऊं?'' प्रज्ञा ने जरा हिचकिचाते हुए कहा, ''आदित्यश्री की फिल्म देखकर एकबारगी मुझे लगा था कि शायद मरंग गोड़ा के सभी लोगों में कोई न कोई विकिरणजनित बीमारी होगी ही होगी। पर यहां आने के बाद यह देखकर खुशी हो रही है कि भयंकर रूप से पीड़ितों की संख्या उतनी नहीं है जितना मैंने सोचा था।''

''दरअसल जिस वक्त मैंने वह फिल्म बनाई थी, उस वक्त विकिरण का कुप्रभाव अपने चरम पर था। खनन कार्य आरंभ होने के शुरुआती दिनों में सुरक्षा उपायों के प्रति जो लापरवाही बरती गयी, उसी का धीमा जहर अंदर जा जाकर विस्फोटक रूप में उसी दौरान सबसे ज्यादा प्रकट हुआ था। तभी तो इस ओर लोगों का ध्यान गया और आंदोलन की शुरुआत हुई। विभिन्न उपायों से लोगों में स्वास्थ्य के प्रति जागरूकता लायी गयी। कंपनी पर दबाव डालकर सुरक्षा के कड़े उपाय किए गये। आज जो आप पीड़ितों की संख्या में कमी देख रही हैं, उसमें मोआर की बहुत बड़ी भूमिका है।'' आदित्यश्री ने उसे समझाया मगर फिर भी वह पूरी तरह संतुष्ट नहीं हो पायी और बोली—

"मामले को जितना गंभीर समझकर मैं यहां आयी थी, शायद उतना गंभीर नहीं है। स्वस्थ लोग भी तो हैं यहां ।"

"क्या आप यह मानती हैं कि सिगरेट पीने से कैंसर का खतरा रहता है?" इस बार सगेन ने मोर्चा संभाल लिया।

"बिल्कुल मानती हूं।"

"तो क्या उन सभी लोगों को, जो बहुत कम या बहुत ज्यादा सिगरेट पीते हैं, कैंसर होता है?"

"नहीं।"

"फिर आप कैसे सोच सकती हैं कि उन तमाम लोगों को, जो विकिरण के इलाके में रहते हैं या जो किसी न किसी प्रकार से कम या ज्यादा विकिरण के प्रभाव में आते हैं, उन्हें कैंसर या दूसरी बीमारियां होंगी ही? किसके अंदर विकिरण की कितनी मात्रा जा रही है, उसमें कितनी प्रतिरोध क्षमता है, इस बात पर भी तो बीमार होना, न होना निर्भर करता है।"

सगेन का तर्क अकाट्य था, प्रज्ञा से तुरंत कोई जवाब देते नहीं बना।

"यही बात तो कह कर कंपनी के अधिकारी भी अपना पल्ला झाड़ते हैं कि यदि मरंग गोड़ा में विकिरण होता, तो यहां के स्कूल में बच्चे कहां से आते? यहां के लोग मेहनत कैसे करते? और इन्हीं तर्कों से वे हमारे आंदोलन को कमजोर करने की कोशिश करते रहते हैं। विगत वर्षों में मोआर के प्रयास से देश विदेश से आए तमाम डॉक्टरों, परमाणु वैज्ञानिकों, पर्यावरण विशेषज्ञों के अध्ययन को झुठलाने की कोशिश करते हैं। अपने लोगों से अध्ययन करवाकर यह साबित करने का प्रयास करते हैं कि यहां विकिरण है ही नहीं।" आदित्यश्री ने कहा।

"मगर हम भी हार मानने वालों में से नहीं हैं। जिस तरह सिगरेट के खिलाफ लड़ाई लड़ने वालों को यह साबित करने के लिए और सिगरेट के पैकेटों में यह लिखवाने के लिए कि सिगरेट पीना स्वास्थ्य के लिए हानिकारक है, लंबी कानूनी लड़ाई लड़नी पड़ी थी उसी प्रकार हमें भी लड़नी पड़ रही है। हम लड़ेंगे और अंत तक लड़ते ही रहेंगे। चाहे कंपनी वाले कितने ही ताकतवर क्यों न हों।" सगेन के नथुने अस्वाभाविक रूप से फूलने लगे थे।

"क्या बड़ी बड़ी सिगरेट कंपनियों के मालिकों ने पानी की तरह पैसा नहीं बहाया था यह साबित करने के लिए कि सिगरेट पीने से कुछ नहीं होता?" आदित्यश्री ने प्रज्ञा से पूछा मगर जवाब सगेन ने दिया–

"खूब बहाया था। लेकिन सच्चाई के सामने जीत नहीं पाए! हमें भी हिम्मत नहीं हारनी है। एक न एक दिन हम कंपनी के सबसे बड़े अधिकारी से यह मनवा कर ही रहेंगे कि मरंग गोड़ा में विकिरण के प्रभाव से बीमारियां हो रही हैं। लोगों की औसत आयु दूसरे इलाकों के लोगों की तुलना में काफी कम हो गयी है।

"जानती हैं मैडम! मरंग गोड़ा तथा उससे सटे गांवों की आबादी तो कम है मगर समस्या बहुत ज्यादा।..." सगेन ने एक गहरी सांस ली। फिर कहा, "यूरेनियम की सात खदानें, एक मिल और तीन टेलिंग डैम! विकिरण, प्रदूषण तथा विस्थापनजनित कभी न खत्म होने वाली पीड़ा ने इस इलाके को जर्जर बना डाला है। स्वास्थ्य पर तो मार पड़ी ही है, सैकड़ों एकड़ जमीन भी चली गयी है ग्रामीणों की। सौ एकड़ से ज्यादा की जमीन तो सिर्फ टेलिंग डैम के पेट में ही समा चुकी है। जमीन चले जाने की वजह से उनकी संस्कृति, उनकी रिश्तेदारी भी खतरे में पड़ गयी है। वह संस्कृति, जो प्रकृति की गोद में पनपी है, फली फूली है।...शुरुआती दिनों में विस्थापित कितने ही परिवारों को अभी तक जमीन का न तो मुआवजा मिला, न नौकरी। अभी तक उन परिवारों के वारिस न्यायालय का चक्कर काट रहे हैं। उनमें से कई तो मेरे दोस्त और रिश्तेदार हैं..."

...प्रज्ञा ने समझ लिया था कि यहां के बारे में जानना समझना चंद दिनों का काम नहीं। स्तरीय काम के लिए महीनों की मेहनत जरूरी है। वैसे भी वह जिस प्रतिष्ठित शिक्षण संस्थान की छात्रा है, वहां के छात्र छात्राओं को अपने काम के स्तर से किसी भी तरह का समझौता करने की सीख नहीं दी गयी है।

"आप बहुत अच्छे वक्त पर मरंग गोड़ा आयी हैं मैडम।" सगेन ने कहा था।

"क्यों?"

"क्योंकि कल ही ऑस्ट्रेलिया से एक डॉक्टर यहां आ रहे हैं।"

"पता है। रास्ते में आते आते आदित्यश्री ने बताया मुझे। विकिरण, परमाणु हथियार तथा परमाणु युद्ध के खिलाफ संघर्षरत डॉक्टरों की एक अंतर्राष्ट्रीय संस्था के उपाध्यक्ष हैं वे।"

"हां। और उनकी संस्था को मानवता के हित में किए गये उनके विश्वव्यापी कार्यों के लिए कई प्रतिष्ठित अंतर्राष्ट्रीय सम्मान मिल चुके हैं। दुनिया भर के साठ देशों के डॉक्टर इस संस्था के सदस्य हैं। 2006 में हमें जर्मनी के एक शहर में इसी संस्था द्वारा आयोजित एक कार्यक्रम में आमंत्रित किया गया था जिसका आयोजन सोवियत संघ की चेरनोबिल दुर्घटना के बीस साल पूरे होने पर उसके पीड़ितों को याद करने के लिए किया गया था। तब हमने डॉक्टरों की उस संस्था के निदेशक से मुलाकात की और उन्हें मरंग गोड़ा के लोगों की स्वास्थ्य समस्या के बारे में बताया। उन्होंने हमारी बातों को गंभीरता से लिया और अपनी संस्था के भारतीय सदस्यों से बात की।

"उस संस्था के लिए काम कर रहे भारतीय डॉक्टरों के एक दल ने यहां आकर यूरेनियम खदान, मिल तथा टेलिंग डैम के आसपास रह रहे लोगों के स्वास्थ्य पर पड़ रहे विकिरण के प्रभाव का छः महीने तक लगातार अध्ययन किया। उस अध्ययन की रिपोर्ट को पढ़कर ही ऑस्ट्रेलिया से ये महानुभव यहां पधार रहे हैं। ये हमारा सौभाग्य है कि वे आ रहे हैं यहां, हमें समर्थन देने...हमारा हौसला बढ़ाने...

और पता है, अपने हाथों से वे गांव वालों के बीच उस रिपोर्ट की कॉपी वितरित करेंगे। विकिरणजनित खतरों से सावधान करेंगे उन्हें। उनमें स्वास्थ्य संबंधी जागरूकता लाने की कोशिश करेंगे।" सगेन की आवाज में एक निश्छल उत्साह था।

"ये तो बड़ी अच्छी बात है। पर क्या गांव के लोग समझ पाएंगे उस रिपोर्ट को?" प्रज्ञा ने शंका जताई।

"वे समझ पाएं इसके लिए सरल हिन्दी में भी पतली पतली पुस्तिकाएं तैयार की गयी हैं।" गमछे से अपना भीगा चेहरा पोंछते हुए कमरे में प्रवेश करते आदित्यश्री ने कहा। थोड़ी देर पहले ही वह उठकर हाथ मुंह धोने अंदर चला गया था।

"क्या ये सबकुछ आप लोगों ने किया है?" प्रज्ञा ने जानना चाहा। हालांकि इस वक्त आदित्यश्री के धुले चेहरे को देख उसका भी मन हो रहा था कि अपने चेहरे पर पानी के खूब छींटे मारे।"

"हमारे पास इतने पैसे कहां?" सगेन ने स्पष्ट किया, "वो सब तो उन भारतीय डॉक्टरों ने किया है, जिन्होंने यहां आकर अध्ययन किया था। हमने तो बस उनकी मदद की है। कल उन्हीं में से दो लोग उस ऑस्ट्रेलियन डॉक्टर के साथ भी आ रहे हैं।"

"मैं रोमांचित हूं। उन लोगों से मिलना मेरे लिए भी सौभाग्य की बात होगी।" प्रज्ञा ने खुश होकर कहा।

"और उन लोगों के लिए भी, जिनके इलाकों में जोर शोर से यूरेनियम खनन की योजनाएं बनायी जा रही हैं।" अपने चेहरे से पानी की तमाम बूंदों को पोंछ चुके आदित्यश्री ने टिप्पणी की।

"किन इलाकों की बात कर रहे हो तुम?"

"आंध्र प्रदेश, कर्नाटक, मेघालय जैसे कई इलाके हैं जहां यूरेनियम खनन आरंभ किया जाएगा।" आदित्यश्री के बदले सगेन ने जवाब दिया, "भारत अमेरिका परमाणु समझौते पर हस्ताक्षर जो हो गये हैं। अब जिस रफ्तार से परमाणु बिजलीघरों की संख्या बढ़ने वाली है, उसमें सिर्फ मरंग गोड़ा और उसके आसपास के इलाकों से निकाला गया यूरेनियम पर्याप्त नहीं होगा! उन नये इलाकों के लोगों को भी विकिरणसंबंधी समस्याओं से सचेत करना इनके एजेंडे में शामिल है। हमारी मान्यता है कि विश्व में कहीं भी कोई नई यूरेनियम खदान न खुले और जो पहले से चालू हैं, उन्हें अंतर्राष्ट्रीय सुरक्षा कानून के तहत चलाया जाये। हम आदिवासियों को हर हाल में अपनी संस्कृति, परम्परा और जमीन की रक्षा करनी है। नहीं तो आने वाली पीढ़ी हमें माफ नहीं करेगी।

अमेरिका के नवाहो आदिवासियों की सृष्टिकथा में भी है कि यूरेनियम को धरती के अंदर ही छोड़ दिया जाना चाहिए। इसे जमीन से बाहर निकालने पर यह सांप बन जाएगा। फिर नवाहो आदिवासियों को तरह तरह की समस्याओं का सामना करना पड़ेगा। अपमृत्यु तथा विनाश अवश्यंभावी होगा।..."

एक छोटे से गांव में रहने वाले मोआर के इन सदस्यों को देश दुनिया के लिए इतना सबकुछ सोचते और करते देख प्रज्ञा हैरान रह जाती है। सोचती है, उच्च्व शिक्षित, अत्याधुनिक साधनसंपन्न लोगों की दुनिया में रहती आयी है वह। पर अपने इर्द गिर्द ऐसे कितने लोगों से मिली है जो इनकी तरह सबके बारे में सोचते हैं?

मरंग गोड़ा का एक चक्कर लगाकर वे सगेन के घर लौट आए। परगना समेत मोआर के कई और सदस्य उपस्थित थे वहां। आपसी विचार विमर्श से अगले दिन आनेवाले डॉक्टरों के दल के दिन भर के कार्यक्रम की योजना बनाने के लिए ही सगेन ने बुलाया था सबको। अपने अध्ययन क्षेत्र से संबंधित इतने सारे लोगों

को एक साथ देख प्रज्ञा खुश हो उठी थी। तुरंत उपस्थित लोगों से परिचय बढ़ा लिया था उसने।

सबके लिए चाय बनकर आयी, प्रज्ञा ने लेने से मना कर दिया। सगेन ने आग्रह से कहा, ''पीकर देखिए न! चुकुंदा की चाय है ये।''

''चुकुंदा? वो क्या चीज होती है?''

''एक तरह के झाड़ीनुमा पौधे की फली है। उन फलियों को भूनकर पीसते हैं और चाय की पत्तियों की तरह पानी में उबालकर लाल चाय बना लेते हैं।''

''चाय का स्वाद आता है उसमें?''

''बिल्कुल आता है। और अगर उसमें दूध डाल दिया जाये तो फर्स्ट क्लास कॉफी बन जाती है। आपको बिना बताए पिलाऊं तो आप पकड़ ही नहीं पाएंगी।''

''लेकिन ये संभव कैसे है?''

''इस दुनिया में सबकुछ संभव है मैडम! पहले तो हमें इसका पता नहीं था। हम तो बड़े चाव से चुकुंदा का साग बनाकर खाते थे। वो तो भला हो जर्मनी से आए कुछ लोगों का, जिन्होंने मरंग गोड़ा भ्रमण के समय इधर उधर उगी हुई चुकुंदा की झाड़ियों को देखकर यह जानकारी दी। कहा, 'जर्मनी में तो बाकायदा इसकी खेती होती है।'

तब से लेकर आज तक हम इनका प्रयोग कर रहे हैं।''

चुकुंदा के बारे में सगेन से सुनकर प्रज्ञा ने चाय का गिलास होंठों से लगाया। सुड़कते ही उसे हैरानी हुई, उसने चाय की तारीफ की। इससे पहले कि वह चाय खत्म करती, एक छोटा सा मेंढक उछलकर उसके हाथ पर आ बैठा, वह डरकर चीखती हुई ऐसे उछली कि चाय का कप छूटकर दूर जा गिरा। यदि यहां कोई प्रतियोगिता हो रही होती तो अवश्य ही इस बात पर निर्णायक मंडली के बीच बहस छिड़ जाती कि मेंढक का उछलना ज्यादा कलात्मक था या प्रज्ञा का। मेंढक महाशय इस बीच कई कई बार उछल चुके थे। कभी दीवार पर तो कभी टेबल पर।

''ये कैसा मेंढक है? बिल्कुल स्प्रिंग लगे गेंद की तरह ऊंचा ऊंचा उछलता है? मैंने तो ऐसा मेंढक कभी नहीं देखा। इतना छोटा और इतना फुर्तीला?'' थोड़ा शांत होकर माफी मांगते हुए प्रज्ञा ने पूछा था।

"ये पेड़ पर रहने वाला मेंढक है मैडम। अक्सर घर के अंदर घुस जाता है। भगाने पर चिढ़ जाता है। वरना कोई नुकसान नहीं पहुंचाता।" सगेन ने अभयदान दिया पर आदित्यश्री ने सच्चाई बता दी–

"संभलकर रहना इनसे। देह पर कहीं पेशाब कर दे तो फफोले पड़ जाएंगे। आग में जलने की तरह! एकबार मैं भुगत चुका हूं। छोटा सा निरीह जीव दिखता है मगर बिल्कुल तेजाब की तरह होता है इसका पेशाब!"

"यहां की तमाम चीजें यूरेनियम की तरह ही खतरनाक हैं क्या?" अपनी भौंहों को तिरछा करके सहमते हुए प्रज्ञा ने पूछा।

उसके डरे हुए चेहरे को देख सगेन ने आदित्यश्री को कृत्रिम डांट लगायी।

"आप भी न! खामखाह डरा दिया इनको। अब रातभर नींद नहीं आएगी इन्हें।"

सचमुच उस रात ठीक से नींद नहीं आयी थी उसे। अपने साथ लाए बेडिंग को बिस्तर पर बिछाकर सोई थी वह। उसे अलग कमरा दे दिया गया था मगर कई मेहमानों को ठंड से बचने के लिए गद्दे के अभाव में पुआर बिछाकर सोना पड़ा था।

अगले दिन वह जल्दी ही उठ गयी थी। दरअसल रात को जब उसने बातों ही बातों में टेलिंग डैम को देखने की इच्छा जतायी थी तो सगेन ने मोआर के एक युवा सदस्य को इसकी जिम्मेदारी सौंप दी थी। वह गांव के पीछे के रास्ते से जाकर एक पहाड़ी के ऊपर से उसे टेलिंग डैम दिखाने वाला था। चूंकि उस तरफ स्थानीय संतालियों का पवित्र पूजास्थल 'जाहेर थान' था इसलिए गांववालों को वहां जाने से रोका नहीं जा सकता था।

"इन दिनों डैम के आसपास सुरक्षा व्यवस्था कड़ी कर दी गयी है! चारों तरफ से ऊंची दीवारों से घेर दिया गया है उन्हें। उधर जाने की सख्त मनाही हो गयी है।" सगेन ने जानकारी दी थी।

"हमारे संगठन मोआर के ही दीर्घ आंदोलन का नतीजा है ये।" परगना ने कहा था, "वरना पहले तो उनके ऊपर से ही लोगों का आना जाना लगा रहता

था। बच्चे खेलते रहते थे, जानवर वहां उग आयी घास को चरते रहते थे... आदित्यश्री की फिल्म में तो देखा ही होगा तुमने बेटी...''

''देखा है। तभी तो अपनी आंखों से उन डैमों को देखने की इच्छा हो रही है।'' प्रज्ञा ने अत्यंत विनम्रता से कहा था। करीब पैंसठ गांवों के प्रधानों के प्रधान– लाल पगड़ी बांधे सफेद धोती कुर्ता पहने उस बुजुर्ग परगना के व्यक्तित्व में देशज सादगी थी, ऐसा अपनापन था कि प्रज्ञा के मन में उनके प्रति सम्मान का भाव उत्पन्न हो गया था। एक विश्वास भी।

...रात को तय हुए कार्यक्रम के अनुसार सुबह जल्दी से तैयार होकर उस युवक की मोटरसाइकिल पर पीछे बैठकर गांव के रास्ते से टेलिंग डैम देखने के लिए निकल पड़ी थी वह। पहाड़ी के नीचे मोटरसाइकिल खड़ी करके झाड़ियों के बीच बनी पगडंडी से होते हुए प्रज्ञा को रास्ता दिखाते हुए पहाड़ी के ऊपर ले जा रहा था वह संताली युवक। बातों ही बातों में पता चला, बी.ए. तक की पढ़ाई की थी उसने। बीती रात लाखाई सोरेन नामक उस युवक से परिचय कराते समय सगेन ने कहा भी था–

''मोआर का सक्रिय, जोशीला और समर्पित सदस्य है यह! हमें इस पर बड़ा भरोसा है। आप भी कर सकती हैं। ये आपको अच्छी तरह से दिखा देगा, जो भी आप देखना चाहती हैं अपने शोध की खातिर।''

प्रज्ञा निश्चिंत होकर उसके पीछे पीछे चल रही थी। बहुत ज्यादा वक्त नहीं लगा था ऊपर पहुंचने में।

''वो देखिए टेलिंग डैम!'' युवक की तर्जनी का पीछा करते हुए उसकी नजर जमीन के उस सफेद टुकड़े पर जा अटकी थी जिसे देखने के लिए वह इतना लुक छिपकर इस ऊंचाई तक आयी थी।

''कैसा लग रहा है?'' लाखाई सोरेन ने पूछा था।

''बिल्कुल बर्फ के मैदान जैसा। स्वच्छ...सफेद...''

''इसके बाहरी रूप पर मत जाइए मैडम। इसके रूप और गुण में जमीन आसमान का फर्क है। ठीक हमारे देश के उन रहनुमाओं जैसा, जो सफेद वस्त्र पहनकर अपने काले धंधों से इस देश को अंदर ही अंदर खोखला किए जा रहे हैं। यह टेलिंग डैम पिछले तीस सालों से भी ज्यादा समय से न जाने हमारे कितने प्रियजनों के जीवन को नर्क बना चुका है।''

“मैंने तो सुना है कि यहां के पत्थरों में बहुत ही ‘लो ग्रेड’ यूरेनियम है?”

“हां। औसत ग्रेड करीब .06 प्रतिशत ही है।” युवक ने कहा।

“शायद इसीलिए यहां कचरा इतना ज्यादा निकलता है, है न?”

“जी बिल्कुल! सलाना लगभग दो सौ टन यूरेनियम निकालने के लिए मिल से ही लगभग तीन सौ हजार टन गीला कचरा निकलता है जिसे पाइपलाइन के द्वारा टेलिंग डैम में डाला जाता है। इसके अलावा बेकार पत्थरों आदि के रूप में जो माइन टेलिंग निकलते हैं, वह तो मिल टेलिंग से लगभग दस गुना ज्यादा होते हैं। उनमें से कुछ माइन टेलिंग खोदी गयी खदानों के गड्ढों को भरने के काम आते हैं और बाकि को जहां तहां फेंक दिया जाता है। क्या उनसे विकिरण नहीं होता?” लंबे समय से आंदोलन से जुड़े रहने के कारण तमाम प्रामाणिक जानकारियां थीं उस युवक के पास। उसने कहा–

“कंपनी चाहे कितना भी दावा कर ले, लेकिन किसी भी पत्थर से सौ प्रतिशत धातु निकालकर अलग करना कभी संभव हुआ है क्या? तभी तो मिल में यूरेनियम अयस्क वाले पत्थरों को पीसने के बाद विभिन्न रसायनों में घोलकर उससे शुद्ध यूरेनियम तथा अन्य धातु अच्छी तरह अलग कर लिये जाने के बावजूद टेलिंग पौंड के कचरों से विकिरण का खतरा बना ही रहता है।

“दरअसल हमारा खून तो तब और ज्यादा खौलने लगता है जब यह पता चलता है कि देश भर के तमाम परमाणु संयंत्रों से, आण्विक प्रयोगशालाओं से, अस्पतालों से परमाणु कचरों को लाकर इन्हीं टेलिंग डैमों में फेंका जाता रहा है। आप सोच सकती हैं कि हमारे साथ कितना बड़ा अन्याय हो रहा है? पूरे देश के आण्विक कचरों का डंपिंग स्टेशन हमारा ये मरंग गोड़ा है। इसीलिए तो जापान के प्रसिद्ध परमाणु वैज्ञानिक प्रोफेसर बोयदे को यहां के टेलिंग डैम में सीजियम जैसा खतरनाक बाइप्रोडक्ट मिला था। बाहर से लाये गये कचरों के कारण ही हमारा वातावरण और ज्यादा प्रदूषित हुआ। पहले की तरह ये डैम चारों ओर से खुले हुए होते तो आपको भी इनके अंदर से इस्तेमाल किए हुए सिरींज से लेकर अस्पतालों से फेंकी गयी कितनी ही आण्विक चीजें मिल जातीं।”

“आदित्यश्री की फिल्म में टेलिंग डैम के ऊपर से नंगे पांव चलते गांववालों को देखा है मैंने। विकिरण की वजह भी समझ में आयी है। पर अब इसे चारों ओर से घेरा हुआ देखकर बड़ा संतोष हो रहा है।” अपने कैमरे से डैम की तस्वीरें लेते हुए प्रज्ञा ने कहा था।

"ज्यादा संतुष्ट होने की जरूरत नहीं है मैडम! इस वक्त आप भी विकिरण के दायरे में हैं। डैम से उठती हवाएं आपकी सांसों से भी अंदर जा रही हैं। जापान के परमाणु वैज्ञानिक प्रोफेसर बोयदे की रिपोर्ट के अनुसार टेलिंग डैम के पास विकिरण की मात्रा सामान्य से दस गुना तक ज्यादा है।"

"क्या?" प्रज्ञा चीख पड़ी थी।

"धीरे मैडम धीरे! देख नहीं रही हैं नीचे डैम के चारों ओर सुरक्षा गार्ड तैनात हैं। मुझे तो कुछ नहीं होगा पर अगर वे आपको यहां देख लेंगे तो मुसीबत हो जाएगी। इसे अति संवेदनशील इलाका घोषित किया जा चुका है। इस इलाके में बाहरी लोगों का प्रवेश बिल्कुल निषिद्ध है। आपकी गिरफ्तारी भी हो सकती है।"

"अच्छा ठीक है, अब और नहीं चीखूंगी। लेकिन ये तो सोचो, कि जो सुरक्षाकर्मी दिन रात डैम के चारों ओर तैनात हैं, वे भी तो विकिरण से प्रभावित होते होंगे।"

"होते ही हैं। तभी तो इन्हें बाहर से लाकर यहां तैनात किया जाता है। स्थायी नौकरी नहीं दी जाती।"

"क्या ये जानते नहीं कि इन्हें कितना नुकसान पहुंच रहा है?"

"गरीबी ऐसी चीज है मैडम कि आग में भी कूदने को तैयार हो जाते हैं लोग। अब हमारे ही गांव के लोगों को देखिए। हमारे संगठन द्वारा इतनी जागरूकता लाने के बावजूद क्या वे पेट पालने के लिए यूरेनियम खदानों या मिलों में मजदूरी नहीं करते? नंगे हाथों से बेलचा पकड़कर यूरेनियम अयस्क वाले पत्थरों के ढेर से पत्थरों को क्रशर में गिराते वक्त विकिरण की मार नहीं झेलते? जिनके घर टूट गए...खेत चले गए...वे बेचारे करें भी तो क्या करें?" युवक की आवाज में दर्द था।

"आप लोग उन्हें समझाते क्यों नहीं?"

"समझाते तो हैं। मगर जब वे कहते हैं– 'हम विकिरण को पचा सकते हैं पर अपनी और अपने बच्चों की भूख बर्दाश्त नहीं कर सकते' तो हम निरुत्तर हो जाते हैं। उनका तर्क है, 'विकिरण तो हमें बाद में मारेगा! मगर भूख तो हमें कुछ ही दिनों में मार डालेगी। अपने बाल बच्चों को कब तक भूख से तड़पते देखा जा सकता है?...' " बड़ी बेबाकी से वस्तुस्थिति से अवगत कराते हुए युवक ने कहा, "हम तो गरीबी के साथ सहवास करने के आदी हो चुके हैं मगर हर एक को इसके लिए राजी करना इतना आसान नहीं। जब हमारे ही पास

रोजगार का कोई विकल्प नहीं है फिर कहां से दें उन्हें रोजगार? जो मजदूर कंपनी में काम करने लगते हैं उन्हें कंपनी वालों की हां में हां मिलाना ही पड़ता है। चाहकर भी वे हमारा साथ नहीं दे सकते।"

"उन्हें नौकरी से निकाले जाने का भय सताता है क्या।"

"वो तो सताता ही है। एक दूसरे बड़े भय से भी वे आजकल परेशान रहते हैं।"

"किस बात का भय?"

"यही कि कंपनी के अधिकारियों के अनुमान के हिसाब से यहां की खदानों से ज्यादा से ज्यादा दस ग्यारह वर्षों तक ही यूरेनियम निकाला जा सकेगा। फिर यहां की खदानों से खनन कार्य बंद कर दिया जाएगा। मिल का उत्पादन भी ठप्प हो जाएगा। कंपनी यहां से उठकर कहीं और चली जाएगी।..." युवक के स्वर से हताशा प्रतिध्वनित होते सुन प्रज्ञा चौंकी। उससे बिना बोले नहीं रहा गया–

"ये तो बहुत अच्छी बात है। आप लोग भी तो यही चाहते रहे हैं। फिर इसमें भय या तनाव कैसा?"

"यही तो हमारी विडंबना है मैडम! इन दिनों यहां के लोगों को ये डर भी खाए जा रहा है कि कंपनी यहां से जब सबकुछ समेटकर चली जाएगी तब ये जगह बिल्कुल खंडहर हो जाएगी! आप ही सोचिए कि चालीस वर्ष से भी ज्यादा समय से यहां यूरेनियम का खनन चल रहा है। बाहर से व्यापारी आए, अधिकारी, कर्मचारी और मजदूर भी आए। बाहरी लोगों के संपर्क में आने से यहां के लोगों की जीवनशैली में व्यापक बदलाव आया। बच्चे उस नये माहौल में बड़े हुए। यहां के कितने ही लोग, जिनके घर, खेत कंपनी की वजह से उजड़ चुके थे, या खेत बंजर हो चुके थे, छोटा मोटा व्यवसाय करके या कंपनी में काम करके अपनी आजीविका चला रहे हैं। ऐसे में जब कंपनी बंद हो जाएगी और तमाम बाहरी लोग यहां से चले जाएंगे, दुकानें बंद हो जाएंगी, बाहर से दूध, मांस, मछली, अंडा, कच्ची सब्जियां, अखबार और रोजमर्रा की तमाम दूसरी चीजें, जिनके ये आदी हो चुके हैं, नहीं आएंगी...तमाम लोग बेरोजगार हो जाएंगे...ये इलाका प्रचंड धूप के ताप से परिश्रांत अधमरे बैलों की तरह जीभ निकालकर हांफने लगेगा...टेलिंग डैमों, खुली खदानों और परित्यक्त मिलों से फिर भी विकिरण तो होता ही रहेगा न! मरंग गोड़ा तो बिल्कुल मुरदों का कस्बा हो जाएगा...फिर हम इनसे बचाव के लिए किसके खिलाफ आंदोलन करेंगे? किसके खिलाफ? किसे सुनाएंगे हम अपनी आवाज?..." बताते हुए मानो उस

संताली युवक ने प्रज्ञा की आंखों के सामने मरंग गोड़ा के खौफनाक भविष्य का रेखाचित्र खींच दिया था। उसके बयान करने के अंदाज ने प्रज्ञा के रोंगटे खड़े कर दिये थे।

"वाकई ये तो बड़ी चिंता की बात है।"

"हम लोगों को कभी चिंता से मुक्ति नहीं मिलेगी मैडम! कंपनी के रहते भी चिंता...जाने पर भी चिंता...समझ में नहीं आता कि इस मरंग गोड़ा का क्या होगा? हमारा क्या होगा? हमारे संगठन के कई जुझारू कार्यकर्ताओं ने इन्हीं चिंताओं से, संघर्षों से, भुखमरी से ऊबकर कंपनी में नौकरी कर ली है। जब ऐसे भी मरना है वैसे भी मरना है तो क्यों न कुछ दिन अपने बाल बच्चों को, घरवालों को भरपेट खाना दें, छत दें और शिक्षा मुहैया कराएं।

हमारी धरती चाहे कितनी ही समृद्ध क्यों न हो पर हमारे लोग बहुत गरीब हैं मैडम! इसीलिए तो पिछले साल मई में 'सेंटर फॉर साइंस ऐंड एनवायरनमेंट' (विज्ञान एवं पर्यावरण केंद्र) की निदेशिका सुनीता नारायण ने इंडिया हैबिटेट सेंटर में आयोजित एक कार्यक्रम में खनन के कारण देश भर में पैदा हुए हालात पर रोशनी डालते हुए यह सवाल दागा था– "Why the poorest people live on India's richest lands?"

युवक की सभी बातें तार्किक लग रही थीं उसे। बातों ही बातों में कितनी गंभीर बातें कह डाली थीं उसने। उसकी बातों ने प्रज्ञा को भी गहरी सोच में डाल दिया था।

पहाड़ी के ऊपर से डैम की ढेर सारी तस्वीरें लेकर बातें करते करते वे झाड़ियों के बीच बनी पगडंडियों से नीचे उतर रहे थे। अचानक प्रज्ञा पूछ बैठी– "इधर सांप वांप तो नहीं निकलता?"

इससे पहले कि युवक कोई जवाब देता, उसे सामने से गुजरता एक सांप दिख गया और उसने कहा, "वो देखिए सांप!"

प्रज्ञा के साथ साथ वह युवक भी हैरान था। नाम लिया और शैतान हाजिर? यह कैसे संभव हुआ? दोनों ने एक दूसरे की तरफ देखा और आंखों ही आंखों में सवाल किया।

इन सबसे बेखबर सांप बेचारा चुपचाप अपनी राह चलता हुआ झाड़ियों के बीच ओझल हो गया था।

"विकिरण के कारण इधर के सांपों में भी इनसानों की तरह जेनेटिक डिफॉर्मेशन पाए जाते हैं।" युवक लाखाई सोरेन ने कहा था।

"इस पहाड़ के पेड़ पौधे भी तो हाइली रेडियोऐक्टिव होंगे?" प्रज्ञा यूं ही पूछ बैठी। यह जानते हुए भी कि उत्तर हां ही होगा।

"यहां की तुलना में नदी नालों और तालाबों के किनारे उगे पेड़ पौधों में ज्यादा विकिरण पाया गया है।" युवक ने प्रज्ञा की भ्रांति दूर की और यह जानकारी दी कि विकिरण प्रभावित जल को जब अपनी जड़ों से खींचते हैं पेड़ पौधे तो ज्यादा प्रभावित होते हैं। उसने बताया, "अभी हाल में किसी प्रतिष्ठित माइनिंग स्कूल के छात्र आये थे यहां जांच करने। उन्होंने पाया कि नदी किनारे उगे थेथर के पौधों के पत्ते, उनकी टहनियां, उनकी जड़ें हाइली रेडियोऐक्टिव हैं। इतना अधिक विकिरण किसी और पेड़ पौधे में नहीं पाया उन्होंने।"

"इसका मतलब यहां के जलस्रोतों को दूषित होने से बचाना बहुत जरूरी है, नहीं?" प्रज्ञा ने हमदर्दी दिखाई तो युवक उसी पर भड़क उठा–

"ये कैसे संभव होगा? तीनों टेलिंग डैमों को भले ही ऊंची दीवारों से घेर दिया गया है ताकि बारिश का पानी बहकर नदी नालों में न जा पाए मगर जमीन के नीचे से होनेवाले सीपेज को रोकने की कोई व्यवस्था नहीं की जा सकी है! ये भी सच है कि अब टेलिंग डैम के पानी को सीधे नाले में नहीं गिराया जाता। वाटर ट्रीटमेंट प्लांट से ट्रीट करके ही निकाला जाता है लेकिन जब बहुत अधिक बारिश होती है और एक साथ सैंकड़ों गैलन पानी आ जाता है तब तो किसी भी वाटर ट्रीटमेंट प्लांट के लिए यह संभव नहीं हो सकता कि वह अचानक आए पानी की उस विशाल मात्रा को विकिरण मुक्त करके बाहर निकाले।"

"सही कहा आपने।" प्रज्ञा ने उसके दर्द को सहलाने की कोशिश की तो उसकी आवाज में थोड़ी नरमी आयी। बोला–

"बस, इसी प्रकार के विभिन्न कारणों से ही तो उस नाले के पानी में, जिसका इस्तेमाल हमारे लोग नहाने और कपड़ा साफ करने के लिए करते हैं, कैडमियम, कॉपर, लेड, आर्सनिक आदि सुरक्षित सीमा से बहुत ज्यादा पाए जाते हैं। खदान और टेलिंग पौंड के आसपास के हैण्डपंप, बोरवेल, कुओं तथा तालाबों में प्रदूषण खतरनाक स्तर तक बढ़ा हुआ है।"

"यानी यहां पानी के तमाम स्रोत प्रदूषित हो चुके हैं?"

"बिल्कुल ठीक।"

प्रज्ञा खुश थी कि आरंभ के डेढ़ दिनों में ही उसे अपने शोध विषय से संबंधित इतनी सारी जानकारियां मिल गयी थीं। उसे पूरा यकीन था कि आज आने वाले ऑस्ट्रेलियन डॉक्टर की टीम के साथ घूमना भी उसके शोधकार्य के लिए काफी फायदेमंद होगा। इस तरह से यदि काम आगे बढ़े तो बहुत कम समय में ही उसका कार्य पूरा हो जाएगा। परंतु अब उसके लिए पहला काम था मरंग गोड़ा में कोई ऐसी जगह ढूंढ़ना, जहां कुछ दिनों तक रहकर काम किया जा सके। सगेन के घर मेहमान बनकर एक दो दिन से ज्यादा तो नहीं रहा जा सकता!

पहाड़ी से नीचे उतरते समय उस संताली युवक से रहने की जगह का इंतजाम करने में सहयोग का आग्रह किया था उसने।

युवक ने भी कोशिश करने का आश्वासन दिया था।

ठीक समय पर सगेन के यहां पहुंच गये थे वे दोनों। यूरेनियम के खिलाफ आंदोलनरत डॉक्टरों की टीम थोड़ी देर बाद ही आ पहुंची थी वहां। भारतीय डॉक्टरों के बीच मध्यमणि बने हुए ऑस्ट्रेलिया के डॉक्टर 'सैम' को देख प्रज्ञा प्रभावित हुई थी। लंबी छरहरी काया। अहंकारमुक्त व्यक्तित्व! चेहरे पर सात्विकता के भाव!

मोआर के सदस्यों और प्रज्ञा के साथ परिचय के बाद वे अपने काम में लग गये थे।

प्रज्ञा और डॉक्टरों द्वारा लाई गयी गाड़ियों में बैठकर सभी लोग मरंग गोड़ा और उसके आसपास के प्रभावित गांवों के दौरे पर निकल पड़े थे। जगह जगह रुककर गांव के लोगों से मिलना...विकिरण से बचाव के उपाय बताना... स्वास्थ्यसंबंधी जागरूकता लाने के लिए गांव वालों के बीच पुस्तिका का वितरण करना...काफी व्यस्त कार्यक्रम था। बिना खाए पिये भटक रहे थे वे लोग। काम पूरा किए बिना वापस लौटना संभव नहीं था।

इस वक्त वे जिस गांव में थे, उस गांव में कुछ दिनों से न्यूक्लियर पावर प्लांट लगाए जाने का जबर्दस्त विरोध किया जा रहा था। गांव के छोटे से स्कूल में ही सभा का आयोजन किया था स्थानीय लोगों ने। रविवार होने की वजह से स्कूल में छुट्टी थी, जागरूक लोगों की उपस्थिति अतिथियों को उत्साहित कर रही थी।

कम समय में ही परिचय की औपचारिकता पूरी करने के बाद चाय पानी से गला तर करके सभा में बोलना आरंभ किया था अतिथियों ने। वहां उपस्थित सभी लोगों को डॉक्टर सैम की बातें सुनने की उत्सुकता थी।

सुदूर ऑस्ट्रेलिया से चलकर एक गोरी चमड़ी वाले डॉक्टर इस गांव में उनसे मिलने, उनकी समस्या पर बात करने आए हैं, क्या यह कम बात है?...सगेन ने पहले ही समझा दिया था उन्हें।

पटना से आए डॉक्टर शाहिद ने डॉक्टर सैम की हर पंक्ति का हिन्दी में अनुवाद करके सुनाने का बीड़ा उठाया था। इससे सभी डॉक्टर सैम की बातें समझ पा रहे थे। उनके भाषण के मुख्य अंश थे–

"मैंने आपके साथियों से सुना है कि वर्षों पहले आप लोगों के इलाके में खनन कार्य आरंभ करते समय मशहूर परमाणु वैज्ञानिक, 'बा' साहब ने आप लोगों से वादा किया था कि वे आप लोगों का अंधेरा दूर करेंगे। बिजली इतनी सस्ती हो जाएगी कि हर घर में रोशनी होगी। उन्होंने अच्छी नीयत से ही कहा होगा पर शायद उन्हें नहीं पता था कि यूरेनियम कंपनी ऑफ मरंग गोड़ा को जो सावधानियां बरतनी चाहिए थीं, उन्होंने नहीं बरतीं और जिसकी वजह से आप लोगों को व्यापक स्वास्थ्य हानि हुई। जिस देश ने विज्ञान में इतनी तरक्की कर ली है कि चांद पर रॉकेट भेजा जा रहा है, जो देश ऑस्ट्रेलिया को क्रिकेट में हरा रहा है, उस देश में आम व्यक्ति की सुरक्षा के लिए कारगर कदम न उठाया जाना मुझे हैरान करता है।

"अगर कोई सोचता है कि सस्ती और अधिक बिजली सिर्फ परमाणु संयंत्रों से ही प्राप्त की जा सकती है और इसके लिए यूरेनियम खनन अनिवार्य है तो ये गलत है। परमाणु संयंत्रों से हम जितनी बिजली पैदा करते हैं, उससे दस गुना ज्यादा बिजली हम बिजली बांटने में की गयी बर्बादी को रोककर बचा सकते हैं। वैसे भी दुनिया में यूरेनियम इतना कम है कि शायद पचास से सौ सालों तक ही यह उपलब्ध हो। परमाणु ऊर्जा बनाने में और बाद में किसी संयंत्र को सुरक्षित ढंग से बंद करने में आनेवाला खर्च इतना अधिक है कि इतने कम समय के लिए इतना ज्यादा खर्च करना कहीं से युक्तिपूर्ण नहीं लगता। जब कुछ सालों के बाद हमें ऊर्जा के दूसरे विकल्प ढूंढ़ने ही हैं तो फिर क्यों इतने कम समय के लिए हम इतनी तबाही मोल लें?"

डॉक्टर शाहिद का अनुवाद इतना सहज था कि उपस्थित गांववालों को डॉक्टर सैम की बातें बड़ी आसानी से समझ में आने लगी थीं। तन्मय होकर वे उन्हें सुन रहे थे...

''भारत ने अमेरिका के साथ परमाणु समझौता किया है– ऊर्जा उत्पादन तथा यूरेनियम के आयात पर प्रतिबंध हटाने के लिए। वर्तमान में भारत मौजूदा सतरह रिएक्टरों से चार हजार मेगावाट परमाणु ऊर्जा प्राप्त करता है। इनमें से पन्द्रह छोटे और दो मध्यम आकार के रियेक्टर हैं। अब अमेरिका से परमाणु समझौते के बाद भारत में न्यूक्लियर रिएक्टर की स्थापना तेजी से आरंभ हो जाएगी। अनुमानतः वर्ष 2020 तक परमाणु रियेक्टरों तथा ईंधन के आयात के जरिये भारत को 25 हजार मेगावाट बिजली की अतिरिक्त क्षमता हासिल हो जाएगी।

''सस्ती बिजली की उपलब्धता से बड़े पूंजीपतियों को तो प्रत्यक्ष रूप से कुछ समय के लिए बहुत फायदा होगा मगर आप जैसे आम लोगों को नुकसान ही ज्यादा होगा। क्योंकि विदेशों से रियेक्टर खरीदने में न तो सावधानी बरती जाएगी और न ही उसके कचरे से उत्पन्न स्वास्थ्य समस्याओं के निराकरण का उचित प्रयास किया जाएगा। आप लोगों ने अपने यहां न्युक्लियर पावर प्लांट का विरोध करके सही किया है।...''

डॉक्टर सैम जैसे विख्यात व्यक्ति का समर्थन पाकर उपस्थित ग्रामीणों को अंदर से ताकत मिली। इशारों ही इशारों में उन्होंने आपस में एक दूसरे की हौसलाअफजाई की और पुनः ध्यान से डॉक्टर सैम की बातें सुनने लगे...

''ऑस्ट्रेलिया की आम जनता ने भी न्यूक्लियर पावर प्लांट को नकार दिया है। पिछली सरकार इसीलिए नहीं जीती क्योंकि वह न्यूक्लियर पावर प्लांट के पक्ष में थी।

''ऑस्ट्रेलिया के आदिवासियों का तजुर्बा भी आपकी तरह था। आदिवासियों की इच्छा के विरुद्ध सरकार ने वहां यूरेनियम खनन आरंभ किया। इलाके के आदिवासियों को इससे कोई लाभ नहीं हुआ। यूरेनियम का निर्यात करके ऑस्ट्रेलिया की सरकार को जितनी आय होती है, उससे बहुत ज्यादा आय पनीर और शराब के निर्यात से होती है। फिर क्यों कर रही है हमारी सरकार यूरेनियम का निर्यात?

"सभी जानते हैं कि यूरेनियम अयस्क से शुद्ध यूरेनियम निकालने में कितने ज्यादा पानी की जरूरत पड़ती है। ऑस्ट्रेलिया में पानी की बहुत किल्लत है। इसके बावजूद यूरेनियम की प्रोसेसिंग में अरबों लीटर पानी का इस्तेमाल किया जाता है। वह पानी यूरेनियम कचरों के साथ जमीन के अंदर जाकर भूमिगत जल स्रोतों को भी तो जहरीला बना रहा है? जब हम जानते हैं कि यूरेनियम कचरे को सुरक्षित रखने का कोई कारगर उपाय विश्व भर में कहीं भी ईजाद नहीं किया जा सका है तो क्यों हम अपनी आनेवाली पीढ़ियों की बर्बादी का कारण बन रहे हैं? यूरेनियम कचरे से बर्बादी...परमाणु हथियारों से बर्बादी...फिर भी हमें चाहिए यूरेनियम! और यूरेनियम!! और और यूरेनियम!!!

"तभी तो दुनिया के साठ देशों के डॉक्टर्स यूरेनियम के कुप्रभाव से आपको बचाने में लगे हुए हैं..."

"अपनी संस्था की तरफ से हम यूरेनियम के हिमायती लोगों से यही अपील करना चाहेंगे कि–

For future of this land, for future of civilization, जो प्रकृति के साथ मिलकर रहना चाहते हैं उन्हें कृपया रहने दें।"...अनुवादक भारतीय डॉक्टर ने डॉक्टर सैम की बातों को समेटते हुए अपनी तरफ से जोड़ा–

"दरअसल मुझे लगता है कि अध्ययन, अनुसंधान आदि की विदेशी फंडिंग के कारण ही अब तक हमारे वैज्ञानिक...हमारे बुद्धिजीवी...हमारे अनुसंधानकर्ता अमीर पश्चिमी देशों से नियंत्रित तथा निर्देशित होते रहे हैं। अब आप ही सोचिए कि यूरोप अमेरिका ठंडे देश हैं जहां सूरज की रोशनी कम पहुंचती है। भारत गर्म देश है तो क्यों हम उनकी तरह परमाणु ऊर्जा को बढ़ावा दें। अपनी पारंपरिक खेती– जैविक खेती को छोड़ विदेशी वैज्ञानिकों की बात सुनकर हमने रासायनिक खेती की और उसका दुष्परिणाम भुगता। अब परमाणु रियेक्टरों की स्थापना के मामले में हम किसी विदेशी समझौते को स्वीकार करके अपना अहित नहीं कर सकते।..."

"बड़े बड़े बुद्धिजीवियों को परमाणु बिजली के पक्ष में बात करते देख वास्तव में हैरानी होती है।" आदित्यश्री से चुप रहा नहीं गया तो बीच में ही बोल उठा, "परमाणु संयंत्रों में एक हजार मेगावाट बिजली पैदा करने पर करीब 27

किलोग्राम रेडियोधर्मी कचरा उत्पन्न होता है और उसे निष्क्रिय होने में एक लाख साल से ज्यादा लग सकते हैं। परमाणु कचरे को जमीन पर दफनाने से लाखों वर्षों तक रेडियोधर्मी कचरों के सक्रिय रहने का खतरा रहता है इसलिए दुनिया के कई देश अपनी जमीन से दूर बड़े सागरों में ले जाकर परमाणु कचरा फेंकते रहे हैं। परंतु अब अंतर्राष्ट्रीय परमाणु ऊर्जा एजेंसी द्वारा इस पर प्रतिबंध लगा दिए जाने के बाद कचरे को अंतरिक्ष में फेंकने की बात सोची जा रही है लेकिन वह इतना महंगा और अव्यावहारिक होगा कि उस पर अमल करना शायद ही संभव हो।''

''अब तक हमारे देश के लिए परमाणु कचरा फेंकना कोई बड़ी समस्या नहीं रही है क्योंकि मरंग गोड़ा में ही परमाणु कचरा रखा जाता रहा है। परंतु अब जब हमारे देश में बिजली पैदा करने के लिए जल्द ही 100 मेगावाट वाले आठ नये परमाणु संयंत्र बनने वाले हैं तब इतनी बड़ी मात्रा में निकलने वाले परमाणु कचरों को ठिकाने लगाने के लिए यदि मरंग गोड़ा को ही पहले की तरह बलि का बकरा बनाया जाए तो आप लोग कल्पना कर सकते हैं कि इस इलाके का क्या हाल होगा? क्या हम लाखों वर्षों तक इस अन्याय को सहते रहेंगे?...''

सगेन की बातों ने सभी को चिंता में डाल दिया था।

सभा के अंत में उपस्थित लोगों के बीच डॉक्टर सैम के हाथों पुस्तिका वितरण करवाने के बाद सगेन ने कहा था, ''यह पुस्तिका एक हथियार है आप लोगों के लिए। अब जब भी कंपनी का कोई प्रतिनिधि यह कहे कि यहां विकिरणजनित कोई समस्या है ही नहीं तो तुरंत उन्हें यह चुनौती दें कि वे किसी स्वतंत्र एजेंसी से सर्वे कराकर इस पुस्तिका में दी गई रिपोर्टों को गलत साबित करें और जनता को सही जानकारी दें। आप लोग उस गांव के प्रतिनिधि हैं जहां न्यूक्लियर पावर प्लांट लगाए जाने की तैयारी हो रही है। इस महत्वपूर्ण लड़ाई में आप अकेले नहीं हैं, यही जताने के लिए देश विदेश के ये ख्यातिप्राप्त डॉक्टर यहां आप लोगों के बीच पधारे हैं। आपको समर्थन देने आए हैं ये। यह बताने आए हैं कि इन्हें आपके और आपकी आनेवाली पीढ़ियों के स्वास्थ्य की परवाह है। हम हृदय से इनके आभारी हैं।''

"जरा सोचिए!" पहलू बदलते हुए परगना बोले, "मात्र कुछ साल पहले तक सार्वजनिक रूप से हम अपनी बात कह नहीं सकते थे। अब कह पा रहे हैं यह भी क्या कम उपलब्धि है? हमारे साथ महत्वपूर्ण लोग आ रहे हैं, हमारी हिम्मत बढ़ा रहे हैं, यह हमारा परम सौभाग्य है। और हम उम्मीद करते हैं कि भविष्य में भी हमें इनका साथ मिलता रहेगा।...इनके समर्थन की वजह से ही आज कंपनी भी हमारी बातों को, हमारी मांगों को गंभीरता से लेने लगी है। हमारे लिए पीने के पानी के नल लगाए जा रहे हैं, परित्यक्त टेलिंग डैम के ऊपर मिट्टी की परत डलवायी जा रही है, यूरेनियम अयस्क से लदे ट्रकों को तिरपॉल से ढककर लाया जा रहा है, धूल उड़ती सड़कों पर पानी के छींटे मारे जा रहे हैं, टेलिंग डैम को घेरा गया है, शुद्ध यूरेनियम पावडर को पहले की तरह मजदूरों के हाथों से ड्रमों में न भरवाकर शीशे के बंद कमरों में स्वचालित मशीनों की मदद से भरा जा रहा है..."

"यानी आप लोगों का यह आंदोलन व्यर्थ नहीं गया है।" डॉक्टर शाहिद ने उनकी हौसलाअफजाई की।

"लेकिन अब भी ढेर सारी समस्याएं हैं, जिनके लिए हमें अपना आंदोलन जारी रखना होगा।..." सगेन ने कहा।

सगेन के अलावा परगना और मोआर के सचिव ने भी उन डॉक्टरों के प्रति आभार प्रकट किया। सचिव ने एक महत्वपूर्ण बात कही, "पहले हम सोचा करते थे कि अन्याय सिर्फ हमारे साथ ही हुआ है पर जब हमें दुनिया के विभिन्न हिस्सों में जाकर वहां के आदिवासी भाइयों से मिलने का अवसर मिला तो पता चला कि भले ही अब कुछ देशों में अंतर्राष्ट्रीय खान सुरक्षा नियमों का पालन किया जा रहा है पर कुछ समय पहले तक कमोबेश सबकी हालत एक जैसी ही थी। अमेरिका के नवाहो नेशन के एक मित्र ने, जो नवाहो यूरेनियम वर्कर के ऑफिस में काम करते थे, अपने निदेशक के बारे में एक कहानी सुनाई थी कि 1958 के बाद जब उन्होंने यूरेनियम खदान में काम करना आरंभ किया तो तीन महीने बाद उन्होंने कामगारों की सुरक्षा को लेकर शिकायत की। उन्हें नौकरी से निकाल दिया गया। जब कंपनी के मालिक बदले, उन्होंने दुबारा नौकरी की और इस बार कामगारों के पारिश्रमिक के बारे में शिकायत की। दुबारा निकाले गये।..."

"दरअसल..." सगेन ने सचिव के वक्तव्य में घुसपैठ करते हुए बात आगे बढ़ाई, "1940 के दशक से पंद्रह हजार से ज्यादा नवाहो आदिवासी कामगार

अपने इलाकों की यूरेनियम खदानों तथा अयस्क प्रोसेसिंग मिलों में काम करने लगे थे। उन दिनों उधर से करीब एक सौ तीस लाख (तेरह मिलियन) टन यूरेनियम निकाला जाता था। मगर कामगारों को न सिर्फ कम वेतन दिया जाता था, बल्कि उन्हें उन शारीरिक खतरों से भी आगाह नहीं किया जाता था जो यूरेनयम विकिरण के कारण उन्हें हो सकते थे। यहां तक कि खदानों में विस्फोट किए जाने के आधा घंटा बाद ही जहरीले धुओं से भरी खदानों में काम शुरू करने के लिए मजबूर किया जाता था। और यही कारण था कि यू.एस. के बाकी हिस्सों की तुलना में सबसे ज्यादा कैंसर यूरेनियम खदानों में काम करने वाले मजदूरों में ही पाया गया।''

''यानी पूरी दुनिया में सबसे ज्यादा पीड़ित आदिवासी ही हैं...?'' परगना का यह सवाल उस छोटे से कमरे में देर तक गूंजता रहा था। उस गूंज का ही असर था कि वहां बैठे लोगों ने अपना दुखड़ा सुनाना आरंभ कर दिया था–

''ब्लास्टिंग के समय हमें भी क्या कम परेशानी होती है? भूमिगत खदानों में तो सिर्फ मजदूरों को परेशानी होती है पर खुली खदानों में आम लोगों को भी ब्लास्टिंग के स्थान से करीब 500-1000 मीटर की दूरी तक से गुजरना मना रहता है। धूल और धुंएं से कितनी परेशानी होती है हमें। और ये कोई एक दो दिन का नहीं, रोज का झंझट है।...''

लोगों की शिकायतों का मानो कोई अंत नहीं था, लेकिन समय की कमी थी। सभा समाप्त करनी पड़ी।

वापसी के समय सड़क के किनारे किनारे जाती एक मोटी पाइपलाइन को दिखाकर आदित्यश्री ने प्रज्ञा से कहा– ''ध्यान से देख लीजिए इसे। इसी से होकर यूरेनियम कचरों को टेलिंग डैम तक ले जाया जाता है। यही पाइप कुछ महीनों पहले एक जगह फट गया था जिससे दूर दूर तक यूरेनियम कचरा फैल गया था। पुंगरीडीह बस्ती इसकी चपेट में आ गया। घरों के आंगन और छतों पर कचरे का अंबार लग गया। कचरा बहकर कुछ घरों के अंदर तक चला गया। आसपास के पेड़ सफेद हो गये।...''

सगेन दूसरी गाड़ी में था। डॉक्टरों के साथ! संयोग से वह भी अपने साथ के लोगों को वही किस्सा सुना रहा था, ''...फिर गांववालों के साथ हमने जाकर घंटों कंपनी के गेट पर हंगामा किया तो कंपनी की तरफ से दमकल और मजदूर

भेजे गये सफाई करने के लिए। दमकल के पानी के प्रेशर से पूरी बस्ती की सफाई की गयी। कचरे का पानी बहकर नाले से होते हुए नदी में चला गया मगर पूरी तरह से यूरेनियम कचरों की सफाई नहीं हो पायी। साफ करने में देर होने की वजह से कचरे की मोटी परत जम गयी थी। किसी रसायन से रगड़कर ही उन्हें निर्मूल किया जा सकता था।...''

पीछे की गाड़ी में बैठे आदित्यश्री ने जब देखा कि आगे आगे जा रही डॉक्टरों की गाड़ी, जिसमें सगेन भी बैठा हुआ था, सड़क किनारे स्थित एक घर के पास जा रुकी, उसने भी वहां अपनी गाड़ी रुकवा दी। फिर नीचे उतरकर मोआर के सदस्यों द्वारा दिखाए जाने के बाद सबने उस घर के आंगन में खड़े होकर देखा, छत पर यूरेनियम टेलिंग के सफेद अवशेष अब भी हैं। पास के पेड़ों के पत्ते और डालियां भी कहीं कहीं सफेद रंग से पुते हुए से दिख रहे हैं।

''बारिश होने पर छत की टाली में चिपके यूरेनियम कचरे बहकर आंगन में गिरते रहते हैं।'' उस घर के मालिक ने कहा था।

''ये क्या है?'' बरामदे की छत की बल्ली से लटकती एक छोटी सी मशीन की तरफ ध्यान गया था प्रज्ञा का।

''कंपनी वालों ने लगवायी थी। बीच बीच में आकर देख जाते हैं।''

''देखकर कुछ बताया है कभी या फिर ऐसे ही...''

''बस ऐसे ही...''

''विकिरण की मात्रा की जांच के लिए लगायी होगी। मात्र औपचारिकता है ये। आज तक इन्हें कभी बताया नहीं गया कि इससे पता क्या चला है। पहले खुले में लगाते थे तो अनजान लोग उठाकर फेंक देते थे। फिर घरों में लगाना शुरू किया।'' सगेन की आवाज में तिक्तता थी, ''इनकी बात तो छोड़िए, हमारे जो मजदूर भाई यूरेनियम खदानों और मिलों में काम करते हैं वे प्रत्यक्ष रूप से विकिरण के संपर्क में आते हैं, उनमें से कितनों को तो विकिरण की मात्रा को रिकॉर्ड करने वाला यंत्र 'डोजीमीटर' भी पहनने के लिए नहीं दिया जाता। अब आप ही बताइए कि उस यंत्र के बिना कैसे पता चलेगा कि उस व्यक्ति को विकिरण की कितनी मात्रा मिल चुकी है? कि कहीं उसे अधिकतम सीमा तक विकिरण की मात्रा मिल तो नहीं गयी? कि कहीं उसके लिए दुबारा खदान में प्रवेश करना या मिल में काम करना जानलेवा तो साबित नहीं होगा?

"कई बार तो डोजीमीटर दिये जाने के बावजूद उसके द्वारा दिखाए गये आंकड़ों पर ध्यान नहीं दिया जाता, उसकी अनदेखी कर दी जाती है। आप सोच नहीं सकतीं कि कितनी लापरवाही है यहां। पहले हम कूपमंडूक थे तो किसी को कुछ फर्क नहीं पड़ता था। पर इधर कुछ वर्षों से विश्व भर की यूरेनियम खदानों तथा मिलों के मजदूरों से मिलने के बाद, विभिन्न यूरेनियम संगोष्ठियों में विद्वानों की राय जानने के बाद अब और ऐसी लापरवाही बर्दाश्त नहीं होती। अज्ञानतावश पिछले चालीस वर्षों से हमारे लोगों ने बहुत झेला है। आप ढूंढ़कर देखिए, गांव में बूढ़े बुजुर्ग लगभग हैं ही नहीं। ज्यादातर लोग समय से पहले ही मर खप गये। मैंने खुद अपने प्रिय ततंग और जियंग को तड़प तड़प कर मरते देखा है विकिरणजनित बीमारी से। परिवार के अन्य सदस्यों को भी लाइलाज बीमारियों से जूझते देखा है। अब अपने जीते जी हम अपने लोगों की और कोई क्षति नहीं होने देंगे।..."

पानी भरने के लिए सरकारी नल के नीचे रखे गये घड़े की तरह कुछ देर तक थरथराते रहने के बाद धीरे धीरे शांत हुआ था सगेन! पीड़ाओं की अविच्छिन्न धारा उसे ऊपर तक भरकर अब बाहर बहने लगी थी...।

बातें करते करते कब वे वापस गाड़ी तक पहुंच गये, पता ही नहीं चला था। लोग गाड़ी में बैठने ही वाले थे कि सगेन ने सबका ध्यान अपनी तरफ खींचते हुए कहा, "जरा अपने अपने पैरों से सड़क की मिट्टी की ऊपरी परत को हल्के हल्के हटाकर तो देखिए...! देखिए, देखिए...!!"

सगेन के कहने पर बिना कुछ सोचे समझे लगभग सभी मेहमान अपने अपने जूतों चप्पलों से मिट्टी के नीचे दबी सफेद धूल उड़ाने लगे थे।

"क्या है यहां ?" किसी ने पूछा।

"यूरेनियम कचरा। पाइप फटने के बाद सड़क पर फैले कचरों को पानी से धुलवाने के बाद भी जब वह पूरी तरह से साफ नहीं हुआ तो उसके ऊपर कंपनी की तरफ से मिट्टी की इतनी हल्की परत डाली गयी कि जरा सा हटाते ही यूरेनियम कचरा ऊपर आ जाता है।"

"तो ये यूरेनियम टेलिंग हैं?" डॉक्टर सैम ने कहा, "तब तो सबके जूते थोड़ा बहुत रेडियोऐक्टिव हो ही गये हैं।"

उनकी बातें सुन प्रज्ञा झट से अपनी गाड़ी में बैठ गयी थी। गाड़ी में बिछी मैट पर अपने जूतों को जोर जोर से रगड़ते हुए भयमिश्रित आवाज में बोली, "अब क्या होगा? मेरे पास तो एक्स्ट्रा जूते भी नहीं हैं।"

सगेन ने शांति से कहा था, "बस इतने ही से डर गयीं मैडम? हमें तो बरसों से इन खतरों का सामना करना पड़ रहा है। कई बार कई जगह से पाइप फटने की घटना घट चुकी है। लोहे का पाइप है। अंदर बहते गीले कचरों का इतना ज्यादा दबाव रहता है कि नट बोल्ट ढीले हो जाने की वजह से जोड़ से लीक होने लगता है। हमारे गांव के लोग नंगे पांव चलते हैं इन पर। बच्चे खेलते हैं यहां। वैसे भी जोरों की हवा चलने पर टेलिंग डैम की धूल उड़ उड़कर चारों तरफ फैलती ही रही है। हमारे घरों में आती ही रही है। बस इधर कुछ समय से ही हमारे आंदोलन में तेजी आने के बाद भरे हुए टेलिंग डैमों पर मिट्टी बिछाने का काम किया जा रहा है..."

सगेन की बातों ने एक बड़ा प्रश्नचिन्ह खड़ा कर दिया था प्रज्ञा के सामने। वह लज्जित तो थी पर डरी हुई भी थी। वह मरंग गोड़ा में रहकर यहां की समस्या पर शोध करने आ तो गयी थी मगर आज दिन भर विभिन्न लोगों से यहां के विकिरण प्रभावित जल और दूषित आबोहवा के बारे में बारीकी से जानने के बाद अपने निर्णय पर पुनर्विचार करने पर बाध्य हो गयी थी।

क्षितिज पर पीला सूरज डूबने को था। उसके मुंह पर जमे हुए खून के थक्के डरा रहे थे प्रज्ञा को। वह जानती थी कि बस थोड़ी ही देर बाद इस शाम की मृत्यु हो जाएगी। और उसका खून चूस चूस कर क्रमशः लाल से काला होता रात-पशु छा जाएगा चारों ओर!

सगेन के घर तक पहुंचने और डॉक्टरों की टीम के विदा होने तक वह निर्णय ले चुकी थी कि वह मरंग गोड़ा में नहीं बल्कि जमशेदपुर में रहेगी और वहीं से आ आकर यहां शोध करेगी। आने जाने में रोज पचास किलोमीटर की दूरी भले ही तय करनी पड़े पर कम से कम यहां के खतरनाक विकिरणयुक्त पानी में नहाना तो नहीं पड़ेगा? यहां के जल में पका भोजन तो नहीं खाना पड़ेगा? चौबीसों घंटे जहरीली हवा में सांस तो नहीं लेना पड़ेगा?

सगेन से बोलने की हिम्मत नहीं हुई थी उसकी। अपनी बात आदित्यश्री से ही कही थी।

— "बस इतनी सी बात?" आदित्यश्री ने चुटकियों में उसकी समस्या का समाधान कर दिया था। अपने एक पत्रकार दोस्त से कहकर जमशेदपुर में किराए का एक फ्लैट दिलवा दिया था उसे। शोध में मदद करने के लिए, साथ मरंग गोड़ा आने जाने के लिए तथा उसके साथ रहने के लिए एक स्थानीय लड़की को भी तैयार कर लिया था उसने।

आदित्यश्री की वजह से प्रज्ञा को जमशेदपुर में डेरा डालने में कोई दिक्कत नहीं हुई।

विकास के नए मॉडल की तलाश

प्रज्ञा की सोच के अनुसार जमशेदपुर में रहकर शोध के लिए रोज रोज मरंग गोड़ा जाना और शाम या रात को लौट आना सुविधाजनक तो न था पर सुरक्षित जरूर था। वह इतने भर से संतुष्ट थी कि कम से कम पीने का पानी और भोजन तो अपने साथ ले जा पाती है। सुबह शाम नहाने के लिए भी मरंग गोड़ा के पानी का उपयोग नहीं करना पड़ता। सबसे बड़ी बात यह कि ऑक्टोपस की तरह जकड़ लिये गये एक अनजाने भय से मुक्ति मिली थी उसे। मन ही मन आदित्यश्री को धन्यवाद देती। उसका बस चले तो शोध पूरा होने तक उसे अपने पास रोके रखे। सारंडा दौरे में आदित्यश्री के साथ रहने से काफी मदद मिली थी उसे। मरंग गोड़ा के आंदोलन में महत्वपूर्ण भूमिका निभाने की वजह से स्थानीय लोगों के बीच अच्छी पैठ है उसकी। शोध के साथ साथ प्रज्ञा जो वीडियो मूवी बनाना चाहती है, उसमें आदित्यश्री से बढ़कर और कौन उसका मददगार हो सकता है? काश! उस जैसा कोई उसका सहयोगी बन जाता! पर इस आंदोलन से जुड़े तमाम लोग इतने खुद्दार हैं कि किसी से इस तरह की बात करने की हिम्मत नहीं होती उसे। बस, मदद का अनुरोध ही कर सकती है।

उसके विशेष अनुरोध पर आदित्यश्री कई बार रांची से जमशेदपुर और मरंग गोड़ा आ आकर उसकी मदद कर चुका है। अब बार बार कहने में भी संकोच होता है उसे। वह इंतजार करती है– कब आदित्यश्री अपने काम से, अपने संगठन के काम से मरंग गोड़ा जाए और वह उसे रास्ते में ही लपक ले।

"रांची से आते समय मेरे लिए वीडियो कैसेट लेते आना प्लीज!" वह कहती। या फिर फोन पर बातचीत के दौरान यदि आदित्यश्री रांची के स्थानीय हिंदी अखबारों में छपी मरंग गोड़ा से संबंधित किसी खबर का जिक्र करता तो वह तुरंत फरमाइश कर देती, "उसकी पेपर कटिंग रख लो प्लीज! अगली बार

आते समय मेरे लिए लेते आना।"...और कटिंग मिलते ही साथ रह रही लड़की से पढ़वाकर अंग्रेजी में नोट कर लेती।

"काश! मुझे ठीक से हिन्दी पढ़ना आता! यहां के अंग्रेजी अखबारों में आदिवासियों के बारे में इतनी सूचनाएं नहीं मिलतीं मुझे।" जब भी आदित्यश्री उसे हिन्दी अखबारों की कतरनें या आंदोलन से संबंधित कोई हिन्दी पुस्तिका देता, वह कहती।

परेशानी तब बढ़ गयी जब सहयोगी लड़की ने अचानक काम छोड़ दिया।

अब प्रज्ञा को अकेले ही जमशेदपुर से मरंग गोड़ा जाना पड़ता। फ्लैट में भी अकेले रहना पड़ता। साथ रहने के लिए कोई दूसरी पसंदीदा लड़की नहीं मिल रही थी।

उन्हीं दिनों की बात है जब मोआर के किसी काम से आदित्यश्री मरंग गोड़ा आए थे। उस दिन प्रज्ञा भी शोध के सिलसिले में वहां थी, शाम को साथ साथ लौटे थे दोनों जमशेदपुर। सात बज चुके थे और जमशेदपुर से रांची जाने वाली अंतिम बस का समय निकल चुका था।

"अब सुबह तक यहीं रुकना पड़ेगा मुझे।" आदित्यश्री की आवाज में खीझ थी।

"दो ढाई घंटे का रास्ता ही तो है जमशेदपुर से रांची तक का। आखिरी बस शाम सात बजे ही क्यों?" प्रज्ञा को बड़ा आश्चर्य हुआ था।

"रास्ते में टाइमारा घाटी पड़ती है। उस इलाके में आजकल खूब लूटपाट होती है, इसलिए देर रात को बस या गाड़ी वाले उधर से गुजरने से डरते हैं।" आदित्यश्री ने बताया।

"फिर रुकोगे कहां?"

"यहीं अपने पत्रकार दोस्त के घर।"

"वो तो बहुत देर से घर लौटते हैं न!"

"हां। क्या करे बेचारा। प्रेस के काम से देर हो ही जाती है।"

"तो चलो मेरे यहां, जब तक उनके घर लौटने का वक्त न हो, वहीं बैठकर गपशप करना।" प्रज्ञा ने आमंत्रण दिया था।

"मेरी चिंता मत करो। तुम थक गयी होगी। जाकर आराम करो। मैं इधर उधर वक्त गुजार लूंगा।"

"अब इतना भी औपचारिक मत बनो श्री, चलो।"

पता नहीं उस वक्त प्रज्ञा की आवाज में ऐसा क्या था कि आदित्यश्री इनकार न कर पाया। उसे लगा, पहले की तरह इस बार भी वह आदित्यश्री की उपस्थिति का भरपूर लाभ ले लेना चाहती है।

घर लौटते वक्त एक अच्छे रेस्तरां से चाइनीज़ भोजन पैक करवा लिया था प्रज्ञा ने। अपार्टमेंट की लिफ्ट में चढ़ने से पहले तक तो सबकुछ सामान्य लग रहा था आदित्यश्री को। मगर लिफ्ट के अंदर पैर रखते ही वहां के एकांत ने डरा दिया उसे। यह एक ऐसा भय था, जिसकी वजह पूरी तरह से स्पष्ट नहीं थी। एक धुंधलाया सा कोई खयाल था जो उसे डरा रहा था। जब लिफ्ट से बाहर आने के बाद प्रज्ञा ने अपने फ्लैट का ताला खोला, अंदर के अंधेरे ने उस डर के आकार को दुगुना कर दिया। बत्ती जलने के बाद भी वह निराकार नहीं हो पाया।

"पहले जितनी बार यहां आया, वह थी तुम्हारे साथ।" आदित्यश्री ने प्लास्टिक की सफेद कुर्सी पर बैठते हुए कहा।

"तो?"

"तो कुछ नहीं। बस ऐसे ही।"

"डर लग रहा है?"

"नहीं तो। कैसा डर?"

"वही तो। कैसा डर? चलो...पहले हाथ मुंह धोकर फ्रेश हो लो। फिर खाना खा लेते हैं।"

"इस अपार्टमेंट के लोग कुछ सोचेंगे तो नहीं?" आदित्यश्री ने झिझकते हुए पूछ डाला।

"क्या सोचेंगे?"

"मेरा मतलब है, तुम अब अकेली हो यहां। ऐसे में इस वक्त मेरा यहां आना...दरवाजा भी अंदर से बंद है...मेरा मतलब है, अभी भी हमारे यहां के लोग उतने आजादखयाल नहीं हो पाए हैं!"

"अरे छोड़ो भी। सब जानते हैं मैं शोध के लिए लंदन से आयी हूं यहां। मेरे पास लोग आ ही सकते हैं।" प्रज्ञा ने उसके संकोच को धुएं में उड़ाते हुए कहा, "सारंडा में तो तुम्हें मेरे साथ डर नहीं लग रहा था..."

"वहां की बात छोड़ो। वहां का माहौल दूसरा था। और फिर वहां किसी फ्लैट में तो नहीं रुकी थीं तुम।"

"फ्लैट में रुकने से क्या?"

"तुम नहीं जानतीं। यहां आने जाने वालों पर सोसाइटी वाले नज़र रखते हैं।"

"रखने दो। मैं परवाह नहीं करती। मैं यहां जिस काम से आयी हूं, वो तो करूंगी ही ना? अब समय बर्बाद ना करके हाथ मुंह धो लो। मैं भी खाना लगाती हूं। फिर बैठकर आराम से बातें करेंगे।"

"पहले चाय नहीं पिलाओगी?" आदित्यश्री ने बड़े अधिकार से कहा। सारंडा और मरंग गोड़ा में शोध के सिलसिले में साथ घूमते...काम करते आपस की झिझक खत्म सी हो गयी थी।

"जरूर पिलाऊंगी," प्रज्ञा को पता था कि आदित्यश्री चाय का कितना शौकीन है। "मगर मेरी तरह बगैर दूध और शक्कर की पीनी पड़ेगी चाय। मंजूर?" उसने शर्त रखी।

"बगैर दूध के भले ही पी लूंगा मगर चीनी तो डालनी ही पड़ेगी।"

...और प्रज्ञा ने आदित्यश्री की बात मान ली थी।

ड्रॉइंग रूम के फर्श पर बिछे गद्दे पर आराम से पैर फैलाकर, कुशन से पीठ टिकाए बैठे बैठे चाय की चुस्की लेते हुए...होटल का खाना खाते हुए...इधर उधर की बातों में खो गये थे दोनों। प्रज्ञा ने अपना चश्मा उतारकर नीचे रख दिया था। दीवार पर लगे लैंपशेड से वृत्ताकार रोशनी निकलकर ठीक प्रज्ञा के ऊपर गिर रही थी। उस वृत्त के केंद्र में बैठी अस्त व्यस्त बालों वाली वह लड़की आर्ट कॉलेज के छात्रों के लिए पोज़ देती किसी मॉडल की तरह लग रही थी उस वक्त आदित्यश्री को। अत्यंत आकर्षक!!

आदित्यश्री ने उसके लिए कोई सुंदर सी उपमा ढूंढ़ने की कोशिश की मगर एक भी देशज उपमा उस पर सटीक नहीं बैठी। अंततः मन ही मन बुदबुदाया, "इसका यौवन! मानो रेफ्रिजरेटर से अभी अभी बाहर निकाला गया मक्खन! बिल्कुल कसा हुआ।" और खुद ही अपनी इस बेहूदा सोच पर हंस पड़ा।

प्रज्ञा भी मुस्कुरा रही है, बिना उसके मन की बात जाने।

आदित्यश्री ने गौर किया कि मुस्कुराते वक्त उसके ओंठ सामने की तुलना में दाएं बाएं ज्यादा खुलते हैं और यही वह चीज है जो उसकी मुस्कुराहट में एक अलग तरह का रहस्य...एक अलग तरह की मिठास घोल देती है।

इस सबसे बेखबर प्रज्ञा ने खाना खत्म करके आदित्यश्री से उसके द्वारा लाए गये हिन्दी अखबारों की कतरनों को पढ़वा कर ध्यान से सुनना और जरूरी बातों को नोट करना आरंभ कर दिया था।

अचानक आदित्यश्री ने कहा, ''अब और पढ़ने का मन नहीं कर रहा है मेरा।''

''क्यों?''

''क्योंकि आज ज्यादातर शब्द मुंह भौंह सिकोड़े हुए हैं।''

''क्या?''

''आज शब्दों का मूड ठीक नहीं।''

''तुम्हारी बातें मेरी समझ के बाहर हैं।''

''समझ लो इनसानों की तरह शब्द और अक्षर भी अलग अलग मूड के होते हैं। कोई हमेशा मुस्कुराता रहता है तो कोई मुंह चिढ़ाता है। कोई निर्विकार रहता है तो कोई तटस्थ! कुछ शब्दों को तो मैं बरदाश्त ही नहीं कर पाता!''

''मेरी खातिर कुछ देर और बर्दाश्त कर लो, प्लीज!'' प्रज्ञा ने उस सनकी की बातों को अहमियत देते हुए अनुरोध किया तो उसने बात मान ली।

थोड़ी देर बाद वहीं गद्दे पर पूरी तरह से पसरते हुए प्रज्ञा ने कहा था,

''ओह! थक जाती हूं मैं। इतनी दूर से रोज रोज आना जाना!''

''तो फिर मरंग गोड़ा में ही ठहरने का इंतजाम कर देता हूं।'' आदित्यश्री ने कहा तो वह हड़बड़ाकर उठ बैठी और बोली–

''ना बाबा ना! कौन रहेगा उस खतरनाक जगह में?''

''जहां तुम रह रही हो वह जगह भी कम खतरनाक नहीं।''

''क्या तुम जमशेदपुर की बात कर रहे हो?'' प्रज्ञा हैरान होती है।

''तो और कहां की बात करूंगा। अगर तुम समझती हो कि मरंग गोड़ा से मात्र पच्चीस तीस किलोमीटर दूर रहकर तुम यहां पूरी तरह से सुरक्षित रह पाओगी तो ये तुम्हारी भूल है।''

''तुम आज अचानक ऐसी बातें क्यों कर रहे हो?''

''इसलिए की रांची के एक अखबार में जमशेदपुर से संबंधित एक चिंताजनक खबर छपी है।''

''क्या?''

“रुको, पढ़कर सुनाता हूं। मेरी जेब में ही उसकी कतरन है। 20 दिसंबर 2008 के ‘प्रभात खबर’ के रांची संस्करण में छपी खबर है–

“‘जमशेदपुर में नवजात बच्चे कई गंभीर बीमारियों के शिकार हो रहे हैं। सबसे चौंकानेवाला तथ्य सामने आया है कि जमशेदपुर शहर में पिछले छह माह में जन्मे 58 बच्चों में पैरालाइसिस (लकवा) की शिकायत है। यह खबर मिलते ही स्वास्थ्य विभाग हरकत में आ गया है।...’ ”

“ओ माइ गॉड! इतने छोटे से शहर में इतने सारे बच्चों में एक साथ पैरालाइसिस पाया जाना तो बहुत ही चिंता की बात है।” प्रज्ञा के मुंह से निकला।

“और सुनो। अखबार आगे लिखता है कि स्वास्थ्य विभाग ने जांच का आदेश दिया है। जांच कमेटी की अध्यक्षा सिविल सर्जन डॉ. दीपाली डे ने बताया कि ये 58 बच्चे जमशेदपुर शहर के विभिन्न इलाकों के हैं। इस कारण किसी तरह का प्रकोप या वायरस इसे नहीं कहा जा सकता।...”

– “तो फिर क्या कहा जा सकता है?” प्रज्ञा की आवाज में चिंता घुली हुई थी।

“ये तो जांच रिपोर्ट आने पर ही पता चलेगा लेकिन मुझे लगता है कि कहीं न कहीं इसके तार मरंग गोड़ा से भी जुड़े हो सकते हैं।”

“मरंग गोड़ा तो दूर है। कम से कम 25-30 कि.मी. दूर। क्या जमशेदपुर के लौह कारखानों की वजह से होनेवाला प्रदूषण इसका कारण नहीं हो सकता?”

“मुझे नहीं लगता कि लोहा इतना खतरनाक होगा। ऐसा काम यूरेनियम ही कर सकता है। उसके पास विकिरण का हथियार जो है। सगेन हमेशा एक बात कहता है...”

“कौन सी बात?”

“यही कि हमें सताकर, हमारी चीख पुकार को अनसुनी कर तुम लोग ज्यादा खुश मत होना। विकिरण कभी किसी का सगा नहीं होता। हम आदिवासियों को तबाह करने के बाद यह तुम्हारी बस्तियों की तरफ भी बढ़ सकता है।... और पैरालाइसिस वाली खबर पढ़ने के बाद तो मुझे उसकी बातें सच होती दिख रही हैं।”

“अब क्या होगा?”

“कुछ नहीं होगा। ऐसे ही चलता रहेगा। यूरेनियम माइनिंग के लिए मरंग गोड़ा की धरती से बलात्कार होता रहेगा...हमेशा की तरह।...ताकि तुम जैसे

लोगों को शोध करने के विषय मिलते रहें। विश्वविद्यालयों से फेलोशिप के पैसे मिलते रहें...शोध के आधार पर कॉलेजों में अच्छी नौकरियां मिलती रहें..."

"मजाक छोड़ो श्री, क्या हमारे शोध का मकसद इन समस्याओं से निजात पाने का रास्ता सुझाना नहीं?"

"कैसे सुझाओगी? विकास का जो पूंजीवादी मॉडल तुम लोगों ने अपना रखा है, वही तो सभी समस्याओं की जड़ है।"

"तुम कहना क्या चाहते हो?" आदित्यश्री की पहेलियों वाली बातें प्रज्ञा में खीझ उत्पन्न कर रहीं थीं।

"यही कि भोगविलास, भौतिक सुख सुविधा, ऐशोआराम में आपादमस्तक डूबे रहकर इस तरह की समस्याओं से निजात पाने की बात करना हास्यास्पद नहीं तो और क्या है? हमें इतना ज्यादा यूरेनियम क्यों चाहिए? सस्ती और अधिक से अधिक मात्रा में बिजली प्राप्त करने के लिए ही न? बिजली सस्ती नहीं होगी तो हमारा ऐशोआराम, हमारी सुख सुविधाएं खत्म नहीं हो जाएंगी? धरती पर रहने वाले हर व्यक्ति को अपनी मूलभूत आवश्यकताएं पूरी करने का हक है मगर उनके लोभ की भरपायी नहीं की जा सकती। ये मत भूलो कि अत्यधिक सुख सुविधाओं ने अमेरिका जैसे विकसित देशों की युवा पीढ़ी को लगभग पंगु बना डाला है। आंकड़े कहते हैं कि 1980 के बाद उत्पादन की तुलना में उपभोग ज्यादा किया है अमेरिकियों ने। आसानी से उपलब्ध क्रेडिट कार्ड की संस्कृति ने तो ब्रिटेन जैसे देश के असंख्य युवाओं को मेहनत और अध्ययन से दूर ले जाकर कर्जखोर, कंगाल और शराबी बना डाला है। मत भूलो कि अमेरिका का डेढ़ सौ साल पुराना पूंजीवाद का बुनियादी मॉडल 'लेस्-ए-फे-अ्' अब खतरे में है।..."

इस तरह की भारी भरकम बातों की रगड़ से आदित्यश्री की जीभ का वजन क्रमशः कम होता चला गया और बातें प्रचंड वेग से निकलती उल्टी की तरह बाहर आनी शुरू हो गयीं...उसे लगा, अब पेट में कुछ भी रखना संभव नहीं। देश दुनिया में घटित तमाम घटनाएं मानो उसकी आंखों के सामने घटित हुई हों, इसीलिए वह उन्हें उगल डालने को बेचैन हो रहा था...

"पिछले दिनों अमेरिकी अर्थव्यवस्था में हुए विस्फोट का नकारात्मक असर दुनिया भर की अर्थव्यवस्था पर पड़ा है। अमरीकी स्टॉक मार्केट को एक दिन में एक

ट्रिलियन डॉलर का नुकसान होने के बाद अमेरिकी वित्तीय संस्थाओं को सात सौ बिलियन डॉलर का राहत पैकेज देना पड़ा सरकार को। इस संकट से उबरने के लिए अमेरिका को भारत जैसे विशाल देश की कुल विदेशी मुद्रा भंडार की दुगुनी से भी ज्यादा राशि झोंकनी पड़ी। फिर भी बात बनी नहीं और 10.2 ट्रिलियन डॉलर के कर्ज तले अमेरिका दब गया। इस आर्थिक सुनामी की बड़ी बड़ी लहरों ने पूरी दुनिया में हलचल मचा दी। फिर भी विकास के इस पूंजीवादी मॉडल को जोंक की तरह पकड़कर पड़े रहना चाहते हो तुम लोग।''

''तो क्या करें?''

''अपनी आदतें बदलो। जीवनशैली बदलो। विकास के नये मॉडल की तलाश करो। एक ऐसा मॉडल जो इस धरती को बचा सके...हमारी सभ्यता को बचा सके...हमें बचा सके...। मानव इतिहास में झांककर देखो, धरती की उपेक्षा करके अब तक कितनी ही सभ्यताएं नष्ट हो चुकी हैं।''

''तुम्हारा कहना सही है श्री। मगर वर्षों पुरानी आदतों को छोड़ना... जीवनशैली बदलना इतना आसान है क्या?''

''क्यों नहीं! साम्यवादी चीन ने 1980 में आकर 'साम्यवादी पूंजीवादी मॉडल' को अपनाया कि नहीं? 1917 में रूस में जन्मा साम्यवाद 90 के दशक में आकर जब धराशायी हुआ तब रूस के लोगों ने भी अपनी जीवनशैली बदली की नहीं? यदि उन देशों के लोग विकास के पुराने मॉडल को छोड़ नये मॉडल अपना सकते हैं तो तुम लोग क्यों नहीं कर सकते?''

''तुमसे तर्क करना बेकार है। लोग आगे बढ़ रहे हैं और तुम हमें पीछे जाने की सलाह दे रहे हो?''

''तुम जिसे आगे बढ़ना कह रही हो, वह दरअसल पीछे जाना ही है। इतना पीछे कि तुम कल्पना भी नहीं कर सकती।''

''आखिर कहना क्या चाहते हो तुम?''

''सस्ती बिजली बनाने के लिए आज जिस तरह से परमाणु संयंत्रों की बाढ़ आ रही है, उससे दुर्घटनाओं की आशंका भी तो बढ़ती जा रही है। बिजली बनाने के साथ साथ जो परमाणु बम बनाए जा रहे हैं उनके विस्फोट से भी इस धरती का सब कुछ नष्ट हो सकता है। हिमयुग आ सकता है धरती पर। फिर लाखों वर्ष लग सकते हैं वापस यहां तक पहुंचने में जहां हम इस वक्त हैं। अब बताओ कि क्या इससे ज्यादा पीछे जाने की कल्पना तुम कर सकती हो? वर्ष 2003 में अमेरिका और उसके सहयोगी देशों ने इराक में जैविक रसायनिक

हथियार होने के शक पर हमला कर दिया था। अगर उस वक्त इराक के पास परमाणु हथियार होते और अपने बचाव में सद्दाम हुसैन उनका प्रयोग कर देते तो सोचा है, क्या होता?"

"मेरे पेट में दर्द हो रहा है श्री। आह!" प्रज्ञा ने पेट पकड़ते हुए कहा।

"बस, हो गया? मेरे सवालों से डर गयीं?"

"ताना मत मारो। मेरा पेट सच में दुख रहा है।"

"तो फिर जाओ, चांद में घर बनाकर रहो। धरती पर रहोगी तो ये सब होता ही रहेगा।"...आदित्यश्री को मजाक सूझा।

"नहीं, नहीं। मैं चांद में घर नहीं बनाना चाहती।"

"क्यों?"

"क्योंकि चांद का व्यक्तित्व मुझे प्रभावित नहीं करता।"

"क्या?"

"चांद में ग्रेविटि नहीं है न! मेरा मतलब है धरती में ज्यादा ग्रेविटि है। और फिर चांद में लोग बहुत घमंडी भी होते हैं। जमीन पर पांव ही नहीं पड़ते!" प्रज्ञा ने छद्म गंभीरता ओढ़कर मजाक का जवाब मजाक से दिया।

"ये तुम्हारी किसी कविता की पंक्तियां हैं क्या?"

"मेरी नहीं। किसी और की। कहीं सुना था मैंने...आह! बहुत दर्द हो रहा है..." प्रज्ञा ने इस बार बहुत जोर से अपना पेट पकड़ा और कराहने लगी। दर्द से विकृत होते उसके चेहरे को देख आदित्यश्री ने कहा,

"थोड़ी देर पहले तो तुम ठीक थीं।"

"मुझे लगता है, इस चायनीज भोजन की वजह से दर्द हो रहा है। कभी कभी मशरूम से मुझे परेशानी होती है।"

"तो फिर क्यों लायीं अलग से मशरूम चिली? चाउमिन के साथ पनीर या चिकन चिली भी तो ला सकती थीं?"

"आगे से ध्यान रखूंगी। लेकिन फिलहाल मैं क्या करूं?" दर्द से चेहरा विकृत करते हुए कहा प्रज्ञा ने।

"दवा खाकर आराम करो। मैं निकलता हूं।" आदित्यश्री उठ खड़ा हुआ। प्रज्ञा ने उसका हाथ पकड़ कर रोका।

"अभी मत जाओ प्लीज! मेरी तबीयत ठीक नहीं।"

"बहुत रात हो गयी है प्रज्ञा। अभी और रुकूंगा तो जा नहीं पाऊंगा।"

"लेकिन इस हालत में मुझे अकेला छोड़कर कैसे जा सकते हो तुम? तबीयत ज्यादा बिगड़ गयी तो?"

"तुम पहले कोई दवा तो ले लो।"

प्रज्ञा ने दवा तो ले ली मगर कोई विशेष फायदा नहीं हुआ उसे। दर्द से छटपटाती रही वह।

"इस तरह के दर्द में मेरी मां नारियल तेल में पानी फेंटकर पेट में मालिश कर देती है तो बहुत आराम हो जाता है। घर में नारियल तेल हो तो लगाकर देखो न! शायद दर्द कम हो जाए!" आदित्यश्री को देशी टोटका याद आया तो सलाह दे डाली।

"मेरे पास नारियल तेल कहां से आएगा? तुम भी न!" प्रज्ञा ने बनावटी गुस्सा दिखाया।

"मेरे शेविंग किट में होगा। मैं जहां भी जाता हूं, तेल साबुन साथ लेकर चलता हूं। तुम कहो तो दे सकता हूं।"

मरता क्या न करता। प्रज्ञा ने लाचार सी आवाज में कहा, "ठीक है दो।" मगर आदित्यश्री ने जब तेल की छोटी सी शीशी निकालकर उसकी तरफ बढ़ायी तो उसने अनुरोध भरे स्वर में कहा, "मेरे में इतनी ताकत नहीं कि खुद लगाऊं। अगर तुम लगा देते तो..."

"मैं? क्या कह रही हो तुम?" अजीब असमंजस की स्थिति में पड़ गया आदित्यश्री।

"क्यों, इसमें बुराई क्या है? विदेश से आये एक असहाय रोगी की इतनी सी सहायता भी नहीं कर सकते?"

"कर तो सकता हूं, लेकिन..."

"लेकिन क्या?"

"वो...हमारे यहां एक कहावत है, वो याद आ रही है।"

"कैसी कहावत?"

"यही कि 'छूले तो गेले'!"

"मतलब?"

"मतलब किसी लड़की को सोच समझकर छूना बच्चू! वरना गये काम से!"

“देखो, मजाक छोड़ो। और इस वक्त थोड़ी देर के लिए अपनी ये मिडिल क्लास मानसिकता छोड़ दो प्लीज! फॉर गॉड’स सेक!” प्रज्ञा चीख उठी।

“सेवाटहल करते करते देर हो जाएगी प्रज्ञा! अपार्टमेंट के लोग ज्यादा रात को मुझे यहां से निकलते देखेंगे तो क्या सोचेंगे ?”

“अपार्टमेंट के लोगों की इतनी ही चिंता है तो पीछे की पाइपलाइन से उतर जाना नीचे!” प्रज्ञा ने मुंह बनाकर कहा।

“जी नहीं। फिलहाल मुझे न तो किसी पाइपलाइन से नीचे उतरना पसंद है और न ही किसी पाइपलाइन के सहारे किसी के अंदर!” वाक्य के अंतिम दस शब्दों को कुछ ज्यादा ही चबा चबाकर बोला आदित्यश्री।

“चिंता मत करो, आज की रात माइनिंग के लिए किसी धरती से बलात्कार नहीं होगा...आइ प्रॉमिस...” इतने दर्द में भी प्रज्ञा ने आंख मारते हुए शरारत से कहा।

...और आदित्यश्री को हथियार डालने पड़े।

प्रज्ञा की देह की कोमल त्वचा के स्पर्श से उस रात एक शांत नदी में उफान आया था। तितलियों के पंख फड़फड़ाए थे। मगर मोमोका अभी तक आदित्यश्री के जेहन में थी। प्रज्ञा की हथेली को हौले से चूमकर आदित्यश्री बाहर निकल आया था।

एक रिश्ता प्रगाढ़ होते होते रह गया था।

प्रगाढ़ न होते हुए भी एक प्यारा सा रिश्ता बन गया था उस दिन से। काम के दौरान ही कभी कभी दोनों एक दूसरे से व्यक्तिगत बातों का आदान प्रदान करने लगे थे। आदित्यश्री ने मोमोका के साथ साकुरा की बहार में गुजारे हसीन लम्हों को बांटा था तो प्रज्ञा ने भी यह राज खोला था कि भारत आने के बाद से उसके वर्तमान प्रेमी द्वारा उसे फोन तक न किए जाने पर कैसे उसने नींद की गोलियां खाकर आत्महत्या करने की कोशिश की थी। और यह भी कि उसकी एक खास महिला दोस्त का स्पर्श कितना कोमल हुआ करता था...

धीरे धीरे आदित्यश्री यह महसूस करने लगा कि प्रज्ञा चाहती है कि वह उसके करीब आए; कि आदित्यश्री की लंबी चौड़ी मजबूत कदकाठी ने मोमोका की तरह

इस अर्द्ध विदेशिनी को भी अपनी तरफ आकृष्ट किया था। वरना बार बार क्यों कहती वह– "तुम्हारी आंखों में कुछ है श्री!"

– "क्या है?"

– "कुछ तो है जो खींचता है अपनी ओर! और इसका अहसास मुझे उसी दिन हो गया था जब तुमसे पहली बार मिली थी।"

– "अस्पताल में?"

– "नहीं। तुम्हारे ऑफिस में। जब लंबी बीमारी के बाद स्वस्थ होकर तुमने ऑफिस जाना शुरू ही किया था, तब!"

– "तो फिर दूसरी मुलाकात में कहो न!"

– "हां, वही समझो। और उस दिन से जब भी तुम्हारी आंखों में झांकती हूं मुझे कुछ होने लगता है..."

– "मगर मुझे तो कुछ नहीं होता..."

– "कैसे होगा? एक साबूत ईंट के नीचे दबी पड़ी घास हो तुम! पस्त... विवर्ण...!" उसकी बातों से चिढ़कर प्रज्ञा ने कहा था, "मगर याद रखो, प्रेम और नदी ज्यादा समय तक एक ही स्थिति में नहीं रह सकते। उनमें ज्वार भाटा आता ही है।"

आदित्यश्री के ठंडे रवैये के पीछे मोमोका की उपस्थिति अब प्रज्ञा को बर्दाश्त नहीं हो रही थी।

आदित्यश्री को संयम रखते देख एक दिन किसी और संदर्भ में बातें करते हुए चालाकी से प्रज्ञा ने यह भी कह डाला था कि आजकल तो विकसित देशों में सहकर्मियों के बीच के अंतरंग संबंधों को अच्छी नजर से देखा जाता है। लोग यह मानकर चलते हैं कि इससे काम अच्छा होता है।

धूपछांव का वह खास मौसम चल ही रहा था कि इसी बीच एक नयी डॉक्युमेंट्री फिल्म बनाने के सिलसिले में आदित्यश्री का बाहर जाने का कार्यक्रम बन गया। मरंग गोड़ा के अलावा देश के जिन नये इलाकों में प्रस्तावित यूरेनियम खनन का...परमाणु संयंत्रों की स्थापना का विरोध आरंभ हो रहा था, उन इलाकों में घूम घूमकर बनानी थी वह फिल्म। प्रज्ञा को पता चला तो वह परेशान हो उठी– "कितना वक्त लगेगा तुम्हें इस काम को पूरा करने में?"

"नहीं कहा जा सकता। महीनों लग सकते हैं।" आदित्यश्री ने कंधे उचकाकर कहा।

“उतने दिनों तक तुम बाहर रहोगे?”

“रहना तो पड़ेगा ही।”

“फिर मेरा काम कैसे पूरा होगा?”

“तुम्हारा काम कैसे पूरा होगा ये मैं क्या जानूं? क्या तुम मेरे भरोसे यहां आयी थीं?”

“ऐसा ही समझो।”

“लेकिन मैंने तो तुमसे कोई ऐसा वादा नहीं किया था जो तुम्हारे लिए अपना कामकाज छोड़कर यहीं बैठा रहूं।” आदित्यश्री ने दो टूक जवाब दिया।

“तुम ऐसा नहीं कर सकते श्री।”

“क्या नहीं कर सकता?”

“इस वक्त इस तरह से मुझे छोड़कर नहीं जा सकते। मेरे शोध का कितना काम बाकी है अभी भी। मुझे ठीक से हिन्दी पढ़ना नहीं आता। मेरी वीडियो फिल्म भी अधूरी है।...” प्रज्ञा के माथे पर चिंता की लकीरें गहराने लगीं थीं।

“मैं तुम्हारा असिस्टेंट नहीं हूं प्रज्ञा।”

“तो बन जाओ न! मुझे विश्वविद्यालय की तरफ से असिस्टेंट के लिए पैसे मिलते हैं। तुम्हारा खर्चा चल जाएगा।”

“तुम मुझे खरीदना चाहती हो? क्या इतने दिनों में तुम्हें यह समझ में नहीं आया कि पैसे के लालच में हमने तुम्हारी मदद नहीं की। तुम जैसों के शोध के माध्यम से हमारे लोगों की पीड़ा की गूंज दूर दूर तक पहुंचे, उनके साथ न्याय हो, बस यही स्वार्थ है हमारा।”

“तो उसी स्वार्थ के लिए मेरा काम पूरा होने तक यहां रुक जाओ न प्लीज!” आदित्यश्री को रोकने के लिए साम, दाम, दण्ड, भेद का प्रयोग करने से भी बाज नहीं आ रही थी प्रज्ञा। मगर आदित्यश्री का निर्णय अटल था।

टिकट आ चुकी थी। रात की ट्रेन थी। जमशेदपुर से ही ट्रेन पकड़नी थी आदित्यश्री को। मरंग गोड़ा से अपना कुछ जरूरी काम निपटाकर, सगेन और मोआर के तमाम साथियों से विदा लेकर शाम को जब आदित्यश्री जमशेदपुर के लिए निकलने लगा तो वहां उपस्थित प्रज्ञा भी उसके साथ हो ली। कहा, मुझे जमशेदपुर में उतार देना। आदित्यश्री के पास उसके दोस्त की मोटरसाइकिल थी, वह ना नहीं कर पाया। प्रज्ञा को उतारने के बाद दोस्त के घर मोटरसाइकिल

रखकर उसे स्टेशन जाना था। वह तेजी से मोटरसाइकिल चलाने लगा। उसने महसूस किया, प्रज्ञा उससे जरूरत से ज्यादा चिपककर बैठी है।

"बदकिस्मत है मोमोका।" उसने सोचा, "मेरे जैसे एक वफादार प्रेमी को खो दिया उसने।" अपने संयम पर नाज हुआ आदित्यश्री को। हालांकि अंदर कहीं से डमरू की आवाज आ रही थी। नटराज नृत्य करते महसूस हो रहे थे।

"बहुत जिद्दी हो तुम।" प्रज्ञा ने कहा।

"जिद्दी नहीं, मन का राजा हूं मैं। वही करता हूं जो मेरा मन कहता है।" आदित्यश्री ने सख्ती दिखाई।

"जानती हूं।" कहकर प्रज्ञा ने पीछे से उस सीधे खड़े पहाड़ को और कसकर जकड़ लिया जिसने मन ही मन यह भ्रम पाल रखा था कि अपने प्रेम, उच्छ्वास और कंपन को छोड़ आया है वह जापान में! अपनी मोमोका के पास!

"तुम्हारी देह में कुआं खोदने की कोशिश कर रही हूं मैं। पानी की जगह खून के फव्वारे तो निकलेंगे ही एक न एक दिन। देखना ये है कि कितनी सख्त है तुम्हारी खाल!" प्रज्ञा ने मन ही मन कहा।

इधर बलिष्ठ पीठ पर प्रज्ञा की मांसल देह का बढ़ता दबाव जब आदित्यश्री को विचलित करने लगा तब अपनी कमजोर पड़ती आवाज में बोल उठा वह–

"क्या हो रहा है?"

"इस ऊबड़ खाबड़ रास्ते में भी लगातार मोटरसाइकिल की गति बढ़ाते जा रहे हो और पूछते हो– क्या हो रहा है? शर्म नहीं आती तुम्हें?"

"शर्म मुझे नहीं तुम्हें आनी चाहिए। तुम हो कि..."

"आऽऽऽऽह! रोको! रोको!" अचानक प्रज्ञा की चीख सुनकर अपनी बात अधूरी छोड़ मोटरसाइकिल में ब्रेक लगाते हुए आदित्यश्री ने पूछा था– "क्या हुआ?"

प्रज्ञा के बाएं पैर की एड़ी चक्के में फंसकर लहूलुहान हो चुकी थी...

प्रज्ञा के पैर की चोट ने आदित्यश्री के पैरों में बेड़ियां डाल दीं। उसे बाहर जाने से रोकने में सफल रही प्रज्ञा।

"तो क्या प्रज्ञा ने जानबूझकर...? नहीं, नहीं। कोई भला ऐसा कैसे कर सकता है?" आदित्यश्री ने अपने मन में उठ रहे संदेह के रेले को धकेलकर परे हटाने की कोशिश की मगर पूरी तरह से कामयाब न हो सका।

प्रज्ञा की टूटी एड़ी पर प्लास्टर चढ़वाकर उसे उसके फ्लैट तक पहुंचाने के बाद प्रज्ञा के अनुरोध पर वहीं रुक जाना पड़ा था आदित्यश्री को। चाहकर भी उसे उस हालत में अकेला छोड़कर न जा पाया था।

"ये क्या हो रहा है मेरे साथ? इतना बचकर चलने के बावजूद क्यों घिरता जा रहा हूं?" देर रात गये प्रज्ञा के ड्रॉइंगरूम में लगे बिस्तर पर अधलेटा, सिगरेट का कश लेते हुए सोच रहा था आदित्यश्री। थोड़ी देर पहले ही वह प्रज्ञा के पास से उठकर आया था। आज उसने वह सबकुछ किया था जो कभी किसी और के लिए नहीं करना पड़ा था। मोमोका के लिए भी नहीं।

"मुझे उठाकर बाथरूम ले चलो न प्लीज!..." चलने फिरने में बिल्कुल असमर्थ प्रज्ञा के इस आग्रह को ठुकराना उसके वश में नहीं था।

...और फिर तो धीरे धीरे सब कुछ उसके वश से बाहर होता चला गया था।

अचानक आयी उस आंधी में आदित्यश्री के मन की खिड़की फटाक् से खुल गयी थी। सावन की फुहारों की तरह प्रवेश करके प्रज्ञा ने उसका सर्वस्व भिगो डाला था।

अपने रक्त, मांस, हड्डी, मज्जा में प्रचंड तीव्रता से उसे अनुभव करने लगा था आदित्यश्री।

...और इस बार रिश्ता प्रगाढ़ होते होते हो ही गया था।

आदित्यश्री हैरान था। यह दूसरी बार उसके साथ ऐसी दुर्घटना क्यों घट रही है? मोमोका अभी तक उसके जेहन से निकल नहीं पायी है और इसी बीच प्रज्ञा...! ओह! यह भी तो चली जाएगी एक दिन! काम खत्म होते ही! तन...मन... सबकुछ समेटकर! फिर कैसे जी पाएगा वह!

"नहीं। इस बार बिल्कुल इमोशनल नहीं होऊंगा मैं। मुझे ब्लॉटिंग पेपर बनना होगा। हर तरह की कमजोर भावनाओं को सोख लेने की क्षमता विकसित करनी होगी अपने अंदर!" उसने मन ही मन संकल्प लिया। मगर संकल्प के

बावजूद प्रज्ञा के नीरव आह्वान पर भी उसकी ओर खिंचा चला जाता। जब कभी प्रज्ञा को उसके पुराने प्रेमी की याद करते...उसके लिए दुःखी होते देखता, उसे अपनी बांहों के घेरे में लेते हुए अनायास ही कह बैठता– "क्या मेरे प्यार में कोई कमी रह गयी है, जो तुम हमेशा उसे याद करती हो?"

धीरे धीरे उनके संबंधों के बारे में लोग जानने लगे थे। फिर भी जब कभी उस सोसाइटी की लड़कियां प्रज्ञा से मिलने आतीं, वह दूसरे कमरे में चला जाता।

प्रज्ञा को तय समय में काम पूरा करना था मगर उसकी एड़ी के घाव भरे नहीं थे। उसके लिए इस हाल में गांव गांव घूमना संभव नहीं था तो आदित्यश्री ही अक्सर जाकर उसके लिए शोध सामग्री ला देता। वीडियो फुटेज ला देता। वह घर बैठकर लिखा करती। फिल्म की एडिटिंग करती।

प्रज्ञा के साथ रहते हुए आदित्यश्री ने महसूस किया कि उसकी दुनिया कितनी अलग है, उसकी आदतें भी। कभी आदित्यश्री को उसकी बिगड़ी हुई आदतों पर जमकर गुस्सा आता। खासकर तब जब छोटी छोटी बात पर वह कप प्लेट फेंकना शुरू कर देती। कभी कभी आदित्यश्री भी अड़ जाता। और एक ही कक्ष पर विपरीत दिशा में घूमते दो ग्रहों के बीच भीषण टक्कर हो जाती।

कभी किसी विषय पर उससे जोरदार बहस छिड़ जाती। जब हारने लगती तो बात बदलते हुए कहती, "इस तरह की बेकार की बातों में क्यों वक्त बर्बाद कर रहे हैं हम? दुनिया में बहुत बड़े बड़े मुद्दे हैं बहस के लिए...बहुत बड़ी बड़ी समस्याएं हैं जिनके बारे में सोचने से देश दुनिया का भला होगा।..."

प्रज्ञा के थोड़ा ठीक होने पर आदित्यश्री अपने घर लौट आया था मगर प्रज्ञा का आकर्षण...एक अतींद्रिय नशा बार बार उसे उसके पास ले जाता। इन पुनर्यात्राओं से हर बार नया हो उठता वह! कई एक बार वह प्रज्ञा को भी अपने घर पर ले आया था। अपनी मां और रिश्तेदारों से मिलवाने।

देखते ही देखते एक लंबा अरसा गुजर गया। प्रज्ञा के लंदन लौटने का वक्त आ गया। आदित्यश्री की मदद से वह जल्दी जल्दी अपना काम समेटने में लगी थी। आखिरी दिनों में उसके साथ लगातार तीन रातों तक जगकर अपनी वीडियो फिल्म भी पूरी कर ली थी उसने।

"तुम मेरे साथ लंदन चलोगे श्री?" आदित्यश्री के हाथों में कॉफी का बड़ा सा मग थमाते हुए पूछा था प्रज्ञा ने।

"मैं? पागल हो गयी हो?"

"इसमें पागल होने की क्या बात है? तुम्हें यहां छोड़कर अकेले जाने का मन नहीं करता अब।" प्रज्ञा भावुक होने लगी थी। आंखों के पीछे छिपे किसी आसमान से आती बूंदों को वापस धकेलते हुए कहा था, "लंदन में जाकर साथ साथ रहेंगे हम। तुम चाहो तो शादी भी कर लेंगे। मैं तुम्हारे मन लायक कोई अच्छा सा काम ढूंढ़ दूंगी वहां। फिल्म निर्माण के क्षेत्र में भी अपनी किस्मत आजमा सकते हो। अंतर्राष्ट्रीय पुरस्कार तो है ही तुम्हारे पास। इस शोध के आधार पर मुझे तो नौकरी मिल ही जाएगी। सोचो श्री सोचो! क्या शानदार जिन्दगी होगी हमारी!"

"अरी पागल! वहां चला जाऊंगा इस आंदोलन को बीच में छोड़कर?"

"बहुत कर चुके हो आंदोलन। अब गांव के कुछ लोगों के लिए अपनी तमाम इच्छाओं को तो नहीं मार सकते...पूरी जिंदगी तो बर्बाद नहीं कर सकते? वैसे भी यौवन किसी का कृतदास नहीं होता। उसे यूं ही जाया मत होने दो श्री।"

"ये तुम क्या कह रही हो प्रज्ञा? इतने दिनों तक इनके बीच रहकर, इनकी मदद से अपना काम पूरा करने के बाद तुम ऐसा कैसे कह सकती हो?..." प्रज्ञा की बातों से आदित्यश्री चिड़चिड़ा उठा। बोला, "ऐसी छोटी छोटी कितनी ही इच्छाएं एक एक करके मेरे जीवन से खोती चली गयी हैं। यदि वह सब सोचना आरंभ करूं तो उसकी तालिका इतनी लंबी हो जाएगी कि हिसाब लगाना मुश्किल होगा।"

"तो तुम सुखी होना नहीं चाहते।" प्रज्ञा ने ठंडी आवाज में कहा।

"सबको सुखी किये बगैर खुद भी सुखी नहीं हुआ जा सकता। ऐसा स्वामी विवेकानंद का कहना है। मेरा सुख, तुम्हारा सुख, दूसरों का सुख अलग अलग नहीं आ सकता। आने से एक ही साथ हम सबको बहा ले जाने के लिए आएगा वह। मेरा भी यह मानना है कि सुख सागर के उत्ताल समुद्र में बहने के लिए स्वार्थ के क्षुद्र जलाशय से बाहर आना होगा हमें। जंग लगे, टूटे फूटे रिश्तों में पैबन्द लगाना होगा...आदित्यश्री ने दो टूक जवाब दिया था।

प्रज्ञा जा रही थी। अकेले। इस बार आदित्यश्री प्लेटफॉर्म पर खड़ा था। ठीक वैसे जैसे मोमोका खड़ी थी उसे जापान से विदा करते वक्त! ट्रेन आहिस्ता आहिस्ता

आगे सरक रही थी। प्रज्ञा से आदित्यश्री की दूरी बढ़ती जा रही थी। मोमोका की तरह! आदित्यश्री की धुंधलाती आंखों में प्रज्ञा और मोमोका गड्डमड्ड होने लगीं थीं...।

यात्री शेड की छत के एक कोने से मकड़े का जाल लटक रहा था। एक चिड़िया उड़कर आयी और जाल के आसपास मंडराने लगी। जाल में झूलते मकड़े ने भागने की पुरजोर कोशिश की मगर असफल रहा। चिड़िया की खुली चोंच की चपेट में आ ही गया वह! चिड़िया ने इत्मीनान से आहार पर्व मनाया...यात्री शेड की बल्ली पर चोंच को रगड़कर साफ किया और फुर्र र्र र्र हो गयी...

रेल की सीटी की आवाज धीमी पड़ते ही पीछे से मरंग गोड़ा की पुकार सुनाई देने लगी थी आदित्यश्री को।

उस बूंद में ब्रह्मांड है।

प्रज्ञा के जाने के बाद कुछ दिनों तक आदित्यश्री का मन अशांत रहा था। मगर सारंडा की तरह उत्तरोत्तर अशांति बढ़ नहीं रही थी। सारंडा की तरह उसके मन का विस्तार 80 हजार हेक्टेयर नहीं था। हालांकि यह आंकड़ा अब दिखावे भर के लिए ही रह गया था। खनन कार्य से प्रभावित इलाका लगभग 14022 हेक्टेयर था और नई खदानों के लिए था 37814 हेक्टेयर का प्रस्ताव! यानी अब अगर प्रज्ञा की तरह कोई और आती तो उसे आसानी से सारंडा के पूरे इलाके में घुमाया जा सकता था क्योंकि 80 हजार हेक्टेयर वनक्षेत्र को घटकर मात्र 28164 हेक्टेयर होना था जो कि आदित्यश्री के मन की परिधि के बराबर हो भी सकता था।

मगर आसानी से कैसे घुमाए वह? उस इलाके में तो अब पग पग पर लैंड माइंस बिछे हैं। जब तब पुलिस और माओवादियों में भिड़ंत हो जाती है। निर्दोष ग्रामीण भी मारे जाते हैं। गोला बारूद की आवाज और महक में सारंडा की नैसर्गिक छटा अंतर्ध्यान हो गयी है।

फिजां में तरह तरह की बातें गूंजती रहती हैं। प्रधानमंत्री माओवाद को देश की आंतरिक सुरक्षा के लिए सबसे बड़ा खतरा मानते हैं। वे यह भी कहते हैं कि आदिवासियों के साथ न्याय न होने की वजह से माओवादियों को आदिवासी इलाकों में पैर जमाने का मौका मिला...।

वन अधिकार कानून आदिवासियों को सैकड़ों वर्षों के अन्याय से मुक्ति दिलाने के लिए बनाया गया था लेकिन इसपर ठीक से अमल नहीं हुआ। ग्रामीणों की यह आम शिकायत है कि जंगल से रोजमर्रा की जरूरतों की चीजें लेने पर भी वन विभाग आदिवासियों को अपराधी करार देकर उनपर कार्रवाई करता है।

केन्द्र सरकार द्वारा गठित सक्सेना कमिटी ने भी अप्रैल 2010 में करीब 17 राज्यों का दौरा करके यह पाया कि 11 राज्यों में तो अभी तक इस कानून

पर अमल करना आरंभ ही नहीं हुआ है। कमिटी ने यह भी कहा है कि भारतीय वन कानून का इस्तेमाल आज जंगल की जमीन और संसाधनों के दोहन के लिए हो रहा है।...

'तहलका' में सारंडा पर रिपोर्ट छपती है– 'जबसे खनन कंपनियों के साथ दलालों का आना शुरू हुआ तब से पूरी व्यवस्था ही बदल गयी।...गांववालों का आरोप है कि वे नक्सली तथा पुलिसवालों के बीच पिसकर बर्बाद हो रहे हैं। खुफिया विभाग ने दो साल पहले पुलिस मुख्यालय को जो जानकारी दी थी उसके अनुसार पश्चिमी सिंहभूम से ही सबसे ज्यादा लेवी वसूलते हैं माओवादी।...यदि कोई ग्रामीण मजबूरी में एक शाम का खाना माओवादियों को खिला देता है तो उसे नक्सली मददगार घोषित करते हुए मारा पीटा जाता है, जेल भेजा जाता है लेकिन जो उद्योगपति, व्यवसायी, कारोबारी वर्षों से लाखों करोड़ों की लेवी देते हैं, वे नक्सली मददगार क्यों नहीं घोषित होते?...'

प्रेस मीडिया यह भी कहती है कि सारंडा तबाही और बर्बादी के उस मुहाने पर पहुंच चुका है जहां से वापस आने की उम्मीद नहीं दिखती...।

मगर आदित्यश्री, सगेन, चारिबा और उन जैसे ढेर सारे लोग नाउम्मीद नहीं थे।

आंदोलन जारी था। मुट्ठीभर लोगों द्वारा ही सही, यूरेनियम की नयी खदानों, नयी मिलों, नये परमाणु संयंत्रों का विरोध किया जा रहा था। पहले की तरह संगोष्ठियों का आयोजन हो रहा था। प्रज्ञा जैसों के शोधपत्र पढ़े जा रहे थे। दुनियाभर के पर्यावरणविद् परमाणु ऊर्जा के खिलाफ चेतावनी देते हुए अखबारों में लंबे लंबे लेख लिख रहे थे।

मशहूर ऑस्ट्रेलियाई पर्यावरणविद् हेलन करिल्डकोट ने लिखा– "इस वक्त दुनिया भर में 438 परमाणु रियेक्टर कार्यरत हैं। परमाणु ऊर्जा उद्योग के सुझावों के अनुसार जीवाश्म ईंधन पर आधरित ऊर्जा संयंत्रों को परमाणु ऊर्जा संयंत्रों से बदलने के लिए हजार मेगावाट के दो से तीन हजार नये परमाणु संयंत्र निर्मित करने होंगे। इसका अर्थ हुआ अगले पचास वर्षों तक प्रति सप्ताह एक परमाणु ऊर्जा संयंत्र का निर्माण।..."

अपने लेख में ढेर सारे तथ्यों को समाहित करते हुए उन्होंने यह भी जानकारी दी कि "...विश्व के 438 परमाणु संयंत्रों से निकलनेवाले रेडियोधर्मी कचरे को ही लेकर सारा विश्व परेशान है। हजार मेगावाट का एक परमाणु संयंत्र प्रतिवर्ष 33 टन रेडियोधर्मी कचरा पैदा करता है। अमेरिका के 102 परमाणु संयंत्रों की छत पर स्थित कूलिंग संयंत्रों में लगभग 80,000 टन रेडियोधर्मी कचरा पड़ा है। इसे ठिकाने लगाने के लिए अभी तक स्थान नहीं मिल पाया है।..."

तमाम चेतावनियों के बावजूद धरती पर परमाणु संयंत्रों और परमाणु हथियारों का भार बढ़ता ही चला गया।

नतीजा– प्रकृति का वह भयंकर बदला...

ग्यारह मार्च उन्नीस सौ ग्यारह!

जापान में जलजला...

ब्रेकिंग न्यूज़ः

– जापान में न्यूक्लियर इमरजेंसी घोषित!

– भूकंप व सुनामी की वजह से फुकुशिमा दायची परमाणु संयंत्र का कूलिंग सिस्टम फेल...

– फुकुशिमा दायची परमाणु संयंत्र केंद्र की छः मीटर ऊंची दीवार को लांघकर सुनामी की पंद्रह मीटर ऊंची लहरों ने रॉड ठंडा करने वाले जेनरेटरों को भिगो डाला...

– तोक्यो से मात्र 250 किमी दूर स्थित फुकुशिमा दायची परमाणु संयंत्र में विस्फोट...

– विस्फोट की तीव्रता हिरोशिमा विस्फोट से हजार गुना ज्यादा...

– विस्फोट से फूटे विकिरण के बादल...

– संयंत्र से खतरनाक रेडियोधर्मी पदार्थों का रिसाव...

– फुकुशिमा संयंत्र तबाह हुआ...

– विकिरण का स्तर खतरनाक मात्रा तक पहुंचा...

– विकिरण से हो रही है लोगों की मौत...

– लाखों लोगों ने शहर छोड़ कर शरणार्थी शिविरों में पनाह ली...

– हजारों एकड़ जमीन में खड़ी फसल के नष्ट हो जाने की आशंका...

– विकिरण के प्रभाव से ऊसर हो चुकी हजारों एकड़ जमीन के सालों तक फसल पैदा करने में अक्षम होने की संभावना...

– अमेरिका द्वारा जापान के विकिरण प्रभावित इलाकों के बने सभी तरह के दुग्ध उत्पाद, ताजा सब्जियों तथा फलों के इस्तेमाल पर अगले आदेश तक रोक लगा दी गयी...

– प्रशांत महासागर में लगातार फैल रहा विकिरण अमेरिका तक पहुंचा...

"यदि विकिरण पूरी धरती पर फैल गया तो क्या होगा?..." दुनिया भर में सनसनी...

अखबारों की सुर्खियों में विकिरण!
खबरिया चैनलों में विकिरण!
लोगों की जुबान पर विकिरण!
चारों ओर विकिरण ही विकिरण!!

"विकिरण का इतना रिसाव तो फुकुशिमा संयंत्र में भी नहीं हुआ होगा। है न श्री?" सगेन के स्वर में उदासी भरा व्यंग्य था। "हम जब इतने दिनों से चीख चीख कर अपनी व्यथा सुना रहे थे, दरवाजे दरवाजे भटक रहे थे, चेतावनी दे रहे थे तो कोई सुनने वाला नहीं था। सुनते भी कैसे? आदिवासियों की बात कोई सुनता है भला?"

"अफसोस मत करो दोस्त! सुना है, कविगुरु रवीन्द्रनाथ ने कभी कहा था– 'मैंने पूरी दुनिया देखी मगर नीचे घास पर बिखरी ओस की बूंदों को नहीं देखा। उस बूंद में ब्रह्मांड है।'" आदित्यश्री भावुक हो उठा था। "ब्रह्मांड की अनदेखी करने का नतीजा तो भुगतना ही पड़ेगा? आज जब सबकी जान आफत में पड़ी है तो खलबली मच गयी है दुनिया भर में। विकास का पूंजीवादी मॉडल अब भारी पड़ रहा है सब पर। आर्थिक प्रगति की अंधी दौड़ में शामिल होने के लिए, उद्योग धंधों के विकास के लिए सस्ती से सस्ती बिजली चाहिए। सस्ती बिजली के लिए चाहिए अधिक से अधिक परमाणु ऊर्जा संयंत्र!"

"एक बात सोचकर बहुत हैरानी होती है श्री।"

"कौन सी बात?"

"यही कि जो जापान द्वितीय विश्वयुद्ध में परमाणु बमों का शिकार होकर बरबाद हुआ, जहां आज भी हर साल छह और नौ अगस्त को हिरोशिमा और नागासाकी पर हुए परमाणु हमले का शोक मनाया जाता है...विश्वभर के शांतिकामियों को आमंत्रित किया जाता है वहां परमाणुविरोधी माहौल बनाने की शपथ लेने के लिए, वह क्यों परमाणु ऊर्जा के व्यापार में इतनी तेजी से आगे बढ़ा? उसी जापान की मित्सुबिशि, कांसाई, तोशिबा इलेक्ट्रिक पावर...हिताची, छुबू, तोक्यो इलेक्ट्रिक पावर जैसी बड़ी बड़ी नामी कंपनियां आखिर क्यों विश्वभर में नाभिकीय पावर प्लांट की स्थापना करने और उनकी ऑपरेशन तकनीक को बेचने में व्यस्त हो उठीं?"

"यह दुनिया बड़ी विचित्र है सगेन! यहां पग पग पर दोहरे मापदंड अपनाये जाते हैं।"

"उसका खमियाजा भी तो भुगतते हैं? पता है, फुकुशिमा परमाणु संयंत्र से होनेवाले विकिरण पर काबू पाने के लिए अपनी जिंदगी दांव पर लगाकर लगातार जूझ रहे...एक तरह से सुसाइड मिशन पर निकले करीब 200 जापानी इंजीनियरों तथा बचावकर्मियों में से किसी ने अपनी पत्नी को भेजे गये संदेश में क्या लिखा था?"

"क्या?"

"यही कि **'तुम समझ लो, मैं नहीं हूं। मैंने तो मान लिया।'** "

"कितना कारुणिक! इससे बड़ा खमियाजा किसी देश के लिए और क्या हो सकता है।"

जापान की हालत से सगेन मर्माहत थे...आदित्यश्री मर्माहत थे...मोआर के तमाम सदस्य मर्माहत थे!

उन सबकी तरफ से सगेन ने दुनिया भर में फैले अपने दोस्तों के नाम एक ई-मेल की, इस अनुरोध के साथ कि वे इसे ज्यादा से ज्यादा लोगों को भेजें-

प्रिय दोस्तो,

हम मोआर के सदस्य जापान के उन तमाम लोगों के प्रति अपना गहरा शोक प्रकट करते हैं जो भूकंप और सुनामी की वजह से परमाणु संयंत्र में हुए विस्फोट से प्रभावित हुए हैं। आज पूरी दुनिया में परमाणु उद्योग तेजी से फल फूल रहा है, फुकुशिमा परमाणु संयंत्र में होने वाले विस्फोटों ने पूरी दुनिया को परमाणु उद्योग के बारे में पुनर्विचार करने का एक मौका दिया है। जिस तरह से आज विकिरण के भय से फुकुशिमा परमाणु संयंत्र के चारों ओर दूर दूर तक बसे लाखों लोगों को हटाया जा रहा है उसी तरह भविष्य में कहीं पूरी धरती से ही समस्त प्राणियों को न हटना पड़े, इस बात को ध्यान में रखते हुए आगे की रणनीति तय करनी होगी। पिछले कई सालों से हमारा संगठन इन्हीं खतरों से खुद को और इस धरती को बचाने की कोशिश कर रहा है परंतु हमें देशद्रोही का खिताब देकर हमारी आवाज को दबाया जाता रहा है।

दूसरी तरफ, बार बार आ रहे तूफान और सुनामी जैसी आपदाओं को अनदेखा करके महाराष्ट्र के जैतापुर जैसे समुद्रतटीय इलाके में दुनिया का सबसे बड़ा परमाणु संयंत्र बनाने की तैयारी चल रही है। इसका विरोध कर रहे लोगों की आवाज को भी दबाया जा रहा है, उन्हें जेलों में डाला जा रहा है। तमिलनाडु के कूडनकुलम में लगाए जा रहे परमाणु संयंत्र को लेकर भी स्थानीय लोगों की दुश्चिंता बढ़ रही है।

विदेशों से लगातार रेडियोधर्मी कचरे वाले कबाड़ मंगाए जा रहे हैं। दिल्ली की कबाड़ी दुकान में 'कोबाल्ट-60' वाले हादसे से भी सीख नहीं ली गयी। अमेरिका के साथ परमाणु समझौते के तहत अब तो देश में परमाणु संयंत्रों की बाढ़ ही आने वाली है।

देश विदेश में परमाणु संयंत्रों की संख्या जितनी बढ़ेगी, उनके बाइप्रोडक्ट से बननेवाले परमाणु बमों के निर्माण का खतरा भी उसी अनुपात में बढ़ता जाएगा।

विश्वभर में इन दिनों जिस तरह के हालात हैं, गलत हाथों में परमाणु बमों का चले जाना असंभव नहीं। और यदि कोई गलत हाथ गलती से भी किसी शक्तिशाली परमाणु बम का प्रयोग कर दे तो धरती से जीवन का नामोनिशान मिट जाएगा। हिमयुग आ जाएगा। बर्फ ही बर्फ नजर आएगी चारों तरफ! सबको पता है कि परमाणु बम विस्फोट से जो रसायन

निकलता है, उससे पानी जहरीला हो जाता है। शक्तिशाली परमाणु बमों के विस्फोट से पृथ्वी के चारों ओर जो धुएं का आवरण होगा, वह सूरज की किरणों को वर्षों धरती तक पहुंचने नहीं देगा। धूप के बगैर पेड़ पौधे भोजन नहीं बना पाएंगे और मर जाएंगे। पेड़ पौधे जो ऑक्सीजन छोड़ते हैं वह इनसान और पशु पक्षियों को नहीं मिल पाएगी तो वे सांस लेंगे कैसे? शक्तिशाली परमाणु बमों के विस्फोट से बिजली के सारे उपकरण नष्ट हो जाते हैं। ऐसे में ए.सी., कूलर, पंखा, बल्ब, लिफ्ट...कुछ भी नहीं चलेगा। पूरी धरती अंधेरे में समा जाएगी...सारे मशीन, कल कारखाने बंद हो जाएंगे...यातायात और संचार के साधन ठप्प हो जाएंगे...जरा सोचो! तिल तिल करके गढ़ी हुई हजारों वर्षों की यह सभ्यता एक ही पल में नष्ट हो जाएगी। फिर लाखों वर्ष लगेंगे मानव को, तमाम जीव जन्तुओं को, वनस्पतियों को आज के इस स्तर तक पहुंचने में। कुछ सिरफिरों के खामखयालीपन का इतना बड़ा खमियाजा उठाना पड़ेगा पूरी धरती को...

आज जब जापान जैसे विकसित देश के परमाणु संयंत्र के इस हश्र का ताजा दृष्टांत हमारे सामने है, हम चीख चीख कर यही कहना चाहते हैं कि कृपया हमारी आवाज को सुनने, समझने की कोशिश करो। हम पर यकीन करो! हम देशद्रोही नहीं हैं। हम किसी शत्रु देश के उकसाने पर अपने देश को कमजोर करने के लिए परमाणु उद्योग के खिलाफ यह आंदोलन नहीं कर रहे। हम प्रगतिविरोधी भी नहीं हैं। हम तो अपनी तथा समस्त प्राणीजगत् की, इस धरती की बर्बादी रोकने के लिए अपनी आदिवासी मान्यताओं के अनुरूप यह समझाने की कोशिश कर रहे हैं कि यूरेनियम रूपी खतरनाक जहरीले सांप को उसके बिल में ही पड़ा रहने दो। उसे बाहर निकालोगे तो वह हमें...तुम्हें...हम सबको डंस लेगा। यह मत भूलो कि हम आदिवासी प्रकृति के इशारों को समझते हैं। प्रकृति के साथ मिलजुलकर जीने की कला जानते हैं। तभी तो प्रकृति हमें खतरों का पूर्वाभास करा देती है। अंडमान द्वीप में सुनामी आने से पहले वहां के आदिवासी पहाड़ों पर चढ़ गये थे। उन्होंने प्रकृति का पूर्व संदेश प्राप्त कर अपनी जान बचा ली थी।

विकास के दंभ में यह मत भूलो कि प्रकृति से छेड़छाड़ महंगी पड़ सकती है। हाल के वर्षों में चीन पर कुदरत के कई बड़े हमले हुए। दरअसल पिछले कुछ सालों से चीन प्रकृति को अपने हिसाब से ढालने की

कोशिश कर रहा है। चीन ने अपने यहां आयोजित ओलंपिक खेलों के समय सिल्वर आयोडाइड क्रिस्टल भरे गोले छोड़कर बादलों को दूर भगाया था। उसके बाद ही भयंकर अकाल पड़ा। जब उसने बारिश करवाने के लिए आसमान में गोले दागे, तब भयंकर बर्फबारी हुई। उसके बाद ही भयंकर बाढ़ आयी। ये सब महज इत्तेफाक नहीं है। चीन के पड़ोसी देश परेशान हैं। पहाड़ फोड़कर रास्ता बनाया चीन ने नदी के लिए। इससे उत्तर कोरिया संकट में पड़ गया। लेह में अस्वाभाविक रूप से बादल फटने पर जो भयंकर तबाही हुई, उसके लिए भी चीन के 'वेदर बम' पर शक किया जा रहा है...।

तुम विकसित लोगों के पास आज बेशक विकास के अलग अलग उन्नत मॉडल हैं मगर हमें पूरा यकीन है कि विकास का आदिवासी मॉडल ही इस धरती को...समस्त प्राणियों को बचा सकता है। वरना इस धरती पर हिमयुग आने में देर नहीं लगेगी। आओ दोस्तो! आज इस संकट की घड़ी में हम सब मिलकर विकिरण के खिलाफ आवाज उठाने का, अपनी धरती को बचाने का संकल्प लें...

इति,

–सगेन लागुरी,

अध्यक्ष, मोआर

(मरंगगोड़ाज़ ऑर्गनाइज़ेशन अगेन्स्ट रेडिएशन), झारखंड

विनम्र अनुरोध : *'यूरेनियम को धरती के भीतर ही पड़े रहने दो। उसे मत छेड़ो। वरना सांप की तरह वह हम सबको डंस लेगा।'* **–मोआर**

❑❑❑

जिन पुस्तकों, पत्रिकाओं, लेखों आदि से विशेष मदद मिली उनमें से कुछ के नाम–

"Encyclopaedia Mundarica" by Rev. John Hoffman; "The Mundas and Their Country" by S. C. Roy; "The Affairs of a Tribe by D.N. Mazumdar"; "The Kolhan Under The British Rule" by Dr. M. Sahu; S. Narayan द्वारा संपादित पुस्तक "Jharkhand Movement: Origin & Evolution" में संकलित Mathew Areeparampil का लेख "Forest Andolan in Singhbhum"; Mangovind Banerjee द्वारा संपादित पुस्तक "An Historic Outline of Pre British Chotanagpur"; "The Ho Tribe of Singhbhum" by Dr. C.P. Singh; "Tribal Struggle for Freedom, Singhbhum (1820-1858)" by Sunil Kumar Sen; "कोल्हान की 'हो' जाति के पर्व-त्योहार एवं कृषि कार्य" by Dr. J.S. Pingua; Bihar District Gazetteer, Singhbhum 1958, "The Tribal Revolt of Chotanagpur (1831-1832)" by J.C. Jha; Uranium and Radioactivity Information Booklet by Human Rights Law Network; Jharkhand Profile– Compiled and Edited by Praveer & Praveer Peter; धनुर सिंह पुरती की पुस्तक "हो दिशुम हो होन को"; डॉ. बी.पी. केशरी की पुस्तक "छोटानागपुर का इतिहास : कुछ सूत्र कुछ संदर्भ"; डॉ. अशोक कुमार सेन की पुस्तक "विस्मृत आदिवासी इतिहास की खोज, हो इतिहास के कुछ आयाम"; सरना फूल पत्रिका, मार्च 1993 में छपे कमल लोचन कोड़ाह 'हो' का लेख– "सिदु दिशुम की मूल जाति की प्राचीनता : एक अध्ययन"; शैलेन्द्र महतो की पुस्तक "झारखंड की समरगाथा"; "आदिवासी" पत्रिका, अप्रैल 1980 में छपे डॉ. देवेन्द्रनाथ सिंहकू द्वारा लिखित "जंगल का देवता : वीर बोंगा"; झारखंड एनसाइक्लोपीडिया, खंड-1 में छपा डॉ. अशोक कुमार सेन का लेख– "हो परंपरा : एक पुनर्विचार"; "सखुआ" पत्रिका में गिरिधारी राम गौंझू 'गिरिराज' का संपादकीय; "आदिवासी विषय" पत्रिका अंक-4 में जेवियर कुजूर का लेख– "पूंजीवादी विकास की

परिणति : पहचान का संकट''; संजय बसु मल्लिक की पुस्तक ''डाइन गाथा''; डॉ. आदित्य प्रसाद की पुस्तकें– ''हो लोककथा : एक अनुशीलन'' तथा ''हो भाषा और साहित्य का इतिहास''; दमयन्ती सिंकु की पुस्तकें ''सिंहभूम के शहीद लड़ाका हो'' तथा ''कजि-बुरू''; प्रभात खबर में छपे डॉ. भरत झुनझुनवाला का लेख ''ओबामा से ज्यादा उम्मीद नहीं''; बिहार जनजातीय कल्याण शोध संस्थान द्वारा प्रकाशित शहीद विशेषांक में 'लाखो बोदरा' पर छपे डॉ. उमेश कुमार वर्मा का लेख; आदिवासी हो समाज महासभा की स्मारिकाओं में छपे हो भाषा के विभिन्न लेखकों के लेख; घनश्याम गगराई की पुस्तक ''परिचय आदिवासी 'हो' समाज'; डॉ. बी. वीरोत्तम की पुस्तक ''झारखंड : इतिहास एवं संस्कृति'', ''चैतन्य चरितामृत'' आदि।

ऊपर उल्लिखित तथा अनुल्लिखित ऐसी सभी कृतियों तथा उनके लेखकों के प्रति हार्दिक आभार, जिनसे यह उपन्यास समृद्ध हुआ और लेखन के दौरान विभिन्न परिस्थितियों को इतिहास, भूगोल, अतीत और वर्तमान के साथ गहराई से समझने में मुझे मदद मिली।